NEW YORK SERA TOUJOURS LÀ EN JANVIER

DU MÊME AUTEUR
CHEZ LE MÊME ÉDITEUR

Clockers
Ville noire, ville blanche
Le Samaritain
Les Seigneurs
La Couleur du crime
Souvenez-vous de moi
Frères de sang
The Whites

Richard Price

NEW YORK SERA TOUJOURS LÀ EN JANVIER

Roman

Traduit de l'anglais (États-Unis)
par Jacques Martinache

PRESSES DE LA CITÉ

Titre original : *The Breaks*
L'édition originale de cet ouvrage a paru chez Simon & Schuster, États-Unis, en 1983 ; puis chez Picador, filiale de Farrar, Straus & Giroux, New York, en 2011.

Ce livre est une œuvre de fiction. Les noms, les personnages, les lieux et les événements sont le fruit de l'imagination de l'auteur ou sont utilisés fictivement. Toute ressemblance avec des personnes réelles, vivantes ou mortes, serait pure coïncidence.

ISBN 978-2-258-16200-6
Dépôt légal : octobre 2019

Presses de la Cité | un département **place des éditeurs**

place des éditeurs

À mon père, Milton Price
À ma tante, Elaine Beck
À mon éditeur et ami, Herman Gollob
Et à Judy Hudson, avec tout mon amour

PROLOGUE

Nous étions tous là, éparpillés dans la cour des lettres et sciences humaines, fiers garçons et filles du Simon Straight College, promo 71, un millier de jeunes en toges tétant des joints en toute décontraction ou jouant au Frisbee avec leurs toques tandis que les parents se congratulaient sous les arbres.

Par cette température de 33 °C, ma toge me pesait autant qu'une couverture de cheval, mais plutôt m'immoler par le feu qu'abaisser la fermeture à glissière qui me taraudait la pomme d'Adam. Après trois générations de chauffeurs routiers, de taxis et de postiers, les Keller avaient finalement engendré un diplômé de l'université. Je représentais la fin heureuse du feuilleton – notre feuilleton – sur une petite famille américaine ordinaire. J'avais bossé chaque été dans le bâtiment, j'étais endetté jusqu'au cou par des prêts bancaires pour étudiants, et je coûtais quand même la peau des fesses à mon père, mais c'était comme ça. Quatre ans plus tôt, mes parents et moi, attablés autour de mes trois lettres d'admission, avions décidé que, tant qu'à grimper dans l'échelle sociale, autant bien faire les choses. J'aurais pu entrer à l'université de Fordham[1] avec une demi-bourse, ou au

1. Université privée catholique. (*Toutes les notes sont du traducteur.*)

City College de New York tous frais payés, mais, là d'où nous venions, un autocollant *Simon Straight* sur sa voiture, ça n'avait pas de prix.

Mon père, qui se tenait assez près pour que je l'entende, bavardait avec le daron de Larry Arthur à l'ombre de la statue vert-de-grisée du fondateur des lieux. M. Arthur était le seul type que mon père avait reconnu. Ils s'étaient rencontrés dans la maison de notre confrérie estudiantine lors du « week-end des parents » de ma première année. Ils n'étaient pas devenus de grands copains, mais c'était difficile de ne pas se rappeler George Arthur : il mesurait plus de deux mètres.

– Ouais, Peter est sur liste d'attente pour la fac de droit de Columbia, mais, euh, on a pensé, enfin *il* a pensé qu'au lieu d'entrer tout de suite dans une de ces officines de chasseurs de toubibs désinvoltes il reviendrait habiter chez nous, qu'il dégoterait un bon boulot pour un an, qu'il se ferait une petite pelote et qu'il réessayerait d'obtenir une admission l'année d'après. Quand il sera plus mûr, qu'il aura plus d'expérience, parce que ça leur plaît, là-bas, les jeunes qui connaissent un peu la vie. Il pourra payer ses frais d'études et, euh, comme ça…

Mon père tapota le bout de sa cigarette contre la pointe de la chaussure du Fondateur, la planta au coin de ses lèvres et souleva les pans de sa veste en glissant les mains dans les poches de son pantalon. Puis il se pencha en arrière parce que M. Arthur faisait une bonne tête de plus que lui.

– Et je peux vous dire que personnellement je suis vraiment impressionné par la maturité de Peter. De nos jours, c'est pas souvent, avec toutes ces… conneries (il prononça le mot à voix basse), qu'on voit un jeune aussi raisonnable. Et en plus, bien sûr, sa belle-mère sera ravie de l'avoir à la maison une année de plus.

M. Arthur eut un petit rire poli en coulant rapidement un regard à un autre groupe de parents.

— Je vais être sincère avec vous, monsieur Arthur, poursuivit mon père avec des yeux exprimant toute sa franchise. Nous sommes très, très fiers de Peter, comme vous l'êtes sûrement de Larry. Mais, euh, j'ai pas fait d'études. Je travaille à la Poste depuis vingt ans.

Il ajouta une grimace : M. Arthur était avocat-conseil en matière de brevets.

— En fait, Peter est le premier rejeton de notre famille, y compris les cousins, tout le monde, à entrer à l'université. Quand il a été admis *ici* – vous savez comment on surnomme Straight, hein ? Le Harvard du nord de l'État de New York –, on était fous de joie, alors, même s'il ne va pas plus loin… vous comprenez ce que je veux dire ? On verra bien… mais pour le moment, je suis fier d'avoir un fils aussi raisonnable… oui, franchement.

M. Arthur eut un regard approbateur. Mon père et lui avaient tous deux revêtu leurs tenues tribales respectives : pantalon vert pomme et veste légère à grands carreaux criards pour le vieux George ; épais costume bleu et blanc et mocassins flashy pour mon père.

— Yo, Pete ! me lancèrent deux togés en traversant la pelouse dans ma direction.

Je crachai sur le bout de mes doigts et les fis glisser sur mes joues pour y laisser de fausses traces de larmes.

— C'est le plus beau jour de ma vie, Larry, déclarai-je d'un air impassible.

— Ouais, moi pareil. Bam-Bam, raconte-lui ce qui est arrivé.

— Tu sais, le chèque que m'a envoyé la compagnie de téléphone ?

— Quel chèque ?

— Le remboursement de notre caution de septembre. La banque l'a refusé. La compagnie Alexander A. Graham Bell. Un chèque en bois, à *moi.* Bravo ! hurla-t-il.

Je me baissai pour éviter une coiffe de diplômé qui me frôla en sifflant comme le chapeau d'Oddjob dans le film de James Bond. La toque-frisbee avait de beaux jours devant elle.

— Bouge pas, me recommanda Bam-Bam, qui riposta par un lancer de revers tandis que je demeurais accroupi.

Bam-Bam, mon grand pote, un beau gros rital de Scardale, première génération.

— Alors, comme ça, c'est le plus beau jour de ta vie, Pete, me dit Larry, souriant déjà, au bord du rire, attendant le lever de rideau.

D'accord. On y va.

— Absolument, répondis-je. Je sais que c'est différent, là d'où tu viens, Dobie Gillisburg[1], mais dans mon quartier, à Yonkers, c'est encore la crise.

Larry rit sans ouvrir la bouche, ce qui produisit une sorte de ronflement sonore. Bam-Bam, qui se tenait un peu derrière lui, m'adressa un clin d'œil.

— Je suis sérieux, insistai-je. C'est vraiment dur. Mon pauv' père a livré des pains de glace au cinquième étage d'immeubles sans ascenseurs de Hell's Kitchen[2] pour que j'en arrive là.

— Des pains de glace, gloussa Lar.

— Ouais, Lar, de la *glace,* affirmai-je en secouant tristement la tête. Déjà qu'il boite d'une jambe, je sais pas si tu l'as remarqué, mais il a des prothèses à la place des bras, mon vieux.

Cette tête de nœud ne put s'empêcher de jeter un coup d'œil à mon père parlant au sien.

— Arrête, je vais m'écrouler de rire..., dit-il d'un ton hésitant.

— Enfin, *maintenant* il a des prothèses, des vraies, mais y a deux ans de ça il pouvait pas se les payer, il avait... des *pinces* vissées dans l'os. T'imagines, monter un pain de glace

---

1. *Dobie Gillis* est une série américaine montrant des adolescents des classes moyennes.

2. Quartier pourri de New York.

au cinquième avec des pinces en guise de bras ? Tu sais que ça te bousille le dos ?

Cette fois, il éclata de rire, et même Bam-Bam devint hilare. Une brise fraîche balaya la cour. Merveilleuse, pleine d'espoir.

– Je vous aime, les gars, lâchai-je soudain, me surprenant moi-même.

Pour cacher ma gêne, je leur fis une prise au cou et rapprochai nos trois têtes en une démonstration maladroite d'affection.

Par-dessus leurs crânes, je découvris ma belle-mère, Vy, qui se tenait à l'écart, souriante, perdue, plaquant son sac des deux mains contre sa jupe plissée. Comme à son habitude, elle avait relevé, crêpé et laqué ses cheveux en une ruche couleur rouille aux reflets irisés. Depuis que je la connaissais, elle allait chez l'esthéticienne un jour sur deux, ce qui ne faisait qu'accentuer son aspect fragile. Elle avait un visage à l'expression indécise, des yeux brillants sous des sourcils teints assortis à sa chevelure, et perpétuellement arqués en une sorte d'attente moite, un nez aux narines palpitantes au bas d'une arête étroite, des lèvres écartées tremblant légèrement sur des dents de lapin. Mesurant à peine plus d'un mètre cinquante, elle était l'illustration vivante de l'expression « Qui vit dans l'angoisse point n'engraisse » puisqu'elle ne pesait que quarante-quatre kilos. Ma vraie mère, elle, accusait cent vingt kilos sur la balance. Vy ne touchait ni ne prenait jamais un objet – elle l'agrippait. Elle ne se retournait pas en entendant une voix, elle faisait brusquement volte-face. Tout en elle annonçait la dépression nerveuse, et durant les cinq années écoulées depuis son mariage avec mon père, je m'étais toujours à demi reproché de ne jamais « me donner à fond » dans nos rapports, mais ça s'arrêtait là.

– Mes putains de potes, dis-je tandis que nous nous écartions les uns des autres avec des toussotements embarrassés.

Oui, ce jour-là, parce qu'il faisait un bon public, Larry était mon pote. Je ne l'avais pas supporté comme coturne quand nous étions bizuths, pas davantage comme membre de ma confrérie pendant les deux années qui avaient suivi, ni en dernière année comme senior indépendant, mais là, c'était le jour de la remise des diplômes.

Nous avions appartenu tous les trois à Pi Omega, une confrérie juive. Bam-Bam y avait été admis parce que les Italiens de New York étaient des Juifs honoraires, et Larry parce qu'il fallait quelques originaires du Midwest pour la forme. Les confréries juives raffolaient des WASP[1]. Elles étaient incapables de faire la différence entre un type bien et un abruti parce qu'elles perdaient temporairement tout discernement devant tant de blondeur. Si Larry avait été un poil plus équilibré, les confréries « américaines », où tout le monde descendait le matin avec son matos de lacrosse au petit déj', se seraient battues pour l'avoir.

– Alors, Mister Pete, me dit Bam-Bam avec un grand sourire, je te garderai un box à la bib' de la fac de droit.

Le moral dans les chaussettes, je ne pus que répondre par un clin d'œil. J'aimais Bam-Bam comme un frère, mais j'étais anéanti de le savoir admis à Columbia alors que je n'étais que sur liste d'attente. J'avais obtenu une mention en anglais, et le tableau d'honneur quasiment tout le temps, alors que Bam-Bam n'avait décroché qu'un B de moyenne en matière principale. Mais son père était un membre influent du syndicat des routiers et Bam-Bam avait eu l'intelligence d'en faire tout un plat dans sa lettre de motivation sur son désir de devenir avocat syndical. Et la recommandation de George Meany[2], que le père de Bam-Bam avait réussi à lui obtenir, avait probablement aussi joué. Bam-Bam n'était pas un crétin. Il ferait sûrement un remarquable avocat.

Quant à moi, je n'avais de reproches à faire qu'à moi-même pour ma relégation sur liste d'attente. La veille de

1. Blancs d'origine anglo-saxonne et protestante appartenant aux classes aisées.

2. Syndicaliste américain très influent, président du principal syndicat américain, l'AFL-CIO, de 1952 à 1979.

l'examen de droit, j'avais levé une fille de Buchanon, la petite ville voisine, dans un bar à bière, et je m'étais traîné dans la salle d'examen le lendemain matin à sept heures avec des yeux qui me sortaient quasiment de la tête. Finalement, j'avais été accepté pour Saint John's, mon choix comme filet de sécurité, mais personne n'avait envie de cette sécurité de bas étage. Je devrais retenter l'admission à Columbia à la prochaine session. Je devais attendre.

– Pete, murmura Larry, vise un peu.

Il se pencha pour saisir le bas de sa toge et la remonter jusqu'aux genoux. Apparemment, il était complètement à poil là-dessous.

– T'es un vrai connard, Larry, lui assénai-je, sans une once d'amusement dans la voix.

Il lâcha le bas de sa toge et se redressa, un sourire inquiétant aux lèvres.

– Tout le monde ne peut pas être drôle, Pete.

– Ça, c'est sûr, dis-je en me détournant.

– On peut pas *tous* être aussi drôles que toi.

– Ça, c'est sûr, répétai-je, tentant désespérément de garder l'état d'esprit qui m'avait conduit à les prendre dans mes bras quelques minutes plus tôt.

– Allez, les gars ! intervint Bam-Bam, endossant déjà le rôle de médiateur syndical, on chante l'hymne de l'école...

– Non, je suis sérieux, assura Larry. Comparé à Pete, Bill Cosby fait tout juste sourire.

– *Oh Si-mon Straight, oh Sii-mooon Straight,* brailla Bam-Bam en chantant faux.

Larry le poussa sur le côté.

– Sérieusement, Pete, je ne sais même pas pourquoi tu t'embêtes avec la fac de droit. Tu es sans doute déjà assez bon pour faire du stand-up dans un village de bungalows des Catskills...

Les mains glissées sous mes aisselles, je répondis, le regard toujours détourné :

– Larry, tu n'es pas mon ami.

– C'est *toi* qui n'es pas *mon* ami, répliqua-t-il.

– Non, non, tu comprends pas. Je te *hais*, susurrai-je tendrement.

– Je te hais, moi aussi.

On aurait dit une déclaration d'amour à l'envers.

– Larry, intervint à nouveau Bam-Bam, tu chantes avec moi ou quoi ?

Mais Larry eut un gargouillement de colère et partit à grands pas. J'inspirai une longue bouffée d'air qui ressortit en une lente expiration tremblée. Bam-Bam se posta derrière moi, posa ses mains sur mes clavicules et pressa.

– Hé, vieux, on dirait que t'as de la caillasse sous la peau.

Bam-Bam était le seul gars au monde à pouvoir me toucher avec tendresse sans que je pète un plomb.

– Tu vas laisser ce *strunzo*[1] t'atteindre ? murmura-t-il, tel un manager de boxe motivant son poulain entre deux reprises.

Je me rendis soudain compte qu'il me manquerait beaucoup. Ma colère commença à retomber, mais j'eus alors le pressentiment des Horreurs à venir. Un an à la maison. Pas de fac de droit. Pas de boulot.

La maison. Les quatre dernières années seraient effacées et j'aurais à nouveau seize ans. Je m'imaginai faisant du stand-up dans la salle communale de Kerhonkson[2], État de New York, à vingt mètres d'un terrain de handball. C'était peut-être ce que je devrais faire. Au secours.

– Tom mii !

À dix mètres de nous, la mère de Bam-Bam criait le nom de son fils d'une voix éraillée de fumeuse comme si elle l'appelait d'une fenêtre du cinquième étage. Brune, mince et nerveuse, longue jupe noire outrageusement fendue, hauts talons et chemisier en soie. Un appareil photo coincé sous le bras comme un casque de foot[3].

1. « Connard » en argot italien.
2. Petite commune de deux mille habitants.
3. Dans tout l'ouvrage, il s'agit de football américain.

— Détends-toi, dugland, m'exhorta Bam-Bam.

Il octroya à mes clavicules une ultime pression douloureuse et traversa la pelouse pour rejoindre sa famille. Mme Bambara me surprit en train de lorgner distraitement sa jupe fendue et tendit le menton dans ma direction.

— Qu'est-ce que tu mates, toi, beau gosse ?

Je ris en rougissant.

— Dis donc, il est bien, ton coturne, Tommy. Il essaie de regarder sous ma jupe...

— Arrête les vannes, Ma.

Je vis Bam-Bam prendre la pose pour sa mère avec son petit frère, Bam-Bam II, et leur père, Big Bam-Bam. Le gamin à genoux, Bam-Bam au-dessus de lui en position d'arrêt-court[1] et, derrière, Big Bam-Bam, le dos bien droit, la poitrine gonflée d'orgueil, les poings sur les hanches. Sans perdre la pose, Bam-Bam m'invita à voix basse à les rejoindre pour la photo, mais je fis semblant de ne pas l'avoir entendu.

Je sentis une main sur mon épaule et à peine m'étais-je retourné que des mains s'emparèrent de mon visage, des lèvres pressèrent les miennes et m'insufflèrent une taffe de marijuana dans la gorge. Je me mis à tousser, les yeux larmoyants.

— Un cadeau de remise de diplôme, Pete.

— Merci, Nance.

Ma voix résonna comme un coup de klaxon. J'avais horreur de la beu.

Miss Galoche, c'était Nancy Stemko, ma copine par intermittence, un coup on se voit, un coup on se voit plus. Pas de quoi en parler dans mes lettres à la famille, sauf qu'elle avait une magnifique chevelure rousse ondulée qui tranchait spectaculairement avec la sévérité noire de sa toge. Là, nous étions en phase on se voit plus, et c'était parti pour durer, puisqu'elle était fiancée et admise à l'école de journalisme de l'université du Missouri. Décidément, tout le monde avait décroché la lune.

---

1. Joueur qui s'efforce de capter la balle au base-ball.

Elle laissa tomber le joint dans l'herbe et l'écrasa de sa sandale à haut talon.

– Tes vieux sont là ? me demanda-t-elle.

Une quinte de toux me plia en deux, m'empêchant de répondre.

– C'est pas grave, Pete, on parlera plus tard, me dit-elle en se dirigeant vers ses parents.

Je sentais encore ses mains sur mes joues : je n'avais pas baisé depuis Pâques. Je finis par rejoindre mon père, qui tenait encore la jambe à M. Arthur avec ses conneries sur l'histoire de la famille depuis Ellis Island. Je l'entendis raconter comment la sœur aînée de sa mère avait canné dans l'incendie de la fabrique de vêtements Triangle Shirtwaist en 1911. Si les Keller avaient dû dessiner leur blason, ils auraient croisé des cartes syndicales sur champ de pointeuses.

– Et qu'est-ce qu'il a comme projets, votre Lenny ?

– Larry, corrigea Arthur avec aménité.

– *Larry*, oui.

Mon père se sentait bien. Il jouait « Jingle Bells » avec des pièces de monnaie qu'il faisait tinter dans ses poches en se balançant sur ses talons.

– Eh bien, Lar passera l'été avec sa mère et moi... Nous habitons près de Saint Paul...

– Saint Paul ! s'exclama mon père en haussant les sourcils.

– ... et en septembre, direction la Californie.

– La Californie ! s'extasia mon père.

Il attendit qu'Arthur développe, mais le père de Larry se contenta de sourire.

– Il a trouvé du boulot là-bas ? hasarda mon père. Ou alors, c'est pour les minettes, hé, hé, hé.

– Eh bien... ni l'un ni l'autre, répondit Arthur avant de se permettre un autre petit sourire. En fait, il a réussi à se faire admettre en médecine à Stanford.

– C'est... formidable, bredouilla mon vieux, les clochettes de Noël s'interrompant pour repartir de plus belle. Vraiment formidable.

Je fus piqué au bras par la pointe d'une toque volante, que je renvoyai aussi sec avec une telle vigueur que le lanceur choisit de l'esquiver. Ces trucs étaient vraiment étudiés pour voyager.

Première Partie

—

Liste d'attente

Ce soir-là, ce fut retour à la case départ, l'appartement haut perché à Yonkers, retour à ma chambre d'enfant. J'errais d'une pièce à l'autre, les mains tendues devant moi, comme un aveugle ou un médium. Les murs du vestibule étaient recouverts de jalons de ma vie, entre autres mon profil découpé par un artiste de trottoir de Greenwich Village quand j'avais sept ans ; mon portrait photographique le jour de ma bar-mitzvah, banane gominée et menton sur l'épaule droite ; ma photo en fin de terminale au lycée, menton sur l'épaule gauche ; et, à peine sorti tout chaud du four, mon diplôme de Simon Straight déjà plastifié et monté sur bois. Le séjour était décoré d'un mélange de reproductions de Picasso et de gravures représentant de vieux rabbins, des femmes priant au-dessus de bougies de sabbat, de photos de maisons et d'animaux fabriqués par ma belle-grand-mère cinglée avec des nouilles et autres variétés de pâtes pendant ses séances de thérapie récréative à l'HP. Sur le gros poste de télé en couleur, un fac-similé orange d'une tête olmèque voisinait avec un cadre articulé à deux volets : d'un côté, un montage d'instantanés de ma bouille découpée, de la petite enfance à l'université, par ordre chronologique ; de l'autre, mon père, de la petite enfance à l'armée de terre. Cette expo photo avait été réalisée par Vy après son mariage avec mon père.

Je me souviens de les avoir vus fouiller dans la Boîte pendant l'un de leurs rencards. La Boîte était dans la famille depuis plus longtemps que moi. C'était une caisse en carton de whisky Fleischmann dans laquelle on avait jeté toutes les photos jamais prises des Keller et des Rabin. Soixante-quinze années de visages, depuis le portrait sépia de mon arrière-grand-père maternel Shlomo, ou celui de Blomo Rabin photographié par un certain Mathew Brady, d'origine roumaine, jusqu'à un Instamatic de Bam-Bam et moi à Daytona Beach pendant notre première année à Straight.

Ce rencard. Je nous revois tous les trois dans le living, eux sur le canapé, moi prostré dans le fauteuil, lycéen boudeur aux jambes écartées. Mon père tenait la Boîte sur ses genoux et il n'arrêtait pas de passer des photos à Vy, qui les prenait d'une main tremblante en poussant de petits « Oh ! ». Elle avait perché son cul osseux sur deux centimètres de canapé, comme si s'asseoir à son aise aurait constitué un impair choquant. Mon père disait « Ouais, et celle-là », Vy lâchait un « Oh ! » et je soufflais par les narines. Après avoir quitté la pièce pour aller me coucher, j'étais revenu un peu plus tard à l'improviste, au moment précis où Vy posait une main hésitante sur les doigts de mon père. Lorsqu'elle me surprit à les regarder, elle ramena vivement sa main en arrière en virant écarlate.

Je ne perdrai pas mon temps à nier le ressentiment que j'éprouvais envers une femme qui avait pris le créneau de ma mère, mais il y avait autre chose. Vy n'était tout simplement pas la bonne personne. Elle était trop poignante, trop silencieuse. Elle faisait trop d'efforts avec moi. Chaque jour avec elle était comme une première rencontre pour nous trois. Elle tremblait, elle se consumait d'envie, elle n'avait pas d'enfant. Je ne l'imaginais pas capable de survivre à un accouchement. Ma mère était si grosse et mafflue que, selon les apocryphes, j'étais sorti d'elle comme un toast d'un grille-pain. Elle aussi avait été une tragédie ambulante, mais dans le style grandiose de l'opéra. C'était une Hatpin Mary[1] aux matchs de catch. Elle m'emmenait au Roller Derby ou voir des films d'horreur. Elle dévorait des poulets rôtis entiers au milieu de la nuit, elle faisait vibrer les murs. Elle poussait des cris en regardant les jeux télévisés. Nous étions tous deux des flemmards en surpoids portés sur le théâtral. À l'âge de deux ans, j'avais piqué un jour une crise à cause du boucan d'un aspirateur-balai et elle l'avait balancé par la fenêtre de notre appartement au rez-de-chaussée dans le Bronx en beuglant « *Méchant,* l'aspirateur ! ». Ses cris et le bruit du crash n'avaient fait qu'aggraver mon hystérie, mais c'était l'intention qui comptait.

Nous formions vraiment une équipe, chacun protégeant les arrières de l'autre. D'innombrables fois, entre trois et neuf ans, j'avais passé tout un samedi après-midi avec elle au cinéma, à regarder trois films d'horreur d'affilée, tous deux pourvus d'assez de fruits, de sandwichs et de boissons pour gaver un régiment. Elle était chaque fois la seule spectatrice de plus de quinze ans et le seul être humain à peser plus de soixante-dix kilos dans la salle. Comme si ça n'était pas suffisant, elle s'improvisait surveillante en chef et criait aux gosses de la fermer ou de s'asseoir quand Gorgo ou Godzilla faisaient fondre un gratte-ciel et rugissaient « Maman » en langue dinosaure. Les gamins se foutaient toujours d'elle et, terrorisé dans mon fauteuil, j'imaginais qu'en sortant de la salle au crépuscule nous devrions affronter tous deux dos à dos sous la marquise une bande de sauvages de onze ans. Cela n'était jamais arrivé mais invariablement, lorsque nous rentrions à la maison, j'avais tout le corps crispé comme un poing.

Enfant, j'étais une petite boule de rage. J'adorais me battre avec d'autres gosses. J'y prenais du plaisir même quand je perdais, mais si ça se passait devant notre immeuble je devais me castagner sans faire de bruit parce que ma mère avait

1. Personnage de la fan typique.

des oreilles façon radar : trente secondes après avoir capté mon cri de guerre, elle rappliquait en tablier pour désarticuler quasiment le bras de l'autre. C'était pareil, que je sois en train de gagner ou de perdre. Quelquefois, elle extirpait le gosse coincé *sous* moi en lui enjoignant de me laisser tranquille, arrachant la défaite aux mâchoires de la victoire. Je me souviens même d'une fois où, chacun cravatant l'autre, j'avais demandé à mon adversaire de grogner moins fort.

En fait, quel que fût le numéro qu'elle me faisait, je n'avais jamais peur d'elle, toujours *pour* elle. Je voyais sous la surface son noyau de solitude. J'étais plus intelligent qu'elle, même tout petit, et j'en étais anéanti.

Elle s'appelait Mimi Keller, née Rabin, et elle mourut quand j'étais en CM2. Une embolie devant la télé dans l'après-midi. Rentrant du boulot et la trouvant dans son fauteuil favori, téléviseur allumé, mon père l'avait crue endormie, il s'était lavé les mains, avait changé de chaîne et avait regardé *Beat the Clock*[1] pendant une demi-heure avant de se rendre compte que quelque chose n'allait pas. Heureusement, j'étais invité ce jour-là à dormir chez un copain et il ne m'avait téléphoné que le lendemain. Son ton était si hystérique que j'avais pensé qu'il riait et il m'avait fallu un moment pour comprendre, mais dès que je l'eus fait, j'étais passé en mode sirène pour trois jours. Curieusement, je criais, je hurlais, mais sans verser une seule larme. On ne m'avait pas laissé assister à l'enterrement et j'avais tourné en rond dans l'appartement d'un voisin tel un nain rageur. Mon incapacité à pleurer me mettait hors de moi et je me souviens d'avoir rugi devant mon image dans le miroir du living de ce voisin, enfant de dix ans aux yeux rouges de fureur, la bouche si grande ouverte qu'on aurait pu y fourrer une cuisse de poulet. À propos de nourriture, s'il arrive qu'un enfant, sous l'effet du désespoir et de la terreur, cesse de manger, je me mis au contraire à engloutir tout ce qui se trouvait à ma portée. Je me gavais au

1. Jeu télévisé dont on peut traduire le titre par « contre la montre ».

point de régurgiter la moitié de mes repas – pour protester, pour rendre hommage. Une laryngite finit par me calmer.

En terminale, je vis par hasard une vieille rediff de *Beat the Clock* et je fus finalement frappé par l'ironie du titre de l'émission. Je tentai de l'expliquer à mon père, mais il ne comprit pas et je n'insistai pas.

Cinq semaines après l'enterrement, mon père et moi quittâmes le Bronx pour Yonkers. Nous avions été tous les trois sur liste d'attente pendant deux ans et demi, et la réponse favorable nous était parvenue quatre jours après la mort de ma mère.

Notre rue dans le Bronx, une rangée d'une dizaine d'immeubles de cinq étages aux allures de forteresses proches du Yankee Stadium, avait viré portoricaine avant qu'on ait eu le temps de compter jusqu'à *tres.* Les synagogues s'étaient converties en *iglesias,* les épiceries en *bodegas,* les marchands de bonbons en *botanicas.* C'était le genre de quartier qu'avaient habité des dentistes et des juges dans les années trente et au début des années quarante, des chauffeurs de taxi et des plombiers à la fin des années quarante et au début des années cinquante. Lorsque nous avions voulu en partir, ce n'était plus qu'ouvriers, cas sociaux, vieux Juifs et familles semblables à la nôtre : pour la plupart, des gens dont les valises étaient faites mais qui n'avaient pas d'argent pour déménager. En 1957, le gardien de notre immeuble, Moses, un vieux Noir aux cheveux blancs cotonneux – Dieu dans *Les Verts Pâturages*[1] –, s'était pris une balle dans le cul dans la salle de la chaudière. Son successeur, un jeune Dominicain nommé Angel, avait été arrêté pour le cambriolage de six appartements de l'immeuble, et le suivant, José, ne sortait jamais de sa piaule au sous-sol. Quelque part entre Angel et José, mon père s'était fait agresser par deux gamins devant l'immeuble à sept heures du matin. Ils convoitaient le col en fausse fourrure de

1. Film américain de 1936, dans lequel Dieu et le Paradis sont représentés tels que des Noirs pourraient les imaginer.

son manteau en velours côtelé et tandis que l'un pressait une lame contre le ventre de mon père, l'autre avait découpé la fourrure synthétique autour du col. Ils étaient si petits, tous les deux, qu'ils lui avaient ordonné de se baisser pour qu'ils puissent y arriver. Après ça, pendant six mois, je serrais une pierre dans mon poing chaque fois que je sortais.

L'immeuble de Yonkers dans lequel nous avions déménagé s'appelait la Rhonda. C'était l'une de trois tours édifiées autour d'une vaste pelouse circulaire entourée d'une dizaine de bancs et de réverbères. Les deux autres tours s'appelaient l'Ellen et la Sherry, et l'ensemble portait le nom des Leslie. C'étaient les prénoms de la femme et des filles du promoteur. Les Leslie avaient été conçues à l'origine comme des logements de luxe, mais le promoteur avait surestimé leur pouvoir d'attraction, et pour sauver les meubles il avait baissé les loyers et ouvert la porte aux Keller de ce monde. Nos voisins étaient comme nous des réfugiés en provenance de New York, et il me semblait toujours percevoir une subtile aura de gratitude autour des boîtes aux lettres, des ascenseurs et de la buanderie, principaux lieux où les gens se croisaient sans le vouloir.

J'adorais Yonkers. Très vite, le Bronx fut réduit dans mon esprit à un collage flou de bagarres à coups de poing, de films d'épouvante, d'images de ma mère tanguant d'un côté du trottoir à l'autre de sa démarche lente et pénible. J'adorais l'appartement, ma nouvelle école et mes nouveaux copains. J'aimais la « modernité » moche de notre hall, l'école juive et le restaurant chinois plus haut dans la rue. Mais surtout, si je devais résumer mon exaltation, ce serait avec les mots de mon père, le jour même de notre installation dans la Rhonda. Nous nous tenions seuls au centre du grand cercle de gazon cerné par les tours. À vingt mètres dans notre dos, une route à quatre voies embouteillée par la circulation en direction de White Plains[1]. À notre gauche, à quelques

1. Donc en provenance de New York à l'heure du retour à la maison.

centaines de mètres, une allée marchande : deux douzaines de magasins de tapis merdiques à prix cassés et de marchands de crêpes, pizzas, etc. Il était six heures du soir et l'éclairage au néon baignait le tout de lueurs violettes et dorées. C'était magnifique, du pur Zane Grey[1] – si l'on faisait exception des voitures et des tours. Mais mon père, pour le premier jour de sa vie hors du Bronx, demeurait planté là, sans rien regarder, aspirant de longues bouffées d'air, les paupières papillonnantes, les narines frémissantes. Soudain, il plaqua ses deux mains sur le sommet de son crâne et laissa échapper dans un fervent murmure : « Ah... la campagne ! »

Pour moi, c'était à la fois l'Ouest sauvage, Le Monde futur et Disneyland. En fait, ma seule source d'angoisse – en plus de devoir surmonter la perte de ma mère –, c'était de regarder la télé avec mon père. Jamais avant de me retrouver seul avec lui je ne m'étais rendu compte à ce point que sa vie n'était rien, qu'il se contentait d'aussi peu. Le silence le soir dans notre salle de séjour me tourmentait. Du vivant de ma mère, je ne prêtais guère attention à mon père ; être témoin de sa profonde inadaptation me terrifiait, et au cours de cette première année ensemble je me pris pour lui d'un profond amour inquiet. La sollicitude protectrice dont j'avais couvert ma mère pendant neuf ans, je la destinais maintenant à mon père. À mes yeux, il était aussi désarmé qu'un mouton et j'étais le chien de berger.

Je l'ai dit, je me fis une nouvelle bande d'amis et, les soirs de week-end, nous parcourions l'allée marchande au pas de charge dans les deux sens, nous allions à l'auberge des Aventuriers, au Pizza World, puis nous nous abattions sur l'un des bancs de la pelouse circulaire pour parler de filles, celles qui avaient déjà des poils ou pas, la meilleure bagnole, Lotus ou Maserati, le dernier épisode de *La Quatrième Dimension.* Nous avions notre banc, le Banc des Gosses, et deux bancs

1. Auteur américain (1872-1939) de romans donnant une vision idéalisée de l'Ouest.

plus loin, il y avait le Banc des Pères, où nos vieux se retrouvaient. Penchés en avant, les coudes sur les genoux, ils parlaient à voix basse et, de temps à autre, ils éclataient d'un rire gras en s'écriant « Oh, nom de Dieu ! », et aussitôt le Banc des Gosses se déchaînait parce que nous savions qu'ils parlaient de cul : « ON A ENTENDU ! » hurlions-nous, « GROS COCHON ! » « ERNIE, JE VAIS LE DIRE À TA FEMME ! », et ils nous adressaient des gestes dédaigneux de la main, « Allez donc jouer ailleurs », et nous partions dans de grands rires sonores et forcés, à deux doigts de l'hystérie sexuelle.

Mon daron ne traînait pas dehors autant que les autres pères et je pensais que c'était parce qu'il travaillait très dur à la Poste, mais en fait ils travaillaient *tous* dur. Ce n'était pas non plus parce qu'il pleurait ma mère, c'était sa nature, il était *toujours* comme ça. Et ça me rendait dingue parce que les autres l'aimaient bien, c'était un type sympa, mon père.

Les hommes jouaient au poker le vendredi soir et il lui arrivait de se joindre à eux, mais le plus souvent il allait au ciné et le lendemain je piquais une crise : « Mais pourquoi t'es pas allé jouer avec eux ? » Et il se contentait de hausser les épaules. Les autres aussi étaient des types bien, ils n'excluaient personne, tout le monde gagnait à peu près la même chose, non, c'était à cause de lui, de *lui*. Parfois, assis sur le Banc des Gosses, je regardais le Banc des Pères, et le mien ne s'y trouvait pas. Je montais à l'appartement et je disais « Gros Crétin te demande » ou « Larry la Bedaine te demande », et une fois qu'il était descendu je gardais un œil sur le Banc des Pères pour voir ce qu'il faisait, s'il parlait, s'il riait. C'était épuisant.

Je n'ai jamais vraiment cru que c'était le chagrin qui l'empêchait de sortir. C'était la déprime, l'apathie, sa capacité à avaler tout un repas en silence, sans même avoir un journal devant lui.

Je ne pense pas non plus que j'étais contre *n'importe quelle* femme, c'était Vy que je ne supportais pas. Cinq ans après la mort de ma mère, quand mon père commença enfin à rencontrer d'autres femmes, je m'entichai de sa première copine, une grande blonde divorcée un rien négligée prénommée Inez. En fait, il s'était mis à avoir des rencards parce que je n'en pouvais plus de le voir tous les soirs recroquevillé devant la télé.

À quinze ans, je le convainquis de s'inscrire à Single Again[1], un club de rencontres pour adultes divorcés ou veufs. Je dus le harceler pendant un mois pour qu'il s'inscrive et promette de se rendre à une soirée dansante dans une grande salle située côté Bronx du Whitestone Bridge. Je le traînai chez Korvette pour qu'il s'achète une nouvelle veste sport. Lorsque je le mis à la porte de l'appartement, le soir de la petite fête, il me servit un « T'en fais pas, m'man, je rentrerai à l'heure ». Très malin. Mais à la différence de toutes les mères j'espérais qu'il ne rentrerait qu'à l'aube. Je fantasmais sur un petit déjeuner de victoire avec une flopée de sous-entendus et de clins d'œil. Finalement, il rentra à onze heures du soir.

Il ne fit la connaissance d'Inez que trois mois plus tard, à une réunion du comité électoral des locataires, avec café et gâteau, dans le sous-sol de notre immeuble. Après trois rencards, elle quitta son studio pour aller vivre à San Diego avec sa fille. Six mois plus tard, Vy se présenta à notre porte un dimanche matin, morte de peur parce qu'il y avait une mante religieuse sur son appui de fenêtre. En emménageant dans l'appartement libéré par Inez, elle avait trouvé un mot qu'Inez, sans doute, avait laissé à l'intention du locataire suivant en présumant, je suppose, que ce serait une femme seule : *En cas d'urgence, s'adresser à Lou Keller, au 8G.* Mon père fit son numéro habituel de sauveur en chassant la mante avec un magazine, et le reste appartient à l'histoire. En fin de compte, c'était peut-être uniquement de l'appart' qu'il était mordu.

Le jour où il me demanda la « permission » d'épouser Vy – un traquenard, s'il en fut –, je fouillai dans le sac qu'elle

1. « À nouveau seul ».

avait laissé dans notre coin repas. Je voulais mettre la main sur quelque chose qui me montrerait qui elle était vraiment derrière sa façade d'extrême politesse. Ce que je découvris, hormis sa carte de caissière de la banque où elle travaillait, ce fut une photo en noir et blanc de son défunt mari, Martin Korn, et une copie ronéotée du régime sans sel qu'un médecin avait prescrit à Korn pour prévenir la crise cardiaque qui l'avait quand même tué. Martin Korn avait été gérant dans une cafétéria ouverte toute la nuit et la photo avait été prise sur son lieu de travail, Martin planté derrière les plats chauds, sinistre, empoté, avec un gros crâne chauve, des yeux morts et une moustache. Bien que la photo fût en noir et blanc, je devinai une légère tache jaune aux aisselles et au col de sa chemisette blanche. J'imaginais qu'il aimait les nourritures bouillies, si tant est qu'il aimât quelque chose. Porter sur elle ce régime sans sel trois ans après sa mort était typique de la souffrance silencieuse de Vy.

C'était peut-être mon principal grief envers Vy. Elle voyait en mon père un autre Martin Korn, et elle avait sans doute raison. Parce que je ne pouvais nier qu'il était dix fois plus heureux avec elle qu'il ne l'avait été avec ma mère. En fait, ils étaient inséparables. De son vivant, ma mère se mettait au lit sans lui parce qu'il faisait la nuit à la Poste. Le samedi, c'était elle et moi au cinéma ; le dimanche, elle et moi aux combats de catch ou au Roller Derby. Je ne savais même pas où allait mon père pendant son temps libre.

Pour le mariage de mon père et de Vy à la synagogue locale, j'étais garçon d'honneur. Succombant à un accès de mélo la veille des noces, je me rendis seul sur la tombe de ma mère. Fixant des yeux la plaque de granit, je m'imaginais dans un film. Sur un fond sonore d'harmonica, je devais prononcer quelques mots simples mais je ne trouvais rien à dire. Deux rangées plus loin, une fille de mon âge déposait des fleurs en plastique sur la tombe de sa grand-mère. Je m'approchai d'elle d'un pas nonchalant dans l'intention de la lever, mais au moment où je lui demandais « Vous venez souvent ici ? », elle fondit en larmes. Mon plan consistait à lui proposer d'être ma cavalière au mariage et je me dégonflai dans la seconde.

Plus tard dans la journée, j'allai à la banque retirer les deux cents dollars que j'avais sur mon compte et, dans une violente crise de générosité, j'offris à mon père et à Vy une lune de miel dans un hôtel des Catskills. Chaque fois que j'éprouvais pour quelqu'un une rage meurtrière, je le couvrais de cadeaux. C'était vraiment le bordel dans ma tête.

Si ce qui rendait vraiment mon père heureux, c'était cette foutue Vy avec son reliquaire sans sel, qu'est-ce que je pouvais y faire ?

Lorsque je rentrais à la maison pour les vacances, je me sentais dans la peau d'un personnage de roman russe redécouvrant la vieille demeure tant aimée de son enfance. Tous les meubles, toutes les choses rangées dans les placards me paraissaient à la fois merveilleusement nouveaux et nostalgiques. Cela durait à peu près trois heures en moyenne, puis la Crampe du Canapé me paralysait jusqu'au moment de retourner au campus. Mais le soir de la remise des diplômes, assis sur le sofa vert garni de glands, sous le miroir veiné de marbrures, contemplant une petite ferme en nouilles encadrée, je pris conscience que je n'avais *pas* de campus où retourner, et je perdis immédiatement mon aura de personnage de *La Cerisaie.*

Pour couvrir le ronron du présentateur du journal du téléviseur de leur chambre, au bout du couloir, j'allumai celui du séjour. Au moment où l'image de Johnny Carson grossissait et devenait nette sur l'écran, je découvris Vy, apparition à la lisière moquettée entre vestibule et salle de séjour.

– Salut, murmurai-je en me redressant un peu.

En chemise de nuit et peignoir de bain, elle remuait ses lèvres minces, l'air hésitant, les yeux luisant de nervosité comme à son habitude. Soudain, elle traversa la pièce et se percha à côté de moi sur le canapé.

— Peter… Je voulais juste te dire *mazel tov* pour cette journée. Tu rends ton père tellement fier.

Elle n'arrivait pas à décider ce qu'elle devait faire en premier, me glisser dans la main son billet de cent dollars ou m'embrasser, et elle finit par me bécoter l'aile du nez en fourrant le billet entre mes genoux.

— De ma part, mon chéri. Sors et amuse-toi.

Cette fois je me sentis dans la peau d'un vaurien et je la serrai dans mes bras pour une de nos embrassades semestrielles. Dès que je m'écartai d'elle, elle se leva pour battre en retraite vers la chambre.

— Vy ? dis-je avec douceur.

Elle fit volte-face au bout de la moquette.

— Je peux te taper d'une cigarette ?

Vraiment généreux de ma part.

— Mais bien sûr.

De la poche de son peignoir, elle tira un paquet de Lark enchâssé dans un étui en plastique et me tendit un briquet jetable.

— Vy ? fis-je, l'air un peu contrarié.

— Oui, mon chéri ?

— Merci.

— Peter, je suis fière de toi, moi aussi.

Je crus que là-dessus elle allait filer, mais elle restait plantée là, apparemment décidée à avoir une conversation. Je commençais à me sentir nerveux.

— Eh bien, je suis fier de *toi,* déclarai-je en rougissant de l'inanité de mes propos. Peut-être que je pourrais passer à la banque la semaine prochaine pour qu'on déjeune ensemble.

— Oh, ça me plairait beaucoup, trésor, assura-t-elle.

Semblant sur le point de pleurer, elle décampa pour de bon. Le spectacle de l'humoriste en salopette orange qui se démenait sur l'écran me fit soudain monter les larmes aux yeux à moi aussi et je me jurai de déjeuner vraiment avec elle.

Le « comique » s'appelait Herman Contardo, et son truc,

c'était d'être moitié italien, moitié juif : « Tu rigoles ? Quand mes parents se disputaient, ça donnait : Aïe ! Oy ! Aïe ! Oy ! »

Misère. Je me rappelai Larry m'incitant à devenir humoriste. J'en étais incapable. Être le pitre de la classe ne fait pas de toi un humoriste. C'est une chose de faire s'écrouler de rire un groupe de copains confortablement assis sur le canapé familial, ou sous un réverbère un soir, dans les vapes, c'en est une autre de monter sur scène, de passer des auditions, de se foutre du diplôme. Non, réalisme. Fac de droit. Ne lâche pas les études.

J'aurais peut-être dû prendre le taureau par les cornes et accepter d'aller à Saint John's, mais chaque fois que je pensais à cette fac, je me rappelais Harry le Handballeur. J'avais inscrit Saint John's comme filet de sécurité parce qu'un jour, quand j'étais au lycée, j'avais fait du hand dans un club de plage avec deux copains ados et une truffe d'une quarantaine d'années du nom de Howard. Il était lourdingue, maladroit, mais il se donnait à fond – ce qui le faisait jouer encore plus mal. Il était en caleçon de bain et ses balloches velues sortaient prendre l'air chaque fois qu'il se mettait en extension pour shooter. Mes copains et moi retenions nos rires et évitions de le regarder sous la taille. Howard était avocat. Howard avait fait son droit à Saint John's.

Depuis que j'avais entendu l'expression « un juge porté sur la pendaison » à six ans, dans la série western *Police des plaines,* j'avais en tête de devenir avocat. En CP, notre institutrice avait un jour demandé à tous les gosses de se lever et de dire ce qu'ils voulaient faire quand ils seraient grands. Tous les garçons répondirent soldat-policier-pompier, très original, et toutes les filles mannequin-infirmière-blabla. Moi je lançai « Avocat ! », ce qui faillit faire tomber la vieille instit' à la renverse.

Depuis, j'étais l'Avocat, le Juge. J'avais trouvé ma vocation. Régulièrement, aux mariages et aux bar-mitzvah, de trop nombreux oncles me tapaient dans le dos en s'exclamant : « Alors, monsieur l'Étudiant ! », ou bien une tante me disait :

« Quand je divorcerai de ton oncle, tu m'aideras à le plumer, hein ? » Et fusait alors la réplique : « Ettie, dis pas de bêtises, Peter sera avocat pour de grosses firmes, pas vrai, petit ? »

Vrai.

J'étais *bel et bien* le premier Keller à faire des études et je voulais réussir, je voulais une maison en banlieue chic, avec râtelier à pipes et globe terrestre dans le bureau. Pour moi, pour eux, pour moi.

Une chose cependant que le pitre de la classe et le juge à la main lourde avaient en commun, c'était le sentiment d'être différents. Même à l'âge de six ou sept ans, je sentais toujours quelque chose de tranchant derrière mon numéro de clown. Il *fallait* que je fasse crouler de rire les non-Juifs. Que je me peigne le visage comme un Indien chaque fois que j'en avais l'occasion en expression artistique. Que je balance des macaronis sur les filles en beuglant « Des vers de terre ! ». Toutes mes pitreries avaient des dents, il n'y avait pas de quoi rire. Et j'étais sûr que cela venait de ma mère, que je voulais imiter sa démesure, sa solitude. Le grand problème, à ce stade de mon existence, c'était que d'exceptionnelle ma vocation de juriste était devenue monnaie courante. Tout le monde voulait faire fac de droit. Et à en juger par le sociopathe à la chevelure démente qui faisait des cabrioles sur l'écran, le rêve de devenir humoriste semblait lui aussi passablement pathétique.

L'été qui suivit la remise de diplôme fut le pire. Pour commencer, je n'avais personne avec qui jouer. J'avais passé quatre ans à plus de cinq cents kilomètres de chez moi, et je sortais de Straight avec deux copains, Bam-Bam, qui buvait de la piquette avec une douzaine d'oncles de Calabre, et Larry, retourné à Saint Paul, Minnesota, dans son milieu.

Quant à mes « collègues » de Yonkers, la moitié souffrait d'une dépression causée par la drogue ou un mariage précoce, et le reste continuait à jouer au basket derrière le lycée. De toute façon, ça s'était terminé entre eux et moi dès mon retour à la Rhonda pour le Thanksgiving de ma première année, lorsque j'avais rapidement salué la famille, fait le tour de l'appartement au galop, touchant un peu à tout, et foncé aux terrains de basket, un vrai personnage de BD humoristique avec mon écharpe de deux mètres et mon manteau interminable. J'avais *Simon Straight* imprimé sur toutes mes fringues à part mon slip, *Les Damnés de la terre* de Frantz Fanon dans ma poche revolver et deux centimètres carrés de peluche au menton – tout ce que j'avais réussi à faire pousser en trois mois –, au-dessus de mon sourire prétentieux.

Je ne crois pas avoir vraiment espéré que se presseraient joyeusement autour de moi tous ceux qui fréquentaient divers centres universitaires locaux ou qui travaillaient déjà à temps plein. Ce à quoi j'eus droit, ce fut trente secondes d'interruption du match, six gars en salopette et baskets Converse hochant froidement la tête, « Salut, ça va ? », et me regardant comme si je descendais de la diligence venue de l'Est.

L'un d'eux énonça lentement, distinctement, « Si-mon Straight », et une épidémie de ricanements s'abattit sur le terrain. Aussitôt, le match reprit et je me retrouvai seul, grimaçant de honte et de rage.

Sur le plan théorique, n'avoir noué que deux amitiés en quatre ans ne me bouleversait pas. On change de décor, on part de zéro. Et d'ailleurs, combien de copains à toute épreuve connaît-on dans la vie ? J'ai toujours pensé que non seulement les gens étaient fondamentalement seuls mais aussi que beaucoup d'entre eux tiraient une certaine fierté de ce que personne ne connaissait vraiment le fond de leur cœur. Pauvres cons. Sur le plan *théorique*, donc, je ne souffrais pas de ma situation, mais dans la réalité il y eut des jours et des nuits cet été-là où j'aurais tué pour une demi-heure de franche rigolade. J'avais cependant d'autres choses en tête. Pour commencer, le juge sans pitié devait se trouver un boulot qui impressionnerait le comité des admissions de Columbia l'année suivante.

Plus facile à dire qu'à faire. Les petites annonces du *New*

York Times demandaient une expérience que je ne possédais pas et je dus passer par des agences de recrutement, ce qui impliquait de me taper une séance de sèche-cheveux chaque matin, de déambuler dans un Manhattan caniculaire en veste et cravate, avec à la main des petites cartes roses de présentation. Ajoutez à cela l'attente, les entretiens, les mensonges, l'humiliation… La seule offre réelle qu'on me fit provint de l'agence même : après six pistes bidons, le type qui me les avait fournies m'avoua que le marché du travail était merdique et me proposa d'essayer de devenir conseiller en emploi.

De temps à autre, on m'envoyait passer un entretien près de la poste de Grand Central, où travaillait mon père. Il bossait de neuf heures à dix-sept heures au guichet philatélie et je faisais la queue avec les collectionneurs de timbres – tous des hommes, et aucun ne pouvait prétendre à un prix de beauté – pour lui faire une surprise. Il était toujours content de me voir, il appelait toujours ses collègues pour qu'ils me serrent la main à travers les barreaux. Tous les philatélistes de la queue l'appelaient Lou bien qu'il ne mît jamais rien de côté pour personne, pas de favoritisme. À la fac, j'avais toujours présenté mon père comme un agent fédéral philatéliste, jamais comme un postier. Il rapporta un jour à la maison une planche de timbres pour moi, d'une série consacrée aux combattants de la liberté en Europe, mais je ne m'y intéressai pas.

Quelques semaines après la remise de diplôme, je dégotai un boulot dans la confection : décharger des chariots élévateurs pour La Belle, un fabricant de chemisiers. Je ne le pris pas en désespoir de cause mais parce que je commençais à me trouver physiquement moche, un peu ramollo, et que j'avais besoin d'exercice. Mon poste de cadre sup', ce serait pour plus tard, et en attendant, ce ne serait pas mal de ne pas avoir à taper mon vieux tous les jours pour un peu d'argent de poche. Grosse erreur. Le seul souvenir que je garde de cette semaine, c'est la bouffe et la chaleur. Le travail était incroyablement monotone et je n'avais rien à dire aux autres. À la pause déjeuner, je me retrouvais généralement seul, assis sur le trottoir de la Septième Avenue, adossé au bâtiment. J'allongeais les jambes, épuisé, ma salopette et mon tee-shirt trempés de sueur, les avant-bras couverts d'huile et de poussière, fixant le béton et la circulation à travers la brume de chaleur, engloutissant un lait à la fraise et un sandwich cuit dans son propre emballage de plastique, lorgnant les secrétaires ultra-chic, hauts talons, rouge à lèvres et cuisses gainées, qui passaient tout près de moi avec leurs diplômes de commerce, leur QI à deux chiffres, sans me regarder, sans même me voir. Je m'en foutais. C'était le job que je m'étais choisi parce que je commençais à perdre la forme.

Je démissionnai le jour où une amie de Vy, comptable dans le secteur de la confection, passa devant moi alors que, accroupi sur le trottoir, je mangeai un gâteau au chocolat pour la pause de l'après-midi. Rouge de gêne, je me levai d'un bond et me cognai l'épaule à l'un des barreaux d'une fenêtre du rez-de-chaussée. Elle ne me remarqua même pas et continua à marcher vers le centre.

Tout le mois de juin connut une chaleur incitant à la sieste. Le temps caniculaire conjugué au décalage horaire émotionnel de mon retour à la maison me valut un problème sanguin psychosomatique. Après avoir passé mes matinées à arpenter les rues d'un pas chancelant pour trouver du travail ou serrer la main de mon père, je devais lutter contre l'envie de rentrer à Yonkers faire un petit somme. L'après-midi, si j'étais trop crevé pour continuer à chercher, je me réfugiais dans un cinéma ou un musée. Je savais que dans mon état mental une sieste pouvait me tuer.

Le soir, nous nous retrouvions tous les trois devant le téléviseur du living. À l'université, je n'avais pas trop regardé la télé, et quand cela m'arrivait, c'était avec toute une bande braillarde. Pendant ces quatre années, les émissions télévisées passaient pour nous après les vannes, la bouffe et l'herbe.

Les soirées télé avec mon père et Vy étaient silencieuses. Au début, j'avais tenté de mettre de l'ambiance en me moquant de l'obésité du détective privé Cannon, ou de la patte folle de Chester dans les rediff de *Police des plaines*, mais j'obtenais au mieux quelques petits gloussements polis de mon père. Quant à Vy, je ne l'avais jamais vue rire une seule fois.

Un soir de la fin juin, dans un épisode de *NYPD*, un flic découvrait son coéquipier gisant dans une mare de sang, une énorme blessure au ventre. Il se penchait vers le blessé et lui demandait « Ça va aller ? », et je débitai aussi sec une demi-douzaine de vannes en dix secondes. Mon père n'entendit pas la réponse du flic blessé à cause de mon numéro et, le front plissé d'irritation, demanda à Vy ce que le gars avait répondu. Elle le lui répéta mot pour mot, et la carrière d'humoriste de Pete Keller s'acheva pour toujours.

Le lendemain à mon réveil, je me retrouvai devant cette alternative : me mettre à chercher du boulot pour de bon et décrocher quelque chose qui m'aiderait à me sentir de nouveau comme un être humain, ou devenir le sujet d'un article de l'*American Journal of Psychiatry* sur les tueurs en série.

Je couvris la table de la cuisine de petites annonces de tous les journaux que je pus dénicher et commençai à donner des coups de téléphone. Je répondis à une proposition de débuter dans le secteur magazines mais après vingt minutes de conversation voilée avec une dame se présentant comme une Maîtresse Femme, je compris que c'était un poste de grouillot dans une petite revue pour « dominatrices » à parution irrégulière.

Le coup de fil suivant se passa mieux. Une annonce du *Village Voice* demandait des gens accrocheurs ayant du bagout. Une certaine Mme Himmel m'expliqua qu'American Communicators était une agence de démarchage par téléphone. Elle semblait cool et impériale, avec dans la voix un léger accent danubien. Lorsque je fis mention de mon diplôme universitaire, elle roucoula d'approbation, ce qui m'incita à ajouter que je l'avais obtenu dans le Harvard du nord de l'État de New York, avec mention honorable en anglais – pas dégueu pour le bagout, non ? C'était mon premier entretien pour lequel mes études ne me desservaient pas et, en récitant mon CV à Mme Himmel, j'avais l'impression d'être Clark Kent déboutonnant lentement sa chemise blanche.

Je ne sais si ce fut à cause de sa curiosité nonchalante ou de mon vif désir d'une vraie conversation que j'eus avec elle mon plus formidable échange depuis la fac. Je voulus lui livrer l'histoire de ma vie, les pleurs, les peurs, les rires. Oubliant totalement que c'était un entretien d'embauche, je passai en revue tout ce que j'avais accompli depuis la maternelle, à l'exception de ma triple couronne en punchball[1] pour la saison 1957.

Elle me demanda de me présenter le lendemain pour une réunion d'orientation et je raccrochai dans un tel état d'excitation que je parcourus l'appartement en claquant des mains pendant une demi-heure.

American Communicators se révéla être en fait un labyrinthe de quatre-vingt-cinq cabines dans un immeuble de bureaux de Lexington Avenue. La boîte était dirigée par Mme Himmel et son mari, psychanalystes réfugiés d'Allemagne *via* le Danemark. En découvrant qu'elle était psy, je me sentis manipulé, mais pas trop gravement.

Les Himmel louaient leurs services à tout organisme ou société ayant besoin d'une campagne téléphonique pour vendre un produit, collecter des fonds ou procéder à un sondage, avec une clientèle allant du gouvernement aux magazines porno soft.

M. Himmel, barbe et pipe, la quarantaine, genre freudien taciturne, quitta les lieux deux minutes après avoir casé les six

1. Version simplifiée du base-ball.

nouveaux, moi et cinq femmes, que sa moitié avait embauchés par téléphone.

Mme Himmel, que j'avais envisagé d'épouser, c'était quelque chose. Vêtue avec élégance, svelte du cou aux orteils, mais le visage bouffi et blanc, surmonté d'une chevelure laquée couleur cuivre.

Elle était installée dans une cabine vitrée surélevée équipée d'un tableau de central téléphonique. Nous restâmes un moment tous les six devant la porte ouverte de la cabine tandis que, des écouteurs aux oreilles, le front plissé par la concentration, elle mettait successivement sur écoute les diverses lignes du labyrinthe, en bas. Elle avait des gestes fluides et machinaux, telle une standardiste rêvassant pendant le boulot, mais à un moment elle s'interrompit brusquement, porta une main à son casque et parut écouter plus attentivement.

– Adrian ? ronronna-t-elle. Je suis ravie que votre mère aille mieux. Vous pouvez partir… Nous vous enverrons votre chèque pour cette semaine par la poste.

En bas, une femme à queue-de-cheval sortit de sa cabine, le visage écarlate, et quitta la salle sans lever les yeux vers la cabine vitrée. Adrian venait apparemment de se faire prendre à donner un coup de fil personnel. Mme Himmel recommença à passer d'une écoute à l'autre puis s'arrêta de nouveau :

– Julio ? Si mes souvenirs sont bons, Power Plower garantit un remboursement en cas de problème, non ? Vous ne pensez pas que cet argument aurait pu influer sur la décision du démarché ?… C'est bon, c'est bon. Passez à l'appel suivant.

Cinq minutes plus tard, quand elle finit par ôter son casque et se lever lentement pour nous balayer d'un regard façon scalpel, nous fûmes tous « orientés ». Peu de temps après, la femme installée à côté de moi, le corps déformé par une grossesse, marmonna « Putain, ce boucan » et se dirigea vers la sortie. Curieusement, je ne fus pas vraiment choqué. Je trouvais la méthode Himmel méprisable mais ingénieuse.

Je crus d'abord être tout à fait paré pour ce genre de job, mais j'arrêtai de me raconter ces conneries au bout de trois jours et, à la fin de ma première semaine, j'avais l'impression de traverser le désert de Gobi en titubant. Je pointais à huit heures quatre exactement, soit une minute avant une retenue d'une demi-heure sur mon salaire, je descendais les rangées de cabines isolées par des plaques perforées, une vague de voix basses, de cliquetis de cadrans s'élevant en un murmure assourdi au-dessus des panneaux d'insonorisation aux couleurs roulotte de cirque du labyrinthe. Mme Himmel était toujours dans sa cabine vitrée, nous mettant sur écoute avec délice. J'étais sûr qu'elle mouillait devant son tableau.

Parfois je m'arrêtais en chemin jusqu'à ce qu'elle baisse les yeux vers moi, puis je repartais de mon pas traînant, comme si je ne savais pas qu'elle m'observait.

Sur les quatre-vingt-cinq autres employés, j'étais le seul à établir un contact visuel avec elle. Nous n'avions pas échangé un mot depuis notre conversation au téléphone, cependant j'avais l'impression de la connaître depuis des siècles et je sentais d'instinct jusqu'où je pouvais aller. C'était une vraie salope avec moi, mais elle me permettait de répondre et de bouder comme un sale gosse. Si quelqu'un d'autre osait se montrer insolent, le couperet tombait.

Un jour, un type se fit engueuler parce qu'il s'était attardé à la pause-café. Je revins dans la salle cinq minutes après lui et n'eus droit qu'à un long soupir souffreteux de Mme Himmel.

Je devais lui rappeler quelqu'un.

Elle m'aimait bien.

J'avais la cabine 8E. Tous les matins, je m'asseyais à ma place, les coudes sur le plateau de formica de mon bureau, et regardais le téléphone mural noir fixé à trente centimètres de mon visage sur la plaque d'insonorisation bleu ciel. La cabine à ma droite était vert maillot équipe de sport britannique, celle de gauche jaune d'œuf, celle de derrière orange, toutes si brillantes et laquées qu'on pouvait se recoiffer en s'y mirant. Tous les jours, je m'installais dans ma cabine et j'attendais que mon téléphone sonne deux fois. Je ne décrochais jamais, je relevais juste la tête sans me retourner, façon de dire « OK, OK » à Mme Himmel, qui, je le savais, me transperçait l'échine de son regard.

Je ne m'intéressais à aucun de mes collègues. J'étais abruti, furieux, et d'ailleurs je ne pouvais les voir vraiment que lorsqu'ils se levaient. De plus, le boulot était si pourri que le renouvellement du personnel était phénoménal. Entre les « Je démissionne » et les « Vous êtes viré », les gens ne restaient jamais longtemps.

Au bout de quelques semaines, je changeai toutefois d'attitude quand j'entendis dans la 8D, malgré l'insonorisation, des murmures suivis d'éclats de voix et de soupirs qui n'avaient rien à voir avec le démarchage.

Je rapprochai ma chaise de la cloison et parvins à entendre plus nettement : « Arrête de parler comme ça ! Tu te trouveras un autre esclave... Non... Non... C'est pas le seul Africain de New York... Et quels cachets tu comptes avaler ?... Combien ?... Mmm... Mmm... Ce qui veut dire que tu ne seras pas là pour mon anniversaire ? Mmm... Mmm... ouais... Don-*nallld,* Don*nallld,* je me moque pas de toi... Et *moi,* qui va m'empêcher de me suicider si tu te tues ? C'est quand, ton rendez-vous avec le psy ?... Comment ça, tu te sens trop dingue pour avoir une séance ?! Tu te rends compte des conneries que tu dis ? »

Mon voisin de cabine gloussa devant l'énormité de la chose puis se retourna pour voir si Himmel l'observait et me surprit écoutant derrière lui. Il me fit un clin d'œil et un sourire de conspirateur puis reprit sa conversation :

– Je te le répète, Donald, qui me dissuadera de me... Qui ? Emory ? *Emory !* T'es sérieux, là ? Je le vois plus du tout... Il m'énerve avec ses histoires de cellulite. Non, chéri, je vois plus personne à part toi, et si tu meurs, je suis mal barré... Non, non, Emory croit qu'il a de la cellulite... Je sais... Tu te rappelles, l'année dernière ? Quand il pensait avoir une mycose ?... Donald ? C'est un rire que j'entends ?... Mmm...

Donald, on peut reprendre plus tard cette conversation ? Salut, Donald…

Il se tourna à nouveau vers moi avec un sourire triomphant et reprit :

– Allô, c'est James, j'appelle juste pour savoir comment tu vas… Ah bon ?… Ah bon ?

Souriant moi aussi, je gardai un moment les yeux sur le bourrelet de chair qui apparaissait entre le haut de son pantalon et le bas de son sweat-shirt, qui avait remonté dans son dos. Sur le plateau de son bureau, il y avait un exemplaire de *Variety*.

Je tombai aussitôt amoureux. Pas de lui mais de son homosexualité, de son numéro d'Auntie Mame[1], de son exemplaire de *Variety*. En remontant du regard la rangée de cabines, je découvris, dépassant de poches revolver, deux autres *Variety*, un *Show Business* et un *Backstage*[2]. Je me rendis lentement aux toilettes en prêtant pour la première fois attention aux occupants des cabines et j'entendis un étonnant concert de voix à l'articulation parfaite. Je remarquai quatre femmes de mon âge d'une sveltesse de cygne et, à côté de chaque chaise, un grand sac à bandoulière. Deux d'entre eux étaient ouverts, laissant voir un body, des jambières en laine, un sachet en plastique rempli de graines de tournesol, un déodorant à bille.

À partir de ce jour, je trouvais sans cesse une excuse pour me balader dans les allées, observer les employés qui arrivaient ou partaient. Tous, hommes ou femmes, trimbalaient un de ces grands sacs contenant sans doute un costume de scène. Je découvris qu'une petite minette potelée à lunettes, qui portait *elle* un petit sac à main – et j'étais donc sûr qu'elle n'avait rien à voir avec le spectacle –, avait produit et dirigé un dessin animé de trois minutes sur la lettre N pour Rue Sésame.

1. Personnage de vieille tante excentrique dans le film éponyme de 1958.
2. Des magazines sur le monde du spectacle.

En fait, j'étais entouré d'une troupe talentueuse payée au Smic.

On avait accroché dans la salle un planning taille Téléthon et la plupart de mes collègues consultaient leur agenda pour voir s'ils pouvaient concilier leurs horaires de la semaine suivante avec les cours, les répétitions, les auditions. La boîte démarchait sept jours par semaine, de huit heures à vingt-deux heures, ce qui donnait assez de marge pour glisser entre les heures payées les heures nécessaires à un avenir glorieux.

Lorsque, au bout de quelques jours, je compris la situation, je fus saisi d'une angoisse extatique comme je n'en avais jamais éprouvé depuis la perte de ma virginité.

Je voulais faire partie de la bande. Je voulais entrer dans le jeu.

Je concentrai mon attention sur mon voisin de la 8D, le conseiller en suicide. James Madison avait deux ou trois ans de plus que moi, un front haut si rose et lisse qu'il avait l'air bouilli. À cela s'ajoutaient des dents d'un blanc phosphorescent et des cheveux d'un noir de jais soigneusement gominés à la Jerry Lewis qui lui donnaient l'air d'un maniaque de la propreté horrifié à la vue d'un cendrier sale, alors que c'était un vrai crado. Des emballages de McDo poussaient sous son siège et ses tee-shirts étriqués révélaient un physique grassouillet. Malgré tout, c'était mon nouveau héros. Tout ce que je voulais, c'était qu'il me fasse de nouveau un clin d'œil et m'admette comme membre du club à part entière.

Je mis un point d'honneur à le saluer et à lui adresser un sourire ironique chaque fois que nos regards se croisaient. Je le déconcertais probablement et il craignait peut-être même pour sa vie.

Parfois, lorsque j'allais prendre un café, je lui en apportai un aussi. Sans qu'il me l'ait demandé. Il me remerciait, mais son visage demeurait fermé, sa voix hésitante, et nous n'avions qu'un court échange de mots qui ne menait nulle part. Il m'arrivait la même chose avec tous les autres : j'avais oublié comment avoir une conversation. Je n'avais en tête que facs prestigieuses et vague vision d'un avenir dans un palais de banlieue chic avec toujours le râtelier à pipes et le globe terrestre dans le bureau. Mes priorités étaient si différentes de celles des autres que chaque fois que je m'efforçais de me rapprocher d'eux je me faisais l'impression d'être un gros ours abruti courant lourdement dans une clairière pour jouer avec des cerfs.

Enfant, mon surnom de pitre de la classe était Speedo, et je voulais redevenir Speedo. Comme les danseurs, les acteurs, comme James, qui était ventriloque, je voulais baigner dans mon aura d'être exceptionnel.

Au diable le juge-la-potence. Les employés d'American Communicators ne faisaient pas la différence entre force de loi et force de vente. Jusqu'ici, la façon dont j'avais étoffé mon CV ne me mènerait pas même à un cours par correspondance pour devenir détective privé.

Speedo. Je n'avais pas repensé à mon rêve de faire du stand-up depuis la remarque de Larry le jour de la remise des diplômes. À présent, je ne cessais de ressasser cette idée dans ma tête. C'était un défi audacieux. Comment y parvenir ? Comment avoir les couilles pour ça ? Comment se torcher le cul avec le drapeau américain des Leslie et mon diplôme universitaire ?

Personne chez AC ne voulait ma peau. Tout le monde se montrait amical envers moi, mais je n'arrivais pas à me détendre, à être moi-même. Et me sentir proche d'eux sans être l'un d'eux provoquait en moi une crise aiguë d'interrogation sur mon identité. Quand j'apprenais que l'un d'eux venait de faire un tout petit pas vers la réalisation de son rêve, j'étais pris de panique. Un gars qui bossait à six cabines de la mienne et qui donnait par ailleurs un spectacle de marionnettes avec sa compagne quitta un jour la boîte après avoir obtenu une bourse gouvernementale pour une tournée en Europe de l'Est. Le même jour, une Watusi d'une élégante minceur distribua des invitations pour un ballet de sa compagnie de trois personnes dans une église de New York, et vers midi je me mis à agiter frénétiquement les genoux.

Chaque soir je rentrais chez moi saisi de bouffées intermittentes d'angoisse. Un jour je me lançai avec force gesticulations dans une discussion avec mes parents sur le mariage interracial. Un moyen infaillible de les contrarier. Je leur racontai que j'étais tombé amoureux au boulot d'une danseuse africaine et ils se mirent à s'agiter dans le séjour comme si la télé était en flammes. Le débat cessa quand je fis tomber involontairement de la crédence un chameau en plâtre qui se brisa en mille morceaux. Ils se retirèrent dans leur chambre pour regarder la télé en noir et blanc, et je me retrouvai seul, avachi sur le canapé, le regard vide, tel un roi vaincu au dernier acte d'une tragédie.

Au boulot, je racontai que j'avais mon propre appart' dans Brooklyn.

J'aurais peut-être dû quitter AC, mais plus je me sentais coincé, plus j'étais obsédé par l'idée de devenir quelqu'un. Parfois je passais toute la journée à chercher quelque chose qui montrerait quel humoriste cinglant je pouvais être. J'étais Speedo. Je pouvais faire s'écrouler de rire une salle entière si l'on m'en donnait l'occasion, mais pour le moment j'étais apparemment le seul au bord de l'écroulement. J'étais convaincu, dans ma solitude et ma confusion, qu'en plus d'avoir du talent et de la détermination mes collègues étaient tous liés les uns aux autres, qu'ils sortaient ensemble, qu'ils appartenaient tous à l'élite new-yorkaise, et chaque fois que l'un d'eux démissionnait ou se faisait lourder, ou que deux d'entre eux partaient ensemble, je me tortillais sur mon siège en mourant d'envie de leur lancer « Vous allez où ? », « Il se passe quoi ? »...

Les choses commencèrent enfin, *enfin,* à s'arranger un peu pour moi le jour où mon voisin de la 8F, un étudiant en art dramatique, Terry Steinmark, se fit choper en train d'appeler sa permanence téléphonique et fut mis à la porte sur-le-champ. Il n'était que huit heures et quart et il bâillait encore en rangeant ses affaires.

À neuf heures, le téléphone de James Madison émit le signal des deux sonneries, et quand il se retourna Mme Himmel lui fit signe de venir de son index recourbé. Il alla à la cabine vitrée et revint quarante-cinq secondes plus tard avec un magnétophone, une brassée de cassettes, une nouvelle liste d'appels et un nouveau texte.

Chez AC, nous étions répartis par rangées dans deux campagnes : l'une pour fourguer Power Plower, un appareil de musculation, l'autre pour collecter des fonds en soutien aux chaînes publiques de télévision. Notre rangée s'occupait de Power Plower, mais Madison venait d'être muté à la campagne pour la télé publique. Himmel ne lui avait pas expliqué pourquoi, mais selon moi, avec sa voix de pédé, James ne devait pas être très convaincant quand il essayait de vendre des appareils de muscu à l'Amérique. Il était furieux de cette mutation. Apparemment, il prenait son pied à bavarder, à déconner et à flirter avec tous ces gars qui avaient envoyé une pub découpée dans un illustré ou un magazine de culturisme, et il se retrouvait maintenant forcé de s'adresser à des libéraux éclairés, posés et graves. Par-dessus le marché, le boniment qu'il devait servir dans sa nouvelle campagne était humiliant et insultant aux deux bouts de la conversation téléphonique.

Chaque démarcheur de cette campagne était équipé d'un magnétophone relié au téléphone et lorsqu'il avait la cible en ligne, il devait dire : « Bonjour, madame Machin, c'est… (il donnait son nom) qui vous appelle pour… (la chaîne publique locale) et j'ai ici un ami (une amie) qui aimerait vous parler de cette chaîne. Vous avez une seconde ? » Là-dessus, il connectait le message de son « ami-e », un enregistrement de trente secondes de Julia Child, l'animatrice d'émissions culinaires, de l'actrice Helen Hayes ou du comédien noir James Earl Jones[1], selon la composition démographique de

1. Il fut notamment la voix de Dark Vador dans la saga *La Guerre des Étoiles.*

la région visée. Ce qui rendait tout le monde dingue, c'était la phrase « Et j'ai ici une amie », qui laissait entendre que Helen Hayes était assise sur ses genoux.

James Madison donna une dizaine d'appels avec la cassette Julia Child et j'entendais faiblement sa voix travers la cloison d'insonorisation. Elle commençait à me rendre dingue, mais sans doute pas autant que James, parce que, après deux appels de plus, il tendit le bras derrière lui et tapota les cloisons de deux cabines de la rangée 7, situées juste derrière nous, et eut une mimique invitant ses deux copains à écouter son appel suivant. Ils tournèrent furtivement leurs sièges dans l'autre sens pour pouvoir entendre. Bien que n'étant pas moi-même invité, je me penchai vers la gauche avec le sourire détendu d'un initié.

– Allô, vous êtes bien Mme Gretchen Lacy, de Mobile, Alabama ?... Bonjour, je suis James Madison et je vous appelle pour la chaîne 12 WBNF. Vous connaissez cette chaîne ?... Oui ?... Très bien. Madame Lacy, j'ai ici une amie qui aimerait vous parler de BNF. Vous avez une seconde à lui accorder ?... D'accooord... » Mais au lieu de brancher la cassette Madison il nous offrit une imitation parfaite de Julia Child, avec ses inflexions aiguës de vieille tante écervelée. « Bonjour, je m'appelle Julia Child. D'habitude, quand nous bavardons, je passe au chinois les végétariens, mais cette fois j'aimerais discuter d'autre chose... »

Les deux autres gars étaient morts de rire. Moi, j'avais trop conscience de mon statut de pièce rapportée pour rire avec eux, mais ce fut un triomphe. Pendant l'heure qui suivit, James imita Julia Child, puis le journaliste et producteur de radio Alistair Cooke, l'acteur et présentateur Dick Cavett, et à onze heures la moitié de la salle était passée devant sa cabine pour assister au James Madison Show.

Une demi-heure avant la pause déjeuner, une grande jeune femme aux épaules carrées et à la mine épanouie portant une palanquée de cassettes se dirigea vers la cabine libérée par Terry Steinmark. Au passage, elle ébouriffa les cheveux de James Madison avec un sourire espiègle.

– Randye ! s'exclama-t-il, ravi.

Le long sac en patchwork qu'elle posa dans sa cabine me fit supposer qu'elle était danseuse, mais, contrairement aux cygnes de la boîte, elle était plutôt bien charpentée. Elle portait une salopette et un tee-shirt floqué d'une carte touristique de Cape Code en travers des nichons. Taille enfant, pour laisser le nombril à découvert.

– Les chaînes publiques de télé, gloussa-t-elle. Et « passer au chinois les végétariens »...

Elle se renversa en arrière par-dessus la cloison et me tapota le dos.

– Ça veut dire quoi, d'ailleurs ?

C'était une des rares fois où quelqu'un m'adressait la parole en premier et je dus bafouiller comme Porky dans ses dessins animés en tentant de trouver une réponse pleine d'esprit tout en me retenant de sauter sur ses genoux. Ses dents de devant étaient ébréchées à leur point de rencontre, et elle gardait ses paupières à demi closes, comme si elle était sur le point de soupirer. Mme Himmel lui envoya le signal et Randye se rassit pour travailler avant que j'aie pu prononcer un mot. Trente secondes plus tard, elle me pressait le bras en s'esclaffant.

– J'y crois pas ! J'ai des appels pour Billings ! J'ai grandi là-bas !

James Madison finit par se lasser de ses imitations, mais il en fit quand même une dernière ce matin-là pour Randye, vers qui il tendit le bras pour attirer son attention. Cet enfoiré ne m'invita pas une seule fois à assister au spectacle.

À la pause déjeuner, Randye se leva de son siège, plaqua ses paumes contre le bas de son dos, cambra l'échine et se balança d'un côté à l'autre, puis toucha ses orteils avec l'intérieur de ses poignets. Elle avait des cuisses longues et fortes, un cul musclé et haut perché, de petits nénés pour sa carrure. Elle claqua des mains au-dessus de sa tête et étira les bras le plus qu'elle put. Elle avait une cage thoracique large comme une barrique de bière mais sans une once de graisse.

James Madison et elle restèrent à leurs postes pour manger ce qu'ils avaient apporté – pour Randye, une poignée de pilules vitaminées et un morceau de fromage piqueté de graines de carvi. Il aurait fallu que je sorte m'acheter quelque chose, mais je n'avais pas envie de les quitter et je décidai de me passer de repas.

Ils avaient tous deux sorti leur chaise de leur cabine pour étendre leurs jambes et se faire face derrière ma cabine. Les genoux tremblants, je retournai mon siège pour composer une douillette partie à trois.

– James, tu veux un café ? proposai-je.

– Non, merci, me répondit-il, l'air intrigué.

– Et toi, Randye ?

– Non. Tu manges pas ? me demanda-t-elle avec sollicitude.

– Non, j'ai mal à l'estomac.

Je grimaçai en me tripotant le ventre, gêné devant James mais ravi de l'attention qu'elle me portait.

– Tu devrais au moins prendre des vitamines, me conseilla-t-elle. Tu sais quoi, James ? J'ai des appels pour Billings !

– Formidable, marmonna-t-il. T'as fait trois mille kilomètres pour gagner de quoi vivre en appelant chez toi...

– Herron aussi est de Billings, m'informa-t-elle en me tapotant la jambe. Elle est dans notre compagnie, on est cinq seulement, dont trois du Montana, tu te rends compte de la coïncidence ?

Je hochai la tête en m'efforçant d'avoir l'air fasciné.

– Toi, t'appelles où, James ? s'enquit-elle.

– Mo-bii-leu, dit-il d'une voix traînante. Hier, c'était une île au large de la Géorgie.

Une des danseuses s'approcha et pressa l'épaule de Randye.

– Oh ! J'avais presque oublié ! s'exclama Randye en se

levant d'un bond. Faut qu'on aille acheter des billets. À tout à l'heure, dit-elle, plus à James qu'à moi.

Tout à coup, nous nous retrouvions en tête à tête, lui et moi.

– Une île, murmura tristement James à son sandwich.

Craignant qu'il ne se tourne à nouveau vers son bureau avant que je puisse engager la conversation, je lâchai la première chose qui me passa par la tête :

– Étonnant, le nombre de gays qui bossent ici, déclarai-je d'un ton réfléchi.

Il se redressa sur sa chaise et deux démarcheurs de la rangée 7 qui m'avaient entendu se retournèrent.

– Ben, c'est parce que les gays adorent parler au téléphone, assura James, impassible.

Je pris un air intéressé, mais les deux types ricanèrent et je devins écarlate en comprenant qu'il s'agissait d'une vanne. Il inclina la tête sur le côté en me regardant droit dans les yeux pour me signifier que je n'étais qu'un pauvre connard. Ma honte, mon accablement étaient si profonds que je ne pus que lui rendre en retour un regard chargé de colère et de désespoir qui hurlait « Je fais ce que je peux, enfoiré ! ».

J'écourtai ma pause et me remis à donner des coups de fil.

Cinq minutes plus tard, James Madison me tapota le bras et me dit :

– Rejoins-moi aux gogues.

Il se leva et quitta la salle. Je le suivis dans les toilettes des hommes et le découvris adossé aux sèche-mains, les bras croisés sur la poitrine. Réprimant un haut-le-cœur provoqué par l'odeur puissante des pastilles d'urinoir parfumées à la cerise, je m'assis sur un lavabo, les yeux baissés.

– Qu'est-ce que tu veux de moi, Peter ? me demanda-t-il, sans colère mais sans douceur.

Le regard rivé à ses godasses, des chaussures de chantier orange aux éraflures jaune pâle, je bredouillai :

– Je voudrais être comme toi.

Je finis par relever la tête et il me dévisagea, ses traits

passant par une série d'expressions pour la plupart indéchiffrables.

Je sautai du lavabo et tendis une main devant moi en signe de dénégation.

– Non, pas dans ce sens-là !

C'était encore pire.

– Dans quel sens, alors ?

– Tu sais bien, plaidai-je.

– T'es une fille à pédés ? suggéra-t-il d'un ton poli.

Jusque-là, je croyais qu'il fallait être une femme pour être une fille à pédés.

– Non, pas du tout. Ça n'a rien à voir... Je pense juste que t'es vraiment un type bizarre, t'arrêtes pas de m'épater, et je te trouve formidable.

Après avoir considéré un moment ma réponse, il eut un haussement d'épaules quelque peu dédaigneux, puis se dirigea vers la porte, les bras toujours croisés sur la poitrine, mais j'eus l'impression qu'il retenait un sourire.

Une heure plus tard, il se pencha par-dessus la cloison qui nous séparait et grommela :

– Ouais, je suis *vraiment* un type bizarre.

Le lendemain matin, pendant que j'attendais le signal de Mme Himmel, James Madison donna six coups de fil. Six fois pour rien. Six entrées en matière implacablement guillerettes, « Bonjour ! C'est James Madison qui vous appelle pour la chaîne WBNF. Est-ce que... Il n'est pas là ? ». D'un bout à l'autre de la salle, le même « Bonjour ! » théâtral montait des cabines.

Mon téléphone finit par sonner deux fois et mes genoux se remirent à battre la mesure sous mon bureau. Je pris la première de mes cinquante fiches roses : Watertown, État de New York. La veille, j'avais Queens. Trois foutus chiffres de plus pour composer le numéro. Je coinçai le combiné entre mon cou et mon épaule. Un mois plus tôt, il était encore muni d'un repose-téléphone gainé de polystyrène gris, mais j'avais pris l'habitude d'en gratter nerveusement la mousse de mes ongles et il ne restait plus maintenant que la coque en plastique incurvée qui m'entamait la peau à la fin de la journée.

— Bonjour ! claironnai-je avec un entrain d'animateur de jeu télévisé qui ne manquait jamais de m'étonner vu mon état. C'est Pete Keller qui vous appelle pour Power Plower. Est-ce que… (coup d'œil à ma fiche) Tommy… (Tommy Mglxgpyk ? Himmel ne pouvait pas trouver des dactylos qui connaissaient l'alphabet ?) Est-ce que Tommy est là ?

— Quittez pas… Tommiiiii ! cria une voix d'adolescente. Téléphone !… Je sais pas ! s'énerva-t-elle. Un type !

S'adressant de nouveau à moi, elle demanda :

— C'est de la part de qui ?

— Pete Keller, pour Flower Power – euh, Power Plower !

— Je sais pas ! hurla-t-elle de nouveau dans la maison. Viens répondre, faut que j'y aille !

Suivit le bruit que j'en étais venu à détester plus que les fachos au bout de sept semaines chez AC, les *bong* et *bang* du combiné qu'on avait lâché et qui cognait le mur ou la machine à laver dans un mouvement pendulaire, suspendu au bout de son fil. C'était comme recevoir une interminable série de gifles en pleine figure.

— Allô ?

— Tommy ?

— Ouais ?

— C'est Peter Keller, pour Power Plower.

— Pour qui ?

— Power Plower.

— Qu'esse vous dites ?

C'était toujours la même chose, avec ce produit. Seuls les débiles lisaient les magazines de muscu.

— Eh bien, Tom… mes amis de *Pectoraux et Dorsaux* ont reçu une carte de votre part disant que vous souhaiteriez en savoir plus sur Power Plower, l'appareil de musculation…

— Ah, ce truc…

— Exactement, Tom. Power Plower repose sur un système de tension isométrique qui fera de vous le colosse de vos rêves. Cet appareil est en acier forgé et présenté dans une mallette, avec des instructions détaillées pour en faire bon usage.

— D'accord.

J'avais beau haïr ce boulot, ça me faisait toujours quelque chose de décrocher une vente.

— Si vous êtes d'accord, je peux vous expédier un Power Plower tout de suite après notre conversation, Tom, et si, au bout de six mois, votre corps n'est pas complètement transformé, vous me renvoyez l'appareil et je vous rembourse *deux fois* la somme que vous avez versée… Où habitez-vous, Tom ?

— À Watertown.

— Livré chez vous dans cinq jours, Tom. Cinq jours. J'en ai un devant moi avec votre adresse dessus, j'ai juste à courir le poster. Vous le voulez ?

— Ouais.

Tu vas l'avoir, Ducon.

En pilote automatique, je m'emparai d'un bon de commande que je posai à côté de la fiche rose.

— OK, Tom. Le Power Plower vaut quarante-neuf dollars quatre-vingt-quinze, que vous pouvez régler de deux manières. Soit vous nous adressez un chèque pour le montant total, et vous êtes débarrassé d'un coup, soit, si vous préférez, vous nous versez sept mensualités de huit dollars, ce qui, entre vous et moi, vous reviendra à cinquante-six dollars.

— Je paie tout d'un coup.

— Bien vu, Tom, le complimentai-je en inscrivant *vendu* sur la fiche. Bon, maintenant, vous pouvez m'épeler votre nom de famille ?

— Je croyais que c'était déjà tout marqué.

— Simple vérification. Le courrier, vous savez…

— Je sais pas.

– Ben, croyez-moi, il y a des facteurs un tantinet bordéliques, alors, vous pouvez m'épeler votre nom de famille ?

– Je sais pas, je vous dis.

– Vous ne savez pas ? Euh... Oui... Pas de problème, Tom, je comprends... Euh, une dernière question avant que je vous envoie le colis... Vous avez quel âge ?

– Huit ans.

– D'accord... Personnellement, je n'y vois pas d'inconvénient, mais selon la loi, il faut avoir seize ans pour acheter un Power Plower par téléphone, sinon j'ai besoin de l'autorisation de ton papa. Il est à la maison ?

– Nan, il travaille.

J'inscrivis *rappeler* sur la fiche puis je précisai *demander le père.*

– Il rentre vers quelle heure, Tom ?

– Sept heures.

– Nous le rappellerons.

– Ouais, dit le gosse.

Il raccrocha.

Avant de passer l'appel suivant, je me tournai lentement pour jeter un coup d'œil à Mme Himmel. La tête baissée, elle procédait à ses écoutes et je murmurai dans le téléphone :

– Suce-moi, salope.

Aucune réaction. Un soupçon de roulette russe pour épicer la journée.

– Bonjour ! C'est Pete Keller pour Power Plower. Jim Timothy est là ?

– Il est mort, Jim, se lamenta une voix de vieille femme. Qui est-ce qui le demande ?

– Euh... Bob Smith... pour Power Plower, balbutiai-je, désarçonné.

– Il est mort ! s'écria-t-elle. Qu'est-ce que vous lui voulez ?

– Rien. Désolé.

Je raccrochai en aspirant une bouffée d'air entre mes dents.

– Je viens d'appeler un macchabée, annonçai-je à James

Madison, qui s'étirait le dos en bâillant de l'autre côté de la cloison.

— Mon Dieu, lâcha-t-il, comme s'il venait de découvrir que sa maman lui avait mis un sandwich à la merde dans sa boîte à déjeuner.

— Ouais. Et Julia Child, ça va ?

— Morte aussi... J'en ai ma claque, de Julia. J'envisage d'imiter d'abord une célébrité et de passer ensuite un enregistrement de *moi.* Par exemple, je dis : « Bonjour, c'est Alister Cooke. Je suis bien chez Mme Ching, à Mobile ? J'ai ici un ami qui aimerait vous parler, si vous avez une seconde... » Et là, je passe à ma propre voix : « Bonjour, c'est James Madison. »

Randye arriva, essoufflée, les bras à nouveau chargés de cassettes.

— Salut, comment ça va, Peter ?

J'étais ravi et étonné qu'elle se souvienne de mon nom.

Une heure plus tard, après quinze appels pour rien, je lui tapotai l'épaule.

— Randye... Randye, tu veux qu'on sorte ensemble, qu'on se fasse un ciné, ou qu'on aille boire un café ?

Je me rendis soudain compte que je secouais d'avance la tête pour répondre non à sa place.

— On pourrait déjeuner ensemble, proposa-t-elle avec une joyeuse neutralité, copain-copain.

Bon, c'était déjà ça.

Je repris le téléphone, me tournai vers Himmel.

— Y paraît que tu suces des grosses bites d'ours, articulai-je avec la voix bwana d'un Noir de Hollywood.

Pendant les deux heures qui suivirent, j'imaginai que Randye m'emmenait chez elle. Un petit studio dans le Village avec un grand lit en cuivre, des chats, un plat à bonbons rempli de coke. Je fourguai quatre Power Plower, dont un à une femme. Un gars que l'appareil n'intéressait pas renversa les rôles et chercha à me vendre une voiture.

Le déjeuner fut rude. À peine étions-nous installés dans

la cafétéria située en bas de l'immeuble que j'eus une prise de bec avec la serveuse, qui râlait parce que Randye avait apporté un sac à congélation rempli de bâtonnets de légumes et n'avait commandé qu'un thé.

– James m'a raconté que tu habites Brooklyn, attaqua-t-elle. Je connais pas. Moi, je suis juste une cow-girl, ajouta-t-elle en s'esclaffant.

Ah, oui, c'est vrai, me rappelai-je. Je vis à Brooklyn.

– Comment ça, une cow-girl ?

– J'ai grandi dans le Montana.

– Avec les fourches, les bottes, les salopettes, les gars qui travaillent dans le ranch de ton père, Lem, Clem et Slim, qui ont vu la pouliche que tu étais s'épanouir en une fringante jeune femme ?

Elle attendit la fin de ma tirade pour me démentir :

– Non, mon père est gynécologue... mais j'ai été championne junior de rodéo !

Elle s'escrima pour sortir du sac une rondelle de concombre qui lui glissa des doigts et roula sur le sol.

– Comme j'adorais la danse, j'ai quitté le Montana pour venir ici et je fais maintenant partie d'une compagnie toute nouvelle, on est cinq, tous refusés par les autres compagnies, mais on est bons, on a obtenu une bourse, et si, comme je le pense, on en obtient une plus importante, je pourrai plaquer ce boulot, suivre plus de cours et danser danser danser, danser tout le temps !

– Pourquoi tu demandes pas simplement à ton père de t'aider ?

– Je préfère pas. Il me donnerait de l'argent si je lui en demandais. Mon copain aussi.

Merde.

– Ça lui plaît pas que je travaille. Ça lui plaît pas non plus que je danse et que j'aie mon studio...

– Qu'est-ce qu'il fait, lui ?

– Je sais pas, répondit Randye avec un haussement

d'épaules. Il veut pas me le dire. Il est cinglé. Il a une mitraillette chez lui.

Elle devenait soudain doublement désirable : je voulais la sauver de ce type.

– Ça te fout pas les jetons ?

– Il y a des armes dans toute la maison. Sous les coussins, partout. Mais je tire dix fois mieux que lui, je parie. Bon, j'ai pas envie de parler de mon mec. Tu devrais venir nous voir danser, tu sais.

– Toi et lui ?

– Lui !? Peuh ! Non, la compagnie. On n'a pas encore de nom. On pense à la Compagnie des Grandes Plaines, parce qu'on vient tous de l'Ouest. Ça te plairait, j'en suis sûre. Le mois prochain, nous faisons une tournée des facs dans le New Jersey. C'est moi la plus petite de la troupe, tu te rends compte ? Bob, par exemple, il jouait au foot pour l'université du Kansas.

Elle glissa ses mains sous ses aisselles et agita les coudes. Ça devait signifier quelque chose dans les gradins.

– Ça, il faut avoir fait du foot pour me soulever. Tu manges pas assez, observa-t-elle en indiquant mon sandwich bacon-laitue-tomate. Moi, je devrais perdre du poids. Je travaille ici huit heures par jour et j'ai huit heures de répétition par jour. Je vais tomber raide. Mais il faut que tu viennes nous voir demain parce que, franchement, tu sors pas assez. Promis ? chantonna-t-elle.

Je me sentis comme un gamin.

– Viens, insista-t-elle. Après la répète, on rigole, tout le monde se bourre la gueule, c'est pour ça que j'étais en retard ce matin. Faut que tu viennes, je te trouve drôle.

De retour chez AC, j'étais comme soûl. Je ne pensais même pas à une aventure. En fait, j'étais étonné d'avoir envie de Randye. Cerné par tous ces culs de danseuses depuis près de deux mois, je ne les voyais pas vraiment comme faites de chair. Elles étaient plutôt pour moi des symboles, des modèles de cette détermination singulière que je ne parvenais pas à atteindre, et j'étais trop préoccupé, trop tendu pour tomber dans la concupiscence ou le sentimental. Je n'étais pas inquiet, je comprenais ce qui se passait.

Quant à Randye, je me rendis compte que je la désirais moins que l'idée de traîner avec sa bande, de boire des coups et de tituber avec eux toute la nuit dans Manhattan. J'en voulais à mon père, à ma chambre à Yonkers. C'était une rage revigorante, semblable à une bouffée d'air vif. Ah... la campagne, vraiment.

James Madison me tapa sur l'épaule.

– Écoute ça, me dit-il. Allôôô, je suis bien chez Mme Betsy Mims... Alistair Cooke à l'appareil. D'habitude, lorsque vous m'entendez à la radiooo, je vous parle des pyramides, mais aujourd'hui, j'ai ici un ami qui aimerait beaucoup vous parler d'une chooose plus urgente...

Il reprit sa voix normale :

– Bonjour, madame Mims. C'est James Madison... Allô ? Allô ?

Il raccrocha avec un haussement d'épaules, fit une nouvelle tentative et obtint un don de vingt dollars.

– À moi, maintenant, dis-je. Écoute ça.

Il pencha la tête dans ma cabine et je composai un numéro. Après le boniment habituel, je me lâchai :

– ... et si vous nous envoyez le certificat d'un médecin attestant que votre corps n'a pas pris au moins dix centimètres de muscles après trois mois de Power Plower, nous vous remboursons *deux* fois ce que vous avez payé. Vous savez, Steve, j'ai moi-même commencé l'année dernière à faire du Power Plower un quart d'heure par jour, et j'ai dû renouveler toute ma garde-robe, plus rien ne m'allait. J'ai même dû acheter des cravates plus longues, croix de bois, croix de fer, si je mens, je vais en enfer... Et, Steve, je vais vous confier une chose que je ne dis pas souvent, parce que je ne veux pas avoir l'air de me vanter, mais depuis que j'utilise Power Plower...

Je marquai un temps et ajoutai en baissant la voix :

– Je peux flanquer une rouste à n'importe qui.

J'avais envie de vomir, mais bingo ! Une vente.

Madison eut un grognement et haussa les épaules, comme s'il encaissait mal de ne pas être le seul comique de la rangée. Il riposta par une imitation du commandant Cousteau, qui faisait plutôt penser à Maurice Chevalier. De toute façon, on lui raccrocha au nez.

Je contrai avec une histoire de dérouillée que, grâce à Power Plower, j'avais infligée à un mec qui voulait se taper ma copine.

– Et je lui ai dit : Écoute-moi bien, sombre crétin, si je revois un jour ta sale tronche...

Bingo ! Encore une vente.

Madison lança alors une contre-attaque foireuse en imitant Chico Marx, mort depuis des années. Pas de vente.

Soudain, son téléphone émit les deux petites sonneries du signal et nous sursautâmes, tels deux gamins surpris par leur daronne à lire des livres de cul. Mme Himmel l'appela de son funeste index recourbé et je me mis à suer à grosses gouttes quand il quitta sa cabine.

Il y revint trente secondes plus tard, un sourire tremblant aux lèvres, les sourcils figés en un arc surélevé.

– *Pff*, cette vieille conne m'a pincé, dit-il, s'adressant à lui-même.

Tandis qu'il rassemblait ses affaires, son regard s'emplit d'une colère souriante.

– Un petit dernier, décida-t-il.

Il s'assit, posa le téléphone sur son épaule et composa le numéro de la fiche suivante.

– Bonjour, je suis bien chez M. Jimmy Ray Jackson, à Mobile, Alabama ? C'est James Madison qui vous appelle pour WBNF, la chaîne de télévision – vous connaissez ?... Formidable. Monsieur Jackson, j'ai ici un ami qui aimerait vous parler de WBNF, vous avez trente secondes ?... Super.

Il s'interrompit pour racler dans ses poumons un reste de souffle.

— Bonjour, reprit-il, je suis James Earl Jones et je vous appelle pour vous parler de votre chaîne de télévision publique...

L'imitation était parfaite : nasale, virilement caverneuse et pleine de dignité.

— ... qui ne peut continuer à vivre sans votre soutien, alors, devenez-en le mécène, je vous en prie... parce que sinon, nous vous enverrons trois grands négros qui vous referont le portrait ! Merci.

Il raccrocha violemment, rassembla ses affaires et descendit l'allée en direction des ascenseurs.

— Va te faire foutre ! beugla-t-il en direction de la cabine vitrée, les deux mains en porte-voix autour de la bouche.

Himmel ne leva même pas la tête.

— Hé, attends, le rappelai-je.

Quelques collègues applaudirent, mais en fait, tous les autres s'en fichaient. Cela arrivait trop souvent, et d'ailleurs ils reverraient James plus tard au Lincoln Center ou dans quelque endroit où tout le monde se retrouvait.

James Madison marchait fièrement, la tête haute, un aristocrate à principes montant à l'échafaud. Je me tordais les mains de désespoir, cherchant des yeux un réconfort, mais Randye était aux toilettes. Lorsqu'elle revint, je me penchai dans sa cabine et lui appris la nouvelle.

— Pauvre James, murmura-t-elle avec tendresse.

Je repris mes appels en récitant mot pour mot mon texte pour Power Plower. Une demi-heure plus tard, un maigrichon d'une pâleur de spectre portant de grosses lunettes à monture d'écaille s'assit à la place de James. Il avait la petite voix aiguë de Jiminy Cricket. Soudain, Randye poussa un cri qui fit se retourner la moitié de la salle.

— Tracey ! J'y crois pas ! J'appelle de New York, je fais du démarchage téléphonique, et je tombe sur ton nom dans mes fiches !... Ouais, New York... Ouais, toujours la danse... Incroyable, hein ? Comment va Spencer ?

Quand elle finit par raccrocher, sans avoir demandé à son

amie de faire un don, son téléphone émit les deux petites sonneries et Himmel lui fit le coup du doigt recourbé.

Quelques instants plus tard, devant la porte de la cabine vitrée, Randye, rouge d'indignation, protestait :

– Mais c'était pas un appel personnel, son nom était dans les fiches !

Himmel prétendit qu'elle avait de toute façon déjà passé les bornes.

Furieuse, Randye fourra ses affaires dans son grand sac, balança sa pile de cassettes dans l'allée. Elle avait la bouche crispée, les yeux luisants de larmes et de rage. Je ne savais pas quoi faire, je ne trouvais rien à lui dire. Dans sa colère, elle m'ignorait. La Compagnie des Grandes Plaines, la Compagnie des Grandes Plaines, me répétais-je mentalement. N'oublie pas. En se dirigeant vers les ascenseurs, Randye marcha sur deux des cassettes jetées par terre et le plastique craqua sinistrement sous ses baskets. Je me dis que l'accompagner pour exprimer mon soutien aurait été excessif, superflu et mélodramatique. D'ailleurs, elle ne me regarda même pas. La Compagnie des Grandes Plaines. Non, c'était provisoire, ils n'avaient pas encore de nom. Ils n'avaient pas encore de nom, putain. *Sayonara*, Randye.

Un quart d'heure plus tard, un chauve d'une trentaine d'années au visage expressif prit la place de Randye. Il me fit l'impression d'une sorte de cabotin sympathique. Sa voix était si forte que c'était comme si la cloison d'insonorisation s'était envolée. Je me sentis damné pour l'éternité. Je resterais à jamais coincé dans cette boîte tandis que les autres ne feraient qu'y passer, tels des éphémères, tous chantant, tous dansant.

Vers seize heures trente, les sièges des cabines mitoyennes grinçaient et craquaient sous l'effet de l'agitation nerveuse de leurs occupants. Mon téléphone avait une haleine puante de plastique noir qui me donnait la nausée. Je ratai une vente toute faite. Appel suivant : un monastère.

– Ta mère suce des Japs sous le pont, fredonnai-je dans l'appareil avant de composer le numéro.

Frère Pecs. Frère Deltoïdes.

Une main sur mon épaule. Je me retournai dans un hoquet de stupeur. Mme Himmel se tenait au-dessus de moi. Grande, gueule de limier, bajoues rouges, chevelure de cuivre laqué, yeux bleus, d'une certaine façon, et transmettant cependant le message Lumières-éteintes-personne-au-service-indulgence. Sa main posée sur mon épaule comme le plat d'un sabre de samouraï.

Sans dire un mot, elle contemplait sereinement mon front comme si elle imaginait que la moitié supérieure de mon crâne ferait un ravissant cendrier. Sa main passa de mon épaule à mes cheveux, ses doigts se glissèrent paresseusement dans mes boucles. J'avais la chemise collée aux côtes par ma sueur. Je pense que je commençais à trouver ça excitant, mais au bout de quelques secondes elle murmura d'une voix posée :

– Dehors.

En sortant à moitié fièrement sur des jambes en caoutchouc, accompagné par quelques bye-bye indolents, je me rendis soudain compte, les genoux sur courant alternatif, que pour la première fois depuis 1954 il n'y aurait pas de rentrée scolaire pour moi.

Je fus étonné par la rapidité avec laquelle l'explosion de son-et-lumière du centre-ville à midi avait éloigné AC de mes pensées. Je marchai au hasard pour tuer le temps, tâchant quand même de repérer où j'étais, avant de rentrer à Yonkers. Les coups de klaxon et la chaleur me faisaient perdre mon emprise sur le monde qui m'entourait. Je n'arrivais pas à me concentrer, à faire appel à ma mémoire ; je ne me souvenais plus exactement comment étaient Randye ou James Madison. Dans la rue, tout le monde semblait marcher en sens inverse par rapport à moi et j'avais envie de crier « Attendez ! »... Attendez ! Je ne quittai Manhattan que lorsqu'un Anglais bégayant, jeune, blond, l'air perplexe, me demanda si je voulais aller pêcher avec lui[1].

– Pas aujourd'hui, merci, répondis-je, en montant à l'arrache dans un bus pour Yonkers.

– J'ai plaqué mon boulot de démarchage.

Mon père et moi étions assis aux deux bouts du canapé vert, devant une de ces émissions spéciales genre « Tu n'es qu'une merde, Charlie Brown[2] ».

Nous exprimions tous deux notre ennui par des grognements virils, sans toutefois changer de chaîne.

– Tu as entendu ? J'ai démissionné.

– Ah, naaan. T'es vraiment bête.

– Papa, je vois mal n'importe quelle fac de droit se laisser embobiner par une année de ce genre de boulot.

Il y avait quelque chose de théâtral dans ma voix. Je n'avais pas vraiment un sentiment de perte. Je regrettais plutôt de le décevoir, de le blesser en n'étant pas cet étudiant adulte, diplômé, raisonnable, promis à la fac de droit. Je crois que j'essayais de trouver un moyen de lui annoncer que Columbia n'était pas au programme, même si je n'avais aucune idée de ce qui l'était.

Je le dévisageais, attendant une réaction.

– J'ai honte de moi, déclarai-je, sans conviction.

Il haussa les sourcils et les épaules, les yeux collés au téléviseur.

– Ça prend du temps, ces choses-là, personne ne dit le contraire.

Il secoua son paquet de cigarettes pour faire émerger quelques clopes du papier d'alu et me les présenta.

– Écoute, fils… euh, qu'est-ce que tu dirais de travailler à la Poste ?

– Tu peux répéter ?

---

1. Ce qui signifier en l'occurrence « l'aider à acheter de l'alcool ».
2. Le vrai titre serait plutôt « Tu es formidable, Charlie Brown ».

— Ça te dirait de travailler à la Poste ? Je peux m'arranger avec un pote pour que tu fasses un essai au tri. Ce serait temporaire, avec un horaire merdique, de seize heures à minuit, heures sup' obligatoires, mais tu serais payé dix pour cent de plus après vingt-deux heures, tu pourrais mettre du blé de côté… Je connais le type, tu passes l'examen et… on s'occupera de toi, conclut-il avec un clin d'œil.

Le côté droit de mon visage se figea et dans le miroir veiné je vis que je souriais à demi. Dans le « on » de « on s'occupera de toi », je voyais une équipe de chirurgiens masqués.

Assis les jambes croisées, mon père ne me regardait pas, il tirait lentement sur sa cigarette en réfléchissant.

La langue transformée en chaussette de laine humide, je fis observer :

— Ça va pas trop impressionner Columbia, je dirais.

— Faut que tu sois réaliste, argua-t-il avec un haussement d'épaules. C'est dur de trouver du boulot en ce moment. Tu verras pour Columbia plus tard.

Charlie Brown déboula à toute blinde sur le terrain pour shooter dans un ballon que Lucy tenait pour lui. Au dernier moment, elle le subtilisa et il se prit une gamelle. Fous-lui une tarte, à cette garce, Charlie Brown.

Le naufrage se poursuivit.

Trois semaines plus tard, j'étais devenu postier, affecté à l'immense General Post Office au coin de la Huitième Avenue et de la 31ᵉ Rue. Je travaillais dans une sorte de lugubre hall de gare vert clair, sous des tubes au néon diffusant une lumière glauque. Je me juchais sur un haut tabouret à l'assise inclinée devant un tapis roulant et une grille de tri évoquant les rangées de boîtes aux lettres d'un d'immeuble. Des casiers en plastique gris débordant de courrier passaient devant nous pour que nous le répartissions par codes postaux. Nous étions vingt à nous échiner sur nos tabourets. Nous ne pouvions pas parler et nous devions garder en permanence un pied coincé derrière le barreau le plus bas du siège pour ne pas glisser. Il fallait pointer pour aller pisser dans des toilettes où, sous une lumière sans pitié, votre visage reflété dans le miroir semblait piqueté de myrtilles. C'était comme travailler du mauvais côté du mur de Berlin.

Quand il m'arrivait de planer, je levais les yeux de ma poignée d'enveloppes pour contempler, dans un coin céleste de l'amphithéâtre, les fenêtres du Paradis postal, une pièce exiguë coincée sous le plafond comme une salle de presse en haut d'un stade. C'était apparemment une sorte de poste d'observation, mais les gars que je voyais aller et venir là-haut à grands pas, les dieux postaux, semblaient ne jamais accorder un regard aux mortels de la fosse que nous étions.

Mon premier chèque de salaire, couvrant une période de deux semaines, se montait à quatre cent sept dollars. C'était la première fois de ma vie que je rapportais plus de deux cents dollars par semaine à la maison. Pour remercier mon père, je lui offris, pour quarante dollars, un livre illustré de photos en couleurs sur la Seconde Guerre mondiale.

Même si mon équipe était censée finir à minuit, nous étions rarement autorisés à partir avant deux heures du matin, de sorte que je faisais plus ou moins partie de l'équipe de nuit, composée d'un échantillon gratiné de la faune nocturne : gouines masculines, travelos aux joues ombrées de barbe naissante, jeunes gars timides aux visages terreux et aux moustaches bouffées aux mites, ainsi qu'une demi-douzaine de petits durs portoricains qui avaient pour habitude de se castagner pendant la pause-café, plus une pincée de types plus âgés ayant de l'ancienneté, dont l'objectif était d'en faire le moins possible et d'être payés pour ça.

C'était l'envers de chez AC. Les employés du GPO rêvaient de suivre des cours pour devenir réparateurs de frigos ou détectives privés, de passer dans l'équipe de jour. Tous les désirs, toutes les angoisses étaient à la petite semaine, et pour échapper à la médiocrité séduisante qui m'entourait, j'embrassai à nouveau mon projet initial : fac de droit, globe terrestre et râtelier à pipes.

Au début, je ne parlais à personne, à moitié par snobisme, à moitié en vertu d'un contrat conclu avec moi-même de rester dans la solitude et la souffrance tant que je ferais ce boulot, comme si adresser un sourire ou entamer une conversation aurait souillé mes aspirations. Pour autant, j'écoutais, je tendais l'oreille. Chaque soir à la pause, dans la salle des distributeurs automatiques, je m'asseyais à une table en formica à l'écart de quatre gus de mon âge, trois Portoricains et un fan de disco, et je sirotais mon café pendant qu'ils se jouaient des scènes de leurs films préférés. De temps en temps, j'allais dans la Huitième Avenue regarder les portos se bagarrer, mais le plus souvent je tournais comme un satellite autour des quatre gars, hésitant à les aborder comme un gosse de quatorze ans à sa première boum.

Je me servis d'un magazine de cul pour briser la glace. Un soir j'avais trouvé un exemplaire de *Oui* sans couverture sur mon tabouret habituel et après avoir feuilleté distraitement les photos de nus graisseuses je tombai sur quelque chose qui me fit m'exclamer assez fort pour que tout le monde dans la salle sursaute.

– Y a une double page centrale avec languette à gratter et à renifler, expliquai-je.

Les têtes se renversèrent en chœur.

– Non, je rigole pas.

L'instant d'après, j'étais penché au-dessus de leur table et nous mations tous les cinq une blonde aux cuisses écartées et luisantes d'huile solaire, les yeux fermés pour se protéger du soleil, ses lèvres pulpeuses formant un O charnu. Elle était nue à l'exception d'une casquette de base-ball de travers et de hautes chaussettes jaune vif. Une languette détachable lui couvrait la chatte. Personne ne fit un geste pour l'enlever.

– Elle est mignonne, commenta l'un des gars d'une petite voix.

Un autre se mit à tourner les pages du magazine et je

m'installai sur une chaise, prêt à déclencher un feu nourri sur chaque photo, chaque dessin, mais l'humeur était studieuse, quatre paires de sourcils froncés au-dessus du magazine, comme si c'était le Talmud. À Rome, fais comme les Romains, et je tins ma langue aussi longtemps que je pus, m'efforçant de paraître calme et concentré, comme si je n'avais jamais vu de photos de nibards. Je finis par n'y plus tenir et j'explosai :

– Les gars, vous vous rappelez la première fois que vous avez reluqué un magazine de cul ? Moi, c'était à Yonkers et y avait un type, Jay Jay, qui tenait un magasin de vêtements pour hommes, avec en vitrine des vestes de smok, des fringues de toutes les couleurs. Un jour, j'entre, j'avais neuf ans, je voulais acheter des boutons de manchette à mon vieux, pour la fête des Pères, vous voyez ? Jay Jay, il avait une putain de pile de *Playboy*, haute comme ça…

Je tins une main en l'air comme si elle était posée sur la tête d'un môme de cinq ans.

– Le gars emballe les boutons de manchette, et moi, pendant ce temps-là…

Je penchai la tête, plissant les yeux comme si je lorgnais l'exemplaire du dessus de la pile imaginaire.

– … mais je vois que dalle et je flippe trop pour feuilleter carrément. Jay Jay repère mon manège, mais il dit rien, et quand je suis sur le point de sortir de son magasin il me fait : « Hé, petit… »

Je pris l'air d'un type essayant de fourguer une montre merdique dans la rue.

– Du coup, je m'arrête, et Jay Jay regarde au-dessus de ma tête, comme s'il comptait les bagnoles, et il me dit, « Fais voir ton cartable », et il prend mon putain de classeur et il glisse un *Playboy* entre les feuilles perforées, et il dit : « Arrange-toi pour que ta mère mette pas la main dessus, hein ? » Moi, je suis sur le cul. Je rentre chez moi, je fais demi-tour et je retourne chez Jay Jay, je passe la tête par la porte du magasin et je dis : « Merci, mec. »

La sonnerie nous intima de reprendre le boulot et la tablée se dispersa sans commentaires. J'avais l'impression d'être tombé aussi bas que possible.

Sur le chemin des tabourets, l'un des portos me demanda :

– T'es en fac, hein ?

– J'ai obtenu mon diplôme.

– Sans déconner ? T'étais où ?

– Euh, à Simon Straight, marmonnai-je, comme si ce n'était pas aussi bien qu'on le prétendait.

– T'es allé à *Straight* ? fit-il en écarquillant les yeux.

Et malgré moi j'éprouvai une certaine fierté.

– Merde alors, j'en reviens pas, poursuivit-il. Parce que ma sœur, elle est dans un centre universitaire[1] du Bronx et elle parle mieux que toi.

À deux heures du matin, au moment où notre équipe sortait, le même Portoricain revint à la charge :

– T'as vraiment été dans cette université ?

– Ouais.

– Parce que ma sœur, elle parle *vraiment* l'anglais mieux que toi. C'était quoi, ta matière principale ?

– L'anglais, répondis-je en riant.

– Nom de Dieu !

Il secoua la tête, me prit doucement par le coude pour traverser la rue avec moi.

– Comment tu t'appelles ?

Il y avait dans son ton quelque chose de paternel, façon chef scout, et je ne trouvais pas ça tout à fait déplaisant.

Il m'entraîna dans un bar irlandais où quelques gars de l'équipe de nuit s'enfilaient le dernier avant d'aller au boulot. La devanture était en briques de verre et des néons rouges et bleus flashaient entre les miroirs. Mon Portoricain s'appelait Nelson Maldonado.

– Qu'est-ce que tu fous ici, si t'as un diplôme ? Tu veux devenir directeur de la Poste ?

---

1. Plus modeste et moins cher que les universités.

— Non, mon père bosse à Grand Central, il est agent philatéliste.

Nelson baissa la tête comme pour m'inspecter les narines.

— Il est quoi ?

— Il vend des timbres, traduisis-je en rougissant. C'est lui qui m'a eu ce boulot... Après, j'irai en fac de droit.

— C'est bon, ça, approuva-t-il. Devenir avocat pour une grande entreprise, ça paie un max.

Assis au bar devant un verre, je me sentais détendu. Le Joyeux Postier.

— Alors, t'as grandi à Yonkers ? Westchester... C'est rupin, là-bas, hein ? La belle vie.

— Sûrement pas, c'est un grand ensemble. Et jusqu'à dix ans, j'ai vécu dans le Bronx.

— Ah, ouais ? Je connais pas trop le Bronx, je suis de Brooklyn.

— Et je parle pas de Riverdale, la partie chicos du Bronx, renchéris-je. Non, en location dans un vieil immeuble, y avait plein de gens comme toi... sale engeance.

— Tu connais Jackie Gleason, l'acteur ? Il est de mon quartier.

— C'est super, ça, il revient souvent vous rendre visite ?

— Exactement, affirma-t-il avec un sourire suffisant.

— Tu sais quoi ? Ma mère est morte en regardant *The Honeymooners*[1].

— Sérieux ?

Parfois, ma plaisanterie mi-figue mi-raisin sur le jeu télévisé *Beat the Clock* ne me paraissait pas franchement drôle, et si ça ne l'était pas beaucoup plus avec *The Honeymooners*, j'avais juste opéré la substitution pour être raccord avec la conversation.

— T'y repenses, maintenant, quand tu regardes l'émission ? me demanda Nelson. Tu penses à ta mère ?

Je fus ému par le ton respectueux qu'il avait pris pour poser

1. Une série dans laquelle Jackie Gleason jouait un chauffeur de bus.

la question et me sentis la proie d'un subit accès d'amitié. Dans le silence qui suivit, je remarquai qu'il avait glissé un pied sous le barreau le plus bas de son tabouret, façon tri postal... et que j'en avais fait autant. Putain de boulot. De sa chaussure, il décoinça doucement mon talon du barreau en disant :

– Hé, y a pas que ça pour nous, mec. Tu veux savoir ce que j'ai en tête ?

– Non, répondis-je, tout en me redressant sur mon siège.

– Je me suis présenté à l'école de police... Je vais être flic, mec. Et tu sais pourquoi ? Parce que je veux bosser pour les suicidaires, les gars qui montent en haut d'un immeuble et s'approchent du bord. Je saurai y faire parce que je comprends les gens. On me dit que je suis dingue parce que flic, c'est dangereux, mais pompier, c'est encore plus dangereux. Mon frère, *lui*, il est dingue, il veut être pompier. Au bout de vingt ans, je pourrai prendre ma retraite, lui pareil, et on montera une affaire ensemble. Tu sais quoi ? Une agence de rencontres, avec des ordinateurs et tout. Tu viens chez nous, on te file pas juste un nom et une adresse et tu te retrouves pas avec un cageot vérolé : non, tu t'assieds, on te montre des vidéos des filles. Pareil dans l'autre sens, une fille vient chez nous, elle se retrouve pas avec un affreux qui a des kystes plein la bouille, ou des lunettes. Mais on acceptera tous les candidats, parce que je pense que la beauté est une question de goût. Ce que tu trouves attirant peut me donner à moi envie de gerber.

Je m'esclaffai : quel *shmegeg*[1] !

Nelson leva une main en un geste conciliant.

– Ou l'inverse, admit-il. Enfin, ça, c'est pour dans vingt ans, faut d'abord que je devienne flic. J'aurai une réponse cette semaine. Parce que cette putain de poste, tu peux la retourner dans tous les sens, elle est vraiment merdique, hein ?

Entre Nelson et moi s'installa une Proximité silencieuse,

---

1. « Crétin », « abruti », en yiddish.

une Amitié à responsabilité limitée. Je ne fus plus jamais seul avec lui, je ne pris plus jamais un verre avec lui après le boulot, et je ne sais pas trop pourquoi, parce que chaque fois que je le croisais je sentais ce picotement de possibilités qu'on éprouve avec un nouvel ami. Et je savais qu'il le sentait aussi, parce que chaque fois que nos regards se croisaient nous détournions les yeux en retenant un sourire entendu. Je ne sais pourquoi nous n'étions pas franchement amis. Ce n'était pas un problème racial, ni la peur d'une attirance sexuelle, parce que je n'avais jamais envisagé la chose sous cet angle. Je crois qu'en fait je me sentais trop abattu et déprimé pour entamer quoi que ce soit exigeant de moi une certaine intensité. Mais même si nous n'étions l'un pour l'autre que deux membres d'un même groupe aux liens plutôt lâches, nous nous aidions mutuellement à survivre dans ce boulot, lui en me faisant savoir qu'il me comprenait, moi en lui faisant savoir que je *comprenais* qu'il me comprenait. Que nous n'étions ni lui ni moi des zéros absolus.

Un jour, Nelson ne se présenta pas au boulot. À la pause-café, un des Portoricains nous annonça qu'on ne le verrait plus : il avait été admis à l'école de police.

Le soir de Halloween, mon père se rendit à une réunion syndicale et je me retrouvai seul avec Vy. Je n'avais pas envie de regarder la télé, et tandis que, assise dans le living, elle s'attaquait à une cartouche de Lark tout en gardant à côté d'elle le sachet de petites barres Snickers destinées aux mioches qui sonneraient à notre porte, je faisais le tour de l'appartement en cherchant des ennuis. Enfant, j'avais procédé à la recherche rituelle de capotes dans la commode de mon père et j'avais déniché une boîte à moitié vide de Ramses. Pendant six mois, j'avais remisé mon projet de devenir le juge-la-potence pour me déclarer futur égyptologue.

Quelques années après la mort de ma mère, j'avais à nouveau fouillé cette commode et j'y avais trouvé une boîte non entamée de préservatifs Natural Lamb et deux *Playboy*.

J'avais vérifié régulièrement l'état de cette boîte et constaté qu'on n'y avait pas touché. En revanche, les exemplaires de *Playboy* changeaient, et selon mon humeur cela me soulageait ou m'inquiétait.

Ce soir-là, une nouvelle perquisition ne me fit découvrir ni capotes ni *Playboy*. J'inventoriai les tiroirs de Vy et tombai sur une boîte à diaphragme. Je lus la taille indiquée sur le côté : un étonnant XXL. Elle s'en servait peut-être comme bonnet de nuit. À côté d'un cône de soutifs à bonnets renforcés, il y avait *Sexus* de Henry Miller en édition de poche. Exactement le même que celui que j'avais sur mes étagères. Au dos de la couverture, elle avait écrit *Propriété de Vivian Keller*. Ce qui me sidéra plus encore que le diaphragme. Je n'avais jamais vu son nom écrit de sa main ; je n'avais jamais pensé à elle sous le nom de Keller. Je remis tout en place, retournai dans le séjour et m'assis sur le canapé.

– Euh, Vy ?

Automatiquement, elle me présenta son étui à cigarettes.

– Non, dis-je. Tu te souviens, à mon retour de Straight, on avait parlé de déjeuner ensemble ? Ça s'est jamais fait. Demain, ça t'irait ?

Les gamins de Halloween sonnèrent à notre porte et je me levai d'un bond en saisissant le sac de Snickers, tel un Scrooge repenti enivré par la joie de donner.

Le lendemain matin, je ne me réveillai pas avant onze heures. Mes jours de repos, j'essayais toujours d'être dehors à dix heures pour lutter contre le syndrome Gregor Samsa[1], et le manque de fermeté de ce réveil tardif me faisait l'effet d'une gueule de bois.

Dans le métro pour la 42e Rue, je gémissais un mantra « mais-pourquoi-mais-pourquoi-mais-pourquoi ». J'avais besoin d'un déjeuner avec Vy comme d'une surdose de télé. Je descendis à Times Square et marchai un moment vers l'ouest avant d'admettre, à contrecœur, que j'allais dans la mauvaise

1. Le protagoniste de *La Métamorphose* de Franz Kafka.

direction. Je revins sur mes pas en me frayant un passage entre les vilains garçons proposant leurs régulateurs de l'humeur à l'ombre des marquises des cinémas. En terminale, j'avais acheté dans la rue un joint apparemment composé, après autopsie, de petits morceaux de bacon desséchés. Une leçon à deux dollars.

Je tuai le temps en faisant du lèche-vitrines, m'arrêtant notamment devant un étalage de poupées gonflables non gonflées, la tête sagement posée sur leur corps replié. Il y en avait des deux sexes. Le modèle masculin ressemblait à Mark Spitz, le champion de natation, moustache comprise, l'article féminin à une laitière hollandaise blonde. Toutes les poupées avaient des yeux morts exorbités et les lèvres moulées en un généreux O de poisson rouge ébahi.

Quelqu'un m'aborda par-derrière pour me proposer de l'acide, de l'herbe, des pilules de Quaalude et de la coke. Je passai à la devanture suivante, qui offrait une centaine au moins de marques de cigarettes étrangères. Quelqu'un d'autre se mit à brailler dans mon dos, « Coke ! Coke, Coke ! », tel un chien enchaîné.

La coke. Je n'en avais sniffé que deux fois à Straight, et chaque fois j'avais joyeusement babillé « Je sens rien et toi ? ». Si je me tapais une ligne avant de retrouver Vy, le déjeuner serait peut-être supportable. La rue, je ne la connaissais pas vraiment comme ma poche, mais je ne sortais pas non plus de Penn Station pour le défilé de la Saint-Patrick. J'en avais entendu assez sur la coke achetée dans la rue pour m'attendre à 90 % de laxatif pour bébé. Pourtant, ça valait peut-être quand même la peine de me dézinguer le cerveau pour tenir le coup pendant l'heure et demie qui allait suivre. Dès que j'eus décidé de tenter ma chance, je partis dans un trip psychosomatique. Vivre dangereusement. Je passai sans m'arrêter devant une demi-douzaine de dealers que je jugeais trop braillards ou trop flippants.

J'allais me dégonfler quand j'avisai un Noir café au lait adossé tranquillement à la vitrine d'un resto grec. Il portait un pantalon à revers au pli impeccable, un tee-shirt blanc blasonné d'un portrait en couleurs de Marcus Garvey[1]. Et par là-dessus une coupe afro carrée qui relevait de l'art topiaire. Je n'aurais su dire si c'était un dealer, mais quand il me surprit à l'observer il se mit à fredonner « Lude, herbe, coke, garçons, filles, armes automatiques, vaccin antipolio, billets pour Broadway deux-pour-le-prix-d'un, ma sœur pucelle, *ta* sœur pucelle... »

Au fil de son énumération, sa voix se faisait plus ironique. Un QI à trois chiffres. J'hésitai entre faire affaire avec lui où l'emmener voir un film de Truffaut.

– Marcus Garvey ?

– Ah, tu sais que c'est Garvey, hein ? me renvoya-t-il avec un sourire ironique.

– Bah, pour nous, les friqués de Cape Cod, vous vous ressemblez tous. Elle est comment, ta reniflette ?

Dans ma bouche, le mot sonnait si *Mod Squad*[2] que je me sentis gêné.

– La *reniflette* ? fit le gars comme s'il n'en revenait pas. D'où tu sors ? Université de Boston ?

– Lâche-moi la grappe. Je suis ici pour un congrès. Alors, comment elle est ?

– La *reniflette* ? Elle voyage par la valise diplomatique, elle a des ailes. Tu me crois pas ?

– Non. Si, répondis-je avec un haussement d'épaules de Blanc.

Un type se glissa entre nous et tenta de lui vendre de la beu. Mon bonhomme l'écouta en silence comme s'il n'était que de la pollution sonore.

– En tout cas, elle est pas coupée avec de l'Ajax poudre ni avec du speed. Dix balles pour la pincée offerte aux invités, quarante pour le modèle familial.

---

1. Militant noir américain (1887-1940), chantre du panafricanisme et considéré comme un prophète par les adeptes du mouvement rastafari.

2. Série américaine (en France, *La Nouvelle Équipe*) dans laquelle trois anciens délinquants combattent le crime.

Ajax poudre.

Je le suivis dans le hall d'un immeuble de bureaux, où nous procédâmes à la transaction en gardant tous deux les yeux sur la rue, un seul bras en action, les doigts s'agitant à l'aveugle au niveau des cuisses pour l'échange papier monnaie contre papier journal.

En ressortant, je lui demandai si, lui, il avait fréquenté l'université de Boston.

– S'teu-plaît, soupira-t-il d'un air accablé avant de s'éloigner.

La banque où travaillait Vy se trouvait dans la Deuxième Avenue. Entre la Sixième et la Cinquième, j'entrai précipitamment dans un *deli*[1] bondé, mais, trop parano pour filer direct aux toilettes, je m'approchai du comptoir et achetai un cookie chinois, grand comme un 45 tours, avec un noyau de chocolat dur en son centre. Je m'assis à une table branlante pour en avaler ostensiblement jusqu'à la dernière miette.

La coke était nichée dans une moitié de page de *Newsweek* pliée en quatre, la mince traînée de poudre barrant la photo d'un petit Napoléon africain s'adressant à sa garde de couleur.

J'y allai avec le bout des doigts et lorsque je ressortis on aurait pu croire que je venais de faire tournoyer de la pâte à pizza.

Au début, tout allait bien. Je marchais à grands pas vers l'East Side la poitrine gonflée, la tête pleine à craquer de perspectives merveilleuses. Vy était une caissière remarquable, pas une seule erreur dans ses comptes en quinze ans. J'admirais cette prouesse sans toutefois le lui dire. Elle aimait Billie Holiday et en passant devant un disquaire je décidai de lui offrir un album de Lady Day, mais à l'instant où je pénétrais dans la boutique quelque chose s'effondra en moi. La lumière crue des tubes fluorescents conjuguée au nombre

1. Épicerie fine où l'on peut consommer sur place.

insensé de disques bidons dans les bacs à prix cassés me fit sortir à reculons.

En me dirigeant vers Madison, je marmonnais sans le vouloir « Redescends, redescends, redescends ».

Parvenu à Lexington, je devins impatient et tendu. Tout me semblait trop lent : les feux rouges, les passants abrutis, le temps jusqu'au prochain feu...

Lorsque j'arrivai enfin à la banque, j'avais envie de pleurer. Chaque objet, chaque être humain me paraissait d'une immobilité exaspérante. Mon estomac criaillait « Je déteste les cookies ! » et j'avais l'impression qu'on me secouait par la peau du cou. Je tremblais, j'agitais les genoux comme pour danser le limbo. Cet enculé devait m'avoir filé assez de speed pour réveiller un cadavre.

Vy s'occupait d'une file d'attente d'hommes d'affaires venus à l'heure du déjeuner. Je la regardai compter une liasse de billets, l'argent filant entre ses doigts aussi vite que des journaux sortant d'une rotative. Lorsqu'elle me vit planté à l'autre bout de la salle moquettée, elle m'adressa un bref sourire, se tourna vers son chef, tendit un doigt pour me désigner, puis deux à mon intention avant de passer au client suivant. Je me laissai tomber sur un canapé en skaï à dix mètres d'un cadre de la banque qui, Dieu merci, m'ignora, et je fouillai dans une pile de magazines imbuvables. Même les dessins humoristiques semblaient trop occupés pour se laisser ingérer.

Après une attente qui me parut durer deux heures, Vy passa dans la partie clients de la salle. D'un pas rapide, elle m'entraîna vers un restaurant grec et je dus me retenir pour ne pas me mettre à trotter. Au bout d'une vingtaine de mètres, je lui demandai si c'était encore loin.

Le resto s'appelait « Aux deux gars de Corfou ».

Sur un des côtés de la salle s'étalait la peinture murale convenue d'un port de mer grec paisible. L'endroit était totalement synchro avec mon état présent et en harmonie avec l'état habituel de Vy. Sur un fond sonore incessant de claquements de plats et d'aboiements en pidgin-english en direction de la cuisine, des serveurs en chemisettes, les bras chargés d'assiettes jusqu'aux biceps, fonçaient comme s'ils disputaient une course chronométrée dans un jeu télévisé. Dès que je posai mes fesses sur une chaise, je me sentis chanceler comme un jouet à bascule, les globes oculaires exorbités. Vy remarqua aussitôt mon état et y répondit instinctivement par ses propres vibrations délirantes. À nous deux, nous arrachions à la table un bruit de ferraille de train de marchandises.

– Je n'ai que trois quarts d'heure pour déjeuner, me prévint-elle en adressant une grimace à sa montre.

Je baissai la tête jusqu'à frôler le plateau de la table et assurai :

– Pas de problème.

Tout dans le menu me paraissait trop lourd, je me sentais incapable d'avaler quoi que ce soit.

– Je suis si contente que tu sois venu, déclara Vy avec un regard affligé avant d'allumer une Lark.

– S'il te plaît, tu peux me commander une salade grecque ? la priai-je. Il faut que j'aille aux toilettes.

En me levant précipitamment, je faillis télescoper un serveur chargé à bloc et je courus m'enfermer dans les W-C. Prostré sur la cuvette, le visage enfoui dans mes mains, je fus pris d'une diarrhée propulsée par un moteur à réaction.

Quand je regagnai notre table, nous étions déjà servis et je dus affronter une énorme assiette oblongue recouverte d'une montagne de laitue pâlotte, de filets d'anchois moustachus et des morceaux de feta gros comme des météorites.

– Ils n'ont plus d'olives, se lamenta Vy, éperdue.

– C'est pas grave.

– Tu peux renvoyer ton plat aux cuisines...

– C'est pas grave, répétai-je.

Sur ce, je me mis à faire claquer ma langue contre le haut de mon palais.

– On te la changera.

— J'ai *horreur* des olives !

— Tu peux manger ce que j'ai pris, si tu veux.

Elle avait commandé un kebab débordant de sauce blanche.

— Non, tout va bien, je t'assure.

Vy attrapa l'avant-bras velu d'un serveur qui passait.

— Nick… Je vous présente mon beau-fils.

Il me salua d'une courbette puis inclina la tête vers Vy comme s'il avait de l'eau dans l'oreille. Une perle de transpiration tremblotait au bout de son nez.

— Nick, il a demandé une salade grecque et on ne lui a pas mis d'olives noires. D'après Jimmy, vous n'en avez plus. Je n'ai jamais vu une chose pareille.

— Grève des livreurs, expliqua-t-il d'une voix sifflante.

— Mais c'est mon beau-fils !

J'enfouis de nouveau mon visage dans mes mains.

— Pour la peine, je les *tue*, promit Nick, qui leva le menton et se passa le pouce en travers de la gorge.

— Vous n'en avez pas en réserve au sous-sol ?

— Vy…, intervins-je.

Je n'arrivais pas à cesser de claquer de la langue. Nick s'esquiva.

— Je ne comprends pas, ils sont si bien, ici, d'habitude, gémit Vy.

Avant que je puisse répondre, Nick réapparut et posa sur la table un plat creux débordant d'anchois.

— Sur le compte de la maison, déclara-t-il à Vy. Parce que je vous *adore*. Dingue de vous.

Elle rougit avec un soulagement mélancolique, les yeux encore plus larmoyants qu'à l'ordinaire. Je fixai mon assiette comme si j'étais devant une question d'examen que je n'avais pas préparée. Du bout des doigts, je piquai une feuille de salade, la reposai.

— Vy, tu aimes Billie Holiday, je crois ?

— Billie… Pendant des années, j'ai porté une fleur à l'oreille comme elle.

Elle se toucha le lobe droit d'une main tremblante et il

me vint soudain à l'esprit qu'elle n'était pas seulement une mère juive typique avec cette histoire d'olives. Elle était tout bonnement cinglée.

– Quel genre de fleur ? Vy, je ne peux pas manger, je suis désolé, m'excusai-je en écarquillant les yeux pour faire pénétrer plus d'air dans mon cerveau par les côtés.

– Moi non plus, dit-elle.

Elle posa les mains de chaque côté de son assiette. Soulagé, je fis de même. Il y avait une éloquence d'empoté dans nos mains, dont les mouvements convulsifs semblaient si bien synchronisés que nous aurions remporté un concours de jitterbug si le reste de nos corps avait accepté d'entrer dans la danse.

– Tu es tout de suite tombée amoureuse de mon père ?

– C'est l'homme le plus gentil du monde, ton père.

Quoi d'autre, quoi d'autre ? Sinon, ça va ?

– Vy, je suis sous l'effet d'une drogue, là, avouai-je avec embarras, le visage crispé.

Elle se figea totalement, pas même un battement de cils.

– Tu peux trembler si tu veux, pas de problème, dis-je en riant.

Après mon aveu, je me sentis plus calme.

– Tu es toxicomane ?

– Non, non, non, la démentis-je, laissant mon rire devenir chaleureux. J'ai juste fait une bêtise, j'ai acheté de la cocaïne à Times Square. Elle était bourrée de stimulants, mais c'est rien, c'est comme prendre trop de pilules pour maigrir. Tout le monde le fait à la fac, c'est quasi obligatoire pour avoir son diplôme. Pas un mot à mon père, hein ? Je me sens déjà mieux. Parlons plutôt de Lady Day. J'étais à deux doigts de t'offrir un disque d'elle…

J'étais à deux doigts du bonheur. Je goûtai même aux anchois. Vy tendit le bras par-dessus la table pour me toucher le front. Elle portait au poignet une chaînette et la petite statue de la Liberté en or qui y était accrochée me chatouilla le nez.

– Vy, ça ne donne pas la fièvre, ça rend juste nerveux.

– Et qu'est-ce que tu es allé faire aux toilettes ?

– J'avais la diarrhée, c'est rien.

– Tu veux que je t'emmène à l'hôpital ?

Je ne l'avais jamais vue aussi calme.

– Non, pouffai-je en me renversant en arrière sur ma chaise, façon bon vieux Sud.

– Comment tu te sens... Qu'est-ce qui se passe en toi ?

Je faillis répondre « Je me sens comme toi ». Je ne m'étais peut-être pas fait arnaquer, finalement : pour dix dollars, je découvrais ce que c'était, de vivre dans le corps de ma belle-mère.

– Juste nerveux. Je devrais peut-être prendre une bière, ou quelque chose de plus fort. Ils ont quoi ici ? De l'ouzo ? Du retsina ?

Vy posa son sac sur ses genoux et farfouilla dedans. Je crus d'abord que, résolue à me conduire à l'hosto, elle cherchait de l'argent, mais elle en tira deux fioles de médocs, fit tomber de chacune une pilule.

– Du Valium. Et de la Compazine pour tes intestins. Prends-les, je te regarde.

Elle fit glisser son verre d'eau vers moi, comme si le mien n'existait pas, hocha machinalement la tête d'un air approbateur tandis que j'avalai le tranquillisant.

– Je préviens la banque et je te ramène à la maison.

– C'est totalement inutile, to-ta-le-ment...

– Alors, tiens...

Elle plongea à nouveau le nez dans son sac, en tira un billet de vingt dollars.

– Prends un taxi. Promets-moi de le faire, et pas d'alcool, surtout... Ça pourrait te faire très mal. Attends que je vérifie encore...

Elle plaqua à nouveau sa paume sur mon front et la statue de la Liberté effleura l'arête de mon nez telle une amulette apaisante.

Pendant la semaine qui suivit, Vy trouva chaque soir un moment pour m'acculer dans un coin et me murmurer « Comment tu te sens ? » ou « Pas trop dure, la descente ? », son regard scrutant mon visage dans un mouvement métronomique. Jamais un sourire, jamais un mot ou une mimique révélant qu'elle cherchait en fait à établir un lien avec moi, à instaurer de l'intimité entre nous. Un soir, elle se sentit tellement à l'aise avec moi qu'elle me dit : « C'était vraiment une bêtise. Ah, tu n'imagines pas comme je suis fâchée contre toi. » J'adorais ça.

Une fois la crise drogue décédée de sa belle mort, nous manquâmes de sujets de conversation et nous nous éloignâmes l'un de l'autre pendant une semaine environ, jusqu'à ce que Vy se mette en tête de devenir mon mac. Elle rapportait à la maison des prospectus annonçant des week-ends pour célibataires, ou découpait dans le journal des pubs pour clubs de rencontres et les laissait sur mon bureau. Je ne voulais pas en entendre parler. Je trouvais ça à la fois embarrassant et indigne de moi. En outre, la Poste me mettait sur les rotules et anéantissait ma libido. Je bossais beaucoup la nuit, je ne pensais à rien au petit déj', et sûrement pas à emballer. Tous ces éléments mis à part, ma résistance la plus forte provenait de ce que je me rendais compte, avec effroi, que les efforts de Vy ressemblaient beaucoup à l'objectif que je m'étais fixé adolescent : amener mon père à rompre le pain avec une femme. J'étais en train de devenir mon père, un célibataire idiot travaillant à la Poste et regardant la télé soir après soir. J'avais perdu mon tranchant, l'indignation shootée à l'adrénaline que j'éprouvais chez AC, et je n'arrivais pas à trouver en moi la rage nécessaire pour m'extirper du bourbier. C'était comme si je mourais lentement de froid. J'en étais conscient, mais j'avais tellement envie de dormir – laissez-moi donc m'étendre, juste pour quelques siècles. Rejeter les offres de distractions de Vy constituait la seule forme de protestation dont je semblais capable. Je craignais, dans mon état, si je me rendais à l'une des petites fêtes de Vy, de me retrouver piégé dans la spirale infernale drague-branlette-bague au doigt.

Un jour de novembre, je me réveillai tard, pris un brunch et regardai un peu la télé de l'après-midi, ma routine avant de partir pour la Poste, lorsque l'idée me traversa soudain que je n'avais pas manqué un seul jour au boulot depuis l'été. Du coup, je retournai me coucher.

Le lendemain, après avoir pointé et pris mon poste devant la grille de tri, je fus avisé par le chef d'équipe qu'un certain M. Franco, du service du personnel, souhaitait me voir. Je montai d'un pas allègre vers le Paradis postal en me disant que quelqu'un avait fini par jeter un coup d'œil à mon CV et qu'on me mutait sur un travail de bureau.

La première chose que je découvris en poussant la porte, ce fut la vue que, de là-haut, on avait sur notre fosse, qui avait tout l'air d'une sinistre fourmilière. Dans la salle où je venais d'entrer s'étirait une rangée de bureaux métalliques vert administration éraflés et de sièges pivotants, chaque ensemble étant attribué à un postier d'âge mûr condamné à perpétuité. Tous portaient la même chemisette blanche trop ample et les mêmes chaussures à semelles de crêpe, le même pantalon remonté quasiment jusqu'au sternum. Imperturbables et silencieux, ils paraissaient fredonner pour eux-mêmes dans leur tête un air ne figurant dans aucun hit parade. Je demandai à un ahuri à lunettes où je pouvais trouver Franco. Du pouce, il m'indiqua le dernier bureau, tout au fond, le seul qui n'ait pas vue sur la fosse, le seul nanti d'un siège supplémentaire pour les entretiens. Je commençai à descendre l'allée et je le vis, fouine binoclarde levant les yeux vers moi, le bout des doigts sur les lèvres, les coudes sur le métal vert foncé de son bureau. Il avait des cheveux teints en noir, partagés par une raie et plaqués sur le crâne, comme ceux de Fearless Fosdick[1], une moustache de whippet, teinte elle aussi, et un triangle pointu en guise de nez.

Sans faire le moindre geste, il me regarda m'approcher de la chaise qui m'attendait. Derrière lui, scotché au mur vert, un calendrier ouvert à la page novembre montrait une photo du dôme du Capitole avec au premier plan des cerisiers en fleur un peu flous. Tandis que je m'asseyais, il me demanda, d'une voix plate d'ordinateur :

– Vous étiez où, hier ?

– J'avais mal à la gorge…

Il abattit sa paume sur son bureau et se mit à beugler :

– Sale petit menteur de merde tu crois que tu peux venir ici raconter des craques pour dégoter un boulot fédéral et pisser sur notre règlement parce que t'as été en fac !? Tu redescends tout de suite bordel et que je te revoie jamais plus ici tu m'entends !

Je grimaçais de stupeur. Après sa courte engueulade monocorde et la gifle assénée au bureau, plus un seul muscle de sa tête ou de son corps ne bougeait. Les autres zombies de la salle continuaient à vaquer à leurs occupations sans la moindre réaction.

En me levant de mon siège, la chemise collée à l'estomac par des rigoles de sueur, je découvris, émergeant d'une de ses omoplates, ce que je pris d'abord pour un manche de dague. C'était en fait l'une des poignées de son fauteuil roulant. Je passai devant les autres bureaux, les jambes en guimauve, captai une vue aérienne de mon tabouret inoccupé. Avant de sortir du Paradis postal, je me retournai pour regarder Franco. Il avait repris sa position originelle, les mains jointes devant les lèvres, les coudes sur le plateau désertique de son bureau, mais il avait à présent les yeux dans le vague, comme s'il fredonnait lui aussi en lui-même la rengaine qui faisait fureur dans la salle.

---

1. Caricature de détective dans la bande dessinée *Li'l Abner*.

De retour en bas, expédiant caisse après caisse de courrier, je comprenais maintenant pourquoi le taux d'absentéisme était aussi bas, en soupçonnant toutefois la tactique de Franco de n'être pas tout à fait légale. Je me demandai si mon père avait déjà eu affaire à lui. J'imaginais la scène : Franco qui le dévorait à belles dents, moi qui surgissais dans la salle et le balançais en bas avec son fauteuil roulant.

À mon jour de repos suivant, une semaine plus tard, le téléphone me tira du sommeil.

– Pete ?

– Oui ! Allô !… C'est qui ?

Je délogeai les chassies de mes yeux et découvris que le cadran numérique de mon réveil indiquait *11 : 11*.

– C'est Tommy.

– Tommy… Bam-Bam !

– Comment tu vas, machin ?

– Et toi ? T'es rentré ? C'était comment, l'Italie ? Super, t'es rentré !

– C'était bien.

– Depuis quand t'es de retour ? J'y crois pas, t'es chez toi ?

– Je suis ici, maintenant.

– Où ça ici ?

– À la fac.

– Columbia ?

J'avais cru qu'il parlait de Yonkers.

– Pourquoi t'as pas appelé avant ? lui reprochai-je.

– Oh, ils arrêtent pas de me botter le cul, ici. Ils me *tuent.*

– C'est dur ? m'enquis-je, radouci.

– Non, en fait, ça marche plutôt bien.

J'éprouvai une pointe de déception.

– Depuis quand t'es rentré ?

– Trois mois, à peu près. On se voit quand ?

– Quand tu veux, répondis-je, le moral soudain à zéro.

Trois mois, putain. C'est si difficile de décrocher le téléphone ?

– Demain, ça t'irait ?

– Demain, d'accord. Tu veux qu'on se retrouve à Scardale, pas loin de chez toi ?

– En fait, j'ai une piaule près de la fac. Je rentre à la maison toutes les deux semaines, pour dîner avec mes vieux. Pourquoi tu viendrais pas à Columbia ? J'y serai toute la journée, le nez dans les bouquins. Je te ferai visiter la fac de droit. Ça vaut le détour.

– OK.

– Quinze heures ?

– Ouais.

– Tu sais comment y aller ?

– Je trouverai.

– Je t'attendrai devant l'entrée. C'est au coin d'Amsterdam et de la 116e Rue.

– Pas de problème.

– Et pour toi, ça baigne ?

– Ouais, répondis-je, fumasse.

– Bon, je dois te laisser. À demain.

Je sautai du lit, expédiai la douche rapide, le petit déj' et le reste de la journée à m'agiter sans but.

Le lendemain, en me rendant à Columbia, je me trompai de ligne de métro et me retrouvai à Harlem, mon humeur oscillant entre colère que Bam-Bam ait mis trois mois à m'appeler et confusion de l'avoir aussi rapidement effacé de ma mémoire.

Je ne connaissais pas le campus de Columbia et je fus étonné de sa petitesse. Simon Straight était vaste comme un parc national, Columbia n'aurait même pas pu lui servir de parking.

Je traversai l'esplanade centrale de briques rouges en promenant un regard renfrogné sur les bâtiments. La cour principale était coincée entre deux citadelles de granit aussi mornes qu'un dimanche après-midi de février. Tous les étudiants avaient l'air de finalistes à un concours scientifique. Une femme d'âge mûr portant un sari sous son manteau m'arrêta pour me demander où se trouvait Dodge Hall. Je le savais, j'étais passé devant après avoir franchi les grilles en fer forgé, je n'en haussai pas moins les épaules et poursuivis mon chemin. Je me sentais comme une merde, j'avais perdu toute énergie. Ce n'était pas à cause de Bam-Bam, ni de l'architecture des lieux. Je me trouvais à Columbia, l'université qui m'avait envoyé une lettre de refus, entouré de milliers de types qui avaient été acceptés, qui ne trimaient pas à la Poste, des êtres humains supérieurs.

Je repérai Bam-Bam avant qu'il me voie. Malgré le froid de décembre, les plaques de glace sale des trottoirs galeux, il n'avait pas de manteau et sautillait sur place pour se réchauffer. Il portait un pantalon à revers, des mocassins, une chemise à rayures aux manchettes amidonnées repliées sur les avant-bras, et un pull bleu marine sans manches. Ses cheveux étaient coupés court et pour la première fois depuis le lycée ils ne lui tombaient pas dans les yeux. J'avais gardé le souvenir de ses fringues de rital, ajustées et impeccables, mais il ressemblait maintenant aux mannequins d'un catalogue d'une chaîne de vêtements pour hommes ayant des succursales à Cambridge et Georgetown. Problème.

Je pris une longue inspiration avant de crier :

– Yo, Straight !

– Pete !

Embrassades et tapes dans le dos. Il avait minci, en plus.

– Merde, alors, marmonnai-je, t'as l'air sorti de *Love Story*.

– Le nouveau moi.

Bam-Bam me prit par le bras pour m'entraîner dans le bâtiment et j'eus l'impression qu'il me ramenait à mon lit d'hôpital. Il me conduisit à un foyer d'étudiants dont un mur entier était occupé par une rangée compacte de distributeurs automatiques vrombissants. La salle était meublée de quelques canapés en vinyle défoncés, de chaises de bowling en plastique bleu-vert et rose saumon, de tables basses blanches design éparpillées sous des tubes fluorescents cauchemardesques. Pas plus reluisant que la salle de pause de la Poste. Il y traînassait une douzaine d'étudiants en droit dont l'aspect ne me plaisait pas. Les filles étaient inélégantes, pas dans le coup, totalement coincées, avec des pantalons pattes d'éléphant trop courts, des franges à barrette. Les garçons semblaient anxieux, incapables d'enjouement, avec des boutons d'acné brillant dans la lumière. James Madison serait tombé raide mort. Randye se serait moquée d'eux et les aurait envoyés à l'infirmerie. Ces gens étaient des mauvaises haleines ambulantes. Ils feraient le vide autour d'eux.

Bam-Bam se renversa dans un canapé et me sourit. Moi, j'étais assis dans une main en plastique bleu ciel.

– Mon vieux, je peux te dire, tu sais pas ce que c'est que bosser, soupira-t-il en se grattant distraitement le front de l'ongle du pouce.

J'aurais préféré qu'il dise « Toi et moi, on savait pas ce que c'est que bosser ». Bam-Bam avait été le plus grand feignant de toute l'histoire de Straight.

Il allongea ses jambes sur le canapé, posa sa tête sur l'accoudoir. Il s'attendait peut-être à ce que je lui apporte une compresse froide.

– Tu sais que j'ai pensé à toi, Pete.

– Ah, ouais ?

– Tu aurais peut-être quand même dû aller à Saint John's, finalement. C'est pas si nul... Trois procureurs adjoints de New York en sont sortis.

– J'aurais peut-être dû aussi me faire recommander par George Meany...

– Je le connaissais, Pete, se justifia-t-il en redressant la tête de quelques centimètres.

Je m'en voulus aussitôt : c'était un coup bas.

– Tu veux un esquimau, B.B. ? proposai-je.

– Je le *connaissais*, Pete.

– D'accord, d'accord, j'ai rien dit.

Maintenant, c'était moi qui avais besoin d'un esquimau.

– Alors, ton boulot ? me demanda Bam-Bam.

Il s'était légèrement redressé et semblait vasouillard, pas vraiment intéressé. Nul doute que la fac de droit était éreintante, mais je trouvais infect son numéro du gladiateur agonisant.

– Bah, le boulot, c'est le boulot, philosophai-je. Ça t'ancre dans le monde réel.

Je n'arrivais pas à avouer que je travaillais à la Poste.

– Je ne reprendrai peut-être pas les études avant un bout de temps, continuai-je. Je me sens davantage dans le monde réel au boulot qu'ici, dis-je en désignant le foyer du bout de ma glace.

– C'est bien, c'est bien, approuva Bam-Bam, les yeux clos sous son avant-bras velu.

Au moins, il ne s'épilait pas le corps.

– Mais je t'ai même pas expliqué ce que je fais, repris-je. J'écris des textes... pour une agence de voyages...

– Des textes ? Pour quelle boîte ?

Il semblait encore mort d'ennui mais j'avais l'intuition, au creux du ventre, qu'il me soupçonnait de raconter n'importe quoi.

– Quelle boîte ? Euh, US Travel Air, répondis-je.

Et pour couvrir l'absurdité de ce nom j'ajoutai :

– Je sais pas si tu as vu cette pub... Un couple sur une plage filmé de loin, avec au premier plan une conque qui fait penser à une chatte géante sans poils... Et ce slogan qui apparaît... LA MARTINIQUE... C'EST UNIQUE... Ou une autre, la même conque avec les jambes bronzées d'une femme de chaque côté, et sur le sable on voit l'ombre de ses seins projetée par le soleil. Elle a les nichons à l'air, ça crève les yeux... On a dégoté une fille avec des mamelons comme des boutons de porte...

Bien que rien ne fût vrai, je me sentais excité. Je devrais peut-être me lancer dans la pub.

— Ils vont sûrement m'envoyer aux Seychelles à la fin de l'hiver. J'ai chopé le truc pour les pubs de plage...

Bam-Bam se redressa en claquant des gencives comme un vieux qui se tire péniblement du lit le matin. Je fus même étonné qu'il ne se gratte pas les côtes.

— Café, grogna-t-il.

Il se traîna vers les distributeurs automatiques et je n'aurais pas su dire si c'étaient les études ou mes conneries qui l'épuisaient à ce point. Il revint penché au-dessus d'un gobelet en plastique dont il inhalait la fumée. Il fallait que je me tire de cet endroit. À cet instant précis, en le voyant le nez au ras de son café comme un asthmatique au-dessus d'un bol à inhalation, je sus que je n'irais jamais en fac de droit. C'était un territoire qui m'était trop étranger. Trop hostile, impossible à conquérir. Je n'avais pas ma place dans cette salle.

— Tommy...

Une Chinoise grande et mince aux traits aplatis, avec ces horribles pattes d'eph' trop courtes, s'approcha d'un pas tranquille et passa les doigts dans les cheveux de Bam-Bam. Sans sortir de sa méditation caféinée, il lui entoura les fesses de son bras.

— Salut, chérie... Pete, je te présente Elaine.

Il me regarda puis revint à elle.

— C'était mon meilleur pote à Straight, je t'ai parlé de lui.

Elle hocha la tête avec une indifférence souriante, je répondis de même.

— Tommy, j'ai laissé ma clé dans la buanderie, je suis enfermée dehors.

Bam-Bam tira de la poche de son pantalon estudiantin un trousseau de clés dont l'anneau était orné d'un caractère chinois et le lui tendit. Elle repartit sans dire au revoir, ce qui m'allait parfaitement.

— Vous vivez ensemble ? dis-je en affectant la même fatigue que Bam-Bam.

Il ferma les yeux et reconnut la chose d'un hochement de tête. Je fus étonné de m'en foutre totalement.

– Mariage en vue ?

Il haussa les épaules avec un sourire onctueux.

– Elle est d'où ? Hong Kong ?

– De Youngstown, dans l'Ohio... Son père est rédac-chef d'un quotidien.

– Tu sais, je suis sorti avec une Noire...

– Et *alors* ? répliqua Bam-Bam, l'air enfin réveillé.

– Comment ça, « et alors » ?

– T'es sorti avec une Noire, et *alors* ?

– C'était à Straight, Deirdre Weeks, tu la connaissais ? Elle était de notre promo.

Je me sentais stupide d'avoir dit une chose pareille : puisqu'on parle de chinetoques, je me suis fait une négresse. J'avais déconné mais je n'encaissais pas son « Et *alors* ? » agressif et pédant. Il savait de quoi je parlais, il savait que j'avais dit une connerie et il savait que je le savais. Je trouvais son numéro d'indignation plus pourri encore que ma remarque.

– OK, désolé, capitulai-je.

Nous allâmes nous asseoir à une table sur laquelle un gobelet avait laissé trois ronds de café entrelacés comme le logo de la bière Ballantine. Je n'avais qu'une idée : foutre le camp. C'était fini. Moi, lui, la fac de droit, les pantalons pattes d'eph'. Je voulais me tirer, me tirer.

Nous restâmes cinq bonnes minutes à contempler les ronds de café.

– Qu'est-ce que..., commença-t-il.

Je n'avais pas de discours d'adieu, il en avait peut-être un.

– Oui ?

– Non, rien, dit-il en haussant les épaules.

Nous allions nous quitter en jouant la comédie. Ce n'était pas ce que je voulais, mais je repensais à la Martinique-c'est-unique, et je me levai.

— Bon, tu dois sûrement retourner bosser à la bib', hein ? Moi aussi, faut que j'y aille.

Je ne fis aucun effort pour un dernier contact physique.

— Salut, Bam-Bam.

— À un de ces quatre, chantonna-t-il en y mettant autant d'ironie, autant de tu-sais-que-je-sais que ces mots pouvaient en contenir.

Fini, la fac.

Le lendemain au petit déjeuner mon père m'informa que Bam-Bam avait téléphoné.

— Hier soir ? demandai-je, tendu.

Je n'avais aucune envie d'« arranger les choses ».

— Non, y a deux jours. J'ai oublié de te le dire. Il voulait que t'ailles le voir à Columbia.

— Je l'ai eu au téléphone. J'y suis allé hier.

— Ah bon ? Comment il va ? Un gentil garçon, ce Tommy, dit mon père en souriant à son toast.

— Ouais… Je crois qu'on va pas trop se voir pendant un moment. La fac de droit lui est un peu montée à la tête.

— Il s'est foutu de toi à cause de ton boulot à la Poste ?

— Naan, répondis-je en faisant la moue.

— Parce que quand je lui en ai parlé, il a été vraiment compréhensif.

— Tu lui as *dit* que je bossais à la Poste…

— Ben, ouais.

Mon corps se ratatina d'humiliation et je me sentis parcouru de frissons. La Martinique, c'est vraiment unique.

Le lendemain au boulot, obnubilé par la discussion que j'entretenais avec « Tommy » dans ma tête, je me penchai trop en arrière sur mon tabouret, partis à la renverse et projetai en l'air toute une caisse de courrier d'un magnifique ciseau du gauche.

Je me mis à picoler, pas trop cependant car cette habitude se révéla onéreuse. J'allais au Treaty Stone, proche de la Poste, avalais deux ou trois verres, qui me retournaient et me rendaient larmoyant ; j'imaginais différents scénarios possibles avec mon père et Franco pour protagonistes. Pris de remords, je courais acheter pour Vy et lui une cafetière électrique à soixante-quinze dollars, une sculpture sur bois représentant une tête de rabbin... Le cadeau le plus coûteux que je leur fis, ce fut un répondeur téléphonique à cent dix-sept dollars, mais comme personne, ni eux ni moi, ne prit jamais la peine d'installer la prise murale indispensable, l'appareil resta dans sa boîte.

Pendant les trois semaines précédant Noël, tous les postiers travaillaient obligatoirement douze heures par jour. J'aurais pu bosser le 25 décembre avec des heures payées double si je n'avais été franchement exténué. Je n'avais pas vraiment besoin de cet argent, à moins d'envisager de me prendre un studio, mais je me racontais encore que je faisais des économies pour la fac de droit. J'avais trois mille dollars sur mon compte en banque.

Le soir de Noël, je regardai *Miracle sur la 34e Rue* dans le séjour avec Vy et mon père.

– Paraît qu'on en tourne une version noire, dis-je en tapant dans le paquet de Lark de ma belle-mère.

– Vraiment ? fit mon père avec une moue intéressée.

– Ouais, *Miracle sur la 116e Rue*[1].

– Ah, tu blagues !

Indépendamment de ce qui m'arrivait dans la vie, je me sentais toujours heureux à Noël – un réflexe de vacances scolaires.

– Godfrey Cambridge[2] jouera le père Noël et les Jackson Five reprendront le rôle de Natalie Wood.

Ça ne fit pas rire mon père, qui avait l'air nerveux. Après avoir échangé avec Vy des messages par haussements de

1. Une rue de Harlem.
2. Acteur et humoriste noir.

sourcils, il s'approcha du placard. Ils m'avaient peut-être fait un cadeau.

D'un carton rangé sous les manteaux, il tira notre vieille menorah électrique et l'apporta dans le séjour. Elle était en plastique blanc, avec huit petites ampoules orange en forme de flammes.

— Tu sais quel jour on est, hein, fils ? me demanda mon père, si tendu que sa poitrine se soulevait légèrement.

— Oh, le début de Hanouka, c'est ça ?

Son humeur étant contagieuse, je me mis à agiter nerveusement un de mes pieds.

— Ça fait une éternité que j'avais pas vu ce truc, ajoutai-je.

— Mon gars, tu veux me faire plaisir ? Allumons les lumières.

— D'accord...

Oui, ce serait sympa.

— Tu te rappelles les prières ?

Il s'agenouilla et brancha le chandelier, ce qui eut pour effet d'allumer sept flammes. Il le posa sur l'appui de fenêtre et dévissa les ampoules jusqu'à ce qu'elles s'éteignent.

— Les prières ? Nan. On allume juste les flammes.

Il prit sur le téléviseur un livre de prières en papier bible, le feuilleta. La couverture annonçait que le bouquin était un cadeau de Schapiro, « le vin si épais qu'on le coupe au couteau ».

— On les a en phonétique, j'en suis sûre, intervint Vy en me lançant un regard plein d'espoir.

Un coup monté.

— On les allume, c'est tout, tranchai-je. Qu'est-ce qu'il y a, vous avez acheté des bons du Trésor israélien ?

Je partis d'un rire gêné en tentant de refouler ma colère.

— Ce serait si bien, plaida Vy.

Mon père extirpa de sa poche revolver deux kippas noires. Parce que ma mère était morte, j'avais été le seul de mes copains autorisé à porter une kippa noire *avant* sa bar-mitzvah. Je me sentais en plomb.

– Je veux pas faire ça, déclarai-je.

Mon père coiffa sa kippa et posa la mienne sur le canapé.

– Qu'est-ce que ça te coûte ? insista-t-il. *Rien !*

– Non, m'obstinai-je.

Je commençais à avoir peur. Qu'est-ce que c'était que cette histoire ?

– Non ?

– Non.

Je ne lui avais jamais rien refusé. Il se mit à tourner en rond de frustration tandis que Vy se mordait la lèvre.

– Écoute...

– Non... pas question... Non.

Il m'envoya paître d'un geste dédaigneux et sortit de la pièce à grands pas, le visage tordu d'impuissance.

Bien que me sentant horriblement coupable, je ne cédai pas. Je fixais l'écran de la télé, où tout m'apparaissait en double. Vy secouait la tête d'accablement. Mon père revint tout à coup et m'asséna :

– Tu te comportes comme un gamin de douze ans.

Boum. Je me levai d'un bond.

– Non ! C'est *toi* qui veux que je me conduise comme un enfant de douze ans ! Et après, tu me feras un cadeau ? Tu me donneras un dollar ? *Merde !*

Je vivais une expérience extracorporelle. Dieu m'inscrirait dans le Livre des Morts le jour de Yom Kippour. Parfait. Mon père laissa ses mains retomber, Vy se leva et lui saisit le bras.

– C'est une *honte* ! affirma-t-elle d'une voix pantelante en me regardant.

Fini les « Je suis fâchée contre toi », elle était furibarde pour de bon. Je faillis lui balancer « Et le déjeuner à la cocaïne ? ». Ils me dévisageaient tous les deux comme si j'avais la lèpre. Les camps étaient nettement délimités.

– D'accord, c'est elle et toi ! Lui et toi ! Moi, je suis sur la *lune* ! Je suis pas ici ! Vous voulez que je sois ici ? Mais je *crève,* ici !

Je ne savais plus ce que je disais. Je me retournai et

m'examinai dans le miroir veiné. J'avais la figure rouge et couverte de sueur. Pas d'aide à attendre de ce côté-là.

Lorsque je me tournai de nouveau vers eux, mon père fixait la moquette, une grimace amère dans la partie inférieure de son visage, comme s'il mâchait de l'aspirine.

– Peter, dit Vy d'une voix plus douce. Nous t'aimons et nous ne sommes pas plus heureux que toi de cette situation.

Nouveau coup de poing en pleine figure. Je n'avais pas pensé à ça – à ce qu'ils ressentaient.

– *Nous*… C'est quoi, ce *nous* ? Une entreprise ? Un conseil d'admission ?

Mon père fondit soudain en larmes, la bouche semblable à une vilaine blessure, la tête tressautant à chaque sanglot. Terrifié, je me mis à vagir et Vy craqua elle aussi. Nous nous lamentions tous les trois comme des pleureuses grecques.

Je me tenais la tête à deux mains, les yeux quasiment hors de leurs orbites. Je devenais cinglé. Je voulais leur mort et j'étais si horrifié de ce sentiment, de sa pureté, que je me précipitai vers eux en balbutiant des « Pardon, je le ferai, pardon ». Les doigts tremblants, je pris ma kippa et la laissai tomber sur mon crâne. Pour empêcher mes mains de les étrangler, je les entourai de mes bras et les pressai l'un contre l'autre de toutes mes forces, jusqu'à ce que mes muscles se mettent à trembler, jusqu'à ce que l'épaule de Vy soit à moitié enfoncée dans la poitrine de mon père.

– Les gosses de maintenant, hein ? réussis-je à glisser entre deux sanglots.

Cette scène me brisa totalement l'échine. Huit soirs de suite, je récitai les prières en lisant le texte hébreu, pas la transcription phonétique, je vissais chaque fois les huit ampoules en forme de flammes, puis me confondais en excuses pour ma tentative de parricide. Je m'excusais tellement qu'ils en devinrent embarrassés. Ils auraient préféré tout oublier, mais je ne pouvais pas m'arrêter. J'offris à Vy un album rare de

Billie Holiday et à mon père un somptueux bouquin sur la Terre sainte.

Chaque fois que je repensais à cette altercation, aux larmes de mon père, j'éprouvais un tel mélange de plaisir et d'horreur que mon corps tressaillait comme si j'avais avalé d'un trait un verre de whisky. Je n'aurais su dire si j'étais allé trop loin ou non, et cette confusion m'effrayait au point que je me mis à cacher mon jeu.

Je cessai de me plaindre de mon boulot à la Poste. Ce qui m'avait permis de tenir le coup jusque-là, c'était cette psalmodie silencieuse, « Ce n'est que temporaire », et je n'avais même plus besoin désormais de ce mantra. Je faisais simplement mon travail. Je mis un terme à la guerre de guérilla, j'arrêtai de bouder. J'adoptai un régime minceur. Chaque jour je me réveillais à dix heures, je me tapais une heure de gymnastique dans l'appartement vide, puis je fumais une clope, prenais un brunch, écoutais un disque ou regardais la télé, fumais une autre clope avant de partir pour Manhattan. Je m'acquittais consciencieusement de ma journée de travail et je rentrais à la maison endormie vers une heure et demie, ou vers deux heures ou trois heures et demie si on avait eu des heures sup' obligatoires, je fumais une cigarette sur le canapé en buvant un grand verre de scotch, j'allais me pieuter et je dormais jusqu'au lendemain matin dix heures.

En février, je passai à nouveau l'examen pour la fac de droit. Il était beaucoup trop tard pour se présenter à la plupart des universités et je n'avais de toute façon aucune intention de le faire. Passer cet examen faisait juste partie de mon numéro « Je serai bien sage ». Je débloquais alors complètement. Tous mes actes étaient purement réflexes ou effectués avec la paranoïa roublarde d'un agent secret à la retraite. Toutefois, quelles qu'aient été les exigences du scénario, je passais mes journées avec l'équanimité apparente d'un prêtre. Vy et mon père semblaient heureux, en tout cas.

L'examen se déroula dans un amphi du centre universitaire pour étudiants diplômés de la 42e Rue. Je ne m'étais pas du tout préparé et je répondis aux questions avec une concentration impressionnante d'un bout à l'autre, sans toutefois savoir si j'obtiendrais 400, la note la plus basse, ou 800, l'apogée.

Lorsque je reçus les résultats par courrier, trois semaines plus tard, je découvris avec amusement que j'avais fait un score de 748, ce qui me classait dans la tranche la plus élevée, avec 130 points de plus qu'en terminale.

Fin mars, j'autorisai Vy à me faire rencontrer la fille d'une de ses copines caissières de banque, et je me rendis à ce rendez-vous avec la sérénité d'un quotient de 748. Elle vivait dans un immeuble naguère coté de Washington Heights, un quartier passant par les mêmes affres de mue que ma vieille rue du Bronx, dégringolant des dentistes aux seigneurs de la guerre adolescents. C'était une fille jolie et intelligente, en dernière année au City College. Nous allâmes dans un cinéma de quartier, un de ces palais des années trente tombant en décrépitude avec le quartier. Je regardai deux films d'affilée sans essayer de la peloter et mon numéro Je-résiste-à-la-tentation-parce-que-mon-cœur-est-pur dut l'exaspérer. Un moment, sa frustration l'amena à poser la tête sur mon épaule, mais jamais de toute ma vie je ne m'étais senti aussi agréablement détaché, libéré de toute angoisse sexuelle. Pour les prêtres, c'était du tout cuit, j'en étais sûr. Ils n'avaient qu'à claquer des doigts pour avoir un harem à leurs pieds. Je la laissai devant sa porte avec un petit baiser sur la joue et un vague « Je t'appelle ».

Trois semaines plus tard, de nouveau sur l'insistance de Vy, je me rendis dans une agence de rencontres. Elle était située dans le même immeuble qu'American Communicators et je faillis renoncer, moitié par peur de tomber sur quelqu'un que je connaissais, en premier lieu Mme Himmel, moitié par crainte de recouvrer une partie de l'énergie agitée que j'avais laissée dans ce lieu. Je craignais peut-être aussi que Raymond n'ait laissé tomber l'école de police dans son plan de carrière et n'ait rejoint l'équipe. En cherchant Mary Heartline Video Visions parmi les noms inscrits dans le hall, je découvris qu'AC n'y figurait plus. Le vigile de faction m'informa que la boîte avait fermé et je pris la nouvelle avec un sentiment de perte un rien angoissé.

Chez Mary Heartline[1], pour cinquante dollars un postulant était filmé en train de répondre à une batterie de questions, puis on lui montrait des vidéos de femmes de son âge et de son niveau culturel. Si celles sur lesquelles il portait son choix le choisissaient elles aussi, tout ce petit monde finissait par baiser.

Je réglai la somme à une réceptionniste, cochai les cases d'un questionnaire à choix multiples et fus conduit dans un bureau pour y être filmé.

J'y fus accueilli par une sorte de gouine impeccable et pleine d'entrain vêtue d'un tailleur-pantalon bleu glacier agrémenté d'un foulard en soie de couleur vive. Dès que je m'installai devant elle, je n'eus plus qu'une idée en tête : la lui mettre dans le cul.

Tandis qu'elle commentait de quelques « Mmm » mes réponses au questionnaire, j'inventoriai la pièce. Un immense gros plan de Groucho, un autre de W. C. Fields, montés sur des supports en carton, recouvraient un des murs. Un groupe de mariachis en clous tordus et soudés paradait sur le plateau de son bureau. Une photo d'elle en couleurs, souriant sous un sombrero large d'un mètre cinquante, vêtue du même tailleur, dans un cadre en fausse écaille de tortue, était posée sur l'appui de fenêtre entre deux mugs dans lesquels des noyaux d'avocat soutenus par des cure-dents commençaient à donner des pousses. Une caméra vidéo fixée au bord de son bureau était braquée sur un fauteuil de metteur en scène devant une toile de fond lavande tendue sur le mur faisant face à Groucho.

— Bien ! s'exclama-t-elle en claquant des mains. Simon Straight, hein ? Je viens d'avoir un entretien avec un ancien de Straight ce matin. Vous le connaissez peut-être, Barry...

1. On peut aussi entendre « Merry Heartline », « ligne de cœur heureuse ».

— Pas envie de savoir, l'interrompis-je.

— Très bien, dit-elle avec un haussement d'épaules. Vous avez déjà été filmé ?

— Oui, mais c'était pour le David Susskind Show[1] et j'avais demandé qu'on ne voie de moi qu'une silhouette sombre.

Elle s'esclaffa et je lui fis un clin d'œil. J'étais en mode père Keller. Je passerais cet entretien comme de l'eau glacée coulant sur une pente montagneuse. Indiquant la photo du menton, je demandai :

— C'était au Mexique ?

— Dans le Yucatan. Vous y êtes allé ?

— Nan.

Je remarquai qu'un singe en peluche pendait à l'un des bras de mon fauteuil, avec à la place des yeux deux ronds en feutre rouge qui parvenaient à donner l'impression que l'animal louchait.

— C'est Harpo, précisa-t-elle.

Elle m'installa devant la toile de fond, fit quelques plaisanteries puisées dans son stock pour me détendre, mit la caméra en marche et entra dans le vif du sujet :

— Quel est votre but dans la vie, Pete ? Ou dois-je vous appeler Peter ?

— Peter, répondis-je en joignant l'extrémité de mes doigts. J'aimerais devenir traiteur, avoir une grande salle pour les mariages, les bar-mitzvah, vous voyez... engendrer une famille nombreuse et me ranger... Vous avez un bout de scotch dans les cheveux. Là, près de la tempe...

Elle rougit, décolla le petit morceau de ruban adhésif.

— On reprend du début ? proposai-je.

— Non, je peux couper au montage... Et où aimeriez-vous vivre avec cette famille nombreuse ?

— Près de cette salle pour noces et banquets. J'aime me rendre au travail à pied. En banlieue résidentielle, je pense. J'ai besoin de verdure, de pelouses.

---

1. Émission-débat sur des sujets controversés.

– Très bien.
– Le centre-ville est un asile de fous.
– OK, question suivante...
– Il n'y a plus que des bêtes féroces, maintenant, en ville. On risque sa peau en sortant acheter le journal.
– Je sais. Quel serait votre cadre idéal pour une rencontre ? Aucune limite à votre choix.
– Un lit.
– Allons, Peter.
Elle fronça les sourcils comme si j'étais un vieillard lubrique dans un service pédiatrique.
– D'accord, d'accord... Au lit dans une vitrine de grand magasin.
Elle me surprit par un bref éclat de rire et je tombai amoureux. Les coudes sur son bureau, le menton posé sur le dos d'une main, elle se retenait de pouffer. Elle se détourna, offrant à ma vue le duvet cendré couvrant sa nuque.
– Aïiïe, gémit-elle en arrêtant la caméra. Arrêtez, je n'en peux plus.
– Vous couperez au montage.
– Ça coûte cher, la minute de vidéo.
– Bon, je serai sage, promis-je. Allons-y, je reprends à partir de la question.
Elle appuya sur le bouton.
– Mon cadre idéal... Une plage de la Martinique... rien qu'elle, moi et un pichet de vodka-orange.
Elle me fit un clin d'œil : pas de drogue.
– Et quelle serait votre femme idéale pour cette rencontre ? Côté mental, je veux dire.
– Maîtresse d'elle-même et maîtresse tout court.
Elle leva les yeux au plafond et se mordit la lèvre. Je la matais, je m'éclatais.
– Vous être quelqu'un de drôle. Le sens de l'humour est important pour vous ?
– Le sien ou le mien ?
– Le sien.

— Euh, ouais… J'aime les femmes qui savent rire, qui prennent la vie pour la partie de flipper délirante qu'elle est, qui voient chaque jour comme une aventure, qui se sentent aussi à l'aise au boulot que sur un cheval dans un ranch pour touristes.

Elle secoua son poing dans ma direction.

— Vous vous intéressez au sport ?

— Oui, les promenades en ballon, le squash, l'escalade, le jeu d'échecs électronique.

— Quel genre de musique aimez-vous ? me demanda-t-elle, la voix à nouveau altérée par le rire qu'elle contenait.

— Oh, du classique, « Le vol du bourdon », le vieux rock des années cinquante, avec deux gars du groupe au moins qui sont morts d'une overdose ou devenus chauffeurs de bus scolaires, du sitar, du madrigal, aussi, mais sans excès.

— Le niveau d'études, c'est important pour vous ?

— J'aime qu'une fille sache lire et écrire, parce que je suis un culturiste de la culture, mais sans snobisme.

Je me dégelais, je me sentais plus moi-même que je ne l'avais été depuis près d'un an.

— OK, dernière question : comment vous décririez-vous en un mot ?

Elle me scrutait comme si elle mourait d'impatience d'entendre ma réponse.

Je pris mon temps, attendant de trouver une dernière vanne extra pour clore le spectacle. J'aurais voulu passer toute la journée à répondre à ses questions. Je me sentais déprimé que ce soit la dernière. Les yeux rivés à l'objectif, je ne voulais pas prononcer ce mot, je ne voulais pas rentrer chez moi, déraper à nouveau dans ma folie…

La caméra me braquait comme un flingue. Un mot.

— Noyade, lâchai-je, la voix aussi plate que l'électro-encéphalogramme d'un mort.

Dans le silence qui se fit tout à coup, je pris conscience du bourdonnement de la caméra. Nos regards se croisèrent.

– Noyade, répétai-je en haussant les épaules. Bon, en route pour un oscar, hein ?

De la tête, j'indiquai l'appareil sans la lâcher des yeux. Elle ne l'arrêta pas et nous continuâmes à nous contempler.

– Combien de types qui viennent ici finissent par vous proposer un rencard ?

– Tous, putain, grommela-t-elle.

Soudain la porte s'ouvrit et, d'un geste de somnambule, elle arrêta enfin la caméra.

– Comment tu vas ? brailla l'intrus.

Il avait les traits d'une de ces poupées gonflables masculines, cheveux pelucheux et épaisse moustache bien taillée.

– Kate ? Pardon de te déranger, mais j'ai besoin des enregistrements.

– Jim les a emportés à la maison, répondit-elle sans me quitter des yeux.

Il jeta un coup d'œil à la première page de mon questionnaire.

– Tu as eu le temps de parler à Pete du voyage festif à San Juan ? Il ne nous reste plus que trois places.

Quatre jours plus tard, je reçus une lettre de Mary Heartline. L'enveloppe contenait mon chèque et la carte d'un psychothérapeute avec, sous l'adresse, ce mot griffonné : *Vous êtes trop intelligent pour ne pas y aller… Kate.*

Encore une fois surestimé. Je me souvins qu'au cours d'une conversation téléphonique que James Madison avait eue chez AC il avait répliqué avec un étonnement amusé à un de ses amis : « Comment ça, tu te sens trop dingue pour avoir une séance ?! »

Début avril, je fis une dernière tentative pour entamer une vie sociale. Vy avait découpé dans le journal l'annonce d'une *mixer*[1] et l'avait posée sur mon bureau. Je me retrouvai

1. Soirée organisée pour permettre aux jeunes gens de faire connaissance.

dans un centre hébraïque côté Queens du pont de Throggs Neck. Le truc était patronné par l'association Upbeat[1], qui organisait des soirées dans diverses salles de Brooklyn et Queens : veste et cravate pour les garçons, pas de jean pour les filles.

À l'entrée, je dus payer une cotisation de quinze dollars, j'eus droit à un coup de tampon encreur sur le dos de la main et à un bulletin de l'association m'informant de week-ends à l'hôtel et de croisières à prix cassés, illustré de photos de couples pendant leur lune de miel (notamment Steve, étudiant en droit, et Valerie, major en enseignement primaire) qui s'étaient rencontrés à une des soirées d'Upbeat. Si j'épousais une fille rencontrée grâce à Upbeat et laissais l'association publier notre photo dans son bulletin, nous recevrions un bon d'achat de vingt-cinq dollars dans n'importe quel magasin discount Korvette.

J'ai essayé. Vraiment. Ce fut un échec parce que je m'y étais rendu seul et qu'à la fin de chaque danse, faute d'avoir engagé la conversation, je me retrouvais à faire tapisserie en position « Repos, soldat ». Le bar consistait en une table pliante couverte d'une nappe rouge amidonnée et maintes fois reprisée. Le tonic était éventé. Une armée de salades de fruits au marasquin était alignée dans des Tupperware. Le barman chauve et grincheux portait un spencer assorti à la nappe. Mon foutu gobelet en plastique fendillé laissait tomber des gouttes de vodka sur mon pantalon.

Le groupe de la soirée, les Hard Knox, se composait de cinq gars d'une vingtaine d'années en ponchos indiens et pantalons pattes d'eph'. Tous avaient de longs cheveux gonflés par un brushing et trois d'entre eux arboraient des moustaches tombantes à la Zapata. Les propos aux sous-entendus graveleux qu'ils échangeaient entre chaque morceau me révélèrent que c'étaient d'anciens bikers. Le chanteur se pavanait sur la scène en affectant une claudication, marque

1. « Optimiste », « plein d'allant ».

de fabrique du Bronx aussi indéniable qu'une cicatrice de duel chez les étudiants boches.

Ils jouèrent tous les tubes obligatoires : une version façon Joe Cocker de « A Little Help From my Friends », un interminable « Eleanor Rigby » à la Vanilla Fudge et l'« Evil Ways » de Santana. Au milieu de « Stormy », des Classics IV, alors que je tournais sur la piste avec une fille qui aurait pu être l'héroïne de *La Ménagerie de verre*, je m'aperçus que je connaissais le bassiste. Nous nous étions bagarrés pendant des mois devant mon immeuble quand nous étions tous les deux en CM1. Alan Rosenbaum. Et le chanteur était Carmine Milano, le batteur Jimmy Scalisi.

J'en fus tellement perturbé que je rompis mon étreinte catatonique avec ma cavalière et mis les bouts. Sur le parking, je cherchais ma voiture en plissant les yeux lorsque quelqu'un me tapota l'épaule. Je me retournai et découvris la fille au visage triste que je venais de laisser choir sans un mot.

– Tu veux qu'on aille quelque part pour parler ? proposa-t-elle.

Assis au volant de ma caisse, les bras écartés derrière le dossier du siège, je la regardais s'escrimer sur ma bite, qui retombait au-dessus de son poing comme une fleur fanée. Ses mouvements se firent frénétiques et elle se mit à gémir « Allez ! » comme si nous étions dans un hors-bord, menacés par l'orage, et qu'elle n'arrivait pas à faire faire demi-tour au bateau.

– Bon Dieu ! Pas la peine d'engueuler ma queue ! protestai-je.

J'enveloppai sa main de la mienne et je donnai la cadence jusqu'à ce que nous soyons aspergés tous les deux.

Après nous être nettoyés en silence, nous nous ruâmes hors de la voiture par nos portières respectives, comme dans ce jeu d'étudiants[1] débile.

---

1. Lorsque la voiture est arrêtée par un feu rouge, tous les occupants en descendent précipitamment, chauffeur compris, puis remontent en changeant de place avant que le feu passe au vert.

Le lendemain matin, je m'éveillai d'un rêve où je nageais dans un bocal à poissons rouges. L'eau était si chargée d'algues et de détritus que je n'y voyais rien et que je ne cessais de me cogner contre le scaphandrier en plastique. « Maintenant, tu sais pourquoi les poissons rouges ont les yeux exorbités. »

Je sautai hors de mon lit et me retrouvai au milieu de ma chambre en slip et maillot de corps, la bouche tordue de stupeur. Une fois revenu à la réalité, je m'assis à mon bureau, passai une main tremblante sur mes lèvres. Le radio-réveil se mit en marche : « Salut-salut ! C'est un 7 avril mââângniiiifique qui s'annonce, une température de quinze degrés dehors, alors sortez du placard votre réflecteur solaire et montez sur le toit en terrasse pour vous faire belle ! »

J'ouvris les fenêtres pour goûter à ce vin à quinze degrés. Mon jour préféré de l'année, c'était toujours ce matin anormalement doux, le plus souvent en février, où tout le monde se balade le manteau déboutonné, étourdi de nostalgie et d'optimisme. Cette année-là, l'hiver avait été tenace et gris, et tandis qu'une promesse parfumée embaumait ma chambre, je me surpris à murmurer « Avril ».

Soudain, pourtant, je me sentis assailli par le pressentiment de Gros Ennuis à venir. Je crus d'abord à un simple résidu de cauchemar, mais l'impression persista et se fit plus précise : j'avais perdu mon portefeuille, oublié d'éteindre le four, de me présenter à un examen... À peine le mot « four » s'était-il glissé dans mes pensées que je sentis une sale odeur de feu – caoutchouc cramé ou appareil en surchauffe. Je vérifiai frénétiquement les prises de courant derrière mon lit, puis poursuivis mon inspection dans le reste de l'appartement. Dans la cuisine, je vérifiai la veilleuse de la cuisinière – rien d'anormal. J'allai m'asseoir dans le séjour où, aveuglé par la lumière du soleil, je m'efforçai de chasser cette odeur de brûlé. J'avais lu quelque part qu'une hallucination olfactive de ce genre était un signe avant-coureur de tumeur au cerveau. Au bout d'une demi-heure, je refis le tour de l'appartement et débranchai toutes les prises – lampes, mixers, horloges. J'éteignis même la veilleuse, ce qui aurait pu être plus dangereux que la laisser allumée. Je retournai m'asseoir, gêné par mon comportement, et j'allumai la télé, que je n'aurais pas débranchée même si ma vie en avait dépendu.

Sur l'écran, l'animateur Joe Frankin joignit les mains sur un de ses genoux croisés et sourit à un parolier d'âge canonique.

– « Spring Fever[1] »... Vous avez écrit ça un jour comme aujourd'hui ?

Je savais maintenant quels Gros Ennuis m'attendaient. Le printemps. Le mot d'avril. Les facs de droit envoyaient par courrier les admissions et les refus, et bien que cela ne me concernât pas j'étais effondré. J'avais joué la comédie, je n'avais pas annoncé ma décision à mon père, peut-être parce que je croyais à moitié que je finirais par me présenter, et il était maintenant irrémédiablement trop tard. Ma tumeur au cerveau s'envola.

Je retournai dans la cuisine pour rallumer la veilleuse, rebrancher les lampes et les appareils ménagers.

Il y avait là quelque chose de louche. Au cours de tous ces mois pendant lesquels j'avais joué cette comédie insensée, pas une seule fois Vy et mon père n'avaient abordé la question de mes études.

Il se faisait tard. Merde pour le taf. Pendant quelques heures je regardai les rediffusions de l'après-midi et je finis par partir avant que l'un d'eux ne rentre. J'avais conscience que je les évitais, que je retardais une confrontation, mais je n'avais pas le courage d'aller jusqu'au bout.

Je me rendis en ville, où je me tapai plusieurs films que je ne mourais pas franchement d'envie de voir, et je revins à Yonkers quelques heures avant l'aube.

Le lendemain à midi, je fus réveillé par le bruit que faisait mon père dans la cuisine. C'était son jour de repos. Columbia. Mon estomac jouait au grand huit. Et il fallait aussi

1. « Fièvre de printemps ».

que j'aille bosser. Que j'affronte Franco pour mon absence de la veille. Et mon père pour Columbia. Je flippais tellement que je traînai une heure de plus au lit.

Une fois levé, je l'observai du seuil de la cuisine, en train de déjeuner dans son style que rien ne pouvait changer. Après chaque bouchée, il examinait son sandwich en mastiquant, comme s'il y avait quelque chose d'écrit dessus. J'éprouvais un désir instinctif de le protéger. Lorsqu'il sentit ma présence, il se redressa et s'écria « Bonjour, bonjour ! » en désignant le siège vacant en face de lui.

– T'as faim ?

– Papa...

Je me pinçai l'arête du nez et attendis qu'il ait fini de manger. Il se lécha le pouce, s'essuya les mains à son pantalon et m'adressa un regard interrogateur.

– Qu'est-ce qu'il y a ?

– Tu ne vas pas me croire... J'ai oublié de me présenter à nouveau pour Columbia... C'est trop tard, maintenant. Je suis désolé... Je peux peut-être essayer de les convaincre que... Désolé.

Un soupir pensif s'échappa par un coin relevé de sa bouche. Il fronça les sourcils, plissa les lèvres en s'essuyant à nouveau les mains distraitement à son pantalon, la tête tournée vers le mur.

– Bon... Écoute, de toute façon, y avait peu de chances pour qu'ils te prennent. T'as rien fait de si extraordinaire cette année pour les faire changer d'avis.

– J'ai rien fait ? murmurai-je d'une voix morne. J'ai passé à nouveau l'examen.

– Ah ouais ? dit-il.

D'un ton trop doux.

– *Ouais.* Et tu sais combien j'ai eu ? 748. Avec ça, c'est *Yale,* figure-toi. C'est *Harvard.*

– Sans déconner ?

Les mains dans les poches, il s'adossa au mur.

– Oui, sans déconner, répondis-je, encore incapable de lever les yeux vers lui.

– Alors pourquoi t'as pas envoyé ta demande ?

– Et pourquoi tu ne m'en as pas parlé en décembre ?

Il fit quelques pas hésitants, frotta lentement une de ses chaussures à sa jambe de pantalon.

– Pourquoi ? Parce que, je vais te dire la vérité, je pensais que t'en avais plus vraiment envie. T'es un grand garçon, Pete. J'ai plus à te tenir la main.

– Me tenir la main ! Je le faisais pour *toi* !

– Pour moi ? répliqua-t-il, pressant de ses doigts écartés le centre de sa poitrine. Fais pas ça pour moi, fils. J'ai pas envie de finir assassiné dans mon sommeil… C'est pour toi que tu dois le faire… Tu comprends ce que je te dis ?

– Ouais, répondis-je d'un sec.

– Je veux pas me retrouver mort dans mon lit.

– Je te comprends.

Il resta un moment sans bouger, finit par me tapoter l'épaule.

– C'est pas grave… On les aura l'année prochaine.

À trois heures de l'après-midi, je pris le métro à la station de Jerome Avenue pour entamer la longue descente jusqu'à la Poste. D'habitude, je m'y rendais en voiture, mais je ne me sentais pas en état de conduire. Je préférais garder les mains sur mes rotules. À la station du Yankee Stadium, je sentis à nouveau cette odeur de brûlé.

La rame filait en gémissant dans Manhattan. Les passagers éreintés et sombres, mollement ballottés, avaient des traits flous de bustes en terre glaise inachevés. Je songeais que j'allais me faire engueuler par Franco, alors que ses méthodes étaient illégales et contraires aux droits de l'homme du postier. Je m'imaginais prenant la tête d'un mouvement pour dénoncer Franco et un système qui couvrait son comportement de psychopathe et en tirait profit. Je me voyais interviewé par un fouille-merde de *Village Voice*, pérorant sur la façon dont le système postal cherchait systématiquement à instaurer des rapports du type père-enfant qui broyaient les esprits, écrasaient les aspirations, provoquaient une scoliose permanente de l'âme et un dégoût de soi – tout cela au nom de l'efficacité. Le juge-la-potence était de retour.

À la station Columbus Circle, je ne pensais plus à rien. À Times Square, je me rendis compte que si je restais trois mois de plus dans ce boulot je pourrais passer l'examen pour devenir sous-chef d'équipe au tri. À Penn Station, là où j'aurais dû descendre, je prenais un petit déjeuner dans un relais routier tandis que le jour se levait sur les plaines du Kansas. Je portais de grosses godasses de sécurité à embouts d'acier lacées jusqu'au tibia.

Juste après la 14e Rue, un jeune Noir amputé des deux jambes assis dans un fauteuil roulant poussé par un autre jeune Noir franchit les portes permettant de passer d'une voiture à l'autre. Ils avaient tous deux ce regard brûlant et ces joues creuses qui sont comme un reproche. Autour du cou du jeune assis dans le fauteuil roulant pendait une pancarte avec ces mots : *Quand je mourrai, j'irai au paradis, parce que j'ai déjà été en enfer*... Dessous, il y avait une carte du Vietnam dessinée au crayon de couleur. Les deux types portaient des gilets pare-balles esquintés et des bonnets tricotés de militants du retour en Afrique. Là où auraient dû se trouver ses genoux, le gars du fauteuil maintenait une couverture rose crado sur des protections de moignons en cuir qui ressemblaient à des sacs pour nourrir les chevaux. Il tenait dans une main un gobelet en carton déjà lourd de pièces de monnaie.

Les passagers plongèrent le nez dans leurs journaux. Pile-poil ce que le docteur leur avait recommandé : un fauteuil roulant, deux négros en colère, des vétérans du Vietnam oubliés de tous... Bonne journée.

Ils se mirent à remonter l'allée. Le type qui poussait arrêtait le fauteuil juste devant un passager, puis lâchait les poignées et se redressait. Le gars sans jambes agitait son gobelet sous le nez du passager. Le fauteuil ne redémarrait pas avant que l'infirme ait obtenu son obole. Les gens faisaient mine de ne pas les avoir remarqués, mais déjà les mains comptaient furtivement les pièces dans les poches. Je tenais prêts mes vingt-cinq *cents*. Tout le monde donnait. Ma mère disait souvent : « J'ai pleuré parce que je n'avais pas de chaussures, jusqu'au jour où j'ai vu l'homme qui n'avait pas de pieds. » Je me demandais si j'aurais tenu le coup au combat. Difficile à dire. J'avais entendu deux collègues parler de la médaille que Franco avait gagnée en Sicile pendant la guerre.

Lorsque les deux types ne furent plus qu'à quelques sièges de moi, les portes coulissantes s'ouvrirent à l'autre bout de la voiture et un flic de la police des transports apparut, tenant sa matraque par les deux bouts. Les deux Noirs et lui se figèrent, l'air surpris tous les trois.

Soudain, le pousseur du fauteuil fit volte-face et se carapata. Je fus choqué qu'il abandonne son ami : ils étaient tous deux des militants, après tout.

Le flic demeurait immobile. Le bord de son gobelet entre ses dents, le cul-de-jatte agrippa les accoudoirs de son fauteuil et se souleva, extirpant de longues jambes parfaitement saines du double fond du siège, puis il attrapa son gobelet d'une main et se rua en boitant derrière son complice. Les protections en cuir attachées à ses genoux le ralentissaient. Lorsque le flic réagit, le deuxième fuyard était déjà passé dans la voiture suivante.

Je partis d'un rire sarcastique en donnant un coup de coude à mon connard de voisin sans humour pour m'assurer qu'il appréciait la plaisanterie.

– ALLEZ ! braillai-je dans mes mains en coupe, penché dans l'allée. ALLEZ !

Je me retrouvai soudain au milieu de la voiture, hilare, agitant le poing comme si je me trouvais dans un stade.

– ALLEZ ! ALLEZ !

Ma tête se renversa lentement en arrière jusqu'à ce que

je ne voie plus que les tubes fluorescents du plafond. Mon cerveau se remplit d'images au ralenti des jambes du type lui poussant sous le torse…

L'instant d'après, un couple me murmurait « Ça va ? Ça va ? ». J'étais étendu sur le sol incroyablement sale de la voiture, le claquement des roues sur les rails faisait à mon dos un massage sonore.

Je descendis à la station de Franklin Street, changeai de quai pour retourner chez moi. J'arrivai à dix-huit heures et trouvai l'appartement désert. Sur le plan de travail de la cuisine, on avait laissé un carton aux lettres imprimées en relief :

Vous êtes cordialement invité
au dîner en l'honneur de
Nate Saperstein
Salon Île de Capri
Traiteurs Paradise
1621 Burnside Avenue
Bronx

C'était signé *Abe Fein, président du comité Activités sociales de la loge 62 des Frères de Sion.*

Mon père était le vice-président de cette loge. Tous les six mois, les Frères organisaient un dîner en hommage à l'un des vieux membres de la loge afin de collecter de l'argent pour le fonds d'aide aux étudiants. J'avais moi-même bénéficié d'une bourse Sophie Isaac pendant quatre années, mais elle ne s'élevait qu'à cent cinquante dollars par an.

Après une heure de télé dans le living, je retournai dans la cuisine et appelai le numéro de téléphone gravé en relief des Traiteurs Paradise. Mort dans son lit…

– Bonsoir. Paradise, à votre service.

Le gars qui avait décroché semblait prêt, stylo en main, à prendre ma commande.

– Ouais, bonsoir, c'est juste pour vous informer que vous avez une bombe, une bombe tuyau, dans un de vos salons, je ne vous dis pas lequel. Elle est réglée pour exploser dans quarante-trois minu...

– M'emmerde pas avec tes conneries, pauv' tache, m'enjoignit-il avant de raccrocher.

Je me sentis soulagé et puéril.

Quand mon père et Vy rentrèrent, deux heures plus tard, j'étais de nouveau devant la télé.

– Oh, ça, alors !

Ils souriaient tous deux d'excitation en ôtant leurs manteaux dans le séjour.

– Qu'est-ce qui se passe ? demandai-je.

– Tu ne vas pas croire ce qui nous est arrivé ce soir, mon garçon, dit mon père.

Toujours souriant, il défit ses lunettes et entreprit d'en essuyer la buée.

– Devine ce qu'on a eu au dessert ?

– Une alerte à la bombe ! nous lança Vy par-dessus son épaule en se rendant aux toilettes.

Leurs mines joyeuses me firent croire, dans l'état délirant où j'étais, qu'ils savaient tous deux que j'étais le Mystérieux Farceur, qu'ils m'approuvaient et que c'était vraiment drôle.

– Je mangeais, je mangeais, je mangeais quand j'ai vu deux flics entrer dans la salle avec le directeur, relata mon père. Je me dis d'abord qu'un des invités s'est garé en double file et je me tourne vers Vy pour lui demander : « Tu trouves pas ça bizarre qu'on envoie deux flics pour ça ? », et voilà que le directeur prend le micro et nous annonce : « Désolé, mais nous devons évacuer la salle. Nous avons reçu un coup de téléphone, probablement un malade, mais nous ne devons prendre aucun risque... » Et moi, comme un idiot, quand j'entends le mot « malade » je pense à des obscénités. Mais le directeur explique que c'est une alerte à la bombe et là, je me dis qu'on va perdre Vy...

Mon père éclata de rire et poursuivit :

– Mais non, tout le monde est resté calme, personne n'a paniqué. Les gens se sont levés, ils sont sortis…

Vy revint des toilettes en passant une main sous sa jupe pour tirer sur le bas de sa combinaison.

– Le fait que tout le monde était déjà à moitié bourré a dû y être pour quelque chose, reprit mon père.

Je souriais, convaincu que tant que j'aurais l'air amusé tout irait bien. Je ralentis le mouvement d'éventail de mes genoux.

– Dehors, j'ai vu un gros fourgon de la police, sûrement l'équipe de déminage. Et sur le trottoir, ça faisait bizarre, dans ce quartier pouilleux, près de deux cents personnes en costumes et smokings… Parce que c'était pas seulement notre dîner qui était foutu : y avait un mariage shvartze[1] dans le salon d'à côté, et quelque chose d'autre aussi, un anniversaire de mariage.

– Tu te rappelles ce type, hein ? demanda Vy avec un sourire suffisant.

– Quel type ?… Ah oui, l'un des shvartzes. Ça, il avait dû picoler ! Je sais pas ce qu'il avait bu… Il était…

Mon daron se tordit de rire.

– Vraiment classe : chemise à jabot, veste de smoking rouge… Il a carrément dragué Helen sur le trottoir.

– Helen Hoffman ? m'enquis-je, les sourcils haussés pour exprimer une curiosité polie.

– *Naan !* s'exclama mon père. Il était pas pété à ce point.

– Lou ! protesta Vy, offusquée, en lui donnant un coup de poing taquin dans le bras.

– Non, Helen, la femme de Joey.

– Tu aurais dû voir la tête de Helen, dit Vy. Elle qui se plaint tout le temps que Joey ne la sort jamais…

– Alors ? Il y a eu de la bagarre ?

– Ouais, acquiesça mon père. Mais tu sais entre qui et

1. « Noir » en yiddish.

qui ? La femme du Noir a rappliqué, elle lui a collé un *zetz*[1] en pleine poire avec son sac à main.

– Tout le monde rigolait, nous et aussi les shvartzes, commenta Vy en s'asseyant devant la télé. On devrait peut-être regarder les infos...

Elle passa d'une chaîne à l'autre.

– Ouais, peut-être que l'immeuble a explosé, finalement, hasarda mon vieux.

Il haussa les épaules en regardant le présentateur de la Cinq, dont le visage était aussi large au menton qu'aux tempes.

La peur que m'inspira cette blague stupide m'incita à me tenir tranquille un bout de temps, même si je n'étais pas aussi effrayé que par la scène que nous avions vécue le premier soir de Hanouka.

Quelques semaines plus tard, en écoutant mes disques, je tombai sur un morceau des Doors intitulé « The End ». C'était la longue histoire flippante d'un ado qui veut zigouiller ses parents dans leur sommeil[2]. Je me sentais comme un gamin de six ans débile qui, après avoir vu *Superman*, se fait une cape avec un drap et saute par la fenêtre. Mais ce soir-là, je craquai et appelai un cinéma de Hartsdale où mon père et Vy étaient allés voir un film de Bob Hope.

À mes yeux, je cherchais à m'impliquer dans un jeu extrêmement dangereux. Je voulais me faire prendre par mon père. Je voulais qu'il m'accuse pour que je puisse avouer. Je voulais qu'il soit tellement en rogne qu'il me foutrait à la porte. Je me sentais trop englué dans mon bourbier pour m'en sortir tout seul, j'avais besoin d'aide. Il me devait bien ça. J'espérais juste qu'il comprendrait avant que je me fasse pincer, parce que je n'avais aucune envie de finir en prison ou en HP.

---

1. Argot d'origine yiddish : un « pain », un « gnon ».
2. Pete Keller a de ce morceau un souvenir déformé.

Le gérant du cinéma se montra très poli, très compréhensif, je me sentis insulté par son professionnalisme serein. Pour m'épargner de passer pour un cinglé solitaire, je déclarai que la bombe était un cadeau du fan-club guévariste de Mamaroneck et je conclus mon appel par un vibrant « *Viva el Che !* ».

Une heure plus tard, Vy et mon père rentrèrent en riant, sidérés que cela leur soit arrivé une deuxième fois. Vy était quand même un peu secouée :

– Je sais pas, quelqu'un nous en veut, peut-être.

– T'en penses quoi, toi, p'pa ?

Je me sentais dans la peau d'un psy incitant son patient à la prise de conscience. Il écarta la suggestion de Vy d'un geste dédaigneux.

J'envisageai un moment de taillader ses pneus ou de verser du sucre dans son réservoir d'essence, mais cela se rapprochait trop d'un combat au corps à corps. Trop physique, estimai-je, et même si les coups de fil étaient plus dangereux, je n'imaginais pas vraiment que je pouvais me faire prendre. Quand nous étions à l'école primaire, mes copains et moi faisions tout le temps ce genre de blagues au téléphone.

Un mois plus tard, pour le premier anniversaire, à quelques jours près, de ma remise de diplôme, je donnai un troisième coup de téléphone au restaurant chinois Moon Garden, où mon père et Vy étaient allés dîner, à proximité de notre appartement. Avec un accent du Sud, j'attribuai la bombe au Comité pour la Libération de Bear Bryant[1].

Ils rentrèrent une demi-heure plus tard, silencieux, livides de stupeur.

Une semaine plus tard, je me fis choper quatre-vingt-dix minutes après mon quatrième coup de téléphone, trente minutes après que mon père fut rentré du Ricky's, restaurant

1. Joueur et entraîneur de football américain… qui n'est jamais allé en prison.

de fruits de mer sur Central Avenue, en portant quasiment dans ses bras ma belle-mère hystérique.

Nous nous efforcions tous les deux de la calmer lorsqu'on sonna à la porte. Je compris aussitôt que j'étais cuit. Les deux inspecteurs – gros, la quarantaine – occupaient quasiment tout l'espace de l'entrée. Celui qui tenait le crachoir avait un visage joufflu d'oncle bienveillant. Il paraissait si gentil et décontracté qu'il aurait pu être médecin dans un asile de fous ou directeur d'un institut, mais il était flic.

Les mains dans les poches, il contemplait le bout de ses godasses.

– Euh, monsieur Keller, la mise sur écoute nous a permis de retrouver la source de l'appel, annonça-t-il en croisant brièvement mon regard par-dessus l'épaule de mon père. En fait, l'auteur des coups de fil n'a pas appelé chez vous, comme nous l'avions pensé, il a appelé *de chez vous.*

Il me lança un autre regard, les lèvres pincées, comme s'il allait s'écrier « Honte à toi ! ». L'autre gros examinait mon diplôme plastifié accroché au mur.

– Quelle mise sur écoute ? demandai-je à mon père d'un ton de défi.

– Ces messieurs ont mis notre ligne sur écoute, au cas où le gars appellerait ici, répondit-il.

Il était si chamboulé qu'il n'avait pas encore compris que le flic lui expliquait que c'était *moi,* l'auteur des coups de fil, qu'ils m'avaient gaulé par hasard.

Vy nous rejoignit, s'essuyant le visage après les grandes eaux. Encore secouée de sanglots, les lèvres tremblantes, elle se mouvait au ralenti.

– Lou, qu'est-ce qui se passe ?

– Tu veux dire que notre ligne est sur écoute depuis une semaine ? aboyai-je en direction de mon père. J'ai donné toutes sortes de coups de téléphone à toutes sortes de gens, sur des sujets *intimes,* et ces types pouvaient entendre tout ce que je disais dans ma chambre, et tu ne m'as même pas prévenu ?!

D'un geste rageur, j'attrapai ma veste restée sur le sofa de l'entrée, je fis un signe de tête aux deux flics, « Allons-y », et je me dirigeai vers la porte.

Vy redevint hystérique :

– Mais qu'est-ce qui se passe ? Où il va ?

D'un geste vif du poignet à hauteur de cuisse, j'incitai les inspecteurs à se presser. Ils me rejoignirent d'un pas nonchalant, les mains dans les poches.

– Lou ? piailla ma belle-mère.

J'espérais juste que nous n'aurions pas trop longtemps à attendre l'ascenseur.

Les inspecteurs me conduisirent à la prison du comté de Westchester, l'un au volant, l'autre assis avec moi à l'arrière. Je n'avais pas peur, j'étais plutôt dans l'embarras. Je m'attendais à ce qu'ils me réprimandent ou tout au moins à ce qu'ils manifestent leur dégoût, mais ils se contentèrent d'échanger des remarques sur le coût en réalité très élevé des études à l'université de l'État. L'inspecteur assis à côté de moi avait un fils inscrit à Binghamton, et pour les inciter à me gueuler dessus ou à me demander au moins pourquoi j'avais donné ces coups de téléphone je sortis de mon silence :

– Binghamton est une bonne université. C'est quoi, sa matière principale ?

Il rumina sa réponse si longtemps que je crus qu'il ne me répondrait pas.

– Composition musicale.

Je n'aurais su dire si ce choix le gênait ou s'il voulait juste que je la ferme. Je me tus. J'avais l'impression d'être dans une voiture de fonction avec deux directeurs d'âge mûr de mon entreprise contraints de tolérer ma présence pour des raisons d'économie, pas dans un véhicule de police banalisé en route pour ma mise en accusation.

À la prison, on me fouilla, on inspecta l'intérieur de mes chaussures, on prit mes empreintes digitales, on me photographia de face et de profil, on mit mes objets de valeur et ma ceinture dans une enveloppe de papier kraft. Je m'attendais encore à une engueulade, mais tout se déroulait d'une manière aussi impersonnelle que le prélèvement de la cotisation de chômage. Personne ne me regardait dans les yeux et je me cachais derrière le caractère officiel de la procédure.

Comme il était trop tard pour une mise en accusation, on m'enferma pour la nuit dans une cellule de détention. L'endroit n'était pas pire qu'une piaule d'étudiants de première année, il était même beaucoup plus propre, et mon coturne se révéla bien moins pénible que Larry Arthur. Il s'appelait Iowa Davis, ou du moins il le prétendait, et s'était fait coffrer pour avoir vendu des morceaux de buvard imprégnés d'acide dans le hall du tribunal de comté où il se présentait afin de contester une contravention pour stationnement interdit. Âgé de dix-neuf ans, il avait des tifs qui lui descendaient jusqu'aux fesses et il était en plein trip.

Je lui racontai qu'on m'avait arrêté pour avoir crié « Feu ! » dans un cinéma bondé, mais il ne comprit pas la blague.

Quand on éteignit les lumières, il me murmura d'approcher de sa couchette en faisant tomber son pantalon. Tous les documentaires sur la prison diffusés par les chaînes publiques de télévision me revinrent en mémoire. Le trou de mon cul se ferma et se réfugia à l'intérieur de mon ventre.

Tandis que, terrorisé, je cherchais désespérément une façon désarmante et sans agressivité de lui refuser mon concours, il extirpa d'entre ses couilles une boulette d'opium aplatie qu'il y avait fixée avec un bout de scotch.

– Dix dollars, mec. Et tu pionceras comme un bébé.

Avec délicatesse, il décolla un poil pubien adhérant à la petite boule noire gluante.

– Bon, huit dollars, dit-il en haussant les épaules.

Dans la cellule voisine, un petit malin se mit à gémir « Je veux pas mourir » en imitant à la perfection le taulard du couloir de la mort dans le film *La Rafale de la dernière chance*.

Plusieurs des autres clients d'une nuit lui crièrent de fermer son clapet et j'entendis les flics rigoler.

Dès mon arrestation, mon humeur était passée de feinte désinvolture protectrice à irritation hostile contre mon père, qui n'avait pas compris plus tôt ce qui se passait et avait autorisé la mise sur écoute de notre ligne. Mais lorsque Iowa avait baissé son froc, tous les airs que je me donnais avaient volé en éclats. J'allais me retrouver en prison. Putain, j'y étais *déjà*, et si j'avais bien compris, j'avais le choix entre me faire violer par toute une bande de taulards ou me trouver un « protecteur » qui me la mettrait jusqu'aux amygdales et me ferait faire sa lessive. Cuillères chapardées aiguisées en lames de couteau, gorges tranchées dans les douches. Saloperie de télé.

Assis au bord de ma couchette, je regardais Iowa dormir. Au bout de quelques heures, je le réveillai en murmurant son nom sans m'approcher. Il pouvait faire partie de ces types qui réagissent violemment lorsqu'on les tire brusquement de leur sommeil. J'avais entendu dire qu'un vétéran du Vietnam avait tué sa femme comme ça.

– Ouais, quoi ? marmonna-t-il sans quitter sa position fœtale.

– Tu crois qu'on m'enverra en taule ?

– Pour avoir crié « Feu » ?

– Ben, j'ai fait autre chose. J'ai lancé des fausses alertes à la bombe par téléphone.

– Ah, ouais ? fit-il, l'air impressionné.

– Alors, tu crois que j'irai en prison ?

– En prison ? grogna-t-il, comme s'il réfléchissait.

J'essuyai mes paumes moites à mes genoux en attendant que ce trouduc shooté à l'acide prononce son verdict. Au lieu de quoi, il glissa à nouveau dans le sommeil et je passai toute la nuit les yeux grands ouverts.

Le lendemain matin, les flics me menottèrent et me conduisirent en fourgon au tribunal de White Plains pour ma mise en accusation. Menotté. Qu'est-ce qu'ils imaginaient ? Que j'allais m'échapper pour lancer une autre fausse alerte à la bombe ?

À notre arrivée au bâtiment, il y avait un problème devant la porte latérale par laquelle j'étais censé entrer et les deux flics noirs qui m'escortaient reçurent l'ordre de me faire passer par l'entrée principale.

À peine avais-je mis le pied dans le hall que je tournais la tête en tous sens et m'extasiais :

– Oh le splendide édifice ! Il a été construit avec des fonds de la WPA[1]. Cette peinture murale, là, on dirait une œuvre de Diego Rivera… Et cette architecture Bauhaus !

Jacassant sans fin pour convaincre mes flicards que j'étais un bon petit gars, un *brillant* petit gars.

La salle d'audience était déserte, à l'exception du trio judiciaire : le juge sur son perchoir, les coudes plantés de part et d'autre de sa carafe d'eau, et, le flanquant de part et d'autre en contrebas, deux autres gus.

L'un était mon avocat, la quarantaine bedonnante, vêtu d'une veste en velours côtelé, l'autre un adjoint au procureur. Le juge portait des lunettes à double foyer qui lui donnaient l'air d'un oncle sévère. Ils bavardaient tous les trois en riant et je me sentis de trop.

Pendant que le procureur lisait le rapport de police, ils me toisaient comme si j'avais pété dans l'ascenseur. Depuis que j'avais pénétré dans cette salle, je mourais d'envie d'implorer à genoux l'indulgence de la cour. Je me retenais à grand-peine de m'écrier « J'irai en prison ? », comme un gosse de six ans demandant au docteur s'il va lui faire une piqûre.

Dans mon quatrième coup de fil, qui avait été enregistré, je prétendais agir au nom du Comité pour la libération des 500 miles d'Indianapolis, mais personne ne trouva ça hilarant.

Le juge appuya sa tête contre une de ses mains et remonta ses lunettes.

---

1. Women's Prison Association, la plus ancienne des associations de soutien aux détenues.

— Vous êtes un rigolo, monsieur Keller.

— Je… j'étais en état de stress émotionnel. Je suis sincèrement désolé, votre honneur.

Prononcer les mots « votre honneur » provoqua en moi un bref moment d'étourdissement amusé que je dissimulai avec soin.

— Ah, je n'en doute pas, que vous êtes désolé.

— Je n'arrive pas à croire que j'aie fait une chose pareille. Ce n'était pas moi.

— En tout cas, ce n'était pas *moi*, répliqua le juge. C'était vous, peut-être ? demanda-t-il à l'avocat et au procureur.

Tous deux s'esclaffèrent et je repris espoir.

— Si je vous remets en liberté sur engagement personnel, monsieur Keller, vous redonnerez des coups de téléphone ?

— Je porterai en permanence des moufles, promis-je.

Je levai la main droite comme si on me demandait de prêter serment, mes genoux jouant au marteau-piqueur.

Il me libéra sans caution, fixa ma comparution à trois semaines plus tard, puis me recommanda de prendre un avocat.

Les flics s'avancèrent et j'aurais probablement dû les suivre immédiatement en m'abstenant de faire le moindre commentaire, mais j'éprouvais une telle reconnaissance qu'il fallait que je l'exprime :

— Je tiens à vous remercier. Je n'arrive toujours pas à croire que j'aie fait une chose pareille. C'est ce que « Ce n'était pas moi » voulait dire. Je ne suis pas comme ça. L'année dernière, j'ai obtenu mon admission à la fac de droit de Saint John's et j'étais sur la liste d'attente de Columbia. En février, j'ai passé à nouveau l'examen et j'ai eu 748. Je ne sais pas ce qui m'est passé par la tête…

Je continuais à blablater et personne ne cherchait à m'interrompre. Ils me considéraient tous les trois d'un regard mi-curieux mi-écœuré, comme s'ils pensaient tous Putain, je suis bien content que ce soit pas *mon* fils… Et je devinais leurs pensées, mais je n'arrivais pas à me taire. Je sombrai sans vergogne dans une transparence enfantine, ma dignité quelque part en dessous des genoux, et je n'en avais cure. Je poursuivis laborieusement mon déballage : je ne savais pas ce qui m'avait pris, j'avais honte de moi... J'avais cette impression, comme sous l'effet de la grippe, de sentir les endroits précis où mes os se rejoignaient. J'avais conscience de n'être à leurs yeux qu'une bestiole névrotique, mais j'étais incapable de la fermer.

Finalement, le juge en eut assez et m'interrompit :

– À dans trois semaines, monsieur Keller.

L'un des flics posa une main sur mon bras et je me tournai vers les bancs vides, mais après deux ou trois pas je fis volte-face.

– Votre honneur, sauriez-vous par hasard dans quelle petite ville des environs se trouve la maison de Washington Irving ? Je crois que c'est Tarrytown, je n'en suis pas sûr. Je viens rarement par ici et je ne l'ai jamais visitée... la maison de Washington Irving.

Dehors, mon père allait et venait devant le fourgon de la police. Lorsqu'il me vit, il s'immobilisa, le visage raide de peur.

– Je rentre à la maison ! m'écriai-je, les deux pouces dressés.

Il se renversa en arrière et, soulagé, claqua une fois des mains au-dessus de sa tête.

Je dus retourner à la prison pour récupérer mes affaires et il suivit le fourgon en voiture.

– Bref, il me faut un avocat.

– On t'en a trouvé un, murmura mon père derrière sa main.

Assis sur le canapé, Vy et lui me regardaient faire les cent pas devant le téléviseur. Cela faisait une heure que je m'agitais nerveusement en leur parlant d'Iowa Davis, de la scène au tribunal. Mon père tenait constamment une main devant sa bouche, Vy gardait les siennes dans son giron, sans même tirer une cigarette de son paquet. Comme si je les menaçais d'une arme.

– Qui est-ce ?

– Martin Klein, un membre de la loge.

– Oh, super. Il était au dîner quand j'ai fait évacuer la salle ?

– Je lui ai pas posé la question.

Je finis par me laisser tomber dans le fauteuil.

– Vous ne me demandez pas pourquoi j'ai fait ça ?

Le souffle coupé, nous attendions tous les trois mes explications.

– Vous ne voulez pas savoir ?

Les doigts de mon père pianotaient nerveusement sur la ligne de sa mâchoire. J'ouvris la bouche pour tout expliquer, mais avant d'avoir pu prononcer un mot j'eus la primeur en projection privée de l'état d'épuisement dans lequel je serais après avoir reformulé mes raisons pour la dixième fois. Peu importait la forme que je leur donnerais, ils auraient l'impression que j'avais grand besoin d'un régime de purée et d'antipsychotiques.

– C'est compliqué, dis-je, une main devant les yeux en guise de capuchon. Je ne me l'explique pas vraiment moi-même.

Sans surprise, ils acceptèrent cette explication.

– Vous voulez que je quitte la maison ?

– Tu es mon fils, Peter.

– Tu ne réponds pas à ma question.

– Quoi que tu fasses, Peter, ce sera toujours ta maison.

Je me sentais vaincu. Non par sa dérobade, mais parce que, malgré tout, j'avais besoin qu'il prononce ces mots.

– C'est ton sanctuaire, affirma-t-il.

J'accueillis cette déclaration par un sourire qui se transforma en bouche béante d'incrédulité.

– Peter, intervint Vy d'une voix évoquant un croassement nerveux. J'ai dit à ton père, pour la cocaïne. Est-ce que tu ne crois pas que…

– Ouais... un retour de coke...

– Tu as un problème de drogue ? demanda mon père, de la terreur dans la gorge.

– Le seul problème que j'aie avec la drogue, c'est quand j'arrive pas à en trouver, répondis-je avec une grimace qui tournait sa question en ridicule.

Soulagé, il ferma les yeux. Nous avions manifestement un problème de communication.

– Tu vas me punir ?

En dépit de mon ton enjoué, je commençais à me sentir tendu, moi aussi. Mon père gardait les yeux fermés.

– Tu vas me donner une fessée ?

– Peter, arrête.

– Tu n'es même pas en *colère* contre moi ? dis-je, comme si je le suppliais.

Pas de réponse.

– Et toi ?

Je me tournai vers Vy, qui sursauta si vivement qu'elle faillit traverser le mur.

Ils n'étaient pas furieux, ils avaient peur. Ils éprouvaient peut-être aussi de l'inquiétude, mais fondamentalement je leur flanquais la trouille. Je m'attendais à quoi ?

– Tu devrais peut-être m'envoyer dans ma chambre. Ouais, envoie-moi dans ma chambre.

Je me levai, allai dans ma chambre, fermai la porte et me jetai à plat ventre sur mon lit pour plonger dans un profond sommeil.

Le cabinet de Marty Klein se trouvait au-dessus d'un restaurant du Bronx, dans la partie commerçante de Fordham Road. Au moment même où j'entrais dans la réception aux murs recouverts de fausses boiseries, un jeune ado noir aux cheveux coiffés en rangées de nattes recevait une baffe de sa mère, une petite femme incroyablement grosse, avec de grands yeux ardents dans une tête qui semblait reliée à ses épaules par une tour de graisse. Le gosse prit la gifle avec une résignation boudeuse puis sortit de la pièce, suivi par sa mère, qui se traînait péniblement. Impassibles et silencieux, Martin Klein et sa secrétaire avaient observé la scène, lui appuyé au chambranle de la porte de son bureau, les mains dans les poches, elle avachie derrière sa machine à écrire.

Tandis que la mère et son fils descendaient l'escalier raide, Klein leva les yeux vers moi et secoua la tête d'un air accablé.

– Vol de sac à main à l'arraché. C'est le diable qui l'y a poussé. Vous êtes qui ?

– Le lanceur de fausses alertes à la bombe.

– Ah, oui, le fils de Lou Keller. Entrez.

Je m'assis devant son bureau, il mit de l'ordre dans ses papiers en restant debout.

– Lanceur de fausses alertes… C'est aussi le diable qui vous a poussé ?

La trentaine, à peine plus d'un mètre soixante, il arborait une épaisse moustache sous ses grosses lunettes rondes en écaille. Lorsqu'il pencha la tête pour finir de ranger son bazar, je vis qu'il avait sur le crâne une plaque chauve ressemblant à une tonsure. Même faux lambris dans son bureau que dans la réception. Au-dessus d'une étagère basse supportant une impressionnante brassée de livres de droit était accroché son diplôme de Saint John's.

– En fait, ce n'est pas le gosse qui a prétendu que c'était la faute du diable, mais sa mère. C'est la quatrième fois que je m'occupe d'eux. À chaque fois qu'elle vient ici, elle lui en colle une. On les croirait sortis d'un film réaliste du début des années soixante… « Mon bébé est un brave gars »… et *vlan* !

Klein abattit une main sur son bureau, ôta sa veste sport et finit par s'asseoir. Avec un soupir, il tira un bloc-notes à lui et prit un stylo à bille dans un bocal à confiture qu'on avait pris soin de vider de sa confiture.

– Alors, monsieur le lanceur de fausses alertes, vous aviez déjà eu des ennuis, avant ?

Pendant que je racontais mon histoire, il noircit péniblement dix feuilles de son écriture, secouant parfois son crâne chauve d'amusement, ou de mépris. Lorsque j'eus terminé, il se redressa de sa posture de scribe et cligna des yeux comme si je l'avais tiré de son sommeil.

— Pourquoi avez-vous fait ça ?

— Pouvons-nous plaider la folie passagère ?

Il lâcha son stylo, souffla une bouffée d'air de ses joues gonflées et se renversa dans son fauteuil, les mains jointes derrière la tête.

— Écoutez, Keller, quand vous avez mal au ventre, vous allez voir un docteur. Il vous demande ce qui ne va pas, qu'est-ce que vous répondez ? « J'ai une inflammation de la rate » ? « Une péritonite » ? *Non.* Vous dites que vous avez sacrément mal là, et vous indiquez l'endroit. C'est *lui* qui vous dit si vous avez une inflammation de la rate. Vous ne faites pas son boulot, alors ne faites pas le mien. Je vous demande pourquoi vous avez fait ça, vous me fournissez des faits, des informations... Ne me parlez pas boutique. Suis-je assez clair ?

Même si je ne me pouvais pas me permettre de jouer au con avec lui, je fis des yeux un lent panorama de son bureau de merde pour exprimer mon propre mépris.

— Vous ne m'aimez pas beaucoup, hein ?

— Vous ne me payez pas pour que je vous aime, répliqua-t-il. Vous me payez pour que j'assure votre défense. Et vous avez besoin d'une sacrée bonne défense. Vous êtes accusé de harcèlement aggravé, de trouble à l'ordre public et d'informations fallacieuses. Vous auriez mieux fait d'arracher des sacs à main.

— Vous pensez que j'irai en prison ? demandai-je, saisi d'un léger accès de vertiges.

Sentant ma frayeur, il calma le jeu :

— Ça dépend de beaucoup de choses.

— Vous pensez que j'irai en prison ? répétai-je en tentant de maîtriser le tremolo de ma voix.

Klein siffla entre ses dents, tapota ses notes de la pointe de son stylo.

— Non... je ne crois pas... Vous êtes un brave garçon : pas

de casier, études supérieures… Je pense que vous obtiendrez un APNL, un ajournement en prévision d'un non-lieu, ce qui signifie que vous serez en liberté conditionnelle pendant six mois, après quoi, si vous gardez le nez propre, on fermera le dossier et ce sera comme s'il n'avait jamais été ouvert.

– Ahh, soupirai-je en me liquéfiant quasiment sur mon siège.

Il eut un petit sourire songeur.

– Vous craigniez de vous faire violer en prison, hein ?

J'acquiesçai d'un hochement de tête.

– À votre place, moi aussi. On est peut-être des pédés refoulés, tous les deux. Ma secrétaire me prend pour une fiotte parce que je n'essaie pas de la tringler. Le jour où j'ai obtenu mon diplôme de droit, l'horoscope trouvé dans mon biscuit chinois disait *Le marchand de vin plein de sagesse ne goûte jamais à sa marchandise*. Traduit en fordham-roadais, ça donne « On ne chie pas là où on mange ». Elle me traite de tante derrière mon dos parce que je suis un sage marchand de vin. Je les méprise, elle et toute son engeance… Bref, je ne peux pas vous garantir un APNL, mais… L'année dernière, je me suis occupé d'un autre gamin, un lanceur de pierres. Il s'était fait piquer en train de balancer des cailloux d'une passerelle sur le grand boulevard de la Bronx River. Ce gosse était une grosse tête : diplôme de physique, université de New York… Direct, APNL !

Klein m'adressa un sourire de triomphe.

Afin d'établir mon propre statut de grosse tête, je répondis :

– Vous savez, j'ai passé l'exam pour la fac de droit en février…

Je ne mentionnai pas que j'avais déjà été admis à Saint John's, de peur qu'il se sente insulté.

– Et vous avez obtenu combien ?

– 748.

– Vous savez combien j'ai eu, moi ?

– Combien ?

— 577, et en trichant. Mais regardez un peu de quel côté de ce bureau le 748 est assis, et de quel côté le 577…

— C'est *vous* qui m'avez demandé combien j'ai eu, je ne cherche pas à vous contrarier.

Il insista quand même :

— J'ai une Cadillac, vous, qu'est-ce que vous avez comme voiture ? Ah, peu importe, je m'énerve pour rien. Revenons à l'essentiel. Je veux que vous m'expliquiez, sans termes juridiques, sans analyse, sans commentaires, pourquoi vous avez donné ces coups de téléphone. Allez-y.

Klein se pencha, stylo en main, au-dessus d'une feuille vierge. Je gardai le silence.

— Allez-y, répéta-t-il.

— Non.

— Allez !

— Je ne le sens pas.

— Expliquez-moi.

— J'étais de mauvaise humeur.

— Mais encore ?

— *J'en sais rien,* je vous le jure.

Il me considéra, hocha la tête d'un air résigné.

— Et je ne suis pas fou, affirmai-je.

— Bon, OK, dit-il en haussant les épaules. Je vais maintenant vous demander de faire une chose. Quand le lanceur de pierres a obtenu son APNL, le tribunal lui a aussi ordonné de voir un psy, ce que, malgré mon 577, j'avais prévu. Et je l'avais convaincu, dès sa mise en accusation, de commencer à le faire de sa propre initiative, pour montrer à la cour qu'il essayait sérieusement de régler son problème… Eh bien, je veux que vous fassiez la même chose.

Il tira de sa poche son portefeuille, farfouilla entre les cartes de crédit, trouva ce qu'il cherchait et me tendit une carte de visite couleur ivoire.

— Tous les jeunes devraient voir un psy. Moi aussi, je me ferais aider par cette femme si je n'étais pas parfaitement normal. Leah Catcher… comme dans *The Catcher in the Rye*[1]. Elle aime sans doute les sujets sensibles et affligés comme vous. Je veux que vous lui téléphoniez dès que vous quitterez ce bureau, c'est-à-dire dans deux secondes. Je dois recevoir un fabricant de faux jetons de métro. Au revoir.

Je trouvai géniale sa suggestion de voir un psy. Quelqu'un qui me poserait davantage de questions. Ça pouvait être drôle.

Sur le seuil de son bureau, je me retournai et tentai le diable :

– Euh, j'ose à peine vous le demander… Vous étiez au dîner de la loge quand j'ai lancé ma fausse alerte ?

Il ferma les yeux et sourit d'une oreille à l'autre, la bouche fermée.

– Vous en faites pas pour ça. C'était super emmerdant, ce dîner.

Durant la semaine entre Klein et Catcher, je ne fis que traînasser dans l'appartement. Je ne démissionnai pas officiellement de la Poste, estimant qu'après mon arrestation j'étais automatiquement viré puisque c'était un emploi fédéral. En gros, je n'avais rien d'autre à faire qu'attendre mon rendez-vous avec la psy, ce que je faisais avec une impatience croissante. J'avais hâte de l'éblouir par ma perspicacité, mais je n'avais aucune idée de ce que j'allais lui raconter. La seule chose dont j'étais sûr, c'était que je devais partir. Quitter cet appartement qui n'était plus le mien et avoir enfin une vie à moi.

Si j'obtenais l'APNL, je partirais.

Il me restait cependant une dernière chose à régler. Depuis ma mise en accusation, l'appartement était devenu la Maison de la Peur, et si je partais sans avoir dissipé toutes les tensions je ne pourrais jamais y revenir. On pouvait y voir une dernière justification désespérée pour m'incruster, mais je ne pensais pas que c'était ça. Toutefois les explications à n'en plus finir et les excuses ardentes ne feraient pas l'affaire.

---

1. Le titre anglais de *L'Attrape-cœurs*, de J. D. Salinger.

Mon père et Vy étaient trop crispés. Je décidai donc que si j'arrivais à les faire rire, ou à les pousser à un tel degré d'exaspération qu'ils sortiraient un moment de leur terreur pour m'ordonner de la fermer, bon Dieu !, je pourrais estimer avoir suffisamment réglé ma dette pour partir dans un bon état d'esprit.

Faisant du living ma scène, je me lançais soir après soir dans des commentaires interminables sur les émissions télévisées, dans l'espoir de leur arracher au moins un ricanement ou un petit « chut », mais ils demeuraient aussi obéissants que des otages, inclinant la tête pour écouter mes âneries avec autant d'attention que le chien la Voix de son Maître.

Désespéré, je sombrais dans le mauvais goût, débitant des conseils sexuels aux grand-mères des séries.

Un soir, quand le téléphone sonna, je me précipitai pour aller décrocher puis me penchai dans le séjour, le combiné pressé contre ma poitrine.

– C'est une alerte à la bombe... Je dis que vous êtes là ou je prends un message ?

Nada.

Le Dr Catcher avait son cabinet dans un appartement en terrasse de Riverdale, une partie du Bronx si verdoyante et d'une élégance si prétentieuse que ses résidents répondaient toujours « Riverdale », jamais « le Bronx », lorsque vous leur demandiez où ils habitaient. Je fus accueilli à la porte par une Noire d'un mètre quatre-vingts à la beauté virile, coupe afro grise et caftan marron. Je dus me retenir pour ne pas lui sauter dans les bras en braillant « Maman ! ».

– Docteur Catcher ? Salut, je suis Peter Keller.

– Leah est un peu en retard, Peter, entrez, me pria-t-elle d'une voix chaude de chanteuse d'opéra.

Baissant les yeux, je m'aperçus que mon pied gauche était du mauvais côté du droit.

– Un thé ? proposa-t-elle.

Je la suivis dans une vaste cuisine aux surfaces blanches

immaculées. Diverses sortes de pâtes alimentaires se tire-bouchonnaient dans de grands cylindres de verre à bouchon de liège ; un présentoir à épices aussi long qu'une étagère de bibliothèque était fixé à un mur de carreaux hollandais bleu et blanc.

– Je m'appelle Karen. De la tisane ou du vrai thé ? me demanda-t-elle en traversant la pièce, pieds nus.

– Du thé, marmonnai-je, sous le charme.

La première gorgée carbonisa la moitié de mes papilles gustatives.

– Aujourd'hui, Leah donne un cours au Hunter College et elle se retrouve quelquefois bloquée dans les embouteillages.

– Moi aussi.

Par la fenêtre de la cuisine, je contemplais le brun sang séché des Palisades côté Jersey de l'Hudson.

– Riverdale, murmurai-je.

– Vous pouvez l'attendre dans son cabinet.

Karen me précéda dans un couloir étroit menant à une pièce exiguë, referma la porte derrière moi.

On avait apparemment construit ce bureau en ayant en tête une chambre d'enfant, petite et rectangulaire. De jolies vitrines birmanes en teck hébergeaient des poteries précolombiennes ; des boomerangs aborigènes et des massues océaniennes étaient accrochés aux murs tendus de lin. Deux fauteuils relax en cuir garni de clous en cuivre se faisaient face par-dessus un tapis en jonc de mer tressé. J'allai de l'un à l'autre des fauteuils en tâchant d'imaginer lequel me reviendrait jusqu'à ce que je repère une pile de calepins à spirale près du siège le plus proche de la porte. M'approchant du mur, je passai un doigt sur le fil tranchant comme un rasoir d'une hache d'armes ancienne. Je ne remarquai la fine ligne de sang qui barrait mon majeur qu'après m'être assis et avoir incliné le dossier du fauteuil au point d'avoir les pieds au niveau de la tête. Dans ce bureau, je me sentais désarçonné et impuissant. Incapable de mentir au Dr Catcher, je le savais. En outre, il ne faisait aucun doute dans mon esprit qu'elle était blanche et plus âgée que

Karen. Pendant près d'une demi-heure, je restai seul dans cette pièce à contempler les poteries, les armes, le fauteuil de cuir inoccupé. Je fantasmai l'irruption d'une Catcher complètement nue, recouverte de boue rituelle tribale, les seins pendants. Quoique certain qu'elle était lesbienne, j'aurais parié toutes mes économies qu'elle avait élevé plusieurs enfants, des filles probablement, docteurs en médecine ou en anthropologie qui, en ce moment même, vaccinaient joyeusement des bébés au ventre gonflé dans l'enfer d'une jungle à l'autre bout du monde.

La porte s'ouvrit alors que je commençais à me détendre et je battis des jambes dans une tentative embarrassée pour remettre mon dossier en position droite.

– Désolée pour ce retard, s'excusa-t-elle.

– Non, c'est moi ! m'écriai-je stupidement.

Mon fauteuil finit, lui, par se ressaisir tout seul. En accord avec la pièce, le Dr Catcher était le sosie de l'anthropologue Margaret Mead : la soixantaine, des cheveux gris coupés à la Jeanne d'Arc et d'austères lunettes rondes à monture noire. Elle portait un ample pantalon de velours côtelé, une chemise en denim, et tenait une canne épaisse en bois noir noueux.

– Ces fichus bus roulent sur des élastiques, ma parole, se plaignit-elle.

Elle manœuvra pour se retrouver devant son fauteuil, s'y laissa tomber lourdement ; du coup, le mécanisme passa en seconde et le repose-pieds monta. Quand elle se déhancha pour appuyer sa canne contre le mur, je découvris l'appareil orthopédique soutenant l'une de ses jambes.

– Alors, Peter, qu'est-ce qui vous amène ici ?

Elle tira de sa poche de poitrine un cigarillo noir, le tint en l'air et me sourit. Ses lèvres étaient épaisses mais bien dessinées. Elle maintint en place son sourire et son cigarillo non allumé tandis que je cherchais désespérément une façon de lui dire que je savais qu'elle était lesbienne mais que je n'y voyais aucun inconvénient. Par bonheur, aucune formule ne me vint à l'esprit, et sous la pression de sa posture d'attente immobile je n'eus d'autre choix que d'entrer dans le vif du sujet.

Je narrai en détail toute l'année écoulée, de ma remise de diplôme à Martin Klein. J'omis toutefois de mentionner mes hallucinations olfactives, de peur qu'elle n'exige de moi une scanographie du cerveau.

Pendant les quarante minutes de mon récit, elle tint son cigarillo non allumé à trente centimètres de son visage. Son sourire aussi demeura, rétréci ou élargi selon mes péripéties. Elle me dérouta par le rire que suscitèrent chez elle quatre épisodes de ma série : le déjeuner à la cocaïne avec Vy, la bagarre de Hanouka, la réaction paumée de mon père en apprenant que je n'irais pas en fac de droit, et ma première fausse alerte à la bombe. Ses yeux ne quittèrent jamais mon visage, ils semblaient faire partie de son sourire, plissés comme pour un exercice de concentration zen et cependant empreints d'un humour détendu.

Lorsque j'eus terminé, elle émit un petit grognement et cassa son cigarillo en deux.

– Pas franchement une année étincelante, commenta-t-elle. Qu'est-ce que vous en pensez ?

– La colère, peut-être ? hasardai-je.

J'avais l'air de m'excuser d'être venu sans m'être préparé.

– Vous, qu'est-ce que vous en pensez ? dis-je.

Elle haussa les épaules, joignit les mains sur son ventre.

– Je ne peux rien vous dire pour le moment.

Je remarquai alors que la porte était recouverte de plaques d'insonorisation en liège et craignis soudain que ce que j'avais dégueulé pendant près d'une heure ne sente à plein nez la folie raisonnable.

– Il faudrait que j'en sache plus sur les acteurs principaux, argua-t-elle.

– Klein vous a parlé de moi ?

Elle pouvait maintenant ajouter la paranoïa à son diagnostic.

– Non, répondit-elle en haussant de nouveau les épaules.

J'eus l'impression qu'elle cherchait à me ménager.

– Vous n'allez pas..., commençai-je. Quoi que je vous

aie dit… Oh, merde… C'est pas vous qui déclarez les gens fous, hein ?

– Je n'ai plus de formulaire de déclaration, assura-t-elle. Vous risquez d'être appelé sous les drapeaux ?

– Oh, non, pas de danger ! m'exclamai-je avec un rire nerveux.

– Que je vous comprenne bien… Vous projetez de rester chez vos parents jusqu'à ce que vous ayez… comment dites-vous ? Brisé la tension ?

– Euh, oui. C'est ce que je dois faire, je me trompe ?

Je me trompais. Elle était vraiment forte. Au bout d'un moment, elle reprit :

– D'après vous, ça prendra combien de temps ? Une semaine ? Un mois ? Six mois ?

– Trois semaines, peut-être, répondis-je au débotté. Qu'est-ce que vous en dites, vous ? Que je dois partir maintenant ?

– Je ne dis rien, je pose juste la question.

Ouais, bien sûr.

– Vous pensez que je devrais rester ?

Après avoir consulté sa montre, elle annonça :

– Nous approfondirons ce point la prochaine fois.

En quittant son cabinet, je me sentais parfaitement bien. Vraiment forte, la Catcher.

Ce soir-là, je donnai ma dernière représentation. J'avais décidé de m'accorder une journée de repos, mais je me lançai quand même par pur réflexe dans mon numéro. Nous regardions tous les trois un vieux film sur les épreuves et les tourments des internes d'un grand hôpital. C'était une intrigue banale avec le chef de service classique bourru mais gentil, le jeune interne noir en colère, la jeune interne d'une beauté époustouflante et toute une troupe façon *Jeune Docteur Kildare*[1]. Le seul intérêt du film, c'était de repérer les acteurs

1. « Le Jeune Docteur Kildare » est une série télévisée américaine des années 1960.

débutants qui, vingt ans après le tournage, avaient été propulsés au rang de vedettes de série B.

Ce fut Vy qui commença, pas moi :

– J'en reviens pas, regardez comme il est jeune ! s'émerveilla-t-elle, une main plaquée sur la joue.

Mon père remonta ses lunettes sur son nez.

– C'est qui, Tony Curtis ?

– C'est encore un *bébé*. Regarde-le.

– Ouais, et là, c'est Morrow, non ? Qui a débuté dans *Graine de violence*. Vic Morrow.

– Lui, c'est Vince Edwards ? Ah ! tout *bébé* lui aussi...

À mon tour :

– Et là, dis-je en désignant du doigt un nonagénaire chancelant dans une blouse de patient. Incroyable, c'est Walter Brennan, non ? Il a l'air d'un *gosse* !

Ils me regardèrent avec perplexité.

– Et là, poursuivis-je en indiquant l'interne noir réglementaire, on dirait jamais que c'est Paul Robeson, hein ? Il devait encore porter des couches.

– C'est Paul... Robeson ? bredouilla Vy.

Elle savait pertinemment que ce n'était pas lui et je me sentis offensé par sa circonspection.

Le doigt tendu vers Connie Francis, qui jouait une infirmière, je déclarai :

– Je n'ai jamais vu Shelley Winters aussi bonne.

Je vous en prie, dites-moi que je me trompe. Je vous en supplie.

– Ah, c'est Shelley Winters ? Je ne l'avais pas recon...

– *Arrêtez !* m'écriai-je, exaspéré, ce qui leur fit décoller les fesses du canapé. Ce n'est *pas* Shelley Winters ! C'est qui ?

Je les tenais en joue de mon regard. Vy scruta l'écran, les yeux plissés ; mon père émit un petit sifflement presque inaudible en fixant ses mains. Il y avait quelque chose dans son expression, dans son refus d'examiner Connie Francis, qui promettait enfin une explosion. Mes espoirs furent toutefois anéantis par une révélation petit modèle : ce que j'interprétais depuis le début comme de la peur n'était en fait qu'une tentative grossière et mal dirigée d'être gentils ; ce que j'avais pris pour de la mollesse était en réalité une patience inlassable. Je n'aurais su dire ce qui me mettait le plus mal à l'aise, leur gentillesse ou leur peur.

– Annette Funicello ? hasarda Vy.

– La seule et unique.

Je leur souris et me remis calmement à regarder le film dans un silence poli, déterminé à répondre à leur gentillesse supposée par la mienne. De quoi discuter avec Catcher, au cas où elle se révélerait capable de résoudre tous mes problèmes dans les vingt premières minutes de notre prochaine séance et où nous aurions, du coup, du temps à tuer.

Toute la semaine, j'avais attendu cette deuxième séance avec impatience, mais dès l'instant où je me retrouvai dans le fauteuil relax tout partit en vrille.

– Ce que j'aimerais, Peter, c'est que vous me donniez plus d'informations sur vos parents, pour que je me fasse une idée de qui ils sont, de ce qu'a représenté pour vous le fait de grandir à Brooklyn.

– Dans le Bronx.

– Le Bronx, oui... Nous pouvons prendre à peu près n'importe quel point de départ, mais si vous pouviez évoquer vos premiers souvenirs de vous trois... pour commencer.

– Genre, la fois où j'aurais surpris mon père prenant ma mère en levrette ?

Son sourire rétrécit tout en gardant sa forme pour exprimer une patience lasse. Elle avait dû voir des milliers de crétins précoces comme moi depuis le jour où elle avait accroché les massues sur son mur. Ostensiblement, elle regarda sa montre et haussa les sourcils pour me signifier : « Écoute, shmuck[1], c'est ton fric et c'est mon temps, alors tu t'y mets ? »

1. « Connard » en argot d'origine yiddish.

C'était de bonne guerre.

– Docteur Catcher, dis-je en me penchant en avant jusqu'à ce que mes coudes s'enfoncent dans mes cuisses, pardon pour cette remarque malicieuse. Je dois vous dire que si je suis ici, c'est uniquement pour éviter la prison, et Klein m'a recommandé de consulter un psy à cet effet. Je ne me fais aucune illusion et je ne cherche à berner ni vous ni personne d'autre : j'ai probablement besoin d'une thérapie, mais... euh, j'ai entendu quelqu'un dire un jour quelque chose comme « Je suis trop fou en ce moment pour voir un psy ». Vous comprenez ?

Je grimaçai au souvenir de Klein me conseillant de laisser les gens faire leur boulot.

– Vous voulez dire que vous souhaitez venir ici une ou deux fois avant le jugement pour qu'on s'installe confortablement dans nos fauteuils, qu'on se détende, qu'on lise des magazines...

– Non ! Non ! On peut parler, *je veux* parler, déclarai-je, me sentant plus ridicule et plus odieux à chacune de mes phrases. Ah, merde... Dites-moi juste ce que je dois faire... demandez-moi n'importe quoi.

Même ça, c'était épouvantable.

– Peter, j'aurais peut-être dû vous en informer à notre première séance – et je regrette maintenant de ne pas l'avoir fait –, je peux vous assurer que quoi qu'il arrive je ferai tout ce qui est en mon pouvoir pour vous éviter la prison.

La tête dans les épaules, je lui adressai un sourire de reconnaissance dépité.

– Non pas tant parce que je suis moralement opposée au système pénal, poursuivit-elle, mais parce qu'à moins qu'ils ne vous envoient dans une sorte de club de golf à sécurité minimale je doute que vous soyez capable de survivre à une incarcération.

Je m'efforçai de me draper dans une virilité blessée, mais c'était tout juste si je parvenais à ne pas me décomposer en un gros trouillard.

— Vous pensez que j'irai en taule ?

— J'en doute... J'espère que non.

— Vous vous êtes occupée du lanceur de pierres, je crois.

— De qui ?

Son front se plissa, son sourire se fit circonspect. Je remarquai pour la première fois le cadran de sa montre. C'était un de ces gros modèles noirs pour la plongée sous-marine – avec des tas d'indicateurs : profondeur, pression, qui vous permettent de mesurer le temps qu'il vous a fallu pour occire un requin. Si elle devait un jour aller en prison, elle survivrait, elle.

— Je dois aussi vous dire autre chose, Peter. Je suis une analyste, ce qui signifie que, en général, je ne m'occupe pas de thérapies courtes. Je ne fais pas de thérapies de crise, sauf s'il survient quelque chose pendant une séance. Si toutefois vous souhaitez qu'on travaille dès maintenant sur un point stratégique, c'est possible.

— Faut que je parte, lâchai-je. Pas d'ici, de là-bas. Il faut que je m'en aille. Dès que j'ai obtenu l'APNL, je me tire.

— Et cette histoire de briser la tension ? me rappela-t-elle.

Je n'aurais su dire si elle était ou non sarcastique.

— C'est réglé, faut que je parte.

Nous passâmes le reste de la séance à faire mes bagages. Je n'avais pas réfléchi à l'endroit où j'irais. J'avais environ cinq mille dollars sur mon compte en banque, de quoi aller n'importe où, m'installer et prendre mon temps pour trouver du travail. Yonkers était exclu. Catcher suggéra Manhattan, mais je ne me sentais pas prêt pour ça. Je n'avais aucune envie de vivre dans une autre grande ville, excepté Boston, peut-être. Après avoir envisagé un moment cette possibilité, je me rendis compte qu'elle ne m'emballait pas vraiment. Catcher me demanda s'il y avait un endroit où je m'étais senti particulièrement heureux, et avant même qu'elle ait terminé sa question je répondis « Buchanon », tout mon corps soutenant cette motion à fond, et même à double fond, par des étincelles d'adrénaline.

Sans manifester à aucun moment sa jubilation en faisant le poirier, Catcher me fit parler de mes années à Straight. Dans mon exaltation, je les décrivis comme un croisement entre les nouvelles de Max Shulman et *L'Envers du paradis*[1]. Elle semblait craindre qu'en retournant là-bas je ne connaisse plus personne et me sente isolé, mais je lui fis remarquer qu'à Los Angeles, à Boston, ou même à Manhattan, j'aurais le même problème. Alors que si j'allais dans le nord de l'État je me retrouverais dans un environnement familier. Nous discutâmes des dangers d'un retour qui serait en fait une tentative de me réfugier dans le passé. Elle souligna que les étudiants de premier cycle n'étaient plus mes pairs et que si je m'installais dans une nouvelle ville, je serais au moins entouré de gens se trouvant dans le même bateau que moi. Je finis par essayer de lui faire accepter un compromis : j'irais là-bas pour quelque temps seulement, jusqu'à ce que je reprenne pied. J'assurai que je n'avais aucune intention de redevenir Freddie the Freshman[2], que je pouvais entamer des études de second cycle et que, surtout, j'avais la hantise de devenir un de ces gars qui font partie des meubles, qui traînent dans une petite ville universitaire dix ans après avoir obtenu leur diplôme. Je ne voulais pas devenir un charpentier hippie avec une licence d'anglais, ni un habitué du bar où j'avais vomi pour la première fois quand j'avais dix-huit ans. J'ignore si je croyais vraiment à tout ce que je racontais, mais, impressionné par mon numéro improvisé de perspicacité, je sortis du cabinet sans me presser en sifflotant « Au combat, Straight, au combat ».

J'obtins l'APNL. Armé d'un rapport confidentiel de deux pages de Catcher, Klein, les coudes sur le perchoir du juge, était lancé dans un long papotage par-dessus la haie du jardin avec le magistrat et le procureur adjoint, tandis que Vy, mon

1. Le premier roman de F. Scott Fitzgerald.
2. Personnage d'un dessin animé : le bizuth qui devient la star du campus.

père et moi étions assis dans la salle d'audience déserte. À un moment, Klein indiqua un passage du rapport de Catcher et le trio s'esclaffa. Le temps que Klein nous rejoigne, j'avais mal aux couilles, mon chapelet à deux grains, tant je me faisais du souci.

Avant de prononcer son verdict, le juge me remonta les bretelles dans un sermon de cinq minutes dont je n'entendis pas un traître mot, même si je hochais la tête comme un chat en plastique sur la plage arrière d'une voiture.

En sortant du tribunal, mon père découvrit qu'on lui avait collé un PV. Il le dégagea de dessous l'essuie-glace et soupira :

– On dirait qu'on a tous les deux des problèmes avec la police, hein ?

Sans qu'une idée précise se soit formée dans ma tête, je fis le tour de la voiture par-derrière pour le rejoindre là où il se tenait, près de la roue avant gauche, et je lui donnai un coup d'épaule. Un léger coup, comme on peut en recevoir dans une foule de la part d'une personne marchant en sens inverse. Tout de suite après ce contact, j'achevai mon tour de la bagnole en passant devant la calandre et en revenant à la portière arrière. Je crois qu'il ne remarqua même pas mon manège, mais pendant tout le trajet pour rentrer à la maison je me rendis quasiment cinglé à force de me demander si cette bourrade était une façon de lui donner l'accolade ou de lui rentrer dedans.

La pression étant retombée, ma décision de partir commença à chanceler. L'ambiance dans la salle de séjour ce soir-là semblait plus détendue et je remis à plus tard l'annonce de mon départ. J'éprouvais une nostalgie prématurée pour l'appartement ; j'étais convaincu d'avoir raison d'attribuer leur habitude de marcher sur des œufs à de la gentillesse et non à de la peur.

Nous avons regardé le film d'espionnage *Un crime dans la tête* avant d'aller nous coucher et je ne m'étais autorisé aucune plaisanterie de toute la soirée. Dans mon lit, j'évoquai mes souvenirs de Buchanon : les teufs du week-end à la confrérie, la fois où je m'étais défoncé avec Bam-Bam et deux filles levées en ville, le tout se terminant par une partie à quatre dans la cuisine. Aucun souvenir en revanche des cours, d'une quelconque révélation intellectuelle : ce qui défilait dans ma tête, c'étaient des images d'une découverte chaotique de la sexualité, de mes doigts explorant la ligne des poils pubiens sous une gaine, d'un bizuth pété perdant son pucelage avec une pute de la ville sous les yeux de toute la confrérie.

J'avais conscience de me préparer psychologiquement en jouant à *Forward into the Past*[1], mais ça marchait. De nouveau résolu à partir, je me levai aux alentours de minuit et me dirigeai vers l'autre chambre pour annoncer ma décision.

En général, Vy et mon père laissaient leur porte entrouverte quand ils allaient se pieuter, et ce soir-là elle était fermée. J'attendis un moment avant de frapper, au cas où ils seraient en train de baiser, mais je n'entendis que de brefs murmures de conversation. Un rai de lumière passant sous la porte éclairait mes doigts de pied.

– Hé ? appelai-je, en frappant quelques petits coups et en tournant le bouton de la porte.

Elle était fermée à clé.

– Oui, Peter ? répondit mon père.

Je n'entendis aucun bruit signifiant que l'un ou l'autre se levait pour m'ouvrir et je fixai avec stupeur le bouton de porte. Jamais auparavant ils ne s'étaient enfermés dans leur chambre, et s'ils l'avaient fait cette fois, ce ne pouvait être que pour m'empêcher d'entrer. Et de les égorger dans leur sommeil.

– Peter, c'est toi ? fit une voix lointaine et nerveuse.

– Non, c'est rien, dis-je, d'une voix légèrement tremblante moi aussi.

---

1. Titre (« en avant dans le passé ») d'un album de compilations du Firesign Theatre.

Je demeurai planté là, espérant contre toute attente un bruit indiquant qu'ils faisaient l'amour. Pendant cinq bonnes minutes, il y eut un silence haletant de part et d'autre de la porte. Comme ils devaient savoir que j'étais toujours là, je claquai délibérément des pieds en m'éloignant. Puis je revins à pas feutrés pour coller mon oreille à leur porte. Ma veille fut finalement récompensée par le chuchotis d'une page de livre tournée d'une main paresseuse.

Le lendemain, après avoir attendu qu'ils aient quitté l'appartement, je me levai, remplis deux sacs de mes affaires et laissai un mot.

Deuxième Partie

Linoléumville

Il était onze heures du matin et il faisait déjà étouffant. J'entendis, deux étages en dessous, un DJ plein d'entrain échanger des plaisanteries avec un adolescent au rire bête qui téléphonait pour demander une chanson, puis le sifflement kaléidoscopique provoqué par la recherche d'une autre station de radio s'arrêtant finalement sur « Amazing Grace » interprété par une centaine de cornemuses. Assis au bord de mon lit, habillé de pied en cap, je contemplais l'affiche que le locataire précédent avait laissée sur un des murs de la chambre : le poster d'une exposition de photos intitulée « Le blocus de Berlin, 1946-1949 ». C'était une photo en noir et blanc du Tiergarten, le zoo de la ville, totalement ravagé par la guerre, à l'exception d'une colonnade lointaine, haute et solitaire, qui ne faisait que souligner la dévastation environnante, et de la statue d'un chasseur médiéval descendu de son cheval et tenant triomphalement un renard par la peau du cou au-dessus de quatre chiens déchaînés. L'homme, les jambes écartées, la poitrine et le ventre fièrement gonflés, n'avait plus de tête et le piédestal de la sculpture, qui devait faire près de deux mètres de haut, était grêlé d'impacts de balles. Depuis que je m'étais installé dans cet appartement, la veille, j'étudiais l'éparpillement des trous en cherchant à déterminer quelle aurait été la meilleure position à prendre devant ce piédestal pour survivre à la Seconde Guerre mondiale sans une égratignure.

L'image de cette statue demeurait dans ma tête comme une rengaine depuis que la logeuse m'avait fait visiter l'appartement, vingt-quatre heures plus tôt.

Il m'avait fallu rouler six heures pour me rendre de Yonkers à Buchanon, deux heures seulement pour obtenir l'adresse d'un appartement à louer : c'était toujours facile de trouver un logement dans une petite ville universitaire pendant les mois d'été. Il s'agissait d'un deux-pièces meublé au dernier étage d'un immeuble où tout le monde se retrouverait piégé en cas d'incendie, mais il avait une véranda grinçante donnant sur un échangeur en forme de feuille de trèfle – ce que ma mère aurait appelé « une vue émouvante en mouvement ».

À six heures du soir, le premier jour, j'étais totalement installé. Après avoir lancé ma dernière paire de chaussettes roulée en boule dans le tiroir du haut de la commode d'un tir en cloche imparable, j'avais parcouru l'appartement en effleurant distraitement les meubles, puis j'étais descendu acheter des draps et des couvertures, j'avais emporté quelques Big Mac, j'étais rentré et j'avais dormi douze heures d'affilée.

Lorsque la dernière cornemuse expira sur « Amazing Grace », je me levai pour baisser les stores. Mes chaussures faisaient un bruit de succion sur le sol recouvert de linoléum. C'était l'autre raison pour laquelle je louais cet appartement : je n'avais pas vu de vrai linoléum depuis notre vieil appart' du Bronx et je trouvais ça rassurant. Non seulement j'avais du lino mais le dessin imprimé imitait l'aspect d'une moquette avec une perfection photographique – la photo géante d'une moquette marron. Dans le living, c'était la photo d'un mur à l'autre d'une pelouse – des milliers de brins d'herbe, avec en plus les ombres fugaces d'un vol d'oiseaux.

En allant dans la cuisine pour faire du café, je fus éberlué par les six gros sacs à provisions qui attendaient qu'on les vide, trois sur la bonne vieille table peinte en blanc brillant, trois sur le dessus en formica rouge tomate d'un gros meuble en bois encombrant avec des tiroirs à couverts. Plus tôt dans la matinée, j'avais traversé la grand-route pour me procurer dans l'un des magasins discount tout ce qu'il me fallait pour la cuisine et la salle de bains. Je ne me souvenais même pas de ce que j'avais acheté ni de ce que cela m'avait coûté.

Dépassait d'un des sacs une pointe caoutchoutée, l'un des supports d'un combiné égouttoir-tapis absorbant. Le manche d'un presse-ail me lorgnait du haut d'un autre sac.

Il y en avait un septième sur le sol, dont je parvins à extraire un jeu de brochettes à épis de maïs agrafées sur un emballage de carton. Le dos de ce carton était orné du portrait d'un plouc barbichu, les pieds nus, salopette et chapeau pointu, qui croquait un épi de maïs en adressant un clin d'œil au consommateur. J'avais douze ans la dernière fois que j'avais mangé un épi de maïs grillé. Ce fut alors que je remarquai le lino de la cuisine. En emménageant, j'avais cru à un dégradé de diverses nuances d'un vert affreux, avec çà et là quelques flaques de blanc. Un examen plus approfondi me révéla un étonnant carré d'océan imprimé, avec moutons et vagues clapotantes. Si l'on se concentrait, si on les contemplait assez longtemps, on était saisi d'un gentil petit vertige.

Le téléphone sonna. Je ne savais même pas que j'en avais un. C'était la compagnie qui me demandait de verser un dépôt pour que la ligne reste ouverte.

Assis par terre dans le séjour, je tapotai d'un ongle distrait le combiné, décrochai et le posai sur mon épaule pour composer le numéro.

– Oui ? fit la voix de mon père.

– Salut..., murmurai-je d'un ton penaud. C'est le Bombardier fou...

Il hésita avant de répondre :

– Ouais, te fais pas de bile pour ça, mon gars.

Nous eûmes une courte conversation sur mon nouveau logement en évitant tous deux d'évoquer mon départ abrupt, en piquant plutôt droit sur des détails ineptes tels que la santé de ma voiture vieille de dix ans ou l'importance de laver les couverts, casseroles et poêles neufs – surtout ceux en téflon – avant de les utiliser pour la première fois. Il ne me demanda pas mon numéro de téléphone.

Après avoir raccroché, j'hésitai à appeler Catcher – étonnamment, le tribunal ne m'avait pas imposé de voir un psy –, mais je ne savais pas trop quoi lui dire et je me rabattis sur une lettre de remerciement.

Je traversai lentement la ville en voiture en me dirigeant vers le campus. Je m'étais installé dans la partie estudiantine de Buchanon, surnommée Linoléumville, avec ses immeubles à un étage aux toits de bardeaux en asphalte, ses ateliers de réparation, ses fenêtres sales encombrées de pièces d'aspirateur et de pots de gardénias poussiéreux, les bars western, les bars à nègres, les marquises de cinéma affichant les prix de la viande, les petites épiceries tenues par un couple de vieux avec leur plafond en métal gaufré et leurs pyramides de corn-flakes.

Vue de la bretelle menant au pont d'Exterior Street, Linoléumville ressemblait à une mer de maisons à clins vert menthe délavé, ocre sale, bleu décoloré, le tout dominé par le dôme doré et la croix balafrée d'une église byzantine.

Je me faufilai jusqu'au centre, une succession d'anciens immeubles victoriens d'un brun rougeâtre éventrés et transformés en petits centres commerciaux, avec quelques restaurants et bars à salades, un charmant *diner*, deux grands magasins aux dimensions monstrueuses, une boutique d'articles de ski et une immense piazza ultramoderne cernée de bâtiments administratifs monolithiques. De là, un autre pont menait à Classes-sup-Ville, la partie verdoyante de la ville avec de vastes résidences seigneuriales bien espacées, toutes parfaitement toilettées comme sur une publicité peinte pour la Préservation de Notre Précieux Héritage. C'était là que vivaient les gros poissons de la petite mare. Je parcourus à quinze kilomètres-heure les larges rues silencieuses soigneusement arrosées. C'était une journée d'août torride. Tout était brumeux et désert. Je passai devant une petite nana sexy, une minette de seize ans en jean coupé et tongs, aux cuisses sculptées par la gym. Un prof hors saison se pointa derrière elle en joggant. Il portait un short frappé du blason de son lycée et sa poitrine luisante de sueur était couverte d'une toison grise aux poils en tire-bouchon. Il était chauve et bronzé, avec des touffes au-dessus de chaque oreille, comme un clown, des lunettes octogonales sans monture et un bandeau antitranspiration. Austère et sérieux, il la dépassa en regardant droit devant lui comme si elle était invisible. Deux rues plus bas, il s'arrêta et fit quelques exercices de récupération, les jambes écartées, au bord d'une pelouse privée. Lorsque la fille passa devant lui, il reluqua son Cul de Lycéenne avec une intensité qui pouvait être contagieuse.

Après avoir franchi un autre pont, je pris la direction du campus, une éruption de brique, de béton et de verre au flanc d'une montagne. J'empruntai la voie privée bordée de vastes îles en forme de larmes au gazon impeccable, entretenu par des gardiens grimaçants aux torses nus.

Je me garai derrière Hopper Hall, le bâtiment d'anglais, fis le tour à pied jusqu'à l'entrée et m'assis au bord d'une fontaine de la principale esplanade. C'était deux semaines avant les inscriptions, une semaine après la fin du trimestre d'été, et il émanait des lieux un sentiment de solitude dévastée. De l'endroit où je me trouvais, je pouvais voir, en perspective ininterrompue, quatre autres fontaines parfaitement alignées. On n'entendait que le gazouillis des oiseaux et le ronronnement nasal d'un brumisateur. J'avais l'impression que ce n'était pas un vrai campus mais une de ces maquettes d'architecte idéalisées sur une table d'exposition. Et moi, je n'étais qu'une petite figurine collée sur le bord d'une fontaine pour lui donner une échelle humaine.

Un jeune gars sec et vigoureux, du type indo-arabe, sans doute un étudiant de deuxième cycle, sortit de Hopper.

Il portait des lunettes à monture argentée, une chemisette vert-jaune trop ample avec une poche à rabat pour les stylos.

Les yeux plissés, il me salua d'un signe de tête, lança un regard mauvais au soleil et entra dans le bâtiment des sciences informatiques.

Deux minutes plus tard émergea par la même porte une sorte de grand Ichabod Crane[1] aux cheveux bouclés, un sac sur le dos, short kaki et vélo à dix vitesses avec une selle incroyablement haute. Grimaçant lui aussi dans le jour éclatant, il se hissa sur une pédale, et quand le vélo commença lentement à rouler il passa une jambe distraite par-dessus la selle. Un jeunot rondouillard coiffé d'une kippa passa en joggant. Puis ce fut une blonde svelte aux seins menus, haut Lacoste et short repassé – tout en elle si net et bien en place qu'elle en devenait presque transparente. Et plus rien. Un quart d'heure de personne. Je me mis à chanter, d'abord en murmurant, ensuite d'une voix normale et enfin en braillant, un air de Paul Revere & the Raiders :

– « *KICKS JUST KEEP GETTING HARDER TO FIND, AND ALL YOUR KICKS JUST AIN'T GIVIN YOU PEACE OF MIND*[2]... »

Je me laissai tomber en arrière dans le bassin de la fontaine, qui n'était profond que d'une quinzaine de centimètres et dont le fond était recouvert de galets décoratifs. Je me redressai, ruisselant d'eau, examinai mon coude écorché.

Une blonde au teint laiteux à forte poitrine, vêtue d'un pantalon blanc de peintre froissé et d'un body de danseuse, passa près de moi, les mains dans les poches, suivie d'un grand clébard heureux. Elle sourit en me voyant trempé, sans rien y mettre de personnel.

---

1. Le héros de la nouvelle de Washington Irving, *La Légende de Sleepy Hollow*.

2. « Les moments de rigolade se font de plus en plus rares, et c'est pas eux qui vous apporteront la paix de l'esprit. »

– « *What's the story, morning glory*[1] *!* » m'exclamai-je.

Avec un grand sourire, bof, pourquoi pas ?

Elle ne répondit pas, sourit à nouveau et pénétra dans le bâtiment avec son chien.

Le soleil me sécha en cinq minutes. La chaleur commençait à me donner mal au crâne. Je récupérai ma voiture pour me rendre dans la rue de bars, de laveries automatiques et de disquaires qui longeait le campus et entrai au Steve's, le seul bar dont j'avais presque été un habitué puisque j'y passais une fois par mois. Je pensais que ça me requinquerait de faire la tournée des rades, mais, les après-midi de canicule, l'ambiance est glauque dans les bars et je me sentis écœuré et nul dès que je mis le pied au Steve's.

Les tables étaient désertes et il n'y avait que trois abrutis sur les tabourets, dont un qui occupait cette place depuis ma première année à Straight. L'air était moite et chargé de relents de bière. Je commandai une Utica Club et regardai vaguement dix minutes de *Bonanza* sur le téléviseur surélevé. Derrière moi, sur le mur le plus long, une fresque représentait la seule équipe de Simon Straight à avoir disputé un match au Rose Bowl. Lorsque j'avais jeté les yeux sur cette galerie de portraits pour la première fois, cinq ans plus tôt, elle m'avait inspiré un profond respect, mais maintenant que je voyais son image inversée dans le miroir du bar, je me disais simplement que la plupart de ces gars étaient probablement morts. Je vidai mon verre et ce fut la fin du Premier Round.

Le Deuxième Round fut meilleur. J'allai à la compagnie de téléphone faire mon dépôt et, tandis que je remplissais les formulaires, mon mal-être se dissipa quelque peu. Je venais d'emménager dans mon premier appart' après la fac, je m'occupais des petits détails de ma nouvelle vie.

À l'agence Con Ed, une fois réglées les questions gaz et

---

1. Titre du deuxième album du groupe Oasis, un point d'exclamation remplaçant le point d'interrogation. « Qu'est-ce que tu racontes de beau, matin triomphant ? » est une question ironique à quelqu'un qui souffre d'une sévère gueule de bois due à l'alcool ou d'une descente de coke.

électricité, mon sentiment de plaisir hésitant se transforma en un flamboiement d'intense satisfaction. Ce jeu de la bonne petite ménagère devenait l'un des moments les plus drôles de ma vie depuis la première partie de mon entretien vidéo avec Mary Heartline.

À court de corvées ménagères, je retournai au centre commercial, achetai du papier à lettres et commandai quelques milliers d'autocollants avec ma nouvelle adresse :

Peter Keller
20 Harry R. Haney Drive, app. 7
Buchanon, New York 14838

Bien parti cette fois, je me mis en quête d'une banque au nom alléchant et j'ouvris un compte courant et un compte d'épargne à la Southern Tier Maritime and Agricultural.

L'employé me montra des échantillons de chéquier et j'hésitai entre la série Polynésie, illustrée de couchers de soleil orange et jaune, de pêcheurs de perles plongeant dans l'espace entre le montant du chèque et la signature, et la série Une Amérique forte, où des soldats de la guerre d'Indépendance et des GI chargeaient vers la ligne de la date. Je pris finalement un de chaque – qu'est-ce que ça pouvait foutre ? –, déposai trois mille cinq cents dollars sur le compte épargne et mille sur le compte courant. J'ajoutai mon numéro de téléphone à l'adresse qui serait imprimée en haut du chèque. Papa a un code postal tout neuf[1].

De la banque, je gagnai les faubourgs pour reconnaître la piste de mon ancienne confrérie. Je ne pensais pas qu'il y aurait quelqu'un, en tout cas pas quelqu'un que je connaîtrais – la dernière fournée d'étudiants à prêter serment quand j'en faisais encore partie devait être maintenant en troisième année – mais je me voyais débarquant comme l'histoire incar-

1. Sur le modèle de la chanson de James Brown « Papa's Got A Brand New Bag ».

née et régalant une poignée de nouveaux de Contes du Temps Jadis.

En roulant à petite allure dans les rues calmes, je me sentais envahi d'un désir irrépressible de conversations, de rires tonitruants, de poignées de main. Je sentais aussi monter en moi la peur panique que le bâtiment soit fermé pour l'été. Ralentissant encore, je passai devant les autres confréries, toutes infiniment plus attrayantes que la baraque archi-nulle vers laquelle je me dirigeais.

Le bâtiment Pi Omega était une monstruosité basse à un étage en ciment blanc d'une cinquantaine de mètres de long, agrémentée de deux colonnades en préfabriqué devant l'entrée principale. Située à un carrefour tranquille, elle formait un quatuor avec trois autres vénérables édifices : l'AGPi, une confrérie de Blancs, stuc chamois hachuré de colombages, la SRO, une association de filles, une maison en brique à deux étages se hissant timidement derrière de hautes haies, et ce que les gars de notre confrérie avaient surnommé l'Église de Jésus-Christ l'Antisémite, un cauchemar luthérien futuriste à deux niveaux avec une croix en acier et une façade en séquoia.

Je m'arrêtai devant l'entrée de ma confrérie et laissai le moteur tourner. L'endroit semblait désert et je commençai à ployer sous le poids de la déception.

Aucune voiture sur le parking. La chaleur de l'été avait craquelé l'asphalte comme si on l'avait pilonné à la foreuse. Malgré le silence de mausolée, je repris espoir en découvrant les millions de mouches qui bourdonnaient au-dessus de la fosse à ordures que ma promo avait creusée dans le cadre de notre projet de groupe.

Je me garai, marchai vers les colonnades ringardes en me préparant mentalement à pénétrer dans le bâtiment par effraction. Je me demandai si parcourir un bâtiment vide sur la pointe des pieds constituerait une violation de mon APNL.

La porte étant entrouverte, je me glissai à l'intérieur et pris aussitôt en pleines narines une odeur nostalgique qu'on ne pourrait mieux décrire que comme un mélange de détergent industriel et de légumes trop cuits. Le bâtiment était silencieux et je traversai le hall d'un pas hésitant en jodlant des « Y a quelqu'un ? » timides à chaque pas.

Je tournai dans la salle de séjour, une hideuse pièce si vaste qu'y tenaient à l'aise six ensembles de meubles séparés. Pendant ma deuxième année, une association d'anciens étudiants consternée nous avait fait don de quelques milliers de dollars pour des aménagements intérieurs, et le comité de décoration, six crétins aveugles, avait acheté douze canapés d'angle et douze fauteuils du même tissu brun et blanc lavable. La confrérie vota en outre pour garder la moquette turquoise de la salle.

Planté pile au centre de la pièce étouffante et sale, légèrement grisé par un cocktail d'interdit et de souvenirs, je contemplais d'un œil trouble le bataillon d'atomes de poussière dérivant dans les rayons de soleil éclatant qui traversaient les fenêtres sans rideaux.

Le silence fut soudain brisé par un claquement de pieds dans l'escalier aux marches métalliques menant aux chambres situées à l'étage.

– Je peux vous aider ?

Je me retournai pour découvrir un jeunot barbu perché au milieu des marches. Il avait l'air effrayé.

– Oh, ouais… non, bafouillai-je. Je suis, enfin j'étais membre de cette confrérie il y a deux ans. Je suis juste venu jeter un coup d'œil. J'ai frappé, hein.

– C'est quoi, ton matricule Gamma ?

L'Association Pi Omega au niveau national affectait à chaque chapitre de campus une lettre grecque. Pour Straight, c'était Gamma, et chaque membre recevait un numéro quand il prêtait serment. Putain, c'était quoi, le mien ?

– Gamma 499, répondis-je. Peter Keller.

Je me sentais tout con, mais je ne voulais pas foutre la trouille au jeunot. J'aurais voulu qu'il y ait un signe de la main ou un cri d'oiseau secrets pour se reconnaître entre membres qui l'auraient rassuré. Enfin, mon 499 sembla faire l'affaire et il descendit péniblement.

– Mark Schiff, Gamma 628, se présenta-t-il en traversant la moquette pour une poignée de main.

Ce type avait un look incohérent. Il ne pouvait pas avoir plus de dix-neuf ans et arborait une barbe d'amish. Cette broussaille faciale aurait convenu au capitaine Achab ; sur Schiff, on aurait dit un postiche de Halloween acheté dans un grand magasin. Une petite bouffée de mon mépris défensif me revint par-delà les années, mais adoucie elle aussi par ma nostalgie.

– Je garde la maison, elle est fermée, m'informa-t-il. Tu veux descendre ?

Quand il passa devant moi dans l'escalier menant au sous-sol, je remarquai qu'il avait un cul énorme, comme s'il portait une couche-culotte sous sa salopette. En plus, il était petit.

En le suivant, je me demandai pourquoi il me débectait à ce point. Je crois que c'était juste parce que je me refusais à admettre qu'il était membre de la confrérie. Je me sentais outré, non pas tant par sa barbe à la con ou son cul de train de marchandises que par sa jeunesse. Catcher m'avait bien prévenu que les étudiants de premier cycle n'étaient plus mes pairs, mais si ce gamin se rasait, il pourrait faire de la pub pour le Bébé Cadum. À cause de lui, j'avais l'impression d'avoir passé l'âge. Et de beaucoup.

Le sous-sol se partageait entre la salle à manger et ce qu'on pouvait appeler la salle de jeux, puisqu'elle était fièrement dotée d'une grande télé couleur et d'un billard. En fait, je crois que nous l'appelions la Salle du Chapitre, mais si tous les autres nouveaux membres ressemblaient à Schiff salle de jeux paraissait plus approprié.

Il se lança dans une partie de billard en solitaire avec une queue sans procédé. Sa bille rebondissait chaque fois selon des angles imprévus et au bout de quelques minutes il se mit à faire rouler les billes à la main pour les faire tomber dans les poches. Dans cette salle, les queues n'avaient jamais eu de procédé et entendre à nouveau ce claquement inefficace avait éveillé en moi un autre souvenir, l'ennui crade des après-midi sans cours, le dégoût de soi paralysant qui nous faisait rester autour de ce tapis de feutre constellé de taches de bouffe jusqu'à ce que le gong sonne l'heure du dîner.

Les murs de plâtre étaient couverts d'immenses photos encadrées de la confrérie, rangées par ordre chronologique, de 1956 à maintenant. Je trouvai les quatre sur lesquelles je figurais, mon portrait s'élevant vers le haut tandis que je passais de bizuth à troisième année. Dans une tentative sans conviction pour lancer une conversation « souvenirs, souvenirs » j'étais sur le point d'appeler Schiff quand je remarquai, sur la photo prise lorsque j'avais dix-neuf ans, que je portais moi aussi la barbe. Enfin, c'était plutôt un bouc parce que mes poils ne poussaient pas des deux côtés de mon visage, mais je savais que si j'avais pu j'aurais arboré une barbe moi aussi. Elle m'aurait mieux convenu qu'à Schiff, quand même.

Le sourire de Rital de Bam-Bam m'emplit à la fois de tristesse et de colère. Je l'aimais encore, ce con, et voilà.

Parmi les photos prises pendant ma première année, je remarquai dans la rangée supérieure d'étudiants de dernière année trois visages que j'avais idolâtrés cinq ans plus tôt : Jerry Marx, un gros lard, major en management hôtelier, qui avait payé ses études en jouant au poker et en gérant l'hôtel casher de son oncle dans les Catskills pendant l'été ; Stuey Krauss, qui roulait en Jaguar type E et baisait plus que tous les membres de la confrérie réunis, ce qui ne l'empêchait pas d'être le premier en ingénierie électrique ; et David Furman, beau gosse de Philadelphie timide et renfermé. Je m'étais toujours senti attiré par son allure tragique et digne, par le fait qu'il faisait du culturisme et gagnait de l'argent en posant pour les cours de matières artistiques. Ces trois gars étaient à jamais installés dans mon panthéon de superhéros et bien que pleinement conscient que le temps passait, que les membres d'aujourd'hui seraient les dieux de demain pour la génération suivante, devant ces six années de photos je refusais d'accepter que la vie continuait, que le Mark Schiff d'aujourd'hui deviendrait peut-être le Jerry Marx de demain, que la future nostalgie de Schiff aurait autant de valeur que la mienne.

– Tu étais le Hellmaster[1], hein ? dit Schiff en secouant deux cubes de craie bleue pour procédés.

– Pas du tout.

– Mais quelqu'un d'important quand même, insista-t-il. Je sais que j'ai entendu ton nom. Attends...

Il claqua des doigts, m'aspergeant de bleu.

– Pardon... Tu étais le mec drôle, c'est ça ?

– C'est ça, confirmai-je, mi-ravi, mi-chagriné.

– C'est franchement dingue, tu sais. Parce que pour beaucoup de frères, maintenant, le mec drôle, c'est moi. Tu veux venir planer dans ma piaule ? J'envoie des vannes à ma télé. Qu'est-ce que tu fais maintenant ? Du droit ? Tout le monde fait du droit.

Il monta l'escalier en roulant des fesses.

– Non, j'étais en taule, dis-je. J'ai passé l'année à lancer de fausses alertes à la bombe au téléphone.

– Le mec drôle, fredonna-t-il.

À Pi Omega, j'étais passé de pitre de la classe à comique cinglant, avec des imitations si réussies que tous les frères se tordaient de rire. Au point que chaque fois que je m'asseyais dans la salle à manger, tout le monde me regardait avec un sourire idiot en attendant que je me lance dans une imitation de M. Gramont, notre cuisinier haïtien alcoolo, ou des « Steinies », trois étudiants de troisième année inséparables, Stein, Steinberg et Steinman. Je n'étais jamais cruel, cependant. En fait, beaucoup de gars me demandaient de les « faire » et j'avais parfois l'impression d'être plutôt un caricaturiste en visite qu'un frère – ce qui n'était pas terrible.

---

1. Sorte de maître des cérémonies lors de la prestation de serment dans une confrérie.

J'avais totalement oublié qu'on pouvait devenir claustrophobe dans ces chambres. Celle de Schiff ressemblait à un fond de grotte, avec des murs bleu nuit et une couchette en bois épais dont chaque élément semblait provenir d'un char à bœufs médiéval démonté. Deux étroits bureaux en formica aux minces pieds métalliques étaient collés l'un à l'autre sous la fenêtre et jonchés de lettres de la famille – domiciliée à Cedarhust, d'après le cachet de la poste –, de tout un attirail pour toxico, notamment un houka en verre aussi gros qu'une cafetière Pyrex. Même l'air était confiné en un nuage douceâtre d'encens à la fraise et de relents de vieux joints.

– C'est un des avantages de garder la maison en été, on a sa piaule à soi, m'expliqua-t-il. Elle était où, la tienne ? Elles sont toutes fermées.

– Juste en face.

– Ouais, la chambre de Shmekele.

– Qui ça ?

– Shmekele, répondit Schiff en remplissant sa pipe à eau. Il s'appelle Kenny Tuckerman, mais c'est une telle tête de nœud qu'on le surnomme comme ça. Tiens, vas-y, dit-il en me tendant la pipe. Je remplace l'eau par du vin.

La dope était légère, ce qui m'arrangeait plutôt. Je commençai quand même à claquer des lèvres et à fredonner.

– Pourquoi cette barbe ?

– Parce que j'ai un gros cul. Comme j'en avais marre qu'on me charrie sur mon cul, je me suis laissé pousser la barbe pour détourner l'attention. Tu sais que les pilotes de chasse dessinaient des cibles sur des parties peu vulnérables du fuselage de leur avion pour attirer les balles ? Maintenant, on m'appelle Moïse, mais c'est drôlement mieux que Cul-de-vache, tu crois pas ?

Ce môme n'était pas si mal, finalement. L'appui de fenêtre était occupé par une longue rangée de romans du dix-neuvième siècle, avec une étiquette jaune *Occasion* au dos de chaque livre.

— J'ai une théorie sur le comique, reprit-il. Il naît de la difformité. Tu as déjà vu un humoriste beau gosse ? On est tous comme ça.

Tous ? C'était qui, « on » ?

— Tu connais Jackie Gleason ?

— De nom.

— J'ai lu quelque part qu'il avait maigri au point de devenir mince comme un fil, et il s'est dépêché de reprendre du poids parce qu'il ne se sentait plus drôle. Mon cul, je l'aurai toujours, mais j'ai peur de perdre mon pucelage, ça pourrait avoir le même effet… J'ai fait un exposé là-dessus en psycho : « Interrelations entre comique et difformité physique », j'ai eu une sale note parce que le prof pèse près de cent vingt kilos.

— Aucun sens de l'humour, dis-je, en commençant à m'ennuyer.

— Ouais, ma devise, c'est « Va te faire mettre si tu sais pas encaisser une blague ». J'ai un album vintage de Nichols et May, le duo comique, tu veux l'écouter ?

— Non, merci.

Je n'arrivais pas à croire que j'avais vécu dans une chambre de cette dimension. Bam-Bam avait même suspendu un filet de pêcheur au bord de sa couchette.

— Tu es fatigué ? Tu peux t'allonger sur mon plumard, si tu veux. Je ne me branle jamais dans les draps.

— Naaan, je crois que je vais y aller.

— J'ai prévu d'aller voir *Fantasia* ce soir en ville. Walt Disney était un génie, ça te saute aux yeux si t'es défoncé. Tu veux venir ? Y a aussi des vieux Betty Boop au programme, tu les as vus ?

— Cinquante fois… Je crois que je vais aller me pieuter.

Je me levai et me dirigeai d'un pas lent vers la porte et le grand air. Schiff me suivit en me proposant d'autres films pour la soirée.

— Tu vis où, maintenant ? La Grosse Pomme ?

— Non, ici, répondis-je en pensant aux chéquiers polynésiens.

— Tu es marié ?

— Divorcé, répondis-je au pied de l'escalier.

— Merde, ça me ferait salement flipper si mes parents divorçaient.

Déconcerté par la remarque, je me retins de rétorquer « J'suis pas ton père ».

— Bon, Gamma 628, à un de ces quatre, hein ?

— Écoute, tu sais qu'on a une combine avec l'intendance ? Si tu veux, tu pourrais manger ici gratos.

— J'y réfléchirai, promis-je en me dirigeant vers la sortie.

— Passe demain, je vais recevoir des procédés pour les queues de billard. On pourrait faire un jeu de la huit.

— J'y réfléchirai...

Le lendemain, je pris conscience à mon réveil que j'avais à peu près épuisé le stock des tours de ville que je pouvais faire et, quelques heures plus tard, je me retrouvai assis à nouveau au bord de cette fontaine désolée, au bord de péter les plombs. La chaleur m'incita à aller me balader dans Hopper Hall, en commençant par le sous-sol, où beaucoup de profs d'anglais avaient leurs bureaux. Je faisais ça quasiment par automatisme puisque j'avais obtenu une mention honorable dans cette matière.

Le hall était frais et sombre. Des sorties d'imprimante avec les notes du trimestre de printemps étaient punaisées sur des tableaux en liège fixés aux portes fermées à clé. Je descendais sans but précis le couloir abandonné en remarquant des noms de profs familiers, en découvrant quelques noms nouveaux. La plupart d'entre eux avaient décoré leurs portes avec un dessin humoristique du *New Yorker* traitant de la vie universitaire, un plan d'un film de Bogart, une photo de jogger, une affichette annonçant une conférence liée à leur domaine.

Exception faite pour les affichettes, tout ce que je voyais maintenant, je l'avais vu un an plus tôt.

Remonté au rez-de-chaussée, j'examinai le tableau d'informations du département d'anglais. Je reprendrais peut-être des cours en septembre. Une photo, de l'autre côté du hall, attira mon attention et, quand je la regardai de plus près, je ne pus m'empêcher de claquer des mains. On y voyait un homme extrêmement gros sur un quai à côté d'un énorme marlin suspendu par la queue à une balance. Ce type obèse, le menton tourné vers le photographe, fumait un cigare et portait un atroce short de bain imprimé hawaïen. Il posait une main à la fois possessive et désinvolte sur le gros poisson. Au-dessus du marlin, la balance indiquait *180 kg*. Quelqu'un avait dessiné à l'encre rouge derrière le gros bonhomme une balance indiquant *181 kg*. Dans le coin inférieur gauche il y avait un bateau de pêche, dont le nom, *The Thin Man*[1], formait un arc-en-ciel au-dessus de l'imposte. Au-dessus de la photo, un rectangle de carton entouré d'un cadre métallique donnait le nom de l'enseignant : *PROF. JACK PETTY*. Au-dessus encore, une plaque en bois précisait : *BUREAU DU PRÉSIDENT DU DÉPARTEMENT D'ANGLAIS, UTILISEZ L'AUTRE PORTE.*

— Ils l'ont nommé président, dis-je à voix haute, de ce ton emprunté que prennent les gens pour se parler à eux-mêmes en voulant être entendus des autres. Gros Jack ! aboyai-je. D'accord !

Deux ans plus tôt, il était mon idole. J'étais un Vaurien de Petty, l'un des quelques étudiants de premier cycle choisis pour l'assister dans son cours magistral titanesque, « Le roman populaire au vingtième siècle ». Le lundi et le mercredi, Jack donnait son cours ; le vendredi, les deux cent cinquante étudiants participaient au mini-séminaire de leur choix : Raymond Chandler, Harold Robbins, James Cain (le mien, de séminaire), Ian Fleming, Mickey Spillane, ou Dashiell Hammett, dirigé par Jack en personne. Nous analysions les œuvres selon une perspective psycho-socio-historico-politique. Pas de quoi se fouler, vraiment.

1. Titre original du roman de Dashiell Hammett, *L'Introuvable* (« *the thin man* » peut aussi se traduire par « l'homme mince »).

En tant que Vauriens de Petty, nous n'étions pas payés. Une fois par mois, Jack nous invitait à dîner avec nos copines dans sa grande maison de Classes-sup-Ville, ce qui signifiait danse, gnôle à gogo, Jack à la coke, et au moins deux gars ivres morts chaque fois.

Gros Jack.

En descendant de voiture, j'avais le vertige à l'idée de le revoir, je faisais défiler dans ma tête des scénarios passés et futurs. Nous étions presque voisins, et pairs pour ainsi dire puisque j'avais quitté la fac. Salut, Gros Jack ! Salut, vieux démon ! Yo, Petty ! Je franchis le pont pour retourner dans le quartier des pelouses avec arrosage automatique. Surprise : la petite nana sexy patrouillait encore dans le secteur. J'avais envie de lui asséner « Je n'ai plus le temps pour ces enfantillages ». Je tournai dans Byron Street et m'arrêtai devant une longue maison en brique ornée d'une colonnade de plantation sudiste ridicule.

Tucker, le môme de Jack âgé de neuf ans, était assis sur la première marche du perron. Les gosses me faisaient flipper, je ne savais jamais comment leur parler.

Ton père est là ? Jack est là ? Papa est là ? Le professeur Petty est là ?

À demi conscient de ce que je faisais, je remontai lentement l'allée de gravier.

— Ça boume ? demandai-je avec l'accent et la simplicité des gens du nord de l'État.

Tucker se contenta de me dévisager en plissant les yeux.

— Le Jack est dans le coin ?

— Mon père n'habite plus ici. Mes parents sont séparés. Il vit dans les Coach House Apartments, derrière le centre commercial de Plunkett...

Je repartis en hochant la tête en guise de remerciement. Tucker enfonça un doigt dans le gravier et me fit la leçon :

— Vous auriez dû téléphoner avant de venir.

De retour à mon appartement, je trouvai dans l'annuaire le nouveau numéro de Jack. Séparé. Il devait mener maintenant une vie effrénée de célibataire. Bien qu'ayant été invité chez lui au moins une demi-douzaine de fois, je n'avais gardé qu'un vague souvenir de sa femme. Je ne crois pas qu'elle appréciait vraiment notre débauche et elle sortait rarement de la cuisine. Alors que Jack était du genre « je mange et j'apprécie », elle était plutôt du genre « je sers et je nettoie ». La seule fois où je me souviens de l'avoir vue rompre le pain avec tout le monde, c'était à un barbecue de fin de printemps dans leur jardin. Elle semblait sympa ; elle souriait beaucoup, en tout cas. Ce que je me rappelais plus nettement, c'était le comportement de Jack en sa présence, tendu et silencieux, avec une expression maussade qui rendait plus ridicule encore sa toque et son tablier de chef.

– Allô ?

– Salut, Jack !

– Oui ?

– C'est Peter Keller !

– Ah, salut, Pete.

– Comment ça va, Jack ? Je suis de retour à Buchanon. Je vous ai réveillé ?

Je me mis à vaciller en adressant un sourire féroce au combiné.

– Non, non.

Suivi d'un silence.

– Vous êtes célibataire maintenant, hein ?

– Ouais... si on veut.

– Écoutez, qu'est-ce que vous faites ce soir ? On pourrait dîner ensemble.

Je m'étais mis à faire les cent pas et à sautiller pour garder mon tempo.

– Euh, je sais pas, Pete... Je me sens...

– Allez, on achète quelques bons steaks... C'est moi qui régale, précisai-je avec un clin d'œil inutile.

– Non, je me sens...

– Jack, s'il vous plaît...

Les mots sortirent de ma bouche en une plainte rauque. Je tentai aussitôt de me ressaisir, n'y parvins pas.

– D'accord, capitula-t-il dans un soupir. Passe ici vers sept heures... J'ai ce qu'il faut.

– Formidable.

Le Coach House était un lotissement d'appartements d'un beige grisâtre qui faisait sérieusement penser aux habitations troglodytiques étagées du Nouveau-Mexique. Les immeubles n'avaient qu'un ou deux étages, sans coursives ni balcons, rien que des escaliers individuels en colimaçon, à peine mieux qu'un mât de descente dans une caserne de pompiers.

– Jack ! m'exclamai-je en bondissant sur la masse sombre obstruant l'entrée.

Je ne voyais pas son visage mais je reconnaissais la ligne en pente de ses épaules et l'odeur de son cigare.

– Comment va, comment va, marmonna-t-il.

Il me tapota distraitement le dos et me fit entrer. J'avais horreur qu'on me tapote le dos.

– Voilà...

Je balayai du regard le séjour : un parquet brillant mais mal fini, des murs sans une seule tache, un vieux fauteuil relax en cuir noir, une ottomane assortie, un mince canapé miteux sur des pieds en fer, un téléviseur portable à écran de douze pouces posé sur une malle et une rangée de bouquins en équilibre sur le radiateur.

– Je n'ai pas eu le temps d'arranger un peu...

Devant le canapé, sur une table pliante, une assiette de service en plastique rose bonbon proposait seize tranches de viande froide disposées en rangées superposées. Il y avait aussi un pot de moutarde, un sachet ouvert de pain de mie, de la root beer en cannette et un couteau à beurre.

– Sers-toi, petit, me convia Jack en désignant le canapé.

– Attendez... Et vous ?

– Naaan, je n'ai pas faim. Tu veux boire un verre ?

Je le suivis dans la cuisine : trop d'éléments en bois neufs, sur la cuisinière électrique une casserole au fond de laquelle restaient incrustés des haricots blancs à la sauce tomate, et une table de jeu dans un coin. Jack se versa cinq centimètres de scotch dans un verre McDo et ouvrit le frigo. Je détournai la tête pour ne pas voir ce qu'il y avait à l'intérieur.

Le canapé était si pentu qu'on y avait le cul plus bas que les genoux. Même perché tout au bord, j'avais la table pliante à hauteur de poitrine et je devais lever les bras pour atteindre l'assiette.

Jack s'était écroulé en face de moi dans le fauteuil relax, ses chaussures Hush Puppies douteuses croisées sur l'ottomane. Il me regardait manger, la tête appuyée contre le pouce tendu de la main qui tenait son cigare. Il devait encore peser pas loin de cent quatre-vingts kilos mais il avait les traits tirés. Sa caroncule de dindon pendouillait, immobile, sous son menton, ses sourcils blancs avaient l'air usés, les coins de ses yeux et de sa bouche tombaient de fatigue, son regard déprimé passait de mon assiette à un point du mur situé au-dessus de mon épaule. J'aurais voulu retrouver son rire rocailleux de mitraillette, les chansons paillardes de son invention.

Je m'essuyai la bouche du dos de la main et répétai :

– Alors, comme ça, vous êtes célibataire ?

Il haussa les épaules, ficha son cigare éteint entre ses lèvres et se lissa les cheveux des deux mains. Sa caroncule tremblait légèrement.

– Ouais, je crois que c'est pour de bon, cette fois. Pour de bon. On s'était déjà séparés avant, mais là…

Il ôta son cigare de sa bouche, cracha distraitement sur lui un brin de tabac et brossa d'une main le devant de sa chemise.

– Elle ne supportait plus que vous couchailliez ? demandai-je, marchant sur des œufs.

Il fit passer sa tête sur son autre main et répliqua :

– C'est moi qui ai demandé le divorce.

– C'était elle qui couchaillait ?

Il ferma les yeux, secoua presque imperceptiblement la tête.

– On a juste passé un week-end de Fête nationale pourri. Je me suis réveillé le lundi matin avec un mal de tête tenace et je lui ai annoncé qu'en ce qui me concernait, c'était fini.

– Waouh.

– Je veux juste divorcer. Je lui donne tout sauf *The Thin Man* et la moto... Elle dit qu'elle m'accorde le divorce si je vois un psy, alors j'en ai vu trois. Ils pensent tous que divorcer ne pose pas de problème, mais ils veulent tous que j'arrête de bâfrer et de fumer avant que ça me tue. Le dernier m'a même balancé « Comment voulez-vous signer un nouveau bail avec la vie si vous enfournez à chaque repas de quoi nourrir une famille et si vous fumez soixante-quinze cigares par semaine ? »... Bon, je vois ces types, j'appelle Nancy pour lui expliquer ce que le dernier m'a dit, elle répond que si je n'arrête pas de le voir elle ne m'accordera pas le divorce. Et puis elle me rappelle deux heures plus tard pour me filer le numéro d'un autre psy. Je vois le nouveau, il me dit la même chose : la question du divorce peut attendre, pourquoi vous êtes si gros ? Je dois en voir un quatrième demain.

Il haussa les épaules et poursuivit :

– Je crois qu'elle essaie de me contraindre à m'engager... qu'elle essaie de trouver quelqu'un qui m'enverra à l'asile de fous... Oh, je sais pas, c'est une femme généreuse.

Après une salve de gros rires, il ralluma son cigare, crachota encore.

– Tu sais, elle croit que c'est à cause de Machine, ou de Trucmuche, que je suis parti... C'est faux... c'est faux. Ce n'est pas une en particulier, c'est toutes ensemble... Bon Dieu, Petey, j'*aime* les gonzesses. Je les ai toujours aimées, je les aimerai toujours. La prochaine, elle devra apprendre à s'y faire.

Je hochai la tête d'un air grave comme si nous avions le même problème. Vas-y, Jack, vas-y.

– J'ai jamais eu de mal avec les femmes... Parce que

j'incarne une figure paternelle, ou quelque chose comme ça, expliqua-t-il en retrouvant un peu de couleur. Mais le week-end du 4 juillet, je regarde un match dans mon bureau, elle se pointe, elle me dit : « Il faut que tu parles à Erland, il se masturbe dans sa chambre, elle empeste le sperme… »

Jack leva une main en signe d'exaspération, la laissa retomber, grimaça, détourna la tête et marqua une pause, comme s'il comptait jusqu'à dix, puis se tourna à nouveau vers moi.

– *Bien sûr* qu'il se branle dans sa chambre, qu'est-ce qu'on peut *attendre* d'un gamin de quatorze ans ? Qu'est-ce que je suis censé lui dire ?

J'exprimai mon accord d'un haussement d'épaules.

– Elle me répond : « Je me fiche de ce que tu lui diras, cette pièce sent le sexe… » Bon, je monte à la piaule du petit et je lui dis : « Nom de Dieu, Erland, si tu veux t'astiquer le manche, achète un flacon d'Airwick avant qu'on soit *tous les deux* dans la merde. » OK, problème réglé… Le lendemain, c'est Jackie, le grand de dix-huit ans… Elle a vu des empreintes de pieds de femme côté intérieur du pare-brise de la voiture du gosse, il a tringlé sa copine sur la banquette avant. Elle veut que je lui confisque la voiture.

Le cigare délicatement tenu à hauteur de joue, le menton et le regard fermes, Jack déclara :

– Pas question ! Alors, parle-lui. D'accord, je remets ça, le bonhomme Airwick, deux fois en deux jours. « Jackie, si tu dois tromboner une fille dans ta voiture, fais marcher le dégivreur, les essuie-glaces… » Il se marre et je me fous en rogne, pas contre lui, je n'ai rien à lui reprocher, et je lui dis : « Pour l'amour de Dieu, fais ça dans ta chambre ! » Et tu sais quoi ?

– C'est exactement ce qu'il a fait, répondis-je, tout content.

– Sa mère les surprend dans la chambre ce soir-là et Jackie lui dit : « Papa est d'accord. » C'est l'explosion dans la maison, elle veut punir tout le monde, elle veut que Jackie et Erland s'engagent à porter des repas à domicile pour Misericordia le samedi et le dimanche. Moi, je réponds : « Sûrement pas !

Tu plaisantes, je suppose. » Et elle ajoute qu'elle veut que j'en fasse autant ! « Non mais tu plaisantes ou quoi ? »

Jack se pencha en avant, les bras appuyés aux accoudoirs de son fauteuil, et partit d'un rire perçant de pivert à deux tons.

— La popote roulante ! s'exclama-t-il d'une voix de fausset tant son rire le secouait. Putain, tu te rends compte ! Le pauvre môme se tire sur la nouille et comme punition il doit apporter à bouffer aux malades ! Et moi aussi ! Parce que tout est ma faute. Écoute, j'en ris maintenant, mais ce jour-là j'ai pété les plombs.

Son rire se transforma en légers gloussements et il conclut :

— Tu sais ce que c'était le problème, finalement, Pete ? Elle n'était pas mon type… Nancy serait une femme charmante pour un gars qui lui conviendrait, mais elle était pas mon type.

Nous souriions tous les deux. Jack semblait deux fois plus en forme qu'à mon arrivée.

— Ah, j'ai quarante-quatre ans… et ça n'allait pas s'arranger… Je n'avais rien à perdre. Je lui laisse tout sauf le bateau et la moto. Je suis un homme mûr de cent soixante-quatre kilos et je peux te dire que ça ne valait pas le coup de rester juste pour la sécurité. Tu veux encore de la root beer ?

Je fis non de la tête. Quelqu'un éternua dans l'appartement contigu. Les murs étaient si minces que j'entendis le bruit que font des narines mouillées quand on les essuie avec un mouchoir.

— Tu sais quoi, Peter ? me dit Jack en souriant au plafond. Je crois que je viens de te raconter un ramassis de conneries. J'aurais pu la supporter. Les gosses aussi auraient pu. J'aurais pu rester avec elle et niquer ailleurs autant que je voulais. Ce n'était pas ça, le problème. Je crois que je suis parti parce que j'avais une peur bleue que la route n'ait plus de tournants difficiles. Je voyais devant moi une route toute droite jusqu'au péage. Moi, j'ai besoin que ça secoue.

Il remit son cigare éteint entre ses lèvres et tendit les deux mains en avant, l'une vers les bouquins dessinant sur le radiateur le profil des tours de Manhattan, l'autre vers mon plat de viande froide.

– Et maintenant, je me retrouve ici... Très drôle, hein ?

Il ricana un moment puis son visage s'assombrit de nouveau. Sa peau pendait, ses doigts remuaient mollement au bout de ses poignets. Le regard perdu au-dessus de mon épaule, il me demanda d'une voix morne :

– Qu'est-ce qui te ramène en ville ?

Je le vis commencer à s'écrouler, mais avant que je puisse répondre il se ragaillardit :

– Ah, ça me fait du bien de te parler, Petey. Je n'ai parlé à personne de tout l'été. Désolé pour mon humeur, petit, je traverse une passe difficile. Je ne suis plus moi-même, c'est pour ça que je n'étais pas très chaud pour qu'on se revoie. Tu veux encore de la root beer ? Sois indulgent avec moi, je vais remonter la pente.

– Je suis cent pour cent avec vous, Gros Jack, assurai-je.

– Et qu'est-ce que tu deviens, toi ? Tu étais où ? T'as l'air encore plus paumé que moi... Tiens, file-moi un de ces trucs.

Il se pencha en avant pour chiper deux tranches de viande froide dans mon assiette et les fit disparaître dans sa bouche avant que son derche ait repris contact avec le fauteuil relax.

– Jack, si jamais vous êtes à court de virages difficiles...

Je laissai ma phrase en suspens.

– C'est dur à la fac de droit ?

– Quelle fac de droit ? Je n'ai pas été admis.

– Aïe, je te croyais en vacances.

– Non seulement je n'ai pas été admis, mais je suis en conditionnelle pour six mois.

– Tu t'es bagarré dans un bar, quelque chose comme ça ?

Flatté par sa question, je lui résumai l'année écoulée, les petits boulots, l'agence pour cœurs solitaires, mon père, la télé... Seul problème, chaque fois que je narrais un épisode, il me semblait plus drôle que je ne l'aurais voulu et j'éclatais de rire au milieu de mon propre récit. Lorsque j'en vins au jour où les deux inspecteurs avaient débarqué chez moi, je me levai et jouai tous les rôles : l'hystérie de ma belle-mère, la décontraction genre gros dur de cinéma des deux flics, et ma sortie offensée.

— « Alors, je ne peux même plus avoir une conversation privée sur ma propre ligne ! m'indignai-je, penché devant Jack, les traits crispés d'ahurissement. Non, mais j'y crois pas, *bordel de merde* ! »

Il fit la grimace.

— Chhhut, doucement, petit, les murs sont minces comme du papier à cigarette, ici.

Je me redressai et secouai la tête d'incrédulité devant ma propre saga. Mon visage avait viré au rouge betterave. Je me rendis compte que je m'étais mis à brailler depuis qu'il m'avait demandé si je m'étais castagné dans un bar. Je me rassis au bord du canapé. Jack grimaçait toujours, la tête appuyée contre sa paume, on aurait dit qu'il s'était planté son bout de cigare dans l'oreille. Il se mordit la lèvre, secoua tristement la tête.

— C'est arrivé quand ?

Je débitai le reste de ma mise à jour d'un ton rapide et morne en laissant de côté tout incident ou détail qu'on aurait pu considérer à tort comme comique et je terminai par mon désastreux pèlerinage à la fraternité. Je me rendis compte alors que je n'avais toujours pas envoyé ma lettre de remerciements à Catcher.

Jack écouta la deuxième partie de mon histoire avec des soupirs las, de petits mouvements de tête de commisération et, aux moments les plus pénibles, les yeux clos.

— C'est dur pour moi en ce moment, vous savez... Cette solitude. Ça fout les jetons d'être ici en été. On se croirait dans les limbes, avec l'université fermée, et j'ai toujours l'impression physique de n'être qu'une merde depuis que les deux flics m'ont traité comme une punaise... Je crois que je vais me mettre à la course à pied, ou à l'haltérophilie... à m'entraîner. J'ai déjà arrêté de fumer... Enfin, je sais pas, je grimpe encore aux murs en ce moment.

Je haussai les épaules avec un rire bref. J'avais mal au crâne. Jack m'observait, la tête toujours penchée, la pression de sa paume donnant à son œil droit un vague air asiatique.

– Ah, Pete, désolé que tu aies eu une année aussi pourrie. Mais je suis content de te revoir... Tu t'en sors comment, côté fric ?

– J'ai quatre mille dollars de côté, un peu plus. Je peux tenir un moment. Je trouverai un boulot en ville... J'ai bossé au grand magasin Kresge l'année dernière, je pourrais probablement le refaire, ou voir ce qu'on offre dans les centres commerciaux.

– Ça te dirait d'enseigner ?

Je me redressai.

– Vous rigolez ?

– Non ?

– Si ! Où ça ?

– Je peux te prendre comme assistant en section de composition anglaise pour les premières années. Ça ne paie pas lourd, deux mille cinq cents pour le trimestre, quelque chose comme ça.

J'avais le cœur qui cognait comme un malade derrière mon visage. Les bras pendant devant le canapé, la bouche ouverte, je hochai lentement la tête.

– Vous êtes sérieux ?

– Bien sûr.

– Comment vous pourriez faire ça ? M'embaucher ?

– Hé, je suis le président, je fais ce que je veux, dit Jack avec un geste désinvolte de la main. En plus, ma cote a monté depuis le dernier trimestre : je n'ai dépassé le budget que de vingt mille dollars. L'année d'avant, j'avais un excédent de trente mille, je leur ai fait économiser dix mille balles, acheva-t-il dans un rire.

Je retins une demi-douzaine de « Waouh » et de « Oh, mon Dieu ».

– J'aurai un bureau ?

– Ouais, on t'en trouvera un.

— Petty, vous êtes le *meilleur*. Mais comment vous avez fait pour devenir président ?

— Harris est mort peu après que tu as obtenu ton diplôme. Les trois gars éligibles qui n'étaient pas trop visiblement séniles, c'était Fonseca, Turley et moi. Fonseca, pas la peine d'en parler, Turley n'était pas intéressé, il ne restait que moi. Alors, je suis maintenant le président. Et un bon président, en plus.

— Il faudra que je sois là pour les inscriptions ?

— Naan… Mais ce serait peut-être quand même une bonne idée que tu traînes autour de ton bureau pour les étudiants.

— Mon bureau…, murmurai-je. Jack, je vous aime !

— Ouais, ouais, dit-il avec un sourire.

Dans le silence qui suivit, je remarquai qu'on avait glissé un livre de poche, *L'Évangile selon les Peanuts*, sous le pied arrière droit du fauteuil relax pour l'équilibrer. Ce devait être un des bouquins de Tucker, emballé par erreur. Jack avait un quatrième fils, Donald, âgé de seize ans. Jackie, Donald, Erland, Tucker.

— Jack, si vous aviez été à la place de mon père, comment vous auriez réagi après mes fausses alertes à la bombe ?

Il ne répondit pas tout de suite. Puis :

— Je sais pas. Si tu avais appelé un restaurant où je dînais et si j'avais dû abandonner mon assiette ?

Je me mis à glousser mais il se redressa, le visage cramoisi, les yeux quasi exorbités, la caroncule dansant la gigue.

— Je t'aurais mis une branlée, nom de Dieu !

Il rugit de rire, se pencha pour m'asséner une claque sur le genou, puis se laissa retomber contre le dossier de son fauteuil.

— Ah, je me sens bien maintenant. Je me sens bien. Je t'ai parlé de mon père ? C'était vraiment quelqu'un… Il a joué au base-ball en semi-pro, il emmenait les touristes en balade dans les Keys sur un bateau charter, il a tout fait. Je l'adorais, bon Dieu.

Il se mordit la lèvre, secoua la tête, perdu dans sa rêverie.

– Il aurait voulu que je fasse du foot, alors j'ai décroché une bourse sportive à l'université de Floride... Il était célèbre pour son estomac d'acier. Il pouvait avaler n'importe quoi – du verre, des cailloux, des morceaux de godasse –, c'était un spectacle du samedi soir à lui tout seul. Tu sais comment il est mort ? Il avait parié dix dollars qu'il boufferait un sandwich au sumac vénéneux. Il faisait quatre-vingts de tour de poitrine, mon père, et il est mort d'avoir mangé un sandwich.

Jack finit par jeter son mégot de cigare et ajouta :

– Un type bien, n'empêche. Écoute, je suis obligé de te mettre à la porte, faut que je voie un psy demain matin à huit heures.

Il se leva péniblement.

– Lave ton assiette avant de partir, d'accord ? J'ai horreur de faire la vaisselle.

De retour dans mon appartement, je découvris avec stupeur dans la cuisine un dernier sac de supermarché. J'inventoriai son contenu avec l'impatience d'un amnésique ouvrant les cadeaux qu'il s'est lui-même envoyés. En plus du presse-ail et des brochettes pour épis de maïs, j'avais fait l'acquisition de trois paquets familiaux de papier cul générique – vingt-quatre rouleaux au total – et de trois sacs d'éponges aux couleurs vives – quarante-deux au total. Malgré tous mes efforts, j'étais incapable de me rappeler un seul de ces achats, et les choix que j'avais faits m'effrayaient, mais je finis par extraire du sac un tire-bouchon, ce qui m'insuffla un regain d'optimisme. Il y avait aussi un sac en papier d'où dépassait un goulot. Je déchirai le sac et brandis triomphalement, étiquette au niveau des yeux, une bouteille de champagne à dix-neuf dollars.

Le lendemain de ma visite chez Jack, je me rendis au bâtiment administratif pour savoir quel bureau on m'avait affecté, et bien entendu il n'y avait aucune trace de mon embauche comme assistant.

Impossible de trouver Jack. Là, je disjonctai pour de bon. Chez sa femme, j'appris par Jackie, son fils aîné, que Jack était parti pêcher au large de Key West, qu'il passerait toute la semaine à bord du *Thin Man*. Je téléphonai aux gardes-côtes pour leur demander de prendre contact avec lui, où qu'il puisse se trouver dans l'Atlantique, parce que c'était une question de vie ou de mort – enfin, pas vraiment, lui faites pas peur, dites-lui juste d'appeler Peter.

Ce soir-là, il me téléphona d'un bar et fut plutôt fumasse quand il entendit que je voulais simplement lui rappeler qu'il devait parler de moi à l'administration. Je me lançai dans mon numéro de jeune maboule vulnérable et il se radoucit suffisamment pour m'informer que sa secrétaire s'en occupait et que oui, j'étais engagé, pas de retour en arrière.

Le lendemain, je tentai de persuader le gardien de m'ouvrir le B-33 du Hopper. Il refusa parce que je ne pouvais pas prouver que c'était mon bureau. En plus, j'avais toujours l'air d'un étudiant.

J'étais tellement à cran que je n'arrivais plus à me concentrer. Je regardais sans cesse les pendules et les calendriers. J'achetai un bouquin sur l'art d'enseigner l'anglais en première année, mais j'étais incapable de lire quoi que ce soit de plus compliqué qu'un dessin humoristique avec légende, même les BD me semblaient trop ardues. Je ressentais plus profondément encore la solitude de Buchanon, et ma gueule de bois émotionnelle due aux événements de l'année dernière s'aiguisait. Je me rappelai avoir dit à Jack que j'envisageais de faire de l'exercice pour évacuer mon mal-être de mon corps en même temps que ma sueur. Le gymnase de Straight étant fermé, je partis reconnaître les salles de sport en ville.

J'en repérai une avec de grandes baies en verre fumé entre un magasin de luminaires et un fast-food Arby dans la galerie commerçante, un long bâtiment bas avec une façade en pierre, un toit à forte pente, deux fontaines et une flamme éternelle au milieu de la pelouse. Sauf que je n'aimais pas les appareils Nautilus. Ayant pris option Nautilus en gym en troisième année, j'avais eu l'impression de me porter candidat pour le programme spatial Mercury. En outre, il fallait casquer quatre cents dollars pour le spa et il n'y avait pas de possibilité d'adhésion partielle.

Dans les faubourgs de Linoléumville, je dénichai un autre établissement dénommé Institut de mise en forme Zybysko. Il était situé au premier et seul étage d'un bâtiment vert dégueulis au-dessus d'un magasin Electrolux. Tout en gravissant péniblement les marches d'un étroit escalier sous l'injonction de l'index tendu d'une pancarte accrochée au rez-de-chaussée, j'entendais des bruits de chaîne et des gémissements de maison hantée. Le couloir sentait les pieds.

Il desservait trois salles : un salon de coiffure unisexe, les deux autres constituant le domaine de l'institut. Je demeurai un moment sur le seuil de la première, la mâchoire inférieure au ras du parquet, pour regarder une dizaine de membres évoluer à pas lourds tels des dinosaures en tee-shirt devant des miroirs allant du sol au plafond. Un embouteillage de bancs capitonnés – certains horizontaux, d'autres inclinés – cachait presque entièrement une moquette grise pelucheuse, et la salle était littéralement jonchée de fer. Pas d'appareils Nautilus, pas même des Universal, rien que des haltères et des barres à disques.

Le seul effort de décoration consistait en doubles pages centrales de magazines de culturisme montrant des individus bronzés passés par des fabriques de muscles, scotchées sur les miroirs, certaines remontant aux années cinquante, style figé et faux grec.

Aucun des membres ne m'accorda un regard. Ils étaient tous du genre à avoir leur carte syndicale, un ramassis de gueules de gangsters en short de gym flottant et chaussures de sport montantes. Ils arboraient des bananes luisantes et semblaient se foutre de la forme, de la sveltesse et de la condition physique. Apparemment, ce qu'ils aimaient, c'était soulever des trucs lourds et les reposer.

Détail étrange, personne dans cette salle n'avait moins de trente ans. Je supposai que les habitants plus jeunes de la ville utilisaient les salles de gym de l'université ou s'adonnaient aux sports de balle.

Un seul type était en tenue de ville. Il tournait autour d'une jambe droite raide et son bras droit pendait, mort, le long de son corps. Malgré la chaleur, il portait un pull à col roulé. Me repérant à l'entrée de la salle, il se cabra pour soulever sa mauvaise jambe comme un piquet et se fraya un chemin à travers la salle. Je n'aurais su dire s'il soulevait aussi de la fonte, ses vêtements étaient trop amples.

— Je peux t'aider, fiston ?

— C'est ici, les cours de cuisine chinoise ? m'enquis-je. Ma fille a renversé de la colle sur mon wok, mais je peux alterner les cours avec un autre élève, au besoin.

Impassible, il me dévisagea.

— Non… y a pas de cours ici.

— Je plaisantais, dis-je en riant de bon cœur. Vous avez de la place ?

— Pour des cours ?

— Non, pour la salle de gym. Je blaguais, pour les cours.

— Parce qu'on n'a pas de cours ici…

Il sortit dans le couloir, un doigt recourbé au-dessus d'une épaule pour m'inviter à le suivre. Je marchai d'un pas lent et hésitant derrière sa patte folle. Il avait installé son bureau à côté d'un râtelier de barres à disques suspendues au mur. Il y avait aussi des barres fixes, des bancs inclinés pour faire des abdominaux et un curieux machin avec une barre à disques et un banc pour les développés couchés.

Je m'assis pour remplir un chèque.

— Lève-toi voir, m'incita-t-il.

Le menton incliné, il m'examina des pieds à la tête, les yeux plissés, penché sur le côté comme pour avoir une meilleure vue.

– T'es étudiant ?

– Je suis professeur.

– T'as combien de classes ?

– Une seule.

– Tant mieux. Je veux que tu viennes ici tous les jours… tu peux même t'y faire envoyer ton courrier.

J'étais déçu qu'il n'ait pas fait une remarque sur mon jeune âge pour un prof.

Il prit dans un tiroir de son bureau deux listes ronéotypées. La première détaillait mes séances de lever de barres : lundi, mercredi et vendredi, crunchs pour les abdos, relevés de jambes suspendu avec rotation, cinquante fois pour mon ventre, puis une série de divers exercices – développés, pull-overs, levers latéraux – pour ma poitrine, mon dos et mes épaules ; mardi, jeudi et samedi, même parcours abdominal suivi d'exercices variés – levers de barres, extensions et hack squats – pour mes bras et mes jambes. L'autre liste exposait le « Régime muscu » de Roy, quatre repas par jour comprenant deux plats de viandes différentes, trois céréales ou desserts différents avec crème douce, deux puddings, un quart de litre de lait, de la gelée de raisin, des muffins, des sandwichs et du lait malté. Je calculai que je passerais huit heures à me bourrer de bouffe et huit heures à soulever des barres, ce qui me laisserait huit heures pour dormir.

Levant les yeux, je découvris au-dessus de la tête de Roy une photo encadrée sur laquelle il déchirait un annuaire téléphonique en adressant un demi-sourire au photographe. À l'époque, il avait des bras énormes. J'examinai les plis de son pull à col roulé en tentant de deviner, grâce à ma vision aux rayons X, à quoi son corps ressemblait maintenant. Il remarqua mon manège et affirma :

– Je peux encore le faire…

Puis il chaussa une paire de lunettes de femme, porta mon chèque devant ses yeux et lut mon nom :

– Pete…

Un énorme type couvert de sueur, un réfrigérateur surmonté

d'une tête, entra dans la pièce, s'assit au bord du bureau et feuilleta un curieux magazine aux tons sépia intitulé *Man of Bronze*[1].

– Ray, t'as reçu *Health and Strenght*[2] ?

– Enfin, vous pouvez pas les acheter vous-mêmes, vos putains de magazines ?

Le colosse haussa les épaules et se leva, laissant une marque de sueur en fer à cheval sur le bureau.

– J'suis encore costaud... Mais y a une grenade qui m'a pété dans la main, dit Roy en tapotant son bras mort.

– Vous avez fait l'armée ?

– Non, j'étais infirmier à Misericordia et on n'avait plus de laxatif... Hé, qu'esse tu crois ? ajouta-t-il avec un sourire.

L'Institut de mise en forme Zybysko me sauva de la folie pendant les deux semaines qui suivirent. Finalement, j'étais en meilleure forme que je ne pensais : aucun des crunchs, relevés de jambes ou abdominaux ne me donnait des crampes. Je me cantonnais aux poids légers, dix kilos pour les haltères, pas plus de vingt-cinq pour les barres à disques. J'aimais la douleur, elle signifiait qu'il se passait quelque chose. Mon exercice préféré était le développé couché. Il n'y avait qu'un banc avec barre à disques dans tout l'institut et comme cet exercice était capital pour tout le monde un groupe se formait toujours autour de l'appareil, certains membres s'offrant une clope, d'autres attendant leur tour. C'était un peu comme les échanges conviviaux autour de la fontaine d'eau fraîche au bureau.

Les premiers jours, trop intimidé pour prendre mon tour avec tout ce monde autour de moi, je me contentais de regarder.

Le système était simple. Une planche inclinée selon un angle de quarante-cinq degrés était placée de manière que sa partie basse se trouve sous une barre posée sur deux

1. Magazine populaire bon marché contant les aventures de Doc Savage.
2. Magazine de culturisme.

supports métalliques. Le culturiste s'arrimait à la partie haute capitonnée de la planche avec ses jambes et s'allongeait sur le banc, sa tête gorgée de sang reposant sur la partie basse capitonnée, les deux pieds plus bas que les genoux. La barre était suspendue juste au-dessus de ses clavicules. Le gars tendait les bras, soulevait la barre de ses supports et entamait sa série. Un autre culturiste se tenait derrière lui pour surveiller l'exercice, les mains près de la barre au cas où le premier gus aurait un coup de mou ou perdrait sa prise et ne tiendrait pas franchement à se faire écraser le larynx. J'observais en particulier trois types qui s'exerçaient ensemble, même heure même appareil, tous les jours. Ils alternaient, un sur le banc, un autre surveillant la barre. Le troisième marchait à pas lourds autour des deux premiers, soufflant comme un phoque, soulevant tout ce qui se trouvait à sa portée pour se préparer mentalement. L'un après l'autre, jusqu'à ce que chacun des trois se soit tapé cinq séries de développés inclinés.

Si personne d'autre n'attendait, ils sortaient le banc, le renversaient pour avoir la tête plus haut, les pieds à plat sur le sol, genre sumo accroupi, et ils faisaient des inclinés. Ils pesaient tous au moins quatre-vingt-dix kilos et avaient des pecs parfaitement dessinés, comme sur une cuirasse.

Le premier était chauve avec des favoris auburn et des taches de rousseur ; le deuxième avait une coupe en brosse dégarnie sur le devant, un long nez de chien et de grandes dents ; le troisième une barbe entière de patriarche biblique, un bide énorme et des lunettes de soleil à verres correcteurs.

À la fin de la première semaine, je sautai le pas. Au moment où le trio s'installait, enfilant des disques au bout des barres, je tapai l'incruste et demandai si je pouvais me joindre à eux. Après m'avoir examiné, ils répondirent « Bien sûr ». Puis tout le monde hésita une seconde et je tendis la main vers le gars le plus proche de moi.

– Peter Keller.

– Red Messin.

Tournée de poignées de main, chacun penché en avant,

la paluche tendue, la tête inclinée, en murmurant son nom. Ils me laissèrent passer le premier parce que j'étais le plus léger – trente kilos de moins – et sans doute le plus faible. Le bord du banc au creux des genoux, je me laissai partir en arrière… et me cognai la nuque contre la barre. Le gars aux rouflaquettes, Red, me toucha le cou et me guida sous la barre. Il me servait d'éclaireur. Les voir tous les trois à l'envers – plus âgés que moi, plus costauds, avec ces tronches ridicules de ballons de baudruche – me fit glousser de nervosité. J'exécutai ma première série sans problème et ils marmonnèrent leur approbation. Lorsque je me redressai, me prenant déjà pour un Godzilla en miniature, ils rajoutèrent quarante kilos de disques et s'y mirent l'un après l'autre. Quand mon tour revint, ils ôtèrent les disques rajoutés et je fis mes développés avec un peu plus de confiance. À la quatrième série, un quart d'heure plus tard, j'avais les bras en feu, le visage crispé comme un poing. Lorsqu'ils m'encouragèrent en braillant : « Vas-y, Pete ! Encore un ! Allez, Pete ! », ma première réaction fut de penser : Ils sont vraiment sympas, ne les déçois pas, et, le dos arqué sur le banc, je fis deux développés rapides de plus, puis un troisième, tortueux et tremblant. Red murmurait à mon oreille, les mains près de la barre, les deux autres criaient du bord de touche, pour ainsi dire, « *Alleeez !* », tandis que la barre montait, centimètre par centimètre. Lorsque mes bras furent totalement tendus, j'ouvris les mains et la laissai tomber en claquant sur les supports. Quand je me redressai, me cognant cette fois le front contre la barre, j'avais la tête qui tournait et j'agrippai la partie basse du banc pour garder l'équilibre. Ils poussaient des acclamations et applaudissaient comme si je venais de sortir du ventre de ma mère.

Je ne vivais plus que pour cette heure sur le banc avec les trois gars. Je pris le pli de les accompagner tous les jours dans un *diner* pour m'étoffer avec force laits maltés et tranches de rosbif après l'entraînement. Je marchais les jambes arquées et les pieds tournés en dedans, tout comme eux. Je m'achetai un petit sac de gym bleu comme les leurs. Quand ils se rendaient au *diner,* la tête enfoncée dans leurs énormes épaules, ils portaient ce menu sac bleu au bout de deux doigts recourbés. C'était ce sac de gym qui faisait d'eux des héros de bande dessinée plus grands que nature.

Le barbu était un ex-taulard qui avait pris l'hypnotisme comme matière principale au centre universitaire de premier cycle. Red était cuisinier dans ce même centre et la coupe en brosse était propriétaire d'une station-service. Membre du Ku Klux Klan, il avait collé sur son sac de gym ce slogan : « T'es au chomedu ? T'as faim ? Bouffe un écolo. »

Dès la deuxième semaine, je devins un habitué. Après avoir fait travailler mes biceps, j'aimais me pencher à la fenêtre donnant sur Exterior Street, les muscles bandés, l'air mort d'ennui. C'était davantage pour proclamer mon appartenance à l'institut que pour exhiber ma musculature, mais je sentais çà et là dans mon corps une densité qui n'y était pas auparavant, des renflements étrangers sur mes côtes et à l'arrière de la partie supérieure de mes bras.

Si ma vie semblait reprendre forme, je continuais à me prendre la tête pour mon père. Il ne me téléphonait jamais et, les rares fois où je l'appelais, il adoptait un ton poli et distant, comme s'il se sentait menacé.

Lorsque je lui appris que j'avais été embauché comme enseignant, il répondit « Vraiment ? » avec un léger étonnement, comme si je venais d'accomplir un exploit au base-ball.

Un soir, une semaine et demie après que j'avais commencé à fréquenter la salle de gym, je l'eus au téléphone et, au début de notre conversation, je lui parlai de cette salle, de mes nouveaux copains débiles, des différents exercices, etc., et dix minutes plus tard il me demanda :

– Tu fais un peu de sport, là-bas ?

– Je viens de te *dire*...

– Oui, oui, oui, pardon, pardon...

Je me rendis compte à cet instant qu'il avait encore peur

de moi, peur de provoquer ma colère. J'avais l'impression de flotter dans l'espace tel un astronaute coupé de son vaisseau spatial, tournoyant lentement et devenant de plus en plus petit.

Pour le week-end de la fête du Travail, début septembre, la salle de gym et tous les commerces étaient fermés, y compris les *diners* ouverts vingt-quatre heures sur vingt-quatre les autres jours. Il faisait trop chaud pour regarder la télé, j'avais vu tous les films qu'on projetait en ville, et je me retrouvai à la gare routière Greyhound devant un café, griffonnant sur ma nappe en papier un poème sur les chevelures emmêlées et les expressions endormies des passagers descendant des autocars, sur l'incroyable sous-culture de solitaires et de pauvres de ce pays, sur tous ces types portant des petites valises, des grosses boucles de ceinture et des tatouages obscurs. Aucun d'eux ne parle, sauf dans les cabines téléphoniques de la gare routière, où, les yeux plissés, ils lisent pour une standardiste des noms inscrits sur un bout de papier.

Une fois mon poème terminé, je pliai la nappe, la rangeai dans mon portefeuille. Pendant mes études, j'avais un peu écrit, surtout des poèmes, et j'étais plutôt bon, bon dans le sens « habile », mais je n'avais pas pris l'écriture au sérieux. Quelques profs m'avaient encouragé, notamment Jack, et cependant chaque fois que j'avais pondu quelque chose de « créatif » j'en avais ressenti de la gêne, comme si j'étais en fait un escroc.

Le lendemain de la fête du Travail, les étudiants commencèrent à arriver, et tel un ermite à longue barbe dans le désert je me réjouissais d'avoir de la compagnie. De l'étage des chambres des étudiants de première année, je regardais les voitures s'arrêter et décharger, beaucoup de grosses bagnoles, des Electra et des Chrysler, quelques Cadillac. Je repérai un père, lunettes de soleil et chaînette au cou, pantalon crème et mocassins de cuir blanc. Il sortait de son coffre les enceintes et l'ampli de son rejeton tandis que la mère, fumant une cigarette, noyait le futur étudiant sous les notes de service verbales tout en agrippant d'une main le col d'un petit frère énervé. Le père, penché au-dessus du coffre, se redressa, le temps d'une pause pour contempler, bouche bée, la vue impressionnante de montagnes et de tours, tandis que son fils, endimanché comme pour rendre visite aux grands-parents, ployait sous le poids d'une caisse de disques et marchait en canard vers les piaules.

Là-bas à Linoléumville, les étudiants diplômés n'appartenant à aucune confrérie retrouvaient leurs maisons et leurs piaules. Un gars portant des chaussures de chantier, un short kaki et un tee-shirt modérément politisé déchargeait une caisse de livres de poche d'un van déglingué et, avec un sourire ironique, la trimbalait devant trois mignonnes de troisième année en bain-de-soleil bon marché, tongs en caoutchouc et foulards antillais, assises, cigarette au bec, sur le large perron peint en gris de leur maison délabrée.

J'étais si reconnaissant de toute cette compagnie que je faisais les cent pas dans Exterior Street et dans les allées des résidences en claquant des mains sans vraiment m'en rendre compte.

Les inscriptions commencèrent le lendemain dans le gymnase et je fus finalement autorisé à prendre possession de mon lieu de travail : un bureau métallique gris, un siège pivotant sur un carré de plastique transparent destiné à protéger le sol, des étagères à hauteur réglables du sol au plafond pour les bouquins et un tableau en liège. Ma fenêtre donnait sur une petite cour où les secrétaires aimaient déjeuner. Après avoir roulé un quart d'heure dans mon fauteuil, je retournai à l'appartement prendre l'affiche sur le blocus de Berlin pour l'installer sur un mur de mon bureau. Je dénichai ensuite chez un brocanteur une curieuse lampe en bronze bulbeuse. J'achetai aussi un cendrier en forme de pneu, souvenir d'un stand de pneus américains à l'Exposition universelle de 1939. Pour mes étagères, je n'avais qu'une édition des années trente au dos noir et argenté, illustrée par Rockwell Kent, de *Moby*

Dick, un roman que j'essayais de finir depuis ma classe de première au lycée.

Au secrétariat du département d'anglais, je farfouillai avec de grands gestes dans le placard à fournitures, pris une agrafeuse, une boîte de crayons non taillés, une rame de papier et un carnet pour faire l'appel.

Je flirtai et je plaisantai avec la secrétaire, Fiona, une dame paisible et amicale dont j'avais gardé un vague souvenir. C'était elle en fait qui dirigeait le département d'anglais en assumant les fonctions de médiatrice officieuse, de reine de la photocopie, d'infirmière psy. Elle parvenait à me donner l'impression d'être le seul du département devant qui elle osait proférer des gros mots. Lorsque quelqu'un d'autre entrait dans le bureau, elle interrompait notre conversation d'un haussement de sourcils signifiant « Ne quittez pas » et s'adressait à l'intrus d'une voix officielle, tout à fait différente, tandis que je restais là à griffonner n'importe quoi en me sentant parfaitement intégré.

À midi, agrafeuse et crayons alignés sur mon bureau, mon unique livre rangé par ordre alphabétique dans ma bibliothèque, mon alliance avec la secrétaire bien établie, j'attendais le chaland.

Au bout d'une demi-heure à sursauter chaque fois qu'un étudiant passait devant ma porte, j'envisageai sérieusement d'aller racoler dans le couloir à la manière d'un marchand de tapis dans un bazar arabe.

Lorsque je sortis vraiment de la pièce, je me dirigeai vers le premier rectangle de lumière éclairant le sol du couloir, projeté pour mon malheur par la porte ouverte du Dr Aaron, fossile notoire et légendaire raseur. En passant devant le seuil de son bureau, je commis l'erreur de tourner la tête et m'arrêtai net devant l'extravagance de ses goûts en matière de décoration. Aaron, spécialiste du folklore dans le département, était, entre autres traits captivants, un dingue de livres absolu, et son bureau ressemblait à une caverne où s'accumulait une quantité vertigineuse de volumes rangés sur des étagères recouvrant les murs ou jonchant simplement le sol en tas épars, comme des souches d'arbre. Assis derrière sa table de travail, où, de chaque côté, s'élevaient deux hautes tours de bouquins dont l'inclinaison défiait les lois de l'équilibre, El Professor trônait, ventru et quinquagénaire. Avec son épaisse chevelure hirsute striée de gris, son bouc et ses lourdes lunettes noires, il ressemblait à un bison érudit.

Plongé dans la lecture d'une mince édition de poche de *La Saga de Njáll le Brûlé*, il ne remarqua pas mon ombre.

– Bonjour, dis-je en frappant à sa porte.

– Désolé, nous jouons à guichets fermés, répondit-il sans même relever la tête.

– Pardon ?

– Aucune section ne prend plus d'inscription.

J'avais peine à le croire.

– Non, je suis professeur, rectifiai-je en faisant un pas dans le bureau.

J'aimais la façon dont cette phrase sonnait.

Il finit par lever la tête, ses sourcils en brosses à chaussures arqués au-dessus de l'épaisse monture de ses lunettes. Je me frayai un chemin entre les souches livresques pour m'approcher du bureau.

– Je m'appelle Peter Keller. J'enseigne la compo anglaise. J'ai jugé bon de venir me présenter.

– Oh !

Il se leva avec bien du mal et me serra la main. Il portait un pantalon de toile grise d'une ampleur confortable, un mince pull à col roulé noir maintes fois lavé qui moulait son ventre proéminent.

– Asseyez-vous donc.

Il désigna une chaise couverte elle aussi de livres et me dit :

– Jetez-les simplement par terre.

De toute évidence, l'homme était à coup sûr installé depuis longtemps dans ses retranchements. En plus des étagères métalliques fournies par l'établissement, il possédait trois autres bibliothèques, vieilles géantes en noyer balafré munies de portes aux vitres biseautées. L'ambiance séduisait en moi le fan de ciné capable de regarder trois films d'horreur d'affilée en matinée.

— Ouais, j'ai une section de compo. J'ai obtenu mon diplôme ici il y a un an, mais je ne crois pas avoir suivi un de vos cours.

Il hocha la tête et caressa son bouc. Son regard pouvait être dirigé n'importe où derrière le camouflage de ses verres en cul-de-bouteille.

— J'ai voulu m'inscrire un jour à votre séminaire sur « Les Niebelungen », mais je n'ai pas été assez rapide. Vous avez dû afficher complet au bout de quelques minutes.

Il eut un petit sourire, sans pour autant rompre son silence. Je ne savais plus quoi dire. Je n'ignorais pas qu'il détestait Tolkien, mais je me sentais incapable de baratiner dans ce sens.

— Vous semblez très nerveux, finit-il par commenter.

Je fus à la fois étonné et ravi du caractère intime de la remarque.

— Je *suis* très nerveux, confirmai-je. Il est déjà arrivé qu'un prof vomisse pendant son premier cours ?

C'était du flan. Je n'avais même pas commencé à réfléchir aux plans de mes leçons, et je voulais qu'il me pose d'autres questions personnelles.

— Pas à ma connaissance.

Sa réponse paraissait clore le sujet. J'avais l'impression de me trouver à un rencard arrangé tournant au désastre.

— Je sais que beaucoup de sportifs vomissent avant un match important, repris-je. Après, ils se sentent en général plutôt mieux…

Les yeux baissés, j'imaginai Tolkien en maillot de foot agenouillé devant une cuvette de W-C. Je remarquai que tous les bouquins de la pile la plus proche de mes pieds étaient en allemand.

Aaron remua sur son siège, qui émit une suite de grincements.

— Du temps de Caligula, les Romains laissaient un poisson pourrir au soleil dans une coupe en argent. Au bout d'un jour ou deux, le poisson se décomposait en un liquide qu'ils appelaient *garum*. Et quand un Romain se sentait incapable de manger encore pendant une orgie, il buvait un peu de *garum*, vomissait et retournait se gaver.

— C'est dingue.

— Savez-vous quel nom anglais vient de *garum* ? poursuivit-il, sa voix prenant un ton rusé.

Les yeux au plafond, je songeais au peu qu'il me restait de quatre ans d'études.

— Vous donnez votre langue au chat ? dit-il, les bras croisés sur la poitrine.

Je haussai les épaules et répondis au hasard :

— *Gore* ?

— Exact !

Malgré l'ineptie de cette conversation, je me sentais extatique.

Une fille grasse à la mine triste au-dessus d'un double menton frappa à la porte ouverte.

— Désolé, toutes les places sont vendues, chantonna Aaron.

— Je sais, dit-elle d'une voix lasse. Je suis déjà inscrite.

Je me levai et arquai mon dos, qui protesta avec un craquement alarmant.

— Il faut que je retourne à mon bureau, annonçai-je.

— Savez-vous ce que l'anglais a fait du latin *cunnus* ? lâcha Aaron d'une voix soudain nerveuse.

Cunnus était la source étymologique de « con ». Choqué qu'il me balance ça devant une étudiante, je tentai de le sauver en feignant de ne pas l'avoir entendu. Vieux paillard. J'étais partagé entre dégoût et attendrissement pathétique.

— Revenez quand vous voulez, dit-il.

Il se leva pour me serrer la main, heurta une de ses tours branlantes qui se mit à osciller en un prélude à la catastrophe. Avant que je puisse intervenir, Aaron plaqua son menton sur le haut de la pile et l'enserra de ses deux mains pour l'étayer.

– Quand vous voulez, répéta-t-il.

– D'accord… Nous pourrions peut-être aller manger des moules, proposai-je.

Il ne saisit pas l'allusion.

Je regagnai mon bureau au petit trot et m'assis dans mon fauteuil en ressassant dans ma tête une vision d'Aaron en satyre balourd pourchassant des étudiantes boulottes timides. S'il ne m'avait pas interrogé aussi abruptement, aussi imprudemment, sur les errances du mot latin *cunnus*, je n'aurais pas été sidéré à ce point. Le choix incongru et maladroit du moment devait cacher une véritable peur panique, et sa question sur ma nervosité n'était peut-être qu'une autre réaction incontrôlée à ma présence. Il avait peut-être sauté avec reconnaissance sur la diversion que constituait mon interrogation sur le vomissement à travers les âges.

L'idée me vint que si j'avais vécu cette brève scène quelques années plus tôt, lorsque j'étais encore étudiant, je n'aurais probablement éprouvé aucune compassion pour cet homme. J'aurais quitté son bureau ravi de l'avoir vu se marcher sur le zob et je n'aurais retenu que le côté comique de l'anecdote. Je me sentis fier de moi.

Je passai le reste de la journée à alterner entre rester à mon bureau une demi-heure de rang et arpenter les couloirs en espérant tomber sur un collègue.

Au cours de ma sixième patrouille, une photo punaisée sur un tableau de liège me fit stopper net. Elle avait été découpée dans un magazine et montrait le visage maquillé à l'expression lubrique de Joel Grey dans *Cabaret*. Elle devait avoir été affichée moins d'une heure plus tôt parce qu'elle ne m'aurait pas échappé lors de mes rondes précédentes.

Je masquai de ma paume la plaque de nom en cuivre et tentai de deviner l'identité du prof. J'avais la certitude que c'était quelqu'un que je connaissais, parce que cette photo provoquait en moi un afflux de mises en connexion, d'images brumeuses. *Cabaret*. Les nazis. L'Allemagne. Les années vingt. Qui. Qui. Crown ! Ça ne pouvait être que lui. J'écartai ma main de la porte avec autant de précaution que si j'avais attrapé une mouche et en découvrant que j'avais vu juste je fis un petit bond de triomphe. Bill Crown était l'un des meilleurs professeurs que j'aie eus en seize années d'études. Son domaine était le théâtre contemporain, et le séminaire sur Brecht que j'avais suivi sous sa gouverne en troisième année méritait de figurer au Panthéon de l'enseignement. Je frappai à sa porte sans vraiment m'attendre à ce qu'il soit dans son bureau et, quand j'entendis « Entrez », je me mis à baliser.

– Salut ! lançai-je avec un sourire d'une oreille à l'autre.

Parcourant des yeux une feuille ronéotypée, les pieds croisés sur son bureau, il était tellement renversé en arrière dans son fauteuil que je me demandai s'il n'attendait pas son dentiste. Il me regarda comme si j'étais un téléviseur débranché et je me sentis blessé de n'être pas reconnu.

– Je m'appelle Peter Keller, j'ai participé à votre séminaire sur Brecht il y a deux ans...

Mon ego meurtri rendait ma voix hésitante.

– Je sais, répondit-il d'un ton froid avant de retourner à sa feuille ronéotée.

Je me sentis rougir de confusion parano. Si ma mémoire était bonne, je n'avais niqué ni sa femme ni sa fille. Je n'avais jamais médit de lui derrière son dos. Je restais planté là comme un jambon tandis que Crown continuait à lire sa feuille, se grattant distraitement le nez comme si j'étais déjà parti. De dépit, je lui demandai si je pouvais m'asseoir, ce qui me valut un infime haussement d'épaules indifférent.

Faute de trouver une attitude appropriée, je décidai de la jouer comme lui. Je m'assis, croisai les mains sur mon ventre et fis l'inventaire des lieux avec une expression d'assurance ennuyée. Malgré les bibliothèques surchargées et les deux affiches de théâtre aux murs, le bureau donnait une impression d'espace nu mais de bon goût. Les livres étaient rangés par taille décroissante sans tenir compte du sujet ni de l'auteur, système d'une précision maniaque que je trouvai dépourvu de tout sens pratique. Les deux affiches étaient en parfait état et protégées par des plaques de verre sans cadre. Constituant lui-même un élément du décor, Crown était d'une beauté inquiétante, avec un visage aux traits si finement dessinés qu'il avait presque l'air efféminé. Âgé de quarante-cinq ans, il en paraissait trente, avec sa peau sans défaut un rien hâlée, son physique svelte et nerveux de chat de gouttière. Il portait des vêtements coûteux aussi impeccables que ses affiches. D'ailleurs, quelque chose me titillait dans ces affiches.

L'une annonçait en allemand une représentation d'*En attendant Godot* à l'université de Heidelberg : lettres blanches sur une photo sombre du profil d'oiseau de proie de Beckett. L'autre était une vraie pièce de collection : *Waiting for Lefty*, du dramaturge américain Clifford Odets, vintage, années trente, lettres noires sur fond rouge sang. Sous la distribution, une réunion syndicale vigoureuse, les prolos dessinés à grands traits puissants.

Je les examinais, tellement frustré par mon incapacité à mettre le doigt sur ce qu'elles me rappelaient que j'abandonnai mon numéro d'ennui blasé pour me pencher en avant et me gratter furieusement une joue.

Je portai ensuite mon attention sur les livres des étagères du fond de la pièce, dont je m'efforçai de déchiffrer les titres. Au milieu de la deuxième rangée, je repérai le dos noir familier de l'édition de poche de *L'Opéra de quat' sous*, et soudain la lumière jaillit. Ce n'étaient pas les affiches, c'étaient les titres des pièces. Trois ans plus tôt, dans un bar, après les cours, Crown en avait fait un jeu de mots, une plaisanterie d'homme ivre dégoûté de lui-même, un aparté mineur dans un cauchemar alcoolisé de deux heures auquel il avait pris part avec dix de ses étudiants, une soirée si glauque et déstabilisante qu'elle méritait que son souvenir en soit à jamais refoulé.

Crown avait un jour sidéré tous les étudiants de son séminaire quand, au milieu d'un cours sur *L'Opéra de quat' sous*, il avait balancé le texte de la pièce par-dessus son bureau et s'était lancé dans un pot-pourri des airs de Kurt Weill, se donnant corps et âme, rôdant entre les chaises tel un prédateur sexuel, interprétant la chanson de Mackie d'une voix de crooner, puis se transformant en daron de Polly Peachum pour chanter les joies de la pauvreté et de l'infirmité.

Après le cours, nous l'avions traîné dans un bar et bombardé de questions sur son passé avant l'université. Il nous avait répondu par des grognements boudeurs en s'enfilant des verres de vodka cul sec comme un Russe. Ce ne fut qu'une fois complètement ivre qu'il nous narra la triste histoire de sa carrière artistique : piano-bar dans les restaurants, pubs à la radio, interprétation du capitaine Macheath dans *L'Opéra des gueux* au New Haven Theater tout en préparant un master d'art dramatique à Yale, puis trois ans à New York et à Boston, dont le point culminant fut d'être en tournée la doublure de la folle perdue dans *Les Garçons de la bande.*

Lorsqu'une fille torchée au rhum et à la coke avait fondu en larmes, il lui avait tapoté la main en disant : « Ce n'était pas si moche, finalement. J'ai même refusé deux rôles… Lefty dans *Waiting for Lefty* et Godot dans *En attendant Godot.* » À l'époque, les deux affiches ne décoraient pas encore son bureau.

Au moment où nous allions reconduire Crown chez lui, un autre étudiant bourré avait entrepris de le sermonner : il n'était pas fini, il croyait seulement l'être, il ne devrait pas être ici, il devrait être *sur scène.* Crown avait réagi en décollant sa moumoute de son crâne et en l'expédiant dans la figure du jeunot, puis il était sorti, nous laissant contempler son postiche retombé sur une table, marmotte gisant sur le dos.

Nous avions tous été tellement traumatisés qu'au cours suivant, quand Crown s'était pointé avec une autre perruque, tout le monde souffrait d'amnésie sélective. En fait, je ne me souviens pas que nous ayons eu sur le sujet une seule conversation, détachée ou sérieuse, pendant le reste du trimestre.

Trois ans plus tard, assis dans son bureau, la pulsion de refouler ce souvenir demeurait si forte que je n'arrivais pas à porter mon regard à hauteur de la naissance de ses cheveux.

Toutefois, je tenais au moins une explication pour son accueil glacial : j'avais été témoin. Je me sentais frustré de ne pas pouvoir lui dire que je l'admirais, que ce qui s'était passé dans ce bar n'y changeait rien.

– Qu'est-ce qui me vaut l'honneur de cette visite ? maugréa-t-il de mauvaise grâce, le nez toujours dans sa feuille.

– Je fais partie du personnel enseignant, maintenant. Petty m'a pris comme assistant.

Cessant de la jouer front arctique, il m'accorda soudain son attention et me regarda avec une consternation étonnée.

– Vraiment ?

– Vraiment.

Il consulta ostensiblement sa montre et, deux secondes avant qu'il ouvre la bouche pour m'inviter à sortir de son bureau, je pris mon essor et me dirigeai vers la porte.

– Faut que j'y aille. J'étais juste passé dire un petit bonjour...

Il ne fit pas mine de me raccompagner.

Assis derrière mon bureau, je ruminais l'affaire Crown[1] lorsque j'entendis une dispute opposant Tony Fonseca à quelqu'un qui, d'après sa voix, devait être un individu plus âgé de sexe masculin. Fonseca avait lui-même été mon prof de compo et ma première impulsion fut de sortir dans le couloir pour me présenter de nouveau à lui. Quelque chose me conseilla cependant de ne pas bouger.

– Mais c'est *mon* bureau !

– Ah ouais ? répliqua Fonseca de sa voix traînante. Tu le veux, ce bureau ? Alors va à Boxely Hall dire à ces enfoirés de peintres de débarrasser le bazar qu'ils ont mis – les échelles, les seaux, les rouleaux, les toiles, tout le toutim – dans la 220 pour que je puisse m'y installer comme prévu, et ce burlingue de merde sera à toi. En attendant, c'est mon dernier domicile connu... alors... j'y suis, j'y reste.

1. Allusion au film *L'Affaire Thomas Crown* (1968).

– C'est *mon* bureau ! tempêta de nouveau le type sur fond de bruissement de papiers. C'est indiqué sur le plan de répartition ! J'ai des étudiants qui doivent venir ! Où suis-je censé les recevoir ?

– Je vais t'expliquer ce que tu devrais faire, Mossi, répondit Fonseca d'un ton faussement impuissant.

Mossi. Spécialiste de la période élisabéthaine. Les étudiants le rendaient dingue en rebaptisant l'interminable poème d'Edmund Spenser[1] « La reine des Pets ». Mossi, une tête de nœud au teint violacé, né pour torturer et être torturé en retour.

– Mais c'est *maintenant* que mes étudiants doivent venir !

– Ça, c'est ton problème, mon vieux... Pourquoi ne pas les recevoir sous les branches du châtaignier ? Je te laisserai mettre une note sur ma porte.

Fonseca, lui, était né uniquement pour torturer.

Mossi s'étrangla sur quelques marmonnements d'indignation impuissante, finit par se ressaisir assez pour prononcer cet avertissement :

– Je me plaindrai au Dr Petty !

On aurait dit la menace d'un enfant de six ans.

– Fais ça, oui.

J'entendis Fonseca refermer sa porte, selon toute vraisemblance au nez de Mossi.

L'élisabéthain repartit d'un pas rageur. Dans le bref instant où il s'encadra dans le chambranle de la porte, je crus voir la figure de proue ratatinée d'un antique navire de guerre : la tête en avant, les dents serrées, ses cheveux gris coupés en brosse complétant joliment son teint violacé. Je me sentis désolé pour ses étudiants : il leur fixerait probablement un examen de milieu de trimestre dès leur premier cours.

Quand j'étais en première année, j'appréciais Fonseca comme prof parce que c'était le roi de l'irrévérence, brillant et vif, mais je n'avais jamais copiné avec lui parce que son

---

1. Poète anglais, auteur de « La reine des fées ».

numéro de gars cool de la grande ville ressemblait trop au personnage que j'avais adopté et que j'avais toujours l'impression qu'il se moquait de moi.

À dix-sept ans, jeune gars du Bronx et de Yonkers, j'étais intimidé par les origines internationales ou prestigieuses des autres étudiants – Hong Kong, Texas, Angleterre, écoles préparatoires épiscopaliennes –, par les types aux cheveux longs qui chevauchaient des Harley Davidson, par ceux qui pratiquaient des sports dont je n'avais même jamais entendu parler, comme le rugby, et pour garder la tête hors de l'eau j'avais mis le paquet sur mon identité de débrouillard du Bowery, exagérant le côté sordide du quartier et minimisant les agréments classe moyenne de notre appartement.

Le cours de Fonseca était le seul où j'étais totalement incapable de faire mon numéro – à malin, malin et demi, je suppose. Pourtant, une grande partie des autres étudiants moins intimidés que moi avalaient son numéro jusqu'à la garde et le suivaient partout comme des canetons. Sorte d'écrivain-raté-en-résidence, il mettait toute son énergie créative à cultiver un charisme de Jeune Joueur de Flûte de Hamelin en colère.

La plupart de ses courtisans avaient grandi dans les cinq boroughs new-yorkais et se comportaient en sa présence comme des joueurs de conga, émaillant leur langage de mots déformés, d'inflexions afro-américaines ou latinos, alors qu'ils avaient d'excellents dossiers scolaires et appartenaient pour l'essentiel à la classe moyenne juive. Ils marchaient comme lui avec un roulement des hanches affecté, les sourcils haussés en une expression ironique, et débitaient des vannes à la chaîne sur les étudiants petits-bourgeois ou venus des banlieues résidentielles alors qu'ils provenaient eux-mêmes en majorité de Tennisville. Ils tenaient des propos désinvoltes sur les méchants négros et les métèques branchés, professaient un racisme cool, moitié mépris moitié crainte admirative – rien que de la frime. Et ils étaient intarissables sur les minettes juives. Les autres disaient « la jap, là » ; la bande à Fonseca disait « la minette juive ». Je le voyais descendre le couloir de sa démarche chaloupée, vêtu de son trois-quarts en cuir marron, escorté de ces gars qui, la bouche en coin, se répandaient en racontars pour le plus grand plaisir de l'empereur.

Fonseca avait l'air d'un voyou de quarante ans, d'un cogneur basané, on ne le voyait jamais sans son trois-quarts en cuir, hiver comme été.

Le fait que la plupart des profs perçaient son numéro à jour et n'avaient pour lui que mépris ne faisait que jouer en sa faveur. Sa cour estudiantine n'était surpassée que par celle de Gros Jack.

Après le départ de Mossi, j'étais encore tenté d'aller frapper à la porte de Fonseca, mais je finis par remettre cette visite à plus tard parce que j'étais encore sous le coup de l'épisode Crown. Un tour par jour chez les crétins suffisait amplement.

À seize heures quarante-cinq, Jack entra dans mon bureau d'un pas allègre, vêtu d'une chemisette ornée de chanteurs de calypso, son cigare éteint entre les dents, la peau brunie par le soleil.

— Prêt pour le départ, petit ?

— Vous avez l'air en grande forme, Jack.

— J'ai passé un week-end extra, j'ai pêché un calmar géant, nom de Dieu.

— Je n'ai pas eu beaucoup de clients...

— Tu as fait le plein. C'est automatique : on répartit toutes les premières années dans chaque section de compo. Tu manqueras pas d'étudiants, t'inquiète pas.

— C'est parti, alors ?

Je saisis mon agrafeuse, ma boîte de crayons, et déclarai :

— Ils peuvent venir, les Freddy, les Jim...

Jack s'esclaffa. Lorsqu'il se tourna vers la porte, les chanteurs tournoyants de sa chemisette me donnèrent l'impression d'avoir laissé un manège s'introduire dans mon bureau.

— Une dernière chose, dit-il en tapotant de son alliance l'encadrement de la porte. J'ai déménagé.

— Vous êtes retourné chez votre femme ?

Il me sourit d'un air penaud, presque comme s'il s'excusait.

— Je t'expliquerai un jour...

Je n'avais aucune idée sur la façon d'enseigner la composition anglaise. Le manuel que j'avais acheté était mortellement chiant et j'étais moi-même incapable de faire la plupart des exercices. Je me rendis compte que je n'y connaissais rien, en grammaire comme en syntaxe. De manière purement instinctive, je savais construire une phrase, rédiger un exposé, voire bâtir une thèse, mais je ne savais absolument pas comment condenser, abstraire, analyser les éléments du discours. Qui plus est, je n'avais aucune envie de m'y mettre. C'était rasoir à vous filer la migraine.

Le lendemain matin, je me rendis au secrétariat du département d'anglais avec l'idée délirante que je me ferais huer et traiter d'escroc au bout des dix premières minutes de mon premier cours.

— Vous semblez morose, me dit Fiona avant de souffler sur sa tasse de café fumante.

Devant elle bourdonnait une de ces machines à écrire IBM à six millions de dollars aussi énorme qu'un ordinateur.

— Je sais pas comment donner un cours de compo anglaise.

Elle haussa les épaules.

— Ne vous tracassez pas. Faites simplement ce dont vous avez envie.

— Ouais, mais je suis nul en grammaire...

— Qui s'y connaît en grammaire ? Écoutez, le plus souvent, les profs font cours sur ce qu'ils aiment. Brown fait lire Fitzgerald à ses étudiants. Carpenter les divise en groupes de discussion. Fonseca leur fait écrire des histoires, Miller des poèmes...

— Ça me plaît, les histoires... Je peux faire ça ? Je peux leur faire écrire des histoires ?

— Bien sûr. La compo anglaise, tout le monde déteste ça, et tout le monde doit l'enseigner... Alors, prenez du plaisir. Vous leur en apprendrez plus si vous vous amusez.

– Et Jack, comment il enseigne la compo anglaise ? Il leur fait lire *Fanny Hill* et Mickey Spillane ?

– Euh… Jack a horreur de la compo anglaise encore plus que les autres. Il ne l'enseignera pas cette année.

– Parce qu'il est président ?

– Non, parce qu'il vous a recruté pour faire sa section.

Je me sentis titillé par cette petite arnaque.

Mon premier cours fut une catastrophe. Vingt-quatre jeunots assis autour de trois tables disposées en U dans une agréable salle ensoleillée. Je les fis se présenter et expliquer d'où ils venaient. J'en avais huit de Long Island, quatre du nord de l'État, huit de Westchester, un de Chicago, un d'Atlanta, deux d'Orange, New Jersey, et un de Madras, Inde.

Neuf heures du matin, lundi : pour la plupart d'entre eux, c'était donc leur premier cours de fac. Je les regardai puis déclarai en toute sincérité :

– Vous n'imaginez pas comme c'est bizarre pour moi de me retrouver de l'autre côté du bureau.

Cascade de rires. Ils auraient probablement autant ri si je leur avais ordonné « Sortez vos cahiers », mais comme je chiais moi-même des braises je pensais faire un tabac en leur balançant la merde direct, et sans plus de cérémonies je me lançai dans une longue tirade pour leur livrer le fin mot sur l'établissement.

Ma vie dût-elle en dépendre, je suis incapable de dire pourquoi je m'imaginais qu'ils apprécieraient que leur premier prof universitaire, moi en l'occurrence, leur révèle que la moitié du personnel enseignant était sénile, qu'ils oublieraient quatre-vingts pour cent de ce qu'ils apprendraient pendant quatre ans, qu'ils ne devaient pas laisser les attentes de leurs parents leur dicter leurs choix – tu peux parler, tiens – et que s'ils étaient assez intelligents pour avoir été admis à Straight ils l'étaient aussi pour y réussir, mais qu'en définitive, c'était à eux de décider si ça en valait la peine. Les rires que j'avais suscités au début mourant l'un après l'autre, je tentai de me montrer plus irrévérencieux encore, mais j'eus beau redoubler d'efforts ils s'éteignirent tous. La moitié des étudiants qui, dix minutes plus tôt, se tenaient droit comme des piquets étaient à présent penchés au-dessus de leur table, une joue appuyée sur une paume. J'allais céder à la panique, convaincu de les plonger dans un ennui mortel, quand une jeunette d'Atlanta se dressa, les larmes aux yeux, et m'asséna : « Alors, je me demande ce que je fais ici ! » Puis elle rassembla ses affaires et sortit de la salle en claquant la porte. Les autres gardèrent le silence et leurs diverses positions avachies, certains choqués, d'autres approuvant. Vibrant comme un diapason, je leur marmonnai – ou je leur criai, peut-être – de me rédiger un texte de cinq cents mots sur un lieu où ils n'étaient jamais allés et je quittai la salle.

Sans perdre un instant, je montai dans ma voiture pour me rendre à mon club du développé incliné. Tournant autour de l'appareil en braillant des encouragements à Red, je tremblais de tout mon corps comme si j'avais la grippe. Le Bombardier fou s'attaque au monde de l'enseignement et fait exploser en vol un groupe de vingt-quatre étudiants de dix-huit ans en leur racontant un ramassis de conneries pendant une demi-heure. Je n'arrivais pas à chasser de mon esprit l'image de cette classe ravagée par le désespoir, la sortie en pleurs parfaitement justifiée de cette étudiante, et quand je m'allongeai à mon tour sur le banc je ne parvins pas même à décoller la barre de ses supports.

Jimmy, l'homme du Klan, m'assistait, les deux autres, que je voyais à l'envers, attendaient que je m'y mette vraiment. Mes mains me faisaient mal comme si j'avais de l'arthrite. Soudain je me rendis compte que je ferais mieux d'aller trouver chacun de mes étudiants pour lui présenter mes excuses, en commençant par la fille d'Atlanta, au lieu de rester la tête en bas avec devant les yeux l'entrejambe d'un raciste limite malade mental. Je me redressai, invoquai en marmonnant des maux d'estomac et me précipitai hors de la salle.

Comme j'avais oublié de procéder aux inscriptions, qu'il n'y avait pas encore de liste de classe et que je ne me souvenais d'aucun nom, je restai assis dans mon bureau, la porte grande ouverte, dans l'espoir qu'un de mes étudiants viendrait me remonter les bretelles. Je passai une partie de l'après-midi dans cette pièce gris acier, perdu dans une brume de culpabilité. Le reste du temps, j'arpentais les couloirs, passant par instants la tête dans le local du syndicat des étudiants en cherchant quelqu'un devant qui je pourrais faire amende honorable. J'allai au secrétariat dans l'intention de raconter toute l'affaire à Fiona comme si elle avait le pouvoir de me disculper ou de me punir, mais elle était occupée avec d'autres étudiants. Deux nuits de suite, je cauchemardai sur la fille d'Atlanta.

Le mercredi matin, j'étais dans ma classe à neuf heures moins le quart. Chaque étudiant qui y entrait d'un pas tranquille était à mes yeux un pardon incarné. Ceux qui m'adressaient un salut de la tête, je devais me faire violence pour ne pas me jeter à genoux devant eux. Lorsqu'ils eurent pris place, je découvris avec stupeur qu'ils avaient rédigé le texte que je leur avais demandé. Aucun d'eux ne me lançait de regard mauvais, quelques-uns conversaient aimablement entre eux, les oiseaux gazouillaient de l'autre côté de la fenêtre.

– Bien… Avant de nous mettre au travail, je tiens à vous présenter mes excuses pour les absurdités que j'ai déversées sur vous l'autre jour. J'étais nerveux, pour moi aussi c'était mon premier cours et j'avais encore la gueule de bois des bringues de l'été. Cela dit, je n'avais aucun droit de vous tenir des propos aussi désinvoltes. Je crois que je flippe autant que vous d'être ici, j'ai disjoncté…

La classe gardait le silence.

Je n'arrivais pas à m'arrêter, convaincu que deux phrases de plus résoudraient le problème. Après dix minutes de discours larmoyant, je me rendis compte que je les faisais suer avec mes salades. Je sortis du confessionnal et me forçai à faire le compte des présents. Mon discours du lundi m'avait fait perdre quatre étudiants, la fille d'Atlanta comprise.

Malgré mon envie de continuer à pleurnicher, je devais serrer les dents et commencer mon cours.

– Bon, l'ennui avec les excuses, c'est que ça peut devenir addictif. On y prend goût et je pourrais continuer comme ça jusqu'au milieu du prochain trimestre... Bref, disons qu'aujourd'hui, c'est le premier jour et que ce cours est le premier. Voici comment nous allons procéder à chaque fois. Je vous donne une esquisse à rédiger. Au cours suivant, nous charcutons ensemble quelques-uns de vos textes et je démolis le reste dans l'intimité luxueuse de mes appartements.

Je les fis lire leurs œuvres à voix haute et je me sentais encore si mal que je couvris d'éloges chacun de ces textes plats et monotones.

Une demi-heure après le début du cours, trois étudiants firent irruption dans la salle, essoufflés, les joues en feu, bredouillant des excuses, un pneu à plat, une panne de réveil...

Soulagé, je me renversai en arrière. De bonnes nouvelles dans trois circonscriptions de plus. Apparemment, nous n'avions perdu qu'Atlanta. Mon moral recommença à grimper et le tour de table se poursuivit, chaque texte meilleur que le précédent, jusqu'à ce que les deux derniers, une maison hantée dans le New Jersey et un bar irlandais à Boston, nous apparaissent l'un comme une nouvelle digne d'Edgar Poe dans sa meilleure période et l'autre comme un texte qui aurait pu figurer dans *Gens de Dublin.*

– C'était très bien, vraiment... Si vous avez besoin de me parler en dehors de la classe, mon bureau est le B-33. Vous m'y trouverez tous les après-midi les jours de cours, ou sinon à l'Institut de mise en forme Zybysko, sur Exterior Street, ou dans le centre commercial de Plunkett en quête du bar à salades idéal... Des questions ? Non ? Bon, pour vendredi, je veux que vous alliez à la gare routière Greyhound, que vous observiez les gens, que vous me décriviez ce qui se passe entre eux, et je vous promets que, désormais, le seul conseil que je vous donnerai sur des questions ne relevant pas de cette classe de compo anglaise, ce sera du genre « Ne vous asseyez pas sur des cuvettes de W-C inconnues sans recouvrir d'abord la lunette de papier toilette ». Vous pouvez disposer.

Je sortis de la salle au comble du bonheur. L'après-midi, je fis un développé de quarante kilos et accablai Red d'encouragements si ardents que tous les membres de l'institut tournèrent la tête sur la tourelle de leur cou au son de ma voix.

La classe était une pure partie de plaisir. Je leur donnais trois textes à écrire par semaine, non parce que je m'étais transformé en tyran, mais parce que j'aimais ça. Je corrigeais soigneusement chaque histoire, avec une franchise totale sur leur travail, qui ne cassait pas des briques. Ils étaient tous brillants, mais ils n'avaient pas grand-chose à dire. L'écriture était intelligente, mais dépourvue de poids : les habits du dimanche sans avoir nulle part où aller. Je continuais à attendre dans mon bureau, où peu d'entre eux vinrent me voir. Pas de problème, la classe était sur ses rails.

Si je me révélais incapable d'enseigner quoi que ce soit, j'étais drôle et j'en savais plus que mes étudiants. Je leur racontais au moins une longue anecdote personnelle ou une connerie quelconque à chaque cours. Ce n'était pas exactement « un boulot de rêve », mais comparé aux jobs de merde que je m'étais tapés avant je me sentais aussi bien loti que le secrétaire général de l'ONU.

Le soir, je traînais parfois au Ratskeller[1] du coin, situé sous le local du syndicat des étudiants, buvant de la bière dans des gobelets en carton géants et jouant au flipper avec les étudiants de ma classe sur qui je tombais. Pourtant, ça me donnait la chair de poule de les fréquenter. Ça rendait tout le monde nerveux. Durant ce premier mois, je passai aussi quelques soirées avec d'autres profs, rien cependant qui brisât le mur du son.

Curieusement, la soirée la plus déprimante pour moi fut celle où je dînai chez David Howard, le prof du départe-

1. Nom donné aux tavernes en sous-sol dans les hôtels de ville des pays de langue allemande.

ment d'anglais qui m'était le plus proche en âge. À tout juste vingt-six ans, il venait d'obtenir un doctorat en sémiotique à Princeton. Il avait une femme qui enseignait à l'école vétérinaire et un fils de six mois. Les Howard étaient des gens bien, curieux de tout, vifs d'esprit et prêts à rire à la moindre ébauche de plaisanterie. Malgré le charme indéniable de ce couple, cette soirée eut un effet désastreux sur ma psyché. Sans être des parents gâteux, ils n'arrivaient pas à cacher leur étonnement, leur fascination pour la moindre fonction motrice, la moindre réaction au monde de leur bébé. L'enfant paraissait devant nos yeux éblouis, encore et encore, et si l'empathie des parents avec ce môme avait été un poil plus intense ils auraient porté des Pampers. Ils faisaient de la famille nucléaire et de l'éducation des enfants de véritables miracles, des expériences béatifiantes. Tout cela me semblait fort éloigné des réalités et des besoins de ma propre vie, quels qu'ils aient pu être.

Le lendemain, dans une tentative pour passer au moins une soirée en société dont je sortirais en me sentant bien, j'entrai tel un ouragan dans le bureau de Gros Jack et le priai instamment de m'inviter à dîner le plus tôt possible. En bon citoyen qu'il était, il résolut de s'y mettre le soir même.

Lorsque je retournai à son bureau vers dix-huit heures, comme prévu, il était en grande conversation avec Fonseca et je restai dans l'antichambre déserte sans annoncer ma présence. Assis sur le bureau de Jack, portant son éternel trois-quarts en cuir sur un tee-shirt blanc, Fonseca gardait les yeux baissés sur une de ses jambes, qu'il agitait. Il paraissait nerveux. Jack était renversé dans son fauteuil, le front plissé, une main devant la bouche. Ils parlaient à voix basse et d'où j'étais je ne pouvais rien saisir de ce qu'ils disaient, mais il y avait dans leur ton confidentiel une intimité qui m'excluait, une maturité d'adultes, inaccessible pour moi, qui me rendait jaloux. Incapable d'imaginer une telle relation entre Jack et moi, j'eus envie de lui poser un lapin pour le dîner.

Un moment, Fonseca éleva la voix :

– Qu'est-ce que je suis pour eux, bordel ? Un grand prêtre ? Qu'est-ce qu'ils veulent de moi ?

Jack répondit par un haussement d'épaules impuissant et un geste mou de la main.

Lorsque Fonseca se leva en chancelant et renfonça distraitement son tee-shirt sous sa ceinture, je me précipitai dans un coin de l'antichambre et il ne remarqua même pas ma présence en sortant.

Sur le chemin de la maison de Jack, je boudai ostensiblement, mais Jack était le genre de type qui laisse aux gens une marge émotionnelle telle qu'il aurait fallu que je retienne ma respiration et me mette à gigoter par terre avant qu'il envisage de me demander ce qui avait bien pu me contrarier à ce point.

La grande bâtisse de Classes-sup-Ville était meublée dans le style moderne des vitrines de grands magasins : fauteuils anciens flambant neufs, canapés d'angle tendus de coton écru, lampadaires à tige en bois surmontée d'un globe et tables en agglo mélaminé de fabrication industrielle. Le genre de déco qu'on admire pour sa propreté. Nancy, son épouse, était une petite bonne femme contente de soi, arborant pour l'heure sous sa coiffure de lutin inoffensif un onctueux sourire de triomphe dû au retour de Jack.

Après trois verres, j'étais trop parti pour rester confiné dans ma bouderie, mais celle-ci fut remplacée par une irritation croissante envers les deux Petty. Jack était quasiment incapable de masquer ses sentiments et pendant toute la soirée il donna l'impression de présenter des excuses, non à sa femme mais à moi. Chaque regard penaud qu'il lançait dans ma direction me donnait l'impression qu'il pensait m'avoir déçu en retournant chez sa femme, et son embarras m'énervait autant que la jubilation silencieuse de sa femme.

Une fois détendu par l'alcool, je n'eus plus qu'une envie : qu'il me rapporte mot pour mot sa conversation avec Fonseca. Non parce que je me souciais des problèmes de Fonseca, mais parce que je voulais déchiffrer le code de leur intimité, de ces murmures entre adultes qui me rejetaient, comme si on me présentait une fois de plus le menu enfant.

Je ne pus toutefois pas aborder la question, Nancy s'arrangeant pour rester constamment dans la pièce avec nous. Détectant la gêne de Jack envers moi, elle ne nous laissait jamais seuls. En sa présence, je n'osai même pas dire un mot sur les autres profs, parce que je savais que si elle me trouvait trop menaçant pour son foyer heureux elle répéterait mes médisances à tout le département.

Lorsque vint le moment de passer à table pour un dîner de pain de viande accompagné de pommes sautées, j'étais engagé dans une guerre sournoise contre Nancy dont son mari était l'enjeu.

— Hé, Jack, vous vous souvenez de la fois où vous avez écrasé votre trompette ?

En posant la question, j'avais le regard rivé à Nancy, qui haussa un sourcil et lui servit une autre tranche de pain de viande.

— Ouais, cette soirée ici, poursuivis-je. Vous ne vous rappelez pas ? Vous étiez complètement pété, vous avez pris votre trompette et vous vous êtes affalé avec dans la baignoire après nous avoir joué « Tijuana Taxi ». Il a fallu qu'on s'y mette à quatre pour vous en sortir.

Je m'esclaffai, sincèrement amusé par l'évocation de ce souvenir.

— Elle était tout aplatie, on aurait dit un médaillon.

Jack gémit, l'air mal à l'aise, avec une grimace signifiant « Si tu le dis… ».

— Tu pourrais peut-être nous jouer quelque chose après le dîner, suggéra Nancy, tout sourire.

Aussi saignants que fussent les souvenirs de bringue que je déterrais, Jack réagissait en faisant le délicat, comme si on lui avait mis un doigt dans le cul, de sorte qu'au moment de prendre congé j'étais prêt à rendre les armes devant sa femme.

Jack me raccompagna à ma voiture, une main sur mon épaule comme s'il s'était foulé la cheville.

J'étais au bord de l'explosion, mais quand, me tournant vers lui, je vis son expression navrée, je n'eus d'autre ressource que de le serrer dans mes bras aussi fort que je pus en déclarant :

– Putain, je vous aime de tout mon cœur, Petty.

Il me rendit mon étreinte en me balançant d'un côté à l'autre comme s'il allait me chanter une berceuse.

Lorsque nous nous écartâmes l'un de l'autre, il sourit pour la première fois de la soirée et m'ébouriffa les cheveux, ce qui faillit me faire valdinguer sur le trottoir.

– Il a fallu *six* gringalets comme toi pour me sortir de cette baignoire. À quatre, vous n'auriez même pas réussi à me changer de côté.

Je traînais *vraiment* dans le centre commercial de Plunkett. J'aimais flâner sous son dôme, avec sa musique d'ascenseur en fond sonore, je m'y rendais au moins deux soirs par semaine comme on va à la fête foraine. En gros, je partageais ma vie entre ma classe et Zybysko. Elle aurait pu être un peu plus riche, cette vie, mais, comparé à ce que j'avais connu avant, le mois de septembre fut carrément au petit poil.

La première semaine d'octobre, toutefois, j'eus l'impression que ça foirait quelque part. Tout commença le soir où j'allai voir un film d'horreur sur le campus. *Le Harceleur* était projeté pour la première fois sur la côte Est, avec une avant-première à Straight parce que son jeune réalisateur, Rom Braverman, y avait été étudiant. Il était en fait de ma promo mais je ne l'avais pas connu. Le film était plutôt effrayant, tourné en noir et blanc avec des inconnus, une étrange bande-son discordante faite d'un saxo aux notes perçantes, d'une batterie et de ce qui semblait être le bruit d'un verre jeté dans un puits de mine équipé d'une chambre d'écho. Le gars était un type sans visage armé d'un couteau qui terrorisait tout un immeuble, d'où quantité de hurlements, pléthore de plans beuh au hasard de portes brusquement ouvertes, de gens courant dans des couloirs labyrinthiques au fil d'incessants tournants. Pourtant, il y avait quelque chose dans l'atmosphère de ce film, son dénuement, sa médiocrité même, qui le rendait mémorable.

Lorsque les lumières se rallumèrent, Horace Dooley, le chef du département cinéma, perpétuellement ivre, foulard autour du cou, se planta devant l'écran pour annoncer que Rom Braverman en personne était présent ce soir et qu'il répondrait aux questions dans une des salles du haut. Un murmure de surprise ravie parcourut l'auditorium, sans que j'y contribue, et la plupart des spectateurs montèrent au premier.

Rom était assis dans un fauteuil devant une vaste cheminée, tournant le dos aux flammes, si bien que son corps penché en avant, coudes sur les bras du siège, doigts disposés comme pour un jeu de figures avec une ficelle, semblait encadré de langues de feu. J'étais sûr qu'il avait recherché un effet Prince des Ténèbres, car du fond de la salle, où je me trouvais, on avait l'impression que le fauteuil était en feu et qu'il nous parlait depuis sa salle de séjour en enfer.

Posté à côté du trône de Braverman, Dooley nous expliqua de sa voix jacassante que le film avait été tourné en quatre semaines avec un budget de deux cent mille dollars, qu'il ne sortirait à New York que dans trois jours mais qu'il avait déjà rapporté deux millions et demi de dollars sur la côte Ouest, où il avait reçu d'excellentes critiques, et qu'elles seraient aussi bonnes dans l'Est, que le magazine *Time* en publierait une très élogieuse dans son prochain numéro, et qu'il y aurait un « profil » de Braverman dans la section Arts et Loisirs de l'édition du dimanche du *New York Times,* et quel enfant prodige, quel enfant prodige, et je me souviens de lui tout maigrichon en première année, et il n'a pas pris beaucoup de poids depuis, ah, ah. Pendant tout ce dithyrambe, Braverman avait gardé sa position de vautour, avec un petit sourire satisfait et, parfois, un sursaut des épaules déconcerté. Il avait eu les couilles de se pointer à cet entretien en tee-shirt noir et salopette, avec un barbe de cinq jours – une montre en or de chez Cartier, quand même –, comme pour affirmer que ce succès monstrueux ne l'avait absolument pas changé.

Une chose dans l'intro de Dooley était parfaitement exacte : Braverman était émacié, c'était un petit connard filiforme. Il avait à peu près ma taille, pas ma corpulence. Des yeux sombres légèrement enfoncés et cernés, des cheveux hirsutes d'un noir de jais, une bouche au pli ironique. Il répondit aux questions avec une assurance et un entrain que je trouvai tape-à-l'œil, de mauvais goût.

Chaque fois qu'il ouvrait la bouche, les gens gloussaient. Avec une feinte franchise, il racontait des anecdotes à la con sur les poids lourds hollywoodiens, tous des vrais trouducs, d'après lui, sauf un directeur de chez United Artists, « un mec bien » à l'en croire.

La question « Comment avez-vous réuni deux cent mille dollars ? » le fit soupirer.

– Laissez-moi vous faire une confidence. C'est une bonne chose que *Le Harceleur* cartonne, parce que, sinon, on aurait peut-être dû avoir cette conversation au fond de l'East River, vous voyez ce que je veux dire ?

– Non, qu'est-ce que vous voulez dire ? demanda un jeune frisé en tee-shirt Grateful Dead assis en tailleur au pied du trône embrasé.

Nouveau soupir de Braverman.

– Ce que je veux dire… c'est qu'après avoir essayé de nombreuses sources, toutes légales, et m'être fait claquer la porte au nez parce que je n'avais pas fait mes preuves et que je n'avais que vingt-deux ans, je me suis finalement adressé à deux messieurs, M. Tchi et M. Tcho…

Il marqua un temps, sourcil haussé, et reprit :

– Deux gars qui aiment siroter leur espresso tout au fond d'un certain club social du centre-ville…

L'assistance sombra dans un silence hypnotique. Ce type était le roi du pipeau.

– Qu'est-ce que vous avez donné comme garantie ? demanda le frisé d'une voix plus basse.

– *Quelle* garantie…, dit Braverman d'un ton las.

Il joignit les pouces et les index de ses deux mains, les secoua doucement devant sa poitrine à la manière d'un cabotin italien.

– Ma garantie, c'était mon désir de continuer à respirer.

– Quels intérêts avez-vous dû payer ?

– Soixante-quinze pour cent, plus ma petite sœur de quatorze ans.

L'assistance partit d'un rire nerveux, aussi impressionnée que si elle avait devant elle un héros de la guerre de Corée, quelqu'un qui a tué et sur qui on a tiré. C'était le roi des salades, ce gars-là. Il n'avait pas obtenu un prêt de la mafia, ou si c'était le cas il était encore plus con que je ne le pensais, d'en parler comme ça devant soixante-quinze étudiants. *Moi,* pourquoi me serais-je adressé à la mafia ? Pour réaliser quel grand rêve aurais-je mis ma vie en danger ? Il nous jouait de la flûte, mais je recommençais à battre la mesure avec mes genoux comme si j'étais encore chez AC, comme si j'avais une ceinture de sécurité en travers de la poitrine.

– Monsieur Braverman…

– Rom…

– Rom. Ça vous plaît, d'être au centre de toute cette attention ? Vous aimez les interviews ?

– Ah ouais ! Mais vous devez comprendre que ce n'est qu'une façade. J'ai toujours les mêmes problèmes dans mes rapports avec les gens. Je dois toujours me lever chaque jour et m'accommoder de moi-même. Qu'est-ce que vous croyez ? Qu'au saut du lit je jette un œil dans le miroir et je m'écrie « Hé ! C'est Rom Braverman ! » et me signe illico un autographe pour moi-même ?!

Rires dans la salle.

Soudain il se dressa, chipa le cahier à spirale d'une fille, en détacha deux feuilles, tira un stylo-bille de la poche de devant de sa salopette et se mit à couvrir furieusement les deux feuilles de sa signature. Puis il les déchira en petits morceaux de papier aussitôt distribués aux étudiants qui tendaient les mains en criant : « Moi ! Moi ! Moi ! » Il fit tout cela sans un seul sourire, en gueulant : « Des autographes ! Des autographes tout frais ! » La scène ne dura pas plus de deux minutes, au terme desquelles il retourna dans son fauteuil, toujours sans sourire, laissant les applaudissements nourris le caresser comme un alizé.

J'étais intimidé par la vitesse effarante avec laquelle il enchaînait les différentes parties de son numéro. Plus que tout ce qu'il pouvait dire ou faire, cette rapidité même, conjuguée à la fixité de son expression, me laissait deviner la confiance en lui et la détermination qu'il lui avait fallu pour réaliser ce film.

Malingre ou pas, c'était quelqu'un avec qui il valait mieux ne pas déconner.

Lorsque le silence revint dans la salle, encore rompu çà et là par quelques faibles murmures, Rom se pencha en avant.

– Dites, Chez Johnny, ça existe toujours ?

– Ouais ! crièrent quelques gars, les yeux humides et brillants.

– Parce que je meurs d'envie de me taper un énorme sandwich. J'en ai pas mangé depuis le jour de ma remise de diplôme... S'il y a des amateurs, ils ont qu'à me suivre.

Il se leva et agita la main pour remercier le public. Quelques étudiants applaudirent. Un troupeau de jeunots lui emboîta le pas et tandis que le reste de l'assistance se dispersait je regardai Horace Dooley, qui, rayonnant, suivait des yeux le dos du tee-shirt de Braverman en train de s'éloigner. Je me demandai si Dooley était vraiment aussi fier qu'il le paraissait ou tout simplement malade de jalousie, comme moi.

Je rentrai à l'appartement le moral en berne. Seule consolation : si Braverman et moi étions de la même promo et nés la même année, il avait quand même huit mois de plus que moi.

Le lendemain, je lus dans le journal de l'université qu'un joueur de hockey de troisième année venait d'être recruté par les Black Hawks de Chicago. Je parcourus le torchon local et le *New York Times* en quête d'articles mentionnant l'âge de personnes jugées dignes de l'encre d'imprimerie : rock stars, violeurs, parlementaires, victimes d'accidents de la route, actrices. À la bibliothèque, je feuilletai d'anciens numéros du magazine *People* pour découvrir l'âge des *enfants prodiges*[1] figurant dans la rubrique Vedettes de demain. Certains me touchaient, d'autres pas. Je me foutais royalement de ces dingues de sciences de dix-sept ans qui avaient trouvé un remède à la mort, je les imaginais obsédés, anormaux, malheureux. En plus, ce n'était pas mon domaine. Mais ceux dont les talents étaient plus glamours et superficiels me donnaient des suées d'angoisse : les génies du marketing millionnaires à vingt et un ans, les poètes de dix-neuf ans couronnés par un prix, les danseurs étoiles… Je repensai à Randye et à James, à toute l'équipe, en me demandant s'ils donnaient encore des petits spectacles comme du temps d'AC ou s'ils avaient décroché des Emmy, s'ils faisaient une tournée en Hollande avec une troupe de mimes. En classe, je devins grognon, casse-couilles et agacé par l'absence de textes du niveau du prix Nobel. J'avais l'angoisse du sablier, je me demandais quel talent germait en *moi*, de quoi serait faite *ma* carrière de star.

Pour ne rien arranger, quelques jours plus tard Crown entra dans mon bureau sans frapper, pas même un « Je peux entrer ? » ou un « Salut », et s'assit en face de moi. Je m'étais juré de tout faire pour ne pas le croiser tant que je serais assistant afin de ne pas ajouter à sa souffrance. Le voir assis là, se souriant à lui-même, effleurant des doigts le pied de ma lampe kitsch, me paralysa. Pour la première fois, je me surpris à scruter sa perruque. D'habitude, je repérais une moumoute sur la tête d'un baryton au dernier rang d'un chœur de cinquante chanteurs, mais le postiche de Crown était indécelable à un mètre de distance.

– OK, c'est du faux, convint-il en souriant.

1. En français dans le texte.

Je sursautai comme s'il m'avait surpris en train de me polir le chinois.

– Ça alors ! m'exclamai-je. On ne dirait pas.

– Heureusement, parce que c'est du poil de yack et ça m'a coûté cinq cents dollars. Comme celle que j'ai laissée dans le bar... Écoute, j'ai une nouvelle qui pourrait t'intéresser.

– Ah bon ?

– Je prends un congé d'urgence à partir de la semaine prochaine.

– C'est quoi, un « congé d'urgence » ?

– Vous m'accordez le congé ou je donne ma démission : c'est ça, un congé d'urgence. Du coup j'aurai un an et demi devant moi puisque mon année sabbatique commence en janvier... J'avais l'intention d'accepter un poste de professeur invité à Skidmore mais... j'ai changé d'avis.

– Qu'est-ce que vous ferez à la place ?

– Des auditions.

– Vous allez auditionner des acteurs ?

– Non, je vais *passer* des auditions. Je pars pour New York, je tente à nouveau ma chance.

– Vous jouerez dans une pièce ?

– Si je trouve quelque chose. J'ai tenu à te le dire parce que... Enfin, tu sais...

Il grimaça, fit aller sa tête d'un côté à l'autre en agitant les mains.

Oui, je savais. J'étais rempli de joie pour lui.

– Mais, attendez, si vous n'avez rien trouvé au bout d'un moment ? Ou, euh, si vous avez un engagement qui dure plus longtemps que votre année sabbatique ? Qu'est-ce que vous ferez de votre poste à Straight ?

Je me sentais au comble de la lucidité.

Les coins de sa bouche s'abaissèrent en une moue espiègle et il eut un haussement d'épaules sardonique.

– Putain, la classe, marmonnai-je, admiratif.

– Ouais, je me suis dit que ça t'intéresserait.

– Vous feriez bien de décrocher vos affiches...

— Tu les veux ? proposa-t-il en tendant la main vers moi.

— Non, répondis-je avec une rapidité qui m'étonna, plus désarçonné que touché par son offre. Je viens d'en acheter six, elles sont chez l'encadreur… Merci quand même… Merci, vraiment.

J'avais peur de développer. Crown me lança un regard étrange puis son visage se détendit en un sourire de compréhension et il se leva lentement.

— Si vous êtes à moitié aussi bon quand vous jouez la comédie que lorsque vous enseignez…, laissai-je échapper, les jambes tremblantes.

Il promena un regard rêveur sur mes étagères vides, tapota son postiche.

— *Foncez,* Crown ! dis-je, aboyant presque.

Surpris par l'intensité de mon ton, il ramena son regard sur mes yeux globuleux et fixes, me considéra calmement, le front soucieux.

Embarrassé, je me perdis dans la contemplation de mon cendrier en attendant qu'il parte, et tout à coup, dans un geste qui me fit presque monter les larmes aux yeux, il se pencha par-dessus mon bureau, prit tendrement mon visage entre ses mains, mon menton au creux de ses paumes sèches, mes joues sous la pression légère de ses doigts. Je ne m'écartai pas, mais je ne levai pas non plus les yeux avant qu'il soit sorti de mon bureau.

Plus tard, penché sur un paquet de copies, je travaillais avec la même colère aveugle qui m'avait fait tenir le coup lorsque les caisses de courrier défilaient devant moi à la Poste.

Le ton des textes allait de la raideur empruntée à une lassitude du monde pompeuse et suffisante. Rendu furieux par ce manque général de tripes, je ripostai par une rafale de commentaires qui n'étaient rien d'autre que des boutades cruelles et désinvoltes.

Je finissais de me calmer quand l'une de mes étudiantes passa à mon bureau pour me remettre un texte remanié, parce qu'elle se doutait que sa première mouture ne valait rien.

Après son départ, je cherchai dans la pile massacrée sa première version et je découvris avec horreur que j'avais barré chaque page de grands X rouges et gribouillé en haut de la première : *Pourriez-vous avoir l'obligeance d'enlever en classe les bouchons de cire de vos oreilles pour écouter ce que je dis ?*

Je découpai aux ciseaux mes commentaires sur chaque texte puis je relus le tout, mais même en maîtrisant mon humeur je les trouvai toujours aussi nuls.

Le plus mauvais étudiant de la classe était un jeune Noir, James Tucker, qui s'obstinait à écrire de fausses histoires moyenâgeuses de chevaliers et de damoiselles dans lesquelles les personnages échangeaient des « Salut à vous » et des « Je ne vous ouïs point ». En classe, il était raide et studieux, prenant des notes comme un fou, mais en dépit de tout ce que je pouvais dire ou suggérer ses textes ne s'élevaient jamais au-dessus du plus bas niveau des dialogues de *Prince Vaillant.*

Tout ce que je savais de lui, c'était qu'il venait de New Ark, dans le New Jersey, qu'il ne souriait jamais et qu'il était le sosie craché de Martin Luther King, jusqu'à la fine moustache, et que s'il ne faisait pas de progrès il devait s'attendre à une très mauvaise note en fin de trimestre.

Afin de le mettre sur la bonne voie, je le convoquai dans mon bureau et il me livra quelques pistes sur ce qui se passait dans sa tête.

Je découvris avec surprise qu'il avait vingt-deux ans et qu'il avait été affecté au Vietnam dans les marines.

Quand je lui demandai de m'écrire une histoire ou une scène se passant là-bas, il m'opposa un non catégorique et je dus argumenter pendant une demi-heure pour le faire changer d'avis. Je lui promis que personne d'autre que moi ne verrait son texte, que je ne le photocopierais pas et que je ne ferais aucun commentaire.

Une semaine plus tard, il me remit un cauchemar de dix pages sur la torture et l'interrogatoire d'un Viet-Cong de quinze ans qui avait jeté une grenade dans un bordel. Si le récit demeurait maladroit, les dialogues sonnaient juste, les expressions archaïques avaient disparu – du moins dans ce que j'arrivais à lire, puisque la moitié de l'interrogatoire était en vietnamien.

Le cours d'après, il retourna à ses magiciens et à ses dragons et, me sentant dépassé, je ne tentai plus de l'en dissuader. J'essayai même de l'orienter vers Tolkien et C.S. Lewis, l'auteur des *Chroniques de Narnia.*

Après le départ de Crown, je me mis à envisager le métier d'acteur. Je ne savais ni chanter ni danser – rien que d'y penser me paralysait. Je n'arrivais pas à m'imaginer beuglant « Da-di-dou, da-di-dé, quelle belle journée ! » en sautillant sur une scène. En revanche, je me voyais bien dans un rôle dramatique – si le personnage était américain et vivait dans une grande ville. Ça me paraissait relativement facile pour moi. En tout cas, j'étais un bon mime, ça ne devrait pas être trop dur.

Je décidai donc d'assister aux cours du département art dramatique. Le prof s'appelait Jim Doobie, c'était un chauve d'une trentaine d'années avec une moustache en guidon de vélo et un physique de poids welter. Lorsque je lui demandai la permission d'assister à ses cours, il rechigna dans un premier temps, puis se laissa fléchir quand je lui annonçai que j'étais un grand ami de Bill Crown.

Les cours se déroulaient dans le théâtre du campus. Les étudiants étaient répartis deux par deux et devaient présenter leur scène sous le regard critique de leurs camarades avachis dans les premières rangées. Jusque-là, ça ne me semblait pas trop périlleux, mais ce que Doobie demanda à la classe en préambule faillit me faire courir vers la sortie. Il nous fit former un cercle sur la scène et exécuter sous sa direction une série d'exercices de décontraction. C'était très proche d'une séance californienne d'éveil sensoriel On-touche-l'autre-on-se touche. Exactement ce qui me terrifiait.

Nous devions secouer nos bras, assouplir notre nuque – ce

qui n'était pas si terrible –, mais il fallait passer ensuite aux mouvements de bouche, ce que je trouvai mortifiant. Cela consistait en une sorte de gymnastique vocale : laisser pendre sa langue comme un demeuré lubrique en fredonnant « Flaf-flaf-flaf », faire tourner sa mâchoire, plisser les traits en susurrant « Miii-aa-ooou, miii-aa-ooou » tandis que Doobie faisait le tour du cercle, collait son visage à deux centimètres du nôtre pour s'assurer de notre enthousiasme. Lorsqu'il s'approcha de moi pendant les « flaf », ma voix se fit toute petite et je me mis à trembler. Naturellement, il me saisit le menton, brailla « Allez, Keller, on la sort ! » et les yeux dans les yeux, langue contre langue, quasiment, nous nous mîmes à vociférer « Flaf-flaf-flaf » en chœur jusqu'à ce qu'il soit satisfait et que j'aie les jambes en flanelle.

Lorsqu'il nous autorisa enfin à regagner nos places dans les premières rangées, je me précipitai vers la sortie. Moi, il fallait que je commence direct par le rôle de Stanley Kowalski dans *Un tramway nommé Désir*, pas par « flaf ».

Je n'avais pas de vie sexuelle. J'achetais des magazines de cul convenables, ceux dans lesquels on intercalait des pages de journalisme d'investigation et des éditoriaux de gauche. Je me branlais tous les matins avant de me lever et je ne faisais aucun effort pour me trouver une petite amie ou un coup rapide. Encore émotionnellement plâtré de la tête aux pieds après cet été désastreux, je jetais toutes mes forces dans mes cours et mes développés inclinés.

Mon célibat ne me rendait pas obsédé et ne m'effrayait pas non plus. Je le replaçais dans son contexte. Je savais que je devais encore m'y prendre avec des pincettes côté sentiments et que je finirais par m'en sortir. Ce qui s'approcha le plus pour moi d'un jeu érotique, ce fut d'entretenir un inoffensif flirt non verbal avec une fille de ma classe, April Wenzel.

Elle s'asseyait toujours en face de moi au bout de la petite table centrale. L'automne nous ayant offert un long été indien, April portait le plus souvent un mince maillot de corps d'homme sans manches, un short court blanc et des baskets de jazz blanches. Elle avait des petits seins ronds, des cheveux roux Halloween, un visage aux yeux en amande piqueté de taches de rousseur. Dès la deuxième semaine de cours, nous avions entamé un jeu de contact visuel, mais rien de direct, pas d'œillades, pas de clins d'œil. Moi, je fantasmais comme un malade pendant le cours. Un jour, tandis que j'expliquais la différence entre montrer et dire à un jeune Indien qui venait de nous lire son histoire de Thugs sur la route de Bombay, April me faisait une turlute au pied d'une dune éclairée par la pleine lune. Mais dans un autre cours, alors qu'un étudiant nous narrait une triste histoire de Juifs dans la Russie tsariste et que j'imaginais une scène dans laquelle je ramonais April sur un autel, je la surpris à me regarder, et au lieu de détourner aussitôt les yeux comme les autres fois elle plissa fermement les lèvres et me fit lentement « Oui » de la tête. Mon cœur fit le tour de ma cage thoracique comme une fusée et je baissai les yeux pour m'abîmer dans la contemplation fascinante de mes ongles. Au bout d'un moment, tout le monde me fixait en attendant mon avis sur la revanche du rabbin sur le Cosaque. J'abandonnai les commentaires à mes étudiants et me perdis à nouveau dans un fantasme d'April écartant lentement des genoux criblés de taches de rousseur.

À la fin du cours, je leur demandai de m'écrire une journée dans la vie d'un tueur en série – le Fils de Sam, par exemple – *avant* qu'il ne devienne un grand criminel, et je sortis de la salle en moins de temps qu'il n'en faut pour dire « On ne chie pas là où on mange ».

Je récoltai au cours suivant quelques textes forts dont, malheureusement, celui d'April. Elle avait écrit la scène du lendemain matin après la nuit de noces du Fils de Sam : les deux jeunes mariés prennent leur petit déjeuner en silence dans le cottage loué pour l'occasion. Pas d'échange de regards, pas de sourires, pas même de journaux déployés sur la table. L'épouse du Fils de Sam débarrasse, retourne dans la chambre et ferme la porte derrière elle. Lui se lève, toujours en peignoir de bain, sort dans le petit jardin et se met à arracher lentement toutes les fleurs.

C'était un peu lourd mais intelligent, pour une fille de dix-huit ans.

Un autre des bons textes portait aussi sur le Fils de Sam. Ayant pour titre « Doctor Death[1] et le problème n° 6 », il était l'œuvre du jeune Charles LoCicero. Il avait imaginé le Fils de Sam à treize ans, faisant les cent pas dans sa chambre aux murs recouverts de photos de pin-up et de catcheurs découpées dans des magazines. La plus grande, une double page centrale, montrait un monstre de cent cinquante kilos au visage dissimulé par un masque noir, Doctor Death. Le Fils de Sam s'énerve à force d'arpenter sa chambre. L'air est étouffant, chargé de l'odeur du ragoût que sa mère mitonne dans la cuisine. Il fredonne pour lui-même sur un rythme rapide et saccadé « And here's to *you*, Mrs Robinson, Jesus loves you more… », s'arrête devant Doctor Death, croise les bras sur sa poitrine comme une momie, incline la poitrine avec raideur, se remet à faire les cent pas, « Coo-coo-ca-*choo*, Mrs Robinson… » Il s'approche de la fenêtre et dit aux rues grises : « Salut, Cathy, c'est David Berkowitz[2]… Tu as résolu le problème n° 6 ? » Puis il regagne le centre de la pièce en agitant les bras comme s'il nageait, retourne à la fenêtre : « Salut, Cathy, tu as résolu le problème n° 5 ? »

LoCicero était l'un de mes étudiants silencieux et invisibles, un jeune gars courtaud au cou de taureau, lanceur de poids dans l'équipe d'athlétisme des première année. Pendant chaque cours, penché en avant, les jambes écartées, le visage impassible, il démontait et remontait son stylo. J'aurais été incapable de dire s'il s'ennuyait ou s'il était timide.

D'habitude, les étudiants lisaient eux-mêmes leurs textes à voix haute s'ils étaient volontaires, mais j'étais tellement

1. Personnage maléfique de savant fou, en l'occurrence adversaire de Batman.

2. Le vrai nom du Fils de Sam.

content de ces deux histoires que je fis une entorse à la procédure en les lisant moi-même. Je n'avais pas révélé qui en étaient les auteurs et à peine avais-je prononcé deux phrases de celui de Charles qu'il leva les yeux de son Parker éviscéré, abandonna sa position quasi couchée, glissa les pièces du stylo dans sa poche de poitrine et regarda fixement ses mains jointes.

La classe était subjuguée. C'était le meilleur texte qu'elle avait entendu à ce jour, et quand je révélai le nom de l'auteur, Charles LoCicero eut un bref hochement de tête puis continua à contempler ses énormes jointures.

Le texte d'April fut moins apprécié parce qu'il était plus retenu et que je dus en expliquer les qualités. Je l'expédiai assez rapidement parce que je ne voulais pas m'étendre sur son cas, demandai à mes étudiants de m'écrire pour la prochaine fois une histoire avec des flingues puis les libérai.

À deux heures de l'après-midi, de retour dans mon bureau, je lisais le journal de Straight en me touchant distraitement les pecs.

À cinq heures moins dix, au moment où je m'apprêtais à fermer boutique, les ennuis commencèrent :

– Vous alliez partir ?

April se tenait à ma porte sur la pointe de ses menues chaussures blanches, telle une nageuse en équilibre au bord de la piscine.

– Non, entre, dis-je, mon cœur battant dans ma poitrine avec un bruit d'enclume.

– En fait, je cherche le bureau du professeur Aaron… Vous savez où il se trouve ?

Elle entra quand même et s'assit. Elle ne rasait pas ses aisselles, où de petites flammes rousses se nichaient.

– J'ai vraiment été impressionné par ton travail, déclarai-je en faisant rouler mon fauteuil en avant jusqu'à avoir le plexus solaire collé à mon bureau.

Je n'arrivais pas à détacher mon regard de l'arche de son aisselle droite.

— Ça vous a plu ? dit-elle d'un ton modeste.

Je fis rouler mon fauteuil en arrière et m'enquis :

— Ça marche, la fac, pour toi ?

Les yeux plissés, elle me considéra d'un air songeur.

— Vous aimez le théâtre ?

— J'adore. Je... euh, j'adore.

De peur de paraître prétentieux, je ne révélai pas que j'envisageais d'y faire carrière.

— Je suis membre d'une troupe, dit-elle avec un haussement d'épaules minimisant la chose. Dans la ville d'où je viens. Les Comédiens de Roscoe. Vous n'en avez probablement jamais entendu parler.

— J'ai entendu parler de Roscoe.

Je dessinais des huit avec mon fauteuil sur la plaque de plastique protégeant le sol.

— J'ai un rôle dans la pièce que nous montons. *Picnic*, de William Linge, vous connaissez ? C'est l'histoire d'un type qui débarque dans une petite ville et rend folles toutes les femmes... C'est plutôt bien... Je joue Madge, un des personnages principaux... Mon père aussi a un rôle. Il est le directeur de la troupe... Première, vendredi. C'est compliqué pour moi depuis que je suis à la fac, parce que je dois faire l'aller-retour en car pour chaque répétition. Même si Roscoe n'est qu'à une heure d'ici... Et quand vous nous avez demandé d'écrire un texte sur une gare routière, je devais m'y rendre de toute façon cet après-midi-là... Je l'ai écrit dans le car, j'ai dû être la première à le terminer... Bref, c'est la première vendredi, dans une semaine, si ça vous dit de venir voir la pièce...

La proposition me tentait puisque je projetais de décrocher moi-même un oscar.

— Oui, pourquoi pas. Un de ces soirs.

Elle mit un doigt dans mon cendrier en forme de pneu et le fit tourner.

— Ce serait formidable si vous pouviez venir vendredi, le

soir de la première, parce que vous pourriez peut-être me ramener au campus après la représenta…

Elle s'interrompit, reprit aussitôt :

– J'exagère, là, non, de vous demander ça ?

– Non, non. Pas de problème. Vendredi, parfait.

Mon cœur tressauta quand une des roulettes franchit le bord de la plaque de plastique et que mon fauteuil s'inclina à tribord.

– Super, je vous donnerai un billet vendredi au prochain cours, d'accord ? Je ne peux pas aller là-bas avec vous, je dois y être avant, pour une dernière répétition et tout ça… Mais nous rentrerons ensemble.

– Ouais, ne t'inquiète pas.

Je ne voyais pas quoi dire d'autre. L'entretien était manifestement terminé mais April ne bougeait pas de son siège. Il était cinq heures passées et l'on n'entendait plus que le grincement intermittent d'un fauteuil dans un autre bureau, quelques mètres plus bas dans le couloir. De nouveau nos regards se croisèrent. Je baissai les yeux vers le cendrier. Une veine battait à ma tempe comme un néon clignotant ; ma tête, à demi hébétée, était en surcharge. April posa sa main à plat sur le bureau, écarta les doigts et les releva comme pour examiner ses ongles. Son visage demeurait impavide. Je fis à nouveau rouler mon fauteuil vers le bureau pour contempler moi aussi sa main.

Je posai lentement ma main à côté de la sienne, effleurant à peine son pouce de mon petit doigt. Le grincement cessa dans le couloir, la pièce devint tout à fait silencieuse. April brisa soudain notre transe par un bruit venu du fond de sa gorge, entre doux grognement et plainte. C'était à n'en pas douter un gémissement érotique et je me mis à trembler.

Je me levai d'un bond qui expédia mon fauteuil contre le mur.

– Mais qu'est-ce que je raconte ?! m'écriai-je en m'approchant de la fenêtre. Le vendredi, c'est un mauvais jour pour moi. Non, impossible.

Lorsque je me retournai, j'étais seul dans le bureau.

Ce soir-là, au lieu de flâner dans le centre commercial, d'aller au cinéma ou de jouer au flipper dans le Ratskeller, je descendis lentement la rue commerçante en direction du Chee Lok. J'avais entendu parler de cet établissement dès ma deuxième année de fac, mais personne de ma connaissance – personne de l'université – n'y avait jamais mis les pieds. Le Chee Lok était un rade local pour célibataires. Pendant la journée, ce n'était qu'un restaurant chinois en bordure de la grand-route qui partageait un parking avec un motel faux rustique. Trois soirs par semaine la direction faisait venir des groupes du coin, ouvrait un bar de douze mètres de long, et le motel louait des chambres à l'heure.

Je quittai la grand-route quand j'arrivai à hauteur d'une grande enseigne lumineuse aveuglante : *CHEE LOK*, en lettres de bambou. Le parking étant déjà plein, je dus me garer derrière, face au motel et à la piscine d'eau phosphorescente. Le hall d'entrée avait des murs de bardeaux à clins qui auraient mieux convenu à une façade. Un tableau d'informations en feutre noir encadré de baguettes début dix-neuvième siècle annonçait des réunions du Rotary Club. À gauche, le restaurant : murs de papier tontisse rouge, box de vinyle rouge et énormes lanternes japonaises en papier décorées de dragons. La salle baignait dans une lueur rose. Toutes les serveuses étaient blanches.

À droite, une salle sombre avec une piste de danse ronde, une petite scène et un long bar sous un auvent de fausse verdure. L'effet recherché était la « hutte polynésienne » ; le résultat faisait plutôt penser à un stand de boissons à Disneyland. Le bar était bondé de gens du coin : les femmes en veste de safari, les cheveux laqués en forme de casque ; les hommes en chemise unie et pantalon écossais, ou chemise sombre et pantalon clair, chevelure aplatie partagée par une raie et longues pattes encadrant le visage.

Lorsque le groupe attaqua « Evil Ways », la piste se remplit de couples aux mâchoires raides, les hommes faisant aller leur bassin en avant puis en arrière comme s'ils voulaient se débarrasser d'un truc accroché à leurs hanches. Le seul Chinois dans les deux salles était l'un des trois barmen débordés.

Je n'allai pas plus loin que le hall d'entrée. Fini les accès d'optimisme. Je ramenai mes envies à la maison.

Je rêvais que je marchais avec April dans une forêt. Elle était nue. J'avais gardé tous mes vêtements. D'étranges créatures sylvestres sortaient des broussailles : des animaux ailés, pas vraiment des oiseaux, aux combinaisons de couleurs incroyables : mauve et violet, roux et blanc, bleu foncé et jaune beurre frais. Alors que je m'attendais à ce qu'ils prennent la fuite en me voyant, je m'aperçus que je pouvais les caresser sans les effrayer. Plusieurs poussèrent même leurs têtes couvertes de poils ou de plumes contre ma main. J'aurais voulu ne jamais quitter cette forêt.

Je fus réveillé à minuit par un désir sexuel si impérieux que je ne pouvais même pas envisager de me masturber. Je me roulais lentement sous ma couverture comme un poulet à la broche.

Je me levai, m'habillai, pris ma voiture et la direction du Chee Lok. Mais, au lieu de tourner dans le parking quand je parvins à l'enseigne lumineuse, j'écrasai l'accélérateur. Je passai si vite que je ne vis du coin de l'œil que la tache floue de la lumière fluorescente reflétée par les croupes d'acier rebondies d'une armée de voitures garées. Un kilomètre plus loin, je fis demi-tour et rentrai chez moi.

Je m'étais payé une conduite et j'avais failli tout bousiller. Plus de bêtises. Tout ce que je voulais, c'était mener ma classe à la baguette, soulever de la fonte et attendre janvier.

Je me tenais dans la pénombre, torse nu devant mon miroir en pied. Il y avait assez de clair de lune pour souligner les contours des nouvelles crêtes et failles de mon corps. Je bandais tous mes muscles comme si je posais pour une photo. Mes épaules un peu plus larges luisaient comme des crânes de bébés, les failles semblaient plus profondes, les crêtes plus découpées. Mes mamelons se dressaient sur mes pecs contractés. Je serrai les poings pour faire saillir les veines de mes bras et maintins un moment la pose.

À sept heures le lendemain soir, je me garai sur le parking du centre commercial de Plunkett. La première chose qui me frappait, chaque fois que je pénétrais dans cet endroit, c'était le clic-clac des chaussures de femmes sur les dalles du sol renvoyé par le dôme bienveillant du plafond. Tout y prenait un son creux et distant semblable à des voix et des bruits entendus par un baigneur à demi endormi sur un sable brûlant. Dans une allée décorée de toutes petites boules de cristal, les enceintes de la sono diffusaient « A Hard Day's Night ». Trois arbres s'élançaient vers le dôme, chacun dans son bac en séquoia rempli de terre et recouvert de galets. Deux jolies nanas du coin, peut-être d'origine irlandaise, s'avancèrent, l'une en sabots, l'autre en tongs, fesses saillantes et petite poitrine.

Une femme d'une cinquantaine d'années aux pommettes hautes, séduisante, en jupe de femme d'affaires, balançait son attaché-case, des lunettes de soleil démesurées nichées dans ses cheveux courts.

Deux vieilles femmes, des jumelles parfaitement identiques, se partageaient une boîte de maïs au caramel. Elles portaient des cardigans informes et leurs cheveux crêpés flottaient au-dessus de leurs visages sans lèvres, leurs pantalons écossais à ceinture élastique remontés au niveau forte crue révélant leurs chaussettes et leurs chaussures à semelles nervurées.

Des lycéens coiffés de casquettes de golf à la visière rabattue et vêtus de maillots de foot achetés en magasin, figés comme des statues, regardaient passer une fille aux yeux violets et au cul en cœur inversé qui tenait la main de son petit ami blond, alliance improbable de dashiki et de chaussures bateau. Beaucoup de promeneurs avaient adopté la posture du monstre de Frankenstein, la colonne vertébrale raide et légèrement penchée en avant. Je fis halte à l'Îlot du Lecteur, un kiosque de presse en bois, pour acheter *Variety*. Une fois de plus, je me surpris à penser aux démarcheurs par téléphone d'AC et à ce salopard de Braverman.

Il n'y avait pas de « boutiques », rien que soixante-douze « Maisons », « Palais », « Greniers », « Paradis » et autres « Pubs ».

Je pris à droite après l'un des séquoias, passai devant une carterie-mercerie peu attirante dont tous les articles en vue portaient l'image d'un chat. À côté, c'était La Casa Poterie, dont le sol, les murs et les objets à vendre composaient un nuancier de teintes argile, rouille ou moutarde.

Devant le Palais de l'Orgue familial sans devanture, un vendeur aux yeux luisants en costume bronze jouait à deux doigts d'un orgue électrique, conjuguant caisse claire et maracas pour une samba de bar-mitzvah trop vraie pour qu'on y croie.

Un gosse de huit ans en tee-shirt *V'là les embrouilles* reçut une mornifle de son vieux, qui guidait en même temps une poussette de son autre main. La baffe fut si violente que le gamin décolla du sol. Il ne pleura pas, s'éloigna juste, la mine circonspecte, à petits pas comptés. Le vendeur d'orgues passa sur timbales et fit distraitement rouler son cou, les sourcils en berne.

Le pub Chaucer avait son nom inscrit sur la vitrine en caractères gothiques, le gros C noir serti dans un carré de mosaïque en plastique aux couleurs vives, comme la lettrine d'un texte écrit par des moines.

Je pris un petit morceau de tilsit danois proposé sur un bloc de boucher par la dame Goûtez-c'est-gratuit postée devant une immense fromagerie, dont le nom, La Colline aux Noyers, s'étalait en rondins de plastique lumineux au-dessus de l'entrée.

En ce samedi soir, le jeu auquel je me livrais s'intitulait Ne Retourne Pas au Chee Lok.

De plus loin me parvenaient un bruit creux d'éclaboussements et des échos de cris d'enfants. J'étais proche de la piazza centrale, où quatre jets d'eau culminaient à six mètres de haut au-dessus d'un bassin de poissons rouges au fond jonché de piécettes.

Tandis que je m'approchais encore, les jets perdirent progressivement de leur hauteur et se firent tremblotants, avant de disparaître totalement au moment où j'arrivais sur la place. Un agent de maintenance, un trousseau de clés tintant à la ceinture, s'essuyait les mains à un mouchoir. Des types à la brosse presque rase apportèrent sur des diables des haut-parleurs de la taille d'un juke-box juste devant les fontaines. Ils tendirent des cordons entre des supports de métal lestés pour isoler le matériel. Deux autres gars y ajoutèrent un piano électronique en forme de cercueil. Un petit concert. Je retournai au Chaucer m'offrir un dîner léger en étudiant dans *Variety* la liste des films ayant réalisé les plus grosses recettes. Il y avait sur ma table une rose couleur hématome fichée dans un vase au col étroit et, tout en buvant mon café, je me perdis dans la contemplation de ses pétales. Je dus la mettre hors de ma vue en la posant sur le siège inoccupé en face de moi.

Comme le Chaucer avait sa propre musique d'ambiance, je n'entendis pas le groupe commencer à jouer, mais lorsque je sortis il était bien lancé et son chanteur braillait « Me and Bobby McGee ».

Je ne pouvais pas le voir à cause du mur de spectateurs qui formait un demi-cercle à quelque distance. Je me demandai pourquoi ils ne se tenaient pas plus près et pourquoi ce demi-cercle, mais, en m'approchant de là où ça se passait, je découvris que le mur était composé de parents qui, bras croisés sur la poitrine, entouraient une colonie de leurs rejetons, en majorité des filles prépubères assises en tailleur devant les musiciens.

Derrière eux, une bannière de gradins de stade les présentait comme Les Vagues, avec dessous cette précision : *Groupe rock and roll officiel de la marine américaine pour son recrutement.* Ils portaient des pantalons bleu marine au pli bien repassé, des chemisettes blanches amidonnées et de grosses godasses de flics en cuir noir. Ils avaient l'air en forme. À côté de la fontaine, un sergent recruteur était assis derrière une table pliante.

Le chanteur, un Noir propre sur lui, coiffure en brosse militaire lui aussi, entonna « Help Me Make it Through the Night », le visage grimaçant d'émotion, le coude plus haut que la main tenant le micro. Susurrant les paroles, il se frayait un chemin dans le massif ornemental de gosses de douze ans qui se penchaient sur le côté pour échapper à ses jambes, jusqu'à ce qu'il parvienne à une fille boulotte aux cheveux longs. Sans cesser de chanter, il s'accroupit, le micro entre ses lèvres à lui et la figure rougeaude de la gamine.

– « *Aide-moi,* chérie… Aide-moi à aller jusqu'au bout de la nuuuit… »

La fille poussait des gloussements embarrassés en tremblant de tout son corps comme si elle était assise sur un pack de six batteries, et vingt minutes plus tard je me retrouvai au Chee Lok, à écluser des mai tai comme si j'avalais des cacahuètes.

La clientèle avait l'air sinistre. Le groupe occupant la scène était chinois, trois gars et à la basse une Dragon Lady[1] moulée dans un haut en lycra laissant une épaule découverte, le bas de son jean collant fourré dans de hautes bottes cloutées. Ses longs cheveux bleu-noir étaient partiellement tressés en rangées de nattes. Jeunes et cool, un peu trop mauvaise graine pour le Chee Lok, ils faisaient danser tout le monde au son du « Signed, Sealed and Delivered » de James Brown. Mais quel que soit le rythme du morceau, les mouvements exécutés sur la piste étaient toujours une variété de cha-cha-cha.

1. L'ancêtre des femmes cougars.

Mon voisin de gauche avait au moins soixante ans, mon voisin de droite avait dû défunter dans l'année.

– « AAAAOH ! Signé, timbré et liiii-vré, ce paquet contient mon cœur… Pour l'ouvriiir… enlève le papier, yeah… mais… je t'en suppliiie !… »

La bassiste fit un bond en avant pour beugler avec le chanteur :

– « Ne le déchiiire pas ! »

Le groupe se fendait la pêche sans se soucier de la quarantaine de danseurs qui tricotaient des jambes comme pour décoller de la bouse de vache de leurs chaussures.

– Merci… On sera de retour dans vingt minutes.

Ils interprétèrent leur thème final, un bon vieux bruit de cymbales et de notes tintinnabulantes à la Charlie Chan qui me faisaient toujours penser à des poupées mécaniques trottinant sur leurs petits pieds.

Je m'étais posté presque au bout du bar. À ma gauche, le comptoir tournait à angle droit en direction du mur couvert de miroirs. À l'extrémité de ce court bras mort se tenait une Teutonne portant un corsage hawaiien vert menthe. Elle avait une peau très blanche criblée de grains de beauté pâles, un nez retroussé, une grande bouche, et ses dents de devant, aussi grandes et blanches que des Chiclets, s'enfonçaient dans la chair de sa lèvre inférieure. Sa longue chevelure blond-roux était tressée en deux cornes de bélier épinglées au-dessus de ses oreilles dans un style wagnérien. Il y avait une lueur d'espoir sombre dans ses yeux et le pli de sa bouche, comme si elle avait toujours été mauvais juge en matière d'hommes mais qu'elle ne renonçait pas. Elle ne buvait pas, elle regardait dans le vide, appuyée au mur, un coude sur le bar, faisant distraitement tourner un petit parasol fuchsia de mai tai entre ses doigts.

Je fis lentement quelques pas afin d'examiner le reste. Son chemisier vert menthe blousait au-dessus d'un pantalon kaki qui mettait en valeur un fessier généreux mais ferme, et elle était chaussée de lourds sabots en bois marron cloutés de cuivre. Je songeai aux messieurs de l'époque victorienne qu'une « cheville bien tournée » mettait dans tous leurs états.

Quand un vendeur de Toyota l'invita à danser, elle refusa avec un sourire poli qui creusa des fossettes dans ses joues. Je commandai un autre mai tai en me demandant ce qu'elle foutait au Chee Lok. Elle devait être avec quelqu'un. J'*espérais* qu'elle l'était, mais dix minutes s'écoulèrent sans que le moindre petit ami fasse son apparition. Baissant les yeux, je découvris avec embarras que je faisais comme elle tourner entre mes doigts mon petit parasol. Nos regards se croisèrent, elle sourit et je baissai à nouveau les yeux en laissant tomber mon parasol. Embrouilles à l'horizon. Chaque fois que j'allais dans un bar ou dans une boîte, j'inspectais la salle en me disant « Pas mal, celle-là, celle-là aussi, oooh et celle-là ! », mais je n'éprouvais pas de véritable envie de baratiner ces filles, une réaction instinctive m'empêchant de perdre mon temps ou de me ridiculiser. Parfois cependant il y avait un déclic, une œillade qui disait : Change de perspective, mon gars, je suis comme tout le monde, j'ai des désirs et c'est peut-être toi l'élu. Alors, je ne pouvais rien faire d'autre qu'inspirer une bonne bouffée d'air et tenter de harponner la fille en faisant valoir mes atouts, lesquels se résumaient, à ce moment de ma vie, à des pecs durs et un accent new-yorkais. Je me sentais trop lamentable pour trouver les bons mots et j'espérais que quelque chose me sauverait, par exemple un copain costaud qui se pointerait pour la ramener chez elle, parce que cette femme ne pouvait que causer des ennuis, faire aussi mal qu'un coup de pied dans les côtes, alors, par pitié, que quelqu'un vienne me convaincre que je n'étais pas obligé d'écouter cette fille me raconter sa vie.

Lorsque je relevai la tête, elle avait disparu. Je ne me sentis pas soulagé. Je me sentis terriblement seul.

Je fis signe au barman chinois de me remettre ça et découvris avec stupeur qu'elle se tenait maintenant près de moi, de l'autre côté. Je détournai la tête en rougissant.

Penchée en avant, les coudes sur le comptoir, elle continuait à jouer avec son petit parasol.

– Si vous essayiez « Vous venez souvent ici ? » me suggéra-t-elle.

Elle parlait à ses mains sans me regarder, hochant doucement la tête comme pour s'approuver.

Après deux minutes de conversation, je sus que j'étais physiquement amoureux parce que c'était toujours ce qui m'arrivait. Tout était affaire d'yeux, de visage, de voix, et il n'y avait plus qu'à prier Dieu pour que les cerveaux et les personnalités s'accordent ensuite et qu'on ne se retrouve pas à s'étriper une fois que la bulle aurait éclaté.

Au bout d'un moment, je l'entraînai dans la partie restaurant déserte : pas question de l'inviter à danser le cha-cha. Nous étions assis face à face, les yeux affamés, débordant de promesses à la lumière rose des dragons de papier du Chee Lok. La conversation devait être étincelante, même si je ne saisissais pas un mot de ce qu'elle disait. Je n'enregistrais que les changements de son expression et du ton de sa voix.

Elle prononçait quelques mots à voix basse puis, les yeux baissés, elle plissait les lèvres et hochait la tête. Elle disait quelque chose avec une expression impassible, puis son front se ridait, les coins de sa bouche s'affaissaient, son regard devenait plus profond, intelligent et rieur. Et quand, après une demi-heure de ce champagne sublime, elle me demanda si j'aimerais venir chez elle, avec une mine de timidité feinte, j'eus l'impression que mon cœur allait exploser.

Je laissai ma voiture au parking et elle me fit monter dans sa Pinto déglinguée. Assis sur mon siège au tissu déchiré, j'étais paralysé par son maniement brutal du levier de vitesses, par ses sabots cloutés sur les pédales, par le reflet des lumières de la grand-route dans ses yeux souriants.

Elle s'appelait Kimberly. Kim. Elle travaillait au secrétariat de géologie de Straight, mais elle écrivait. Elle avait vingt-huit ans et elle m'emmenait chez elle. À un moment, elle délaissa le levier de vitesses pour caresser mon pouce comme elle l'eût fait d'un marbre de Michel-Ange. Je la fis s'arrêter à un stand de root-beer abandonné et nous nous enlaçâmes, allongés sur les sièges inclinables, ses doigts frais sur mon cou, son odeur laiteuse dans mes narines, et ma putain de tête qui palpitait, qui palpitait… Cette fille me veut. *Moi.* Dix minutes plus tard, après que nous avions maladroitement rompu notre corps à corps, elle faisait de nouveau rugir son moteur dans la rue commerçante – *comment ça se faisait ?* J'avais un accès de « Comment ça se fait ? » chaque fois qu'un visage vraiment doux exprimait de l'affection pour moi. Je n'arrivais jamais à croire que cela provenait de la partie mentalement saine de ces filles, je passais mon temps à me tortiller et à broyer du noir en attendant qu'elles se ressaisissent, ce qui ne tardait jamais, vu mon numéro. C'était presque comme si je ne supportais pas d'être amoureux, de me sentir aussi désarçonné et impuissant. Me soumettre à une nouvelle histoire d'amour avec quelqu'un qui m'époustouflait me causait une immense peine. J'avais horreur des scènes où j'avais l'impression de ne plus rien maîtriser. J'avais horreur de me tortiller.

Kim vivait dans une rue de maisons divisées en appartements dans un autre quartier, plus petit, de Linoléumville, plus près des cadres sup'. Je gravis à sa suite l'escalier d'un hôtel particulier reconverti, Le Manoir, comme l'annonçaient les lettres à la feuille d'or inscrites sur la vitre de la porte d'entrée.

Le bâtiment avait été divisé en deux parties totalement distinctes en allant jusqu'à séparer en son centre l'arcade victorienne surchargée, la porte d'entrée originale remplacée par deux portes en aluminium nettement plus récentes.

Le vestibule avait toute la gaieté d'une couronne mortuaire. Les murs de stuc jaune délavé étaient inutilement décorés de lambris trop vernis. Un lustre bon marché pendait du plafond comme un destin fatidique, surchargé de pendeloques de cristal et de bougeoirs en plastique blanc où de fausses gouttes de cire coulaient sous des ampoules électriques en forme de flammes, la moitié grillées, l'autre moitié bourdonnant comme des guêpes et donnant moins de lumière qu'un briquet jetable. Il ne manquait que des têtes d'élan poussiéreuses aux murs. L'édifice avait gardé quelques touches originelles très ornées, notamment ses rampes de chêne en forme de serpents géants dont les têtes saillaient à chaque palier. Je gravis l'escalier derrière Kim le long de quatre reptiles. Il n'était que dix heures du soir et nous montions flanqués d'une double haie en spirale de bruits et d'odeurs : sonneries de téléphone, vagissements de bébés, musique, grésillements de plaques chauffantes. La partie supérieure de chaque porte d'entrée consistait en une vitre encadrée de bois que les occupants avaient recouverte de toutes sortes de choses, des rideaux à prix cassé aux mauvaises gravures de têtes d'Indiens maintenues par des punaises. Un locataire avait masqué la sienne par des sorties d'imprimante. À travers tous ces caches, je pouvais encore apercevoir les images argentées mouvantes des postes de télévision.

Kim vivait au dernier étage. La vitre de sa porte était recouverte d'une reproduction de *Guernica*. Au-dessus de la serrure, un petit autocollant en relief portait le numéro *20*.

Son appartement était plus grand que ne le laissait présager l'exiguïté du couloir, mais on y retrouvait le même stuc jaune éteint, les mêmes lattes de bois sombre lourdement vernies qui donnaient l'impression que les stores étaient toujours baissés ou que les lieux étaient occupés par des grands-parents.

Kim était une prolo de petite ville universitaire. Le séjour à la moquette élimée était meublé de deux fauteuils défoncés, d'un canapé mou et pelucheux, tous trois éclairés par un lampadaire encombrant. Je la pris dans mes bras devant une affiche de *L'Ange bleu* et mes doigts jouèrent de la flûte sur son échine, gardant les meilleurs morceaux pour plus tard. Elle était costaude et ferme, solide. Mon esprit se mit à dériver pendant notre étreinte, ce qui ne manqua pas de m'effrayer.

— Tu veux un verre ? Un café ? me proposa-t-elle en murmurant presque.

Elle ôta ses sabots et se dirigea vers la cuisine, légèrement penchée en avant comme les clients du centre commercial.

– Non, merci, répondis-je, me surprenant moi aussi à murmurer.

La cuisine était plutôt spacieuse, avec des éléments massifs vitrés et un vétuste évier à deux bacs. Sous les éléments, dans une alcôve, s'alignaient des boîtes de céréales pour enfants avec édulcorants industriels. Un méli-mélo baroque d'assiettes et de bols en plastique sales était empilé dans un des bacs.

Scotchés à l'un des murs, trois grands dessins aux crayons de couleur représentaient des paysages tremblés et des personnages unidimensionnels au visage aplati. L'un des dessins portait ces mots écrits par une main d'enfant : *Maman est ma chérie. Maman est super. C'est la meilleure de la bande. Anthony Jr.*

Je ne lus pas les autres.

– Tu es institutrice ?

– Non, non, dit Kim en fourrageant dans le freezer en quête d'affleurements de glace.

Je remarquai alors le sillage laissé par un enfant, les jouets, les petites voitures en plastique, les dinosaures.

– Hé, je savais pas que tu avais un gosse ! m'exclamai-je d'un ton guilleret.

– Ben, je te l'ai pas dit.

Elle s'approchait lentement de moi, le regard plongé dans les trois doigts de scotch qu'elle remuait de l'index.

– *J'adore* les enfants !

– Je t'ai rien demandé.

Elle se tenait devant moi, les yeux toujours baissés.

– Il est là ?

J'avais pris un ton si pêchu que j'aurais pu retourner chez American Communicators. Bien sûr qu'il était là. J'imaginais le pauvre moutard entrant dans la chambre de môman pour un câlin à l'instant où je fourrais mon zob dans l'intimité de sa mère. J'avais oublié qu'il existait encore des enfants.

– Pourquoi tu ne me l'as pas dit ? Tu pensais que ça me ferait baliser ?

– Hm-hm.

– Arrête ! Les mômes, j'en suis dingue. Et je suis pas le genre délit de fuite.

Quel mec extra !

Kim faisait doucement rouler son front sur l'arête de ma clavicule et fixait toujours le vide entre nous. Tournant légèrement la tête sur le côté, je m'aperçus, avec irritation, qu'elle n'avait pas les yeux fermés de reconnaissance. Elle regardait distraitement ses orteils.

La chambre était la plus petite pièce de l'appartement. Par terre, un matelas grand format, avec des draps vert clair décorés de ramures blanches, deux oreillers habillés de taies Walt Disney bleu vif. Simplet et Grincheux m'observaient, l'un souriant, l'autre renfrogné, de leurs parties respectives du lit. Cela pouvait gêner ma concentration. Une petite lampe champignon en plastique moulé à trois dollars était posée sur un casier à bouteilles métallique bourré de livres de poche. Les paysans médiévaux en fête de Brueghel levaient la jambe sur l'un des murs ; les amants cadavériques de Grünewald se tenaient côte à côte sur un autre. Nous nous enlaçâmes pour la troisième fois.

– J'adore, commentai-je, me référant aux posters.

Je l'embrassai et elle trembla de tout son corps, mais au moment où mes globes oculaires commençaient à rouler dans ma tête elle s'écarta un peu.

– Je vais prendre une douche, d'accord ?

– Je ne bouge pas.

Assis au bord du matelas, les genoux remontés jusqu'au menton, je parcourais des yeux les titres de ses bouquins : un recueil de nouvelles de Flannery O'Connor, *Cent Ans de solitude, The Elements of Style* de Strunk et White, et trois livres de conseil pour survivre à diverses choses.

Je remarquai une poignée rectangulaire en cuivre vissée dans le stuc à quarante centimètres au-dessus du matelas, trop bas pour qu'on puisse y accrocher quoi que ce soit. Peut-être un vestige d'une autre disposition de meubles.

Dès que j'entendis le crépitement de la douche, je songeai à Kim nue et ruisselante. À ses hanches pleines. Allongé sur le dos, j'imaginais les gouttes d'eau sur ses mamelons. Quelle sorte de mamelons ? Des mamelons durs. Érigés.

Je me levai dans l'intention de rejoindre Kim sous la douche, mais une fois sorti de la chambre je me perdis dans l'obscurité peu familière de l'appartement. Plus j'avançais, plus le bruit de la douche s'éloignait. J'ouvris une porte, j'entendis une respiration. Mon regard s'accommoda à l'éclairage chiche d'une veilleuse Popeye fichée dans une prise basse. Un enfant aux cheveux noirs de huit ou neuf ans, étendu sur son lit, sans couverture, s'extirpait d'un mauvais rêve en poussant un dernier petit hennissement. Il était allongé sur le ventre, le menton niché au creux de l'épaule. Son pantalon de pyjama, ciseaux bleus rampants sur champ blanc, était plissé en accordéon, le haut remonté jusqu'à la cage thoracique, le bas touchant presque les genoux. Il faisait peut-être un cauchemar dans lequel les serpents de la rampe l'assaillaient.

Et là, à l'observer longuement, je tombai amoureux de la tragédie, des victimes.

À son retour, Kim portait un peignoir en satin gris à la Joan Crawford dans *Le Roman de Mildred Pierce,* avec épaulettes et ceinture nouée.

Nouvelle étreinte au centre de la pièce pendant laquelle je sentis la fraîcheur humide de sa peau à travers le tissu. J'allais sombrer avec une ferveur nerveuse dans sa robustesse pleine de volupté. J'étais étonné de ne pas avoir la trique. Kim s'amollit un peu dans mes bras, mais quand je voulus glisser une main sous le nœud de sa ceinture, entre les plis, pour toucher sa chair, elle déjoua mes plans en croisant les jambes.

Je me raidis.

– Est-ce qu'on pourrait juste se câliner ? murmura-t-elle. Ça fait longtemps que je n'ai pas... et je ne me sens pas au top, là maintenant.

– D'*aaa*ccord, acquiesçai-je.

Pleine de gratitude, elle me serra contre elle. J'étais furieux.

– Non... non, on n'est pas obligés... Et je reste.

J'ignorais de quel ordre seraient les complications juridiques, mais j'étais on ne peut plus sérieux. Kim garda un moment le silence, puis hocha la tête. Je lui embrassai le dessus du crâne et elle se laissa glisser le long de mon torse jusqu'à s'agenouiller, les lèvres à hauteur de ma boucle de ceinture. J'étais stupéfait que ce soit aussi facile. Au prix d'un immense effort de volonté, je la pris par les bras et la fis se relever.

– On va simplement se coucher, OK ?

Elle hocha de nouveau la tête, les lèvres pincées, l'air misérable.

Nous étions étendus dans l'obscurité, sa tête sur ma poitrine. Ses seins étaient pâles et lourds, ses hanches s'évasaient. Après avoir promis de ne pas m'esquiver, je ne pouvais que me conduire en ours câlin acceptant de lui faire des mamours et de murmurer comme elle me l'avait demandé dès le début.

Au bout de quelques bonnes minutes, nous nous retrouvâmes face à face, allongés sur le flanc. Kim semblait un peu moins malheureuse, mais le sexe n'était toujours pas au programme. Elle n'avait même pas jeté un coup d'œil à ma queue, ni vérifié à tâtons si j'en avais une. Pas de problème. Demeurer dans le noir, les bras le long du corps, échangeant avec elle des fadaises m'emplissait d'un sentiment de tristesse et de délivrance étrange et doux.

– Tu veux que je te dise quelque chose ? demanda-t-elle en me touchant le menton.

– D'accord.

J'étais pris d'un désir irrépressible de l'avaler d'une seule bouchée comme dans un dessin animé. Les doigts me démangeaient de parler la langue des signes.

– C'est à propos de mon dernier amoureux...

Coup de tonnerre dans un ciel serein. Je le savais. Je le savais.

– Il y a six mois, je vivais en Floride. Je suivais des cours dans un centre universitaire tout en travaillant comme secrétaire pour une société d'assurances.

– À Miami ?

Donner mes cours, soulever de la fonte, donner mes cours, soulever de la fonte.

Elle réfléchit un instant avant de répondre :

– Non, à Jacksonville… près de Jacksonville.

Oh, d'accord, on joue à des petits jeux, on pimente la rencontre d'un soir.

– C'est vrai ou tu inventes ?

– Chhh… Laisse-moi te raconter.

Elle entama son récit d'un ton monotone, comme si elle s'adressait à elle-même ou tentait de mémoriser un long discours à mi-voix :

– Ils sont venus me trouver sur mon lieu de travail et m'ont demandé si je connaissais Toy Taylor. À leurs costumes et à leurs coupes de cheveux, j'ai pensé à des flics, d'autant que Toy était en prison. J'ai répondu « Oui, je connais Toy, mais ça fait un an que je ne l'ai pas vu ».

Je ne comprenais pas un mot de ce qu'elle disait. L'état extatique qui m'avait presque fait léviter au-dessus du matelas quelques minutes plus tôt s'était envolé, j'étais en proie à une dépression mutique.

– Ils m'ont dit que Toy passerait sur la chaise électrique la semaine d'après, qu'une nouvelle loi sur les visites conjugales avait été adoptée, que les prisonniers avaient maintenant le droit de recevoir ces visites même s'ils n'étaient pas mariés et qu'ils avaient simplement une copine, et que Toy avait demandé à passer sa dernière nuit avec moi. « Pourquoi moi ? » je leur ai dit. Je n'avais pas vu Toy depuis qu'il avait tué ces hommes, on ne s'était même pas écrit.

« L'un des types a haussé les épaules, il s'est assis au bord de mon bureau, il m'a regardée dans les yeux et il a dit :

"Que vous le fassiez ou pas, ça m'est égal, mais je dois vous prévenir que si vous acceptez, ce sera dans tous les journaux et à la télé. Aucun condamné à mort n'a jamais été autorisé à recevoir une visite conjugale la veille de son exécution, du moins pas avec l'approbation de l'État, et il y aura quantité d'articles et de photos le lendemain parce que c'est ce que veut le directeur de la prison." Puis il s'est penché un peu plus vers moi, comme pour voir si j'avais quelque chose dans l'œil, et il a dit : "Personnellement, je le ferais pas." J'ai failli éclater de rire en l'imaginant au lit avec Toy.

« Je ne savais pas quoi faire. Rentrée chez moi, j'en ai discuté avec ma copine Mary Kay, que je considérais comme beaucoup plus intelligente que moi. Elle m'a dit que si j'acceptais j'entrerais dans l'histoire de la sexualité comme Salomé ou la Grande Catherine, que le fond de la question, c'était de savoir si je voulais ou non passer dans l'histoire de la sexualité. Je trouvais ça marrant parce que j'étais restée vierge jusqu'à vingt-quatre ans. J'avais seulement fait deux vilains trucs dans ce domaine.

« Une fois, j'avais salement griffé le dos d'un garçon alors qu'il était allongé sur moi après m'avoir fait un beau discours sur l'amour libre – Tiens, tu montreras ça à ta prochaine conquête. Une autre fois, je sortais avec un type âgé qui venait chez moi, sniffait de la coke avec un billet de vingt roulé et le laissait sur la table à côté de la lame de rasoir quand il repartait le lendemain matin, comme s'il l'avait oublié. Je n'ai jamais su s'il le faisait exprès, mais, le soir où on s'est disputés, le billet resté sur la table n'était que de cinq dollars... Bref, est-ce que je voulais passer dans l'histoire de la sexualité ?

« Le lendemain à mon boulot, mon patron m'a offert une de ces statuettes de bureau caoutchouteuses avec l'inscription *La meilleure secrétaire du monde,* et le soir j'ai appelé les types pour dire que j'acceptais.

« Je me suis acheté un nouveau sac de voyage, mais je ne savais pas quoi mettre dedans. Du dentifrice ? Du déodorant ?

Je ne pensais pas devoir emporter des trucs pour le lendemain. Pauvre Toy. Finalement, je n'ai mis dans mon sac que du parfum et une chemise de nuit. J'ai pris le train. À mon arrivée, j'ai découvert avec étonnement que personne ne m'attendait à la gare, et j'ai dû prendre un taxi pour me rendre à la prison, en haut de la colline.

« Le lendemain matin à la grille d'entrée il y avait des journalistes et des gens du coin. Ils ont pris des photos, m'ont posé des questions : Est-ce qu'il vous a frappée ? Est-ce que vous pourriez être enceinte ? Qu'est-ce qu'il y a dans votre sac ? Les gardiens me regardaient comme s'ils voulaient savoir, eux aussi. Le temps que j'arrive chez moi, le pauvre Toy était mort. Mon visage était dans les journaux. Les coups de téléphone obscènes ne me dérangeaient pas parce que je ne vivais plus chez mes parents, ils étaient morts, eux aussi. Ce soir-là, j'ai laissé Mary Kay me doigter, mettre sa tête entre mes jambes. J'ai quitté mon boulot. Tout le monde me reconnaissait. Je pouvais avoir tous les hommes que je voulais. Ils me tournaient autour dans les bars, mais ensuite, aucun d'eux n'arrivait à bander. Ils avaient peur de me la mettre, peur qu'au moment où j'écarterais les jambes des étincelles électriques en jaillissent. J'étais l'Ange de la Mort. Et tu sais quoi ? Ça ne me dérangeait pas du tout.

« Le plus drôle, c'est que Toy et moi, on n'a rien fait cette nuit-là. Il était si misérable que je l'ai seulement serré dans mes bras. Je ne me suis même pas déshabillée…

Elle appuya d'un hochement de tête cette timide déclaration. Tout ce bazar avait l'air d'une récitation, d'une histoire qu'elle aurait écrite et mémorisée.

Je ne savais pas comment elle voulait que je réagisse. L'idée déprimante me traversa qu'elle m'avait raconté tout ça pour se débarrasser de moi. J'avais presque les larmes aux yeux de déception. Ange de la Mort, mon cul.

— Qu'est-ce que je suis censé dire ?

— Tu n'es pas obligé de dire quoi que ce soit, répondit Kim d'une voix chantante.

Elle se mit à presser de son index tendu divers points de ma poitrine comme si elle cherchait un panneau coulissant secret.

– Tu n'es pas obligé…

D'accord, elle a peur, elle me fait un numéro. Moi aussi, j'ai peur. Merde, non, j'ai pas peur, je suis anéanti. Je suis furieux et je ne suis pas un chien qui renifle le cul de la première femelle qui passe.

– Enfin, Kim, comment veux-tu que je réagisse ?

– Tu n'es pas obligé de réagir.

S'il est possible parler « à l'aveuglette », c'était exactement ce qu'elle faisait. Embarrassée, acculée. Son doigt appuya un peu plus fort sur ma poitrine.

– Comment ça, « pas obligé » ? Je suis au lit avec toi, tu me racontes cette histoire de baise avec un tueur – qu'est-ce que je suis censé faire ?

Je me rendis compte que je m'étais mis à crier parce que son doigt me faisait mal, qu'il s'enfonçait presque dans ma chair. Elle avait une expression agitée, étrangement perdue.

– C'est une histoire que tu as écrite ? Oui ou non ?

– Oui *et* non, répliqua-t-elle, sur le ton d'un enfant qui ne sait plus comment se sortir d'une attitude de défi.

Bon, terminé. Je me redressai pour me rhabiller, mais elle posa aussitôt une main sur mon coude.

– C'est une histoire, c'est une histoire, débita-t-elle à toute vitesse. J'ai le droit de raconter une histoire, non ?

– J'ai pas le temps pour ce genre de conneries, Kim. Je n'ai plus dix-huit ans.

Je me laissai retomber sur le matelas et elle se remit à me donner de petits coups secs avec son doigt.

– Vraiment ?

Le dernier coup m'arracha un gémissement de douleur.

– Oui, vraiment, et arrête de me *poignarder,* déjà !

– Vraiment, répéta-t-elle.

Cette fois cependant elle avait la gorge nouée par un sanglot et soudain, sans baisser les yeux, elle m'empoigna la bite.

Elle était sous moi, les genoux encore rapprochés, une main sur mon dos, l'autre à plat sur le matelas, sous sa hanche. J'étais en elle, mais mes jambes chevauchaient ses cuisses. Le dos arqué, je remuais doucement, passais à un mouvement de rotation, accélérais, changeais plusieurs fois de cadence. La respiration de Kim demeurait régulière.

– Attends, me dit-elle.

Elle m'éjecta en se soulevant d'un côté, attrapa l'oreiller Simplet et le glissa sous ses fesses.

– À la dure, s'il te plaît.

Je passai en mode à la dure en m'agrippant aux sangles latérales du matelas. Après plusieurs minutes de concentration silencieuse, Kim jouit, respirant bruyamment par le nez contre mon épaule. Je jouis juste après : quelqu'un se hissant sur une corniche après avoir aidé quelqu'un d'autre à le précéder. J'étais allongé sur elle, ma main sur son front comme pour vérifier si elle avait de la fièvre. Lorsque je roulai sur le côté, elle fondit en larmes et se blottit contre ma poitrine.

– C'est dur, geignit-elle en reniflant. C'est toujours dur.

Je me réveillai sous un ciel qu'une promesse grise de pluie rendait sirupeux. Kim dormait le dos tourné vers moi, sa main gauche suspendue à la poignée en cuivre, le poids du bras soutenu par son poignet plié. Je me levai pour aller aux toilettes, en proie au blues que je m'étais prédit dès que je l'avais vue dans le bar.

En passant devant la chambre du gosse, j'ouvris doucement la porte.

Sa couverture gisait par terre. Il était sur le dos, les bras levés au-dessus de la tête, les jambes écartées, les genoux pliés, la bouche ouverte, comme sur un cri – l'image même d'un corps tombant de très haut.

Derrière la porte de la salle de bains, un grand miroir en pied encadré d'aluminium était accroché à deux clous recourbés. Je me plantai devant pour m'examiner. Si depuis que je faisais des haltères je passais beaucoup de temps devant les miroirs, c'était cette fois différent : je cherchais à voir ce que Kim voyait en moi.

Je ne pouvais en aucune façon me qualifier de beau. J'avais en permanence des poches sous les yeux depuis l'âge de trois ans, un héritage du côté Rabin. Mon nez, sans franchement ressembler à une patate, manquait de symétrie. Il était simplement là, le nez au milieu de la figure. J'avais en revanche de jolis cheveux, épais et ondulés, châtain clair avec des mèches blondes. Je ne les peignais jamais, je me contentais de les ramener en arrière avec mes doigts. Les femmes aussi passaient leurs doigts dans mes cheveux quand nous étions au lit. Sauf Kim. Je détestais mes yeux parce qu'ils étaient un peu décentrés, et je me souviens que les plus compatissants de mes camarades à l'école primaire me traitaient parfois de bigleux. Parfois aussi les femmes interprétaient mon léger strabisme comme le signe d'un désir ardent.

Aux gens qui me posaient la question, je répondais que je mesurais un mètre soixante-cinq, ce qui n'était vrai qu'en chaussures. J'étais trop maigre, je n'avais jamais pesé plus de cinquante-quatre kilos, mais le culturisme était en train de tout changer et mon corps commençait à m'aller comme un costume italien sur mesure : pas de graisse, pas de ventre, rien qui ne fût pas à sa place.

En retournant me coucher, j'estimai que Kim aurait pu tomber plus mal.

Je fus réveillé à dix heures par des cloches d'église. J'étais seul dans le lit. Les détails de la reproduction de Brueghel se perdaient dans la grisaille du jour. L'appartement était silencieux. J'en fis le tour en caleçon, vaguement effrayé à la perspective de tomber sur le gosse.

Un mot écrit sur du papier orné de papillons et de champignons était scotché au couvercle de la cuvette des W-C :

J'ai dû conduire mon fils à son rendez-vous à Richfield avec son pédiatre. Je t'ai laissé un petit déj' dans le frigo. Appelle-moi ce soir, s'il te plaît. Tu me manques déjà.

L'A. de la M. (Un angelot, plutôt)

P.S. : ce n'était qu'une histoire (tu le savais).

P.P.S : ton nom est Pie[1].

Je trouvai des tranches de pomme et des quartiers d'orange disposés autour d'un œuf dur sur une assiette en plastique vert dans le réfrigérateur. Elle ne les avait pas recouverts et les tranches de pomme étaient légèrement bordées de marron.

Après avoir jeté les fruits pour faire croire à Kim que je les avais mangés, je retournai dans la chambre. Je fouillai dans les tiroirs de sa commode : des soutiens-gorge à petits bonnets et des culottes en satin crème avec ceinture en dentelle, un journal intime aux pages vierges avec une serrure m'as-tu-vu inutile. En bas du placard masqué par un rideau, une paire de vieilles sandales, avec la forme et les particularités de ses orteils imprimées dans les semelles.

J'étais vraiment, sincèrement, stupidement amoureux, comme frappé d'un coup de maillet.

Dans une boîte à chaussures posée à côté des sandales, je trouvai plus de trois cents dollars en petites coupures. Un classeur en accordéon rangé derrière la boîte contenait une dizaine d'enveloppes de chèques annulés et des relevés de banque des deux dernières années : son solde allait de quarante-trois à six cents dollars, avec quelques chèques en bois ici et là, jamais plus de vingt dollars. Je repérai une erreur de soustraction qui avait été la cause d'un des refus… je savais que Kim ne ferait pas ça volontairement.

Un autre classeur était bourré de devoirs corrigés et je découvris avec étonnement qu'elle avait fréquenté Straight.

---

1. Jeu de mots entre la phrase de l'Évangile « Your name is Peter » (« Ton nom est Pierre ») et le nom d'un personnage de publicité pour tartes (en anglais *pie)*.

Je ne me rappelais pas si elle l'avait mentionné ou non. J'appris aussi que son nom de famille était Carmichael – ça, elle me l'avait dit, je m'en souvenais maintenant, mais je ne l'avais pas enregistré. Je me demandai si elle avait gardé en mémoire mon nom de famille – probablement pas. Kim avait été une bonne étudiante, pas de notes en dessous de B+. Elle avait écrit pour la classe de folklore d'Aaron un texte intitulé « Grendel[1] en Gregor Samsa : une étude de l'aliénation dans les textes anglais anciens ». Tombé amoureux du texte, Aaron lui avait mis un A+, ce connard. Cela m'excitait qu'elle ait été une étudiante couillue, cela l'arrachait à la vacuité beigeasse des filles de petites villes.

Je tombai ensuite sur un gros paquet de textes qu'elle avait pondus dix ans plus tôt pour l'atelier d'écriture de Fonseca. J'étais scié. Nous avions suivi les cours d'un même prof. Nous devenions à chaque instant plus proches. Je parcourus les commentaires de Fonseca. Sur le premier texte, il avait griffonné *Qui croyez-vous berner ?*. Intitulé « Plus sombre sera la baie », il était écrit à la première personne, du point de vue d'une prostituée noire de Harlem.

Après cette première tentative, Kim avait décollé et tous les commentaires de Fonseca étaient élogieux : *Vous m'impressionnez,* ou simplement : *Quatre étoiles.* Deux d'entre eux avaient un ton étrangement plus intime : *Magnifique, comme d'habitude,* et, un peu plus bas : *Désolé, c'était franchement con de ma part.*

J'avais lu tout cela accroupi, en équilibre sur mes avant-pieds, et au bout d'un moment j'avais les genoux en feu et je me relevai à contrecœur pour aller m'habiller.

Pour répondre à celui de Kim, je rédigeai cinq ou six mots qui finirent tous à la poubelle parce que je n'arrivais pas à trouver le ton juste. Je craignais aussi que le gosse ne tombe dessus avant elle.

En enfilant mon manteau dans le vestibule, je me regardai

1. Grendel est un personnage du poème épique *Beowulf.*

distraitement dans un miroir et fus étonné par mon expression soucieuse. Je pris conscience que quelque chose m'intriguait depuis que je m'étais éloigné du placard, mais je n'arrivais pas à mettre le doigt dessus. Je me sentais inquiet, perdu, comme si j'avais oublié quelque chose, ou oublié ce que j'avais oublié. Je ne voulais pas quitter l'appartement avant d'avoir éclairci cette histoire. Cela concernait le gamin. Non. Je vérifiai que j'avais bien enfilé mon slip. Cela concernait Kim, alors. Curieusement, dans ma tête, je m'étais mis à l'appeler « Kimberly Fonseca ». J'étais peut-être jaloux de ses commentaires élogieux.

Je retournai au placard, m'accroupis de nouveau, retrouvai le texte. Kim Carmichael. J'avais peut-être sans le vouloir piqué un ou deux billets dans la boîte à chaussures. Non, tout y était, trois cent vingt-cinq dollars. Je mis à nouveau le nez dans le classeur des relevés bancaires, et c'était là. *Kimberly Fonseca.* Putain. Dur-dur.

Vous m'impressionnez. Qui croyez-vous berner ? C'était con de ma part. Je suis désolé. Quatre étoiles.

Je sortis à reculons de la pièce comme si Fonseca, embusqué dans un coin, s'apprêtait à me sauter dessus. OK. OK. Elle a suivi ses cours. Ils se sont mariés. Ils sont maintenant séparés. Divorcés. Non, séparés. Sur le point de se remettre ensemble. Il va débouler avec un bouquet de roses. Il est baraqué. Très physique. Il est dingue. Complètement fêlé. Et toi, tu as remis ça, trou-du-cul. Tu es tombé amoureux. Il va salement t'arranger le portrait, c'est sûr. Tu viens de troncher sa femme, avec son gosse dans la pièce à côté. Oh, arrête, espèce d'idiot. Pour ce que tu en sais, ce n'est peut-être qu'une coïncidence. Elle a épousé un autre homme qui s'appelle aussi Fonseca. Ouais, c'est ça. Il doit y avoir des milliers d'autres Fonseca à Buchanon, État de New York. Non, merde, c'est forcément lui, le gosse signe ses dessins Anthony Jr. Mon prof. Il pourrait me la prendre. C'est lui le professeur. Et jusqu'à quel point « ex » veut dire « ex » ? Il y a l'enfant. Les droits de visite. Fais gaffe. Ne traîne pas dans le coin le dimanche matin. Il était costaud, à l'époque, de la brioche mais musclé aussi, et son numéro de mauvais garçon le faisait paraître deux fois plus dur encore. Et si Kim se servait de moi pour le rendre jaloux ? Je me vis en vrac au pied de l'escalier aux serpents tandis qu'elle et lui, sur le palier, s'embrassaient et s'enlaçaient en se murmurant des « Pardon » et des « Jamais plus ».

Soudain, je m'en fichais complètement. Ça n'avait plus aucune importance. Ce n'était qu'une nuit. Une sacrée bonne nuit. Non, même pas. Nous avions eu beaucoup de mal à faire l'amour. Et j'avais aussi eu du mal à dormir, en plus. Je me retrouvais dans le film de quelqu'un d'autre, et ça m'était égal.

Kim était une fille de petite ville. Les filles de petite ville font ça tout le temps. Elles croient aux paroles des chansons country. Elles aiment donner des coups. Elles vous sucent puis elles envoient leurs petits copains pétés taillader les pneus de votre voiture. Comment j'avais pu tomber amoureux d'une provinciale ? J'étais un gars de New York. Aussi jolie et formidable soit-elle, je ne me sentirais jamais à l'aise et en paix avec une provinciale. Ce serait toujours la solitude à deux.

Mes parents avaient une maison de campagne dans le nord de l'État de New York et, enfant, je jouais dans les bois qui s'étendaient derrière avec les gosses du coin. Un jour, un gamin au crâne rasé et aux yeux bleus, Eugene Bohannon Jr, avait glissé une main sous le fond de son pantalon, m'avait regardé en grimaçant, puis m'avait montré un petit étron pointu. Il s'était chié dans la main. Les provinciaux me rappelaient le président Eisenhower. Il flottait dans leurs maisons une odeur de couches mijotant dans une lessiveuse. Ils avaient les yeux trop clairs. Moi, il me fallait le métro et les immigrés. Les potes de mon quartier. Kim n'avait pas de sentiments. Mais je la revis alors seule au Chee Lok. Je repensai au mot qu'elle m'avait laissé. Aux fruits sur la méchante assiette. À son poignet reposant sur la poignée quand elle dormait. Au pli que donnait à sa bouche la croix qu'elle portait, quelle qu'elle pût être. À son sourire aux lèvres closes, à ses yeux.

J'étais dingue de cette femme et Tony Fonseca semblait plus baraqué que King Kong.

Dans la voiture en rentrant chez moi, je m'efforçai de juguler mon angoisse, mais je ne trouvai au contraire que d'autres bonnes raisons de m'inquiéter. L'éternel trois-quarts de Fonseca était en cuir, ce type était dans le cuir. Ses mains ressemblaient à des crochets de boucherie, elles étaient couvertes de balafres qu'il s'était probablement faites en massacrant des chasseurs de chattes, ou des mecs qui avaient simplement dit « Salut » à Kimberly, la lumière de sa vie. Il avait claqué sa porte au nez de Mossi. Il jurait à tout propos. Je n'arrivais pas à me rappeler si j'avais su qu'il était marié. Le temps que j'arrive chez moi, Tony Fonseca avait pris la place de Kim dans mes obsessions et j'errais d'une pièce à l'autre, totalement perdu dans mes pensées. J'avais besoin de quelqu'un pour me conseiller et me réconforter.

En fouillant dans le tas de dissertes et d'histoires que j'avais écrites en première année, je dénichai celles que j'avais faites pour Fonseca et je lus attentivement ses commentaires. Ils me parurent tous négatifs et sarcastiques, comme s'il avait anticipé le mauvais tour que je lui jouerais cinq ans plus tard.

Sur ma première « œuvre » – une satire, dans mon intention, mais d'un racisme choquant –, il avait écrit : *Je n'arrive pas à savoir si vous me faites marcher ou non. J'espère que c'est bien le cas. Je l'espère pour* vous.

Sur mon deuxième texte, une parodie de la cupidité exhibée dans les jeux télévisés, il avait noté : *Avant d'entrer en classe, nous laissons nos magazines* Mad *à la porte : vous écrivez comme un Blanc jouant au basket à Harlem.*

Pour le troisième, dans lequel j'avais essayé de corriger le tir et de mettre de la tendresse dans une histoire apocryphe concernant mon père, il avait eu pour seul commentaire : *Très gentil.* Je ne parvenais pas à savoir si « Très gentil » était positif ou négatif. Ça me paraissait moqueur, et pour tirer l'affaire au clair je relus mon texte :

Pendant la Seconde Guerre mondiale, mon père, vaguemestre dans une unité de l'armée américaine, marchait dans une rue d'une ville autrichienne, perdu dans ses pensées, quand il se retrouva tout à coup sous le feu d'un Messerschmitt volant en rase-mottes et fonçant droit sur lui. Il demeura planté sur le trottoir, les genoux pliés, les pieds écartés, comme s'il mimait un type coulant un bronze, tandis que les balles de mitrailleuse sifflaient et ricochaient sur les pavés de chaque côté de lui. Dix minutes après le passage de l'avion, il se tenait toujours au même endroit. Il se toucha la poitrine, haussa les épaules et marmonna : « Mais qu'esse tu m'veux ? » De retour à la salle du courrier dont il était responsable, il prit conscience d'une douleur palpitant dans sa main droite, qu'il serrait si fort que ses jointures en tremblaient. Il ouvrit lentement ses doigts, dont les ongles s'étaient enfoncés dans sa chair, découvrit une douille sur sa paume. Il se souvint vaguement de l'avoir ramassée tout de suite après que l'avion avait disparu. La douille, chauffée au rouge, avait brûlé sa peau et laissé une marque cylindrique du petit doigt à l'index. Il y avait aussi trois petites entailles incurvées à l'endroit où ses ongles avaient percé la peau. Ce fut le seul épisode au feu que mon père connut en quatre ans.

Il racontait de temps en temps l'histoire de la douille, avec moi ou quelque autre compagnie pour auditoire, et j'aimais la façon dont il prononçait ces mots : « Mais qu'esse tu m'veux ? » Quand j'étais enfant j'imitais à la perfection mon père racontant son histoire : les sourcils haussés, la mine consternée, les bras ballants le long du corps. Je l'adorais lorsqu'il faisait ça…

J'eus honte d'avoir brossé un portrait aussi transparent d'un père et d'un fils mollassons. J'en voulais aussi à Fonseca, dont le « Très gentil » me parut soudain condescendant pour ma famille. Je sentais monter en moi une colère offensée du genre « T'as traité ma mère ? ». J'ôtai ma chemise et bandai mes muscles pour faire peur à mon miroir.

Allez, fais monter la pression. Je tournais en rond dans l'appartement comme un Hell's Angel entre quatre murs. Je me traitais de couille molle, de pine d'huître. Quand je fis tomber un mug sur le sol de la cuisine, je lui dis d'aller se faire foutre. Le téléphone sonna. Une voix d'homme demanda Carol et, avant de raccrocher brutalement, j'annonçai au mec qu'elle n'était toujours pas rentrée de sa sortie du samedi soir et qu'il ferait bien d'ouvrir les yeux.

Une heure de ces conneries m'amena au bord de l'effondrement physique et mental.

Dans une dernière tentative désespérée pour repousser le désespoir profond qui attendait que j'aie fini ma danse de débile, je décrochai et appelai Audie Murphy[1]. J'avais besoin de lui.

— Papa ? dis-je, assis par terre dans la position d'un Indien au conseil de la tribu.

— Salut, mon pote.

— Comment tu vas, papa ?

— Ah, ça va.

— Quoi de neuf ? demandai-je, la fatigue donnant à ma voix un ton détaché.

— Ah, la mère de Vy est morte jeudi, répondit-il, comme s'il m'expliquait que son chèque pour payer l'électricité avait été refusé.

— Quoi ?! m'exclamai-je dans un mélange de compassion et de colère.

— On l'a enterrée vendredi…

Merde !

— Pourquoi tu ne m'as pas prévenu ?!

— Elle était malade depuis si longtemps, se justifia-t-il.

Je l'imaginai haussant les épaules à l'autre bout de la ligne.

— Je ne vois pas le rapport, répliquai-je en tentant de me dominer. Comment va Vy ?

---

1. Ce célèbre acteur (de westerns, principalement) avait été le soldat américain le plus décoré de la Seconde Guerre mondiale.

– Qu'est-ce que tu veux, c'était sa mère…

– Ça veut dire *quoi*, ça ? Elle est hystérique ? Elle pleure ? Elle plaisante ?

Me laisse pas tomber, putain. Je m'enlisais à nouveau dans un épuisement sans fond. Kim. J'allais la perdre. Aussi sûrement que j'allais perdre la tête en m'occupant de ma foutue famille. La veille au soir, toute ma vie avait commencé à se dissoudre par fragments, comme un rêve dont le souvenir s'effiloche.

– Vy observe la Shiv'ah, on a quelques amis qui viennent à la maison…

– Je vais venir moi aussi, déclarai-je d'une voix morne et glacée.

J'étais en train de perdre mon père. J'allais perdre Kim. Ma mâchoire tremblait.

– Nan, mon garçon, c'est pas la peine… Vy apprécierait, mais…

Funérailles. Famille. Mon cœur était comme un piège à ressort tendu. Je me mis à pleurer.

Mon père m'écoutait sangloter.

Je l'écoutais soupirer.

C'était comme une conversation entre deux types donnant des coups de téléphone obscènes. Allez, facteur, remets la lettre.

– Rentre à la maison, Peter, lâcha-t-il enfin, à la fois touché et ébranlé.

– Merci, dis-je, sincère.

– Je te jure, petit, si j'avais su que la mère de Vy comptait autant pour toi…

Ma stupéfaction me fit l'effet d'un remontant physique.

– Tu es stupide, énonçai-je d'un ton calme avant de raccrocher. Tu es stupide, répétai-je à l'appartement.

Les yeux fermés, la tête baissée, je tentai de toutes mes forces de me rappeler la nuit écoulée : Kim, le Chee Lok, le gosse, le matelas, Kim. Je fourrai une main dans mon pantalon pour m'empoigner l'entrejambe. Mes poils pubiens étaient humides et collants, mes couilles glissantes, ma queue douloureuse. Des preuves. Fils de pute. Je reniflai et secouai la tête, à la fois de dépit et de soulagement. Je ne savais pas à qui je ressemblais le plus : Lazare ou le Connard de l'Année.

Va te laver la figure, imbécile. Pleurnichard.

Sur la route de l'aéroport, je m'efforçai de me convaincre que je rentrais à la maison davantage pour les contrarier que pour me justifier. Je n'arrêtais pas de peloter mon bas-ventre humide pour me rappeler qu'il y avait d'autres jeux en ville.

Pense à Kim. Kim est importante. Ma classe est importante. Jack et Zybysko aussi. Prends-les tous et glisse-les entre toi et ta famille. Vois ce que ça donne. Kim est importante. Elle compte. Cette fille que tu viens de rencontrer dans un bar chinetoque pour célibataires, qui t'a emmené chez elle et que tu as bourrée, c'est ce qui compte le plus. Tu l'appelles ce soir de chez ton père. Tu appelles tout le monde pour raconter que tu as rencontré cette fille formidable seize heures plus tôt, et que même si ça ne marche pas tu sais maintenant ce qu'est l'amour et que tu ne te contenteras plus jamais de moins. Et si ça ne plaît pas à Fonseca, tu l'emmerdes.

Ça marchait. Ça marchait si bien que je délirais totalement au sujet de Kim. J'étais amoureux sans me disperser. J'entrevoyais à quel point la vie peut être riche quand on ne se démène pas comme un névrosé pour s'inventer des « oui mais »… Après avoir roulé un quart d'heure, je voyais le ciel et la verdure avec la clarté enivrante du choc amoureux. Je trouvais que le DJ de mon autoradio avait une voix merveilleusement ferme, qu'il avait fait un excellent choix de carrière. J'aurais voulu avoir le téléphone dans ma voiture. Pouvoir tendre le bras pour toucher quelqu'un de cher, exactement comme dans une pub pour la compagnie de téléphone. J'étais dans l'humeur adéquate pour vendre n'importe quoi à n'importe qui, jusqu'à des tampons à des chauffeurs routiers.

Dans la dernière partie du trajet, alors que je grimpais la bretelle menant à l'aéroport, je me retrouvai derrière un pick-up à moitié mort et je m'enfonçai à nouveau dans la panique. Kim m'avait demandé de l'appeler dans la journée et je ne connaissais pas son numéro de téléphone. S'il n'était pas dans l'annuaire, je ne pourrais pas la joindre. La seule solution consistait à retourner chez elle pour laisser un mot dans sa boîte aux lettres – non, elle ne l'ouvrirait pas avant demain. Pas de courrier le dimanche. Il faudrait que je laisse le mot sur son paillasson. Mais si je faisais ça, je raterais l'avion et je perdrais ma famille. Jusqu'à ce que je devienne père, je restais un fils. Un autre bahut se traînait derrière moi. Tout s'écroulait. J'avais choisi d'aller à l'aéroport et je sentais que tout ce que j'avais acquis en un mois, tous ceux que j'avais rencontrés, tout ça n'était finalement que de la merde. J'avais le cerveau en marmelade, répandu par terre.

L'aéroport local avait été conçu dans l'épouvantable style municipal des années cinquante, « L'avenir commence maintenant », avec notamment deux vitrines, l'une montrant une maquette d'usine, l'autre des échantillons de sous-produits de l'industrie de la bauxite. Les murs étaient décorés de stupides photos encadrées de modèles d'avions dépassés traversant les nuages, d'une vue aérienne de l'aéroport, d'une pancarte indiquant *LES DIABLES VOLANTS SE RETROUVENT LE MARDI SOIR DANS LA SALLE DE SOUFFLERIE.*

Dans l'atmosphère tranquille de la salle d'attente, je cherchai Kimberly Carmichael dans l'annuaire. Elle n'y était pas, bien sûr. J'essayai ensuite Kimberly Fonseca. Toujours pas. Il y avait cependant un A. Fonseca, dont je fixai longuement, sans crainte me sembla-t-il, le numéro. Mais pas de Kim. C'était foutu. Non, attends, ce n'est qu'un échec temporaire. Appelle Kim à la première heure lundi matin au secrétariat de géologie. Oui, mais elle m'a demandé d'appeler *aujourd'hui.* « S'il te plaît, appelle-moi ce soir. » Bon, tu l'appelles demain, tu as un enterrement à New York, bon Dieu. Qu'est-ce qu'elle veut ? Arrête avec ton choix mélodramatique : l'aéroport ou le mot. Tu la joindras demain. Remets-toi, cesse de te morfondre. Et c'est exactement ce que je fis. Assis dans la salle de la soufflerie, je me mis à l'ouvrage. Je revoyais Kim glissant le long de mon corps, tremblante, le regard détourné, caressant mon pouce dans la voiture, les yeux brillants sous les lumières de la grand-route. Le mot sur le papier orné de champignons. La pile de bols en plastique pour les céréales. La finition en dentelle de ses petites culottes. Il n'y avait jamais eu de femme comme elle. Mon Dieu, je vous en prie, faites que je ne la perde pas. C'est ça. Continue. Je réussis à m'expédier dans un autre délire heureux et pitoyable. Comme des stigmates miraculeux, les bleus que son doigt avait laissés sur ma poitrine se remirent à palpiter. Je fus pris d'une envie de composer des vers geignards. J'avais mal aux dents, mes yeux me brûlaient. Je me sentais violenté, tout contusionné. Un chien. J'étais perclus de douleurs dans tous les os comme si j'avais la grippe, mais, comme dans « Love Jones », du groupe Brighter Side of Darkness, j'étais si lamentablement heureux que j'aurais pu survivre à dix enterrements, invité ou non.

Mis en circuit d'attente, mon avion dut tourner pendant deux heures au-dessus de La Guardia. La pluie tombait en un rideau gris acier. Lorsque mon taxi s'arrêta devant l'immeuble, je pus voir en levant les yeux que le lustre de notre cuisine était allumé.

Vy était assise sur une chaise, ses jambes gainées de bas allongées sur une caisse en bois. Mon père, sans cravate, portait son costume en mohair noir et une kippa trop petite, noire également, qui gondolait sur le sommet de sa tête. Les grands miroirs veinés étaient tendus de drap noir. Dans le living, trois des amis de Vy mangeaient du gâteau spongieux. On avait posé sur le téléviseur une bouteille de whisky Fleischmann et six petits verres.

J'étais revenu tout faraud mais j'avais à peine franchi la porte que je vis mon père sursauter.

— Ah… le voilà ! s'écria-t-il.

— Oh, regardez, c'est Peter ! renchérit Vy.

Aussitôt, je bafouillai des excuses et des explications pour mon absence à l'enterrement. Vy ne pleurait pas mais ses yeux semblaient baigner dans une gelée rose. Comme toujours, ses cheveux étaient crêpés et laqués en un casque de bronze. Elle se penchait maintenant au-dessus de la caisse dans une mince robe noire. Je ne me souvenais pas qu'elle avait les hanches aussi décharnées. C'était vraiment une toute petite femme frêle.

– Je suis désolé, Vy...

– Oh, regardez-le !

Elle sourit, se redressa et me prit dans ses bras pour presser mes biceps tout neufs. Je portais un pull à col roulé moulant, mes vêtements de deuil étaient dans mon sac de gym.

En l'embrassant sur la tempe, je remarquai que les photos d'œuvres d'art en macaronis avaient été décrochées.

– Regardez-le... Professeur de faculté !

Accrochée à mon bras, elle se tourna vers les trois visiteurs, collés cuisse contre cuisse sur la causeuse. Il y avait là un couple aux allures de paysans russes, de lointains cousins ou quelque chose comme ça, et l'amie de Vy, comptable dans le secteur de la confection, qui était passée sans me voir devant moi dans la Septième Avenue, quand je mangeais assis sur le trottoir.

– Regardez-le, répéta Vy en me tapotant la poitrine comme pour me faire entrer dans une valise. Maintenant, nous sommes deux à ne plus avoir de mère, ajouta-t-elle, les larmes aux yeux.

– Ce n'est pas vrai, Vy, j'ai une mère.

J'avais dit ça en me tournant vers mon père. Appuyé contre le mur, les mains dans les poches de son pantalon, il m'approuva d'un signe de tête : Brave garçon. Le trio assis dans la causeuse s'extasia en chœur, Vy tendit les bras, me prit par le cou et approcha mon visage de ses lèvres.

– Te fous pas de ma gueule, mon chéri, murmura-t-elle gentiment.

Comme je ne l'avais jamais entendue proférer le moindre gros mot, j'en fus si étonné que j'éclatai de rire.

Une heure plus tard, tandis que mon père reconduisait les visiteurs jusqu'à l'ascenseur, j'étais assis sur la table basse, de sorte que j'avais les yeux au même niveau que ceux de Vy.

– Regardez-le, soupira-t-elle.

D'un geste de la main, elle m'incita à lui verser un verre de whisky.

– Écoute, Vy, je vais t'expliquer un truc qui m'a aidé à la mort de ma mère. Ça va te paraître idiot, mais chaque fois que je pensais à elle, à ma solitude, je chantais un air très populaire à l'époque chez les gamins... Ce n'était pas vraiment une chanson, c'était le générique d'une émission de télé...

– Regardez-le, dit-elle pour la énième fois.

– Tu chantes ce que tu veux, un air qui te plaît entendu à la radio et qui te fera oublier ton chagrin... Tiens, Billie Holiday !

Elle ne répondit pas, eut un sourire triste et continua à inspecter mes pectoraux et mes biceps en évitant mon visage. Je rougis. J'avais l'impression d'avoir récité le texte d'une comédie musicale. D'une seconde à l'autre, nous allions entonner ensemble « Put on a Happy Face[1] ».

– Bon, c'était juste une idée comme ça...

Elle me tapota la main, recula d'un pas.

– Comment tu t'es fait tous ces muscles ?

Je haussai les épaules, me servis à mon tour un coup de Fleischmann.

– Et qu'est-ce que tu chantais ? me demanda-t-elle vaillamment.

– Oh... un truc de gosse.

– Oui, mais quoi ? insista-t-elle d'un ton taquin.

– Un truc idiot...

Elle allait arriver à me faire chanter. Bravo.

---

1. « Souris à la vie », interprété en duo par Janet Leigh et Dick Van Dyke dans le film *Bye Bye Birdie*.

– « C'est Félix le Chat, le merveilleux, merveilleux chat, da-da-da-da-da… » Non, laisse tomber, c'était une idée stupide.

À son retour, mon père m'adressa un clin d'œil de remerciement.

– Il est à quelle heure, ton avion, fils ?

– Mon avion ? Je pensais repartir demain, dis-je, soudain nerveux. Passer la nuit ici, si vous êtes d'accord…

– Bien sûr, bien sûr, répondit-il d'un ton détendu, mais avec un geste de la main pour me calmer.

– Il pleut, c'est dangereux de prendre l'avion, arguai-je.

– Hé, tu restes aussi longtemps que tu veux. C'est chez toi, ici.

En entrant dans mon ancienne chambre, je me rendis compte que c'était fini. Plus de peine de cœur, et je me tapotai la poitrine comme pour vérifier que j'avais bien mon portefeuille. Mais j'entrepris aussitôt de faire revenir mon chagrin d'amour et, afin de l'arrimer solidement, je décrochai le téléphone, composai le numéro de Jack pour lui annoncer que j'étais amoureux. Il n'était pas chez lui.

J'appelai vainement sept autres personnes, y compris April, pour leur apprendre la nouvelle. Pas question cependant d'en parler à la famille. Je passai la moitié de la nuit à conjuguer heures de vol, heures de classe, heures d'attente, en vue de me précipiter dès que possible au secrétariat de géologie. Lorsque je quittai la maison à six heures du matin, mon père et Vy se tenaient dans le vestibule pour me dire au revoir.

Je pris le vol de sept heures trente pour le nord de l'État et commençai mon cours avec dix minutes de retard seulement.

Je me rendis en voiture au département géologie, lissai mes cheveux en arrière en observant mon reflet dans les carreaux vernissés du couloir, me dirigeai vers la porte du secrétariat en imaginant une Kim au dos raide, le regard hypnotisé par une grosse machine à écrire IBM rose saumon. Je découvris non pas Kim mais une autre secrétaire en tailleur vert pâle avec veste cintrée, des cheveux courts alternativement aplatis ou hérissés, comme si elle avait fait tomber son téléviseur portable dans sa baignoire ce matin-là. Elle avait un suçon sur la gorge. Une plaque posée sur son bureau indiquait qu'elle s'appelait Mary Kay Cicero.

– Kimberly est là ?

– Kim Fonseca ?

Elle m'examina des pieds à la tête. Les nouvelles circulaient vite.

– Fonseca ? répétai-je comme un idiot.

– Elle ne travaille pas aujourd'hui.

– Vous savez où je pourrais la joindre ?

Mary Kay haussa les épaules.

– Dites-lui que Peter est passé, d'accord ?

– D'accord.

Au lieu de partir, je m'attardai dans le bureau, me dandinant d'un pied à l'autre, une foule de questions au bord des lèvres. Dans l'histoire de Kim, la meilleure amie de la fille s'appelait Mary Kay. Le téléphone sonna.

– Jlojie, ronronna-t-elle... Oh, salut, Tony.

Elle s'étira, bâilla.

Affolé, je me penchai par-dessus le bureau.

– C'est Tony Fonseca ?

Elle me fit lentement « Non » de la tête et je sortis de la pièce d'un pas mal assuré. Oubliant ma voiture, je courus jusqu'au bâtiment Hopper et me rendis au bureau de Jack.

– Hé, salut, Pete...

Assis dans son fauteuil, il soulignait avec soin des passages de l'édition cartonnée d'un épais volume. Les lunettes papillon à double foyer de Fiona ornaient son gros visage penché en avant. Une chaînette d'argent cassée pendait à l'une des branches. Il ressemblait à Margaret Rutherford en plus costaud.

En m'approchant, je vis qu'il potassait le *Physician's Desk*

Reference[1]. Jack était l'un de ces hypocondriaques forcenés qui en savent presque autant qu'un étudiant en médecine de première année sur les symptômes de maladie grave.

– Jack, j'ai un problème de femme…

– Tu ne baises pas une de tes minettes, j'espère ?

– Putain, non. Je suis amoureux.

– C'est super, ça.

– Ouais. J'ai rencontré une femme géniale samedi soir. Elle s'appelle Kimberly, elle travaille au secrétariat de géologie, dis-je en scrutant son expression.

Il ôta ses lunettes.

– Kim Fonseca ?

– Oooouais, confirmai-je avec circonspection. C'est la Fonseca de Fonseca, hein ?

Jack haussa les sourcils, se frotta les lèvres.

– Enfin, elle l'était.

– Était… *était* ? demandai-je en plissant les yeux, la tête parfaitement immobile.

– Oui, c'est quasiment fini, eux deux.

– Alors, pas de problème ?

– Je suppose.

– Et pour lui, pas de problème non plus ?

– Je suppose aussi.

– Alors, félicite-moi.

Il se contenta de sourire.

– Je suis sérieux, Jack. J'ai toujours en tête cette idée que je suis en train de m'installer ici… qu'il y a encore quelque chose entre eux, que je suis juste une sorte de mi-temps, ou le pauvre type d'une chanson de cow-boy sur le point de se faire tabasser. Je ne veux pas jouer les seconds rôles, et comme je n'ai aucune idée de ce qui se passe, je te demande de me répondre qu'à ta connaissance, en ta qualité de président de Fonseca, tout ce que je viens de dire est un

1. Manuel publié par l'industrie pharmaceutique et donnant des informations sur les médicaments.

tissu de sottises, que je dois cesser de m'inquiéter et profiter plutôt de la vie. Alors ?

Jack cracha un brin de tabac, ce que j'interprétai comme un signe de bon augure. Il brossa sa veste de la main et se renversa dans son fauteuil, qui poussa un gémissement de protestation sous le choc.

– Tu es un gars bien, Peter, déclara-t-il en regardant par la fenêtre. Vas-y doucement... Je crois qu'elle a connu des moments difficiles avec lui.

– « Vas-y doucement », conseille le maître...

Je me levai, débordant de soulagement.

– Je suis fou, hein ? dis-je en désignant du menton la bible de l'hypocondriaque.

Il rouvrit le bouquin.

– Tu sais qu'il y a eu trois cas, preuves à l'appui, de grossesse hystérique chez un homme ?

Prenant le changement de sujet pour une façon de me rassurer, je claquai des mains et pris la tangente.

Alors que je descendais à pied la rue de Kim, un gamin qui pouvait être Anthony Jr dévalait le trottoir en pente à cent à l'heure, debout sur la selle de son tricycle rouge et jaune. Je tentai de l'imaginer en pyjama. Penché en avant, il agrippait son guidon tandis que ses pédales tournaient follement dans le vide. Il avait sur le visage une expression curieusement adulte : sévère, la tête penchée sur le côté, le front barré d'un pli de désapprobation. Lorsqu'il passa près de moi comme une flèche, je l'entendis réciter cette admonestation : « Je t'ai dit de ne pas te tenir debout sur ton tricycle, oui ou non ? Je te l'ai dit ? Il faut que je le répète combien de fois ? »

Il fonçait vers le carrefour et la circulation, se laissa tomber sur son siège à trois mètres de la chaussée et s'arrêta à quelques centimètres d'un sort tragique. Aussitôt, il sauta de son engin et le tira vers le haut de la colline.

Le possible Anthony avait des traits grotesques, non pas laids en eux-mêmes, mais on aurait dit un visage d'homme enveloppant un crâne d'enfant, avec des yeux rayonnant d'une intelligence si peu en rapport avec son âge que l'idée de le prendre dans ses bras avait quelque chose de glaçant.

Parvenu devant la maison, je rassemblai mes esprits avant de monter l'escalier. J'étais nerveux parce que je n'avais pas appelé Kim. C'était l'heure du dîner et je projetais de faire une entrée surprise façon fan de mélodrame. Et si Fonseca Sr était là-haut ? Jack m'avait servi un tas de « Je suppose ». Peut-être qu'il supposait *vraiment*. Peut-être qu'il racontait n'importe quoi. Je m'assis sur une marche du perron. Une fille grassouillette en tenue blanche d'assistante dentaire sortit de la maison. Un étudiant diplômé grand et maigre, visage intègre, y entra, le dos de son survêt gris transformé en planche de test de Rorschach par la suée du jogging. Probablement le locataire à la vitre recouverte de sorties d'imprimantes.

Je regardai le gremlin monter et dévaler plusieurs fois la pente sans cesser de marmonner ses remontrances.

Finalement, je gravis lentement l'escalier envahi de relents de cuisine et de sons de téléviseurs, ma paume glissant sur l'échine vernissée des serpents.

La porte avait une sonnette qu'il fallait tourner comme une molette. Je me concentrai sur le cheval au regard fou de la reproduction de *Guernica* apposée sur la partie vitrée de la porte de Kim. Mes entrailles se mirent à bouillonner lorsque j'entendis ses pas.

— Salut, chérie ! lançai-je avec le sourire.

Pas de fleurs. Pas de bouteille de vin. Merde.

Elle soupira, son visage fondant de plaisir, et m'entoura de ses bras.

— Tu ne m'as pas appelée, me reprocha-t-elle d'une voix de soprano soulagée.

Sa masse m'enveloppait, ses seins s'écrasaient contre ma poitrine, et j'avais le nez enfoui dans ses cheveux. Je crois que j'ai lâché un « Ahhh ».

J'observais Kim faisant la cuisine. Elle avait un dos incurvé de nageuse, un corps qui s'effilait de ses épaules larges à sa taille mince, s'évasait de nouveau aux hanches. Que ses doigts agiles puissent s'activer avec une telle dextérité confiante pour transformer des aliments crus en un repas exécrable relevait du mystère.

Nous étions attablés tous les trois pour manger un chili con carne infect arrosé de Pepsi. Le gamin au tricycle était bien son fils, malheureusement. Élever des enfants me semblait ahurissant. J'étais étonné qu'elle ait eu ce gosse, qu'elle l'ait élevé et gardé en vie, même si les femmes des cavernes avaient fait de même. Il ne m'aimait pas. Je ne l'aimais pas. Il ne devait sans doute pas aimer beaucoup sa mère. Chaque fois qu'elle s'adressait à lui, il faisait une tête de gargouille aux yeux exorbités, ce qui ne présentait pas de difficulté pour lui, et brandissait son couteau, le corps penché en avant comme pour la frapper. Kim détournait alors les yeux avec embarras et un sourire d'excuse.

– Comment ça va à l'école, Anthony ? m'enquis-je, recourant à la technique toute simple de la voix perchée que Vy utilisait naguère pour parler à sa mère sénile.

J'avais ruminé ma première phrase pendant dix minutes et la soudaineté de ma question, le volume de ma voix les firent sursauter tous les deux. Le gosse ne répondit pas et se contenta de boire son Pepsi, les deux mains autour de son verre à dents en plastique orange.

– Très bien, monsieur Je-sais-pas-qui ! répondit-il enfin, d'un ton moqueur et d'une voix aussi forte.

– Anthony ! le tança Kim.

Il roula des yeux et brandit le poing, la tête dans les épaules. Kim avait l'air d'un chien battu. Sans être franchement versé en psychologie de l'enfant, je ne voyais pas ce qu'il y aurait de mal à tendre le bras au-dessus de la table pour baffer ce petit con.

– Anthony, je te l'ai dit, il s'appelle Peter.

Elle avait accentué le « Pe » et je détestais que les gens

prononcent mon nom comme ça. J'avais l'impression qu'ils savaient sur moi des choses que j'ignorais.

J'attendis qu'il nous gratifie d'une nouvelle petite explosion, mais il changea de tactique et poussa simplement un soupir théâtral puis se mit à séparer délicatement avec les doigts d'une main sa viande hachée de ses haricots, la tête appuyée sur la paume de son autre main.

C'était bien plus efficace que ses crises de rage. Sur son visage d'adulte d'une intelligence troublante, son petit sourire suffisant et blasé n'était rien de moins qu'un cinglant chef-d'œuvre d'intimidation.

Tandis que Kim et moi avions un échange poli et tendu sur mon aller et retour en avion, Anthony nous observait avec cet air supérieur qui me rabaissait au rang de demeuré.

Au bout d'une dizaine de minutes, la conversation mourut. Trop de tension. Je n'aurais jamais dû venir sans prévenir. Tout se serait peut-être bien passé entre elle et lui si je n'avais pas été là. J'ignorais si leurs mauvais rapports avaient des racines profondes, mais en cet instant précis ils se détestaient, je le détestais, et je perdais de mon enthousiasme pour la maman. Il parvenait à la déprécier. D'un autre côté, à quoi je m'attendais ? Plus j'y pensais, plus je trouvais irréfléchi d'avoir débarqué à l'improviste pour le dîner. Tu aurais dû prévenir, gros nul, et ne pas la prendre au dépourvu.

L'idée me traversa tout à coup que le petit monstre, ce Little Anthony-là[1], pourrait parler de moi à son père. Je caressai avec un plaisir sensuel la perspective d'attirer ce gosse dans un coin, de le terroriser calmement pour qu'il garde à jamais le secret sur sa mère et moi. J'étais hébété de colère, totalement sous la coupe de ce chiard.

Je pris un sac en papier de pain de mie un peu froissé posé sur la table, en sortis les quatre tranches restantes et continuai à manger pendant un moment. Soudain, je tendis le doigt vers son assiette.

1. Little Anthony and the Imperial, groupe R&B et soul des années 1950.

— Berk ! Regarde ! m'écriai-je.

— Quoi ?

— Tu allais manger ça !

Je fis semblant de prélever un petit truc invisible au sommet de son tas de haricots rouges.

— Tu sais ce que ça aurait pu te faire ? poursuivis-je sur un ton de reproche médical, le pouce et l'index écartés comme si je tenais une balle de revolver.

Décontenancé, il eut un mouvement de recul, puis regarda sa mère pour avoir la confirmation que j'étais fêlé.

— Tu n'imagines pas comme c'est lourd. Ce serait comme manger du fer. Tiens...

Je tendis le bras pour qu'il prenne le truc.

— Allez, vas-y.

Il haussa les épaules, tendit le bras à son tour et resserra les doigts.

— Maintenant, lance-le en l'air, ordonnai-je avec une autorité ne souffrant aucune discussion.

Il eut un mouvement vif du poignet pour m'amadouer.

Les yeux levés vers le plafond, je pivotai lentement sur ma chaise comme si je me mettais en position pour attraper une balle en chandelle, plaçai le sac vide sur la trajectoire supposée, fis claquer le papier entre mes doigts tout en abaissant brusquement le sac. Pour donner l'impression que quelque chose de lourd venait de tomber dedans.

C'était le seul tour – plutôt éculé – que je connaissais. Kim partit d'un rire encourageant. Anthony retourna à son chili con carne, la tête appuyée sur sa paume, mais au lieu de nous toiser d'un autre regard blasé il avait l'air vraiment triste.

— Tu veux essayer ? proposai-je pour le ragaillardir.

Il ne me répondit même pas. Tout le monde autour de la table paraissait au bord des larmes. Je me levai à demi et annonçai :

— Écoutez, si vous n'y voyez pas d'inconvénient, je vais aller mettre fin à mes jours dans la salle de bains.

— Bonne idée, grommela-t-il.

Cette fois Kim ne prit même pas la peine de lui donner du « Anthony ! ».

Assis sur le couvercle de la cuvette, je songeais au gamin que j'avais vu s'agiter sur son lit le premier soir, à son marmonnologue incessant sur son tricycle. Il venait à coup sûr du comté de la Souffrance, mais je n'y pouvais rien. Je souhaitais juste qu'il retourne dans les testicules de son père.

Lorsque je sortis des toilettes sans trop savoir quoi faire, je passai devant sa chambre. Par la porte entrouverte, je vis qu'il tenait d'une main le sac en papier, le bras fléchi et levé haut, comme pour faire tourner un lasso au ras du sol.

Les yeux sur le sac, il fit mine de lancer quelque chose en l'air, grimaça quand il ne parvint pas à faire claquer le papier entre ses doigts.

Je fis irruption dans sa chambre et lui pris le sac. Il recula comme s'il craignait que je lui en colle une. Je m'assis au bord du lit, lui fis signe d'approcher d'un geste impatient. Il ne bougea pas.

– Tu ne sais pas claquer des doigts ? Fais voir.

Il fit une nouvelle tentative en me regardant. Je le saisis par le bras, le tirai vers moi, lui montrai comment placer le pouce et le majeur.

– Vas-y. Presse.

Je vis son pouce blanchir.

– Plus fort… Maintenant, fais-les claquer.

Pas de claquement, rien qu'un bruit sourd.

Je pris sa main dans la mienne en évitant de regarder son visage.

– Le pouce contre le majeur… Presse… Maintenant !

Un joli claquement net.

– Encore.

Il recommença plusieurs fois en tirant la langue.

– Bon, donne-moi le sac. Tu te prépares à claquer des doigts et en même temps…

Je lui fis tenir le bord du sac. Il claqua des doigts et le sac craqua.

— Bieeen ! approuvai-je. Maintenant, jette quelque chose en l'air.

Il eut un mouvement mollasson du poignet.

— Allez, Anthony, concentre-toi !

Son nom sonnait faux dans ma bouche.

Je récupérai le sac, fis semblant de lancer quelque chose, levai les yeux, oscillai vers la droite, vers la gauche, le bras tendu, la bouche grande ouverte. Je m'affalai par terre, me relevai, attrapai le truc invisible et tombai à nouveau sur le cul. Il était mort de rire.

— Faut y mettre du cœur, Little Anthony.

Je lui donnai le sac. Il eut un ostentatoire mouvement de lancer, imita vaguement un gadin, se redressa et tendit le sac d'un air triomphant.

— T'as oublié de claquer des doigts, banane !

Il finit par y arriver. J'improvisai alors un jeu avec deux sacs. Je lançais une grosse pierre à travers la pièce, il l'attrapait en claquant des doigts puis tombait à la renverse sous l'impact. Nous étions tous deux excellents pour la partie culbute.

Je le regardais rarement dans les yeux. J'aboyais mes instructions, l'air sérieux, pas question de rigoler. Totalement dérouté, il adopta mon mode concentration absolue. Je m'amusais, mais si le truc avait foiré j'aurais balancé ce môme par la fenêtre.

— Viens, on va montrer ça à ta mère, suggérai-je en me dirigeant vers la porte.

— Non, on peut pas maintenant.

— Pourquoi ?

— Parce que…

Les bras tendus, il remua les doigts comme s'il pianotait et j'entendis, provenant du fond de l'appartement, un crépitement de pluie sur un toit en tôle.

— Elle tape quoi ?

— Des histoires.

— Ah ouais ?

Mal à l'aise, je sentis un léger pincement d'angoisse.

– Ouais.

Il s'assit au bord de son lit, tout essoufflé, et me dévisagea.

– Pourquoi tu m'appelles Little Anthony ?

– Je t'ai appelé comme ça ? dis-je en souriant.

J'eus une pensée pour Big Anthony et cessai de sourire.

– Ça me plaît pas.

– Anthony, où est-ce que…

Attention.

– C'est quand, la dernière fois que tu as vu ton pa… pa ?

Ouuuuille.

– Mon père ? dit-il, la tête inclinée sur le côté. Il est mort.

– Ah ? fis-je, déconcerté mais plein d'espoir.

– Il a été tué par des Mexicains.

– Des Mexicains ? Des trafiquants de drogue ?

– À la bataille d'Alamo.

– Non, sérieusement, Anthony.

– Il est quelle heure ? dit-il en se tournant vers la pendule à affichage numérique posée sur son bureau. Il sera là dans une demi-heure.

Lorsqu'il vit mon visage blêmir, il se mit à glousser.

– Hi, hi, hi… T'inquiète, je plaisantais.

– T'es vraiment un petit merdeux, lui assénai-je, soulagé.

– Hi, hi, hi.

Il avait l'air content de lui, adorablement méchant.

– Arrête, p'tit con, lui enjoignis-je, riant presque avec lui. Tu le vois quand, ton père ? Je suis sérieux, là.

– À Noël et pour mon anniversaire.

– C'est quand, ton anniversaire ?

– Demain.

– C'est quand ton anniversaire, merdaillon ?

– En juillet. Tu le connais ?

– Qui ?

– Mon père ! répliqua-t-il, agacé par mon numéro.

– Non.

– Il était catcheur avant ma naissance. Il m'a appris le

double Nelson et le Crabe de Boston. Tu connais le Crabe de Boston ?

– Non.

– Tu veux que je te montre ?

– Bien sûr.

– Allonge-toi par terre, sur le ventre.

J'obtempérai. Anthony m'enjamba et plaça ses pieds de chaque côté de mes hanches.

– Lève les jambes.

Quand mes talons furent à sa hauteur, il me saisit les pieds, les coinça sous ses aisselles, passa ses bras au creux de mes genoux et souleva mes cuisses. Ressentant une légère douleur, je songeai à raidir brusquement mes jambes pour l'expédier contre le mur, la tête la première.

– Prêt ? me demanda-t-il.

– Ouaip.

Il joignit les mains sur sa poitrine pour que je ne puisse plus libérer mes pieds, puis se laissa tomber en arrière jusqu'à ce qu'il soit assis sur mes fesses. Des fusées de douleur remontèrent dans mes cuisses jusqu'au bas de ma colonne vertébrale. Étouffant un cri de mon poing, je détendis les jambes, le renversant totalement.

La tête en bas, les mains toujours jointes sur sa poitrine, mes pieds toujours coincés sous ses aisselles, il ricana. Je me tortillais, incapable de me retourner, et regardai son visage rigolard gorgé de sang.

– Anthony, comment pourrais-je te faire pleurer ? demandai-je d'un ton affligé.

Après avoir déconné une demi-heure de plus à répéter le tour du sac, je ne savais plus trop quoi faire de ce gosse et je le laissai s'occuper seul pour aller dans le séjour. Installé sur le canapé, je feuilletai un numéro de *Ranger Rick*[1]. La pièce baignait dans la lumière froide d'un lampadaire dispensant son éclairage par le haut. Je restai assis là trois quarts

---

1. Magazine pour enfants sur la nature.

d'heure avec pour fond sonore pénible un staccato distant, des arrêts brusques et des redémarrages abrupts, de longues éruptions de claquements. C'était aussi gênant et indécent que si j'écoutais un bruit provenant des toilettes.

Lorsque Kim finit par revenir, j'avais les mains qui pendaient entre mes cuisses écartées. Je lui lançai un regard renfrogné. Elle haussa les épaules et m'adressa un sourire timide, le bas de ses grosses dents de devant pointant entre ses lèvres.

– Des moments volés, murmura-t-elle. Il faut que j'aille le mettre au lit.

– Tu veux que je parte ? demandai-je, boudeur.

– Non... Ça va.

Elle passa dans la chambre de son fils, ferma à demi la porte.

« Ça va » ? J'étais scié. Avec son numéro de timidité tremblante, je m'attendais à une volte-face totale de sa part pour se confondre en excuses devant mon air furax, pas à un « Ça va ». Je la revis, deux jours plus tôt, contemplant ses orteils alors que j'attendais qu'elle ferme les yeux de gratitude devant ma magnanimité. Ça va.

Elle eut du mal à le coucher. Énervé comme il l'était, il lui parla de nouveau avec rudesse. Elle absorbait ses méchancetés comme une éponge. En attendant qu'elle revienne, j'errai dans l'appartement et je découvris le recoin où elle écrivait. Sur une table de jeu pliable, il y avait une machine à écrire portative plate, une lampe de bureau flexible squelettique, une boîte de haricots verts Del Monte vide et sans couvercle contenant deux stylos Bic, un crayon effaceur terminé par un tampon rouge vif. Formant une pile bien nette, de grandes enveloppes en papier kraft scellées et timbrées attendaient d'être expédiées à un magazine de fiction, à un magazine féminin et à un trimestriel. J'eus une bouffée d'angoisse anxieuse. Moi aussi je percerais. En janvier. Quelque part.

Je me hâtai de retourner dans le couloir. Par la porte ouverte de la chambre d'Anthony, je vis Kim assise au bord du lit, penchée au-dessus de son fils. Elle prenait plusieurs voix différentes et il la regardait en se tirant sur la lèvre inférieure comme un chimpanzé et en se curant le nez.

— Alors le Minotaure dit à Sunboy : « Essaie donc de sortir du labyrinthe », et Sunboy se rendit compte que le labyrinthe le suivrait et l'entourerait partout où il irait.

— C'était un labyrinthe portatif, déclara Anthony.

— Exactement, comme une barrique suspendue à des bretelles… Et Sunboy comprit qu'il n'y avait qu'une seule issue.

— Se battre contre le Minotaure ?

Kim acquiesça de la tête.

— C'est quand, Noël ? demanda-t-il en ronchonnant.

— Dans longtemps.

— Je veux voir papa.

— Tu peux attendre, j'en suis sûre.

Elle revint dans le living où je l'attendais, s'effondra sur le sofa, la tête dans mon giron.

— Je crois que je me suis bien entendu avec lui, dis-je, en quête de compliments.

— Ouais, répondit-elle sans conviction.

Elle ferma les yeux, le nez contre mon ventre. Je touchai son dos : une brassée de nœuds. Toutefois, ses lèvres s'étiraient en un mince sourire paisible qui dévoilait en partie ses dents de devant. Elle me prit la main et l'embrassa.

Soudain elle se redressa en s'appuyant sur un coude, me passa un bras autour du cou et déposa un doux baiser sur mes lèvres.

— J'étais si heureuse quand j'ai ouvert la porte et que c'était toi.

— Qu'est-ce qui en moi te rend si heureuse ?

Elle roula à nouveau sur mon ventre et m'étreignit les côtes.

— Je n'arrive pas à croire que je t'ai rencontrée au Chee Lok… C'est l'endroit le plus dégoûtant au monde. Qu'est-ce que tu fichais là-bas ?

– Et *toi* ?

– Je suis sérieux.

– J'attendais mon amie Theresa. Elle est mordue du patron, je lui avais promis d'y aller.

– Je ne t'ai vue avec aucune fille.

– Elle n'est pas venue. Son gosse est tombé malade.

– Je ne savais pas que tu avais été mariée à Tony Fonseca, dis-je d'un ton contenu, comme si je venais de découvrir qu'elle votait démocrate.

Elle ne répondit pas.

– Comment tu l'as rencontré ? C'était ton prof ?

– Je ne veux pas en parler maintenant, murmura-t-elle à mes intestins.

Je tournai son visage vers moi et dis :

– J'aimerais que tu le fasses.

– On ne pourrait pas juste rester un moment comme ça, l'un contre l'autre ?

Elle essaya de détourner la tête mais je l'en empêchai.

– Parle-moi de Tony et toi. Je te dirai de moi tout ce que tu voudras, mais on commence par toi.

Elle garda le silence.

– Depuis combien de temps êtes-vous divorcés ?

– Nous sommes séparés, pas divorcés.

– Depuis combien de temps ?

– Un an.

Je fis rapidement le calcul. Anthony avait huit ans, Kim vingt-sept, Fonseca allait sur la quarantaine. Vingt-sept moins huit faisait dix-neuf, quarante environ moins huit faisait environ trente-deux.

– Comment tu l'as connu ? Tu suivais ses cours ?

– Mmm.

– Il t'a mise en cloque ?

– Mmm.

– Tu as quitté la fac pour l'épouser ?

– Mmm.

— Pourquoi tu es sortie avec lui, pour commencer ? Il représentait une figure paternelle ?

— Je sais pas, chantonna-t-elle.

— Qu'est-ce qu'il avait de si formidable ?

Pas de réponse.

— Tu sais que j'ai aussi suivi ses cours ?

— Ah, ouais ? fit-elle, morte d'ennui.

— Moi aussi, j'enseigne l'écriture là-bas, maintenant.

— Je sais, tu me l'as dit.

— Alors, je suis quoi ? Fonseca II ?

— Sois sérieux.

— Sois sérieuse, *toi.* Tu le vois en ce moment ?

Elle hésita une seconde de trop avant de répondre non.

Je meurs. Je meurs.

— C'est une saloperie de petit jeu entre vous ? Moi, je m'engage totalement avec toi, et tu me vires quand vous décidez de vous remettre ensemble ? Parce que je ne suis pas un garçon très stable, Kimberly. Tout va bien, mais je suis encore un peu échaudé. Je crois que tu pourrais être quelqu'un de très important pour moi, alors dis-moi la vérité maintenant avant qu'on soit vraiment engagés. Vous allez vous revoir, Tony et toi ?

Elle haussa une épaule qui me perfora le ventre.

— Je ne te connais même pas.

Des picotements de panique me parcoururent les bras.

— Vous allez vous remettre ensemble ?

— Pas si je peux l'empêcher.

— Tu l'aimes ?

— Non.

— Tu l'as aimé ?

— Oui.

— Et moi, tu m'aimes ? Non, ne réponds pas.

Elle avait déjà ébauché la réponse et bien que l'ayant interrompue je m'efforçai de lire sur ses lèvres si c'était « Nnn... » ou « Ooou... ».

— Je suis le premier avec qui tu as couché depuis Fonseca ?

– Oui.

– Merde… c'est moche. C'est moche pour moi.

Elle se redressa de nouveau, un coude enfoncé dans ma cuisse.

– Tu vas me quitter ? demanda-t-elle, la voix lourde d'une fatalité contenue.

Est-ce qu'elle me racontait des craques ? Je décidai quand même de les avaler.

– Redescends sur terre, Kim, dis-je d'une voix désabusée mais réconfortante.

Elle passa des bras tremblants autour de mon cou et, ses lèvres effleurant presque les miennes, murmura précipitamment :

– J'étais si triste que tu ne m'aies pas appelée que j'en ai pleuré. J'étais si heureuse d'apprendre que tu avais dû aller à un enterrement. J'étais si heureuse quand tu as sonné à ma porte, ce soir.

– Ça a vraiment flanqué un coup au môme, quand j'ai débarqué pour dîner, hein ?

Malgré la gravité de la question, je l'avais posée d'un ton guilleret.

– Il va bien, murmura-t-elle.

– Il voit souvent Tony ?

– Pour son anniversaire et à Noël.

À vérifier. À vérifier.

– Alors, on est ensemble, d'accord ?

Kim s'esclaffa, haussa les épaules.

– Dis oui.

– Oui.

– Dis : « Peter, on est ensemble, toi et moi. »

– Toi et moi.

– Dis-le.

– On est ensemble, toi et moi.

– Tu as oublié mon nom.

– Pie.

– C'est Peter.

– C'est Pie.

– Je t'aime, Kimberly. Je sais que c'est absurde et prématuré... Simplement, ne te désintéresse pas de moi parce que je te le déclare maintenant.

J'avais les larmes aux yeux. Elle m'enlaça de nouveau le cou, les lèvres pressées cette fois contre mon oreille, mais elle ne répondit pas « Je t'aime moi aussi ». Merde de merde.

– Une dernière question, repris-je. Ce soir, on va encore s'étreindre dix fois dans chaque pièce avant de se mettre au lit ?

Je la fis se lever et, un bras autour de ses épaules, la tête baissée, je marchai lentement vers la chambre.

– OK, nous en sommes maintenant au stade idéal de notre relation. Tout ce que nous ferons sera parfait, ensuite il y aura des plaintes et ce sera le véritable test.

– Qu'est-ce qu'elle fait là, cette poignée en cuivre ? demandai-je, le menton pointé vers le mur, en déboutonnant ma chemise.

En défaisant son soutien-gorge, elle baissait les yeux vers le large semis de grains de beauté qu'elle avait sur le plexus solaire. Elle haussa les épaules.

– C'est toi qui l'as installée ?

– C'est stupide, répondit-elle en évitant de me regarder.

– Qu'est-ce qui est stupide ? C'est un porte-bonheur, quelque chose comme ça ?

Je pensai aussitôt au bondage. Elle se faisait peut-être menotter et attacher à cette poignée. Je l'imaginai glissant le long de mon corps jusqu'à ma boucle de ceinture sur mon ordre. Je ne savais pas si je saurais gérer ça.

– Allez, dis-moi.

– Ça va te paraître idiot, mais quand je vivais avec mon mari, nous avions de vrais lambris en bois dans notre chambre, avec des rainures larges et profondes entre les lattes. J'avais un grave problème d'insomnie et pour une raison quelconque je parvenais à trouver le sommeil uniquement en glissant mes doigts dans les rainures. Quand j'ai emménagé ici, je souffrais toujours d'insomnie, et comme je n'avais pas les moyens de poser des lambris, j'ai acheté cette poignée et je l'ai vissée dans le mur. C'est moins cher et plus facile à tenir…

« Mon mari » sonnait officiel et distant.

Kim sauta dans le lit et se lova de son côté.

– Qu'est-ce que tu tapais tout à l'heure, une nouvelle ?

– Mmm.

– Sur Toy et l'Ange de la Mort ?

– Peut-être, répondit-elle en rougissant.

– Tu sais, j'ai repensé à cette histoire. Je ne crois pas trop qu'aucun type n'ait pu ensuite te baiser… pardon, *la* baiser. Si cette fille était l'Ange de la Mort, les mecs auraient fait la queue pour prendre leur tour.

– C'est ce que tu penses ? répliqua-t-elle, consternée.

– Une fille qui s'est envoyé un tueur célèbre ? dis-je en ôtant mon slip et en la rejoignant. Ça dépend. Moi, je n'apprécierais pas trop son goût en matière d'hommes. Mais les autres, ils lui colleraient aux basques… Enfin, je sais pas, moi aussi peut-être. Et si tu me laissais lire quelques-uns de tes textes ?

– Je préfère te raconter des histoires, répondit-elle, avec une pointe implorante dans la voix.

D'une manière générale, je me gardais bien de chercher à être créatif dans les rapports sexuels. Kim glissa un oreiller sous ses fesses, je plaçai mes jambes de part et d'autre de l'extérieur de ses cuisses et commençai à limer. Elle émettait de temps à autre une sorte de *hmpf*, comme si quelqu'un lui exposait une succession de faits intéressants. Étant donné par ailleurs ma propension à contenir ma respiration pendant l'amour et l'absence de ressorts grinçants sous le matelas, nos ébats sexuels étaient si silencieux que nous aurions pu forniquer derrière les lignes ennemies. À un moment, je m'arrêtai brusquement, ce qui ne suscita aucune réaction de sa part. Elle me laissait simplement faire à ma guise. Presque à contrecœur, je repris le mouvement, m'arrêtai de nouveau.

– Je crois savoir où est le problème, murmurai-je en tirant sur l'oreiller coincé sous ses fesses. On copule sur Grincheux, on devrait prendre Simplet.

Elle eut un claquement de langue, me laissa cependant procéder au changement.

– Bon, maintenant ça va être une course en ligne droite jusqu'à l'orgasme, promis-je.

– Pie…

– Non, désolé, tu as raison. Il faut que je… que je…

– Ne te moque pas de moi.

– Je te taquine, Kimberly. Ne t'en fais pas…

Je dus lui paraître plus excédé que je ne l'avais voulu. J'aimais bien « Pie ». Ça faisait moelleux.

Lorsque j'entamai un mouvement de descente pour loger ma tête entre ses cuisses, elle se retourna sur le ventre. Un côté de son visage plaqué contre le drap faisait face au mur, ses mains reposaient à plat sur le matelas, les bras rabattus en branches de cactus.

– Fais-le comme ça, murmura-t-elle en haussant légèrement son cul.

Agenouillé entre ses cuisses, je passai doucement mon pouce entre ses fesses pour caresser le petit bouton boursouflé de son anus, puis je descendis jusqu'à sa chatte encore sèche. J'avais la queue dure comme pierre. Je pressai à nouveau doucement mon pouce sur son trou du cul et l'y laissai.

– Où ? murmurai-je avec embarras.

Elle ne répondit pas.

Je crachai dans ma paume, enduisis mon gland de salive et en introduisis l'extrémité.

– Ça fait mal ?

Je parlais à voix basse, comme si le registre vocal pouvait y faire quelque chose.

Kim ne répondait toujours pas. Elle restait immobile, les yeux clos. J'avançai un peu plus en elle, mon ventre au creux de ses reins, une main sur son cou, la forçant à redresser la tête. Je glissai mes doigts dans sa bouche au moment où je la pénétrai à fond et je mis à la labourer avec une lente ferveur.

J'étais sur le point de décharger lorsque Kim murmura « Ressors ». Elle roula sur le dos et me glissa en elle.

– À la dure.

Nous repassâmes en mode classique mais rude, et quand elle jouit, cinq minutes plus tard, elle enfonça ses dents dans la peau recouvrant ma clavicule, si fort que je dus arquer le dos pour lui échapper.

Avant de s'écarter de moi et de saisir la poignée comme si c'était une sangle de maintien dans le métro, elle fit cette remarque :

– Tony disait toujours que je baisais comme un homme.

Les semaines qui suivirent furent enchanteresses. Je m'installai quasiment avec Kim et le gosse, prenant mon pied avec notre petite famille nucléaire. En revanche, elle ne passait jamais la nuit chez moi. À cause du coût de la baby-sitter, prétendait-elle. Elle refusa quand je lui proposai un double de la clé de mon appartement, mais elle me montra l'endroit où elle cachait le double de la sienne pour répondre à des cas d'urgence.

Malgré la rapidité avec laquelle nous devenions une équipe, je m'aperçus que Kim avait un côté secret intimidant. Si j'étais toujours le bienvenu dans son appartement, il demeurait clair que c'était *son* appartement. Elle ne me laissait jamais lire son travail – elle refusait même de me dire dans quels magazines je pourrais trouver les quelques nouvelles d'elle qu'on avait publiées. Et lorsque j'essayais de la faire parler de Fonseca et de leurs huit années de mariage, le dialogue qui s'ensuivait ressemblait à quelque chose comme ça :

– Il était comment, Tony ? Non, laisse tomber, je ne veux pas savoir.

– Tant mieux, parce que je ne veux pas te le dire.

– Pourquoi tu ne veux pas me le dire ?

– Je croyais que tu ne voulais pas savoir.

— Là n'est pas la question. Pourquoi tu ne… *Qu*'est-ce que tu ne veux pas que je sache ? Laisse tomber, je ne veux pas le savoir.

— Tant mieux, je n'ai pas envie de te le dire.

— Pourquoi ?

Et ainsi de suite.

Un jour que nous attendions dans ma voiture qu'Anthony sorte de l'école pour aller tous les trois au centre commercial de Plunkett, j'interrogeai Kim sur les droits de visite de Fonseca : pourquoi ne pouvait-il voir son fils que deux fois par an ? Elle haussa les épaules, m'opposa une fois de plus un mur de silence, mais j'insistai :

— Je croyais qu'un père pouvait voir son gosse au moins plusieurs fois par mois.

— Eh bien pas lui, répondit-elle en regardant droit devant elle.

— Comment ça se fait ? Un jugement légal a été prononcé ?

— Tu me donnes mal à la tête.

— J'ai de l'aspirine dans la boîte à gants… Le tribunal a tranché ? Deux fois par an ?

— Cela ne te regarde pas.

Elle abaissa le pare-soleil bien que le ciel fût nuageux.

— Anthony souhaiterait le voir plus ?

Kim tourna brusquement la tête vers moi pour répliquer quand une bagarre éclata de l'autre côté de la chaussée dans un groupe d'enfants d'une dizaine d'années. De là où nous étions, nous ne distinguions qu'un entremêlement de bras façon moulinets. Apparemment, les gamins s'étaient mis tous ensemble contre un seul.

Kim s'écria « Anthony ! », jaillit de ma bagnole, traversa la rue en courant et se mit à extirper les mômes un par un de la mêlée.

— Lâchez-le, bordel de merde !

Les gamins écartés la regardaient avec un mélange de crainte et d'admiration. Le temps que j'accoure à la rescousse,

Kim était parvenue à la dernière couche. Quand la victime en pleurs et saignant du nez se redressa, victime qui n'était absolument pas Anthony, Kim, stupéfaite, recula d'un pas.

Je découvris que je m'étais totalement fourvoyé en la prenant pour une provinciale. Kim avait grandi dans la banlieue d'Albany ; son père était impliqué dans un racket d'émissions évangéliques à la télé, il était l'auteur, paroles et musique, de chants pour le révérend Howie, un abruti de télévangéliste. Il écrivait pour un nommé Jerry Humphrey, le chanteur vedette de Howie dans son émission *Appel à toutes les âmes.*

Même si le révérend avait fait construire deux hôpitaux, l'un en Corée du Sud, l'autre au Tchad, c'était une véritable goule qui suçait le sang de ses fidèles, pauvres pour la plupart, en leur vendant des tuniques de prière à cinq et dix dollars. Il organisait une parade des estropiés et payait grassement d'anciens champions sportifs pour faire sa propagande. Quand ils n'avaient plus un sou, ses fidèles lui envoyaient parfois des dents en or et Kim m'avait raconté que Howie portait toujours un médaillon fait avec plusieurs de ces dents fondues et moulées selon ses instructions.

Le vieux de Kim était resté *vingt* ans dans l'équipe du révérend. Il avait même été membre du « gouvernement des Âmes » de Howie, en qualité de « secrétaire à l'Inspiration »…

Bref, les parents de Kim avaient de l'argent, suffisamment pour l'inscrire dans des écoles privées, pour lui payer des leçons d'équitation, de sorte qu'à onze ans elle avait fait partie d'un spectacle équestre au Madison Square Garden. Elle n'avait cependant pas été payée pour ça, et les autres ne lui avaient quasiment pas adressé la parole.

De mon côté, je lui racontai tout sur moi, sur mes parents, Vy, le Bronx, Yonkers et surtout les longues années à la maison. Lorsque je lui narrai l'épisode des fausses alertes à la bombe, mon arrestation, mes séances avec le Dr Carter, elle se montra compatissante et impartiale. Elle ne me prit pas dans ses bras en murmurant « Pauvre chéri » mais ne se mit pas non plus à flipper, n'exagérant ni dans un sens ni dans un autre.

Elle assista un jour à mon cours. Elle voulait me voir enseigner et quand elle m'en avait fait la suggestion j'avais répondu : « Non, surtout pas, d'accord, tu peux venir. »

Assise au fond et sur le côté pour ne pas me faire face, elle était aussi imposante qu'une statue : une véritable écrivaine, ma petite amie. Elle ne paraissait pas plus âgée que mes autres élèves, si l'on ne remarquait pas son regard avisé. Elle était sérieuse, aussi : pas de clins d'œil, pas de sourires. Elle n'avait pas voulu que je la présente à la classe.

D'abord mes étudiants la lorgnèrent avec curiosité, mais elle se montra si discrète et effacée que tous se désintéressèrent bientôt d'elle, sauf April, qui passa tout le cours à la détailler, à faire aller son regard d'elle à moi, le front plissé, pas contente du tout.

Dopé par le trac, je leur offris ce jour-là un spectacle son et lumière comme si je concourais pour le prix de l'Intensité. Tout en grands gestes et en soliloques, je passais du caquètement au rugissement, j'implorais puis je cassais les couilles, j'apaisais et j'encourageais. Je devenais un champion de foot puis le prof joué par Sidney Poitier dans *Les Anges aux poings serrés*, l'humoriste Lenny Bruce, le comédien Will Rogers. James Tucker fut l'un des étudiants qui lurent leur texte ce jour-là, mais au lieu de nous infliger une autre dose de fées et de Reine des Neiges il raconta l'histoire de quatre jeunes Noirs de Newark découvrant que les crédits pour leurs jobs d'été avaient été supprimés et se demandant ce qu'ils allaient bien pouvoir faire d'eux-mêmes. L'un d'eux voulait s'engager dans l'armée pour aller en Allemagne fourrer de la chatte blonde. Prochain arrêt, le Vietnam[1].

Je me sentis fier de lui.

---

1. Référence à la chanson de Country Joe McDonald contre la guerre au Vietnam, *Feel Like I'm Fixing to Die Rag*, qu'il interpréta à Woodstock.

Il m'adressa un infime sourire secret à la fin de sa lecture.

Après le cours, j'achetai des sandwichs en ville et j'emmenai Kim pique-niquer dans un bosquet situé derrière le campus.

– Dis-moi que j'étais mauvais aujourd'hui, attaquai-je, assis dans l'herbe, trop tendu pour manger.

– Tu étais formidable, Pie, déclara Kim, sereinement impressionnée.

– Génial, tu veux dire.

– Je suis sincère. Ils ont adoré.

– « Gravis chaque montagne[1]… », récitai-je.

– Ce jeune Noir pense que tu es le meilleur.

– C'est *lui*, le meilleur… Il m'a pondu du Hobbit pendant tout le trimestre. Le texte qu'il a lu, c'était sa percée.

– Tu l'as baisée, la petite rousse ? demanda Kim avec un petit sourire.

– Sûrement pas, la détrompai-je, heureux de m'être abstenu.

– Elle en pince pour toi.

– Je m'en passerais bien… Elle est très bonne, elle aussi.

– Tu m'étonnes…

– Je parle sérieusement.

– Moi aussi. Elle a le drame inscrit sur son visage.

Je ne relevai pas.

– Alors, je suis bon, hein ?

– Tu donneras encore cours le prochain trimestre ?

– Naan, fini.

– Je parie qu'on te confiera un autre cours.

– Naan, dis-je en rougissant.

– Tu devrais demander. Tu ferais un prof fantastique… Retourne en fac, passe un diplôme.

Assise en tailleur, elle se pencha pour me frotter le dos de la main.

1. Paroles d'une chanson de Shirley Bassey qui se termine par « jusqu'à ce que tu trouves ton rêve ».

— Tu serais remarquable.

Un moment je m'imaginai dans la peau d'un Illustre Éducateur projetant des étincelles d'inspiration dans un lieu sacré, les cloches d'Oxford et de Cambridge réunies en fond sonore, traversant à grands pas un campus herbeux, une troupe d'étudiants peinant à me suivre. Je rentrais le soir à la maison pour retrouver Kimberly, mon sherry et mes livres reliés en maroquin. Bon, assez divagué. Pas question de ça.

— Je sais pas, Kim.

Elle fit une grimace à son sandwich et me demanda d'une voix triste :

— Qu'est-ce que tu veux faire, alors ?

— Je sais pas. Retourner à New York, peut-être.

— Pourquoi ? dit-elle, trop vite.

Mauvais.

— Je ne sais pas. J'ai envie d'essayer autre chose. Quelque chose dont la fin n'est pas connue d'avance.

— Comme quoi ? demanda-t-elle, là encore trop vite.

— Dans le domaine artistique, peut-être.

— Comme quoi ? répéta-t-elle.

— Détends-toi, d'accord ?

Elle se tut et examina ses ongles d'un air renfrogné. Misère.

— Peut-être, je sais pas, des cours d'art dramatique, ou essayer le stand-up, bosser avec une équipe de tournage, une troupe de théâtre…

J'improvisais.

— Il y a un département art dramatique à Straight, me rappela Kim.

J'estimai que sa remarque ne méritait pas de réponse.

— Je sais pas… quelque chose… quelque chose d'*important*, tu vois ?

— Enseigner, ce n'est pas important ?

Ce fut à mon tour de répondre trop vite :

— Non. Enfin, si, c'était… c'est… Tu connais Crown ? Le gars du cours d'art dramatique ?

— Paraît qu'il est devenu fou.

– Absolument pas ! m'indignai-je.

– C'est ce que j'ai entendu dire, dit Kim en faisant la moue.

– Tu auras mal compris.

Nous observâmes tous deux un silence boudeur de quelques minutes. Je n'avais pas pris conscience qu'en janvier c'était elle aussi que je quitterais. Merde. J'avais envie de proposer de les emmener avec moi, elle et le gosse, mais je craignais trop qu'elle ne s'affole. Ou ne me réponde tout bonnement non.

– Je sais pas, répétai-je encore. J'enseignerai peut-être... Je passerai un doctorat... Je suis brillant, non ?

– *Très* brillant, confirma-t-elle d'une voix morne.

Nouveau silence. Je savais que je ne pourrais jamais lui exposer mes projets de carrière et cela me rendait triste, me mettait au désespoir.

– Ouais, j'enseignerai peut-être.

Le soir venu, nous étions tacitement convenus de ne plus en parler. Le sujet était trop important pour que nous puissions l'aborder pour le moment et nous retournâmes loger rue de l'Euphorie. Chaque fois que je songeais à janvier, je songeais aussi à emmener Kim. J'étais sûr de réussir à la convaincre de me suivre. Écrivaine, elle pouvait travailler n'importe où. J'en restais là et rentrais travailler boulevard du Bonheur.

Apparemment, tout le monde autour de moi empruntait la même artère. April se fiança puis rompit ses fiançailles, le tout en deux semaines.

James Tucker continuait à écrire des histoires menant ses personnages de Newark au Vietnam – de bons textes, d'ailleurs. La femme de David Howard tomba de nouveau enceinte. Gros Jack se prit un appartement tout en continuant à vivre avec sa femme et ses enfants au moins la moitié de la semaine.

Crown m'envoya une carte postale de New York : il avait décroché un petit rôle de lieutenant dans une production off-Broadway, *The Basic Training of Pavlo Hummel*, la première pièce de David Rabe sur le Vietnam. Mon père et Vy m'envoyèrent une longue lettre, me remerciant d'être venu et s'excusant de ne pas m'avoir prévenu pour l'enterrement. C'était toutefois Vy qui avait tenu la plume. Enfin, je lus dans le *Times* que Rom Braverman s'était fait choper avec dix grammes de coke dans sa valise alors qu'il se rendait à un festival de cinéma en Angleterre. Tout allait trop bien, c'était insupportable.

La peur que m'inspirait Fonseca ne me quittait cependant pas. Plus j'étais engagé avec Kim, plus je craignais que quelque chose ou quelqu'un ne me la prenne – par exemple un ex dont elle refusait de parler, Dieu sait pourquoi.

Il hantait constamment mes pensées, et faute de disposer de faits historiques je remplissais les blancs grâce à mon volumineux dossier de scénarios-catastrophes : il était Conan le Queutard et leur vie commune avait été un film de cape et d'épée porno : neuf ans de passion cannibale. Kim me quitterait pour lui sans hésiter une seconde.

Sur le campus, j'évitais à tout prix de tomber sur Fonseca. Pendant les premières semaines de cours, son bureau avait été transféré dans un autre bâtiment, si bien que je pouvais me balader sans crainte dans mon couloir, mais je séchais toutes les réunions des profs d'anglais, toutes les petites fêtes qu'ils donnaient. Quand j'allais voir Gros Jack dans son bureau, je passais d'abord la tête dans l'entrée pour vérifier que Fonseca ne traînait pas dans le coin. Même chose dans le bâtiment où je donnais mes cours : j'opérais une reconnaissance des couloirs tel un combattant aguerri approchant d'un village déserté. Sans même savoir si Fonseca était au courant de mon existence, ou de ma liaison avec Kim, je faisais tout ce que je pouvais pour le transformer en croque-mitaine. J'aurais sans doute pu soutirer à Jack des informations plus solides, mais si j'étais parvenu à découvrir qu'une infime partie au moins de mes fantasmes s'appuyait sur du réel j'aurais *vraiment* perdu les pédales. Au moins, de cette façon, quand j'allais vraiment trop mal, je pouvais toujours me dire que ce n'était que de la parano sans fondement.

J'avais quand même honte de ma lâcheté obsessionnelle. Je me promettais d'y mettre fin, de recommencer à arpenter les couloirs en homme libre, de me rendre à toutes les réunions du campus auxquelles j'avais envie d'assister, de cesser de me conduire comme un chat névrosé... et à la fin du mois d'octobre je franchis le pas. Lorsque Jack organisa chez lui un soir une fête pour le département d'anglais, je me forçai à y aller.

À peine avais-je mis le pied dans le vaste séjour que je repérai Fonseca dans un coin, flanqué de deux étudiants.

– Oh, waouh ! m'exclamai-je tout haut.

J'étais fasciné, comme si je venais d'entrer dans un de mes cauchemars. Je restai planté sous l'arcade de la pièce, le regard vitreux, saisi de terreur. Entre l'arcade et la fenêtre où il se tenait évoluait une troupe de vingt-cinq profs qui murmuraient, gloussaient, se raclaient la gorge, mastiquaient bruyamment des amuse-gueules et s'enfilaient du vin. Fonseca était gigantesque, trois fois plus grand et costaud que dans mon souvenir. Vêtu d'un pull rouille et d'un pantalon pattes d'eph', le dos légèrement penché tel un vautour, les jambes écartées, une main dans une poche de devant de son froc, il approchait une poignée de bretzels de son visage ombré par une barbe de cinq heures. Sous sa chevelure noire coupée à la Prince Vaillant, un œil était mi-clos, l'autre surmonté d'un sourcil haussé en signe de dédain amusé. Il avait un long nez droit, de fines lèvres un peu en biais. Toute sa figure invitait à échanger des sourires suffisants. Si les choses en arrivaient là, il n'aurait apparemment aucun mal à me casser en deux. Pourtant, je devais résister à une envie irrépressible de m'approcher de lui. C'était « Mon mari ». C'était l'homme aux lambris séparés par de profondes rainures. Il connaissait les étreintes tremblantes de Kim, il savait l'effet qu'elles faisaient. J'aurais dû partir, mais je ne pouvais pas.

J'étais submergé par le désir absurde de m'assurer qu'il était heureux et, s'il ne l'était pas, de faire en sorte qu'il le soit, de prendre soin de lui. Mon instinct de survie avait soudain fait place à une sorte d'extase-de-désorientation-profonde, mon gyroscope venait de se renverser, j'avais de sérieux ennuis.

Les deux types qui l'escortaient portaient des pantalons aux bas retroussés, des baskets blanches et des sweats à capuche. Ils tentaient d'imiter sa posture mais ne semblaient pas à leur place, tout en nervosité et sourires forcés.

Je ne m'étais jamais rendu compte que Gros Jack était aussi grand. Il traversait la pièce d'un pas tranquille, le menton et le cigare relevés à la Franklin Delano Roosevelt, écrasant tous les autres de sa taille tel un infirmier dans une maison de retraite. Il tapotait le dos de ses invités, riait à tout propos, déployait ses fils pour distribuer bières et crackers, évoluant dans la foule comme un croisement de politicien et de ballerine. Pas étonnant qu'on l'ait élu président du département, il en valait cinq à lui seul, parmi tous ceux qui étaient présents.

Un professeur invité, médiéviste répondant au nom de David Goodenough, était présenté à un groupe d'épouses d'enseignants. Il était petit et maigre, avec une longue chevelure prématurément veinée de gris coiffée en arrière et un bouc assorti, des lunettes aux verres ronds. Il se tenait avec raideur près de sa femme, une petite boulotte au doux visage hassidique, aux chevilles si épaisses qu'on avait l'impression qu'elle avait les pieds directement vissés à ses mollets. Goodenough serrait les mains en s'inclinant comme un boche, puis se redressait, une main à plat sur sa poitrine, l'autre désignant sa femme comme un magicien présentant son lapin.

En m'avançant dans la pièce, je tombai sur David Howard et quelques autres avec qui j'avais l'habitude de bavarder, mais j'étais trop concentré sur Fonseca pour une conversation allant au-delà de Salut, bien, et toi ?. Ceux qui m'adressaient la parole se retournaient pour voir qui je fixais comme ça par-dessus leurs épaules. Je raflai un gobelet en plastique transparent rempli de vin blanc et puisai une poignée de grains de maïs soufflés au fromage dans un saladier Tupperware posé sur une porte de Liberty Ship transformée en table basse.

Quelqu'un guida jusqu'à Fonseca une femme aux cheveux courts et au physique svelte de sportive. Elle était vêtue d'une salopette d'un noir passé serrée à la taille par une ceinture rose vif.

– Tony Fonseca ? Je vous présente Elizabeth Nancy, qui donnera un cours de poésie le trimestre prochain.

Il lui serra la main, inclina la tête, ferma totalement son œil mi-clos et haussa plus encore le sourcil de l'autre. Dès qu'elle commença à s'éloigner, il se tourna vers Tic et Tac pour leur glisser, une main devant sa bouche, un commentaire qui les fit se tordre de rire, puis il reporta aussitôt son attention sur la fête avec une sobriété moqueuse. Elizabeth Nancy s'aperçut du manège et, à en juger par l'expression fugace qui passa sur son visage, le trouva méprisable.

– Comment tu vas, Tony ?

Jack s'approcha de Fonseca et lui pressa la nuque. Aussitôt le vrai visage de Fonseca transparut sous le masque de suffisance et il sourit comme un enfant.

– Cet homme… cet homme, dit l'ex de Kim à ses étudiants avec une solennité feinte. Cet homme… c'est *l'Homme* !

Les deux jeunots eurent un rire embarrassé et Fonseca haussa de nouveau un sourcil dédaigneux.

– Ces deux-là sont promis aux grandes équipes, affirma Fonseca. Pas de petits clubs. Ce sera direct d'ici…

Il marqua une pause, inclina la tête, tendit un doigt vers la banane de Jack.

– … jusqu'aux ligues majeures.

– Super, dit Jack en leur accordant à peine un regard. Allez donc vous chercher une bière, les gars.

La femme de David Howard s'approcha de moi parderrière alors que, bouche bée, comme en transe, j'étudiais les moindres gestes de Fonseca.

– Vous voulez le sentir ? demanda-t-elle.

Je me retournai si brusquement qu'elle s'écarta de moi en portant d'instinct une main à sa poitrine.

– Qu... quoi ? bafouillai-je en rougissant. Je veux quoi ? Excusez-moi, je ne me sens pas très bien...

– Ça ne va pas ?

– Non, je suis un peu malade, je ne vais pas tarder à rentrer. Qu'est-ce que vous disiez ?

– Non, je vous demandais simplement si vous vouliez le toucher, expliqua-t-elle en appliquant sur son ventre une main aux doigts écartés. C'est fou, vraiment. Ça ne fait que deux mois et il donne déjà des coups de pied...

– Oh, le bébé ! Oui, bien sûr.

Je posai distraitement une main sur son ventre parfaitement plat et me tournai à nouveau vers Fonseca.

– Le Grand Jack...

J'entourai de mon bras la panse de Petty quand il passa près de moi, comme un enfant qui s'accroche à un tablier.

– Hé, Petey, content de te voir... content de te voir.

Il me tapota machinalement la joue de sa paume sèche et s'enquit :

– Ça va, ta classe ?

– Super, vieux, super. C'est super aussi avec Kim, ajoutai-je en me contraignant à garder les yeux sur lui. C'est le grand amour, vraiment.

Fonseca se tenait sur le pas de la porte, les deux mains dans les poches revolver de son jean, soulevant les basques de son trois-quarts en cuir marron.

– Vous faites quoi, après ? demanda-t-il à ses étudiants.

– Rien, on a des devoirs pour demain, répondit l'un d'eux, le talon d'une de ses baskets agaçant le gravier.

Ils avaient l'air soulagés de se retrouver enfin dehors.

– Des devoirs ! cracha Fonseca avec une grimace.

Il retourna lentement dans le séjour, le dos voûté, la mine sombre, cherchant la bagarre.

Je m'étais posté derrière deux têtes grises qui parlaient des lettres pornographiques de Joyce à sa femme.

– Anthony, dit l'un en touchant le bras de Fonseca quand il passa près d'eux, les mains jointes derrière le dos.

Il s'appelait Goodge et c'était notre spécialiste de George Bernard Shaw.

– Anthony, répéta-t-il, cela pourrait t'intéresser de...

– J'en doute, le coupa Fonseca.

Il leur tourna le dos pour se diriger droit sur moi.

Je demeurai d'un calme absolu lorsqu'il m'agrippa l'avant-bras, le dos raide, s'étranglant à demi sur un rire contenu, le menton plaqué contre le cou.

– Ils regardent ? Ils regardent ? murmura-t-il en remuant à peine les lèvres tel un mauvais ventriloque.

Je fixais les quelques poils qui montaient à l'assaut de sa gorge épaisse. Par la seule force de ma volonté, j'étais parvenu à le faire venir jusqu'à moi aussi sûrement que si je l'avais téléguidé.

– Ils regardent ? *Dis*-moi, pouffa-t-il.

Je dus me pencher sur le côté pour vérifier. Goodge et l'autre prof continuaient à jacasser.

– Non.

– Pfff, fit-il en secouant la tête. Je peux pas saquer ces emmerdeurs... Jamais un mot sur les gens, jamais rien de personnel, jamais « Comment tu vas, comment va ta femme, encore au régime sec »... Non, toujours ces amusantes anecdotes de merde sur des écrivains morts...

J'avais le nez à hauteur de sa trachée.

Soudain son visage se modela en un masque étonné de O majuscules et il prit la voix d'un vieux Noir guindé :

– Et, euh, quand, euh, Van Buren découvrit que Harrison avait pris un pseudo, Tippecanoe, et Tyler aussi, eh bien, euh, Van Buren décida de se faire appeler Oscar Kinderhook, parce que, euh, il avait grandi à Kinderhook, État de New Yoook, voyez ? Et il se dit qu'il pouvait aussi se mettre au niveau des gens, voyez ? Alors, il signait toutes ses factures

« O.K. » pour Oscar Kinderhook, voyez ? Et c'est de là que nous est venue l'expression OK…

Il relâcha ses traits pour redevenir lui-même, m'offrit son haussement de sourcil.

– Tu comprends ce que je veux dire ?

Un autre vieux birbe à la magnifique crinière blanche fit son entrée : Herkimer, le spécialiste de Shakespeare. Ses cours étaient insupportables, mais une fois sur trois il se contentait de nous lire une tragédie d'une voix si émouvante et passionnée que je m'étais réinscrit pour deux années de plus avec lui.

Plusieurs enseignants se tournèrent pour le saluer. Fonseca se pencha vers moi, les yeux sur Herkimer.

– Mais le voilà, le vieil Oooscar Kinderhook ! dit-il avec la voix de Gabby Hayes[1]. Et voilà le vieux Jack Petty ! clama-t-il plus fort, lorsque Jack s'approcha, poussant vers nous le Dr Binoclard et sa femme au corps en quille de bowling.

– Tony, Peter, je vous présente Dave Goodenough…

Goodenough nous honora de sa courbette raide et tendit le bras sur le côté.

– Mon épouse… Alana Goodenough.

Je saluai d'un signe de tête.

Fonseca baisa la main de la dame, s'inclina lui aussi devant Goodenough et me désigna d'un geste :

– Ma maîtresse, Ffffrancesca Duvallll… qui est « assez bonne[2] » pour moi, ajouta-t-il dans un aparté bouche en coin à la Groucho.

Éclats de rire à la ronde.

Lorsque Jack entraîna le couple vers le fond de la pièce, il m'adressa un dernier regard par-dessus son épaule.

– Nom de Dieu, tu en fais tomber trois comme elle et tu gagnes un nougat, marmonna Fonseca. Cette bonne vieille Kinderconne…

1. Acteur américain jouant les vieux ronchons dans les westerns de série B.
2. Goodenough signifie « assez bon ».

Lassé de ses jeux de mots, il passa à autre chose :

– Mais c'est le meilleur, le Grand Jack. C'est le genre de type pour qui tu te jettes sur la grenade qui va exploser… Allez, on se casse…

Il me tapota la poitrine, traversa la moitié de la pièce en titubant, s'arrêta, se retourna et m'adressa un geste impatient de la main. Il fallait que je le suive. En outre, je m'étais mis aussi dans l'idée de tout lui révéler sur Kim et moi pour en finir. Nous pourrions peut-être même en rire ensemble : ce que le monde est petit ! Mais il y avait autre chose. Il était inévitable que nous quittions la soirée ensemble. Cela devait arriver. Non, cela ne devait pas forcément arriver, c'était *moi* qui avais voulu cette situation.

Dès que nous fûmes dehors, son numéro changea du tout au tout. Il devint maussade, réservé. Fini le bavardage incessant et je me sentis en danger. Je marchais derrière lui sur le gravier en direction de la rue. Fonseca plissait les yeux, distrait, et semblait sur le point de grommeler quelque chose pour lui-même. C'était comme si je n'étais pas là, ou que je lui servais de caddy pour trimbaler ses pensées.

– Écoute, dit-il, s'adressant à ses bottes, je voudrais pas t'enlever tes illusions, mais si tu envisages de prendre anglais comme matière principale, sache que c'est tous des cons ici… Tu en es où ? En deuxième année ?

Il parlait avec l'ennui d'un guide qui aurait appris son texte par cœur et j'eus l'impression d'entendre son boniment standard pour recruter de nouveaux larbins.

– Non, répondis-je en prenant un ton amusé. J'enseigne.

– Tu enseignes ! s'écria-t-il, l'air alarmé. Quel âge as-tu ?

Ses yeux quittèrent ses bottes pour regarder sur le côté et je pressai le pas pour me porter à sa hauteur.

– Vingt-trois ans.

– Vingt-trois ans…

Il tourna à gauche sur le trottoir et je n'avais aucune idée de sa destination. Je marchais maintenant derrière Fonseca, qui semblait avoir perdu tout intérêt pour ma personne.

Un moment, il stoppa net pour observer deux écureuils qui faisaient la course et je faillis me cogner à lui.

Il s'arrêta de nouveau quand il arriva à sa voiture, déverrouilla la portière côté passager, la tint ouverte pour moi en adressant une grimace à la rue inerte, puis passa côté conducteur d'un pas nonchalant.

L'instant d'après, j'étais assis, un peu hébété, dans le siège baquet de sa Mustang. Ayant décidé qu'il était au courant pour Kim et moi, j'attendais stoïquement qu'il me tombe dessus. Pas de violence physique, mais un avertissement bien senti. Avachi, le bras sur l'accoudoir, Fonseca se rongeait une jointure d'un air sombre. De temps en temps, il tournait le poignet pour jeter un coup d'œil à sa montre et se remettait à ronger sa jointure.

J'étais incapable de parler et ne me sentais de toute façon aucunement autorisé à le faire.

Nous restâmes de longues minutes immobiles et silencieux jusqu'à ce que passe une décapotable dont la radio braillait « Big Girls Don't Cry », une de mes chansons préférées quand j'étais ado. Je secouai la tête comme au sortir d'un étourdissement. Qu'est-ce que je foutais là ? Il n'était pas au courant, pour Kim et moi.

— Je me casse, dis-je, la main sur la poignée de la portière.

— T'enseignes quoi ? murmura-t-il.

— La compo anglaise. À temps partiel. J'ai fait mes études ici, j'ai suivi vos cours il y a six ans… vous ne vous souvenez probablement pas de moi. Peter Keller ?

Il ne répondit pas et je me tortillai quelques instants sur mon siège.

— Tu as écrit cette histoire de balle dans la main de ton père, c'est ça ?

Je lâchai la poignée et me renversai en arrière, les bras entre les cuisses.

— Ouais, dis-je en ravalant un sourire flatté.

Il s'inspecta la gorge dans le rétroviseur.

— Tu as changé.

— J'avais une barbe, à l'époque.

Il consulta à nouveau sa montre, puis démarra.

— Je t'ai donné quoi ? Un B ?

— Je ne me rappelle pas.

— Je t'ai donné un B.

Il prit la direction du centre, passa devant les magasins, traversa la mégapiazzia de bâtiments administratifs sans fenêtres, roulant lentement en silence jusqu'à Linoléumville. Je crus d'abord qu'il savait où j'habitais et qu'il me reconduisait chez moi, mais il tourna dans Exterior Street et se gara sur le parking désert d'un bar irlandais. Il y resta moins d'une minute avant de redémarrer en maugréant :

— Ah, quelle merde, la dépression.

Il retourna dans le centre et s'arrêta sur un emplacement à horodateur du secteur administratif en face d'un bâtiment victorien converti en un minicentre commercial : un restaurant français, un coiffeur visagiste et un bar dont je n'avais jamais entendu parler, le Stanley et Livingstone, niché au sous-sol. Fonseca se dirigea droit vers le rade. Au niveau de la rue, sur la porte en verre, on avait apposé une décalcomanie de dessin animé représentant deux explorateurs à barbe noire et coiffure afro, les genoux cagneux, les crânes protégés par des casques coloniaux démesurés, qui s'en tapaient cinq à la manière des *soul brothers* ou qui faisaient un bras de fer debout. Dans leur main libre, ils tenaient un verre de martini.

— Bon, à un de ces jours ! criai-je du haut des marches.

Mais ma voix fut couverte par les basses de la chanson funky qui s'échappaient par la porte d'en bas ouverte par Fonseca : « J'ai dit à toutes les femmes qui veulent une Mercedes... J'ai dit "Dites Ahhh". J'ai dit à tous les hommes qui veulent remettre ça... J'ai dit "Dites Ahhh". » Je n'apercevais que la moitié de son bras tendu dans sa manche de cuir marron qui tenait la porte ouverte pour moi au pied de l'escalier.

L'endroit était si sombre que je le découvrais davantage avec mes oreilles qu'avec mes yeux. Au fond sonore de rires graves et à la BO du film *Sweet Trash* diffusée par les enceintes, je devinai que nous étions dans une sorte de palais de la *soul.* Lorsque mes yeux furent accoutumés à l'obscurité, je vis que la salle était bondée de frères baraqués, de quelques sœurs, avec çà et là une pincée de clientèle blanche, pour l'essentiel des blondes du coin.

Fonseca s'approcha du bar d'une démarche chaloupée. « Qui c'est le méchant ici ? » L'un des frères – courtaud, torse bombé, jambes arquées, des yeux verts, un bouc et une brosse rousse hérissée – s'écarta du bar pour annoncer d'une voix monocorde :

– Hé, c'est le Professeur 151.

Quelques-uns de ses compagnons se retournèrent, lentement, sourirent, puis revinrent à leur vie sociale.

Fonseca gloussa, laissa pendre sa langue et accéléra l'allure, la main levée pour en claquer cinq, comme si le type l'avait appelé Professeur Gros Braquemart.

Appuyé au comptoir derrière le large dos de Fonseca, je commandai un gin-tonic au barman blanc. À ma droite, dans l'espace délimité pour eux par deux barres de cuivre, les serveurs chargeaient leurs plateaux de piña colada et autres cocktails au rhum dans de hauts verres givrés garnis de morceaux de fruit. C'étaient de minces blondinets à la mode de cette partie de l'État : coiffures aplaties avec raie et pattes, chemises aux couleurs vives de peinture murale mexicaine et pantalons pastel. Mes yeux s'ajustant à la pénombre, je découvris un bar en fer à cheval, une vaste salle avec une petite piste de danse et quatre rangées de tables parallèles au mur. Le décor était du Conrad funky, une jungle boogie-woogie avec un cannibale et son os dans le nez, en haut-de-forme et queue-de-pie. La partie salon était séparée du bar par un bosquet de faux palmiers à écorce en toile de jute. Les murs et les plafonds des deux salles étaient lambrissés de rotin. La lumière provenait de grosses bougies courtes fichées dans des bols en verre rouge, d'ampoules rouges vissées sur des appliques en cuivre tarabiscotées et d'une cage aux barreaux dorés de deux mètres cinquante de large sertie dans le mur le plus éloigné du bar. Elle emprisonnait des tigres et des panthères en céramique grandeur nature dont de petites lampes placées stratégiquement soulignaient les silhouettes.

Derrière le bar quasi circulaire s'élevait une colline à quatre étages de bouteilles d'alcool, sur laquelle veillait un gorille renfrogné. Les tables étaient en bambou, les sièges en osier avec de larges dossiers en éventail dans le style victorien, modèle spécial Huey Newton[1]. Çà et là dans la salle, une demi-douzaine de lions en céramique reposaient sur la moquette bordeaux. On avait accroché au plafond des cages à oiseaux en laiton dans lesquelles des corbeaux noirs empaillés étaient perchés. Alternant avec les cages, des bocaux de poissons rouges en plexiglas et de fausses fougères en pot étaient suspendus au bout de chaînes.

Fonseca m'asséna une tape en disant :

– Mon collègue, Peter Keller… Et cet homme, là, c'est l'As de pique[2], Whoosh Johnson.

Du menton, il désigna le type à la coiffure afro rousse et aux paupières lourdes.

– Le *Roi* de pique, corrigea Whoosh, qui se gratta le nez en regardant la piste de danse.

Fonseca haussa les épaules.

– Si tu le dis…

Whoosh se tourna vers lui, tira un billet de cinq de son pantalon de velours côtelé et le posa sur le comptoir.

– Jimmy ?

Le barman aligna trois petits verres devant Fonseca. Whoosh, avec un demi-sourire, tendit le bras derrière lui pour presser l'épaule d'un Noir à carrure de chêne portant un costume bleu et des lunettes à monture argentée oblongue. Le colosse donna de discrets coups de coude à ses voisins

1. Un des membres fondateurs du Black Panther Party.
2. Ace of Spades, mais « spade » est aussi un terme injurieux pour désigner un Noir.

et, pendant que le barman remplissait les trois verres de Bacardi 151[1], Fonseca devint le point de mire d'une assistance murmurante et moqueuse.

D'un geste théâtral, il s'empara du premier verre, le porta délicatement à ses lèvres tendues, renversa la tête en arrière et le siffla, les yeux clos.

– Et d'un.

Après s'être siphonné les trois verres cul sec, grimaçant comme si ses gencives se désintégraient, il se tourna vers le groupe aux sourires dédaigneux et leur lança en articulant avec soin :

– Et voilà !

Ils s'esclaffèrent en secouant légèrement la tête. Le gars aux lunettes argentées maugréa « Crétin ». Avec un sourire perplexe, Whoosh jeta un dollar de plus sur le bar.

– Jimmy, dit-il sans quitter Fonseca des yeux, donne à mon ami de l'eau de Seltz.

Fonseca tourna vers moi des yeux voilés d'une pellicule rouge.

– Je fais toujours ce truc quand je viens ici... Ils adorent... T'as déjà bu du 151 ?

Il transpirait mais semblait complètement dessoûlé.

– Non, jamais.

Je fus soudain envahi par le désir irrépressible de le protéger des autres, de sa propre stupidité. J'avais l'impression de le connaître depuis toujours.

Trois jeunes Blanches entrèrent, rejoignirent Whoosh et ses amis. Des filles hypermoches aux cheveux ternes et à la posture bancale. L'une d'elles portait un haut court qui découvrait un ventre mou. Une autre, une robe beigeasse et de grosses lunettes à monture d'écaille.

Fonseca les considéra, un sourcil haussé.

– Ils sont étonnants, les négros... Ils ont une vision déformée des Blanches. J'ai vu ces têtes de nœud avec des femmes

1. Un rhum qui titre plus de 75°.

que je baiserais même pas avec *ta* bite… Ces enfoirés de Bantous cavalent après tout ce qui est blond… Les cageots n'ont jamais eu autant de chance.

Assis au sommet de la courbe du fer à cheval, un étudiant blanc solitaire buvait lentement sa vodka-orange. Il faisait déplacé avec son tee-shirt et la lumière rouge du bar baignait ses lunettes de sang.

– Tu sais, poursuivit Fonseca, la première fois que j'ai mis les pieds dans ce rade, j'ai compris ce qui se passait… Des frères du coin et des minettes blanches… un petit paradis soul. Je m'assieds au bar, j'observe, j'observe. Je vois que Whoosh est le chef. Le colosse à lunettes, là, Davey, lui obéit au doigt et à l'œil. Au doigt et à l'œil. Les autres aussi, tout le monde. Hé, Whoosh, ça va, hé, Whoosh, quoi de neuf. Whoosh, Whoosh, Whoosh, comme j'ai dit, c'est l'As de pique, ici. Je sais pas ce qu'il fait dans la journée. Je crois qu'il est le gérant du parking situé derrière le palais de justice. Ou alors vigile au supermarché Mammoth, va savoir… Mais les proprios sont malins, ils savent ce qui fait venir la clientèle.

Je me demandais s'il avait enculé Kim. Probablement.

Du pouce, il indiqua la partie salon.

– Alors, ils ont installé tout ce bazar, les petits serveurs blancs… Tous les Noirs ici se prennent pour l'empereur Jones[1]. Y a la population pour : plus de dix mille frères dans cette ville et tous les autres bars à négros sont de gentils petits rades aseptisés… Bref, je me rends compte que Whoosh est le chef, je m'assieds à côté de lui et je l'entends commander ce qu'il boit toujours. Le barman lui prépare un 151-Coca. Comme j'ai toujours eu une grosse paire de couilles, je dis : « Ben, merde, alors… *Avec* du Coca ? », comme si on avait mis dans le verre un poil de chatte au lieu d'un zeste de citron, et je demande trois 151 *secs*. Depuis, tous les Mau

1. Personnage éponyme d'une tragédie d'Eugene O'Neill qui raconte l'ascension et la chute de Brutus Jones, ancien porteur de gare devenu empereur d'une petite île caraïbe.

Mau me mangent dans la main… T'as entendu comment ils m'appellent, Professeur 151, et ce con raque même pour les verres.

Il rota, se tourna vers Whoosh.

— Hé, il est où, TMR ? Je veux le présenter à mon copain.

L'As de pique appela un grand gaillard joufflu qui portait un blouson et un jean délavé assortis. Il avait un front haut, une coiffure afro et une barbe sans moustache identiques à celles de Whoosh.

— T, le Professeur veut te toucher un mot.

— Héhé, le Prof 151, dit l'homme en s'approchant.

Il échangea avec Fonseca une poignée de main soul et repartit.

— Tu sais ce que son nom veut dire ? me glissa Fonseca. Troisième Mandat pour Roosevelt. Il est né le jour où FDR a été élu président pour la troisième fois.

— Sans précédent, commentai-je.

— Ouais, enfin… Tu te rends compte ?

Je ne savais pas si je devais rire.

— Je suis allé dans la piaule de ce mauvais garçon… Tu me crois si je te dis qu'il a un canapé en peau de zèbre ?

Fonseca avala son eau de Seltz, qui fit onduler sa pomme d'Adam en une série de contractions.

— En peau de zèbre, répéta-t-il en secouant la tête. T'imagines Mossi dans ce bar ? Ou Aaron ?

Cette simple supposition le fit pouffer de rire, mais je me demandai ce qu'Aaron ou Mossi viendraient faire ici. Je me ressaisis, ce type était un clown. Je décidai de me tirer.

— Yo, professeur, lança alors le géant aux lunettes. Comment va Kim'bly ?

— Kim ? dit Fonseca en se redressant. Kim et moi, on est proches comme les miches d'un cul serré.

Il eut un sourire de masque de plâtre… Trop de dents. L'entendre prononcer le nom de Kim fit sonner mon cœur comme une cloche d'église. Qu'est-ce qu'il voulait dire, avec ses « miches de cul serré » ? Et qui c'étaient, d'abord, tous ces connards ?

– Tu lui donnes le bonjour de David, hein ? Tu prends bien soin d'elle ? dit le type sur un ton condescendant d'adulte s'adressant à un enfant.

– Ouais, bien sûr. Hé, j'ai pas envie de bavarder, j'ai envie de danser !

Tandis que je poussais un interminable soupir qui fit tinter les glaçons de mon verre, Fonseca s'éloigna en titubant légèrement, s'inclina devant deux nanas noires assises à une petite table de l'autre côté des faux cocotiers. L'une d'elles se leva, fortes hanches moulées dans une robe à fleurs décolletée dans le dos, et gagna la piste de danse avec Fonseca. Whoosh et David éclatèrent de rire.

J'observai de nouveau l'étudiant blanc, qui souriait en faisant aller ses yeux de Whoosh à Fonseca.

Je me penchai pour tapoter l'épaule de Whoosh.

– Qui c'est, Kimberly ?

Il donna un coup de coude à David.

– Il me demande qui c'est Kim'bly, dit-il, sur le point d'éclater à nouveau de rire.

Mes entrailles bouillonnèrent. J'étais prêt à me battre pour Kim, pour Fonseca et pour moi-même.

– Kim'bly, c'était la dame du professeur… Ils ont divorcé l'année dernière. Le professeur sait pas qu'on sait, vous savez. Il fait semblant qu'ils sont toujours ensemble parce qu'il a peur que si un négro d'ici apprend qu'elle est libre il l'invitera à sortir, voyez ? Parce qu'elle venait souvent ici. Elle a connu David à l'école primaire. Il est sorti avec la meilleure copine de Kim'bly, vous comprenez ? Alors, on s'amuse un peu avec le gars, voyez ? Chaque fois qu'on veut le voir danser, David lui demande « Hé, professeur, comment va Kim'bly ? », et c'est parti.

Whoosh indiqua du menton la piste de danse où Fonseca, le visage figé et sombre, s'agitait avec sa cavalière. Ils ne se regardaient pas. La piste était encombrée de couples noirs et mixtes, les femmes trop habillées pour la circonstance dans leurs robes bon marché, les hommes aux cuisses énormes, ou trop grands, costumes trois-pièces avec des médailles pendant sur la cravate, chemises multicolores et panamas. Tous se trémoussaient, impassibles, sans trop occuper d'espace. Fonseca se débrouillait plutôt bien. Les mains glissées sous sa ceinture, il tourna de trois cent soixante degrés sur lui-même.

– On fait juste que le taquiner, conclut David en riant.

Fonseca traversait lentement la ville, de nouveau plongé dans sa rêverie égotiste et boudeuse. Il était vingt-deux heures trente. Je me sentais moi-même franchement mal. Je savais que ces types ne se tapaient pas Kim, ça se devinait au ton de leur voix. Je me sentais mal parce que je ne pouvais pas encore mettre Fonseca au courant, pour Kim et moi. Il pétait les plombs trop facilement. Je me sentais mal pour lui et sa stupidité grandiose. Je n'avais plus du tout peur. Je ne voyais que sa folie, sa solitude. J'éprouvais un sentiment envahissant qui ressemblait un peu à de l'amour. À cet apitoiement chaleureux des gens pour les demeurés. Je me demandais s'il existait un terme technique pour l'amour des victimes.

– On s'arrête là ou on finit la soirée ailleurs ?

La proposition venait de moi. Il haussa les épaules, un peu surpris par ma suggestion, et roula jusqu'au parking du bar irlandais où nous avions fait escale plus tôt. Il y avait maintenant quelques voitures. Je le suivis à l'intérieur.

– Fitzie et Fordham ! claironna-t-il en direction d'un barman aux cheveux gris adossé à sa marchandise et à un jeune grassouillet vêtu d'un maillot de l'université de Fordham et d'un tablier.

Fitzie, petit bonhomme à la mine sérieuse, adressa un clin d'œil à Fonseca.

– Professeur…

Le jeunot, dix-huit ans environ, ne hocha même pas la tête.

Fonseca agrippa un tabouret et braqua l'index sur Fitzie.

– Webster Avenue ?

– 1733, appartement 3A, répondit le patron d'une voix posée.

– 'xactement ! beugla Fonseca en lui boxant le bras.

Je n'avais aucune idée de ce qu'ils racontaient. Après avoir pris nos commandes, Fitzie descendit l'escalier menant à la cave.

– Fitzie et Fordham, grommela Fonseca. Tu vois, je viens ici après le Livingstone parce qu'on s'y emmerde tellement que je peux laisser refroidir la machine.

Quatre clients, la cinquantaine obèse, étaient assis sur des tabourets à un mètre cinquante de nous. Deux jeunes gars, sans doute des copains du fils de Fitzie, jouaient au air hockey, penchés au-dessus de la grande table occupant le centre de la salle. Les claquements du palet résonnaient dans la salle. Les lampes du plafond prodiguaient une lumière trop crue ; les murs et le plafond étaient recouverts d'une horrible peinture vert bonbon à la menthe.

Divers articles de sport pendaient au plafond au bout de longs fils de pêche en nylon : gants de boxe, gant d'attrapeur au base-ball, balai de curling irlandais, et, juste devant ma figure, un casque de foot blanc qui ressemblait à un crâne au sommet couvert d'un duvet de poussière. Il prenait une teinte vert pâle à la lumière reflétée par les murs. Ce matériel était trop disséminé pour faire décoration et il pendouillait bêtement, ajoutant à la froideur glaciale et inhospitalière du lieu.

– Fitzie et Fordham, répéta Fonseca en souriant à son verre.

Engorgé par des conneries que je n'arrivais pas à prononcer, je lui tapotai maladroitement le dos. J'avais envie de lui dire de ne pas laisser Whoosh et les autres enculés l'atteindre, mais je ne pouvais pas. D'abord, il prétendrait qu'ils étaient bien incapables de l'atteindre ; ensuite, que lui dire au juste ? « Les laisse pas t'emmerder avec Kim, personne la nique à part moi » ?

Soudain, il claqua des doigts.

— Ouais, j'ai entendu ton nom. Tu enseignes la compo anglaise. Un de mes étudiants m'a parlé de toi… Ouais… T'as quel âge, à propos ?

Il avait l'air affligé et je me rendis compte à cet instant que le seul moyen de le rendre heureux, ce serait de lui tirer une balle dans la tête.

J'étais bouleversé. Pendant un long moment, je ne pus lui répondre, puis je déversai tout ce qui m'était arrivé depuis mon diplôme, exception faite de Kim. Je parlais d'un ton pressant, dramatique. Quand j'eus terminé, Fonseca me regarda droit dans les yeux et me demanda calmement :

— Tu me prends pour un con, hein ?

Je ne répondis pas parce que je ne savais pas à quoi il se référait. C'était peut-être le moment de vérité.

— Je suis un con parce que je me pointe au Livingstone comme un frère-aux-yeux-bleus, que je laisse Whoosh m'inciter à boire pour que tous les autres se foutent de ma gueule… Et maintenant, tu me racontes ton histoire larmoyante à deux balles parce que tu te sens navré pour moi, c'est ça ?

— C'est ça.

Je voulais, à ma façon, que tout baigne dans la franchise.

— Je suis pas idiot. Je sais qu'ils se moquent de moi. J'aime bien aller là-bas quand même… On n'y rencontre pas des universitaires emmerdants, ni des loques comme dans ce trou. Les trois 151 que je m'envoie, c'est mon ticket d'entrée, mon droit d'admission. Je l'ai toujours su. Laissez-moi devenir membre du club, vous aurez l'impression de vous payer la tête d'un professeur. Je joue au serveur blanc haut de gamme, mais ce n'est qu'un numéro, et ce n'est pas parce que je fais le crétin que tu dois sous-estimer mon intelligence.

Il baissa la tête, me dévisagea comme s'il me regardait par-dessus des verres à double foyer.

Me sentant un peu moins coupable envers lui, je lui adressai un sourire contrit : « J'ai compris. »

— Ne sous-estime pas mon intelligence, dit-il à son verre.

Maîtrise… Tout est affaire de maîtrise… Chacun s'imagine avoir le dessus sur tous les autres… Ouais, ben… merde.

Fonseca leva un instant les yeux vers le balai de curling, le casque de foot, puis replongea les yeux dans son verre.

– En tout cas, c'est mieux là-bas que dans ce putain de bar.

Les quatre gros eurent un accès d'hilarité de groupe.

Fonseca marchait à la vodka-tonic. Moi, je buvais lentement mon gin pour ne pas être trop bourré. Les *clac* au air hockey se succédaient, rapides et réguliers, ce qui me fit penser que ces gars devaient passer des heures penchés au-dessus de cette table. Ils ne poussaient jamais d'exclamations, ne riaient jamais.

– Tu as lu mes œuvres ? me demanda Fonseca, le visage quasiment au niveau du comptoir.

– J'ai lu l'histoire d'une femme qui a la migraine, et le livreur du drugstore, qui a oublié l'aspirine, lui met la main sur les nichons en disant « Ça soulage encore mieux », et finalement ils se marient.

Il ricana comme si cette histoire était nouvelle pour lui.

– Conter fleurette, murmura-t-il avec tendresse. En fait, c'est une histoire vraie, c'est comme ça que mes parents se sont rencontrés : mon père a quasiment violé ma vieille quand il était livreur. « Ma qué, ça soulage encore mieux ! » s'exclama-t-il en plaquant ses mains sur sa propre poitrine. Ouais, une histoire vraie.

Il tint son verre vide au-dessus du bar jusqu'à ce que Fordham s'approche d'un pas lent.

– Tu as lu « Gros lard » ? C'est ce que j'ai écrit de mieux… Seigneur, quelle putain d'année ! Sept de mes nouvelles publiées… J'avais déjà mon job ici… C'était y a dix ans de ça, à peu près. Un gars d'une maison d'édition m'appelait tous les six mois pour me réclamer un roman. Il adorait ce que je faisais. Il voulait que j'écrive un roman, mais je n'arrivais pas à démarrer. Au lieu de quoi, j'ai engrossé une fille, je me suis marié. Je crois que ça marchait trop bien pour moi, du coup je me suis mis une femme et un gosse sur le dos. J'étais incapable de me concentrer. Ah, j'en ai bavé... mais...

Il eut un de ses sourires suffisants.

– ... c'est fini. Je me suis sorti de ce merdier l'année dernière. Je suis plus ou moins de retour en piste.

Je me ressaisis à nouveau : assez joué à Mary Heartline. Si je devais lui révéler la vérité pour Kim et moi, c'était maintenant. J'avais le sentiment affolant qu'à chaque seconde le bordel augmentait dans ma tête, au point que si je ne lâchais pas le morceau tout de suite je devrais rompre avec Kim ou zigouiller Fonseca. Je passai en revue dans mon esprit diverses entrées en matière gaies et pimpantes, en attendant une ouverture.

– J'ai appelé le type, l'éditeur, l'année dernière. Il est mort, ce saligaud... Je m'y suis remis quand même. J'essaie. Tous les jours. J'ai commencé quatre romans différents... Ils sont dans des cartons, dans mon bureau. De nouvelles idées me viennent chaque jour, mais je me sens coincé... Je n'arrive pas à me concentrer. Je ponds vingt pages d'un trait, je m'arrête, je relis... et ça ne *coule* pas bien. Si je relis mes feuilles une troisième, une quatrième fois, je finis par me convaincre que c'est bon, mais...

Il soupira.

Bon, c'était parti :

– Tony...

J'étais si nerveux que je n'arrivais pas à prendre ma respiration et il poursuivit :

– Je sais pas. Je relis mes premiers textes en cherchant des pistes... J'en étais où quand j'ai écrit ça ? Qu'est-ce que je savais alors que je ne sais plus maintenant ? Je savais *que dalle*... J'en sais *cent* fois plus maintenant. Alors, où est le problème ? Tu comprends ? Et ça va tellement mal, quelquefois, que je n'arrive même plus à lire – les textes des autres –, je n'arrive plus à lire ceux qui perçaient en même temps que moi il y a dix ans et pour qui ça marche maintenant. Ça me rend dingue – pourquoi eux et pas moi ? Je ne lis plus que des morts, tu te rends compte ? Je ne peux plus entrer dans une librairie. Pourtant, en fait… en fait, je suis bon. Je suis toujours bon. Je pioche au hasard dans un de ces cartons, je commence à lire n'importe où et je ne peux plus m'arrêter. Mais je ne sais pas ce que je veux *dire* maintenant… J'entends constamment une voix dans ma tête, comme une pub à la télé, qui me demande : « Hé, *Tony*… Ça veut dire quoi, cette histoire ? »

Il avala sa vodka et tendit son verre. Le barman juvénile hésita avant de le resservir.

– Merde, j'ai *horreur* du rhum… Le rhum, c'est bon pour les vacances.

– Euh, Tony…

– Je suis toujours bon, vieux. Toujours bon.

Je n'avais pas dit « Euh, Tony » assez fort. Je n'avais peut-être fait que le murmurer. Je serrai les dents, m'efforçai de maîtriser ma respiration. Les claquements de l'air hockey me faisaient tressaillir.

– Quelquefois, quand je suis un peu parti, je peux me concentrer sur un verre de bière et écrire une putain d'histoire sur ce verre. Je le regarde et je peux en faire un portrait en mots qui te ferait tomber à la renverse. J'ai ce don.

Il leva son verre presque vide.

– Regarde… Y a une histoire, là. Y a tout le temps une histoire. Regarde ce bar…

Il poussa un profond soupir, mit ses mains en coupe autour de sa bouche.

– Hé, Tony ! Qu'est-ce que tu racontes ?

Les quatre tas de graisse haussèrent leurs mentons au-dessus de leurs épaules, puis reprirent leur conversation.

– Tony ? dis-je. *Tony ?* répétai-je, plus fort. J'ai un truc à te dire, tu vas pas en revenir…

J'avais finalement réussi à maîtriser ma respiration, mais quand l'un des joueurs d'air hockey lâcha un brusque « Wouh ! », je faillis sauter sur le comptoir et Fonseca reprit le crachoir :

— Ça vient pourtant, ça vient… J'ai fait un rêve incroyable que je pourrais prendre pour point de départ. J'ai rêvé que je braquais une banque du sang avec deux autres mecs…

Il s'interrompit pour éclater de rire puis continua :

— On se tire avec plein de bocaux de sang, des litres et des litres. On monte dans la voiture, les flics nous poursuivent dans la rue principale, notre chauffeur perd le contrôle de la caisse, on se mange un poteau, ou quelque chose comme ça, et tous les bocaux se brisent. Personne n'est blessé, mais on est tous couverts de sang. Le sang s'écoule de la voiture, il recouvre la chaussée, on n'a jamais vu autant de sang. Les passants prennent peur et même les flics n'osent pas s'approcher… Je sais pas, j'ai envie de travailler sur cette image, le sang partout… Ça conviendrait peut-être mieux pour un film, un scénario. Ce ferait un plan saisissant…

Il laissa sa phrase mourir, ferma les yeux.

— Mmmerde !

Il laissa sa tête tomber sur ses mains aux doigts déployés en éventail, se pressa les tempes, le rose de ses ongles battant en retraite jusqu'à ses cuticules.

Les quatre pachydermes qui bavardaient à quelques tabourets de nous s'arrêtèrent de parler et regardèrent à nouveau par-dessus leurs épaules. Le jeune barman leur fit signe de laisser tomber. Maintenant que Fonseca s'était tu, je les entendais parfaitement :

— … là que Jeff m'a raconté que quand Andy a déménagé à Cincinnati sa femme s'est perdue en voulant aller dans le centre-ville et qu'elle s'est retrouvée dans le quartier noir… Comme elle cherchait un disquaire, elle s'est dit : Ces gens doivent acheter des disques comme tout le monde, alors elle entre dans un magasin, La baraque *soul*, quelque chose comme ça, et elle demande : « Z'auriez *Unsent Letter* ? », avec son accent du nord de la Floride. Non, ils l'avaient pas, mais le type qui lui avait répondu quitte la boutique *avant* elle, et quand elle ressort du magasin il lui arrache son sac à main et se carapate !

Le quatuor explosa de rire. Les jeunes s'arrêtèrent de jouer pour écouter.

– Bon, elle se rend au poste de police, mais quand elle retourne au magasin de disques avec les flics, c'est un autre vendeur et, bien sûr, il avait jamais vu l'autre type avant. Et quand Andy apprend cette histoire, tu sais ce qu'il dit à sa bonne femme ?

Le conteur se pencha en avant, la mine épanouie.

– Il dit : « Bon sang, je t'avais pourtant dit d'adhérer à ce Club du Disque ! »

Les quatre quinquagénaires partirent d'un rire à se faire éclater la jugulaire. Le barman et les joueurs d'air hockey riaient, eux aussi.

– « Je t'avais bien dit d'adhérer à ce Club du Disque »..., soupira le conteur en s'essuyant les yeux.

Fonseca leva lentement la tête de ses mains. Il avait retrouvé l'expression froide et dédaigneuse qu'il avait eue chez Jack.

– Pauvres connards, marmonna-t-il, assez fort pour que tout le monde l'entende.

– T'as dit quelque chose ? lança le raconteur d'histoires dans notre direction.

C'était un gros tas avec des cheveux gominés partant d'un V sur son front dégarni. Ses copains et lui semblaient trop lourds et trop âgés pour une bagarre, mais le jeune barman avait des avant-bras de batteur et il essuyait lentement un verre déjà sec, et ça, c'était mauvais signe. Et les deux fans d'air hockey, qui avaient recommencé à jouer, échangeaient maintenant des regards, ce qui constituait le meilleur moyen de se prendre le palet sur les doigts.

Fonseca me souriait.

– T'as dit quelque chose ? répéta le conteur.

Fonseca tourna sur son tabouret comme Clint Eastwood et plissa les yeux.

– T'as l'air contrarié, tête de con.

– T'as dit quelque chose ? répéta le gros, le visage cramoisi.

— Tu veux m'en coller une ? lui demanda Fonseca.

— Je veux savoir ce que t'as dit... fils de pute.

— Tu veux me frapper ?

Fonseca avait le menton levé, les doigts écartés en une invitation sous sa mâchoire aux dimensions effrayantes.

— Fils de pute..., répéta l'homme d'un ton moins assuré.

Fonseca se leva et se dirigea vers lui.

— Tu veux me frapper ?

Ses doigts demeuraient figés sous son menton, relevé comme s'il s'apprêtait à se raser la gorge. Les deux jeunes lâchèrent leur air hockey et s'approchèrent du comptoir. Je me levai à mon tour, prêt à soutenir Fonseca, à me battre à mort – alors qu'au fond de moi je voulais en réalité que ces deux types lui sautent dessus et le zigouillent. Fonseca était maintenant tout près du gros type, qu'il dominait de toute sa taille. Effrayé, l'homme tenta de se donner une contenance en allumant une Old Gold. Ses copains contemplaient le plancher, mais les deux joueurs d'air hockey se tenaient derrière Fonseca, attendant un signe de Fordham pour lui sauter dessus.

Des pas résonnèrent dans l'escalier de la cave et le vieux barman apparut, portant un casier de cannettes de bière.

— J'aimerais autant que vous nous disiez bonsoir, professeur, dit Fitzie d'un ton ferme et paternel.

La mâchoire de Fonseca n'était plus qu'à quelques centimètres du crâne du raconteur d'histoires, mais son attention fut détournée. Le vieux barman ne répéta pas son injonction, il se contenta de vider son casier.

Fonseca sourit, referma lentement ses mains, le menton toujours levé.

— Webster Avenue ?

— 1733, appartement 3A, répondit Fitzie, comme si c'était la millième fois.

Fonseca s'esclaffa, la tension retomba. Les joueurs d'air hockey retournèrent à leur match, les quatre gros respirèrent mieux. Fonseca se pencha par-dessus le bar, prit Fitzie dans ses bras et lui tapota le dos en poussant de petits grognements aimables.

Fitzie me regardait, impassible, le menton sur l'épaule de Fonseca.

– Ce vieux salopard d'Irlandais traînait avec mes oncles sous le métro aérien de la Troisième Avenue, tu te rends compte ? Sa famille habitait juste à côté de chez mon oncle Sonny. Au même étage. Et maintenant, on se retrouve tous les deux coincés ici, en Sibérie…

Le visage de Fonseca rayonnait de bonheur et d'esprit sportif quand il se tourna vers moi, les bras toujours autour du cou du barman.

– Bonne nuit, professeur.

Fitzie continuait à me fixer d'un regard chargé de reproche, comme si je ne valais guère mieux que le professeur. J'eus un haussement d'épaules pour me défendre.

– Ouais, bonne nuit, Fitzie… Bonne nuit, messieurs. Je plaisantais, assura Fonseca en s'inclinant devant le quatuor. Sans rancune, hein ?

Le raconteur d'histoires regardait ses genoux, sa cigarette collée à sa lèvre inférieure.

– Vous savez trousser une histoire, monsieur… monsieur ? Vraiment.

Fonseca m'entraîna vers la sortie en adressant à tout le monde de grands gestes d'adieu, comme si c'était Noël.

– *Ayayaie.*

Il souriait dans l'air de la nuit, une main sur ma nuque. Il s'approcha d'une des quelques voitures garées sur le parking de derrière, un break vieux de deux ans, et pissa dedans par la vitre baissée côté passager, le dos arqué pour donner de la hauteur au jet.

– Comme je disais… C'est mieux au Livingstone que dans ce bar à la con, hein ?

J'étais là à regarder sa queue grosse et courte, conscient que je ne lui parlerais jamais de Kim et moi, que j'avais torpillé ce soir toute chance de le faire en l'accompagnant dans cette tournée des bars.

Après avoir remonté la fermeture à glissière de sa braguette, il se dirigea vers la rue, la main à nouveau sur ma nuque. Je me redressai en disant :

– J'habite à cinq cents mètres d'ici, Tony, je vais rentrer à pied, d'accord ?

Nous étions maintenant face à face et il me toisa, le sourcil haussé en un jugement désabusé. Soudain je me retrouvai à un mètre du sol, ses bras musclés m'enserrant la taille.

– Qu'esse tu *fais* ? Qu'est-ce que tu *fais* ? m'égosillai-je d'une voix rendue aiguë par l'embarras et la peur.

Il avait complètement dessoûlé, il allait me tuer.

– T'es un mec génial, petit ! brailla-t-il. Tu as bon cœur et tu as connu beaucoup de souffrances… T'es *super* !

Il se retourna et descendit la rue, s'éloignant de moi, du bar et de sa voiture.

Je découvris un mot punaisé sur mon tableau de liège quand je pénétrai dans mon bureau le lendemain matin : *Peux-tu passer me voir ? Il faut que je te parle. Tony F.*

Mon cours commençait dans moins de quinze minutes, mais je ne voulais pas passer toute l'heure à m'interroger sur ce qu'il me voulait.

La porte de son bureau était ouverte, il n'y avait personne. Sur ses étagères d'acier s'alignait un choix d'ouvrages allant de soi. Outre les anthologies universitaires insipides d'œuvres courtes, on y trouvait les incontournables du vingtième siècle : Hemingway, Faulkner, Fitzgerald, Wolfe, Woolf, Forster, Joyce, Kafka, Mann – toute la bande. Je passai une main sur les reliures luisantes. L'image de Fonseca lisant *Route des Indes* ou *La Toile et le Roc* avait quelque chose de réconfortant, de rassurant : il y avait quelqu'un d'autre en lui qu'une brute de ghetto. Je m'assis pour l'attendre. Sur sa table s'empilaient une série de romans plus contemporains, entre les pages desquels poussaient des marque-pages.

Sur la dernière étagère d'acier reposaient quatre cartons de papier machine Sphinx. Comme Fonseca n'était pas en vue, je m'accroupis pour les examiner.

— Ah, le voilà…

Il se tenait sur le pas de la porte tandis que j'étais toujours à croupetons comme un paysan asiatique. Je me relevai vivement en m'esquintant les deux genoux. Je n'avais eu le temps que de lire les premières lignes de la première page du premier carton : *Mon père ne se brossait jamais les dents. Il prétendait que ça leur enlevait tout ce qu'il y avait de bon. Il était contremaître d'une équipe de construction de routes.*

— Tu jettes un œil à mes œuvres maîtresses ? Prends-en deux, elles sont courtes.

Il me pressa les coudes quand il se glissa derrière moi pour passer du côté boss de son bureau métallique.

— Assieds-toi une minute.

Il se renversa en arrière dans son fauteuil et son trois-quarts s'ouvrit pour révéler un tee-shirt faisant la pub d'un restaurant d'huîtres de La Nouvelle-Orléans.

— Écoute, je voudrais te dire un mot à propos d'hier soir… Je me suis senti minable après ton départ. J'avais un peu trop fait l'imbécile… Pas avec Whoosh et les autres, non, mais chez Fitzie, quand je t'ai déballé toutes ces conneries sur mes nouvelles, et quand je me suis lancé dans cette bagarre stupide avec les vieux schnocks… Ça ne me ressemble pas et je ne voudrais pas t'avoir fait mauvaise impression…

C'était reparti. J'étais de nouveau submergé par le désir de lui pardonner et de le sortir de sa déprime.

— Hé, dis-je en tendant la main, je suis le mec à l'histoire larmoyante à deux balles, tu te souviens ?

— Naan, c'est de la connerie. Je n'aurais jamais dû te dire ça.

— Ne t'inquiète pas. Vraiment, d'accord ?

Baissant les yeux vers les cartons Sphinx, je risquai :

— J'en ai lu deux lignes.

— Ah, ouais ? grogna-t-il.

Il se leva brusquement de son fauteuil et hissa les quatre caisses sur son bureau. Chacune présentait un côté découpé révélant les diverses épaisseurs de ses manuscrits. Il les aligna soigneusement pour avoir chaque échancrure face à lui, remit les couvercles et prit deux crayons dans le tiroir du haut.

– Regarde ça.

Tenant les crayons comme des maillets de xylophone, il se mit à jouer sur les boîtes, qui rendaient un son différent selon l'épaisseur du manuscrit. Il était si bon batteur que je reconnus immédiatement « Summertime » de Gershwin. Puis il s'arrêta et, les deux crayons mollement tenus dans une main, me lança un regard mi-provocateur, mi-gêné, comme s'il venait de se faire prendre les deux mains dans le trou du cul du désespoir.

– Tu sais que tu as fait la conquête d'Anthony.

Kim me chevauchait sur une des chaises de son coin repas, les bras autour de mon cou, les jambes autour de mes hanches.

Je pouvais caresser tout à mon aise ses cuisses lisses comme du marbre sous sa jupe à carreaux rouges retroussée. Son visage était à quelques centimètres de mon nez. Ma queue préalablement humectée de salive avait totalement disparu en elle.

– Il n'arrête plus de me montrer le tour du sac en papier.

Elle faisait doucement rouler les os de son cul contre mon entrejambe.

– Ben, c'est tout ce que je connais, comme tour de magie.

Nous bavardions comme si nous étions assis chacun sur une chaise.

– Je peux te demander un service ?

Elle inclina la tête, attendant que je réponde « Bien sûr ».

– Anthony n'a pas école jeudi et je dois travailler. Tu pourrais… tu crois que tu pourrais t'occuper de lui ?

Kim grimaçait comme si sa requête était manifestement sans espoir.

– Bien sûr, répondis-je, flatté de sa confiance.

– Il t'aime *vraiment* beaucoup.

– Ouais, pas de problème.

Elle baissa la tête pour regarder nos mouvements de rotation. Elle avait dénoué ses nattes et sa longue chevelure blond-roux pendait entre nous tel un rideau chatoyant.

Je lâchai ses cuisses pour m'emparer de son cul ferme et la soulevai le long de mon corps en la faisant monter et redescendre doucement au-dessus de mes balloches emprisonnées.

– Qu'est-ce que tu as fait de beau depuis lundi soir ? me demanda-t-elle avant de m'embrasser.

Nous en étions encore au stade où ce que l'autre avait mangé au déjeuner était à la fois fascinant et éclairant.

– Comment tu peux me poser cette question maintenant ? répliquai-je avec une irritation contenue.

– Désolée.

Elle baissa de nouveau la tête pour nous observer à l'œuvre.

Ce que j'avais fait de beau...

– En fait, il s'est passé un truc intéressant, depuis la dernière fois qu'on s'est vus. Tu ne devineras jamais qui j'ai rencontré, dis-je d'une voix fêlée d'adolescent. Le grand Tony...

Kim interrompit son mouvement, sans toutefois relever la tête.

– Il était à une soirée chez le président du département. Il n'avait pas changé. Nous avons fini par faire la tournée des bars ensemble. D'abord un palais de la soul, le Stanley et Livingstone, puis un rade irlandais, le Fitzie's...

Je parlais au sommet de son crâne, elle ne répondait pas.

– Il est fou, ce type. Et pour te dire la vérité, il me fait peur. J'avais l'intention de lui parler de notre liaison pour ne plus avoir ce problème suspendu au-dessus de ma tête et pouvoir me concentrer sur nous, mais je n'y suis pas parvenu. Il a failli se battre avec d'autres clients dans le bar irlandais. Plutôt eux que moi, hein ? Il est vraiment bizarre : il boit, il fait des mélanges, il se conduit comme s'il était pété à mort, mais en fait il reste tout le temps parfaitement lucide. Je trouve ça effrayant.

Je continuai à bavasser un moment de la sorte sur Fonseca, avec le ton innocent d'une vieille tante excentrique parlant d'un membre de la famille. Soudain mes mains, qui agrippaient ses fesses, commencèrent à glisser sur les cuisses de Kim quand elle s'écarta de moi. Avant que je puisse prononcer un mot, elle se leva si brusquement que ma bite demeura dressée, perplexe et exposée aux courants d'air, au-dessus de ma braguette. Un instant, je crus que, rendu anxieux par mes propos sur Fonseca, j'avais sans le vouloir poussé trop fort.

Sans me regarder, elle ramena ses cheveux derrière ses oreilles, alla à l'évier, attrapa une éponge et se mit à ramasser les miettes jonchant la table tandis que je restais assis sur la chaise, mon bouquet génital pendouillant au-dessus de mes pieds écartés.

Elle retourna à l'évier avec l'éponge repliée dans une main. Elle fit couler l'eau et passa son autre main le long du bord de l'évier pour en décoller les restes de nourriture.

— Kim, tu me fous les jetons.

D'une chiquenaude, elle rectifia l'alignement des boîtes de céréales, essuya ses mains à sa jupe et éteignit la lumière, me laissant seul dans le noir, comme un vieux meuble.

— Kim, qu'est-ce qu'il y a ?

Son corps était éclairé par un rectangle de lumière projeté par la lampe du couloir et pénétrant dans la chambre par-dessus mon épaule. Recroquevillée sur le flanc, face au mur, elle avait les mains jointes sous le menton. Elle ne pleurait pas. Je la rejoignis dans le lit et la fis rouler sur le dos.

— Qu'est-ce qu'il y a ? répétai-je, baissant d'un registre pour donner à ma voix le ton ferme de Papa Ours. Tu vas me faire la grande scène de la victime torturée ? ajoutai-je, avec plus de cruauté et de désinvolture que je ne l'avais voulu. On est en plein mélo…

— Ferme-la, me coupa-t-elle, les yeux luisants. J'ai une

amie, Theresa… tu sais comment je l'ai rencontrée ? Après avoir quitté Tony, je ne savais même plus parler aux gens, encore moins me faire des amis. Un jour que j'étais allée au centre commercial de Plunkett, on donnait des cours de danse latino dans le secteur de la fontaine. J'ai vu Theresa au milieu d'une kyrielle de vieilles dames. Comme elle avait mon âge et paraissait aussi misérable que moi, je me suis placée à côté d'elle et j'ai appris le latin hustle, juste pour recouvrer l'usage de la parole… Devant la bande de cons qui nous regardait, je l'ai choisie entre toutes pour être mon amie. Je suis même devenue membre de son club de bowling. Tu aimes le bowling ? J'espère que non. Alors tu ne t'approches plus de Tony, OK ? C'est lui ou moi.

« Pas de problème », assurai-je au moins un millier de fois jusqu'à ce qu'elle roule contre moi, s'arrime d'un bras à ma poitrine, son visage au creux de mon aisselle, de sorte que j'avais la main suspendue au-dessus de ma tête comme un point d'interrogation.

– Alors, comme ça, vous êtes allés au Stanley et Livingstone ?

– Ouais.

– Le S et L, murmura-t-elle, sur un ton séquence nostalgique.

– C'est qui, David ? demandai-je en tâchant de ne pas laisser parler le flic en moi.

– Il est toujours là ?

Je sentis un sourire étirer ses joues contre mes côtes.

– Ouais, qui c'est ?

Kim haussa les épaules, fit glisser son visage sur mon ventre.

– Un vieux copain, répondit-elle.

Comme si elle parlait de l'animateur sympa d'une émission télévisée éducative et non du char d'assaut d'une équipe de foot américain. Reste cool.

– Tu sais, c'est là que je l'ai rencontré.

– Quoi ?

Elle avait la tête tournée, je ne l'entendais pas très bien.

— Au S et L. C'est là qu'on s'est rencontrés. J'étais dans sa classe, mais c'est là qu'on s'est *vraiment* rencontrés. Nous étions les deux seuls habitués blancs.

Jusqu'à ce qu'elle prononce le mot « blancs », je croyais qu'elle parlait d'elle et de David. Je regardai la tête de Kim. Elle me faisait l'effet d'une BNE, une bombe non explosée, reposant sur mon ventre.

— Kim ?

Elle émit un son qui pouvait passer pour un « Ouais ».

— Qu'est-ce qui t'a plu en lui ?

Cette fois, elle eut un grognement d'ours en hibernation.

— Qu'est-ce qui t'a plu en lui ?

— « Tramp ».

Je sentais son souffle dans mes poils pubiens.

— Quoi ?

— « Tramp »... Il m'a fait écouter « Tramp ».

— Tramp ?

— « Tramp » ! Tu ne connais pas ce morceau ?

— Ah, « Tramp » !... Avec Otis Redding et Carla Thomas en roi et reine de cartes à jouer sur la couverture ?

— Ouais... En me ramenant chez moi, il m'a fait écouter « Tramp ». À l'époque, tout le monde était fan du groupe psychédélique Strawberry Alarm Clock. Je sais que ça paraît stupide...

— Non, pas du tout.

Je le pensais vraiment. J'avais été le seul ado de ma rue à écouter la Motown et James Brown en ignorant rageusement les Beatles. Si, à quinze ans, je m'étais trouvé une fille possédant une collection de disques comme la mienne, Dieu sait ce que nous aurions pu avoir d'autre en commun. Merde. Si je m'étais trouvé *n'importe quelle* fille à quinze ans... Même une sourde. Aux oreilles en chou-fleur...

— ... et les mains.

— Hein ?

— « Tramp » et les mains.

Je me mis à chercher dans ma mémoire un morceau ou un groupe appelé Les Mains.

– Tony avait de très grandes mains. Enfin, elles n'étaient pas vraiment beaucoup plus grandes que les miennes, mais quand il les posait sur toi, c'était comme si elles recouvraient le monde. Il mettait une main sur mon front, ou au creux de mes reins…

Les mains de Fonseca n'étaient pas non plus beaucoup plus grandes que les miennes. Je me représentai Kim et lui complètement nus, comparant distraitement la longueur de leurs doigts écartés, Kim en sueur, les yeux plissés. Une mèche de ses cheveux blond-roux collée à sa clavicule. Échangeant avec lui d'aimables vannes.

– Ses mains ? crachai-je. Qu'est-ce que tu veux dire ? Il te massait les épaules ? De quoi tu parles ? Qu'est-ce qu'il te faisait avec ses mains ? Il avait aussi une bite et une langue, non ?

Kim gisait inerte sur mon ventre, le visage tourné vers mes pieds. Nous observions tous deux un long silence bouillonnant. Un filet de sa transpiration coula de son oreille dans les poils emmêlés de mon ventre.

– Tu es en train de m'entuber, là, Kim. Tu me *mens*… Tu sors encore avec ce type. Je le *sais*. C'est pas pour moi, ce genre de truc.

– Je ne sors pas avec lui.

– Jure sur l'estomac d'Anthony que tu ne l'as pas revu depuis que vous êtes séparés.

– Pie…, plaida-t-elle.

– Tu vois, c'est du pipeau.

Elle me saisit les genoux quand je voulus me redresser et avant que je puisse décoller mes omoplates du lit elle s'était retournée et rampait sur mon corps.

– Deux fois, je l'ai vu deux fois, mais c'était horrible – plus jamais, plus jamais.

Elle me suçota la poitrine en remontant vers mon menton,

couvrit mon visage de baisers et de coups de langue, le dos arqué, son ventre pressant le mien.

– Plus jamais, plus jamais, je t'ai, toi, maintenant...

Elle tendit le bras, ses seins se soulevant dans cet effort, et me glissa en elle. Dans l'état dingue où j'étais, je déchargeai immédiatement. Je la fis passer sous moi et me mis en devoir de la tringler aussi durement que je pouvais, si fort que mon érection touchait de l'os. Je donnais mes coups de boutoir dans une panique totale, la tête envahie de fantasmes de viol. Quand je jouis enfin une deuxième fois, Kim était haletante, gémissante, et je me tournai de mon côté sans même un « Bonne nuit ». Je n'étais ni boudeur ni renfrogné. Ces mots ont une connotation d'intention délibérée, alors que j'avais trop perdu le contrôle de moi-même pour ça. De plus, tandis que Kim sombrait dans un sommeil à respiration profonde, j'avais encore une gaule incroyable.

Trois heures plus tard, j'émergeai brusquement d'un cauchemar qui ne voulait pas me quitter. Je frappais Fonseca au visage. Pas exactement le visage, plutôt le gosier, la gorge. Je cognais sur une chair sans os, mal rasée, rêche. Lui me regardait. Je ne voyais pas son expression parce que j'évitais ses yeux, mais je *sentais* qu'il me regardait, blessé et perdu. Je ne pouvais pas m'arrêter de le frapper. Je détestais pourtant la sensation de cette peau piquante et glissante sous mes jointures. J'avais la nausée mais je ne pouvais pas m'arrêter. Ni le regarder dans les yeux. Il ne se défendait pas, ce qui me rendait fou de tristesse.

J'étais assis à mon bureau quand les derniers étudiants entrèrent dans la classe sans se presser. J'étais comme hébété, je n'arrivais pas à chasser de mon esprit les mains de Fonseca.

– April, je ne crois pas que je pourrai te voir aujourd'hui à trois heures.

Elle haussa les épaules avec indifférence, telle une petite amie cruelle. Qu'elle aille se faire foutre. Je parlais de l'entretien que nous avions fixé. De toute façon, je préférais aller à la salle de gym. Depuis que j'avais rejeté ses avances, elle jouait en classe à la garce meurtrie, elle adressait à voix haute des propos flirteurs aux garçons tout en m'observant à la dérobée pour voir si ça me faisait bisquer. Mon côté malade, c'était que je prenais plaisir à ces conneries. Je pense qu'elle avait même baisé avec un gars de la classe après que je les avais vus ensemble au Ratskeller. Enfin, là, c'était peut-être *moi* qui fantasmais.

Mon obsession pour les mains de Fonseca me reprit pendant la lecture du premier texte, vingt pages sur un type qui se réveille dans une pièce sans fenêtre et sans porte, à qui on donne à manger des croquettes pour chien qu'on lui glisse par une fente dans le mur et à qui une voix de robot sortant d'une enceinte encastrée dans le plafond pose des questions philosophiques. C'était la cinquième histoire façon Kafka en kit du trimestre. Je ne devais pas être un très bon prof, sinon ils auraient été trop terrifiés pour me soumettre des textes de ce genre.

Après une demi-heure de cours, je décidai d'essayer de maquer April avec Fonseca. Une idée tellement délirante que je ne pensais même pas à son côté moral : si j'arrivais à les coller ensemble, Fonseca serait hors jeu pour de bon, il fourrerait ses mains magiques dans les parties intimes de quelqu'un d'autre. Et qui sait ? Ils seraient peut-être heureux ensemble, ils se feraient du *bien,* dans le partage et l'affection, ils s'aideraient l'un l'autre à accéder à de nouveaux sommets de conscience et d'harmonie. *Maquer* était peut-être un mot trop dur, *jouer au marieur* avait une bienveillance qui convenait mieux. Ça faisait penser à *Un violon sur le toit.*

À la fin du cours, je convainquis April de me retrouver à la cafétéria à midi et demi pour notre entretien.

Quelques minutes plus tard, je traversais le campus au sprint pour aller voir Fonseca au Boxely Hall. Je le trouvai juché sur son bureau, devant une étudiante assise face aux cartons Sphinx et prise de fou rire. En me voyant, Fonseca plia les genoux, porta une main au-dessus de ses yeux et tendit le bras dans ma direction telle une vigie indiquant la terre. La fille était au bord de l'hystérie. Il se redressa, effleurant de sa tête les panneaux d'insonorisation du plafond.

– Qu'est-ce que j'étais en train de faire, ma petite chérie ? Il remonta sa ceinture en baissant les yeux vers elle.

– Le professeur Fonseca me montrait comment hausser le niveau de réalité dans une nouvelle.

– Ha-ha, excellent, Tony. Tu déjeunes avec moi ? proposai-je.

Nous nous retrouvâmes à la cafétéria vingt minutes avant l'heure de mon entretien avec April. Nous mangeâmes en évoquant les différentes combinaisons de couleurs dont les autobus de New York s'étaient parés au fil des ans. Quand April se montra, nous étions sur le point de prendre le café. Bien que sachant qu'elle suivait son cours de littérature contemporaine, je fis les présentations. Fonseca marmonna à peine un « Salut ». Je me levai pour aller chercher trois cafés. Lorsque je revins, April feuilletait un carnet et Tony, renversé sur sa chaise inclinée en arrière, les mains dans les poches, observait le tapis roulant sur lequel les plats défilaient le long du mur le plus éloigné. Tandis que je feignais d'avoir avec April une discussion critique, Fonseca sembla s'ennuyer. Mais au moment où l'entretien s'était réduit à des hochements de tête, des lèvres pincées, des « D'accord » et des « Merci », il redressa soudain son siège, se pencha en avant et enfouit son visage dans ses mains magiques.

– Qu'est-ce que tu as ? demandai-je, le front plissé comme quatre docteurs sur cinq.

– Il faut que je me tire d'ici… Cet endroit me *tue*… Il *me tue*, vieux. » Il pressa durement son front baissé contre sa paume. « Tu te rends compte, Keller, qu'il y a à Cincinnati des communautés entières de gens descendus de leurs montagnes, des gars du Kentucky transformés en citadins pour échapper aux mines… des communautés *entières* de montagnards… Je pourrais écrire leur chanson pour eux. Je vis parmi eux six mois, je peux raconter leur histoire… Il reste sept shakers[1] qui survivent dans le Maine. » Il releva la tête et me regarda fixement. Il adressait son discours à mon visage, ignorant totalement April. « Il y a un coin de rue à New York… Rien que des émigrés haïtiens… À cent cinquante kilomètres d'ici… » Sans tourner la tête, il braqua l'index sur le tapis roulant. « À cent cinquante kilomètres d'ici, tu as la plus importante communauté de chrétiens syriens en Amérique… Tu comprends ? Parfois, le matin, quand je me réveille, je me dis… Vas-y… va les retrouver… Mais ici, toutes ces conneries me *tuent*, je te le jure… Je veux prendre la route avec une équipe de base-ball mexicaine… Tu comprends ?

Bien qu'assis, il donnait l'impression de marcher. Il se passa une main sur la figure comme s'il n'avait pas dormi depuis des années. April déchira un morceau de papier d'aluminium de son paquet de cigarettes et le plia en triangle, comme un drapeau américain à l'enterrement d'un militaire.

Go, Tony, Go.

– Et j'ai pas besoin non plus d'être dans un autocar déglingué de l'Oaxaca. » Il se tenait maintenant bien droit, l'œil vif, l'extrémité de ses doigts devant sa poitrine. Il tendit une main, me tapota le bras. « Je vais à l'aéroport… Je vais à… à… à un spectacle équestre… avec une foule de demoiselles. Elles détiennent toutes un secret fabuleux… un pouvoir et une faculté d'étonnement… Toutes. Bon… j'attends l'heure du décollage de mon avion… De Boston à Hyannis[2]. Je vois une jeune femme boulotte peu attirante en conversation avec une vieille aux cheveux bleus. La jeunette est vraiment comme il faut, attentive, elle écoute poliment, comme on le lui a appris… Ou bien elle joue la petite-fille d'aéroport

1. Membres d'une secte protestante du dix-septième siècle, aujourd'hui quasiment éteinte.

2. Bourgade du Massachusetts.

instantanée pour grand-papa fugace… Elle est grosse, elle est malheureuse, sa famille est riche et elle sera une bonne petite fille jusqu'au jour où elle se retrouvera à l'hôpital… et moi je dis : *Renverse-les !* Renverse-les et montre-leur leurs propres violettes… leurs propres fleurs… leur propre pouvoir… Envahis leurs baignoires et leurs douches… leurs toilettes… Montre-les à eux-mêmes… Extirpe-les d'eux-mêmes… Sauve leurs vies par tes lumières. Je peux faire ça… je peux les faire éclore… Mais pas ici, pas ici.

– Bien sûr que tu peux, l'encourageai-je.

Il se pencha à nouveau par-dessus la table et me regarda en plissant les yeux.

– Tu sais, la petite assise là, elle est atterrée maintenant. Elle se dit : Mon Dieu, il est vraiment *bizarre* pour un professeur… D'habitude, elle m'entend parler uniquement de mouvements littéraires et de renaissances, comme si j'étais une sorte de robot programmé… comme si je n'avais aucun sentiment humain.

Fonseca s'adressait à moi d'une voix forte dans un aparté de théâtre. Je ne savais pas comment réagir. Je ne savais pas si j'étais censé hocher la tête pour l'approuver ou me limiter à un sourire neutre.

– Elle ne pense même pas que j'ai un prénom.

– Mais si, le détrompa April en retenant un sourire.

– Ah ouais ?

Il se redressa, interloqué, la regarda pour la première fois.

– Et ce serait quoi ? Professeur ?

– C'est Tony, répondit-elle.

Je crus entendre « Et voilà ! ».

– Comment elle sait que mon prénom c'est Tony ? me demanda-t-il.

Je haussai les épaules. Ma tête résonnait d'un fracas triomphal semblable au bruit des vagues sur les rochers. J'étais plein à craquer de pouvoir.

– Comment tu sais que je me prénomme Tony ?

– J'ai lu vos nouvelles.

Fonseca se tourna vers moi avec un étonnement feint.

– Elle a lu mes nouvelles...

April souriait à son papier d'aluminium. Tony tendit le bras par-dessus la table, tira de la pile de livres d'April un mince magazine. *L'Oiseau de nuit,* le torchon littéraire des étudiants. Il en feuilleta mollement les pages couleur chamois. La couverture portait une photo sépia d'un fauteuil à bascule inoccupé tourné vers la lucarne d'un grenier.

– Il y a quelque chose de toi ? lui demanda-t-il d'un ton de défi.

– Un poème idiot. Page 12, ne le lisez pas.

Il n'en fit rien.

– Tu sais comment j'ai commencé à écrire ? reprit-il, souriant à un cher souvenir. Quand j'avais quinze ans, mon père était représentant en aspirine. Un pharmacien qui faisait partie de ses clients avait un fils au City College dont on avait publié une nouvelle dans le magazine de l'université, et le père en gardait un exemplaire dans son officine pour le montrer à tout le monde. Et donc aussi à mon père, venu pour prendre sa commande d'aspirine. « C'est mon gamin qui a écrit ça ! » Mon daron était si impressionné qu'il lui a emprunté le magazine et qu'il l'a rapporté à la maison pour me le montrer. Il m'a expliqué que ce jeune se destinait à devenir médecin et que son prof d'anglais, quand il avait lu sa nouvelle, avait commenté : « C'est vraiment pénible de se dire que cette main rédigera des ordonnances et pas de la littérature. » J'étais sidéré de voir mon père aussi impressionné par le fils d'un autre, ça me rendait fou. Je me souviens encore du respect avec lequel mon père lissait les pages de ce magazine...

Fonseca ouvrit *L'Oiseau de nuit,* caressa avec lenteur de ses doigts épais la vallée creusée au dos du magazine, les yeux sur April.

– ... et je me suis aussitôt mis à écrire. Je me souviens que la couverture était noir et rouge, noir et rouge, mais je me rappelle pas le nom du magazine.

Il regardait April droit dans les yeux en souriant. Elle rit, embarrassée, ses joues se teintant de rose pâle.

— Ben, moi non plus je ne me rappelle pas comment il s'appelait ! répondit-elle d'une voix délicieusement flûtée.

De mon côté, je m'efforçais de garder une attitude détendue malgré mon excitation.

— Tony, dis-je, il faut que je repasse à mon bureau... Je vous verrai tous les deux plus tard.

April ne me dit pas au revoir.

— Sois sage, me conseilla Tony tout en se penchant en arrière pour considérer April, qui alluma une autre cigarette.

— Vous ne jetterez même pas un coup d'œil à mon poème ? Ce que vous êtes méchant...

Le temps que j'arrive à la salle de gym, je m'étais persuadé que « jouer au marieur » était une dénomination trop lourde pour ce que j'avais manigancé. « Jouer au cupidon » me paraissait préférable.

Le lendemain, je décidai que je n'avais en réalité rien fait. Il s'était simplement trouvé que trois personnes avaient déjeuné ensemble. Je jugeais même grossier et méprisant que Fonseca ait dragué une de mes étudiantes en ma présence.

Assis dans mon bureau, je parcourais le dernier exemplaire du magazine *People*. Dans la rubrique « La génération montante », je remarquai un article assorti d'une photo sur un jeune poète de vingt ans, Scipion Stevens, un blond à la longue chevelure et au regard plein d'aplomb. La partie inférieure du portrait se perdait dans les volutes de fumée d'une cigarette. Originaire de Brooklyn, il vivait maintenant dans le quartier des poètes, où se trouvait la librairie de Sylvia Beach, Shakespeare and Co, en plein centre de Paris. Un de ses recueils de vers venait d'être proposé pour un prix européen, qu'il n'espérait d'ailleurs pas vraiment remporter. Il s'apprêtait à faire une tournée des universités américaines pour lire ses poèmes, bien qu'il nourrisse « une haine farouche pour les voyages ». Ben voyons.

— Hé, qu'est-ce que tu fais ce midi ?

Je sursautai, amenant quasiment mes épaules au niveau des lobes de mes oreilles. Fonseca venait de pénétrer dans mon bureau.

— J'ai des entretiens, mentis-je.

Je remarquai qu'il tenait à la main une boîte rectangulaire enveloppée de papier cadeau avec laquelle il ne cessait de se frapper la cuisse.

— Quand ?

— Dans une heure, à peu près.

— Alors, viens, je veux te montrer quelque chose.

— Je peux pas.

— Mais si.

— Naan, je t'assure, Tony.

— Allez.

— J'ai du boulot.

— Alleeez.

Il se pencha au-dessus du bureau, m'agrippa par l'aisselle. Je me levai, impuissant, paniqué à l'idée qu'il allait me faire des chatouilles.

C'était sidérant à quel point je me sentais invariablement, désespérément, désarçonné et mal à l'aise en sa présence. Je crois que j'aurais éprouvé la même chose même si je n'avais pas rencontré Kim.

Quelques instants plus tard, nous nous tenions devant le Hopper, près de la fontaine.

— Tiens, dit-il. J'ai acheté ça.

J'ouvris la boîte, en tirai une paire de lunettes de soleil panoramiques aux verres opaques et au style futuriste.

— C'est pour toi… Mets-les.

Tandis que je passais les branches sur mes tempes, il en chaussa une paire identique.

— Regarde-moi… Maintenant, on a tous les deux l'air de mecs qui n'en ont rien à cirer. Les gamins vont adorer… On n'a pas de héros, nous.

Il me prit par le bras pour me faire avancer.

— Fini les héros, plus de John Wayne.

Il s'arrêta et m'obligea à me tourner vers lui.

— Regarde-moi.

Fonseca me fit descendre l'esplanade en me tenant le coude. Je gardais la tête baissée comme si on me conduisait à une mise en accusation entre deux haies de photographes. Toutes les blondes ressemblaient à Kim.

— Elle est gentille, cette petite April... Très brillante, aussi.

Quand il me poussa vers sa voiture, je rechignai à faire un pas de plus. Au bout de dix secondes embarrassantes, faute de trouver une excuse plausible, je montai et il nous amena dans le centre. Il s'arrêta devant une épicerie-traiteur, tira un billet de cinq de son portefeuille.

— Prends-moi un sandwich rosbif poivron, et pour toi ce que tu voudras. J'irais bien mais je peux pas blairer le salaud qui tient ce *deli*.

— Elle est très gentille... très gentille.

Fonseca hochait la tête pour appuyer ses propos tandis que nous roulions lentement sur la grand-route. Il avait un ton professoral et emprunté. Au bout d'une dizaine de kilomètres, il tourna dans un parking public. Il n'y avait aucun véhicule garé, personne en vue.

— Viens, on va marcher un peu.

Il descendit, respira à fond et cracha un mollard dans le gravier.

— On va où ? demandai-je, toujours assis dans la voiture.

Je voyais une housse à cadavre sur une table de dissection, j'imaginais la déclaration à la presse locale du médecin légiste d'un comté dont quatre-vingt-dix pour cent de la population de l'État n'avaient jamais entendu parler.

— Viens, on va déjeuner.

Fonseca s'éloigna, je demeurai sur mon siège. Lorsqu'il fut à une dizaine de mètres, il se retourna et me regarda avec une expression perplexe qui me convainquit qu'il ne comprenait vraiment pas pourquoi je ne bougeais pas. Je me sentis stupide. Je finis par sortir, claquai délibérément la portière trop fort, crachai moi aussi dans le gravier et trottai vers lui en faisant passer mon déjeuner d'une main dans l'autre. Après l'avoir rejoint, je continuai à jogger et allai m'asseoir sur un banc, mais il passa devant moi, les mains dans les poches, son sandwich coincé entre coude et côtes, m'invitant à le suivre d'un signe de tête. Je commençais à devenir nerveux à cause de son silence et je demeurai un pas en arrière. Au bout de près d'un kilomètre, nous arrivâmes à ce qui ressemblait au décor d'un film d'art lourdingue. C'était un zoo abandonné, des centaines de mètres carrés de cages, de barreaux, de grilles, de bassins, tous déserts comme après une évacuation massive, des panneaux NE DONNEZ PAS À MANGER AUX ANIMAUX, des descriptions d'espèces disparues, un pneu pendant encore dans la cage du gorille, de gros rochers dans celle de l'ours, des coquilles de cacahuètes dans celle de l'éléphant. Seul vestige de vie animale, quelques moineaux locaux avaient réussi à pénétrer dans la volière vide par un trou dans le grillage.

– Incroyable, non ? Tu savais que ça existait ? me demanda Fonseca avec un sourire tout en dents.

– Non.

– Renversant, hein ?

Il ajusta ses lunettes de soleil, déballa son sandwich et, d'un bras roulé, balança le papier dans une cage qui, d'après le panneau, avait abrité une antilope.

– Ils ont fermé le zoo il y a quatre ans environ. D'après les services d'hygiène, c'était le plus mal entretenu de tout l'État. Ils n'ont même pas les fonds pour démonter les cages. J'adore cet endroit, j'y viens de temps en temps.

Lorsque nous passâmes devant la cage du gorille, Fonseca coinça le reste de son sandwich entre ses dents. S'agrippant aux barreaux des deux mains, il se hissa en haut de la grille, bascula de l'autre côté. Il se reçut durement sur les pieds, le choc lui fit mordre dans son sandwich, dont la moitié tomba sur le ciment.

– Merde, grogna-t-il en le poussant du pied.

Il fit le tour de la cage, les mains derrière le dos, puis attrapa la corde et s'assit sur le pneu, se balançant au-dessus du sol avec son trois-quarts en cuir et ses lunettes de soleil. Il me sourit au passage, les sourcils haussés au-dessus de la monture en plastique.

– Tu veux bien me lancer des cacahuètes ?

– Une banane, plutôt.

J'appuyai mon visage contre les barreaux, la joue piquetée par la peinture qui s'écaillait.

Fonseca sauta du pneu et braqua un doigt vers moi.

– Hé, tu as déjà vu Smokey ?

– L'ours ? » Il écarta les jambes le plus qu'il put, fléchit les genoux et se mit à rouler des épaules, les jointures traînant dans la poussière, pour danser une version modifiée du jerk. « Dum da di dum aïe... dum da di dum aïe... » En rythme avec sa section cuivres, il se couvrait les yeux de la main, puis les oreilles, puis la bouche, et il enchaîna par un tour de cage en se frappant la poitrine. « *Faites le singe de Mickey, les enfants, faites le singe de Mickey*[1].

Il était incroyablement doué pour la danse, il connaissait tous les mouvements par cœur. Quand il eut terminé, il retourna s'asseoir sur le pneu.

– Une vraie saloperie. Freedomland, 1964[2].

J'aurais parié n'importe quoi qu'il avait dansé comme ça pour Kim – à fond la déconne – et qu'elle avait adoré ça.

– Quand j'étais môme, ma daronne me disait que ma place était dans une cage.

– Les parents disent tous ça, répondis-je distraitement. Dans une cage, dans une étable...

Je me souvins de mon père me disant « Salut, mon gars ». Je le revis manger ses sandwichs en solitaire. Dans cette rue

---

1. Paroles d'une chanson du groupe hard rock funk Mother's Finest.

2. Fredoomland, parc à thème sur l'histoire américaine, fit faillite en 1964.

mitraillée par un avion allemand. Les nazis avaient dû avoir une plus haute opinion des deux gars du Messerschmitt que les Américains de mon vieux.

– Mon père ne me parle plus, quasiment, m'entendis-je dire.

Fonseca ne répondit pas.

– Mon père ne me parle plus, répétai-je.

– À cause des fausses alertes à la bombe ? hasarda-t-il d'un ton morne, pas du tout intéressé.

– Je suppose.

– Il t'est arrivé de frapper ton père ?

L'idée était si repoussante que je ne parvenais même pas à me la représenter.

– Une fois.

– C'est la sensation la plus horriblement jouissive au monde. À seize ans, je suis rentré bourré le soir du réveillon. Je me suis cogné aux meubles, j'ai renversé des trucs, j'ai dégueulé en dormant… Le lendemain matin, je descends, mes parents sont dans le salon avec mon petit frère, en peignoir, les bras croisés, le regard mauvais. « Quoi, qu'est-ce que j'ai fait ? » Et là je vois ce putain d'arbre de Noël, couché sur le flanc, les décorations bousillées, des éclats de verre sur toute la moquette, et même deux paquets cadeaux écrasés… Oups ! Je me dis que la meilleure défense c'est l'attaque, j'accuse mon père d'avoir acheté un support minable pour le sapin : « Les vis ont pas tenu le coup, regarde ce bazar maintenant ! »

« Mon père ne prend même pas la peine de me répondre. Je suis un de ces lycéens affligés d'un problème avec l'alcool qu'on nous montre à la télé. Je suis le seul du lycée à suivre le programme enrichi, le seul aussi à avoir été exclu trois fois pour état d'ivresse… Alors, ils en ont marre de moi, au lycée. Bref, mon père reste planté là sans dire un mot et je remarque qu'il y a une valise posée par terre à côté de lui. Il est très calme, ce qui chez lui annonce le pire. Me regardant droit dans les yeux il me dit : « Tu prends cette valise, tu montes, tu mets tes affaires dedans et tu t'en vas. Je me fiche d'où tu iras, de ce que tu feras, de qui tu tueras, je veux que tu sortes immédiatement de cette maison. »

« En règle générale, je n'affrontais jamais mon père directement. Je faisais des conneries comme me péter la gueule et autres incartades qui le mettaient hors de lui, mais je ne le défiais jamais face à face, en premier lieu parce que c'était mon père, et aussi parce qu'il m'aurait mis une branlée à chaque fois. C'était pas le genre de type avec qui on pouvait rigoler. Il était quand même civilisé, il me cognait seulement quand c'était nécessaire – si cela veut dire quelque chose. La dernière fois qu'il avait levé la main sur moi, j'avais quinze ans. J'en avais maintenant seize et il me foutait à la porte ! Enfin quoi, merde ! J'étais encore un peu soûl, je n'avais pas franchement envie de démarrer une nouvelle vie, là, tout de suite. C'était Noël, j'étais dans l'escalier, en caleçon. J'ai regardé mon petit frère, qui devait avoir huit, neuf ans – aucune pitié à attendre de ce côté-là, il est maintenant orthodontiste, alors tu vois. C'était probablement ses cadeaux que j'avais écrasés. Ma mère, elle ne m'avait jamais aimé, elle devait voir ça comme une occasion en or d'avoir enfin une pièce où faire sa couture. Alors, c'était moi contre mon père, personne pour s'accrocher à son peignoir en l'implorant de reconsidérer sa décision. Sauf que j'avais pas du tout envie de partir. J'avais pas non plus envie de me castagner, mais j'avais surtout pas envie de partir, et de l'endroit où je me trouvais, dans l'escalier, il me sembla soudain que le problème pourrait être réglé si quelqu'un remettait debout cet arbre à la con, ça prendrait deux secondes, maximum dix, pour balayer les décorations en miettes et décider de me priver d'argent de poche pendant quelque temps pour rembourser les jouets cassés. Genre « C'est Noël, faisons comme si rien n'était arrivé ». Je descends donc, je me dirige vers le sapin et mon père, voyant que je contourne la valise, fait un pas de côté pour me barrer la route et me montre la valise. « Écoute, laisse-moi juste relever le sapin », je lui dis. Il me répond : « Prends cette valise. » J'ouvre la bouche pour répliquer, il répète : « Prends cette valise. » On est là en chiens de faïence, les yeux dans les yeux, et je remarque que nous faisons la même taille, c'est nouveau pour moi, je pensais qu'il était plus grand. Je lui dis, écoute bien ça, « Qu'est-ce qui te prend, tu n'as plus l'esprit de Noël ? »... L'esprit de Noël, je parlais comme une carte de vœux. Bref, il lève le bras... *Blam !* Une mornifle en pleine figure. Tu sais quoi ? Ça ne m'a même pas fait mal. Je lui dis : « Laisse-moi relever le sapin, p'pa », d'un ton détendu, pour lui montrer que je n'avais pas eu mal. *Blam !* Une autre. « Ne me frappe plus », je dis. *Blam !* Et alors, sans même réfléchir, je lui en rends une. Une beigne de fille, parce que j'ai retenu mon coup et qu'en cognant je pensais à deux choses : un, Mince, j'ai frappé mon père et deux, Quel gnon de mauviette, il a sûrement honte de moi. Alors, je lui en mets un autre, rien que pour lui montrer, je le jure sur la Bible, que je suis capable d'enchaîner. L'instant d'après, on se balance tous les deux des swings comme dans les combats Zale-Graziano pour le titre, ma mère et mon futur orthodontiste de petit frère deviennent fous, mais pas autant que moi. Je flanque une dérouillée à mon père. Je ne le frappe pas au visage, uniquement aux bras et aux épaules. Je devais m'être drôlement développé depuis la dernière fois qu'il m'en avait mis une, parce que là, je lui inflige une raclée. Il arrive quand même à me filer un direct à la mâchoire et ce coup-là, je me mets sans doute vraiment en rogne, parce que tout à coup il se retrouve à genoux, il a l'air de regarder des petits oiseaux qui volettent autour de sa tête. Ma mère tient une main devant sa bouche, comme pour réprimer un bâillement, sauf que ses yeux racontent toute l'histoire, et je dis : « Papa, laisse-moi juste relever le sapin, tout ira bien. » Je m'approche de l'arbre d'un pas lent, je crois même que je chantonne « Rien de tout ça n'est arrivé, oh non[1] », et au

1. Paroles d'une chanson de Cliff Crofford.

moment où je me penche je sens quelque chose rebondir sur ma nuque. Je me retourne et je découvre par terre une flèche à pointe caoutchoutée, un des jouets de mon frère. Je me dis que P'tit Con s'est mis de la partie, mais ce n'est pas P'tit Con, c'est mon père. Il est à genoux, les cheveux dressés de chaque côté de la tête comme un clown, il marmonne en tripotant l'arc jouet, il encoche une autre flèche. Soutenu par ma mère et mon frère qui se tiennent derrière lui, il me vise comme s'il les protégeait de moi et il me crie de foutre le camp. D'abord, ça me donne envie de rire, il en rajoute, c'est peut-être *lui* qui est soûl, mais non, il a l'air au comble de l'agitation, au bord de la folie : je viens de le rosser, son gosse vient de lui mettre une rouste, il a complètement disjoncté. Alors, je lève les bras, « Tire pas, je m'en vais, papa », je soulève la valise et dix minutes plus tard je suis dans la rue avec mes affaires. Pendant une semaine, je suis hébergé par un nommé Barry Kaplan, je passe toutes mes journées dans sa piaule à picoler et à écrire des vers pour dire à mon daron que je l'aime, que c'est le meilleur père du monde. Je crois que je n'étais pas prêt à hériter de l'univers.

J'étais totalement transporté par cette histoire, j'avais la mâchoire au ras du sol.

— Et vous vous reparlez, maintenant ?

— Moi et mon vieux ? Oh, ouais, on est plus proches que des couilles de moucheron, on est potes. Ouais, on est potes, répéta-t-il en hochant la tête.

— Ah, tant mieux, dis-je du fond du cœur.

— Il est vieux maintenant, il vit à Miami Beach avec ma mère. C'est le Bronx avec des palmiers. Ils s'y plaisent beaucoup, moi j'ai horreur d'aller là-bas. Ils me présentent à tous leurs amis avec leur superbe hâle caramel et leur cancer. Mourir jeune, rester beau, c'est ma devise.

— James Dean, marmonnai-je inutilement.

— Et comment va Kim ? me demanda-t-il tout à coup d'un ton détaché en baissant lentement la tête, auparavant en position bronzage de gorge, pour l'amener au niveau de la mienne.

Ses yeux étaient masqués par ses lunettes de soleil, mais il me souriait, les lèvres pincées.

– Bien, bien, répondis-je avec une désinvolture excessive.

Abasourdi, en fait, je tentais de la jouer Hé-je-savais-que-tu-savais-mais-ça-valait-pas-le-coup-d'en-parler.

– Elle va bien, ajoutai-je, attendant un signal sur la façon dont mon corps réagissait.

– Ah, ouais ? C'est bien, dit-il, braquant toujours son sourire sur moi.

– J'avais l'intention, euh, de m'en par... De *t'en* parler, je veux dire...

Mon souffle me lâchait.

– Ouais ? fit-il en se balançant sur le pneu.

Je tapotais nerveusement les barreaux dans mon effort pour retrouver ma voix.

– Qui... Comment tu l'as su ?

– Par April. Tu te crois où, à Metropolis ? On est dans une petite ville universitaire, bordel !

– C'est *April* qui te l'a dit ?!

La bouche grande ouverte comme pour un bâillement, j'expirai longuement afin de me calmer.

Le sourire de Tony s'élargit. Il jouissait de me voir mort de trouille, ce qui déclencha en moi une rogne qui m'aida un peu à me ressaisir.

– Euh, ouais, Kim et moi, euh, on sort ensemble. En fait, je savais pas que...

– Peter, tu sais pourquoi je suis dans cette cage ?

Je me récitai *in petto* tous les titres de ses étagères. *La Route des Indes, La Métamorphose, La Montagne magique...*

– Tu sais pourquoi ? Parce que je ne voulais pas que tu te sentes en danger quand je t'apprendrais que j'étais au courant. Tu crois que ça me plaît d'être dans cette cage ? Tu penses que c'est mon foyer loin du foyer, ou quelque chose comme ça ? Sachant que tu as peur de moi, je devais trouver un endroit où tu ne te sentirais pas menacé, tu comprends ? Pour que tu te sentes en sécurité. Si jamais l'idée me prenait de te démolir, il me faudrait trente bonnes secondes pour escalader les barreaux et me sortir de cette cage… alors qu'en trente secondes tu pourrais être à mi-chemin de la Chine. Ce que je veux te dire, c'est que Kim et moi, c'est fini. Tu n'as pas à me rendre des comptes et je pense que nous pouvons être amis. Le fait de m'enfermer dans cette cage constitue un gage d'amitié, tu comprends, Peter ?

– J'aurais été autant en sécurité à la cafétéria, objectai-je, tu n'avais pas besoin de m'emmener aussi loin.

Je me sentais à la fois insulté et effrayé. Ces deux sentiments se neutralisaient, ce qui contribuait à me calmer.

– Naan, Peter, tu t'es servi de la cafète hier, pour me brancher sur April.

Il descendit du pneu et se mit à arpenter la cage.

– Bon, je vais sortir maintenant. Si tu ne me fais toujours pas confiance, c'est le moment de te mettre à courir.

Pour rien au monde, pas même au risque de perdre la vie, je ne me serais enfui. Tout en escaladant la grille, il me débitait un baratin censé me rassurer : Kim était libre de faire ce qu'elle voulait, il comprenait mon hésitation à me mettre au courant, c'était une situation embarrassante à tous égards. Lorsque ses semelles en cuir claquèrent sur le sol, il grogna, se plaignit d'avoir perdu sa souplesse, brossa de la main la poussière sur ses cuisses. Je demeurais immobile et silencieux, solidement campé sur mes jambes, le corps un rien penché en avant.

Il se redressa, ôta ses lunettes de soleil et m'observa, les yeux plissés. Il m'inspecta des pieds à la tête et éclata de rire.

– Tu as envie de me frapper, Pete ?

Je me rendis compte que j'avais les poings serrés. En rougissant, je les fourrai dans mes poches.

– Je suis sérieux, Pete, nous pourrions être amis, deux gars de la grande ville, appréciant les mêmes personnes : Gros Jack…

— Kim ? lâchai-je.

— Naan, plus maintenant, je le jure sur les yeux de mon gosse, c'est fini. Je suis carrément en vrac, mais j'aimerais devenir ton ami… On pourrait se marrer… Et pour éclairer ta lanterne, vilain maquereau, je ne me suis pas tapé April.

Il me gratifia de son haussement de sourcil dédaigneux, mais ses lèvres retenaient un sourire idiot. J'éprouvais une envie irrésistible de lui demander de me serrer dans ses bras s'il parlait sérieusement.

— Allez, quoi, je te propose pas la botte, je veux juste qu'on soit potes.

Un poète, un vrai… En janvier, je serais parti. Avec un peu de chance, je convaincrais Kim de m'accompagner. Fonseca était maintenant au courant, cette peur-là au moins n'avait plus de raison d'être. Je fus soudain envahi d'un tel soulagement euphorique que je saisis sa main et la serrai avec une ferveur égale à celle qui avait scellé le New Deal.

Fonseca m'entraîna au long des rangées de cages.

— Écoute, je ne te parlerai plus jamais de Kim, mais un dernier conseil : je ne crois pas que tu devrais lui révéler qu'on traîne ensemble. Ça lui ferait probablement peur.

Tu m'étonnes, pensai-je.

— Ça n'a vraiment pas collé avec April ? demandai-je en tâchant d'afficher un sourire matois.

En fait, je m'en foutais. Je posais la question parce que je trouvais que ça se faisait entre amis.

— Non, répondit-il sans la moindre trace d'ironie.

— Tu vois souvent ton fils ? m'enquis-je en claquant un peu des dents.

— Jamais. Je ne veux pas qu'il soit complètement paumé. Je suis un père merdique. Quand je prends une murge, je parle de mon gamin merveilleux, de mon amour pour lui, mais c'est du vent, il est bien mieux sans moi… je sais que c'est horrible à entendre, mais c'est la vérité.

Nous arrivâmes dans la partie réservée aux enfants, où les grilles étaient plus basses pour permettre de caresser les animaux. Des animaux, il n'y en avait plus, il ne restait que des crottes de chèvres pétrifiées, dispersées comme de la mitraille.

— J'ai quelque chose à te demander, dit-il en me prenant de nouveau par le coude. Est-ce que tu aimes le rock'n'roll ?

— Ouais, bien sûr.

Nous étions sur ce qui avait dû être un parcours de promenade à dos d'âne ou de chameau. Il flottait dans l'air un faible effluve de vieille merde animale.

— Mais est-ce que tu connais *bien* le rock'n'roll ?

— Tu veux dire comme les cinglés des boutiques de vieux disques capables de te réciter l'histoire du pressage de la version 1953 d'« Unchained Melody » par les Phlegmtones ?

Je me sentais redevenir moi-même, je commençais à me détendre. Oh, liberté[1] !

— La version 53 était d'Al Hibbler, me contra-t-il, la 64 de Vito and the Salutations, la 67 des Righteous Brothers. Il y en a eu d'autres, bien sûr, mais c'étaient celles qui passaient le plus à la radio. Tu as entendu parler de Nicky and the Naks ?

Nicky and the Naks. C'était quoi, ce bordel ? Mais avant même de m'en rendre compte, j'étais lancé :

— Bien sûr que j'en ai entendu parler ! En 1956, ils ont enregistré « Un bain de maïzena » pour la maison Herpès ; en 1957, le thème d'« Un violon sur ta tronche », puis Rocco Babootz les a quittés pour former son propre groupe, et Nicky, avec le reste des Naks, est passé chez Fellation et a gravé un 45 avec un tube sur chaque face en 59, « Où est passée ma cravate ? » et « Ode à Archie Moore ». Mais en 1960 la tragédie a frappé, quand un escalier de secours de cinq étages d'un immeuble ancien de Corona s'est détaché et a écrabouillé les Naks, qui chantaient *a cappella* sur le perron. Nicky a survécu parce que, ce jour-là, il s'était défoncé à la colle pour avion…

Totalement parti, je m'essuyai les lèvres.

---

1. Chant d'esclaves pendant la guerre de Sécession.

Fonseca marchait à côté de moi, la tête inclinée sur le côté, à demi souriant, lentement gagné par une irritation impatiente.

– Tu as fini, ou je dois me farcir le spectacle dans son intégralité ?

– J'ai fini.

– Alors, tu les connais ou pas ?

Voyant qu'il commençait à s'énerver, je calmai le jeu. Je savais que nous allions devoir entretenir une relation forte faite de concessions mutuelles. De novembre à janvier, ça ne faisait que deux mois.

– Ouais, j'en ai vaguement entendu parler, dis-je en grimaçant comme si je fouillais mon bloc mémoire. Mais je sais pas trop ce qu'ils ont fait.

Le visage de Fonseca se détendit. Son expression se fit officielle, son ton informatif :

– Ce n'était pas vraiment ce qu'on peut appeler des idoles, mais ils ont sorti quelques succès et deux bons albums à la fin des années cinquante. J'avais connu Nicky dans le primaire, nous étions dans la même classe de l'école 51. Le groupe n'a pas tenu deux ans. Nicky se droguait, il a fini par perdre les pédales. Il a tenté un retour en virant hippie, et c'était vraiment triste, mais apparemment le groupe des Naks serait en train de se reformer. Il doit avoir mon âge maintenant, trente-sept, trente-huit ans, il s'est branché sur la Tournée Nostalgie… En tout cas, il joue ce week-end dans un boîte restaurant de Long Island, et je pense aller le voir, parce qu'on était dans la même classe à l'école primaire. Je ne sais pas s'il se souviendra de moi, probablement pas, mais je me dis… qu'il ferait un personnage de roman extraordinaire. Réfléchis : à l'approche de la quarantaine, un rocker essaie de faire son come-back. Il était au sommet du monde à vingt-deux ans, il est devenu un raté à vingt-quatre. J'ai entendu dire que pendant un bout de temps il était complètement sous l'emprise de la came, qu'il vivait dans un grand ensemble et qu'il conduisait une saloperie de chariot élévateur. Maintenant, il remet le smok, maintenant il a une deuxième chance, c'est une histoire fantastique. Je pourrai l'écrire, mec, ça pourrait être ma percée, bébé, je connais les rues, le quartier, je peux en faire un grand roman. Alors, je crois que je vais aller à New York ce week-end, que je vais regarder son spectacle et tailler une bavette avec lui. C'était un méchant enfoiré, le Nicky… Il savait chanter, il pouvait chanter n'importe où – même sous un escalier de secours, c'est vrai – mais… *bon,* on va pas se la raconter, c'était de la daube simplette, les chansons, à l'époque… Pourtant, Nicky était un pur à sa façon, alors, ce que j'essaie de dire, c'est que je veux que tu viennes à New York avec moi ce week-end parce que ça promet d'être un tantinet flippant pour moi et j'aurai besoin de compagnie. Ça fait deux siècles que je ne suis pas retourné là-bas…

— Ah, Tony, gémis-je.

Je secouais la tête pour signifier mon refus, mais je sentais en même temps monter en moi une bouffée d'empathie.

— Allez, insista-t-il, j'ai besoin de toi. De quelqu'un à qui je pourrai me confier. Un bras sur lequel m'appuyer. Je ne veux pas merder une fois de plus.

— Tony, dis-je, sentant ma résistance faiblir.

— Je veux pas merder, Peter, plaida-t-il, l'air sincèrement effrayé.

Je faillis céder. Moi non plus, je ne voulais pas qu'il merde.

— Je peux pas, répondis-je avec un haussement d'épaules. Non, pas question.

Il s'arrêta net, les traits crispés d'exaspération.

— Va moins vite, m'enjoignit-il, une main sur mon épaule. Parle-moi… Qu'est-ce que tu veux faire ? Dis-moi ce… que… tu… veux… *faire.* Tu comprends ce que je dis ? Pour qui tu te prends ?

— Mais je t'emmerde ! m'écriai-je en un braillement de soprano.

Il balaya ma réaction d'un geste dédaigneux.

— Non, non, je ne te fais pas la leçon, Peter. Je te demande, littéralement, *qui* selon toi est Peter Keller. Cela m'intéresse. Sérieusement. Tu veux enseigner ici ? Devenir titulaire ?

Bien qu'il n'y eût aucune trace d'ironie dans son ton, la réponse était évidente, pour lui comme pour moi.

– Non, c'est bien ce que je pensais, dit-il, sans lueur de triomphe dans le regard. Je t'ai vu avec le numéro de *People* sur ton bureau. Ouvert à la page « La génération montante », l'article sur ce type – comment, déjà ?... Scipion Smith ?

– Stevens, grommelai-je.

Je me demandai si j'avais gardé la carte postale de Crown, sur laquelle il avait indiqué son adresse.

– Ouais, c'est ça, Stevens, le jeune qui monte. Ça te rend malade, hein ? Et qu'est-ce que tu crois que ça me fait, à moi ? J'ai trente-huit ans, bientôt trente-neuf. Et j'appartiens à la génération montante ? Je suis coincé *ici*, dans cette petite ville. Je compte pour du beurre ? Je n'ai pas le droit de rêver ? Je n'ai pas de talent ? Tu crois que tremper mon biscuit avec une gamine illumine mon trimestre ? Que je ne souffre pas ?

– Je croyais qu'on parlait de moi...

– C'est ce qu'on fait, mon frère, affirma-t-il d'une voix lente.

Je me rappelai soudain l'adresse de Crown.

– Bien sûr, dis-je, surtout à moi-même.

Il fit un petit saut de cabri, tourna sur lui-même et me pressa le bras.

– On va se payer un week-end à tout casser. J'ai retenu une chambre pour nous deux dans un hôtel du Village, on va se déchaîner... Fini le monde des centres commerciaux, on va rencontrer les gens du monde *réel* !

– D'accord.

Il leva un bras, la paume tournée vers moi, pour que je lui en claque cinq, ce que je fis sans enthousiasme.

– C'est là-bas que ça se passe, mec, c'est là-bas.

Quelque part, j'étais tellement hébété de soulagement et de reconnaissance qu'il ne m'ait pas trucidé que même si je n'avais pas retrouvé l'adresse de Crown j'aurais accepté d'aller à New York. En plus, il semblait avoir peur, peur que je le rejette. Je n'en revenais pas. D'un autre côté, je me torturais déjà en songeant à tous les problèmes que ça me vaudrait avec Kim. Enfin, ce n'est qu'un week-end, lui expliquerais-je. J'irais voir Crown. Je tomberais peut-être sur Randye ou James Madison. Je me rendrais au siège du magazine *People*. Ouais, je serais le bras sur lequel Fonseca s'appuierait.

– Pourquoi pas ? me dis-je à voix haute.

– Ça va être super, rien que nous deux, Donald Quichotte et Sancho Panza ! s'extasia-t-il en pressant le pas.

L'idée d'être Sancho Panza ne m'emballait pas vraiment, mais tout à coup je me sentis cool et maître de la situation. Je n'étais pas Sancho Panza.

Fonseca m'adressa un clin d'œil en imitant le déclic d'un appareil photo.

– Je me sens bien, maintenant, tu sais. Et je réfléchis encore à cette idée de scénario, le braquage d'une banque du sang.

Toujours dans la partie réservée aux enfants, nous arrivâmes devant un fort carré en rondins dont la palissade, percée de fenêtres, devait faire deux mètres de haut. Des cordes à nœuds pendaient à des poteaux partant des tourelles. Le tout ressemblait à un jouet de rêve offert pour Noël à un fils de millionnaire.

Fonseca attrapa l'une des cordes et se hissa jusqu'au parapet à la force des poignets.

– On va mettre le *feu* ! clama-t-il.

Après m'avoir adressé un signe de la main, il disparut. Je saisis moi aussi une corde et grimpai en prenant les rondins pour points d'appui. En haut, pas de Fonseca, rien que trois toboggans grisâtres qui s'enfonçaient dans les entrailles du fort. J'en choisis un, entamai une glissade sur le ventre. Au bout de trois mètres, ma descente s'interrompit. Le toboggan était aux dimensions d'un enfant, je me retrouvais coincé. Emprisonné dans un noir total qui sentait le renfermé, je faillis appeler Fonseca à l'aide, je m'imaginais enfermé à jamais dans le ventre d'un fort abandonné dans un zoo abandonné. Un instant, l'idée me traversa que j'étais victime d'un coup monté, d'un piège mortel très élaboré. Fonseca allait glisser dans le toboggan pour m'attaquer par-derrière. Terrifié comme un enfant par le croque-mitaine, je me tortillai en m'aidant de mes coudes et, soudain, je jaillis du boyau par une ouverture située à trente centimètres du sol. Étendu sur un lit de feuilles mortes, la tête contre le rondin le plus bas, j'essuyai la sueur de mon visage.

– Hé, entendis-je. Hé !

Je levai les yeux. La tête et les épaules de Fonseca dépassaient de l'orifice d'un autre toboggan, dans lequel il était bloqué. Il avait encore ses lunettes de soleil sur le nez.

– Enlève cette putain de planche, dit-il en indiquant du menton le morceau de bois plaqué contre sa poitrine. J'y crois pas, je suis coincé, nom de Dieu.

Fonseca insista pour qu'on prenne le verre de la victoire et il nous emmena en ville dans l'un de ces bâtiments administratifs victoriens en briques rouges reconvertis en petits centres commerciaux.

Il marchait d'un pas vif sur une galerie farcie de boutiques en claquant des doigts et en se frappant la paume du poing. Je le suivais, absorbé par des justifications à mon propre usage, des mensonges à l'usage de Kim. Le centre commercial à deux niveaux évoquait une Finlande végétarienne : des rangées de devantures un peu plus classe qu'à Plunkett, un pot-pourri de parkas en duvet hors de prix, du jus de carotte, des sandwichs au germe de soja et des sculptures en cordage démesurées. Les noms des boutiques doublaient systématiquement les K et les N. Il y avait aussi beaucoup de « Haus ». Fonseca me conduisit ainsi à l'Alpenhaus, un bar-restaurant au décor de chalet : raquettes anciennes croisées sur les murs, gravures sépia de skieurs barbus, photos en noir et blanc de commandos à ski de la Seconde Guerre mondiale, de célèbres montagnes dont les torrents colorés ressemblaient à de gros vaisseaux sanguins. Les serveuses portaient des tenues de Gretel, avec tricornes en papier blanc et tabliers bordés de petits cœurs, et les deux barmen barbus de gros pulls à losanges. Les boiseries elles-mêmes reluisaient comme si on venait de les farter.

À trois heures de l'après-midi, la salle était presque déserte. Nous nous installâmes sur des tabourets de bar, assise en cuir et haut dossier chromé. Fonseca fit tournoyer le sien jusqu'à ce qu'un des barmen s'approche.

– Ya... Che prendrai oun teguila sounrise... Et doi, Ollie... ?

– Arrête. Vous me donnerez un irish coffee.

Soudain, du box de coin situé derrière nous jaillit un rire homérique, auquel fit écho un gloussement féminin.

Sans se retourner, Fonseca baissa la tête et loucha vers mon coude.

– Hé, Ollie, che crois que c'est le Gross Homme, pas doi ? Ya, che crois que c'est lui.

Merde. Gros Jack. Je ne voulais pas qu'il me voie avec Fonseca.

Le barman apporta nos verres. Fonseca posa un billet de cinq sur le bar, retira la paille de son cocktail rose, la jeta par terre et se leva, en me harponnant le bras pour que je le suive.

Jack était assis en face d'une grande femme d'une quarantaine d'années vêtue d'un tailleur strict. Elle avait des cheveux blond sale, un saupoudrage de fines traces d'acné sur un visage par ailleurs magnifique.

Fonseca s'inclina en claquant des talons.

– Héhé, Tony, dit Jack en glissant sur la banquette pour nous faire de la place. Quoi de neuf ?

Lorsque Fonseca s'assit, Jack tendit le bras par-dessus la table pour lui presser l'épaule.

– Où est passé Ollie ? s'interrogea Fonseca.

Se penchant dans l'allée, il me découvrit traînassant derrière, tâchant de rester hors de vue. Comme je m'y attendais, Jack eut une grimace soucieuse.

Je me laissai tomber à côté de son rencard.

– Je vous présente Katherine Mooney. Elle enseigne l'anthropologie.

Jack alluma un cigare en me dévisageant par-dessus la flamme. Il restait sur la table des assiettes à dessert jonchées de miettes et des tasses de café à moitié pleines.

Il termina les présentations :

– Peter Keller et Tony Fonseca... Katherine vient de passer titulaire, ajouta-t-il derrière un nuage de fumée qui rendait son expression difficile à lire.

– *Ach !* s'exclama Fonseca. Titulaire !

Il m'adressa un clin d'œil puis se tourna vers le bar.

– *Liebchen !* Cham-pa-gneu, *bitte.*

– Non, non, je vous en prie, protesta-t-elle, je suis déjà ivre. Jack... Il faut que je file.

– D'accord. Je reste un moment avec les lascars.

Je me levai pour la laisser sortir du box. Elle pressa la main de Jack avant de s'éloigner.

Il se renversa en arrière pour échapper à sa propre pollution.

– Alors, les gars, qu'est-ce que vous fabriquez ?

Fonseca eut son sourire dédaigneux et m'adressa un autre clin d'œil.

– « Fabriquez »... Ah... on est de vieux copains.

Il baissa la tête au-dessus de la table pour me chantonner à voix basse :

– « Jumpin' Jack Flash, it's a gasgasgas...[1] »

Je me forçai à pouffer de rire. Je voulais maintenant être seul avec Jack.

– Alors, tu écris quelque chose en ce moment ? demanda-t-il à Fonseca.

1. Paroles tirées de « Jumpin' Jack Flash », des Rolling Stones : « Je suis Jumpin Jack Flash, ça gaze pour moi. »

— Je m'y remets, répondit Tony avec un sourire nerveux.

— Et ça vient bien ?

Il y avait dans la voix de Jack une note discordante d'ironie qui frôlait la cruauté.

— Ça n'arrête pas.

— Et pour toi, Pete ? Pareil ?

— Ça s'arrête, ça repart, répondis-je d'une voix éteinte.

Fonseca se répandit soudain en gloussements.

— Sacré bon Dieu, Jack, tu sais ce qui m'est revenu en mémoire, l'autre jour ? Tu te souviens de cet endroit qu'on avait surnommé Sonny Liston ?

— Quoi ? Ah, ouais, ouais.

Jack avait l'air de vouloir lui aussi se retrouver seul avec moi.

— Écoute ça, Pete... Un été, il y a cinq ans, je suis allé dans une colonie d'artistes des Catskills appelée l'Institut Leston Tunny, tu te souviens, Jack ? C'était une sorte de ferme convertie en colonie d'artistes, j'y allais pour changer de décor et travailler...

Enveloppant mon poing de sa main, il précisa :

— Un vrai *zoo*, je te jure. Il y avait une dizaine d'albatros, des peintres, des écrivains – rien que des phénomènes, là-bas, comme cette petite vieille coiffée d'un béret au crochet qui inscrivait ses poèmes dans un carnet à spirale en se promenant dans le cimetière...

Jack regardait ailleurs. Pas content.

— Il y avait... il y avait...

Il fut interrompu par une série de petits rires semblables à des hoquets et s'écroula sur la table, son large dos tendu de cuir secoué au rythme de son hilarité.

Je me mis moi-même à rire, sans savoir pourquoi.

— Il y avait un peintre... un négro pédé haut de deux mètres, trente kilos tout mouillé, avec des verres de lunettes en cul de bouteille. Comment il s'appelait, déjà ? Je sais plus, quelque chose comme Afro-Tifs Anderson. Il n'arrivait pas à peindre, d'accord ? Il y arrivait pas. Du coup, il se sentait frustré...

Il se remit à bêler, s'arrêta, s'éclaircit la gorge.

– Alors, il prend... il prend...

Le front de nouveau collé à la table, il gémissait.

– Il... prend son putain de pinceau et... *Vlan !*

Il se redressa, se frappa un œil du bord de son poing.

– *Vlan !* Carrément dans l'œil, la pointe du manche de son pinceau !

Ses joues étaient mouillées de larmes.

– Il s'est crevé l'œil !

Il se mit à hurler, pivota sur sa banquette pour dégager ses genoux de la table et se plia en deux comme s'il allait gerber.

– Avec son pinceau ! Moi, je suis à côté en train d'essayer d'écrire, hein, et j'entends « Aïe ! Mon œil ! Mon œil ! »... J'ai rencontré les plus grands esprits de ma génération, et là, « Aïe, aïe, aïe, mon œil ! » ! Alors je gueule : « Ferme-la, sale tarlouze, j'essaie d'écrire ! – Mon œil ! Mon œil ! – Ton *cul*, oui, enculé ! » Il est dans l'étable, moi dans le poulailler... Ouais, on m'avait collé dans l'ancien poulailler... « Mon œil ! – Ta gueule, salaud de nègre ! » Le gars s'était crevé l'œil, comment je pouvais écrire ? Hein, Gros ?

Jack hocha lentement la tête.

– Comment je pouvais écrire ? J'avais un mec qui s'était éborgné, un autre qui se disait Poète-Lauréat-de-Tunisie, ou quelque chose comme ça, plus la petite vieille dans le cimetière. Et je suis censé *écrire* dans cet environnement ?!

– Il était comment, le poète de Tunisie ?

– Un allumé. Il se levait au milieu de la nuit pour laver ses fringues dans la piscine.

Fonseca voûta ses épaules, me coula un regard désespéré et reprit :

– Oh, Seigneur... Sonny Liston, embrasse mes roustons. Quelle putain de colonie, hein, Jack ?

– C'était pas terrible, convint ce dernier.

– Ah, tu peux le dire.

Fonseca plaqua une main sur la nuque de Jack avec un sourire empreint de tendresse. Il resta un long moment à lui sourire en hochant la tête et en faisant jouer ses doigts sur son cou.

Jack, le cigare pointé vers le plafond, gardait une expression neutre. Fonseca se mit à se balancer doucement en plissant les yeux.

– Il m'a sauvé la vie, ce gars, Pete, déclara-t-il, les yeux toujours sur Jack. Il a été mon sauveur.

Embarrassé, Jack haussa les épaules, se concentra pour faire tomber un petit cylindre de cendre dans la soucoupe de son café. Fonseca finit par lui lâcher le cou et soupira.

– Faut que j'y aille... T'es prêt ? me demanda-t-il.

– Je vais rester un moment ici, Tony.

– Viens, je te reconduis.

– Non, ça ira. Je vais faire quelques courses.

– Ma manman ah m'a dit comme ça, tu dois fai'e des cou'sses !

Il se leva, effectua un demi-tour et se dirigea vers la sortie.

Jack et moi demeurâmes un moment silencieux. J'avais peur de le regarder, peur qu'il m'en veuille.

– Elle est vraie, cette histoire ?

– Ouaip, le gars a perdu son œil.

– Tu étais là-bas, toi aussi ?

– Juste pour récupérer Tony.

– Comment ça, le récupérer ?

– Eh bien... Tony a l'habitude ne pas raconter toute l'histoire.

– Quoi, c'est *lui* qui a crevé l'œil du peintre ? suggérai-je, plaisantant à demi.

– Non, mais le cimetière avec la poétesse...

– Ouais ?

Un viol. Des spectres.

– Tony n'arrivait pas à travailler, là-bas, donc il se soûlait. Il voyait cette pauvre vieille aller tout le temps dans le cimetière pour écrire. Un jour qu'il était bien pété, il se rue hors de son studio et il la course à travers le cimetière. Morte de peur, elle s'enfuit. Elle revient avec le directeur, ils trouvent Tony dans les vapes, allongé par terre. C'était un cimetière à l'ancienne, il s'était cogné dans les pierres tombales et il avait perdu connaissance. La poétesse insiste pour appeler les flics, mais le directeur ne veut pas de la police dans sa colonie. Il téléphone à Kim pour lui demander de venir le chercher avant qu'il ne cause d'autres ennuis. Kim ne veut pas s'en occuper – elle en a sa claque de Tony –, alors elle m'appelle et c'est moi qui vais là-bas. Triste histoire, vraiment.

– Ils ont encore des relations ? demandai-je, les mains tremblantes.

– Qui ?

– Kim et lui.

– Non, répondit-il d'une voix calme.

– Je devrais pas traîner avec lui, hein ?

Il secoua la tête.

– Ce n'est pas à moi de te dire ce que tu dois faire.

– Parce que Kim et moi...

– Que veux-tu que je te dise ?

– Tu peux me dire que je risque d'avoir des ennuis si je le fréquente, par exemple.

– Si tu veux vraiment mon avis, je crois que tu ferais mieux de l'éviter. Et pas seulement à cause de Kim... En général. Tony, c'est Tony, tu dois savoir ce que tu fais quand tu sors avec lui, ou alors...

– Ou alors quoi ? dis-je, grelottant comme s'il faisait un froid glacial dans ce bar.

– Rien. Il peut être charmant, mais... Je ne lui fais pas confiance. Je le connais depuis plus de dix ans.

– Parle-moi de Kim et lui.

– Tu veux que je te dise quoi ?

– N'importe quoi... Tout, répondis-je, résistant à une impulsion de décamper.

– Ce n'est pas à moi de te raconter ça, fit observer Jack avec une délicatesse peinée.

— Je dois aller à New York avec lui ce week-end.

— Pour quoi ?

— Pour l'aider. C'est rien.

— L'aider à quoi faire ? insista Jack, la tête inclinée sur le côté.

— À vivre.

— Qu'est-ce…

Il s'interrompit, l'air furieux, et il détourna la tête comme pour me dire « C'est ton enterrement, on fait comme tu veux ».

Je me sentais pris au piège.

— De tous ceux que je connais, Tony est le seul avec qui je peux aller au fond des choses, plaidai-je.

— Que veux-tu dire ?

— Il est le seul qui comprenne.

Je pensais à son allusion à Scipio Smith-Stevens dans la partie enfants du zoo. Pourtant, à peine avais-je prononcé ces mots qu'ils me parurent légers et bidons. C'était en outre une gifle assénée à Jack.

— Qui comprend *quoi* ? répliqua-t-il, au bord de l'exaspération.

— Ce… ce que je veux, bredouillai-je, en commençant à transpirer. Ce dont je ne peux pas parler à Kim, ajoutai-je.

Précision qui s'adressait surtout à moi.

— Mais qu'est-ce que tu veux ? Je n'ai toujours pas compris. Parle-moi.

Ouais, ils veulent tous que je leur parle, que je leur parle.

— Mon avenir, dis-je d'une voix mal assurée. Tony connaît ce problème, il le vit. Et je le comprends, moi aussi.

Jack ne parut pas impressionné.

— C'est l'avenir qui t'inquiète ? Ce qui se passera demain ? Tu veux continuer à enseigner le prochain trimestre ? Tu es embauché. Tu veux participer au programme d'anglais de second cycle ? C'est d'accord. Je ne savais pas que tu te prenais le chou pour ça, Pete.

— Je n'ai pas *envie* d'être prof ! m'exclamai-je d'une voix pleurnicharde d'enfant. Toi, tu n'as jamais voulu faire autre chose ?

– Oh, si, bien sûr. Quand j'étais gosse, je voulais être champion olympique de plongeon, mais chaque fois que je sautais dans la piscine le vestiaire était inondé.

Il éclata de rire.

– Je suis sérieux, Jack.

– Qu'est-ce qui te fait croire que j'ai toujours voulu enseigner ? Je voulais être trompettiste de jazz. J'avais mon propre groupe, même si on était à chier.

– Ben voilà, dis-je, reconnaissant.

Jack m'adressa un sourire compréhensif et je me sentis mieux.

– Tu feras quoi, ce week-end à New York ?

– J'en sais rien. Je veux juste partir en reconnaissance, voir ce qui se passe, ce qu'il y a dans l'air.

– Mais pourquoi avec Fonseca ? J'irai avec toi si tu veux de la compagnie.

– Quand ? dis-je, tout excité.

– Peut-être à la fin du trimestre. Je dois assister au congrès de la MLA[1] en janvier. Tu pourrais m'accompagner.

– Il faut que j'y aille, dis-je d'un ton presque suppliant.

– D'accord. Prends soin de toi, répondit Jack sans se tourner vers moi.

Je courus jusque chez Kim… pas pour lui parler de Fonseca et du week-end.

Comme elle n'était pas encore rentrée du boulot, je regardai des dessins animés à la télé avec Anthony.

Elle arriva à dix-sept heures, comme prévu, porteuse d'un grand sac en papier marron d'où s'échappaient des odeurs alléchantes de bouffe chinoise.

Anthony lui adressa un vague geste de sa position accroupie devant le poste et tandis que je sortais nerveusement du

1. La Modern Language Association, qui promeut l'étude et l'enseignement de la langue et de la littérature.

sac les barquettes de chow mein et de lo mein, les sachets de sauce – provenant du Chee Lok, pas moins –, Kim redescendait prendre le courrier.

Elle revint dans l'appartement trois minutes plus tard d'une démarche lente de somnambule, un sourire d'extase aux lèvres, et j'imaginai aussitôt qu'elle avait tiré un coup rapide dans l'escalier, les jambes nouées autour des reins du gardien qui la besognait contre le mur de stuc jaune banane.

– Putain, lâcha-t-elle à mi-voix.

Choqué, Anthony se tourna brièvement vers sa mère, mais reporta aussitôt son attention sur les dessins animés.

Elle me tendit une enveloppe déchirée adressée à *Ronald Hard, aux bons soins de K. Fonseca.* Dans sa hâte, Kim avait aussi déchiré à moitié la lettre qu'elle contenait :

Cher Monsieur Hard,

Dans le cadre de nos efforts pour élever le niveau des textes de fiction du Magazine de l'Homme, *j'ai le plaisir de vous informer que nous souhaitons publier « J'ai été pute à Disney World ». Bien entendu, il faudra procéder à quelques modifications, d'une part à cause des restrictions d'espace dans notre magazine, d'autre part pour éviter une plainte pour diffamation de Disney, mais si vous êtes d'accord pour accepter de l'élagage, un peu de chirurgie plastique et des changements de noms propres dans votre nouvelle, veuillez nous le faire savoir dès que possible et vous recevrez un chèque de cinq cents dollars par retour du courrier.*

Dans l'espoir d'établir avec vous une collaboration fructueuse et productive, je vous prie de croire…

Ben Racer

responsable de la fiction,

Magazine de l'Homme

P.S. : Quelques suggestions au débotté : j'ai des doutes quant à la scène de sexe avec le grand-père. Est-ce que votre héroïne ne pourrait pas plutôt rester avec le petit-fils dans la cabane dans la jungle ?

Serait-il également possible d'en faire des Blancs ? Cela n'a rien à voir avec mes opinions personnelles, mais en toute franchise les rapports sexuels interraciaux pourraient nous mettre à dos certains lecteurs. Comme je ne vois aucun moyen réaliste de « blanchir » les Jamaïcains (des jeunes qui passent leurs journées à traîner à la plage, quand même), nous pourrions peut-être faire de la fille une Noire. Quoi qu'il en soit, je suis impatient de travailler avec vous sur ce projet.

P.P.S. : Je suis impressionné par l'aisance avec laquelle vous écrivez du point de vue d'une femme, mais je suppose que vous pourriez me faire la même réponse que Flaubert quand on lui demandait comment il était parvenu à se glisser dans la tête de son héroïne : « Madame Bovary, c'est moi. »

– Ça y est, je fais partie du *club* !

Elle jeta la lettre en l'air en riant, la rattrapa des deux mains.

– Pie ? Tu es fâché ? me demanda-t-elle d'un ton hésitant.

– Pas du tout !

Boum. Encore une fois, le glutamate de sodium des plats chinois me filait mal au ventre, même si je n'avais avalé que quelques bouchées d'un truc vert et beige nappé d'une sauce sucrée gélatineuse.

– Je sais pas. Tu avais un drôle d'air pendant le dîner.

Nous étions tous les deux assis sur le canapé et elle glissa ses orteils sous mes cuisses pour m'amadouer.

Épuisé et tendu, je laissai ma tête tomber en avant. Je méritais le peloton d'exécution.

– J'ai eu… une dure journée.

– Ce n'est pas à cause de ma nouvelle ? insista-t-elle.

Je ne comprenais pas sa question, ce qu'elle devina sans doute à mon expression puisqu'elle ajouta :

– De la jalousie, tu vois ?

– Oh, non, non ! m'exclamai-je en toute sincérité. Non, je t'assure.

Tu peux me croire : je suis juste un peu nerveux à l'idée de partir en week-end avec ton ex-mari…

– Tant mieux, fit-elle, soulagée.

— Non, vraiment, chérie.

Une fois de plus, je découvrais que la personne dont je craignais la réaction avait encore plus peur de la mienne. Une fois de plus, cela se traduisit par un élan d'amour. J'aurais fait presque n'importe quoi pour elle.

Kim souriait, quasiment rayonnante, maintenant que cette frayeur particulière était dissipée. Une de moins.

— Laisse-moi te lire le manuscrit dans sa version originale, avant que Ben Basculante le charcute. Tu peux me balancer toutes les putains de critiques que tu voudras…

— M'maaan ! beugla Anthony de son lit. Si tu dis encore ce mot-là, je le dirai aussi !

— Anthony, tu le dis déjà de toute façon, alors fiche-moi la paix ! lui cria-t-elle en retour, plongée dans ses feuilles.

— « Dieu protège c'te putain d'Amérique », chanta Anthony sans la moindre trace d'humour.

— Anthony, dors maintenant.

— « Putain de vent, putain de vent, putain de vent d'hiver… »

Kim me regarda de l'autre bout du canapé et retint un rire.

— Plutôt bonne, celle-là, convins-je dans un murmure.

— Si un putain de corps rencontre un putain de corps[1]…

Feignant d'être outrée, Kim lâcha son manuscrit, se leva et se dirigea d'un pas vif vers la chambre de son fils, la tête inclinée comme une bibliothécaire excédée. « P'tain-p'tain-p'tain-p'tain », caquetait-elle en une imitation de poulet furax.

Je la suivis sans être sûr d'être dans mon rôle et me postai dans l'encadrement de la porte de la chambre. Kim était agenouillée sur le sol, Anthony dans la même position sur son lit. Les yeux dans les yeux, le nez près du nez, ils se mitraillaient l'un l'autre d'une salve rapide de « p'tain, p'tain ». Kim tordait son visage en une grimace de Kabuchi comique,

---

1. D'après un vers du poème de Robert Burns « *Comin' Thro the Rye* », qui a inspiré le titre du roman de Salinger *The Catcher in the Rye,* en français *L'Attrape-cœurs.*

mais Anthony était tout à fait sérieux. Soudain elle passa à « merde-merde-merde » et Anthony, les yeux écarquillés, se demandait si cela l'autorisait aussi à dire « merde-merde-merde ».

– Put… erde, bafouilla-t-il, troublé.

Et il commit l'erreur mortelle de glousser. Avec un rire de triomphe, Kim le renversa sur le dos et je voyais qu'il s'en voulait de rire au lieu d'être en colère. Je connaissais moi-même par cœur ce sentiment de défaite de l'enfant qui n'arrive pas à continuer à bouder et, pendant une seconde, je débordai pour elle et lui d'un tel amour que je dus résister à l'envie de me jeter sur eux pour ajouter un corps à la pile comme dans une pub pour Kodak. Je quittai le seuil de la chambre pour retourner dans le séjour m'asseoir sur le canapé et me demander pourquoi, *pourquoi* j'avais promis à Fonseca de l'accompagner à New York. En fait, c'était de la connerie parce que je savais pourquoi, et ça n'avait presque rien à voir avec le fait de lui tenir la main. C'était à cause de Rom Braverman. À cause de Scipio Stevens. À cause du mois de janvier.

– Bon, allons-y, soupira Kim en faisant bruisser ses feuilles. « J'ai été pute à Disney World qui, vous le savez peut-être, ou peut-être pas, se trouve à Orlando, en Floride… »

Elle se lança dans une de ses histoires brevetées de Mauvaise Fille, en l'occurrence celle d'une entraîneuse travaillant dans une reconstitution d'un saloon de Dodge City. Elle faisait des avances aux touristes et les retrouvait plus tard dans une camionnette garée sur le parking du restaurant Grumpy. Barry, le chauffeur de la navette qui circulait à travers les vastes champs de voitures, était son mac.

Au retour de ses vacances à la Jamaïque, il l'expédie à Montego Bay comme cadeau de remerciement à un aide-serveur qui lui a sauvé la vie quand, pris de crampes alors qu'il se baignait, il allait se noyer. Comme l'aide-serveur n'aime pas les Blanches, il la refile à son grand-père, un octogénaire qui habite dans l'intérieur des terres. Elle vit avec le grand-père, sa femme, leurs gosses et les petits-enfants dans une cabane au toit de tôle. Quoique censée retourner à Disney World au bout de quelques jours, elle décide de rester là-bas en qualité de maîtresse/enfant du vieux.

Barry se pointe à la cabane dans la jungle pour la récupérer, mais le grand-père le blesse à la main avec sa machette et l'envoie balader.

C'était une histoire cruelle et cool, plutôt bonne, et alors que j'avais vainement supplié Kim auparavant de me lire un de ses textes, je me sentis irrité quand elle eut terminé. Je trouvais qu'elle creusait un sillon un peu artificiel et ça me rendait furieux, mais je me gardai bien de le lui dire. Et comme j'étais sur le point de la tromper avec mon escapade à New York, je ne voulais pour rien au monde qu'elle partage quoi que ce soit avec moi en ce moment. Qu'elle me fasse confiance. Non seulement je ne lui parlerais pas de mon week-end, mais je garderais pour moi la proposition de prolongation de Jack. Je ne voulais pas rediscuter de ça. Fonseca comprendrait. Pas Kim.

– Tu vas fêter ça avec moi ?

Nous étions allongés nus sur la couette. Couchée sur le flanc, Kim me chatouillait le ventre.

– Oui, bien sûr.

– Je veux que tu m'emmènes au Payne House. J'ai réservé, c'est moi qui paie.

Ces derniers mots me redonnèrent la trique : j'allais devenir un homme entretenu. Payne House était une auberge dix-huitième hors de prix située à une centaine de kilomètres de Buchanon. Quatre chambres à l'étage, riquiqui, aux murs décorés de gravures dix-neuvième piquetées de taches brunes, lit à colonnes massif et vue sur le fleuve. J'y étais allé une seule fois, pendant ma première année de fac, avec la cousine d'un étudiant du Simmons College à l'occasion d'un week-end de foot. Nous avions passé deux jours et deux nuits dans une pièce de trois mètres sur trois mètres cinquante encombrée d'un lit immense. J'avais eu droit à sept branlettes. Mais ça, c'était avant.

– Super ? Quand ?

– Ce week-end ?

Des glaçons se formaient dans mes viscères.

– Je peux pas, fis-je d'une voix monocorde. Je dois aller voir mes parents.

Je n'osais pas la regarder dans les yeux. À cet instant, je croyais sincèrement en Dieu pour la première fois depuis mes douze ans, parce que Lui seul pouvait avoir goupillé un truc pareil.

– À New York ?

– Ouais, répondis-je, en me sentant glisser dans un abîme de crainte religieuse.

– Tu ne pourrais pas remettre au week-end suivant ? suggéra-t-elle, déçue.

– Naan, impossible.

– Je croyais que vous ne vous parliez plus.

Son ton légèrement teinté d'accusation me fit flipper.

– Justement ! Ça pourrait être l'occasion de renouer, argumentai-je en arrachant des peluches à la couette.

Kim, impassible, pressait ses jointures contre ses lèvres. Pendant un bon moment, je fus choqué qu'elle se souciât aussi peu de me voir me raccommoder avec mes parents, puis je me ressaisis et pris conscience que j'étais en train de devenir un foutu menteur.

– Pourquoi pas le week-end d'après ? proposai-je le plus gentiment que je pus.

– C'est moi qui dois voir mes parents, répliqua-t-elle, boudeuse.

Silence. J'allongeai le bras par-dessus ses côtes pour décrocher le téléphone, ma poitrine sur son ventre, nos corps formant une croix, et je réservai une chambre au Payne House pour le lundi et le mardi après New York.

– Et voilà, dis-je, content de moi.

Cette solution semblait convenir à Kim, qui se remit à me chatouiller le ventre.

– Anthony te trouve formidable, il a hâte de passer la journée avec toi demain.

Je remarquai pour la première fois trois grains de beauté sur le côté d'une de ses cuisses.

– Demain ?

– Oui. Tu m'as dit que tu pouvais, tu te souviens ?

– Ah, oui. OK, il est super, ce môme.

Mentalement, je jouais à « relie les points » avec ses grains de beauté.

– Tu ferais un papa fantastique.

Ce mot me fit tressaillir. J'aurais préféré qu'elle dise « père ». « Papa » évoquait pour moi les terrains aménagés pour les camping-cars ou la porte n° 3 d'un motel et je me sentis aussitôt pris au piège.

– Tu pourrais beaucoup donner à un enfant.

– Hé, lâche-moi un peu, j'ai vingt-trois ans !

Les mots avaient jailli comme des éclats de rire et je les regrettai immédiatement. Le visage de Kim prit une expression de tristesse blessée, ses lèvres s'amincirent jusqu'à presque disparaître, son regard battit en retraite sur la bande de couette qui nous séparait. Je me sentais minable. Jusqu'à ce jour, je n'avais jamais vraiment pensé au fait que Kim avait six ans de plus que moi. Je devais lui donner l'impression de gambader autour de la cage réservée à ceux de son âge en lui faisant des pieds de nez.

– Non, sérieusement, j'ai un peu peur des gosses. C'est facile de passer quelques heures avec un enfant et d'être un type formidable. Suffit de le désarçonner. De se montrer irrévérencieux, d'ébranler toutes les notions de bienséance qu'il associe aux adultes. Mais c'est de la rigolade à court terme, parce qu'au bout d'un moment ça ne marche plus, et je n'ai aucune idée de ce qu'il faut faire après. Ce n'est même pas bon pour le môme, parce que tout repose sur faire disparaître des balles de ping-pong. Je perdrais pied s'il commençait à s'ennuyer ou à déprimer avec moi.

J'avais débité mon laïus à la vitesse d'un commissaire-priseur.

– Je ne te demandais pas de l'adopter, je te faisais un compliment.

– Désolé.

Nouveau silence, pendant lequel mes doigts se tordaient sous la pression d'excuses non exprimées. Maintenant que je croyais en l'existence de Dieu, je priai pour qu'Il me protège jusqu'à ce que le week-end soit passé.

– Il faut que je surmonte cette peur des gosses, repris-je. Je ne sais pas qui je vois quand je regarde un enfant. Moi ? Est-ce que je deviens mon père ?

Je passai une main sur le flanc de Kim sans vraiment sentir de la chair. Je palpais de la familiarité, un début de routine qui me terrifiait. Je baissai la tête pour embrasser sa hanche. Sa cuisse frémit sous ma main et je me sentis mieux.

– Je pense à mon père, à ce qu'il pense de moi. Je me demande s'il est satisfait de moi. Si je le rends *heureux*. S'il s'est senti pris au piège, dans sa vie, et dans quelle mesure je constituais une partie de ce piège.

Je me disais que si je l'abreuvais assez longtemps de ce genre de réflexions Kim s'ennuierait trop pour être vraiment en colère.

– Pareil pour moi, dit-elle. Je n'arrive pas à croire qu'il faut que j'aille là-bas.

– Où ça ?

– Chez mes parents. On ne s'aime même pas.

– Alors, n'y va pas.

– Je me sens obligée, c'est ma famille.

Dans un accès subit de gratitude pour ce changement de sujet, je me mis sur les rangs :

– Laisse-moi venir avec toi.

J'avais pris un ton de petit dur, comme si j'allais péter la gueule à quelqu'un pour elle. Kim scruta mon visage d'un air pensif.

– Tu veux vraiment venir ?

– Vraiment, affirmai-je avec un vieil accent du Bronx.

Toujours tendu de lui mentir pour New York, j'étais ravi de cette occasion d'être un brave gars, d'une façon ou d'une autre.

– OK.

Elle eut un sourire timide et posa à nouveau sa tête sur ma poitrine.

Mon héros.

Je contemplais le plafond, les narines envahies par l'odeur fauve de ses cheveux. La vapeur sifflait dans les radiateurs, les faisait claquer.

– Tu ne crois pas que ton père aurait une attaque s'il lisait ta nouvelle pour *Le Magazine de l'Homme* ? Ou n'importe quelle autre nouvelle de toi ?

Kim ne répondit pas, ne bougea même pas la tête. Elle s'était peut-être endormie. Soudain, j'eus envie d'être franc avec elle. J'enviais le courage avec lequel elle m'avait demandé si j'étais jaloux.

– C'est bien, c'est bien, ça marche pour toi, maintenant, dis-je. Tu es lancée et je vais bientôt me lancer moi aussi.

– Qu'est-ce que tu veux dire ? demanda-t-elle d'une voix grave, se préparant à de mauvaises nouvelles.

Vas-y doucement, Pete.

– Ben, janvier c'est dans quelques mois et… Je ne vais pas te raconter d'histoires, Kim, je ne veux pas devenir prof. Pas la peine de jouer la comédie, je sais qu'il y a autre chose qui m'attend ailleurs. Ici, c'est impossible, je commence à fredonner de la musique d'ascenseur… Attends, je ne veux pas dire ici dans ton appartement, avec ton fils et toi, je parle de Buchanon.

Incapable de cracher le morceau, je passais mes doigts dans ses cheveux. Elle avait la tête tournée vers mes pieds.

– Donc, tu vas partir pour suivre des cours d'art dramatique et devenir humoriste ? conclut-elle. C'est bien ce que tu m'as dit il y a quelque temps ?

– Kim, toi tu sais que tu veux devenir écrivain, que tu *l'es* déjà. Moi, je ne sais pas ce que je veux faire, et c'est pas dans une petite ville universitaire que je vais l'apprendre. Ici, on n'a pas le choix. Je suivrai peut-être des cours de comédie, peut-être pas, j'en sais rien. Ça pourrait être une bonne décision. Je deviendrai un de ces serveurs qui trimbalent en permanence un CV sur eux. Je m'en fiche. Mais réfléchis une seconde, qu'est-ce que je fous dans une classe, sans vouloir dénigrer la noble profession de professeur ? Moi, *enseigner* ? Je devrais être en train d'*apprendre*. J'ai besoin de me cogner à la réalité, qu'elle m'envoie valdinguer… Est-ce que ce que je dis a un sens ? Je crois que oui.

Elle ne répondit pas et dans un accès d'euphorie désespérée je me décidai à demander la lune :

– Moi je pense qu'en janvier – ce n'est peut-être qu'un fantasme – on pourrait aller vivre ailleurs tous les trois, à Pétaouchnock, par exemple… ou à New York.

– Tu pourrais aussi demander qu'on prolonge ton poste ici, contra-t-elle.

Elle avait encore l'oreille collée à mon ventre et sa voix me parvenait par bouffées à travers mes poils pubiens.

– Tu ne m'écoutes pas, lui reprochai-je.

– Tu pourrais faire un doctorat ici.

– Kim, tu ne m'écoutes pas.

Elle tourna la tête vers moi de cent quatre-vingts degrés sans bouger son corps.

– Tu pourrais intégrer ce foutu cirque, Pie.

– Anthony, Peter restera ici aujourd'hui, d'accord, chéri ?

Je me tenais appuyé à l'évier pour ne pas être assis à côté de lui pendant qu'il prenait son petit déjeuner. Avec Kim qui s'affairait dans la cuisine en faisant claquer ses talons et en laissant derrière elle un sillage de parfum, j'aurais eu l'impression d'être le deuxième enfant.

— Pourquoi il reste ? De toute façon, je vais regarder la télé toute la journée, objecta Anthony.

Il se tourna vers moi.

— Tu as dormi ici ?

— Bien sûr.

— Tu n'as plus d'appartement ?

— Non, c'était un igloo, il a fondu.

En voilà une repartie drôle et instructive, non ?

— Je vais regarder la télévision toute la journée, confirma-t-il à ses céréales.

— D'accord, mon cœur, acquiesça Kim.

Quand elle se pencha pour lui donner un petit bécot rapide, il rejeta la tête en arrière et glissa la main entre sa joue et les lèvres de sa mère.

— Anthony, embrasse-moi.

— Embrasse mon cul, répondit-il, placide.

Elle se redressa, s'éloigna d'un pas vif sans me regarder mais me pressa furtivement la main au passage.

— Je serai de retour à cinq heures... Au revoir, Anthony, chantonna-t-elle, lui offrant une dernière chance d'être un fils aimant.

Il agita la main sans se retourner.

Anthony resta accroupi pendant deux heures devant leur téléviseur portatif. Moi, affalé trois mètres derrière, dans un des fauteuils ravagés par la guerre, je tenais un sac en papier dans chaque main et j'en faisais nonchalamment claquer les bords comme si j'attrapais des gouttes tombant du plafond.

Lorsque je jugeai que l'un d'eux était à moitié rempli d'eau, je le chiffonnai et le lançai sur Anthony. Il le reçut en plein sur la nuque, mais il ne sursauta pas, il se tourna simplement vers moi comme s'il s'y était attendu.

— Je m'ennuie, maugréai-je.

— Ben, retourne dans ton igloo.

J'attendis cinq minutes avant de lui balancer l'autre sac, qui rebondit sur sa tête. Cette fois, il ne se retourna même pas.

Je décidai de l'empoigner et de le traîner d'un bout à l'autre de la pièce. Le chahuter semblait avoir un effet positif quand il était de cette humeur, mais il se mit à gémir dès que je m'approchai de lui.

– Qu'est-ce que t'as ?

Je ne l'avais même pas touché.

– Je veux ma mère.

Les yeux luisants de larmes, il regardait fixement la télé, ses traits d'adulte cimentés dans une détermination à ne pas pleurer.

– Pourquoi tu veux ta mère ? Seigneur, tu te conduis comme un enfant de huit ans.

– *J'ai* huit ans !

Il finit par se tourner vers moi.

– Il est déjà dix heures, qu'est-ce que tu dirais d'un bon déjeuner ? Tu veux que je te prépare à manger ?

– Non.

– Un plat spécial.

– Ça m'étonnerait.

– Bon, tu rates un festin. C'est ce qu'on appelle le Spécial Peter pour les Petits Merdeux.

– Qu'est-ce que c'est ?

– Une surprise.

Je me levai pour aller dans la cuisine. Merde de merde. Je n'avais jamais préparé un repas pour un enfant. Voyons. Beurre de cacahuètes et confiture. Un reste de chili vieux de quatre jours dans un bol recouvert de cellophane. Une barquette de crème glacée sérieusement entamée par un dragage à la cuillère. Divers condiments.

Je revins dans le séjour avec une assiette recouverte d'une serviette.

– Monsieur est servi.

J'ôtai la serviette pour faire apparaître un épais sandwich au ketchup et à la crème glacée sur pain blanc.

– Tu partages avec moi ou tu gardes tout pour toi ? lui demandai-je.

— Mange-le, répondit-il, riant presque.

Le sandwich à la crème glacée n'était pas si mauvais, ça ressemblait beaucoup au quatre-quarts avec boule de glace. Le ketchup n'apportait pas grand-chose, j'en avais mis juste pour faire joli.

— Manges-en un autre ! me défia-t-il.

— Si j'en fais un autre, tu devras le manger.

— D'accord, dit-il en haussant les épaules.

Je fis un demi-sandwich avec une touche de ketchup.

Quand je le lui apportai, il s'écria triomphalement :

— Je le mangerai pas ! Je voulais seulement savoir si tu serais assez bête pour m'en préparer un autre !

— On ne t'a jamais dit que tu es un enfant à problèmes ?

— J'ai le deuxième QI de ma classe.

— S'il te plaît, tu veux bien venir jouer à la balle avec moi dehors ?

— J'ai horreur de ça.

— S'il te plaît ?

— Non.

— *S'il te plaît,* Anthony ?

— Je n'ai pas besoin de baby-sitter ! Laisse-moi tranquille.

— Je te donnerai un dollar.

Il se leva, son terrible visage d'adulte tordu par une angoisse d'adulte, les poings pressés l'un contre l'autre en une rage suppliante.

— Sur les yeux de mon enfant, si tu n'arrêtes pas tout de suite, je vais devenir fou, articula-t-il lentement et distinctement.

Mes entrailles se liquéfièrent : le ton et le style de Fonseca.

Il ouvrit le sandwich, étala le ketchup sur l'écran du poste.

— Content, maintenant ? me lança-t-il avant de quitter la pièce.

Je le retrouvai dans sa chambre, où il se tenait dans un coin, face au mur, comme un écolier au piquet.

Je m'assis sur son lit et l'observai. Au bout de cinq minutes, j'étais convaincu qu'il était résolu à rester là toute la journée à attendre le retour de sa mère.

– Tu sais, Anthony, je t'aime beaucoup.

C'était à la fois un mensonge et un euphémisme.

– J'ai vraiment envie de m'amuser aujourd'hui, ajoutai-je. Pour moi aussi, c'est mon jour sans classe.

Il haussa les épaules avec une exagération enfantine.

Le sol de la pièce était jonché d'une constellation de dinosaures en plastique, ce qui me rappela que j'avais moi aussi nourri une passion pour les animaux préhistoriques quand j'avais huit ans. Je ramassai un tricératops jaune vif.

– C'est quoi, celui avec les cornes sur son casque ? demandai-je au dos d'Anthony. Un stégosaure ?

– C'est un tricératops et tu le sais très bien, me répondit-il sans se retourner. Arrête d'essayer de me rouler.

– Toi tu m'as bien roulé avec le sandwich à la crème glacée. Tu les as achetés où, tous ces dinosaures ?

– C'était des cadeaux.

– De Kim ?

Oups. Dis « de ta mère ? », idiot.

– De David.

– Qui c'est ?

– Mon docteur.

– Quel genre de docteur ?

Comme si je ne le savais pas.

– Un psy.

– Moi aussi j'ai vu un psy.

– Ça m'étonne pas, dit-il.

Anthony fit passer son poids d'une jambe sur l'autre : il commençait à fatiguer.

Je me mis à rêvasser, à me demander comment le Dr Catcher aurait réagi à cette situation quand me revint soudain le souvenir brumeux d'un entretien avec une psychologue scolaire quand j'étais en CE1. Si je ne me rappelais pas son nom, je me souvenais parfaitement de ce qui m'avait valu cette visite. Je n'y avais pas repensé depuis des années, pas même lorsque j'avais dû voir Catcher.

— Hé, Anthony, tu sais quoi ? Moi aussi on m'a envoyé chez un psy quand j'avais sept ans, et je te jure que je ne mens pas.

Aucune réaction.

— Je sais pas pour toi, mais moi j'avais fait un truc tellement dingue que personne n'en était revenu.

— C'était quoi ?

— Je te le dis si tu t'assieds. Tu peux rester face au mur si tu veux, mais si tu ne poses pas tes fesses, je te le dis pas.

Il s'assit, tourné vers moi.

— J'étais en CE1, ou CE2, peut-être. Ma classe faisait une sortie scolaire dans les studios d'une chaîne de télévision de New York. Il y avait une caméra devant laquelle on pouvait se tenir et apparaître sur un écran. Les gars des studios laissaient chaque élève qui le souhaitait rester deux minutes devant cette caméra pour raconter une blague ou chanter. Comme j'étais le clown de la classe, j'avais envie d'y aller pour faire rire tout le monde, mais quand mon tour est venu, tu sais ce que j'ai fait ? J'ai chanté. Alors que je chantais comme une casserole, mais c'était une chanson que j'aimais beaucoup et qui passait à la radio. J'y ai mis tout mon cœur et je m'en suis tiré plutôt bien.

Anthony se curait le nez et me regardait en plissant les yeux comme s'il était myope.

— Mmm, fit-il.

— Bref, toute la classe m'acclame et applaudit. Et c'est là que je deviens dingue. J'avais tellement l'habitude que les autres enfants se moquent de moi que je ne supportais pas qu'ils m'applaudissent. Tu sais ce que j'ai fait ?

— Quoi ?

Je le tenais.

— J'ai sorti ma bite. À la télé. Tout le monde l'a vue.

— Les filles aussi ? demanda-t-il, l'air inquiet.

— Tout le monde. Et on m'a envoyé voir la psy de l'école.

– Moi, je ne vois pas David parce que j'ai été méchant.
– Mais je n'avais pas été méchant, me défendis-je.
– Qu'est-ce qu'elle a fait, la psy ?
– On a juste parlé. Je me souviens plus très bien. Je me rappelle seulement qu'elle m'a montré des photos de choses et de gens auxquels il manquait un truc et je devais dire ce que c'était.
– Quoi, par exemple ?
– Elle m'a montré une table à trois pieds. Qu'est-ce qui manquait ?
– Les chaises, répondit-il d'un air supérieur.
J'étais tellement estomaqué par sa réponse que j'en restai un moment bouche bée. Je me penchai en avant, lui touchai le genou.
– Anthony, je te le jure, tu sais ce que j'ai répondu ? La nappe. Je plaisante pas. Elle a essayé de me faire dire « un pied » et je ne voulais pas. Je répondais « des assiettes », « des gens autour », « un vase avec des fleurs »...
– Pourquoi tu ne répondais pas « un pied » ?
– Pourquoi tu ne l'as pas fait, toi ?
Et toc. À mon tour de prendre un air supérieur.
– Quelle chanson tu avais chantée ?
Seigneur...
– Du rock'n'roll... « Speedo ».

Je l'emmenai en voiture à l'institut de mise en forme, une idée plutôt idiote. Roy Zybysko était en Floride pour la semaine, sinon, j'en suis sûr, il nous aurait flanqués dehors dans la seconde. Comme il était onze heures, il n'y avait que cinq culturistes disséminés dans les deux salles.
– C'est ici que les dinosaures viennent boire.
Anthony ne répondit pas. Il fixait des yeux un monstre accroupi, couvert de sueur, portant sur ses épaules deux planches en bois horizontales reliées par une poulie à une pile de disques. Il se redressa en grognant, soulevant les planches de ses épaules protégées par des serviettes. Il parvint à se

mettre sur la partie avant de ses pieds et se mit à sautiller. Juste l'appareil pour soulever un bœuf, quoi.

Un autre gars rugit derrière nous et Anthony colla son nez contre ma jambe. Un troisième, le crâne rasé, une panthère tatouée grimpant sur son bras, grimaçait devant le miroir en soulevant des haltères avec des mouvements de rotation.

Anthony les contemplait tour à tour avec une fascination hypnotique. Il avait glissé sa main dans la mienne et le contact de ses petits doigts me fit l'effet d'une décharge électrique. J'avais peur de bouger, certain que dès qu'il s'en rendrait compte il retirerait vivement sa main, comme s'il l'avait fourrée dans la gueule d'un animal.

Je pris quelques haltères d'un kilo au râtelier et le conduisis dans l'autre salle, qui était déserte.

Campé devant le miroir, il imita les grimaces du type au crâne rasé en soulevant alternativement haltère gauche et haltère droit. Il fit même des petits sauts en gardant le dos bien raide. J'allai prendre dans la première salle deux haltères de dix kilos pour moi et nous exécutâmes nos exercices côte à côte. Je revoyais dans mon esprit la photo célèbre d'un papy tout fier, membre du Ku Klux Klan, agenouillé à côté de son morveux affublé d'une mignonne petite panoplie du Klan, mais je m'en foutais. Quand nous eûmes terminé, je m'assis sur un banc incliné, plaçai Anthony debout entre mes genoux, relevai une manche de son tee-shirt et lui dessinai un tatouage au feutre en haut du bras : un crâne au-dessus de tibias croisés – ma spécialité, comme le tour du sac en papier. Il l'examina, le front plissé, me prit le stylo. Je crus qu'il allait corriger mon œuvre ou la recouvrir d'un gribouillis, mais il releva la manche de *mon* tee-shirt et dessina grossièrement une panthère sans faire montre du moindre talent artistique. De son autre main, il me serrait le biceps pour que je ne bouge pas et son haleine sur mon épaule avait une légère odeur de céréales sucrées.

– C'est quoi, ça ? demanda-t-il en désignant du menton le banc à développés.

— Pas pour toi.

Il s'en approcha, promena une main le long de la barre, suivit de l'index la circonférence d'un disque de vingt-cinq kilos qu'un culturiste avait laissé là.

J'ôtai tous les disques et lui montrai comment s'allonger sur le banc incliné. Me tenant au-dessus de sa tête, je désengageai la barre de ses supports et la laissai descendre jusqu'à ses bras levés.

— Je vois tes couilles, me dit-il avec un sourire à l'envers.

Je levai et abaissai dix fois avec lui la barre de dix kilos avant de la reposer sur ses supports. Il se remit en position assise et feignit d'être au bord de la syncope.

— À toi, maintenant.

Je pris sa place sur le banc et lui demandai :

— Tu restes près de moi, au cas où, d'accord ?

— Remets les disques.

— Non, je suis incapable de les soulever. Ils sont trop lourds.

— Mon père pourrait, lui, déclara-t-il d'un ton neutre. Il pourrait battre n'importe qui ici.

Je me levai, enfilai quatre-vingts kilos de disques sur la barre et dis à Anthony de se reculer, bon Dieu.

Troisième Partie

Un grand moment

Le ciel de ce vendredi matin était gris sombre, ballonné.

J'avais demandé à Fonseca de venir me prendre au centre commercial. Dans mon état foireux, je n'avais pas voulu lui donner mon adresse.

Il pénétra en trombe sur le parking avec sa Mustang orange qui hurla en s'arrêtant pile devant moi.

– On se tire d'ici tout de suite ! beugla-t-il dès que j'eus refermé la portière.

Je me mis à me masser l'occiput d'une main protectrice pour lui cacher que j'avais fermé les yeux de terreur, tandis que mon pied droit restait enfoncé sur une pédale de frein inexistante.

À peine sortait-il de la ville à toute blinde que le pare-brise reçut les premières grosses gouttes d'une pluie qui, en quelques secondes, devint si forte que j'eus l'impression qu'on braquait sur la voiture un tuyau d'arrosage.

– Saloperie de flotte, lâcha-t-il d'une voix sifflante.

Il était pourtant d'humeur allègre et conduisait avec ses genoux en claquant dans ses mains au rythme de la musique mièvre et passe-partout de la radio.

L'averse qui martelait le toit de la Mustang me donnait l'impression d'être enfermé dans une bathysphère à deux places. J'arriverais peut-être à m'esquiver dès notre arrivée à

New York. J'avais envie de voir Crown, j'avais son adresse sur moi. Son numéro de téléphone ne figurait pas dans l'annuaire, mais je devais pouvoir le trouver par le théâtre où il travaillait.

La radio diffusait maintenant le thème du film *Exodus* et Fonseca accompagnait d'une voix de basse le glissando somptueux du piano.

– C'est nous, commenta-t-il. L'Exode.

– Ouais.

– Regarde un peu ça.

Les yeux sur la route, il extirpa de dessous son siège une grande enveloppe en papier kraft dont il fit tomber une photo de classe en noir et blanc. Elle était entourée d'un cadre en carton aux bords abîmés et constellée d'une escadrille de gouttes de café remontant à la préhistoire. Deux crevettes assises en tailleur au premier rang tenaient une pancarte recouverte de velours noir annonçant qu'il s'agissait de la classe 63 et que c'était celle de Mme Weinstein.

– Tu arrives à me trouver ?

Fonseca avait un œil sur la circulation, un autre sur la photo, le bout de sa langue pointant hors de sa bouche pour exprimer son amusement.

Il était là, au bout de la dernière rangée, la grosse main de son institutrice au visage en forme de tomahawk posée sur son épaule. C'était un grand gaillard vêtu d'une chemise blanche et d'une large cravate multicolore grotesque. J'aurais reconnu son expression entre mille : les yeux plissés, le regard arrogant, la tête inclinée sur le côté, la bouche tordue sur la première syllabe d'une vanne. Seule différence, des cheveux coiffés en une banane de guingois qui prenait racine à quelques centimètres des sourcils.

– Le malin de la classe, dis-je.

– Tu vois le gosse en bas à droite, celui qui tient la pancarte ?

J'examinai l'un des deux gnomes de la première rangée, dos voûté, quasiment pas de cou, cinq centimètres de chaussettes à losanges sur chacune de ses jambes croisées. Ses yeux saillaient, ses lèvres s'étiraient sur des dents serrées comme dans le visage d'un astronaute soumis à une terrible accélération.

– Ouais ?

– C'est Richard Robert Lisi.

– Qui est...

– Nnnicky.

– Le Nicky des Naks ?

– Le Nnnicky des Nnnaks.

– Et pourquoi il se faisait appeler Nicky ?

– Parce que ça sonnait mieux, je suppose. J'en sais rien.

– Pourquoi il fait cette tête ?

– Regarde le môme derrière lui.

Le gosse assis juste derrière Nicky louchait de concentration et avait la tête tournée sur le côté.

– Il vient de lui balancer un coup de pied dans le dos. C'est pour ça qu'ils font ces tronches, tous les deux. Tout de suite après la photo, ils se sont bagarrés. Tout le monde se bagarrait avec Nicky, tout le monde. Même moi, je crois que je me suis bastonné avec lui une ou deux fois. C'était obligatoire. Je l'aimais bien, pourtant – enfin, disons que j'étais désolé pour lui, parce que c'était un petit gars en colère. Mais cette voix qu'il avait déjà ! Ces cordes vocales...

Je promenai les yeux sur les visages de la photo et pour moi, tous ces gosses avaient l'air de petits gars en colère. Chacun d'eux exprimait sa propre sorte de souffrance. Rien de nouveau.

– Je crois pas qu'il se souviendra de moi – je suis presque sûr que non – mais je me dis que... Ce soir, quand on ira dans cette boîte, je lui montrerai la photo et ça lui fera un choc.

– Tu pourras peut-être pas, s'il y a du monde.

– Naan, c'est une boîte restaurant, un tout petit truc. Nicky n'est plus rien maintenant. Mon livre sera plus important pour lui que pour moi. Richard Robert Lisi... Ce soir, je serai probablement le seul à connaître son deuxième prénom.

Fonseca appuya légèrement sur le frein quand nous abordâmes une zone à vitesse limitée.

– Ces connards, marmonna-t-il en tournant carrément la tête en arrière pour fusiller du regard les flics assis dans une voiture banalisée. Ils feraient mieux d'arrêter les communistes et leurs compagnons de route au lieu d'emmerder les bons citoyens comme moi… Nicky, l'histoire de sa vie, c'est à la fois de la poésie et l'éternel retour du même. Parce qu'il était déjà célèbre à sept ans, tous les journaux parlaient de lui, et pas parce que c'était une star enfantine. À sept ans, c'était un *saint* – non, pas un saint, un visionnaire, un… un réceptacle de *vision*. Un matin, à son réveil, le reflet d'une croix luisait au-dessus de son lit. Personne ne savait expliquer d'où ça venait. Ses parents n'en revenaient pas. Ils ont fait venir les flics, ils ont fait venir des prêtres. Bientôt le bruit a couru dans le quartier qu'il y avait un miracle chez les Lisi. Les gens faisaient la queue le long de plusieurs pâtés de maisons pour voir ça. Une fois revenus de leur stupeur religieuse, les parents de Nicky ont demandé un coup de main à ses oncles et, tous ensemble, ils ont organisé la visite : un dollar pour voir la croix. C'était dans la presse. La croix est restée trois jours sur le mur de sa chambre avant de disparaître et la famille a dû se faire au moins deux mille balles. Ensuite ils ont vendu tous ses meubles : son lit, sa commode, et même ses fringues, tout ce qu'il y avait dans la pièce, comme des reliques. Le *Daily Mirror* l'avait surnommé la Bernadette du Bronx. En fait, c'était juste un petit morveux comme les autres, mais cette histoire lui a tordu le cerveau. Ses parents se sont mis à faire payer ses visites chez les malades ou les mourants. Il est devenu un bizarre objet d'adoration. À l'école, les autres gamins le détestaient. Au départ, il fréquentait la Perpetual, une école paroissiale, et toute cette effroyable soupe catholique lui est montée à la tête. Il prenait une volée chaque jour, comme il se doit pour un martyr. Au point que ses parents ont dû l'enlever de Perpetual pour le mettre à l'école publique avec nous. Au bout d'un an, cette histoire s'est terminée, mais ça avait été une putain d'année. Il est devenu fou. Il l'avait probablement toujours été, mais jusque-là personne l'avait remarqué.

– Complètement fondu, hein ?

– Ah, il était drôlement chamboulé, le Nicky. Il bousillait tout dans la classe – les bouquins, les bureaux. On ne savait jamais quand il allait exploser. Jamais il ne jouait avec nous... Aujourd'hui, on l'enverrait chez un psy qui s'occuperait de lui, mais à l'époque, c'était la psychologie de l'enfant à la John Wayne. « Y a rien qui cloche chez mon gosse... Il a besoin de voir un médecin ? Le Dr Torgnole va le recevoir... » Un gosse, c'était comme une télé ou un poste de radio. Il marche pas ? Tu lui files un coup de latte. Maintenant, on diagnostiquerait un léger autisme, ou quelque chose comme ça, ce n'est pas mon domaine, mais je peux te dire que le pauvre Nicky, c'était comme une mine qui attendrait juste qu'on marche dessus. Ce qu'il faut souligner, c'est qu'il est devenu une idole des jeunes, qu'il a de nouveau été un objet d'adoration, et puis nouvelle dégringolade, la drogue, ce qui je présume était assez fréquent dans le monde merveilleux des ravagés de la musique. On distingue un schéma récurrent : élévation, mortification, élévation, mortification. Il y a là quelque chose de très intéressant. Dégradation, résurrection, les choses prennent plus de résonance en termes de symbolisme, tu vois, de mythe. Cela suscite plus d'échos que le Grand Canyon. Quelqu'un devrait écrire un livre là-dessus...

Ayant totalement décroché, je pensais à Anthony et à son psy. À Crown. Fonseca me balança un revers de main dans la poitrine qui me fit sursauter.

– Je disais qu'on coucherait dans les bras de la Vénus de Milo.

Je m'empressai de regarder par la fenêtre, persuadé que Fonseca m'avait indiqué une curiosité qui m'avait échappé sur le bord de la route.

– Hé, t'as forcé la dose ? Je te parlais de l'hôtel, Les Bras de la Vénus de Milo.

— Tu connais Crown ?
— Bill Crown ?
— Ouais.
— Et alors ?
— Il a plaqué la fac, il est redevenu acteur.
— Oui, j'ai entendu quelque chose de ce genre.
— Étonnant, non ? Ça, c'est de la volonté.
— Si on veut, répondit-il, pas du tout impressionné.

J'avais envie de susciter des propos encourageants sur les Grands Moments, la Route sinueuse ; j'étais surpris et déçu que Fonseca soit si peu emballé par Crown.

— Il a tout laissé tomber, insistai-je. À quarante ans, en plus.
— Crown a toujours été un peu siphonné, lâcha Fonseca.
— Mais il *faut* l'être un peu, non ? Allez, Tony, quoi, soutiens-moi là-dessus !

Il haussa à nouveau les épaules. À cet instant il me rappela mon père, terne, apathique, nulle part. À cet instant je fus convaincu que Fonseca ne tirerait jamais aucun des fers qu'il avait au feu, que ce week-end serait désastreux, qu'il faisait semblant, pour moi et pour lui-même. Je décidai de ne pas lui annoncer que je me mettrais à la recherche de Crown une fois que nous serions à New York. Il aurait probablement tenté de m'en dissuader. Par jalousie, parce qu'il se serait senti menacé. J'étais maintenant devenu quelque peu froid et supérieur.

— Tony, tu te souviens de ce texte sur mon père et le Messerschmitt que je t'avais soumis ? Tu te souviens de ton commentaire ?

Il secoua la tête, les yeux sur la route.

— Tu avais noté « Très gentil ». C'était quoi, sarcastique ? demandai-je d'un ton innocent.
— « Très gentil »… Je ne sais pas, ça l'était probablement, très gentil. Je raffole des histoires de père, elle m'avait probablement plu.
— Hm… Tu te souviens de m'avoir raconté qu'après t'être battu avec ton daron tu t'es mis à lui écrire des poèmes ? Je

faisais pareil. Chaque fois que j'avais envie de le tuer, je me couvrais en lui faisant des cadeaux. Quand il s'est remarié, je lui ai offert un week-end de lune de miel à la montagne.

— Les cadeaux, dit-il d'un air pensif. C'est naze, mon gars. Si quelqu'un me fait un présent alors que ce n'est pas mon anniversaire ni Noël, je vais chercher mon flingue. Si quelqu'un t'offre quelque chose, c'est parce qu'il a peur de toi ou qu'il se sent coupable de ce qu'il t'a fait. Dans un cas comme dans l'autre, il te hait. Non, sérieux, demande à ta copine Kimberly, elle sait, elle.

Il adressa un clin d'œil à la route.

Incapable de dire s'il y avait de l'hostilité dans sa voix, j'eus envie de répliquer « Elle est *aussi* ta copine, Tony », mais cela aurait sonné comme un cadeau, pour le coup.

— Alors, pourquoi tu m'as donné ces lunettes de soleil ? demandai-je, effrayé par ma propre question. Tu as peur de moi ou tu te sens coupable ?

— Je l'ignore. Nous finirons par le découvrir, je présume.

Il se tourna vers moi et me pinça légèrement le genou.

— Reste à l'écoute, Peter, OK ?

Quelques heures plus tard, malgré la pluie incessante, la réception de l'autoradio devint meilleure : nous nous approchions de New York. Je fis tourner le bouton de l'appareil et réussis à capter le jingle de la station WABC. Dès que la Mustang quitta la grand-route pour l'autoroute, à une centaine de kilomètres de la ville, la pluie cessa, la chaussée et la verdure prirent un éclat lumineux. Le monde entier semblait chatoyer et danser.

Parvenus dans le Village vers seize heures, nous nous retrouvâmes bloqués dans un embouteillage près de Sheridan Square. Fonseca tambourinait nerveusement des doigts sur le toit de sa voiture. Moi, j'avais envie de jaillir de mon siège. Tout avait encore ce miroitement placentaire d'après la pluie, rehaussé par les rayons obliques du soleil de fin d'après-midi. Les gens marchaient d'un pas pensif. S'aggloméraient en foules, en troupeaux. Bien que personne ne se précipitât, j'avais dans la tête ce morceau de piano endiablé ponctué par des notes de trompette, *da-da-Da-da*, qui dans les films servait toujours d'indicatif pour un Manhattan affairé.

— Allez, chérie, bouge, ça sera jamais plus vert ! brailla Fonseca par sa fenêtre. Il est où le parc, bordel ? L'hôtel est dans le parc ?

— Je vais demander.

Je sortis d'un bond, me faufilai entre les voitures, me ruai au Village Cigars. L'excitation me rendait aérien. La caissière m'indiqua le chemin et alors que je filais sous le soleil pour retourner à la voiture, je découvris de l'autre côté de la rue, au-dessus d'un supermarché A&P, six longues fenêtres encadrant des leveurs de fonte au poitrail gonflé accoudés aux appuis de fenêtre. Comme un crétin, je leur fis signe en bandant les muscles de mon bras pour leur montrer que moi aussi je faisais du culturisme, geste qui aurait pu avoir un sens si je n'avais pas porté une grosse parka.

— Qu'est-ce que tu fous ? Tu passes les troupes en revue ? me taquina Fonseca quand je remontai en voiture. C'est un étal de bidoche, là-haut. Bon, il est où, le parc ?

— Deuxième rue à gauche... Comment ça, « un étal de bidoche » ?!

— Enfin, regarde-les... Merde, on s'est mis dans la file pour le tunnel !

— Prends à gauche.

— C'est un sens interdit, abruti !

— Pourquoi t'es de si mauvais poil, tout d'un coup ?

— Désolé, désolé, bougonna-t-il, agacé par ses propres excuses sans conviction.

Soudain, je perdis toute timidité à son égard. On était à New York, frangin, c'était immense, et lui il était tout petit. Je ne savais pas pourquoi il avait ses ragnagnas, mais c'était son problème. Nous étions maintenant chez moi, même si la dernière fois que j'avais mis les pieds dans le Village j'avais neuf ans, mon père m'avait emmené Chez Albert-le-vrai-restaurant-français parce qu'on y mangeait à volonté. Même si je m'étais à moitié attendu à voir tous les hommes coiffés d'un béret, toutes les femmes en body, même si je n'étais moi-même qu'un péquenot dans cet endroit.

Pour l'heure, je fouillais du regard le cœur de chaque attroupement parce que j'étais sûr que d'une seconde à l'autre j'allais repérer un ami, un parent, quelqu'un que je connaissais. Non, pas un parent.

Pour rejoindre l'hôtel, il fallait emprunter un dédale de ruelles étroites à sens unique bordées de vieilles maisons au dernier étage mansardé. C'était un méli-mélo enchanteur de Nouvelle-Angleterre, de vieille Espagne et de conte de fées. Bien qu'on y roulât au pas, c'était encore trop rapide pour moi.

– On se croirait au Village de la Gaufre belge à l'Exposition universelle, grommela Fonseca.

– Je meurs d'envie d'aller un jour en Europe, soupirai-je.

La vitrine d'un magasin d'articles artisanaux proposait des chapeaux ronds en cuir semblables à celui qu'aurait pu porter un moine rondouillard monté sur un âne.

– Yo, Don Pedro ! lançai-je en riant à Fonseca.

Je le voyais bien vêtu d'un froc de bure, en train d'escalader une passe montagneuse. Je débordais d'un bonheur immotivé qui me tournait la tête.

Notre hôtel se trouvait à deux rues de l'arche de Washington Square. Un établissement vieillot et gris, qu'on avait récemment équipé de deux doubles portes en verre bordées de métal – très accueillant. Le vestibule situé entre ces portes abritait un gérant d'une soixantaine d'années, un chauve à lunettes, qui se tenait debout dans une cage en verre à l'épreuve des balles sur laquelle on avait collé plus d'avertissements et de règlements ronéotés que dans une prison fédérale. Tandis que Fonseca se chamaillait avec lui sur toute une série de sujets, de l'heure de libération de la chambre au temps qu'il faisait, j'attendais, le nez pressé contre le deuxième jeu de portes en verre donnant accès au hall.

Fonseca finit par payer et les portes s'ouvrirent dans un bourdonnement. Éclairé par des tubes au néon invisibles, le hall était agrémenté de lambris en bois blond bas de gamme, d'une moquette grise industrielle pelucheuse et, pour une raison obscure, d'un aquarium de deux mètres de haut sur un mètre cinquante de large rempli d'eau et de centaines de balles de ping-pong… Pas de poissons, pas de petits plongeurs en plastique, juste des balles de ping-pong qui s'agitaient frénétiquement dans un courant d'eau filtrée.

Planté sous cet éclairage pour taupes, j'observais les mouvements dans l'aquarium tandis que Fonseca appuyait impatiemment sur le bouton de l'ascenseur comme s'il voulait lui arracher des aveux.

Notre chambre était étonnamment propre et spacieuse, dans le mode miteux. Elle était meublée de deux lits d'une personne, faits au carré, de deux lampes massives en plâtre avec abat-jour entourés de cellophane, de deux commodes et d'une salle de bains parfaitement nettoyée. Côté négatif, la fenêtre donnait sur un puits d'aération, comme on pouvait s'y attendre. Il n'y avait ni télé ni téléphone ; les murs étaient couleur désespoir – un gris clair impersonnel de classeur métallique – et, accrochée au mur entre les lits, une scène bucolique automnale forçant sur le rouge et l'orange montrait un personnage à la Huckleberry Finn étendu sur la berge d'une rivière, mâchonnant un brin d'herbe, les mains derrière la nuque, un fil à pêche noué à son gros orteil – mon enfance tout craché.

Fonseca se rua tout de suite dans la salle de bains en se massant le bide.

De l'autre côté du mur, derrière le lit, une voix de Noir passait une engueulade à quelqu'un dont il fustigeait « l'attitude ». La personne à qui ces beuglements s'adressaient les encaissait sans broncher – probablement une étudiante de l'université de New York que ses parents ne comprenaient pas. Tandis que j'étoffais mon scénario, un pied de Fonseca traversa dans un craquement la porte de la salle de bains, une façon de frimer avec ses chaussures Thom Mc An plutôt étonnante. Et il se mit à vociférer contre les cafards. Enfermée dans la petite pièce, sa voix désincarnée semblait sortir de sa godasse comme d'une étrange poupée de ventriloque.

Je contemplai à nouveau la vue champêtre dont la paisible harmonie commençait à me taper sur les nerfs. Ma came, c'était plutôt l'aquarium aux balles de ping-pong et je laissai Fonseca inspecter son talon d'Achille en jurant pour filer dehors à la recherche de vues plus speedées.

Je contournai les acres dénudées et les arbres sans feuilles de Washington Square pour aller flâner dans des rues semblables à un décor du film *Le Cabinet du Dr Caligari* en souhaitant être tous ceux que je croisais.

Comme j'avais quitté l'hôtel vêtu seulement d'un pull et que la ville s'acheminait lentement vers le crépuscule, je frissonnais et entrepris de faire demi-tour pour retourner à ma chambre, mais j'étais détourné à chaque instant de mon itinéraire par une chose ou une autre. D'abord ce n'était que des pièges à touristes comme la vitrine d'un magasin de disques anciens regorgeant de 45 tours à des prix outrageusement élevés. Et bien sûr, je ne pouvais faire autrement qu'entrer dans ces boutiques, particulièrement les librairies, pour y fouiner, bien qu'il n'y eût naturellement rien – mis à part un petit livre sur les exercices isométriques gays – que je n'aurais pu me procurer au centre commercial de Plunkett. Et bien sûr, je ne pouvais faire autrement qu'écouter un cinglé assis sur un perron discutant avec sa bouteille de bière de la loi Taft-Hartley limitant les droits syndicaux. La suite vira plus bizarre. Un frisbee passa en bourdonnant au-dessus de ma tête et tourna le coin de la rue ; je vis la vitrine d'une carterie totalement remplie par une grille de quarante-huit masques noir et blanc de Pierrot le Clown aux yeux barrés par des croix dessinées avec du maquillage, les fentes figurant les bouches ouvertes sur un petit rire ; six minettes italiennes ou portoricaines montées sur des talons aiguilles, les fesses moulées dans leurs jupes noires descendaient la rue en se pavanant, coiffées à la mode des années quarante, comme Rosie la Riveteuse[1] ou l'actrice Lucille Ball, de grands anneaux en plastique aux oreilles – un gang de filles qui en jetait, bas à coutures et rouges à lèvres luisant. Dès qu'elles furent passées, je jouai à saute-mouton par-dessus un poteau de parcmètre et me cognai les couilles sur la crête de mes jointures. Je faillis tomber sur le cul, et un gars qui venait vers moi, appareil photo suspendu à son cou, me dit en gémissant :

– Houla, cap'taine, ça va les rognons ?

– Très bien, très bien.

Et c'était vrai.

Assis dans le hall aux balles de ping-pong, je lisais le *Post* en diagonale. Je n'avais pas envie de rejoindre Fonseca tout de suite. Une grosse pendule au cadran blanc accrochée dans la cage du gérant indiquait dix-sept heures trente.

Nous recevions le *New York Post* tous les jours, quand j'étais gosse dans le Bronx puis à Yonkers, mais maintenant que j'étais à Manhattan, il me semblait aussi étranger et exotique que *Paris Match*. Au dos du programme des cinémas, je découvris une pub pour Nicky et les quatre Naks. Elle se composait de cinq étoiles grises grenues dont les têtes de Nicky et des Naks occupaient le centre. Elles étaient toutes inclinées selon des angles différents – pour donner de la vie à la photo, supposai-je. Ils passaient dans une boîte-restaurant de Long Island, le D'Alessio's. Nicky, devenu un peu joufflu, souriait de toutes ses dents couronnées, les cheveux coiffés pour masquer une calvitie naissante. D'après Fonseca, il aurait eu jadis des pommettes saillantes et des joues creuses, une cascade de cheveux bouclés à la Frank Sinatra. Ben, Sinatra

1. Personnage symbolisant les femmes travaillant en usine pendant la Seconde Guerre mondiale.

n'avait plus cette tête-là non plus. Les quatre Naks décapités devaient avoir entre dix et quinze ans de moins que Nicky. Ils avaient de longs cheveux de hippie et souriaient eux aussi. Sous les étoiles, ce texte, qui claquait comme un drapeau : « Il est de retour ! Et il passe chez nous ! Pour une seule soirée ! » Il était recommandé de réserver. Ne sachant pas si Fonseca l'avait fait, je décrochai l'un des téléphones publics du hall et nous réservai une table pour le spectacle de vingt heures. Après avoir raccroché, j'hésitai à appeler Kim. La présence de Fonseca rendait cette perspective angoissante. Je plongeai une main dans ma poche pour voir ce qu'il me restait de monnaie.

Un Chinois avec des baguettes dépassant de sa poche revolver décrocha le téléphone voisin et se mit à brailler si fort dans le combiné que je renonçai à mon appel. Je n'avais pas assez de pièces, de toute façon.

Estimant qu'il était temps de remonter à la chambre, je me dirigeais vers l'ascenseur quand la porte de la cabine s'ouvrit pour livrer passage à Fonseca, chicos, les cheveux lissés en arrière, laissant derrière lui un sillage d'eau de Cologne assez fort pour vous piquer les narines. On aurait dit qu'il avait ciré son trois-quarts en cuir et il portait une veste sport pliée sur son bras comme une serviette de garçon de café.

— Je t'ai laissé un mot, me dit-il, la tête inclinée en arrière pour un panoramique du hall. Je vais au MacCarthy's de Grove Street, précisa-t-il. Tu connais ?

Il tenait l'enveloppe en papier kraft coincée sous le bras.

— Il est trop tôt.

— Je veux d'abord reconnaître les lieux. C'est dans Grove, à quatre rues d'ici. On se retrouve là-bas, d'accord ?

Il me contourna d'un mouvement impatient et je montai dans l'ascenseur.

De retour dans la chambre, je constatai que la porte de la salle de bains présentait un trou bordé d'une corolle d'éclats de bois blanchâtres à une trentaine de centimètres du sol. Je trouvai le mot plié sur ma commode.

J'étais en train de me changer quand Fonseca fit irruption dans la pièce.

– J'ai oublié mon portefeuille, expliqua-t-il. Tu as emporté une veste, j'espère ?

– Je n'ai pas emporté de veste. Tu ne m'as pas dit d'emporter une veste.

– *Merde !* Et si c'est exigé pour entrer ?

– Ils en ont probablement à prêter.

– Mais si... Ah, putain... On se détend, on se détend...

– Moi, j'essaie, en tout cas.

– Laisse-moi te regarder...

J'étais en chemise blanche, pull bleu ras du cou, chaussettes et caleçon.

Il m'inspecta des pieds à la tête, tendit le menton vers ma valise ouverte.

– Quel genre de pantalon tu mettras ?

Je rougis, envahi d'une bouffée d'embarras et d'affection. Personne jusqu'ici ne s'était inquiété de ma tenue. Je me demandai si cela instaurait entre nous des rapports de fils à père... ou de sœur à sœur.

Je lui montrai un pantalon pattes d'eph' beige et il approuva d'un hochement de tête distrait.

Tandis que je continuais à m'habiller, il alla pisser, se lava les mains et m'appela de la salle de bains :

– Viens voir !

Il se versa une petite mare d'eau de Cologne dans les paumes, se frotta les mains comme pour faire de la mousse, et me tapota fermement les joues. Je fermai les yeux, gêné, et retins un rire. J'étais si stupéfait que quelques secondes après qu'il eut terminé j'avais encore les yeux clos, je sentais encore ses doigts épais sur mes joues et je ne m'étais pas rendu compte qu'il était sorti de la salle de bains, et peut-être même de l'hôtel.

Le McCarthy était une boîte sombre au sol dallé d'octogones blancs, aux boiseries et aux tables balafrées. Même le miroir était rayé. Un seul client buvait au bar, la quarantaine, ancien beau gosse, pommettes hautes, yeux perçants, tout le reste pendouillant à force de picoler. Le barman était un costaud vêtu d'une chemise blanche impeccable, les manches retroussées sur des avant-bras de la grosseur de mes cuisses. Quasiment chauve, il avait des traits écrasés et déformés, comme s'il avait enfilé un bas sur son visage.

Fonseca était assis à une table branlante dans le fond de la salle, massif et impassible, un poing sur la hanche, les genoux écartés, une bière ambrée devant sa poitrine. Il avait l'air d'un joueur de rugby attendant qu'on lui souffle son texte pour une pub de bière.

Je m'installai à sa gauche tandis que deux autres gars venaient coller leur ventre contre le bar.

– Tu vois le barman ? Quand j'étais étudiant à la NYU, je venais déjà ici et il était exactement comme maintenant. Je connais aussi l'un des deux gars, il était journaliste pour le *Voice*. Je crois qu'il a écrit un livre. L'autre, je crois qu'il était poids moyen. Je pense qu'il a écrit un livre, lui aussi. Je traînais ici tout le temps.

Fonseca se tourna de côté, croisa les jambes et eut un geste de la main comme pour écarter une mouche de son visage.

– Tout le temps.

– Ils te connaissent ?

Il haussa les épaules.

– Qu'est-ce que ça peut foutre ?

Une serveuse en salopette vint prendre notre commande. Deux autres bières ambrées, quoi d'autre ?

– Tu vois ça, là-bas ? dit-il en tendant un doigt devant son nez.

– Quoi ? demandai-je, perdu.

– Les photos, répondit-il à voix basse du coin de la bouche.

Depuis mon arrivée, il murmurait et contenait ses gestes comme s'il cherchait à ne pas attirer l'attention.

Des murs mal éclairés émergea une galerie de photos encadrées. Je reculai ma chaise – dont le grincement fit grimacer

Fonseca – et me levai pour aller regarder de plus près. Des photos de clients adossés au bar, certains surpris, d'autres levant leur chope avec un clin d'œil, d'autres encore irrités. Les vêtements et les coupes des cheveux laissaient supposer que la plupart avaient été prises entre la fin des années quarante et le milieu des années cinquante. Je reconnus trois ou quatre écrivains et un boxeur. Les autres avaient peut-être été célèbres en leur temps ou n'étaient que des habitués. Ces photos avaient le grain des journaux à sensation et la tristesse du temps qui passe.

Aux visages que je reconnaissais, y compris ceux des moches et des gros, j'attribuais quand même quasi automatiquement une certaine beauté, sans doute parce que je les associais à une apparence ultérieure plus dégradée. Tous semblaient dire « C'était alors, je suis mort maintenant ».

Lorsque je revins à notre table, les bières étaient servies. Fonseca appuyait sa tête sur le pouce et l'index d'une de ses mains.

– On dirait un jeu de qui est qui, hein ? Maintenant, retourne là-bas, regarde la troisième en partant de la droite, la rangée du haut, regarde-la bien.

Retour à la galerie. La photo était celle d'un type aux yeux à fleur de tête, les traits bouffis, avec une formation en V de cheveux bouclés qui battaient en retraite au-dessus d'un visage d'homme mûr. Il avait l'air d'un de ces ivrognes irlandais poètes et dramaturges qui passaient une bonne partie de leur temps en taule, mais il pouvait aussi être juif. Il fallait que je trouve son nom, Fonseca me passerait à la question à mon retour. Je nageais complètement, j'hésitais entre les écrivains Brendan Behan et Delmore Schwartz, Dylan Thomas, ou peut-être un célèbre correspondant de guerre socialiste, ou l'acteur Jackie Gleason jeune... Qu'est-ce qu'il voulait au juste, Fonseca ?

Je vis alors ce que j'étais censé voir, par-dessus l'épaule droite du type : à l'arrière-plan, tout au fond, se tenait un Fonseca un peu flou, levant sa mousse vers le photographe.

Il devait avoir dix-neuf ans maxi, ses traits avaient la douceur du « Mais ça c'était avant ». L'expression mi-agressive mi-assurée, un œil plissé, il se mordait le coin des lèvres comme pour dire « Attendez un peu, vous allez voir », sans y mettre d'amertume.

– Elle est toujours là ? murmura-t-il en examinant son verre comme une boule de cristal.

– Toujours.

Il grogna, but une gorgée de sa bière, penché en avant comme s'il avait une couverture sur les épaules et approchait ses lèvres d'une tasse de thé bien chaud. J'envisageai de lui poser une main sur l'épaule, finis par me l'interdire.

– Tu sais, ce mec ne se souviendra peut-être pas de toi, m'entendis-je dire alors que nous passions sur le Queensboro Bridge pour entrer dans Long Island City.

Derrière nous s'étendait une nécropole ondoyante de pierres tombales qui, de l'endroit où nous nous trouvions, semblaient pousser au pied des tours de Manhattan en une sorte de déclaration ironique sur notre condition de mortels.

– Ouais, sûrement, mais la photo l'épatera, tu crois pas ? À moins que la dope lui ait cramé le cerveau, auquel cas, qu'il aille se faire foutre, hein ?

Fonseca tapota l'enveloppe marron coincée au-dessus du tableau de bord.

– Moi, je dis ça seulement pour que tu ne sois pas déçu si ça ne tourne pas comme tu voudrais. Tu ne pourras peut-être même pas la lui montrer, cette photo.

– Écoute, ce type n'est plus rien, il vit dans une cité pourrie et je viens lui annoncer « Je veux écrire un bouquin sur ta vie, la saga d'un grand Américain, Ascension, Chute, Ascension, en mettant le paquet sur Ascension »...

J'eus un geste conciliant, davantage motivé par mon désir de changer de sujet que par mon adhésion à son raisonnement impeccable.

Le D'Alessio's avait un service de voiturier. Voyant quelques couples qui semblaient attendre devant l'entrée, Fonseca gémit, « Merde, y a la queue... », puis il se rendit compte que ces couples ne faisaient que bavarder un moment dehors. Six gosses d'une dizaine d'années sortirent en courant, les filles en robe, les garçons en costume sombre.

– Qu'est-ce qu'ils foutent là, ces *mômes* ?

Nous pénétrâmes dans un hall d'entrée faiblement éclairé, moquette rouge, murs lambrissés, d'où deux couloirs partaient dans des directions différentes.

Une femme d'une quarantaine d'années vêtue d'une robe vert bouteille et chaussée d'escarpins beiges à lanières apparut derrière la porte du vestiaire à deux vantaux.

– Bonsoir ! Vous êtes là pour le mariage LoQuesto ?

– Le *quoi* ? s'exclama Fonseca. Je croyais que Nicky and the Naks jouaient ce soir !

Il semblait sur le point d'entrer en hyperventilation.

– Oui, ils jouent, mais il y a une réception de mariage dans l'autre salle, répondit la femme.

Ses cheveux gris argenté étaient laqués et enroulés sur le sommet de son crâne comme une serviette après la douche.

Deux couples se présentèrent derrière nous.

– Quelqu'un pour le mariage LoQuesto ?

– Nous, m'dame.

– OK.

Elle se tourna vers nous, leva un doigt pour signaler un temps mort, s'écarta en disant aux nouveaux venus :

– C'est par là.

Elle tendit le bras vers un des couloirs, saisit deux ou trois gigantesques menus rouges ornés de glands dorés, passa derrière un pupitre sur lequel un registre était ouvert à la page d'un plan de salle et releva les yeux vers nous.

– Vous avez réservé à quel nom ?

– Comment ça, « réservé » ? s'écria Fonseca. Personne m'a dit qu'il fallait réserver !

– Keller, dis-je en m'avançant. Une table pour deux.

Elle trouva mon nom sur son plan, le barra d'un trait.

– Nom de Dieu, elle m'a foutu une de ces pétoches, me murmura Fonseca en se touchant le cœur.

– Du calme, mon grand, répondis-je du coin de la bouche, ravi d'avoir pu voler à sa rescousse.

Elle nous regarda de nouveau, l'air perdue dans ses pensées.

– Excusez-moi, vous n'avez pas de veste ?

Et merde.

– Non, j'ai oublié d'en prendre une, avouai-je.

– Ah, Keller, se lamenta Fonseca, fléchissant les genoux de désespoir.

Elle me refila une veste de secours, un truc écossais si ajusté que chaque fois que je bougeais les bras les côtés se relevaient comme des flotteurs.

– Pas de problème, pas de problème, décréta Fonseca en l'invitant du menton à nous précéder.

Portant les menus comme les tables de la loi, elle nous fit traverser une salle où trois rangées de tables formaient un fer à cheval autour d'une scène bordée par trois haut-parleurs gros comme des juke-box. La plupart des tables étaient occupées, quelques-unes par des ados qui ne pouvaient pas se souvenir de Nicky, mais surtout par des couples et des groupes se situant entre mon âge et celui de Tony. Elle nous conduisit à une table au premier rang et nous distribua les menus.

– On est drôlement bien placés, hein ? remarqua Fonseca en regardant autour de lui.

Les nappes amidonnées étaient dorées, les serviettes rouge sang. Les couverts épais et lourds luisaient faiblement à la lumière des ampoules jaunes de lustres en forme de roue de charrette. Quatre ou cinq serveuses portant des tenues à ruchés et sur la tête des espèces de gobelets en papier renversés sillonnaient la salle. Celles qui trimbalaient de grands plateaux chargés de plats grimaçaient des sourires, penchées en avant façon Groucho Marx. Derrière nous braillaient trois couples proches de la quarantaine enveloppés d'une brume de fumée de cigarettes. L'une des femmes arborait une cascade de cheveux blonds et une robe maxi, son mec un costume chocolat en laine épaisse avec une cravate assortie à la nappe. Les deux autres femmes, des jumelles étiques et tout excitées, portaient des robes sans manches sur des hauts violets. Leurs cheveux coupés court, coiffés en arrière à partir du front, s'arrêtaient net au-dessus de la nuque comme des casques. Toutes les deux enfumaient les alentours de leur table, sur laquelle des coupes contenaient des restes de cocktails de fruits collés au verre.

Fonseca ouvrit son menu, le parcourut.

– Tout est écrit en français de bar-mitzvah, se plaignit-il. « *Rosbif au jus avec frites*[1] »...

– Je prends juste la macédoine de fruits, dis-je.

Une soudaine baisse de l'éclairage déclencha des applaudissements sporadiques. L'une des jumelles se leva d'un bond en beuglant, puis s'écroula sur sa sœur, les mains plaquées sur le visage, avec des petits gloussements gênés. Les gens rirent, complices.

– Sale conne, grommela Fonseca.

Trois bonshommes s'avancèrent sur la piste dans l'obscurité pour brancher les amplis. On entendit un riff d'échauffement du saxo, quelques notes pour accorder une guitare, un bref roulement de caisse claire. Le public retenait sa respiration. Les serveuses se tenaient contre le mur de la porte des cuisines, leur plateau perpendiculaire à leur corps.

Après un bourdonnement électronique dans les haut-parleurs, une voix mâle annonça :

– Mesdames et messieurs, D'Alessio's est fier de vous présenter... Le seul... l'unique... l'incomparable... l'insurpassable...

Trois femmes se mirent à hurler.

– ... Nicky Lisi !

---

1. En français dans le texte.

Les projecteurs éclairèrent la piste où le groupe jouait un air bluesy et Fonseca me cogna le biceps du dos de la main.

– C'est « Street Hitter ».

Un projecteur se braqua sur la porte d'entrée et tous les clients de la boîte se retournèrent en claquant dans leurs mains ou en décochant des coups de poing dans le vide.

– Regarde-le, regarde-le, murmura Fonseca, une main sur la bouche.

Nicky se tenait dans l'encadrement de la porte, les chevilles à touche-touche, les bras levés comme un boxeur triomphant, puis il se dirigea au petit trot vers la piste tandis que le groupe jouait toujours, agitant la main, frappant dans les paumes tendues des clients. Tout fringant, il effectua un petit saut sur la piste, se tourna face au public, souriant, le poing levé, salua d'un clin d'œil ses musiciens aux longs cheveux de filles, tous en tee-shirt rayé à encolure bateau sur leur frêle poitrine. Lorsqu'il envoya un baiser au public, des femmes poussèrent des cris hystériques, les jumelles, visage cramoisi, se mirent à marteler le dos de leurs maris.

– Nicky ! Nicky ! Oh, merde, Nicky ! Nicky !

L'expression de Fonseca était indéchiffrable. Affalé contre le dossier de son siège comme s'il avait déjà mangé, il gardait une main devant ses lèvres et seuls ses yeux bougeaient pour suivre le moindre mouvement de l'ancienne idole.

Nicky riait, vêtu d'un pantalon de cuir noir et d'un haut de même matière dont les lacets se croisaient sur sa poitrine. Pour compléter sa tenue, des lunettes aux verres teintés, une casquette en cuir de motard et, au lieu des lourdes bottes auxquelles on aurait pu s'attendre, des chaussures noires vernies à semelles compensées de huit centimètres.

Il porta un micro à sa bouche tout en balançant la tête d'un côté à l'autre.

– Salut, les gars, salut, les filles ! Une paye qu'on s'était pas vus ! Vous vous souvenez de moi ?!

Avec une timidité affectée, il toucha sa poitrine du bout

des doigts entre les lacets de cuir. La salle devint dingue. Même les hommes hurlaient son nom.

— Je vous aime, les filles !

— On t'aime aussi ! cria une des jumelles.

— Et mes gars, où ils sont ?!

La moitié des hommes rugirent, secouant leur poing serré, le ventre montrant le bout de son nez sous la cravate.

Notre table était apparemment la seule à ne pas faire de crise d'épilepsie. Le spectacle me laissait totalement indifférent, je concentrais toute mon attention sur Fonseca.

— OK ! Est-ce qu'on a des gens du Bronx ici ce soir ?

À la table de douze située à notre droite, les convives brandirent soudain une banderole comme s'ils étaient dans les gradins d'un stade :

NICKY LISI
LE GRAND HOMME DE LA CITÉ EDENWALD

Nicky tendit le cou pour lire le texte, toucha ses lunettes.

— La cité Edenwald ! clama-t-il dans un rire.

— Hé, Nicky ! Hoffmann Street !

— Tremont Avenue !

— 1711 Southern Boulevard !

— Mace Avenue !

— James Monroe !

— L'Immaculée Conception !

— La mère Cabrini !

— Le collège 113 !

En plein délire, le public lui lançait, comme des enchères, des moments de son histoire, les endroits qu'il avait fréquentés.

— Bronx River Boulevard !

— La classe de mécanique de M. Skutman !

— Hé ! OK, OK, je vous aime tous !

— Poe Park !

Je donnai un coup de coude à Fonseca.

– Pourquoi tu cries pas toi aussi le nom de votre école ?

Je plaisantais à demi, mais il quitta Nicky des yeux pour poser sur moi un regard vide de requin et l'y maintint assez longtemps pour me donner l'impression que mon estomac et mes tripes venaient d'échanger leurs places.

– Batgate Avenue !

– La teinturerie Finelli !

Nicky adressa un signe à son groupe et se mit à chanter :

– « Tout le monde a besoin de quelqu'un à aimer ! Et moi j'ai besoin de vous ! De vous ! De vous ! De vous[1] ! »

– La classe de gym de M. Garafolo, Nicky !

À chaque « vous », il désignait une personne différente dans le public, touchait une main ou deux.

Quand vint notre tour, Fonseca fixait son set de table et paraissait perdu dans ses pensées. Par un réflexe de politesse, je tendis le bras pour serrer la main de Nicky, à la fois gêné et excité, lorsque je sentis le projecteur aveuglant sur un côté de mon visage. Je crois que je bredouillai même « Enchanté ».

Les gens continuaient à brailler des noms propres. La chanson et son interprétation étaient du Las Vegas de troisième classe, mais tout le monde s'en foutait. Au dernier riff de son groupe, Nicky se redressa pour envoyer des baisers.

– L'école primaire 41, Nicky !

– Le tribunal pour mineurs !

– D'accord, d'accord. Assez de noms, maintenant. Souvenirs, souvenirs ! Je les aime tous ! Je vous aime tous !

Ne sachant pas si Fonseca m'en voulait ou non, j'adoptai sa posture de calme boudeur, les yeux sur les lacets qui tombaient sur le pantalon pattes d'eph' de Nicky.

Dans ma tête, je continuais à balbutier « Enchanté ».

– Je parie que je sais ce que vous voulez entendre, dit-il avec un sourire espiègle.

– « Street Hitter » ! meugla un petit gros à la voix rauque à peu près du même âge que Fonseca, visage rougeaud

1. Ce que chantaient entre autres les Rolling Stones en 1965.

barré par une moustache, regard embrasé de ferveur, mains charnues en coupe autour de la bouche.

La soudaineté et l'intensité de sa voix firent sursauter la salle. Tous les clients se tournèrent vers lui, certains en riant. Embarrassé, il se rassit.

– Vous voulez entendre « Street Hitter » ? dit Nicky, s'adressant directement à lui, de sorte que personne d'autre ne répondit.

– Oui..., bredouilla-t-il, le regard détourné.

– Alors, pourquoi ne pas venir le chanter avec moi ?

Le type se renversa en arrière, fit signe que non.

– Allez !

Des encouragements fusèrent. Le rencard du gars lui donna un coup de coude dans les côtes. Il laissa sa tête pendre sur le côté, parut prendre le temps de la réflexion, puis sourit et se leva. Des gens applaudirent. Nicky, micro en main, se joignit à eux. Le petit gros fit le tour de sa table et entama la longue marche en direction de la piste. Il tira sur les manchettes de sa chemise, redressa sa cravate et s'avança en se pavanant. Il serra la main de Nicky, adressa un signe à sa table.

– Tu vas m'aider à chanter « Street Hitter » ?

– Oui, je vais le faire, déclara le gusse de sa voix rauque.

– T'as déjà chanté ?

– Ouais, dans la rue, avec mes gars.

– Moi aussi ! De quelle rue tu parles ?

– Matthews Avenue, entre Burke et Allerton, dans le *Bronx* !

Il agita brièvement le poing, suscitant quelques acclamations.

– C'est là que t'habites ?

– Non, je vis ici, dans Queens, maintenant... Nicky, je veux juste dire que t'es le plus grand.

– Comment tu t'appelles, mon gars ?

– Louie Fisher.

Il essuya la sueur coulant de sa moustache, tira de nouveau sur ses manchettes.

– Et tu bosses dans Queens, Louie ?

– Oui. Je suis adjoint au directeur des ventes dans un Two Guys[1].

– Une dernière question, avant qu'on chante « Street Hitter »...

Nicky passa un bras autour des épaules de Louie et murmura dans le micro :

– C'est qui, la beauté assise à ta table ?

– C'est ma belle Sonia.

– Sonia, OK ! claironna Nicky avant de se tourner vers ses musiciens. Prêts, les mecs ?

– J'ai aussi un fils, ajouta Louie.

Seules les tables bordant la piste l'entendirent, car Nicky avait écarté le micro.

Fonseca ferma les yeux et laissa échapper un « Pfff » empreint de tristesse.

Le saxo exécuta une intro qui déclencha de nouveaux cris, tous les spectateurs se dressant au-dessus de leurs plats. La serveuse apporta les nôtres et Fonseca, avec une économie de mouvement ergonomique, fit glisser l'enveloppe de papier kraft sur le côté.

– Tony, ça va ? lui demandai-je.

Il leva une main, la paume tournée vers moi, et je n'aurais su dire si cela signifiait que tout allait bien ou que je devais le laisser tranquille. Je crois qu'il voulait que je lui foute la paix.

Le groupe attaqua « Street Hitter ».

Dans la rue, on est des cogneurs, pas des lâcheurs,
On fera la baston toute la nuit et on finira par gagner
Parce que rien ne peut arrêter
Les cogneurs de la rue,
Les cogneurs de la rue.

Je me penchai au-dessus de mon plat, les yeux baissés.

Fonseca semblait fasciné par les minces affluents de graisse

1. Chaîne de magasins discount.

qui convergeaient vers sa côte de bœuf. Il ne faisait pas mine de manger.

Louie Fisher chantait faux et d'une voix monocorde, mais, concentré à mort, il ponctuait chaque mot d'un coup de poing dans le vide. Toute la salle tapait du pied et chantait comme une coterie d'anciens nazis braillant le « Deutschland Über Alles » dans une brasserie clandestine.

Des cogneurs, pas des lâcheurs.

Derrière nous, les jumelles se balançaient d'un côté à l'autre en agitant leurs mains pour exécuter un handjive.

– Parce que personne peut nous *arrêter* !

Nicky leva le bras, les musiciens cessèrent de jouer.

– Les cogneurs de la rue !...

C'était Louie, *a cappella* dans le micro.

Se rendant compte qu'il était le seul à continuer, il devint écarlate.

Nicky applaudit Louie et lui-même, puis prit une main de Louie dans les deux siennes, le regarda dans les yeux et lui adressa des mots inaudibles sous les acclamations, secoua cette main plusieurs fois, finit par la lâcher. Rayonnant, Louie retourna à sa table en brandissant le poing.

– Louie, mon pote ! cria Nicky.

Louie se laissa tomber sur sa chaise, le visage luisant, fit un *V* avec deux doigts d'une main, l'autre reposant sur les épaules de Sonia.

– Quel crétin, marmonnai-je.

Aucune réaction chez Fonseca.

– Quand même, faut des couilles pour faire ça, ajoutai-je. Moi, j'aurais été mort de honte.

Toujours pas de réaction.

Le reste du spectacle était un numéro de bar, ni bon ni mauvais. Nicky donna une version plutôt réussie de l'« Only in America » de Jay and the Americans, suivie d'une version affligeante de « Soul Man ». Puis il en vint aux choses sérieuses :

– Je crois que je peux vous parler franchement parce que

vous êtes comme ma famille, pour moi, ce soir. Cette soirée est magique. Vraiment magique pour moi.

Il baissa les yeux vers ses chaussures, poursuivit :

– Ces dix dernières années... je vais pas vous pipeauter, ces dix dernières années ont été un enfer. Quand j'ai dégringolé, la chute a été brutale. J'étais accro à *l'héro*, aux *amphètes*, à la *gnôle*, ma *femme* m'avait plaqué, ma femme que j'aime *encore*. J'avais perdu ma *voix*, mes *amis*, j'avais tout perdu. Et surtout, je m'étais perdu moi-même. J'avais perdu Nicky Lisi...

Silence de cathédrale dans la salle. Louie Fisher plissait le front d'un air entendu. Moi je trouvais bizarre qu'à l'Heure de Vérité il parle de lui en disant « Nicky ».

Fonseca m'avait appris que son vrai prénom était Richard.

– Et puis un jour dans un hôtel miteux de Lost Angeles[1], étendu sur le lit, alors que je nageais au fond d'une bouteille de scotch... Je sais toujours pas ce qui s'est passé... J'ai entendu une voix me dire « Debout ! ». Ça devait être le *delirium tremens*, mais j'ai cru reconnaître mon daron, Dieu ait son âme. « Debout ! » m'ordonnait la voix. Alors, merde, je me suis levé. Et la voix a ajouté « Regarde-toi dans le miroir ! ». Je me suis traîné devant le miroir fendillé. « Regarde-toi bien ! » Je l'ai fait et ce que j'ai vu m'a filé les chocottes. J'avais vingt-sept ans, j'en paraissais cinquante. La peau jaunâtre, les joues creuses... Mais les yeux... les yeux, c'était le pire. C'était les yeux d'un homme à qui la vie a foutu des coups de pied dans le cul et qui s'esbigne en douce, comme un chien, la queue entre les jambes. Les yeux d'un faible, d'un *lâche*. Et j'ai entendu la voix me dire « Nicky, il y a deux façons dont tu peux sortir de cette piaule : tu te redresses et tu sors par la porte, ou tu te jettes par la fenêtre ! »... Je me suis tenu un bon moment devant la fenêtre ouverte, je peux vous le dire, mais vous savez bien sûr comment je suis sorti, finalement, et... très souvent depuis, je me suis dit que

---

1. Un classique : *Lost*, « perdu », au lieu de *Los*.

j'aurais mieux fait de sauter par cette foutue fenêtre, mais, tout de suite après, j'ai pensé à des soirs comme ce soir, à d'autres à venir, et tout ce que je peux dire…

Il s'étrangla, déglutit.

– Tout ce que je peux dire, c'est que je vous aime. Je vous aime, vous êtes ma famille. Si vous n'étiez pas là, je ne serais pas là non plus…

– On t'aime, Nicky ! cria la femme à la cascade de cheveux blonds, un œil tenu fermé par la fumée de la cigarette fichée entre ses lèvres.

– Ouais, approuva la salle.

– T'es le *meilleur*, Nicky !

– Je voudrais terminer par une chanson qui n'est pas de moi, une chanson que vous connaissez tous et qui a pris pour moi un sens tout particulier.

Sans qu'il ait besoin de leur faire signe, ses musiciens se mirent à jouer.

C'est la vie,
Comme on dit,
En avril au sommet
Tout en bas en mai[1]…

– En chœur, tout le monde !

La salle se joignit à lui. Les hommes reniflaient, les femmes s'essuyaient le nez. Les clients de la table de douze faisaient aller leur banderole en rythme avec la musique.

J'ai été pauvre,
Pirate, poète…

– Hé, Tony ? Tu devrais prendre des notes, suggérai-je. Allez, mon grand, dis-moi quelque chose.

Il avait toujours le regard éteint, la main devant la bouche.

1. « That's Life », de Frank Sinatra.

Soudain il la laissa tomber, révélant un sourire de tueur et, de sa fourchette, il frappa son assiette en cadence. Inquiet, j'inspectai rapidement la salle pour voir si les videurs s'approchaient, si les clients manifestaient leur rogne. Quelqu'un d'autre commença à battre aussi la mesure avec sa fourchette, puis un troisième, puis tout le monde s'y mit et j'entendis bientôt un concert de couverts accompagnant « That's Life ».

Fonseca saisit son couteau à steak et l'agita comme une baguette de chef d'orchestre. Nicky l'imita des deux mains.

Mon estomac éjacula plusieurs jets d'adrénaline. Je me levai et me dirigeai vers la sortie en faisant des zigzags comme pour éviter le faisceau d'un projecteur.

Depuis le hall, les claquements de fourchettes ressemblaient plus à une manif' dans un réfectoire de prison qu'à un accompagnement de Sinatra, mais par-dessus le vacarme la voix de Nicky me parvenait encore cinq sur cinq :

Chaque fois que je me trouve
Dans le troisième dessous,
Chaque fois je me relève,
Je me remets dans le coup !

Le hall était désert. Derrière la porte fermée de la salle où se déroulait la réception du mariage LoQuesto, un type chantait dans un micro « Up Up and Away[1] » accompagné par un accordéon. Je baignais à nouveau dans une saloperie d'ambiance de centre commercial de petite ville universitaire, je ne savais pas quoi faire de moi-même. Je m'engageai dans un long couloir de moquette rouge à la recherche des toilettes. À mi-chemin, un type appuyé au mur se curait les dents avec une photo. Plus loin, au bout du couloir, il y avait une porte.

— Excusez-moi, c'est les gogues ?

— Non, non.

1. Chanson pop des années 1960, interprétée par les 5th Dimension.

– Vous savez où c'est ?

Il haussa les épaules, plus perdu dans ses pensées que grossier, se laissa glisser le long du mur jusqu'à s'accroupir et posa la photo en équilibre sur ses rotules. De ses jointures, il se tapota le front. Dans la salle du restaurant, Nicky terminait son laïus :

– J'ai pensé à tout plaquer, mais mes fans – et mon cœur – ne voulaient pas en entendre parler…

Dernière salve d'acclamations, suivie de déclarations d'amour. L'homme accroupi se releva en tenant la photo à hauteur de sa poitrine, comme une pancarte « Aidez-moi-je-suis-aveugle », la fourra sous son bras puis la coinça entre ses genoux, se lissa les cheveux, s'accroupit de nouveau, se releva encore.

J'entendis un bruit de pas provenant du restaurant et je vis une ombre grandir au sortir du tournant, j'entendis des dizaines de gens crier « Nicky ! Hé, Nicky ! » et, au moment où j'arrivais à hauteur du type adossé au mur, je vis Nicky débouler dans le couloir, suivi de la foule qui braillait son nom en agitant des photos, des annuaires scolaires et autres souvenirs.

Je sentis une main sur ma poitrine et le type à la photo me poussa contre le mur d'en face, non pour m'éviter d'être piétiné mais pour m'écarter de son chemin. Je m'aplatis contre le mur quand le troupeau se fit plus proche.

– Ouais ! Super ! scandait Nicky en courant presque, un sourire plaqué sur son visage.

– Nicky, tu te souviens de ma tante Felice ? lui cria un des poursuivants. Elle est tombée dans les pommes à un de tes concerts à Wildwood… Tu te souviens ?

– Ouais ! Super !

Louie Fisher avait une main sur l'épaule de son idole et marchait rapidement, la tête tournée vers la meute.

– Mais laissez-le tranquille, enfin, disait-il d'un ton grave, protecteur.

Nicky tentait d'échapper à la main de Fisher sans perdre

son sourire. Tout à coup, les quatre musicos aux longs cheveux s'extirpèrent de la masse, passèrent en cavalant entre moi et le type à la photo, droit sur la porte du vestiaire.

Lorsque Nicky fut à notre hauteur, le type lui colla sa photo sous les yeux, un vieux cliché jauni montrant deux gosses juchés sur un chameau. Je rentrai le ventre et pressai une joue contre le mur, me protégeant les côtes de mes mains au passage de la foule. Quelqu'un m'écrasa le pied.

Nicky se précipita vers la porte qu'un des membres du groupe tenait ouverte.

– Nicky ! Je suis sorti avec ta cousine !

Louie Fisher finit par lâcher l'épaule du chanteur pour affronter la foule.

– Foutez-lui la paix, quoi !

Se tournant vers Nicky, il demanda :

– Ça t'embête si je rentre avec...

On lui claqua la porte au nez.

L'air atterré, il se tourna de nouveau vers les fans qui continuaient à crier le nom de Nicky.

– Il est fatigué, faut le laisser se reposer, argua-t-il de sa voix rauque.

Livide, il restait planté devant la porte fermée, tirant sur ses manchettes en faisant passer son poids d'une jambe à l'autre.

Les clients du restaurant étaient fumasses.

– Qu'est-ce qu'il fait là-dedans ? Hé, Nicky ! C'est quoi, ces conneries ?

Puis, lentement, par groupes de trois ou quatre, ils s'éloignèrent jusqu'à ce qu'il n'y ait plus dans le couloir que Fisher, le gars à la photo et moi, toujours collé contre le mur. Dans le silence qui s'était fait, j'entendais mon cœur battre à mes tempes.

Finalement, l'homme à la photo se décolla du mur et, ignorant la présence de Fisher, donna un grand coup de pied dans la porte du vestiaire avant de s'éloigner d'un pas traînant, sans se retourner. Je me redressai, passai des doigts tremblants dans mes cheveux. J'avais peut-être un orteil fracturé. Louie

Fisher continuait à jouer le chien de garde devant la porte et ne cessait de lever ses pieds l'un après l'autre comme s'ils étaient pris dans la boue, tout en regardant fixement le couloir sans même me voir.

Une odeur de fumée de joint s'échappa du vestiaire. Une voix réclama un Pepsi.

Je retournai en boitant dans la salle. Toujours avachi à notre table, Fonseca, la tête penchée sur le côté, gonflait tour à tour ses joues avec sa langue, ce qui lui donnait l'air d'avoir les oreillons. Il jouait distraitement avec son enveloppe, la faisait tenir verticalement sur la table, passait les doigts sur ses bords.

– Allez, on se casse, chantonnai-je en désignant du menton un vague extérieur.

Il se leva sans le moindre soupir, avec une expression si froide, si résolue, que je craignis un instant qu'il ne se rue vers le vestiaire, pour en enfoncer la porte et étrangler Nicky Lisi à mains nues.

Nous avions traversé la moitié de la salle quand je me rendis compte qu'il avait laissé l'enveloppe sur la table.

– Euh, Tony ?

Je lui touchai le bras et il tourna vers moi son expression meurtrière. Si je souhaitais mourir, je n'avais qu'à lui faire remarquer qu'il avait oublié la photo.

– On a payé, oui ? dis-je en souriant.

Dans le hall, Fonseca s'arrêta à l'entrée du couloir menant au vestiaire. Louie Fisher, toujours planté devant la porte, lui fit signe de partir.

– Il veut voir personne, là, maintenant, il se repose.

En sortant, je découvris Sonia, sa femme, près du pupitre du registre des réservations. Elle avait tressé ses cheveux en une unique natte qui serpentait sur sa poitrine. Elle fumait une Virginia Slim. Quatre filtres de Virginia Slim tachés de rouge à lèvres se dressaient comme de minuscules bornes routières dans l'urne remplie de sable à côté de laquelle elle se tenait.

Fonseca était étendu sur le ventre dans un des lits de notre chambre d'hôtel, totalement immobile. Debout au milieu de la pièce, je regardais son cadavre en posant d'une voix morne des questions débiles du genre « Ça va ? Tu te sens bien ? ». Il n'avait pas prononcé un mot depuis que nous avions quitté le D'Alessio's.

La lumière du plafonnier me faisait flipper. Il fallait que je la remplace par celle d'une des lampes de chevet ou que je bute Fonseca.

– Ça va ? répétai-je une fois encore, une hanche plus haute que l'autre, les pouces accrochés au bord de mes poches de pantalon.

Fonseca avait le visage enfoui dans son oreiller. Je mourais d'envie de sortir de cette chambre. Tout ce que Nicky Lisi avait interprété ce soir se ramenait à un « Chant du Cygne de Tony ». Je savais que Fonseca pensait maintenant que plus rien n'avait de sens, et je craignais de voir ce qu'il ferait de cette idée une fois qu'il aurait fini de bouder, étant donné que sa force physique demeurait intacte.

– Écoute, je descends, d'accord ? dis-je à sa main inerte à la paume tournée vers le plafond. OK ? Tu veux que je te rapporte quelque chose ?

L'image surgit dans ma tête d'une glace à la vanille Breyers dans sa barquette en carton démodée, avec sa mignonne petite cuillère en fer-blanc.

– Bon, à tout à l'heure.

En bas, dans la rue, la nuit du Village donnait de sa voix geignarde. Cela me rappelait un camp militaire après la soupe et avant l'extinction des feux. Des lumières aveuglantes, des groupes traînant çà et là, des bribes de musique. De l'endroit où je me trouvais, je voyais le torse oscillant d'un monocycliste dont la roue m'était cachée par les corps des badauds qui l'entouraient ; un graphologue donnait des consultations assis à une table de jeu devant un supermarché ; deux vieux cow-boys aux visages ravinés jouaient de l'ukulélé devant un

DAB et quatre clodos à la trogne violacée s'adressaient des signes de tête dans une tentative nulle à chier de chanter « Johnny B. Goode » en chœur *a cappella.*

Je descendis jusqu'à Sheridan Square, îlot triangulaire abritant une entrée de métro et le stand d'un marchand de journaux. Le monocycliste disparut derrière son public. Il y eut des applaudissements et cette fois, c'était sa roue portée en triomphe que je pouvais voir. Le quatuor de la picole abandonna « Johnny B. Goode » ; trois des clodos se lancèrent dans « Maybelline », mais la voix de basse tenta un croisement entre « Nadine » et « Roll Over Beethoven ».

Derrière moi, deux nanas portant caban et bonnet de laine s'appuyaient bras dessus bras dessous à la façade d'un bar de gouines et souriaient avec une patience amusée à un Noir torché qui avait du mal à garder les yeux ouverts. Il agitait une main au-dessus de sa tête, le poignet recourbé en point d'interrogation, et ronchonnait :

– J'voudrais bien que vous m'esspliquez, les minettes.

Il braqua un doigt sur ses chaussures.

– M'enfin, c'est quand même *dommage,* jolies comme vous êtes…

Il avait fléchi les jambes en prononçant « jolies ».

L'une des filles s'esclaffa, pêcha une cigarette dans son paquet, la porta à ses lèvres, secoua à nouveau le paquet pour en faire sortir d'autres clopes et le tendit vers le Noir.

– Merci, dit-il d'une voix triste, amadouée.

Et il rafla une demi-douzaine de cigarettes dans un mouvement preste de quatre longs doigts.

Je me tenais en face du Village Cigars, à peu près à l'endroit où nous avions été bloqués en arrivant. Cette fois, pas d'embouteillage, mais la circulation autour de la place s'écoulait dans la VIIe Avenue par six saignements différents, et les manœuvres incessantes à-toute-blinde-je-vous-emmerde, les accrochages évités de justesse, les embardées synchronisées me donnaient le tournis. Se tenir sur cet îlot la nuit pour contempler ce ballet de mort motorisé inspirait sans conteste une frayeur plus grande que n'importe quelle créature à deux pattes, y compris le gars qui claironnait à côté de moi « Tout sur l'affaire ! Tout sur l'affaire ! » et qui n'avait pas de journaux dans les mains.

J'éprouvais le même choc agréable que lorsqu'on nage sous l'eau avec un tuba pour la première fois au-dessus d'un récif de corail, cette première plongée la tête en avant dans un autre monde. Je m'abandonnais rêveusement à des formes mouvantes qui pouvaient m'offrir un spectacle à nul autre pareil ou me bouffer tout cru.

De l'autre côté de la chaussée, les alcoolos se vautraient dans « Good Golly Miss Molly[1] ». Un type aux cheveux gris élégamment vêtu d'un pull à col roulé et d'un manteau en poil de chameau tenant par la main un beau petit cul de trente ans de moins que lui les regardait en s'extasiant :

– J'adore ça ! J'adore ça ! C'est *ça,* la vie ! Tu ne verras jamais ça à L.A.

Il ricana, secoua la tête.

– C'est *New York* ! Je vais te montrer des choses... Bon Dieu, c'est la soupe primordiale, ici !

Il pressa les joues de la fille de l'extrémité de ses doigts avec une vigueur qui lui découvrit les gencives, l'embrassa, « *Mmmma !* », et tendit un dollar comme une citation à comparaître à l'un des chanteurs. Le gars empocha le billet et fit un pas en avant.

– Et maintenant, un hommage à Danny and the Juniors[2]... À leurs débuts.

Je restai sur l'îlot de vingt-deux heures trente à vingt-trois heures trente. Je ne pensais à rien qui mérite d'être rapporté, mais je ne ratai pas une miette du spectacle, les yeux plissés, la tête penchée sur le côté. Le vrai marchand de journaux de Sheridan Square, un vieux à la voix aimable, se tenait sous l'auvent de toile verte de son stand et disait « Merci, mon

1. Chanson de Little Richard (1958).
2. Groupe vocal des années 1950.

pote » avec un accent de sincérité étonnant à tous ceux qui lui achetaient un journal.

Il y avait tant à reluquer que je craignais de bouger, car modifier de quelques degrés mon angle de vision rendait tout différent. Je n'étais pas un dingue de la rue, j'étais un obstiné. À quinze ans, j'avais tenu le nichon d'une fille pendant trois heures et demie sans remuer un doigt. À seize ans, j'avais mis « James Brown en concert à l'Apollo » sur mon électrophone au début de l'après-midi, je m'étais assis au bord de mon lit et, quand j'avais relevé la tête, il était vingt heures passées. J'avais cru que quelqu'un avait trafiqué mon réveil, jusqu'à ce que je regarde par la fenêtre.

Je me tenais maintenant au beau milieu de Sheridan Square, ignorant les frissons de froid qui me secouaient les épaules, la bouche grande ouverte, traversant de longs moments d'absence. Mon estomac grondait, j'avais envie de dévorer la rue.

Je me mis à marcher au hasard jusqu'à l'Hudson, puis je revins sur mes pas. À un point de ma promenade, je longeai une enfilade de ravissants immeubles dix-huitième aux couleurs pastel et m'arrêtai en entendant chanter en chœur dans un bar du nom d'Attar.

Il était situé au sous-sol et je dus descendre six marches pour arriver à la porte, mais je ne pus aller plus loin. La salle était pleine à craquer.

Les murs étaient couverts d'affiches de théâtre parsemées de signatures, entourées d'ampoules en verre dépoli. Le coin le plus éloigné était occupé par un piano, un pianiste et un chanteur assis sur un tabouret de bar, le tout éclairé par un projecteur. Le chanteur dirigeait les chœurs et toute la salle chantait « Ohhh-kla-homa, quand le vent souffle… » dans un ensemble parfait. La mélodie montait d'une centaine de visages jeunes et séduisants, concentrés, le front plissé d'enthousiasme. Ils connaissaient tous les paroles par cœur, des couplets dont j'ignorais même l'existence. Et ils étaient tous bons. J'avais l'impression de me retrouver sur le plateau d'une comédie musicale. Ce fut ensuite « Bali Hai[1] », et tout le monde chanta en se balançant doucement, comme des palmes dans les alizés. Là encore, tous étaient dans le ton. Je m'assis sur la marche supérieure du perron pour assister au spectacle et me demandai s'il fallait passer une audition pour avoir un verre. Ce devait être la clientèle de bar la plus talentueuse au monde. Le chanteur se leva de son tabouret, répondit aux applaudissements par un geste timide et se faufila entre les tables pour rejoindre sa bande. Aux chants succéda un brouhaha de conversations. Le pianiste, un grand mince à lunettes d'écaille, d'un chic décontracté dans son pull en cachemire sans chemise, tendit le cou par-dessus son piano.

– Emmett est là ?

– Oui, lui répondit un des serveurs, qui s'arrêta avec son plateau. Il est aux gogues... Eeeemmett ! iodla-t-il.

Des clients reprirent son appel et Emmett sortit des toilettes, salué par une salve de « Haah ! », posa ses fesses sur le tabouret et se passa une main précautionneuse sur le front.

– Bon Dieu, vous m'avez fait me pisser dessus !

C'était un gars grassouillet avec un sourire tout en dents, super sapé avec sa chemise polo Lacoste. Il me rappelait James Madison, il avait la même peau rose, les mêmes impeccables cheveux courts et brillants. Je claquai des mains et éclatai de rire en songeant aux fantasmes que j'avais eus chez AC sur les lieux que fréquentaient mes collègues après le boulot. C'était ici qu'ils venaient. Ou dans un endroit semblable. Tout le monde dans cette salle avait sûrement en poche un CV et des photos. De ma position élevée, je devais m'accroupir, les genoux touchant presque ma poitrine, pour avoir une vue panoramique de la salle au plafond bas. Je ne m'attendais pas vraiment à découvrir un ancien d'AC et je n'en découvris d'ailleurs pas.

---

1. « Oklahoma ! » et « Bali Hai », deux comédies musicales des années 1950.

Emmett et le pianiste échangèrent des hochements de tête et la petite boule rose se mit à chanter « Be-ess, t'es ma femme main'nant ». Si faux que je me dis qu'il devait se parodier. Sa voix était nette et forte, il inclinait la tête vers le public avec sincérité, mais ça devait être une plaisanterie.

Il passa ensuite à « J'ai plein de rien du tout et rien c'est beaucoup pour moi[1] ». On aurait dit Margaret Dumont jouant le rôle de Big Mama Thornton[2]. Mais le public l'adorait, plus sensible à sa voix claire et à sa ferveur qu'au reste.

Il termina par « L'impossible rêve », ce qui était un tantinet plus approprié. Cet air devait être une spécialité de la maison parce que tout le monde s'y colla, clients, barman, serveurs, pianiste, tous, la tête renversée en arrière, poussant la goualante assez fort pour soulever le toit, avec l'harmonie d'un groupe vocal expérimenté.

Vint ensuite un autre homo rondouillard, celui-là moins rose et sans Lacoste. Il portait une salopette sur une chemise en soie aux manches bouffantes, avec des cheveux décolorés qui lui tombaient sur les épaules et une touche de rimmel aux yeux. Les gens s'esclaffèrent avant même qu'il se soit installé sur le tabouret et il parcourut la salle d'un regard faussement innocent, avec une consternation comique. Il tenait une cigarette à la manière de Bette Davis, le *V* qui joignait l'épaule, le coude et le poignet se terminant par une paume tournée vers le haut, tel un personnage de l'Égypte antique.

Il ne disait rien, se contentant de promener les yeux sur la salle pour voir pendant combien de temps il pouvait alimenter les rires. Au bout de deux minutes, il ramena tout le monde sur terre avec un soupir de lassitude.

– OK, dit-il dans le micro. Écoutez…

Les gens attendaient, les lèvres entrouvertes, les yeux brillants, prêts à s'esclaffer de nouveau.

---

1. Morceaux de l'opéra de George Gershwin *Porgy and Bess.*

2. La première jouait les grandes bourgeoises dans les films des Marx Brothers, la seconde était une chanteuse noire de blues.

– Je n'ai vraiment pas envie de chanter ce soir. Je me sens plutôt d'humeur à...

Il loucha vers les affiches.

– Oh, je sais pas, un monologue, peut-être. Je vais vous réciter un texte, d'accord ?

Il s'éclaircit la voix, les doigts sur le sternum. De petites vagues d'ébauches de rire pleins d'attente ondulèrent dans la salle.

J'aurais voulu être à sa place, enfant chéri du bar, merveille d'ironie et de timing, cool et agile sur scène, les impressionnant tous par ma simple présence.

– Voici donc un grand texte d'une grande actrice dans un grand film...

Je m'attendais à l'incarnation d'une des grandes garces d'antan, mais dès qu'il commença je fus pris d'un fou rire dévastateur et m'étonnai de perdre aussi facilement tout empire sur moi-même.

– « Non, non, c'était *toi,* Chah-lii. C'était *toi.* T'étais mon frère, t'aurais dû mieux t'occuper de moi... »

Il avait une expression impassible, ne faisant aucun effort pour donner à sa voix efféminée un peu haletante le ton de Marlon Brando. Il gardait son sérieux, pas de clin d'œil, pas de regard concupiscent.

– « On lui a donné sa chance de remporter le titre... Moi, tout ce que j'ai eu, c'est un aller simple pour la ville des boxeurs ratés... »

Il se tut, l'air déconcerté, et comme excédé par les rires.

Les gens étaient pliés en deux comme si l'on venait de vaporiser dans la salle un gaz hilarant. L'air vaguement agacé, il fuma patiemment, sans sourire, jusqu'à ce que les rires retombent suffisamment pour qu'il puisse continuer :

– « C'était mon *soir,* Chah-li[1]... »

Nouvelle crise d'hilarité dans la salle. Le temps qu'il termine, tous les clients étaient renversés en arrière sur leurs

1. Répliques de Terry Malloy, joué par Marlon Brando, dans le film *Sur les quais.*

sièges, épuisés de rire, et moi aussi. J'étais allongé sur les marches du perron comme si j'avais été piétiné par une foule prise de panique.

Personne n'eut les couilles de passer après lui et le pianiste dut jouer en solo en nous servant des contrefaçons de thèmes musicaux familiers. De temps en temps, quelqu'un se mettait à chanter à une table ou au bar, mais le tabouret éclairé par un projecteur brillait comme un défi aussi dur à relever qu'Excalibur.

Au bar, les clients se pressaient autour de l'homo replet, le tripotaient, l'imitaient. Il continuait à feindre l'étonnement – « Je comprends paaas ! » –, tout en se prélassant dans cette adulation comme dans un bain moussant.

Je fixais le tabouret inoccupé comme une ménagère fixerait la centrale vapeur dernière génération dans un jeu télévisé. J'étais incapable d'accomplir ce que cet homme venait de faire, mais je pouvais essayer autre chose. Monter là-haut, monter là-haut. Mais avec quoi ? J'avais les mains vides, la tête vide. Quoi ? Quoi ? Je me sentais terriblement seul, personne n'était là pour m'encourager. Finalement, je me mêlai à la foule et donnai un coup de coude au premier gars que je vis qui n'était pas engagé dans une conversation, un client au long cou et à la pomme d'Adam proéminente.

– Tordant, ce mec.

Il approuva d'un lent hochement de tête, comme un flotteur dans du sirop.

– Ça doit pas être facile de monter sur ce tabouret.

Même mouvement englué.

Me sentant encouragé, j'errai dans la salle, me faufilant dans la foule, les deux mains dans mes poches revolver, et parvins à m'approcher du piano. De près, le tabouret me parut plus grand qu'il aurait dû l'être normalement. Tandis que le pianiste se baladait dans « Maple Leaf Rag », je passai négligemment la main sur le bord du siège comme pour enlever une peluche, puis battis en retraite. Je finis par m'asseoir au bar à côté de deux femmes en grande conversation, pouffant et riant. Quoi ? Quoi ? Power Plower. Maman regardant un film d'horreur au cinéma. Redescends sur terre, c'est le moment d'entrer en scène, pas de faire de la psychanalyse.

Les deux femmes formaient un couple étrange. La plus proche de moi, une blonde cendrée d'âge mûr, était vêtue d'un tailleur-pantalon en laine couleur prune sans doute coûteux, un foulard de soie noué autour de son cou tendineux, sac et chaussures en lézard assortis.

Son amie était noire, mon âge à peu près, avec une coiffure afro courte formant un triangle incliné sur un côté du crâne comme le calot blanc de Nehru. Elle avait des traits grossiers, les dents de devant espacées, des lèvres épaisses, des joues rondes comme des pommes et une peau marbrée. Mais ses yeux et sa voix crépitaient d'énergie, dégageant une puissance brutale. Elle donnait l'impression que si elle décidait de chanter elle pousserait des notes qui feraient exploser les ampoules dépolies entourant les affiches, comme des pipes en terre au stand de tir d'une fête foraine. Contrairement à sa copine gravure de mode, elle était affublée d'un pantalon pattes d'éph' à rayures peu flatteur, d'un pull bleu pelucheux, et elle portait des chaussettes dans ses sandales.

Les jambes croisées, elles papotaient comme des frangines. La plus âgée ne cessait de frotter le dessous de la chaussure de sa jambe du dessus contre mon genou. Chaque fois qu'elle riait ou que la fumée de sa cigarette la faisait tousser, elle laissait une petite trace de saleté sur le bas de ma cuisse. Je ne réagissais pas parce que c'était involontaire. Je baissai les yeux vers le pied relevé chaussé d'un escarpin gris élégant. Elle portait des bas et le haut du talon renforcé formait un triangle sombre au-dessus du bord de la chaussure. J'avais envie de remettre le bas en place pour le faire disparaître. Juste en dessous de la cheville s'étirait un réseau de fines veines bleues.

Soudain, elles éclatèrent de rire toutes les deux, ce qui me valut une tache grise sur ma jambe de pantalon de la rotule à la hanche.

— Seigneur, soupira la Blanche, une fourche à quatre doigts sur son sternum, *j'adore* rire.

Elle écrasa sa clope et fila vers les toilettes. La Noire la suivit un moment de ses yeux au blanc jaunâtre, puis concentra son attention sur la cendre de sa cigarette, qu'elle sculpta avec précaution en la pressant contre le bord du cendrier. Elle ne souriait plus, elle plissait le front, la mine presque renfrognée. J'attribuai d'abord ce changement à sa concentration excessive, mais soudain son visage se crispa et elle se mit à pleurer. C'était un revirement si abrupt que je me convainquis aussitôt qu'elle était complètement tarée, bonne pour l'asile. Elle se leva, la tête baissée, avec une expression douloureuse de masque de tragédie grecque, fourra rapidement ses affaires dans son sac, s'accorda une seconde pour essuyer les larmes coulant sur ses joues rebondies.

— Fous le camp d'ici, Deirdre ! s'ordonna-t-elle d'une voix à la clarté théâtrale.

Le temps que la porte des toilettes se rouvre, elle avait déjà gravi la moitié des marches du perron.

— Ahh, soupira la dame blanche en revenant vers son tabouret, rafraîchie, prête pour une autre cascade de rires.

Puis elle considéra le tabouret libéré avec des yeux étonnés d'oiseau.

— Avez-vous vu où mon amie est allée ? me demanda-t-elle.

Le nœud de son foulard était passé de l'autre côté de son cou aux tendons saillants.

— Elle s'est tirée, répondis-je.

— Aaah, fit-elle avec la même élocution théâtrale. Elle vous a dit quelque chose ?

— Non.

J'avais l'impression étrange d'avoir devant moi la personne la plus riche que j'aie eu croisée dans ma vie. Cela tenait moins aux vêtements chic, au briquet en or, aux bijoux discrets, aux inflexions assurées de sa voix qu'à l'odeur qui émanait d'elle en cette froide nuit de mi-novembre et qui me faisait penser à de l'huile solaire, à des plages ensoleillées.

– *Hmmm !*

Une main sur la hanche, elle plissait le front de perplexité en cabotinant. Finalement, elle haussa les épaules et alluma une cigarette. Elle se jucha de nouveau sur son tabouret, croisa les jambes et laissa une nouvelle trace sur ma cuisse, mais cette fois elle s'en aperçut, arrondit les yeux et la bouche d'horreur et s'empressa de frotter mon pantalon avec une serviette en papier.

– Non, c'est rien, la rassurai-je sans tenter d'arrêter son geste.

Le prix à payer pour cette profanation de mon froc serait une conversation, ce qui lui convenait parfaitement.

– Ce bar est génial, déclarai-je en parcourant la salle du regard.

– Oh, c'est un endroit merveilleux, renchérit-elle. Et c'est *moi* qui l'ai découvert ! Deirdre vit à New York depuis sa naissance, alors que je n'y ai passé que quatre mois en tout ces trente dernières années, et elle ne savait même pas que cet endroit existait ! Je lui ai dit : « Tu dois absolument venir voir ce que c'est... Des jeunes gens formidables, beaux, pleins de talent, tu te sentiras tout de suite à ta place, tu ne voudras plus en sortir »... À propos, elle a dit qu'elle revenait ?

– J'ai plutôt eu l'impression qu'elle partait pour de bon.

J'essayai de deviner quel âge elle pouvait avoir. C'était difficile à dire ; j'imaginais cependant qu'elle était plus vieille qu'elle le paraissait. Sa peau avait cet aspect lisse, cet éclat translucide dus à la chirurgie esthétique.

– Elle est bizarre, Deirdre, mais elle a ça en elle. Elle a ça en elle. Je vois les autres à notre cours, et je ne sais pas si j'ai ça en moi, en revanche je peux toujours dire si quelqu'un l'a, et Deirdre a ça en elle. J'ai trente ans de plus que les autres élèves, j'ai même vingt ans de plus que le prof, et laissez-moi vous dire que je vois des choses. Au caractère des gens, à leur maintien, je peux dire s'ils iront loin.

— Pour aller où ? demandai-je, un peu troublé.

— Oui, cette pauvre gosse a vraiment ça en elle.

— Elle a quoi ?

— Franchement... ma seule crainte, quand elle connaîtra le succès – et elle le connaîtra, j'en suis sûre, je connais ces choses –, quand le succès viendra, j'espère qu'elle saura le gérer et que ça ne la détruira pas. Dès que je l'ai vue au cours, je me suis dit : Natalie, fais-toi une copine de cette fille. C'est ce que je cherche à faire depuis que je suis à New York, de nouveaux amis, une nouvelle vie, et cette fille deviendra ma meilleure amie, parce qu'elle a les crocs, parce qu'elle a envie de réussir. Pendant trente ans, j'ai dû subir les gros crétins des banlieues résidentielles et puis je me suis dit : Maintenant tes enfants sont grands, ton mari veut te quitter, tu vas à New York et tu reprends les choses là où tu les as laissées en 1951. Alors, j'ai pris une chambre dans l'hôtel où je vivais avant mon mariage, je me suis inscrite aux cours du même théâtre, avec la ferme intention de me faire des copines comme celles que j'avais avant. Le problème avec Deirdre, c'est qu'elle est plutôt timide. Il y a peut-être aussi le côté racial qui joue, même si je l'ai poursuivie de mes attentions pendant des mois pour qu'on devienne amies. Je l'ai invitée à dîner, je lui ai offert des vêtements, je lui ai offert mon expérience. Je l'ai quasiment harcelée comme un soupirant. Je...

Elle s'arrêta net, porta une main à sa bouche.

— Oh, mon Dieu, elle me prend peut-être pour une lesbienne... Ça alors, vous vous rendez compte ?

— Je vais moi aussi suivre des cours de comédie, dis-je, surtout à mon intention.

Elle posa sur mon poignet trois doigts à la peau parcheminée.

— Deirdre est assez jeune pour être ma fille... Oh, mon Dieu, je parie que c'est ça. Je lui ai même dit qu'un des côtés agréables de ce bar, c'est qu'une femme seule peut le fréquenter sans craindre d'être importunée par des hommes.

C'est drôle... Je me demande si je dois la confronter sur ce point. J'ai passé trente ans à la fermer, ça ne m'a menée nulle part.

Elle ferma les yeux et secoua sa tête comme une lourde cloche.

– Ce que j'ai appris ces trente dernières années, ce que je sais maintenant, c'est que je suis une sorte de compteur Geiger pour détecter la vérité. Il me suffit de scruter les visages de ces jeunes... toi, toi et toi : vous feriez mieux de garder votre argent pour la fac de droit.

J'avais écouté son marmonologue avec un mélange de tristesse et de crainte admirative saupoudré d'une pincée de concupiscence. Je n'aurais pas su dire si elle était en train de me draguer, mais quelque chose dans sa dernière phrase m'avait frappé et j'étais totalement convaincu qu'elle était capable de dire qui réussirait. Peut-être était-ce l'allusion à la fac de droit, en tout cas mon estomac moutonnait d'angoisse, comme si la femme devant moi détenait les résultats aux tests et les lettres d'admission. Elle devenait à mes yeux une figure aussi vieille et puissante qu'une institutrice de maternelle.

– Comment vous pouvez dire qui percera ? demandai-je d'une voix qui me parut faible et lointaine.

Avant qu'elle puisse répondre, quelqu'un s'éclaircit la voix dans le micro et nous pivotâmes tous les deux vers le piano. Sur le tabouret avait pris place une espèce de Sad Sack[1] avec des épaules en portemanteau et un long nez en forme de point d'interrogation renversé. Il se lança dans « Lima, Ohio », un sketch de Lenny Bruce dans lequel un joueur de foot disputant un match contre une petite équipe du Midwest est invité à dîner par la seule famille juive d'une bourgade.

– « ... après, ils m'ont montré le placard. "Très sympa... J'aime beaucoup la façon dont vous mettez les serviettes en haut comme ça. Y a des gens qui font l'inverse..." Et puis

1. Personnage de BD, soldat anonyme de la Seconde Guerre mondiale, mais aussi personne paumée et geignarde qui plombe l'ambiance.

le piano, dont personne ne sait jouer. Il sert seulement de support à la photo de ce shlub[1] en uniforme de l'armée... Morty. Vous voyez, ils vous font visiter la maison uniquement pour souligner que les occupants précédents étaient crados : "On a nettoyé, nettoyé..." »

Les gens riaient surtout, je suppose, parce qu'ils n'avaient jamais entendu ce sketch. Moi, je savais qu'il le bousillait, qu'il mélangeait les phrases, qu'il inventait des passages parce qu'il ne l'avait même pas appris correctement. Et son rythme aussi était mauvais, trop rapide, trop axé sur la chute. Il n'avait pas non plus les bonnes inflexions. C'était à chier. Natalie riait, elle émettait de curieux gloussements comme Margaret Dumont quand Groucho lui faisait du gringue.

Assis sur mon tabouret, je me grattais les mains en articulant silencieusement des correctifs. Ce gars me filait des sueurs d'angoisse dix fois pires que l'homo, parce que je savais que je pouvais faire mieux que lui et que je n'avais aucune excuse pour ne pas monter là-haut si *lui* le faisait. Je me réfugiai dans les toilettes et murmurai du Lenny Bruce à mon reflet flou dans le miroir.

– « ... et je voyais bien ce regard interrogateur dans ses yeux... "Vous êtes juif ?" J'ai répondu : "Ouais, pourquoi ? On est recherchés par le Bund ?" »

Je ne me souvenais plus du texte, moi non plus.

– « J'avais une chambre dans un hôtel pour les gens du showbiz : un des gars qui y logeaient était le projectionniste du cinéma local, un autre était représentant pour les chaussures Capezio... »

Et merde. Mon visage passait de l'expression à la Lenny Bruce du type qui ne sait pas trop à une grimace de frustration.

Putain de merde. Je ne veux pas rendre des hommages, je veux réciter mes propres textes.

Quand je retournai dans la salle, le type en était à la fille que les Scheckner avaient invitée pour qu'elle rencontre

1. Connard, crétin.

Lenny Bruce et qui ressemblait à une crosse de hockey avec des cheveux.

– « Vous pouvez imaginer une nana à qui une robe en tricot ne va pas ? »

Rires dans la salle. Cette phrase vient avant, minable.

Pendant les applaudissements, je touchai le bras de Natalie.

– Comment pouvez-vous dire qui réussira ?

Au lieu de me répondre, elle prit une expression de sagacité un peu lasse. Elle commençait à me faire chier. Avant que je puisse réagir, la salle lança des encouragements aux trois « jeunes » qui venaient d'entrer en scène. Une fille potelée et pleine d'allant portant des vêtements d'homme et un grand chapeau mou, flanquée de deux mâles fort gracieux. Dès que le pianiste commença à égrener une simple répétition de notes, tic-tac, le trio se mit à monter et à descendre comme des pistons en chantant un air invitant à une balade dans sa Ford T. C'était de la daube sautillante et leur entrain asexué me paraissait aussi toc et digne d'un spectacle pour enfants que la gravure de Huck Finn dans ma chambre d'hôtel. Les mains jointes sur ses genoux croisés, Natalie faisait aller sa tête d'une épaule à l'autre, tic-tac, au rythme du piano, avec une expression ravie qui paraissait peinte à la bombe sur son visage. En la voyant répondre si consciencieusement à la chanson du Model T, la pensée déprimante me vint que non seulement sa capacité à prédire l'avenir était totalement bidon, mais encore qu'elle haïssait et jalousait tous ceux qui se trouvaient ici, à l'Attar.

À la fin du numéro, elle se tourna de nouveau vers le bar et lâcha un « Ahh ! » sonore, comme si l'air de la salle était parfumé à la menthe.

– Et *vous,* qu'est-ce que vous faites ? me demanda-t-elle.

Elle alluma une cigarette, une main portant le filtre à ses lèvres, l'autre tenant le briquet en or. La tête baissée, elle me dévisagea, les yeux de part et d'autre de la flamme bleue. Un instant, je me retrouvai en elle et j'eus la sensation d'une vive douleur blanche en fusion à l'intérieur de mon crâne.

– Moi ?

Je laissai l'arbitre compter jusqu'à dix avant de reprendre :

– Je suis des cours de comédie, moi aussi... mais je suis en même temps humoriste.

Je souriais en tentant de contenir le rire nerveux provoqué par le simple culot de ma réponse.

– Ah, fit-elle d'un ton neutre.

Elle détourna les yeux, comme perdue dans ses pensées, puis contempla le plafond en souriant à demi. L'éclairage de la salle soulignait les bosses et les promontoires de son visage décapé et lubrifié.

– Un humoriste, dit-elle d'un ton léger en reportant son attention sur moi.

– « C'est ce qu'a dit le bonhomme[1]... »

Je me sentais calme. Pendant un moment, nous gardâmes la tête tournée vers le piano sans prononcer un seul mot. « C'est ce qu'a dit le bonhomme », me répétais-je dans ma tête.

Soudain elle se leva, drapa une fourrure sur ses épaules et m'annonça :

– C'est l'heure de mon somme réparateur.

– Pas un humoriste qui se contente d'aligner des vannes, précisai-je en cherchant son regard. Je suis plutôt un comique qui raconte une histoire... Je suis un fil narratif.

Elle me sourit comme si cela répondait à toutes les questions qu'elle se posait sur l'univers.

Légèrement penché en avant, je me mordillais distraitement les jointures.

– Mes textes sont en grande partie autobiographiques.

Je quittai le bar un quart d'heure après elle au beau milieu d'un air de la comédie musicale *South Pacific* interprété par un jeune gars émacié portant de grosses lunettes à monture d'écaille sous une chevelure blonde partagée en son milieu par une raie bien nette, et tellement pommadée qu'elle

1. Paroles d'une chanson de Paul McCartney et les Wings.

semblait peinte sur son crâne. Il levait haut la jambe à chaque vers comme une danseuse de revue.

Il était trois heures du matin et j'arpentais les rues en me mordillant toujours les jointures et en réfléchissant à voix haute. Quel sujet ? Ma classe. Ma mère et moi regardant un film d'horreur. Je pouvais faire…

À quatre heures du matin, au moment où la rue s'assagissait enfin, la réponse m'apparut. Power Plower. Ici, la moitié des gens savaient ce que c'était. Je pouvais faire un numéro sur Power Plower comme je l'avais fait pour James Madison.

J'allais de long en large, le poing collé à l'oreille comme si je tenais un téléphone, marmonnant, tâchant de me rappeler le boniment à servir.

J'avais à demi conscience que je devais avoir l'air d'un cinglé, mais tout le monde s'en foutait. J'entrai dans une épicerie ouverte la nuit, éclairage au néon dégueu, pour acheter un stylo et un carnet. Il était cinq heures. Deux hindous se tenaient derrière le comptoir, un garçon et une fille, vêtus de tuniques bleu ciel portant leurs noms, Riaz et Bahartee. Un Noir à l'air bêta réglait des petits gâteaux et un soda à la fraise, devant un hippie à la calvitie naissante qui serrait contre sa poitrine une boîte de nourriture pour chats. L'endroit semblait proposer principalement des articles indispensables : bouffe pour chat, Tampax, antihistaminiques, confiseries diverses pour demeurés. Je pouvais peut-être faire quelque chose sur les épiceries ouvertes la nuit.

Lorsque je ressortis, le ciel s'était teinté des premières rougeurs de l'aube, la lune était plus basse, toujours aussi jaune et lumineuse, cependant.

Cinq heures et demie. J'étais en train de passer une nuit blanche, d'établir des rapports intimes avec la rue. Je n'étais même pas fatigué, mais pour plus de sûreté, je retournai dans l'épicerie m'acheter un café noir. Stylo et carnet dans une main, café dans l'autre, je marchai jusqu'à Washington Square Park, m'assis sur un banc dans l'ombre de l'arche, inhalai un peu de vapeur de café et contemplai la page 1 de mon carnet. Je me sentais bloqué, j'avais peur de mettre le boniment publicitaire noir sur blanc, peur que ce ne soit pas drôle, finalement. Au bout de dix minutes, j'avais réussi à écrire le mot « Salut » quand mon attention fut détournée par une Cadillac longeant lentement la lisière nord du parc. C'était un énorme bateau bleu acier, dont la banquette avant était occupée par un couple âgé. Lui portait un feutre mou ; elle, assise à la place du mort, un manteau de vison. Elle avait dû claquer la portière sur le bas du vêtement car, lorsque leur voiture passa en ronronnant, un coin de fourrure battit lubriquement au-dessus du caniveau telle une langue velue dégoûtante. Amusé, je repris confiance. Je bus une gorgée de café en fixant la page blanche et… je m'endormis. À mon réveil, j'écartai lentement mon menton de ma poitrine et découvris que j'étais avachi sur les lattes en bois du banc à la manière d'un toxico.

Je n'avais pas dû dormir longtemps parce qu'il ne faisait pas encore vraiment jour. Le parc baignait dans une brume couleur mucus d'où l'arche s'élevait comme une monstrueuse hallucination. J'humectai mes lèvres collantes, tendis la main vers mon café. Non seulement le gobelet était vide, mais le bord était taché de rouge à lèvres.

Je me levai dans un craquement d'os et explorai les environs jusqu'à trouver un endroit ouvert où prendre un petit déj. Ce fut un *diner* grec de la 8e Rue et je m'installai dans un box sous une peinture murale bleue. Deux bouchées d'omelette à la féta furent tout ce que mon estomac put supporter et je me rabattis sur le café. Derrière moi étaient assis quatre mecs bourrés, dont un qui faisait aux autres un exposé sur comment prendre soin de soi. Nous étions dos à dos, lui et moi, de sorte que même en tournant complètement la tête, je ne découvrais qu'un cou de taureau, un col disco étalé sur une veste sport et deux minuscules oreilles au-dessus de pattes tape-à-l'œil. J'arquai le dos en arrière pour voir par-dessus son épaule. Il tenait une liasse de factures ou de reçus roses dans une main ornée de bagues, au poignet entouré d'une gourmette.

– Maintenant, regardez, dit-il en posant une feuille rose devant son autre main. C'est *son* problème.

Il en posa d'autres comme s'il distribuait des cartes en répétant pour chacune « C'est *son* problème ». À chaque fois, du pouce et du majeur, il faisait jaillir du papier un craquement semblable à ceux du tour que j'avais montré à Anthony. Anthony. Fonseca. Kim. Tout à coup je me sentis menacé par de Gros Ennuis. Mon estomac gémissait. Pourquoi lui avais-je menti ? J'avais peur de retourner à l'hôtel. J'étais mort de trouille. La Terreur venait de toutes les directions et je me recroquevillai dans mon box comme un meurtrier en cavale.

– Et c'est du fric dans *votre* poche, poursuivit le type. Vous comprenez ?

Les trois autres hochèrent la tête. Moi aussi, je crois.

Il fallait que je retourne à l'hôtel. Je me concentrai sur Fonseca et sentis de nouveau mes entrailles se tordre. La peur que m'inspirait cette chambre tenait peut-être au fait qu'avoir passé la nuit dehors était pour moi comme rentrer après minuit pour Cendrillon. J'avais enfreint le couvre-feu, j'allais le payer cher.

Lorsque j'entrai dans la chambre, il était neuf heures du matin.

Le lit défait de Fonseca était vide. Je l'entendis faire du bruit dans la salle de bains.

Je me glissai dans mon lit et concoctai dans ma tête des explications intelligentes sur ma nuit dehors que je pourrais lui servir quand il reviendrait dans la chambre. Au fond, ce n'était pas un mauvais gars.

Le claquement de la porte me réveilla et je me redressai dans mon lit. Fonseca, habillé de pied en cap, me regardait. Je clignais des yeux comme un dingue.

– Hé, Tony, ça va ?

J'avais les paupières gluantes, je n'avais aucune idée de l'heure.

– Tu te sens bien ? dis-je d'un ton enjoué malgré la panique dans ma tête encrassée.

Il mâchait un chewing-gum en me regardant, à demi amusé, les mains dans les poches de son pantalon, soulevant les pans de son trois-quarts.

– Ça va ? répétai-je, détestant aussitôt la peur qui se cachait derrière mes mots. T'as pris ton petit déj ? Je suis prêt dans une seconde.

J'extirpai une jambe du lit pour foncer à la salle de bains, me figeai pour vérifier si j'avais un slip avant de soulever les couvertures.

– Je viens de déjeuner, m'annonça-t-il. Il est une heure et demie.

– Oh, non !

Je me collai une baffe. Pourquoi ? Je ne savais pas au juste.

Fonseca attrapa un sac en papier sur la commode.

– Fais attention, c'est chaud.

Il m'avait pris un café à emporter. Soudain mon cœur bêlait de soulagement : c'était vraiment un mec super. Dans ma tête, je prenais des notes en sténo sur la nuit dernière : j'étais profondément désolé que Nicky Lisi soit devenu si con, je ne m'étais pas vraiment amusé dans les soixante et onze bars où j'étais allé – et *toi,* t'as fait quoi ?

Fonseca resta un moment devant mon lit dont il tapotait distraitement un des pieds avec un des siens puis il passa dans la salle de bains.

Je n'arrivais pas à croire qu'il reste aussi calme. J'aurais préféré qu'il pète les plombs tout de suite. Ça finirait par arriver, et plus ça mijoterait, plus l'explosion serait violente.

Par-dessus le bruit de l'eau, je l'entendis chanter « Choosey Beggar » avec la voix de ténor de Smokey Robinson. Mon sang glougloutait de manque de sommeil, d'excès de caféine, d'angoisse, de désorientation et de cette impression persistante, tenace, d'être Franchement Dans la Merde.

Il fallait que je voie Crown dans l'après-midi.

En sortant de la salle de bains, il me demanda :

– Alors, qu'est-ce que tu as fait cette nuit ?

Je lui parlai du piano-bar, expliquai que j'avais envie d'essayer.

– D'essayer *quoi* ? demanda-t-il, badin.

– Je réfléchis à un sketch, je l'écris cet après-midi, et je me lance. Qu'est-ce que je risque ? ajoutai en haussant les épaules. C'est juste pour rigoler.

Oui. Ha-ha.

Il me regarda calmement puis il grogna.

– Quoi ? dis-je.

– Non, rien. Vas-y.

À quatorze heures trente, j'arpentais de nouveau les rues en travaillant sur le sketch Power Plower, cette fois insensible au spectacle de la rue et à ses bruits, les yeux fixés sur mes pieds en mouvement, essayant des personnages, des répliques, des réactions. Fonseca était parti pour une destination inconnue. Je n'avais pas pu rester dans la chambre pour élaborer mon texte. Il fallait que je le fasse en marchant, en parlant. Je fis halte devant un téléphone public, décrochai, gardai une main sur la fourche pour ne pas avoir de tonalité et récitai le boniment Power Plower. Je pris un ton normal, marquai des pauses comme si quelqu'un me répondait, répétai ce que mon interlocuteur imaginaire était censé m'avoir dit, improvisai des garanties invraisemblables. Je raccrochai et marchai le long de plusieurs pâtés de maisons avant de décrocher un autre téléphone et de faire un nouvel essai. Quand j'obtins enfin quelque chose qui me plaisait, j'avais couvert deux ou trois kilomètres, décroché une demi-douzaine de téléphones et récité différentes versions du sketch dans des combinés muets.

Plusieurs fois, en décrochant, j'avais songé à appeler Kim pour lui donner des nouvelles, lui dire combien je l'aimais, mais quand je cherchais de la monnaie de mes doigts tremblants, j'avais l'impression d'avoir un tambourin dans la poche. Pour la première fois depuis notre rencontre, je craignais vraiment de l'affronter.

Crown vivait du côté des cinquantièmes Ouest, à deux cents mètres du Carnegie Hall, dans une jolie rue d'immeubles à deux étages abritant au rez-de-chaussée des boutiques d'affiches anciennes, des magasins de disques et des petits restaurants chérots.

Il ouvrit la porte de son immeuble en réponse à mon coup de sonnette sans avoir vérifié qui j'étais par l'interphone, et en gravissant un escalier plutôt raide j'entendis une sucession rapide de coups sourds, comme si quelqu'un enfonçait un clou dans du placo avec un marteau.

Sa sonnette retentit avec la dureté fatidique du coup de cymbale éliminant un candidat de jeu télévisé et, quand il ouvrit grand sa porte, nous sursautâmes tous deux de surprise. Crown se tenait devant moi, à nouveau chauve comme un œuf, torse nu, portant un bas de survêt beurre frais et des chaussons de kung-fu. Sa figure, sa poitrine et ses épaules étaient recouvertes d'une fine pellicule de sueur. Son corps était resté mince et jeune d'apparence, avec pour seuls stigmates de l'âge mûr quelques pattes-d'oie autour de ses pectoraux un peu tombants mais bien définis.

— Qu'est-ce que tu fais ici ? me demanda-t-il, le front plissé, un sourire aux lèvres.

Haletant, il essuya de la main la transpiration de son visage.

— Je passais dans le coin. Mon père envisage d'acheter le Carnegie Hall, je lui ai promis d'aller y jeter un œil pour lui.

Compte tenu du quartier, je m'attendais à un appart' élégant et arrangé avec goût, avec un petit salon peut-être. Or, Crown vivait dans un studio miteux qui semblait avoir été décoré par un élève de terminale défoncé. La couleur sang séché des murs rapetissait encore la pièce. Le mobilier se composait d'un lit mezzanine en bois copieusement balafré dont le matelas était trop proche du plafond, de deux faux petits tapis d'Orient qualité grande surface et de deux fauteuils poire blanc crado ressemblant à des pelotes d'épingles renversées. Dans la kitchenette grande comme des toilettes d'avion, une plaque métallique bleu ciel protégeait le mur au-dessus d'un évier dans lequel s'empilaient des assiettes en plastique sales.

– C'est un peu trop grand pour moi, mais je m'adapte, dit-il.

Les mains sur les hanches, il inspectait le désastre en reprenant son souffle.

– Je le sous-loue à une de mes anciennes étudiantes. Elle est danseuse et effectue une tournée en Pologne ou dans ce coin-là. Le loyer est très modeste. Alors, qu'est-ce que tu fais vraiment ici ?

– Je suis venu pour le week-end avec Tony Fonseca.

– Ce maboule ? Excuse-moi…

Il se mit au garde-à-vous sur l'un des petits tapis et commença soudain à courir sur place, s'interrompant toutes les trente secondes pour une série de pompes, se relevant et agitant de nouveau les jambes.

– Aérobic, expliqua-t-il d'une voix entrecoupée par ses mouvements. Qu… qu'est-ce que… tu fa… fabriques avec F… Fonseca ?

– C'est compliqué, répondis-je en m'enfouissant à demi dans un fauteuil poire.

– D… deux minutes.

Je le regardai accélérer le rythme pour une dernière série de pompes et un sprint final, ses genoux touchant presque sa poitrine.

– Ah ! s'écria-t-il quand il eut terminé.

Il tendit le bras pour saisir le bas d'une serviette pendant au bord du matelas.

– J'ai l'impression d'être un vampire, là-haut, me confia-t-il en désignant le lit. Tu cherches un endroit où dormir ? Ces deux fauteuils rapprochés sont plus confortables que tu ne penses. Ils prennent vraiment la forme de ton corps.

Il étendit la serviette sur l'autre poire et s'y laissa choir.

— Non, je te remercie, répondis-je.

— Tu veux un thé ?

— Non, non. Et toi, ça va ?

— C'est pas terrible, déclara-t-il, d'une voix si ferme et si gaie qu'il me fallut un moment pour saisir le côté négatif de sa réponse. La pièce s'arrête la semaine prochaine.

— Et après ?

— Après…

Il leva et laissa retomber une main molle.

— Elle est passée où, ta moumoute ?

— Je l'ai mise au clou.

— Hein ?

— Non, je ne la porte plus, rectifia-t-il en riant. Je joue mon rôle chauve. Je pourrais peut-être faire *Le Roi et Moi* après.

Il semblait trop en forme pour que je me sente désolé pour lui.

— Donne-moi donc de bonnes nouvelles, Peter.

— Je vais faire un numéro ce soir, dis-je, à la fois emballé et apeuré.

— Quoi ? Où ça ?

J'eus tout à coup l'impression d'être un intrus, un dilettante. Je n'avais pas le droit…

— Juste un piano-bar dans le Village. Tout le monde peut monter sur scène une minute et faire son truc. C'est pas grand-chose.

— Ah, tu parles de ce rade. Je le connais. C'est ce bar à homos où tous les clients euphoriques chantent « L'impossible rêve » ? L'Attar ?

— Je t'emmerde.

Il me dévisagea un moment avant de hausser les épaules.

— Désolé, je suis de mauvais poil. Non, je te dis merde, petit, je te dis merde[1].

Je ne le trouvais pas très sympa. Je m'attendais à ce qu'il

1. Rappelons que c'est une façon qu'ont les comédiens de se souhaiter bonne chance.

me manifeste plus de soutien. Enfin, il traversait peut-être une mauvaise passe.

– Je viendrais bien te regarder, mais je joue ce soir.

– Tu passes des auditions en ce moment ?

– Ouais, j'en ai quelques-unes. Je suis des cours aussi, tu sais.

– Quel genre de cours ?

– Avec un type qui travaille en indépendant au Neighborhood Playhouse. Il connaît son boulot, c'est bien.

– Tu connaissais Doobie, à la fac ?

– Doobie est un vrai gland.

– Combien coûte un cours ?

– Quinze dollars.

– Tout le monde peut s'inscrire ou il faut passer une audition ?

– Audition.

– Il s'appelle comment, ton gars ? N'importe qui peut se présenter ?

– Bien sûr, répondit Crown en posant sur moi un regard hésitant. Il s'appelle Stanley Hartnett.

– Et c'est quand, la prochaine audition ?

– Dans deux ou trois mois, je crois. Quoi, tu veux devenir comédien ?

– Je sais pas, ouais, pourquoi pas. Il faut que je fasse quelque chose en janvier.

– Pourquoi tu ne restes pas là-bas ?

– Pourquoi tu n'y es pas resté ? répliquai-je, piqué au vif.

– J'aurais peut-être dû.

Il laissa sa tête partir en arrière et se couvrit les yeux de ses mains. Je le trouvai très différent du souvenir que j'avais gardé de lui, à la fois plus vieux et plus jeune, un adolescent chauve qui avait grand besoin d'une bonne nuit de sommeil.

– Je vais te dire, Peter, quand j'ai décidé de partir, je ne pensais pas que ce serait aussi dur. Je ne sais pas pourquoi, mais je ne le pensais pas.

Il posa les mains sur ses cuisses et m'adressa un haussement d'épaules assorti d'un sourire.

– Tu peux toujours retourner à Buchanon, non ?

Son visage se tordit en une grimace d'incrédulité méprisante comme si je venais de lui balancer « N'est-ce pas merveilleux de vivre "dans ce pays des hommes libres, sur cette terre des braves[1]" ? ». Ce regard était tout ce qu'il me fallait : quelques minutes plus tard, je me sentais gonflé à bloc et inarrêtable.

J'étais de retour à l'hôtel vers cinq heures. Les yeux irrités par le manque de sommeil, j'avais l'impression que mes os se contractaient. Je me couchai pour faire un somme – pas moyen de m'arrêter de cogiter. J'essayai de me branler, mais mon esprit revenait sans cesse au sketch. Je me demandais par exemple s'il fallait que je fauche un téléphone quelque part pour faire plus réaliste ou si mon poing suffirait. J'étais nul en pantomime. Je m'efforçais de songer aux femmes en hauts talons que j'avais croisées dans la rue la veille et je fantasmais de les prendre par-derrière l'une après l'autre par ordre de taille, leur culotte sur les chevilles.

– T'es en train de te branler, là ?

Fonseca venait de me surprendre la main sous les couvertures. J'étais si préoccupé que je ne l'avais même pas entendu entrer dans la chambre et que je n'étais même pas gêné de m'être fait choper.

– Je retourne dans le couloir, pousse une gueulante quand tu auras fini, dit-il en se dirigeant vers la porte.

– Reviens, crétin, le rappelai-je.

Cette fois, je rejetai les couvertures et me redressai dans le lit.

– Je vais le faire, tu sais, Tony.

Il s'assit face à moi sur son matelas, tira de sa poche un fil dentaire, se cura un moment les dents puis me demanda :

– À quelle heure il faut être là-bas ?

1. Paroles de l'hymne national des États-Unis.

— Là-bas où ?

— À ton bar, là où tu vas faire ton truc. Nous devons y être à quelle heure ?

— « Nous » ?

Il ne m'était pas venu à l'esprit que je pouvais avoir un ami dans le public, un allié. Sa proposition me parut si géniale que je lui souris comme s'il venait d'inventer la roue. Je me rappelai combien je m'étais senti seul la veille, riant au numéro de la grande folle, puis déambulant dans les rues, parlant dans des téléphones muets.

— Oui, à quelle heure ?

Fonseca fut réduit à une silhouette luminescente quand l'obscurité prit une couleur plus violacée dans la pièce. Il n'allait peut-être pas piquer sa crise, finalement. La soirée d'hier lui avait peut-être été une dure leçon, qui lui avait appris à relativiser et à accepter. Je ne lui faisais peut-être pas assez confiance. Je décidai toutefois de ne pas aborder la question de Kim avant qu'il n'en parle.

— Tony, t'es un mec super.

— Tant mieux pour moi, répondit-il avec un haussement d'épaules, tout en continuant à passer sa scie entre ses dents.

Assis sur un tabouret au bar, je regardais Fonseca, qui s'était installé à une petite table près du piano. Au-dessus de sa tête était punaisée une affiche dédicacée de la comédie musicale *The Fantastisks*. L'air mal à l'aise et déplacé, il promenait son regard sur l'assistance de plus en plus nombreuse de chéries et de divas qui bavardaient et pouffaient. À notre arrivée, je m'étais assis avec lui, mais quand la salle avait commencé à se remplir je m'étais réfugié au bar, où je pensais que je me sentirais mieux. Nous avions été les premiers clients de la soirée et nous avions bu nos verres sans rien dire en regardant le barman s'agiter avec des bouteilles à moitié vides de grenadine, de curaçao, de crème de cacao et autres sucreries pour agrémenter la gnôle. Plus d'une heure s'était écoulée avant qu'une poignée d'autres clients fasse son entrée et puis, tout à coup, la salle était devenue quasiment comble et je m'étais installé au bar, où l'on pouvait encore remuer les coudes.

En temps normal, je me serais confondu en excuses pour avoir fait poireauter quelqu'un aussi longtemps après l'avoir tanné pour qu'il se presse, mais j'avais le trouillomètre à zéro et d'autres préoccupations en tête. Les bruits, les odeurs de la salle me semblaient différents, l'ambiance moins généreuse. J'avais l'impression que tout le monde m'observait, que tout le monde savait que j'allais me jucher sur le Redoutable Tabouret. Bien que la salle fût maintenant bondée, le pianiste plaisantait au bar en sirotant un russe blanc, ce qui me mettait à la torture. Lorsqu'il alla enfin poser ses fesses sur son tabouret, il passa dix bonnes minutes à bavarder avec le couple dont la table était collée au piano. Finalement, sans cesser de parler et de rire, il laissa ses doigts se balader sur les touches pour jouer distraitement cet air de *West Side Story* sur lequel les Portoricains discutent des mérites et des défauts comparés de Porto Rico et des États-Unis. Il était à la moitié du morceau quand la fille assise à la table voisine de Fonseca se prit pour Rita Moreno et éructa quelques paroles de la chanson en claquant des mains. Surpris, Fonseca renversa un peu de sa bière sur sa chemise et chercha mon regard par-dessus la foule en feignant la terreur. Bien que je n'eusse moi-même plus un poil de sec, je me mis à rire en regrettant de ne pas être avec lui pour me moquer de cette assemblée d'histrions pleins de bravoure au lieu de me préparer à faire le sketch qui me rendrait mondialement célèbre.

Je vis Fonseca sourire avec dédain quand le gros blond qui avait imité Marlon Brando fit son entrée. J'essayai d'attirer l'attention de mon ami pour échanger avec lui des coups d'œil entendus, mais il ne regardait pas dans ma direction.

Lorsque le pianiste passa à « Maria », un bon tiers de la salle se joignit à lui. Puis il attaqua *Camelot* et cette fois Fonseca se tourna vers moi et s'inclina légèrement en tendant une main vers le Tabouret, la paume tournée vers le haut, comme une invite de maître d'hôtel ironique. « Pas tout de suite », répondis-je d'un signe de tête.

Une jeune albinos aux cheveux frisés se leva et se faufila entre les tables pour gagner le rond de lumière du projecteur. Mon estomac crissait d'angoisse. Quand elle monta sur le tabouret, la salle se tut, partagée entre expectative et curiosité devant cette bizarre apparition. Elle avait une peau jaune pâle, des cheveux blonds décolorés coiffés comme ceux d'Annie-la-petite-orpheline, des lèvres et un nez épais, aplatis, des yeux d'albinos iridescents. Elle était jeune et maigrelette : ses deux cuisses tenaient à l'aise sur le tabouret.

Elle chanta « A Taste of Honey » d'une voix aussi étique que son physique. La salle était embarrassée. Si cette fille n'avait pas été albinos, si elle avait été plus robuste, je pense que les clients l'auraient simplement ignorée et auraient repris leurs conversations, mais là, ils ne pouvaient que se taire en la regardant ou en plongeant les yeux dans leurs verres, et espérer qu'elle n'en chanterait pas une autre. Je portai mon attention sur la table d'où elle était venue : un couple de Noirs d'âge mûr, probablement ses parents. Ils la mangeaient des yeux, fascinés, lui adressant inconsciemment des hochements de tête d'encouragement. La mère souriait, les larmes aux yeux. Elle avait une peau claire, le visage parsemé d'une volée de grains de beauté marron foncé. Le père, cheveux gris acier, portait un costume sombre et une cravate. Nerveux, il ne cessait de frotter son pouce contre son poing fermé. Je me mis soudain à pleurer, un sanglot sonore de trois secondes, le cou tendu en avant comme une tortue essayant de mordre, avant de me reprendre. J'étais sidéré, consterné ; ma réaction avait été aussi involontaire qu'un gargouillis d'estomac. Je me tapotai le visage, me mouchai, m'éclaircis la gorge en prenant un air préoccupé pour masquer ma réaction.

Quand la fille eut terminé, il y eut assez d'applaudissements pour lui sauver la face. Ses parents se tenaient raides sur leurs chaises et claquaient bruyamment des paumes comme des danseurs de flamenco.

Elle retourna à leur table, rougissante et souriante. La mère la prit dans ses bras et l'embrassa. Le père, toujours droit comme un piquet, se tourna vers elles en continuant à applaudir.

Un autre sanglot m'échappa.

Soulagée, la salle accompagna une jeunette chantant « If I Ever Would Leave You ».

L'abruti qui avait massacré Lenny Bruce la veille se leva pour m'infliger la même version bousillée de « Lima, Ohio ». Et il obtint les mêmes rires, ce qui m'incita à penser que j'étais le seul habitué du bar.

Le pianiste guida la salle dans une bonne vieille interprétation en chœur de « Jubilation T. Cornpone[1] », tandis que l'imitateur blond s'apprêtait à faire son numéro. Je décidai aussitôt de lui passer devant. Ce serait « Goodnight Irene[2] » pour quiconque aurait l'audace de lui succéder dans un numéro comique, et l'instant d'après je me retrouvai assis en hauteur, clignant des yeux dans la lumière du projecteur cependant que le pianiste, penché vers moi, attendait que je lui donne le top départ. J'avais les talons accrochés derrière moi au barreau du bas du tabouret et je ne voyais pas comment en descendre sans me casser la figure. J'avais conscience que le barman s'activait derrière son comptoir. Je ne distinguais pas les visages, je ne voyais qu'une assemblée de ballons de baudruche. Dans un verre à cognac posé sur le piano, un billet d'un dollar dressé s'adossait au haut du bord. Le pianiste me murmura quelque chose que mon cerveau n'enregistra pas. Je cherchais fébrilement dans la foule indistincte un signe que jusqu'ici j'avais encore la cote. Le pianiste s'adressa de nouveau à moi et autour des tables on se remit à parler – pas de moi, bien sûr. Du coin de l'œil je remarquai que le gros blond s'agitait avec impatience : Alors,

1. Un air de la comédie musicale inspirée de la BD *Li'l Abner*.

2. Chanson créée en 1933 par le musicien de blues Leadbelly et dont le titre est devenu une expression utilisée quand la situation tourne au vinaigre.

il chie sa merde ou il quitte le pot ? À deux tabourets de lui, je découvris Natalie, la dame friquée de la veille. Je ne voyais pas son visage, rien que le contour de sa coiffure et le nœud de son foulard.

– C'est une première ici pour moi…

La plupart des clients cessèrent de parler, ce qui me secoua.

– Une première ici et en général, poursuivis-je. Comment vous me trouvez, jusqu'ici ?

Quelqu'un rit, probablement pour autre chose, mais c'était suffisant pour un type comme moi et je me lançai :

– Je bosse dans une boîte du centre qui fait du démarchage téléphonique… National Communicators, ça vous dit quelque chose ?

J'entendis quelques grognements affirmatifs, je vis deux clients s'embrasser, un troisième bâiller. Il fallait que j'arrête de regarder le public et que je me concentre sur le billet frappé de *rigor mortis* dans le verre à cognac. J'avais peur de me faire huer.

– On est plus de deux cents, à NC, et tout le monde fait autre chose après le boulot : danseur, acteur, vous connaissez ça. Moi aussi, donc…

Je m'éclaircis la voix avant de reprendre :

– C'est un job de dingue, on essaie de fourguer un tas de trucs bizarres à toutes sortes de gens, des abonnements à un magazine, un candidat à une élection, l'adhésion au Club du Fruit du Mois… En février des kiwis, en mars des pommes, vous les recevez par la poste, gelés, écrasés… Un monte-escalier pour les gens qui ne peuvent plus grimper à l'étage, vous avez dû voir la pub en dernière page du *New Yorker*, la dame aux cheveux bleus et au collier de perles qui se fait hisser au premier étage de son manoir, *Fffuit*, sur son tire-fesses… En mai, vous recevez le monte-escalier, en juin la vieille dame…

Je ne savais pas du tout où j'allais, rien de tout ça n'était dans mon texte.

– Voilà pour juin. En juillet, on vous envoie des figurines

de petits oiseaux, c'est sûrement ce qu'on peut voir de plus tarte dans un appartement. Ma grand-mère en avait, c'était raccord avec le lino du séjour et les bonbons acidulés enveloppés dans du papier qui attendaient dans une coupe depuis des années que quelqu'un les prenne… Les gens qui collectionnent les figurines sont aussi ceux qui regardent les émissions de l'après-midi à la télé. Franchement…

Ne dis pas « Franchement », me rappelai-je. Personne ne riait, à part une femme à demi hystérique qui répétait en haletant « Ah, oui ! Ah, oui ! ». Ça ne marchait pas très bien, mais j'avais brisé la glace – entre moi et moi-même – et j'improvisais. Ces couilles que j'avais, je n'en revenais pas. J'inventais mon sketch au fur et à mesure, je me sentais totalement détendu tant que je continuais à fixer le verre à cognac ou mes rotules.

– Mais, sérieusement, le truc le plus dingue que j'aie eu à fourguer, ça s'appelait Power… Power Pleaghh…

Finalement, je ne voulais pas leur faire Power Plower, je ne savais pas pourquoi, est-ce que c'était le trac qui me bloquait ? Je tenais la salle, mais elle attendait la suite. Non, ça ne pouvait pas être le trac, j'étais trop relax. J'avais envie de leur parler de moi. Je voulais que tout le monde monte dans sa chambre avec moi pour écouter une histoire avant de s'endormir.

– Bon Dieu, jamais j'oublierai la dernière fois que je suis allé à Atlantic City… On a *abusé* de moi…

J'avais trouvé mon sujet et avant même de m'en rendre compte j'étais parti à fond la caisse.

– Incroyable. J'avais douze ans, mon père m'avait emmené passer le week-end au Ritz-Carlton, vous voyez le genre d'hôtel ? Il y avait une piscine sur le toit en terrasse et c'était super parce qu'il neigeait – enfin, dehors – et on était montés pour piquer une tête mais, problème, pas de vestiaires, et j'avais dû aller dans les douches pour mettre mon maillot de bain. C'était sûrement la première fois de ma vie que j'étais tout excité de mettre mon maillot de bain parce que j'étrennais le nouveau suspensoir, une pièce que mon père venait de m'acheter...

Rires dans la salle. J'avais l'impression de planer, ma voix était empreinte d'une aisance rêveuse.

— Bref, je vais dans les douches pour me changer, c'est tout petit et il y a déjà un type qui se rince, alors j'attends, un peu mal à l'aise. Il finit sa douche, se rhabille, me sourit et sort. Je savais que ce mec était un chercheur parce qu'il y avait un congrès de biologistes dans l'hôtel et j'avais repéré un badge avec son nom sur sa veste. Je me souviens plus de son nom, je me rappelle juste qu'il représentait l'université Northwestern. Donc il sort et j'enlève mon pantalon. Tout à coup la porte se rouvre au moment où j'ai mon froc sur mes baskets, et c'est encore le scientifique. Il me sourit, me dit : « Excusez-moi, vous n'auriez pas vu la clé de ma chambre ? » Je réponds non en remontant mon pantalon.

Pause pour les rires. Échange de cadeaux.

— Je le sentais pas trop, ce bonhomme. Un gros, avec une grosse tête blême, une brosse courte et des lunettes sans monture. Donc, je remonte mon pantalon, il sort, je rebaisse mon pantalon. Deux secondes plus tard, il se repointe : « Vous êtes *sûr* que vous n'avez pas vu un portefeuille ? » Je remonte mon bénard. J'aurais juré que c'était sa clé qu'il avait oubliée, mais bon, je laisse courir. En attendant, je commence à en avoir marre de devoir arrêter mon strip-tease à chaque fois qu'il revient pour faire tout un cirque en cherchant sa clé ou son portefeuille et je décide de l'ignorer. Mais dès que je suis à poil en dessous de la taille, il arrête de chercher et il me regarde en souriant. Enfin, c'est pas exactement moi qu'il regarde... c'est mon zob...

L'idée me traversa un bref instant que je risquais d'offenser les gays, ou de les allumer avec l'image de ma sexualité adolescente. Naan.

— J'avais douze ans, bientôt treize, et je me tirais sur la nouille depuis six mois environ, mais en cachette, mon père n'était pas du genre à se charger de mon éducation sexuelle et je ne savais pas trop ce que je faisais, ce que c'était que ce truc blanchâtre…

Je m'arrêtai, soudain embarrassé. J'inspectai les visages pour voir si j'avais dégoûté quelqu'un. Fonseca écoutait, la tête un peu en arrière, l'air intéressé, le front plissé comme un myope lisant le journal. Vas-y. Vas-y.

— Je savais juste que c'était vraiment agréable, ce que je faisais, mais à chaque fois, il y avait ce truc qui giclait : à tous les coups, j'avais un cancer. Ça faisait six mois que j'avais cette épée suspendue au-dessus de ma tête et j'étais convaincu qu'à chaque fois que je me tripotais je rapprochais l'heure de ma mort… Ça ne m'empêchait pas de continuer et je ne devais pas croire *vraiment* que je mourrais d'un cancer, mais enfin, c'était quoi, ce truc qui jaillissait à chaque fois ? Bref, j'étais dans les douches avec ma carotte cancéreuse à l'air, et bien sûr j'étais le seul à savoir qu'elle était cancéreuse, et ce gros type continue à me sourire, il tend la main, il me *caresse* et je ne pense pas, à aucun moment, « Mince, un pervers »… C'est un *biologiste*, c'est écrit sur son badge, et s'il me touche, c'est uniquement un geste instinctif de curiosité scientifique, « Ah-Ah, une bite malade ! », et c'est l'occasion inespérée pour moi de savoir si j'ai raison de me croire condamné. Alors, au lieu d'appeler à l'aide, je crie à ce type qui me trifouille le nœud et tire dessus, je lui crie « Qu'est-ce que j'ai qui va pas ? Qu'est-ce que j'ai ? », et lui, il continue à sourire, à me caresser, et il répond « Rien, rien du tout », et moi je braille « Vous pouvez me le dire ?! Vous pouvez me le dire ?! »…

De la salle montèrent des rires et des « Aaaah » qui me firent penser à Randye. Fonseca continuait à me fixer comme si j'étais en petits caractères.

— Il ne m'a tripoté que pendant quelques secondes, je crois que je commençais à lui faire peur, et là il me sort « Ne t'inquiète pas, petit, je suis juste un pédophile ». Aussi sec il s'en va, et je reste planté là, mon suspensoir à la main, et je tremble comme une feuille, je suis terrifié. Fini de se raconter des histoires, les résultats au test sont arrivés, c'est bien un cancer. J'enfile quand même mon maillot et je me traîne vers la piscine, où m'attend mon père, je ne peux plus reculer, il faut que je lui parle. Assis dans un transat, il lit un magazine ; je m'approche, avec en fond sonore une marche funèbre, et je lui dis « Papa, faut qu'on cause ». Sans même lever les yeux, il répond « Ouais, qu'est-ce qu'il y a ? », et moi je lui balance « Papa, j'ai un cancer du pénis »...

Je marque une nouvelle pause rires.

– « Ah, ouais, et comment tu le sais ? » Il est toujours plongé dans son magazine et je réponds « Ça fait un moment que je le pense, mais je n'étais pas sûr. Là, y a un scientifique qui vient de m'examiner dans les douches et il l'a confirmé : c'est bien un cancer »...

Les gens riaient si fort que je me sentis enveloppé d'ondes chaudes. Je voulais devenir James Brown-Mick Jagger pour inonder la salle de ma grâce et de ma flamme. J'avais envie de tendre les bras et de m'envoler vers le plafond.

– Bref ! dis-je, criant presque. Bref, il s'est écoulé une bonne dizaine de secondes avant que mon père réagisse : « *Quoooi ?!* – Ouais, le chercheur, il... – Ne va jamais dans les douches ou dans les toilettes avec un inconnu, tu m'entends ! Ne suis jamais personne nulle part ! Tu m'as bien compris ?! » Il a continué comme ça pendant un bon quart d'heure, en me citant, entre autres exemples, des enfants étranglés dans un hall d'immeuble où des inconnus les avaient attirés avec des sucreries. Il me semblait qu'il était à côté de la plaque, mais je ressentais trop le poids de la fatalité pour lui en faire la remarque... Ce n'est que six mois plus tard que j'ai finalement découvert le mot « masturbation » et en quoi ça consistait : dans un bouquin sur les vampires, j'ai lu une description des pollutions nocturnes, et je me suis senti libéré, sain et sauf, prêt à remettre le couvert...

J'eus un petit geste dédaigneux de la main. *Goodnight,* Grace.

La salle se mit à applaudir et j'applaudis avec elle. J'avais réussi à sortir totalement de moi-même, à imaginer que quelqu'un d'autre était sur le tabouret et que je me trouvais dans le public. Même si le sens de son numéro m'avait échappé, il aurait été grossier de ne pas applaudir. Mon regard tomba alors de nouveau sur la tête de Natalie en silhouette et je fantasmai qu'elle me verrait un jour sur scène – ce qu'elle venait de faire, naturellement. Je descendis du tabouret et, tandis que je me faufilais dans la foule pour m'approcher du bar, les gens s'écartaient pour me laisser passer entre deux haies de plaisanteries, de sourires, de commentaires, « Trrrès drôle, vraiment trrrès drôle ». J'étais traversé de petites décharges comme si on m'avait fixé des câbles de démarrage en miniature aux deux gros orteils.

Le barman ne voulut pas de mon argent. J'avais commandé une liqueur au melon, un truc sirupeux vert bouteille au goût de médicament antihistaminique. Je m'approchai de Natalie et entrepris de la baratiner en multipliant les « C'est incroyable ce qui m'arrive » et les « J'étais tellement nerveux ». Ayant sans doute peur que je cherche à l'emballer, elle se tenait bien droite sur son tabouret et se touchait la gorge en m'adressant son sourire peint à la bombe. Elle semblait chagrinée, mal à l'aise. Elle aurait voulu que je la laisse tranquille.

— Vous avez un parfum envoûtant, lui dis-je en plissant les yeux de sincérité.

— Oh, regardez !

Par-dessus mon épaule, elle désigna le rond de lumière du projecteur, où la triplette des Joyeux Pistons s'apprêtait à se lancer dans sa chanson sur la Ford T. Où était passé le gros blond gay ?

Je sentis une main sur mon épaule et tournai la tête. Fonseca se tenait derrière moi.

— J'ai sûrement fait flipper tout le monde, lâchai-je.

— Non, c'était bien, m'assura-t-il en me cognant la poitrine de ses jointures. Viens, on se tire.

J'aurais voulu rester pour entendre les gens me seriner « Trrrès drôle » pendant des heures mais je le suivis, récoltant au passage d'autres caresses verbales, quelques regards curieux et amusés. Parvenu en haut des marches du perron, je m'arrêtai.

– Il faut que j'aille aux gogues…

Je retraversai lentement la salle pour qu'on puisse m'aduler encore. J'engrangeai deux « Trrès drôle », un « Atlantic City ! » et un « Cancer du pénis », ainsi qu'une kyrielle de sourires. Je fis halte au bar pour demander l'heure au barman, qui se tourna vers l'énorme pendule qui me crevait les yeux.

– Elle est juste ou elle donne l'heure des bars ? demandai-je comme si j'essayais d'en savoir plus sur le triangle des Bermudes.

– Elle avance de cinq minutes, me répondit-il, souriant, attentif.

– Bon, il faut que j'y aille… C'était la première fois que je montais sur scène. J'étais vraiment nerveux.

Un client l'appela à l'autre bout du bar. Je pouvais voir Fonseca dehors appuyé à une voiture. Lorsque le barman revint vers moi, je soupirai :

– Faut vraiment que j'y aille.

– Revenez le week-end prochain, dit-il tout en concoctant un Golden Cadillac.

– Sur scène, vous voulez dire ?

– Bien sûr, répondit-il, concentré sur son shaker en argent. « Juste un pédophile », gloussa-t-il.

Quand je gagnai à nouveau la sortie, un type me pressa le biceps. Je sentis son haleine chargée de gnôle avant de me retourner. Il était tout en cuir : pantalon, blouson de motard, casquette de *L'Équipée sauvage.* Malgré la raideur et l'épaisseur de sa tenue, je devinais qu'il soulevait de la fonte. Il ne pouvait pas avoir plus de dix-huit ans. J'attendis patiemment qu'il arrive à aligner trois mots. Il remuait les lèvres mais l'alcool embouteillait ses pensées. Il avait l'air si malheureux et frustré que je n'avais pas le cœur de m'esquiver. Telle est la rançon de la gloire.

– Écoute, réussit-il finalement à articuler, écoute… ce… ton père…

— Ouais ?

— Je veux juste... cette histoire, mec...

J'étais touché par l'émotion qui semblait l'étreindre. S'il n'avait pas déjà été aussi rond, je lui aurais offert un verre.

— Ton père...

Casse-toi. Casse-toi.

— Qu'esse qui... va pas chez lui, hein ? bafouilla-t-il en me tirant un bras vers le bas.

— Quoi ?

Ennuis à l'horizon.

— Qu'esse qui va pas chez ton père, bordel ? Je suis soûl...

Il aspira ses lèvres dans sa bouche pour leur donner un peu d'humidité.

— Je suis soûl, d'accord, mais comment ça se fait qu'il s'est pas jeté sur l'autre fumier ? Hein ?

J'avais pris un coup bas, j'étais sonné. Il m'agrippa le bras plus fermement.

— Écoute, j'ai pas de gosse. 'videmment. Mais si j'en avais eu un, tu sais ce que j'aurais fait, moi ?

Je libérai mon bras et filai vers la rue. Il avait raison. Mais pas ce soir.

— Bon, on va bouffer, putain, grommela Fonseca en visionnant la cohorte de taxis qui filait vers les tours du World Trade Center.

N'osant pas solliciter ses compliments, je restais un pas derrière lui. Il m'emmena dans un resto soul sur Hudson Street, le Baby Blue, une vraie gargote : neuf tables en formica, des néons aveuglants au plafond, un juke-box, des murs bleu layette[1] et un système de ventilation merdique qui chassait l'oxygène de la salle vers la rue en gardant la fumée provenant de la plaque en fonte des cuisines. L'air était si lourd que j'avais l'impression que je pourrais marcher dessus.

— Goûte leurs travers de porc, me conseilla Fonseca en

1. En anglais *baby blue.*

s'asseyant à une table. Ils ont les seuls bons travers au nord de Washington, ici.

Je tirai à moi une chaise de kitchenette à l'assise en vinyle rebondie. Il y avait, scotchées au-dessus de nos têtes, de vieilles photos en noir et blanc de divers acteurs et chanteurs, ainsi qu'une pub pour la compagnie de disques Tamla montrant une jeune Noire, le menton appuyé sur son poing, arborant une perruque des Supremes des années soixante et une tonne de rimmel. La photo était dédicacée : « Au Baby Blue, pour toujours, Mavis Truax ».

– Vise un peu les travers, dit Fonseca.

De la tête, il désignait une table où un jeune maigrichon noir portant des lunettes de soleil à deux balles, une casquette et un foulard, était assis devant une platée de bons vieux travers, avec, sur une autre assiette, une pile de tranches de pain blanc. Il m'intéressait plus que la bouffe. Ce type était accompagné d'une blonde sans doute étudiante et n'arrêtait pas d'appeler « Mama » la serveuse noire d'âge mûr. Comme dans « Ça boume, Mama », ou « Mama, tu peux nous apporter du café ? ». Un numéro bidon d'habitué, au seul bénéfice de sa petite copine blonde. La serveuse tolérait son cinéma et le laissait lui presser la main une seconde, mais l'expression désabusée de son visage révélait ce qu'il fallait penser de lui.

Quand la fille tira une cigarette de son paquet, le jeunot cessa de rogner son travers pour la lui allumer.

– Ce mec est un connard, c'est clair, dis-je d'un ton détaché.

– Ne sois pas un connard toi-même, me répliqua Fonseca. Il souffre, ce môme. Quand il n'en claque pas cinq contre une autre main noire, il lit Albert Camus dans sa chambre d'étudiant. Il est jeune, il va sûrement connaître plus de changements qu'un caméléon sur un tissu écossais. Elle est passée où, ta compassion ?

Il y avait apparemment des scènes intéressantes à toutes les tables. Derrière nous, un Juif baraqué à coiffure afro se penchait au-dessus de son assiette pour discuter avec son rencard, une fille au visage aplati et aux pommettes hautes qui pouvait être chinoise ou portoricaine, un peu potelée, les épaules et la poitrine sous une superbe pluie de cheveux bleu-noir brillants. À la diagonale de notre table avaient pris place trois braillards, des demi-travelos un peu chelous, maquillés à la truelle, mascara et barbe de cinq heures. Parfaitement assortis à l'air du lieu. Et droit devant nous un Noir solitaire vêtu d'une veste de livreur marron « Good Health Seltzer », à moitié pété, avalait sa soupe, les paupières en berne comme si leurs ressorts avaient lâché. Sa table était collée au comptoir à pâtisserie en verre qui séparait la fabrique d'AVC de la salle. Au lieu de contenir des gâteaux, ce comptoir servait de reliquaire, de mini-musée à la mémoire des Kennedy et King – John, Bobby et Martin Luther –, dotés chacun de sa propre étagère d'assiettes souvenirs, de bustes en plâtre, de photos ; au milieu, trois brèves lettres encadrées remerciaient Louise Howard et le personnel du Baby Blue de leurs touchantes lettres de condoléances, signées par Jackie, Ethel et Coretta.

– Nous prendrons deux travers de porc, des Pepsi... et vous faites encore ce biscuit ? demanda Fonseca en adressant un clin d'œil à la serveuse noire enveloppée.

– Ouais, mais y en a plus. On a pain blanc, seigle, ou complet.

– Du pain blanc, décida-t-il avec un autre clin d'œil.

Nous restâmes un moment silencieux. J'étais en pétard : Fonseca m'empêchait de me sentir sur un nuage, de raconter ma soirée. *Ma* sacrée soirée !

– Eh ben va te faire foutre ! asséna le Juif à sa Sinoricaine.

Cette injonction ressemblait tellement à une prolongation naturelle de mon état d'esprit que je crus une seconde que je l'avais proférée.

Fonseca se tourna lentement, ostensiblement, pour manifester l'irritation que lui causait leur scène de ménage. Lorsqu'il se remit dans le bon sens, je lui sautai dessus :

– J'ai été bon, ce soir, non ?

— Tu devrais regarder directement les gens, répondit-il d'un ton grave. Tu dois les rencontrer avec tes yeux.

— Mais j'étais bon ?

— Oh, oui, non.

Il haussa les épaules, plissa ses traits en se levant.

— J'arrive pas à croire que personne ne fait marcher le juke-box... Ils ont les meilleurs disques soul au nord de Washington.

Il s'éloigna de notre table d'un pas nonchalant en faisant le tri dans une poignée de pièces de monnaie.

J'attendis, fumasse, qu'il revienne pour lui déclarer :

— Moi, je pense que j'étais bon.

— Ouais, hé, comprends-moi bien, il y a une chose dont tu dois tenir compte : ce bar, c'était pour toi une sorte d'environnement protégé.

— Quoi ?

— Tout le monde était de ton côté.

Sauf toi, empaffé.

— Il faut que tu ailles à l'abattoir pour qu'on sache ce que tu as dans le ventre. Passe dans une de ces boîtes où les gens viennent pour te voir te casser la gueule...

— Ah ouais ? J'irai la semaine prochaine.

Je me levai pour aller aux toilettes. Il y avait dans l'urinoir des plaquettes de camphre parfumées à la cerise qui vous faisaient croire que vous pissiez dans une fabrique de pastilles Pez. Planté devant le miroir, je me rejouai mon sketch. L'abattoir...

À mon retour dans la salle, on nous avait servis et Fonseca mangeait, penché au-dessus de son assiette. Jackie Wilson geignait sur la musique de « Lonely Teardrops » diffusée par le juke-box.

— Ou-ais, marmonna le livreur ivrogne en tendant une aile de poulet déjà grignotée vers Fonseca. C'est l'Jackie !

Fonseca eut un bref hochement de tête et retourna à ses travers de porc.

– Ou-ais ! C'est l'Jackie ! L'est mort, main'nant, il s'est fait buter par une cire.

– Une quoi ? fit Fonseca.

– Une cire ! Lui, c'était une tarlouze, elle, elle aimait pas ces saloperies, alors elle l'a descendu.

– C'est quoi, une cire ? me demanda Fonseca.

Je haussai les épaules.

– Une cire de l'armée[1], expliqua le Noir. L'était pédé, Jackie, j'le sais passque c'était mon cousin, j'm'appelle Wilson, il s'appelait Wilson, il était pédé, elle lui a tiré dessus.

– Pas du tout, répondit calmement Fonseca en ouvrant sa cannette de Pepsi. Il a eu une attaque... Tu confonds avec Sam Cooke.

– Naaan, persista Wilson. C'était une cire.

– Sam Cooke s'est fait decendre, King Curtis aussi, pas Jackie Wilson. Il a eu une attaque.

– Il a p't-êt' eu une attaque, mais c'était un pédé, et la cire l'a descendu. Si ça se trouve, elle a aussi descendu tous les autres...

Il poussa son chou frisé et sa patate douce avec un morceau de pain blanc.

– Ouaip, dit Wilson à son assiette, c'était p't-êt' la cire la plus occupée de toute l'armée...

Fonseca s'esclaffa.

Wilson leva la tête, révélant des yeux semblables à des cloques en forme d'amande. Ils s'affrontèrent du regard un moment.

– T'es encore jeune, lui lança Wilson. T'as l'avenir devant toi.

Les traits de Fonseca se crispèrent et, un instant, je crus qu'il allait balancer un swing au pochard, mais soudain la tension quitta ses yeux et ses lèvres et il eut un sourire triste de reddition. Il baissa la tête avec un grognement presque inaudible.

---

1. Confusion entre *wax*, cire, et *WAAC*, auxiliaire féminine de l'armée.

– Tu conduis, ce soir, papy ? demanda Fonseca en regardant le sol.

– Naaan… naan, répondit Wilson, qui dut faire un gros effort pour hausser un sourcil moqueur. Je vole.

– Tu voles où ?

– Dans la stratosphère, répondit-il avant d'avaler un morceau de poulet. Dans l'at-mo-sphère.

Il se frappa la cuisse de la main et sa bague fit tinter quelque chose.

Fonseca indiqua du menton la bosse qui gonflait le pantalon de Wilson.

– Du carburant pour fusée ?

– Mmm, acquiesça Wilson.

Il plissa les yeux et montra d'un doigt crochu la cannette de Pepsi. Fonseca la fit glisser vers la table de l'ivrogne tandis que celui-ci se penchait en arrière pour tirer sa flasque de sa poche.

– Wilson ! aboya une des serveuses, de derrière la vitrine des assassinés.

– Oh-oh, fit le livreur.

Il nous adressa un sourire d'écolier puis se pencha à nouveau vers son assiette et se remit à manger rapidement.

– Wilson, tu bois ? tempêta la serveuse, dont on ne voyait que la tête. J'ai jamais été en taule et j'irai pas maintenant à cause de l'ivrognerie de quelqu'un d'autre.

Toute la salle riait, mais avec retenue parce que la femme était vraiment furax.

– Nan, nan, Miss Howard, y a personne qui boit. Fausse alerte, fausse alerte.

– Raymond ! appela la serveuse.

Un jeune Noir au regard morne vêtu d'une tenue blanche de cuistot trop grande pour lui sortit de la réserve. Il se dirigea droit sur Wilson, saisit sa tasse de café et la passa sous son nez.

– Tu vois, j'l'avais dit, triompha l'ivrogne avec un sourire.

Raymond se retourna et s'empara de la cannette de Pepsi, renifla pour voir si on y avait versé de la gnôle.

– Hé, tu te prends pour qui ? lui lança Fonseca.

Il se renversa en arrière, mais le jeune l'ignora et au lieu de lui répondre il renifla ma cannette. Ses avant-bras nus sillonnés de veines étaient musculeux. Il faisait probablement du culturisme, mais on ne pouvait pas en être sûr à cause de l'ampleur de sa tenue blanche.

Wilson chantonnait « C'est ma faute, c'est ma faute », mais personne ne l'écoutait.

Fonseca semblait au bord de l'éruption. La tête renversée en arrière pour regarder Raymond dans les yeux, il avait son premier sourire de la soirée – enfin, c'était plutôt un rictus – et dès que le jeune Noir eut reposé les cannettes Fonseca en fit tomber une sur le sol d'un revers de main. Par chance elle était en alu très léger et presque vide. Raymond retourna dans la réserve, mission accomplie.

Fonseca respirait bruyamment. Tout à coup l'horrible sensation d'être agressé me tarauda la poitrine. Wilson continuait à murmurer d'une voix éteinte « C'est ma faute, c'est ma faute ».

– On demande l'addition ? suggérai-je.

La serveuse nous lançait maintenant un regard mauvais par-dessus le comptoir. Fonseca tourna la tête vers la cuisine, grommela « Saloperie » puis baissa les yeux pour prendre son portefeuille.

Le Juif baraqué assis derrière lui lui tapota l'épaule.

– Qu'est-ce que vous venez de dire ?

– Hein ? dit Fonseca.

– J'ai dit « Qu'est-ce que vous venez de dire », dit le type, le visage marbré de colère.

– À propos de quoi ? demanda Fonseca, sincèrement perdu.

– Vous venez p't-êt' pas de dire « Sale Cree » ? répliqua l'homme, les yeux quasiment exorbités.

– *Cree ?*

– Ouais, *Cree* ! Parce qu'il y en a une ici, de « sale Cree ».

Il tendit le doigt vers la fille que j'avais crue d'origine chinoise ou portoricaine.

– Il y en a une assise en face de moi, en ce moment !

La fille d'origine cree se tenait la tête à deux mains, profondément gênée par l'accès de rage de son copain.

Fonseca était si abasourdi par la bizarrerie de l'accusation qu'il expliqua d'une voix presque tendre :

– Non, je n'ai pas dit « Sale Cree », j'ai dit *saloperie*.

– Harry… Je vais m'en aller, prévint la fille indienne penchée au-dessus de la table.

– *Saloperie*, répéta Fonseca au type.

Chacun d'eux essayait de forcer l'autre à baisser les yeux. Harry respirait bruyamment par le nez. Il ne savait pas quoi répondre, il ne voulait pas laisser tomber.

Sa copine l'appela à nouveau par son nom, cette fois d'un ton péremptoire. Sans s'excuser, il se détourna lentement de notre table pour faire face à l'Indienne.

Nous attendîmes l'addition en silence. La sensation de taraudage remontait lentement vers ma tête. J'avais du mal à respirer – Fonseca également, si j'en jugeais par la façon dont ses épaules se soulevaient. Harry gardait la tête si près de sa poitrine que, vu de dos, il avait presque l'air décapité.

– C'est ma faute, c'est ma faute…, retenta Wilson.

Tout à coup, comme mus par un bizarre phénomène de télépathie, nous nous levâmes brusquement tous les trois : Fonseca, Harry, moi, les deux premiers nommés se mettant aussitôt à se cogner dessus. J'estimai qu'en me dressant d'un bond j'avais clairement exprimé mon point de vue, et je n'avais en outre pas particulièrement envie de me castagner avec qui que ce soit, mais Fonseca tenait l'autre par la gorge et, dans un pur réflexe, je plongeai pour les séparer. Au même moment Fonseca ramenait son bras en arrière pour frapper. Je reçus en pleine poire un revers de main qui ne m'était pas destiné. Une boule de douleur s'épanouit quelque part derrière mes yeux ; l'instant d'après, je contemplais le plafond crasseux. Quelqu'un cria « Hé, doucement ! », Fonseca en profita pour pousser le défenseur de la nation cree contre le mur, un bras contre sa pomme d'Adam, un genou contre son bas-ventre. Puis il se mit à lui marteler le visage sur un rythme frénétique en se hissant sur la pointe des pieds à chaque coup comme s'il soulevait une masse.

Personne ne faisait mine d'intervenir, bien que la moitié de la salle fût debout. Passé en pilotage automatique, je me jetai entre les deux combattants et enserrai Fonseca de mes bras, le visage contre sa poitrine, pour tenter d'arrêter le combat. J'étais terrifié par la puissance de ses mouvements abrupts et saccadés. Quoiqu'il fût dix fois plus costaud que moi, je parvins à joindre mes mains derrière son dos et tins bon. Raymond déboula de la cuisine. Harry me collait des jetons dans le dos en essayant d'atteindre Fonseca. Celui-ci me donnait des coups d'épaule dans la tête en essayant d'atteindre Harry. Chaque coup de Harry dans mon dos m'arrachait un « Aouh ! ». Pourtant, au lieu de me laisser glisser par terre, je serrai Fonseca plus fort, mes bras sous ses aisselles. J'avais du sang dans la bouche, mais je n'aurais pas su dire s'il coulait de mon nez ou de mes lèvres. D'un œil rendu vitreux par les coups, je vis que le jeune Noir qui dînait avec la blonde se tenait contre un mur, les bras en l'air comme si on le braquait. Je vis les trois drag-queens cradingues assises tranquillement, portant à deux mains leurs tasses de café à leurs lèvres, les coudes sur la table. Je me rendis compte que moi aussi j'étais calme, que les « Aouh ! » que je continuais à lâcher à chaque coup semblaient faire partie d'une simple conversation. Soudain je sentis que quelqu'un décollait Harry de mon dos. Raymond avait saisi d'une main le devant de sa chemise, empoigné son cou de l'autre, le pouce enfoncé dans la chair molle sous le menton pour que, paralysé de douleur, il ne puisse plus faire un mouvement. Il le sortit lentement du restaurant avec une démarche de danseur de tango.

– Ma copine ! Laissez-moi retrouver ma copine ! braillait Harry.

Une fois qu'ils furent sur le trottoir, Raymond, qui le tenait toujours par la gorge, lui murmura quelques mots à l'oreille comme un amoureux, leva ensuite les yeux vers les étoiles. Grimaçant de douleur, Harry suivit le regard du colosse. Raymond lui murmura quelques mots de plus, desserra sa prise et Harry décampa.

J'observais cette scène la joue toujours pressée contre la poitrine de Fonseca. Il avait cessé de se débattre et nous devions avoir l'air de deux candidats à un marathon de la danse approchant de son terme. Je ne voyais pas comment disjoindre mes mains.

– Lâche-moi, cracha soudain Fonseca en m'écartant.

Il me restait si peu de force que je tombai assis sur les fesses. Je ramenai lentement un bras raide en arrière pour palper la zone douloureuse de ma nuque. Je levai les yeux vers Fonseca en quête d'un remerciement, d'un peu de compassion, d'une main tendue, mais je n'eus droit qu'à un plan de son visage en contre-plongée : les yeux froids, les lèvres plissées de haine.

– Tu m'aides à me relever, dis-je d'un ton enjoué dû sans doute à mon hébétude.

– Va chier.

Croyant qu'il allait me flanquer un coup de pied dans les côtes, j'abaissai mon bras pour me protéger le flanc.

La fille cree passa près de moi à grands pas rapides, des larmes de colère dans les yeux, et faillit me marcher sur la main.

Je me sentis soudain soulevé par-derrière : Raymond m'avait harponné sous les aisselles.

– Payez l'addition, maugréa-t-il tout en donnant une chiquenaude à notre table de guingois avant de regagner l'arrière du restaurant.

Impavide, Fonseca tira de son portefeuille un billet qu'il laissa tomber sur la table, puis il sortit tel un taureau qui charge en me heurtant légèrement l'épaule au passage. Le devant de sa chemise était taché de mon sang.

À travers une bouchée de poulet, Wilson répéta une énième fois :

– C'est ma faute, c'est ma faute.

Mon sang. Je me précipitai dehors et me plantai, les jambes écartées, devant le restaurant. Fonseca était déjà au bout du pâté de maisons.

– Hé, Tony ! criai-je. Tony ! Viens, mec ! On va à New York ! On va voir Nicky !

Il s'arrêta mais ne se retourna pas.

– Te débine pas, m'exhortai-je à voix haute, transi de peur.

Fonseca ne se retournait toujours pas. Il arqua le dos, la face tournée vers le ciel, brandit les deux poings dans un geste de victoire et disparut.

Je rentrai dans le restaurant pour payer ce que je devais, mais Fonseca avait déjà tout réglé.

Je marchais dans la rue à pas comptés, une serviette en papier pressée contre la chair tendre de mon visage. Je n'avais aucune idée de l'endroit où j'allais. Je n'avais aucune idée de l'endroit où Fonseca allait. Chaque fois que je m'arrêtais devant une vitrine non éclairée pour examiner les dégâts, mes genoux se mettaient à trembler. Il fallait que je trouve de l'eau et un miroir. Pour autant que je pouvais en juger, j'avais le coin droit de la bouche entaillé, la narine droite qui saignait, et l'amorce rose d'un énorme bleu envahissait ma pommette droite. Un long serpentin d'hématomes s'étirait du sommet de ma tête à la base de ma colonne vertébrale. Pas question de retourner à l'hôtel, mais je n'étais pas en état de passer encore une nuit à marcher.

Pourquoi ne pouvais-je pas retourner à l'hôtel ? Parce que c'est le territoire de Fonseca ? Mais c'est aussi le territoire de Keller. Tu as payé la moitié. Retourne au moins chercher tes affaires. Non. Si. Non. Si.

Je me rendis à l'hôtel en courant pour avoir moins le temps de réfléchir.

Une fois devant la porte de notre chambre, je tendis l'oreille comme si ma vie en dépendait. Aucun bruit.

Je me glissai à l'intérieur, tellement tendu que j'avais oublié ce pour quoi j'étais revenu. Je trouvai du papier à lettres et écrivis un mot :

Tony,

J'étais venu à New York pour t'aider.

J'ai vraiment essayé. Maintenant, je ne veux plus te revoir. C'est mon sang sur ta chemise.

Bonne chance,

Peter

Je posai le message sur son oreiller et ressortis. Dans la rue, je me rendis compte que je n'avais pas récupéré mes affaires. Je ne m'étais pas non plus nettoyé la figure, encore gluante de sang. Tant pis, merde. Pas question de remonter là-haut.

Je m'étais libéré de Fonseca. Au prix de mon sang.

En me dirigeant vers Sheridan Square, je me sentais léger et alerte. Heureux. Très heureux. Il fallait toujours que je me lave le visage. Où ?

Je pensai à la salle de gym donnant sur Sheridan Square. Je pouvais peut-être y retourner en courant et utiliser ses toilettes. Je pris cette direction en maudissant mon nez, et pour la première fois depuis vendredi je songeai à Kim sans cette tenace sensation d'effroi. Elle me manquait, j'aurais voulu qu'elle ait pu me voir faire mon sketch. J'aurais voulu finir la soirée au lit avec elle, collé à son dos, mon nez contre sa nuque, mon bras entre ses seins. Je marchais en m'imaginant en elle, une paume glissée sous ses fesses, et je faillis même héler un taxi pour qu'il me conduise à la gare routière de Port Authority. Finalement, je n'en fis rien.

Je n'allai pas non plus à la salle de gym. En passant devant l'Attar, j'entendis les clients chanter en chœur avec le pianiste et je descendis dans le bar. C'était aux environs de minuit ; comme la veille, la salle était plus bondée que les urgences après une catastrophe. La tête baissée, une main devant le côté droit de mon visage pour cacher ma croûte de sang séché, je me dirigeai vers les toilettes en progressant de biais dans la foule.

Je constatai avec étonnement que les coupures de ma lèvre étaient sans gravité. J'avais imaginé ma bouche tellement abîmée qu'on aurait pu croire que j'avais essayé de me brosser les dents avec un mixer. Or, mis à part le bleu qui se formait sur ma joue, ma figure n'était que légèrement marbrée. J'ôtai ma chemise pour examiner mon dos. Même diagnostic, sauf que le lendemain à mon réveil j'aurais sûrement l'impression d'être une escalope de veau dûment aplatie à coups de maillet.

Lorsque je ressortis des toilettes, lavé et peigné, deux cents personnes chantaient « There But for You I Go[1] », et ce joyeux tir de barrage me catapulta dans la cabine téléphonique, d'où j'appelai Kim. Sautant les banalités habituelles, j'ouvris par un pot-pourri de « Tu me manques terriblement » et de « Je suis impatient de te retrouver ».

– Tu es où ? me demanda-t-elle en bâillant. Dans une église ?

– Nan, dans un bar historique de Greenwich Village. Kim, c'est dingue, toi et moi...

– Qui est-ce qui chante ? La chorale des mormons ?

– Non, c'est surtout des anciens nazis, pour collecter des fonds. Kim, j'ai hâte de me mettre au lit avec toi, je ne t'ai pas manqué ? Tu n'as pas envie de m'embrasser ?

Je me sentais libre. C'était comme si après avoir cherché à séduire en même temps Fonseca et Kim, j'avais plaqué l'un pour choisir l'autre et que mon énergie partagée était à présent canalisée dans un seul tuyau.

– Je te manque ?

– Ou-oui ! répondit-elle avec une angoisse feinte.

– Et comment je m'appelle ? insistai-je.

---

1. Chanson extraite de *Brigadoon* (1954), un film de Vincente Minnelli.

— Pie.

— Exact. Ohh Kim... Ohh demain soir.

Malgré mon euphorie, demain soir, le nord de l'État, tout ce monde et son casting me paraissaient incroyablement difficiles à atteindre en vingt-quatre heures seulement. Je me sentais un peu coupable d'être brutalement passé de « Je ne pense même pas à toi » à « Mon amour, mon amour », mais j'étais lancé, j'étais sincère.

— Et tu meurs d'impatience ?

— Ou-oui !

— Ohh... Je t'aime, petite frimousse. Mon trésor, j'ai tant à te dire... Les choses se mettent en place. Je t'adore, petite frimousse.

Kim eut un gloussement embarrassé. D'ordinaire, je n'étais pas aussi nunuche en matière de mots d'amour, mais là, je voguais sur un nuage.

— Pie ? dit-elle d'un ton hésitant, ne sachant comment se mettre au niveau de mes folles déclarations. Comment vont tes parents ?

— Bien, très bien.

Je décidai à cet instant que je lui révélerais tout ce qui était arrivé ce week-end. Je nous voyais installés tous les deux, tous les trois, dans le Village. Le New Deal.

— Kimberly, je t'aime à la folie.

Elle eut le rire tremblotant de quelqu'un qui, un peu effrayé, est en même temps surexcité. Je lui faisais subir un raid à minuit, une marée d'équinoxe. Elle n'avait pas encore dit « Je t'aime », mais elle vacillait.

— Et n'oublie pas lundi, me rappela-t-elle.

— Quoi ?

— Payne House ! gémit-elle.

Ce qu'on oublie vite, quand même...

— Oh oui ! Le porte-jarretelles ! Nos deux corps enlacés... Oh, je vais avoir une attaque. Faut que je raccroche avant de me mordre les jointures jusqu'au sang. Je t'aime, ma petite frimousse, à demain.

Je me faufilai en direction du bar, où j'avalai un scotch sans eau qui me monta aussitôt à la tête. J'étais aux anges. J'avais envie de pousser un grand « AAOH » à la James Brown en claquant des mains et de me lancer dans un tourbillon de rythme soul.

Le chanteur assis sur le tabouret braillait « C'est pas nécessairement ça[1] ! ». Mais si, mon cher.

Finalement, je passai la nuit, ou le peu qui en restait, assis sur une chaise dans la salle d'attente de la gare routière. J'aurais pu dormir chez Crown, mais je n'avais pas eu le cœur de sonner à sa porte à quatre heures du matin. Je craignais peut-être aussi la légère tendance à la fonsecalité que Crown lui-même pouvait avoir.

À sept heures, je montai dans un car Greyhound pour le nord de l'État. Le voyage fut affreux. J'avais la gueule de bois, j'étais tendu à craquer. L'envie de présenter des excuses à Fonseca me traversait sans cesse, mais chaque fois je l'attribuais à mon épuisement. C'était fini, cette merde. J'étais pleinement redevenu moi-même. Respect de soi et tout le bazar.

Il y avait cependant une chose sur laquelle Crown et Fonseca avaient raison : l'Attar n'était pas la pierre de touche. S'y faire applaudir était trop facile, il fallait que je me frotte à un public plus dur la prochaine fois, dans une boîte moins propice à l'euphorie. Mais bon, j'avais enfin bougé. Bien que ne sachant pas encore ce que je voulais vraiment devenir, comédien ou humoriste, j'avais au moins découvert que je pouvais improviser sous la mitraille, que je n'étais pas vif et mordant seulement dans le confort de ma salle de séjour. Et c'était une nouvelle capitale. Un point de départ solide. Plus que jamais, il fallait, il fallait, il fallait. Lorsque j'avais suggéré à Crown qu'il pouvait retourner à Buchanon s'il ne perçait pas à New York, il m'avait regardé comme si j'étais à la fois cinglé et pervers. Il avait raison.

---

1. aroles d'un air de *Porgy and Bess.*

Tout ce que je devais faire, c'était convaincre Kim de partir avec moi.

Quand j'eus enfin trouvé le bon rythme pour caresser le clito de Kim sans qu'elle grimace ou tente de guider ma main vers un point moins sensible, j'avais les yeux vitreux à force de fixer les deux fraises dodues flottant dans les flûtes de champagne posées sur la table de nuit. Des bulles se collaient aux fruits ou montaient droit vers la surface pour y éclater ou s'agglutiner contre le verre. Je n'avais jamais réussi à la faire jouir comme ça : l'un de nous deux se sentait à chaque fois trop frustré d'attendre et nous finissions par baiser avant de faire une dépression nerveuse. Ce soir, j'insistais, ce soir j'y arriverais. Je serais un perceur de coffre, un tailleur de diamants, un miniaturiste, parce que nous procédions à une célébration, nous étions au Payne House, vautrés sur un immense lit à colonnes vieux de deux siècles, dans une chambre à peine plus grande que le châlit. La pièce donnait sur une rivière et les meubles anciens qu'elle abritait devaient remonter à une époque suivant de peu la découverte de l'Amérique. Un seau à glace en argent sur pied contenait ce qu'il restait d'une bouteille de champagne à quarante dollars.

Kim, qui ne portait sur elle qu'un porte-jarretelles ivoire auquel s'accrochaient des bas taupe, était étendue sans résistance sur un dessus-de-lit en patchwork, sa chevelure blonde déployée en éventail derrière ses épaules, les paumes tournées vers le haut, dans une attitude de reddition. Je voyais ses globes oculaires bouger légèrement derrière ses paupières closes et elle claquait des lèvres comme si elle avait la bouche sèche et qu'elle dormait.

Tout en massant doucement son mont-de-Vénus, je regardai à nouveau les flûtes délicates, la commode à dessus de marbre et boutons de cristal, la grande lithographie encadrée d'une aquarelle de la Piazza del Popolo, la cuvette et le broc en porcelaine bleue, la rivière coulant sous la lune au-delà des portes vitrées qui donnaient sur notre terrasse.

Cela faisait un bon quart d'heure que je la caressais lentement, m'arrêtant régulièrement pour mouiller mon doigt de salive, les yeux et l'esprit dérivant par moments, quand soudain Kim frémit. Les yeux toujours fermés, elle tendit le cou et le menton. Je me rendis alors compte que je frottais son clitoris plus fort que je ne l'avais jamais fait et que cela ne lui faisait pas mal, que j'avais trouvé la corde sensible et que nous allions toucher au but. Une minute plus tard, elle tendit de nouveau le menton et son ventre tressauta. Concentrée, elle se mit à faire rouler sa mâchoire. Tentant le coup, je massai plus vite. Elle posa une main sur la mienne et je ralentis un peu. Son corps tressauta de nouveau, comme si elle cherchait à se redresser mais qu'elle était attachée au lit par des sangles. Je crus qu'elle allait se déboîter la mâchoire. Les soubresauts de son corps se succédaient plus rapidement et soudain, tel un sous-marin faisant surface, de ses poils pubiens aux renflements de ses seins, monta une longue et puissante déferlante de sexe rendant ridicules les fanfreluches du porte-jarretelles, un roc de tension qu'elle tint contre mon doigt tremblant pendant une longue minute jusqu'à ce que tout retombe en saccades graduelles tandis qu'elle se libérait sous ma main en bas et par un interminable gémissement en haut. Elle emprisonna mon poignet entre ses cuisses, se recroquevilla contre moi en continuant à gémir, puis éclata d'un rire nerveux quand je ne pus dégager ma main.

— Dis, tu ne te vexeras pas si je retire le porte-jarretelles ? Il me coupe en morceaux, dit Kim, les mains reposant sur le haut des hanches.

— Non, vas-y, dis-je, embarrassé qu'elle dût me le demander de cette façon.

Elle se leva du lit, ôta ses bas et les tint un moment devant elle avec ostentation avant de les laisser tomber sur le sol. Elle n'était quand même pas obligée de prendre un air aussi soulagé pour les avoir enlevés.

— Kim…

Mon cœur battait au rythme du maintenant ou jamais.

– … j'ai quelque chose à te dire, mais tu dois me promettre de ne pas piquer une crise avant que j'aie terminé, d'accord ? Je t'ai menti sur ce week-end. Je ne suis pas allé chez mes parents.

– Tu étais avec une autre fille ?

Elle l'avait dit d'un ton léger, trop vite cependant pour me faire croire que je n'aurais pas eu droit à la grande scène du II si j'avais répondu oui.

– Non, absolument pas, répliquai-je, avec une grimace signifiant « Hé, tu me parles d'une bombe atomique, alors qu'il s'agit d'une fléchette à embout plastifié ». Non, je suis allé à New York avec Fonseca.

Cela sonnait bizarre, elle s'appelait elle aussi Fonseca.

– Tony… j'y suis allé avec Tony, mais c'est fini, j'avais quelque chose à régler, je l'ai fait, et je te jure devant Dieu, sur…

Il ne me venait pas à l'esprit une partie du corps de ma mère assez sacrée.

Sur le cœur de ma mère ?

Non, ça faisait chanson de marins.

– … sur la tête de ma mère, Kimberly, que je ne le reverrai plus jamais. Pourtant, c'était mon ami. Je l'aimais bien. Toi aussi, tu l'aimais bien. C'est pour ça qu'on est compatibles, on a le même goût en matière de gens. Nous avons commis les mêmes erreurs. Mais c'est terminé, je te le jure. On ne s'adresse même plus la parole.

Je parlais vite, pour qu'elle ne puisse pas même glisser un mot. Elle se tenait nue devant moi, un petit tas de fétiches sexuels à ses pieds, et son visage passait par diverses couleurs et divers degrés de tension. Continue à parler, continue.

– Ce n'est pas facile de rompre une amitié, il faut que tu me donnes un peu de temps, je sais que ça te fait flipper que je sois allé là-bas avec lui, mais je te dis la vérité maintenant parce que tu n'as plus aucune raison d'avoir peur, c'est fini. Bon Dieu, j'ai l'impression de te parler d'une autre fille, mais je te le répète quand même – allez, tous en chœur avec Pete : C'est… fi…ni.

Je pressai l'une contre l'autre les extrémités de mon pouce et de mon index pour signifier que tout allait bien.

– N'essaie pas de m'amadouer, Peter.

– Pardon. Dis-moi juste comment te raconter ça sans que tu pètes un plomb.

– Pour commencer, arrête de me dire de ne pas péter un plomb !

Je claquai des doigts, tendis le bras vers elle.

– D'accord.

Elle s'assit au bord du lit, les mains pendant mollement entre ses cuisses.

– C'est lui qui t'a fait ça ? demanda-t-elle en montrant ma pommette devenue violacée.

– Oui, mais sans le vouloir, ce n'était pas pour… Au contraire. Écoute, ce n'est même pas de lui que je voulais te parler. Ça, c'est le mauvais côté du week-end, je veux te parler du bon.

Je remplis nos flûtes, lui en tendis une qu'elle prit, merci, merci, et je m'assis comme elle au bord du lit, aussi près d'elle que je pouvais.

– Kim, écoute-moi, j'ai fait ce week-end un truc incroyable. On m'a donné le nom d'un acteur, Stanley Hartnett, qui pourrait m'accorder une audition, il a un cours d'art dramatique. Je suis monté sur scène et j'ai raconté une histoire en improvisant – un sketch, quoi. Je suis monté sur scène et j'ai épaté les gens, enfin, non, pas vraiment épaté, mais je me suis bien défendu, ils riaient, ils ne riaient plus, un moment ils étaient carrément en extase, ça a duré juste une minute, c'était dans un bar à stand-up du Village, l'endroit d'où je t'ai appelée, ils veulent que je revienne le week-end prochain, Kim, c'est parti pour le gars Peter… Alooooors, ce week-end, toi…

J'enfonçai le bout de mon doigt dans le dessus-de-lit.

– … et moi…

Je l'enfonçai à nouveau, plus près de sa cuisse.

– ... on va à New York pour tâter le terrain et tu pourras me voir faire mon sketch, parce que, Kim...

Je me remis à poignarder le dessus-de-lit de mon majeur.

– ... je sais pas comment te dire... Je peux pas passer ma vie à être un bon petit prof. Je deviendrais fou, ici, ça me tuerait. C'est mauvais pour ma personnalité, je commence à fredonner de la musique d'ascenseur, alors en janvier, envers et contre tout, je pars, mais... je veux le beurre et l'argent du beurre, Kim : toi et New York. Tu es écrivain, tu peux écrire n'importe où, pour Anthony, une école, c'est une école, et moi je peux faire n'importe quoi pour gagner ma vie, on ne mourra pas de faim, et je t'aime, Kimberly.

J'avais les yeux brûlants et une balle de golf dans la gorge.

– Il n'y a rien ici pour moi et je refuse de me retrouver avec les mêmes angoisses que Tony.

– Ne dis pas de mal de Tony, répliqua-t-elle.

Mon visage dut blêmir.

– Tu le vois encore ? demandai-je, en répondant oui d'un hochement de tête à ma propre question.

Mon cœur s'était changé en grenouille.

– Non, répondit-elle aussitôt.

– Tu l'aimes encore ?

Oui, fis-je de la tête.

– Non, dit-elle en cachant son visage d'une main tremblante.

– Kimberly, murmurai-je, les mains pressées l'une contre l'autre, je t'aime... je t'aime.

Je fermai les yeux, les mains jointes devant ma poitrine.

– Je ne veux pas te perdre.

J'étais stupéfait de mon ardeur. Je savais que son intensité s'expliquait par le fait qu'elle avait pris la défense de Fonseca. Elle le savait aussi. En ouvrant les yeux, je vis qu'elle scrutait mon visage.

– Je ne veux pas te perdre non plus, marmonna-t-elle en continuant à m'observer avec curiosité.

– Alors, on oublie janvier, on va à New York ce week-end et je monte sur scène, avec toi au premier rang. On prend les choses au jour le jour.

– Je ne peux pas.

– *Pourquoi ?!*

Doucement, doucement.

– Je dois aller voir mes parents, tu te rappelles ?

– Ah, merde ! éructai-je, écœuré.

– Et tu as dis que tu m'accompagnerais, ajouta-t-elle timidement.

Je m'adossai à la tête de lit et contemplai la Piazza del Popolo. Rome. Le Monde. Elle ne voulait pas aller à New York. Ni le week-end prochain ni jamais. Elle vint s'asseoir à côté de moi, mais je ne me tournai pas vers elle. Un moment, elle me caressa le dos de la main et, comme je ne prenais pas la sienne, elle s'arrêta, se leva, enfila un peignoir et sortit sur la petite terrasse.

– Je vais tenter ma chance, Kim, dis-je en élevant la voix pour me faire entendre. Pas question que je devienne cinglé ici.

Elle resta dix bonnes minutes dans le froid de novembre et quand elle revint s'asseoir sur le lit son corps était secoué de frissons.

– Tu sais que je suis enregistrée à l'hôpital comme femme battue ? me dit-elle sur le ton guilleret qu'elle aurait pris pour m'annoncer son admission dans un club d'étudiantes. Tony me battait comme plâtre. Régulièrement.

Je me souvins d'un vieux sketch de Sid Caesar[1] dans lequel lui et ses comparses jouaient les figurines d'une énorme horloge suisse. Ils sortaient du cadran et se tapaient dessus avec des gestes mécaniques pour sonner l'heure.

– J'étais en train de te parler de quelque chose, Kim.

Tout en moi hurlait et courait dans des directions différentes.

---

1. Acteur, humoriste et scénariste américain.

– Je *te* parlais de quelque chose.

Elle me dévisageait en se rongeant l'ongle du pouce avec ses grandes dents de devant. Tremblant encore de froid, elle sursauta soudain comme si on lui avait donné un coup dans les côtes, mais continua à me regarder.

– Je vais te raconter tout ce qui s'est passé entre lui et moi...

Elle secoua la tête et tendit une main, la paume tournée vers moi.

– ... parce qu'il faut que tu le saches.

– Je sais ce que tu cherches, Kim, ne fais pas ça. Sinon, je pars tout de suite, menaçai-je, collé au lit. Je pars, je te le jure.

– Il faut que tu saches, persista-t-elle.

– Ne commence pas, protestai-je d'une voix faible.

– Je t'ai raconté « Tramp » et Otis Redding, la rencontre au S et L avec Whoosh, tout ça...

Elle haussa les épaules et se mit elle aussi à s'en prendre au dessus-de-lit.

– On se sent des atomes crochus, il me ramène chez moi, mais à peine on est dans sa voiture il me dit « Pourquoi tu traînes avec ces négros ? ». Je ne comprenais pas, je croyais que ça l'impressionnerait que je fréquente ce bar. On a quand même commencé à sortir ensemble, pas au S et L, d'ailleurs. Il m'avait demandé de ne plus y aller. Ça m'était égal parce que je pensais être amoureuse de lui, je me sentais même flattée qu'il se soucie de ce qui pouvait m'arriver... *Lui*, il continuait à y aller. J'avais la clé de son appartement, je l'y attendais. Il rentrait tard et au début il me demandait « Tu es sortie avec Whoosh ? ». Je n'étais sortie avec *aucun* de ces types, je répondais « Non » et il laissait tomber, mais à un moment ou à un autre, pendant les premiers mois, il a dû me poser la question pour chaque type qui fréquentait ce bar...

– Kim, je ne veux pas entendre ça, suppliai-je.

Ignorant ma demande, elle poursuivit sur le ton d'une conversation anodine, en suivant du doigt une ligne bleue du patchwork, sans lever une seule fois les yeux pour me regarder :

– J'étais plutôt heureuse. Je n'aimais pas la fac, je voulais juste devenir écrivain et je sortais avec Monsieur l'Écrivain officiel en personne. Et mes textes étaient bons, il ne cessait de me le répéter, et je l'aurais senti s'il cherchait seulement à me flatter – d'ailleurs, je savais *moi* que j'étais bonne. Je me suis installée chez lui au bout d'un mois, tout le monde était au courant, tout le monde à la fac me détestait. Je m'en fichais, je voulais être avec lui. Il me faisait la lecture, il me donnait des livres, il me lisait *ses* textes. Franchement, je me foutais de ce que les autres pensaient. J'étais au paradis.

« En décembre, je suis tombée enceinte d'Anthony. Au début, j'avais l'intention d'avorter, mais il a voulu que je garde le bébé. Il a voulu qu'on se marie. Il avait environ trente ans à l'époque, j'allais devenir la femme d'un grand romancier, je mettrais au monde son enfant, je deviendrais peut-être moi aussi un grand auteur. J'avais dix-huit ans, je me disais : Qu'est-ce qu'une fille de mon âge peut souhaiter d'autre ?

Kim haussa les épaules à l'intention du seau à glace, reporta son attention sur le dessus-de-lit et remonta cette fois une piste rouge.

« On s'est mariés en janvier, à Albany, là où mes parents habitent. Mon père a de l'argent, ça a été une belle cérémonie. Au début, ils étaient furieux que je sois enceinte, et quand ils ont appris que le père s'appelait Fonseca, ils ont été deux fois plus furieux, parce qu'ils le croyaient portoricain. Quand je les ai détrompés sur ce point en leur précisant qu'il était juif, ils ont été trois fois plus fumasses.

– Quoi ? coassai-je. Il est *juif* ?

Je ne pus retenir un rire étonné.

– Ouais, la branche méditerranéenne. Je dis toujours séraphique, mais…

– Sépharade ?

– C'est ça.

– Tony est *sépharade* ?

Pendant une seconde, il fut de nouveau mon pote. J'avais encore le réflexe pavlovien de diviser le monde en deux équipes, nous et eux.

– Pourtant il m'a parlé d'un arbre de Noël, ajoutai-je.

– Oui, nous en avions un.

Ce « nous » remettait les choses en perspective.

– Non, je veux dire quand il était gosse, précisai-je, renfrogné.

– Qui sait ? En tout cas, au début, mes parents n'étaient pas enchantés, mais lorsque mon père a rencontré Tony tout a changé. Il peut charmer n'importe qui quand il veut.

Elle eut un petit grognement et un sourire.

– C'est tout de suite après le mariage que les ennuis ont commencé. J'ai laissé tomber la fac au deuxième trimestre, je projetais uniquement d'écrire, de lire, et d'avoir mon bébé. Tony, lui, avait du mal à écrire. Je pense qu'il subissait la pression du grand écrivain potentiel, animé d'un grand projet, et je l'admirais tellement que je l'accablais d'éloges, que je lui répétais sans cesse qu'il deviendrait quelqu'un d'important. Au début, il riait, il me demandait gentiment de me calmer, et puis il a dit qu'il ne pouvait plus trop lire mes textes, ça le détournait de son travail d'écriture. Ensuite, il n'a plus voulu parler de mes lectures, ni de son roman. Avant, il me lisait tout le temps ce qu'il écrivait. J'ai pris rapidement l'habitude de garder pour moi mon propre travail. Quand le bébé est né, il ne l'a pas supporté : l'enfant l'empêchait de dormir, il lui prenait tout son temps. Tony était épuisé, il ne pouvait plus écrire, plus du tout. Et moi ? Je ne pouvais plus non plus.

– Bien sûr, commentai-je.

– Il a commencé à dire du mal de la fac. Les autres profs lui refilaient tout le boulot, ils étaient jaloux de sa jeunesse et de son talent. Il n'avait jamais aimé la fac, il prenait son pied en jouant au jeune rebelle, mais là, *tout le monde* le vampirisait. Tout le monde cherchait à l'écraser sous du boulot de merde pour qu'il ne puisse pas écrire, pour qu'il ne puisse jamais partir, pour qu'il reste l'esclave du département d'anglais. Il déblatérait contre tous les profs, sauf Jack. Jack, il l'adorait. Jack était de son côté, il était toujours sympa avec lui, Jack lui disait d'être patient avec lui-même. Il lui parlait, il était son ami. Tony ne *savait* pas à quel point Jack était son ami : tu as déjà entendu parler d'un prof qui a enseigné près de treize ans sans devenir titulaire ? Les autres mouraient d'envie de se débarrasser de lui, ils ne le supportaient pas, Jack se démenait pour garder Tony, contrat après contrat. Pendant que Tony accusait les autres de l'empêcher de créer pour qu'il ne puisse pas quitter Buchanon, Jack se battait bec et ongles pour ne pas le virer. Je crois que Jack était vraiment persuadé que Tony avait du talent, que s'il parvenait à trouver un peu de paix intérieure il pourrait devenir un grand écrivain. Je le pensais moi aussi, mais maintenant, c'est sans doute trop tard… Enfin, on ne peut jamais savoir. Il paraît qu'il s'est remis à écrire, mais en dehors de Jack il avait rompu avec tous nos amis. Ça ne me dérangeait pas trop, j'ai toujours été une solitaire. J'avais mon enfant, j'avais mes textes, et même Tony, les bons jours. Il ne craquait que devant moi. Pour les autres, il était toujours Tony, personne ne prenait ses coups de colère pour autre chose qu'un numéro. Mais il vacillait, Peter…

Elle grimaça, secoua la tête.

– Il sombrait, et rapidement. Quand Anthony a eu un an, Tony s'est mis dans la tête que je sortais en douce avec la bande du S et L. Cela faisait près de deux ans que je n'y avais pas mis les pieds, mais il disait qu'ils se foutaient de lui derrière son dos. Ce qu'il ne voulait pas voir, c'est qu'ils s'étaient *toujours* foutus de lui derrière son dos à cause de son numéro. Un soir, je venais de mettre Anthony au lit, Tony rentre d'un pas martial avec quatre gars dans son sillage : Whoosh, David, Brandon et Willis. « Bonsoir, chérie, fais péter le bourbon et la bière ! » Il invite ces quatre pauvres gars à s'asseoir sur un de nos canapés, s'installe avec moi sur l'autre, genou contre genou, son bras autour de mes épaules, souriant comme sur une photo Kodak pour leur montrer combien nous sommes unis et heureux. Il les observait attentivement, guettant leur réaction, je n'avais jamais été aussi gênée de ma vie. Je me souviens encore de David, le grand David, assis sur notre canapé, l'air misérable, les genoux plus haut que la table basse. Ils semblaient tous si mal à l'aise – est-ce qu'ils comprenaient seulement ce qui se passait ? Whoosh oui, probablement.

Je commençais à me détendre, et même à apprécier cette histoire. Fonseca était un vrai blaireau.

– Moi, je prenais soin d'Anthony. J'ai toujours pris soin de lui. Dès qu'il a été assez grand, je l'ai mis à la maternelle. Je veillais à ce qu'il soit entouré d'autres enfants. Je m'efforçais de le tenir à l'écart de Tony. À vrai dire, Tony ne s'est jamais intéressé à lui. Il ne lui criait même pas dessus, il ne faisait *rien* avec lui. Anthony m'appartenait : c'était *mon* problème, et pour Tony des factures à payer. La définition d'un enfant pour Tony ? Une chose vivante qui vous empêche de créer...

– Il est formidable, ce gamin ! m'exclamai-je avec force et indignation.

Kim ne réagit pas.

– En résumé, le monde n'est peuplé que de salauds qui le bloquent dans son écriture : le boulot de prof le tue, moi je sors avec des négros, ses étudiants sont des crétins, son gosse lui bouffe son fric, énuméra-t-elle d'une voix chantante et lasse.

– Alors, pourquoi tu ne l'as pas quitté ? lui assénai-je avec la même indignation.

– C'est plutôt une bonne question, reconnut-elle en baissant la tête.

– Tu te trouves un job, tu le laisses avec son foutu projet de roman, tu prends le petit et tu te casses !

– Ne te mets pas en colère contre moi.

– Où tu vois de la colère, toi ? Tu me racontes cette vie de merde et je ne comprends pas pourquoi tu l'as acceptée. Pourquoi tu ne l'as pas plaqué ? Tu as raison, c'est plutôt une bonne question !...

— Parce qu'il n'était pas toujours comme ça, répondit-elle avec un haussement d'épaules. Quand il était bien, quand il reprenait espoir en son projet, il redevenait merveilleux. Il me chantait de vieux airs que sa grand-mère lui avait appris. Il me racontait son enfance à New York. Il me faisait la lecture, pas son roman, rien de contemporain : Dickens, des poèmes romantiques... Tu te rends compte ? Cette grande brute de Tony me lisait de la poésie du dix-neuvième siècle... Moi, je n'ai jamais tellement aimé les cadeaux, je n'y crois pas, mais ceux qu'il m'offrait, il les avait faits lui-même : des dessins, des poèmes, et même un collier une fois, un truc horrible avec des coquillages, il l'avait fait lui-même.

— Il dansait pour toi ?

— Danser ?

— Oui, pour toi. Enfin *danser*, quoi !

J'écartai les jambes sur la courtepointe et je lui fis le monkey[1] en agitant un poing en l'air, l'épaule baissée. Je me sentis aussitôt ridicule.

Déroutée, Kim haussa les épaules.

— Non, je ne crois pas qu'il ait jamais *dansé* pour moi. Il faut que tu comprennes une chose : lorsque quelqu'un te flanque des peignées tout le temps, quand il s'arrête c'est comme si le soleil perçait les nuages et tu es deux fois plus heureuse que tu ne devrais l'être. On dit que pour connaître la douleur il faut savoir ce qu'est le plaisir. C'est une connerie. Si quelqu'un te cogne sur la tête, tu n'as pas besoin d'un massage du cuir chevelu pour connaître le plaisir. Il suffit qu'il *cesse* de frapper pour que tu sois au paradis. Et donc, quand Tony se sentait bien, je me retrouvais au septième ciel.

— Comme un chien battu, quoi.

Elle se redressa.

— Pourquoi tu es si méchant avec moi ?

En cet instant précis, je n'avais que mépris pour sa faiblesse. Je marmonnai quand même :

1. Danse populaire dans les années 1960.

— Excuse-moi.

— Une autre raison pour laquelle je suis restée, pendant ces premières années, c'est que je crois qu'on est toujours payé de ses peines, je crois en la justice. J'étais convaincue que Tony subissait dans son travail et dans sa vie des changements qui le rendaient fou mais qui finiraient par faire de lui un meilleur écrivain. Je pensais vraiment que cette souffrance déboucherait sur une récompense, qu'il renaîtrait de ses cendres comme un phénix, parce que la vie c'est comme ça, et qu'il devait être patient. Je n'arrivais pas à croire qu'on pouvait endurer une telle torture et ne pas en être finalement récompensé. Lorsque cela arriverait pour Tony, notre couple serait à nouveau sur de bons rails. Je me disais que quelques mauvaises années ce n'est rien dans un mariage, il faut garder la foi, il faut regarder vers l'avenir. C'était mon job : être la gardienne de la foi, faire tout tenir ensemble. D'ailleurs, il me répétait que j'étais la seule sur qui il pouvait compter, la seule qui voulait qu'il soit quelque chose. Il répétait qu'il vivait pour moi, et même si je sais maintenant que c'était du délire, ça me bouleversait, ça me touchait profondément.

« Et puis, il y a cinq ans de ça, il a eu droit à une année sabbatique et on lui a proposé d'enseigner à l'université de New York comme écrivain invité. Je l'ai supplié d'accepter : arrête de parler de New York, vas-y, tire-toi d'ici, vois quel effet New York peut te faire. On est donc partis, et ce fut un vrai désastre. Tony était incapable d'écrire, il prétendait que la pression du temps était trop forte : un an, qu'est-ce que c'est, un an ? Il faut un an rien que pour s'installer et se sentir bien. À la fin de cette année, nous sommes revenus ici sans qu'il ait rien à montrer et il a totalement craqué, parce qu'aller à New York avait été sa seule issue et ça n'avait rien donné, il n'avait plus aucune perspective désormais, c'était fini, il resterait à jamais sur la case départ. Alors, tu vois, je connais New York, Peter, j'y ai vécu…

— Pas avec moi, objectai-je.

— Je sais, mais…

– Mais rien du tout, lui et moi, c'est différent.

– Bien sûr.

– Je l'ai vu, *son* New York, c'est comme ne pas y aller, affirmai-je en lui caressant la main. Tu n'es jamais allée à New York.

– On ne pourrait pas remettre cette discussion à plus tard ? proposa Kim, qui semblait avoir besoin d'une aspirine grande comme une tourtière. Bref, on est revenus ici, ses cours étaient un enfer, son dégoût des autres profs est devenu si fort qu'il a même cessé de parler à Jack, et puis il a commencé à s'en prendre à *moi* ! Avant, à part ses crises de jalousie insensée à propos du S et L, il ne s'en prenait jamais à moi en tant que personne, il se plaignait plutôt du mariage en général, des problèmes d'argent, des bouches à nourrir. Là, c'était « Pourquoi tu m'as épousé ? Pour me pomper mon énergie ? Mon talent ? Pour avoir un prof d'écriture sous la main à plein temps ? »... Est-ce que j'étais tombée enceinte pour me l'attacher définitivement ? Il ne levait pas la main sur moi, sa violence n'était que verbale, mais ça le rendait fou que j'écrive alors qu'il en était incapable, comme si nous étions sur une balançoire à bascule, moi en haut, lui en bas, comme s'il y avait deux cabines de douche et un seul tuyau d'eau chaude, alors il m'a interdit d'écrire. Je me disais : Tiens bon, accroche-toi à l'avenir, ne quitte pas des yeux l'horizon. J'ai réussi à me convaincre que c'était un bon signe pour nous, que la grande crise allait éclater, que le quitter maintenant serait comme choisir la défaite alors que la victoire était proche. D'ailleurs, en même temps, ça s'intensifiait aussi à l'autre extrême : les cadeaux, les « Il n'y a que toi », les « Tu es la seule qui veut que je vive », les « Sans toi, je mourrais », les « Comment je peux vous crier dessus ? Vous êtes mes bébés chéris »... Il se prenait la tête à deux mains, il se frappait la poitrine, il m'écrivait des poèmes délirants, il pleurait... Il mettait sa main devant sa bouche, il me regardait et il éclatait en sanglots. Alors je fondais en larmes moi aussi et nous finissions par jurer de nous entraider. Peter, il faut que tu comprennes que nous n'avions pas d'amis, que personne ne venait chez nous. Dehors, Tony n'était jamais comme ça, il tenait le coup toute la journée jusqu'à ce qu'il rentre. Il n'avait jamais vraiment eu d'amis, il sortait avec des étudiants, des disciples, des jeunots qu'il pouvait dominer, qu'il impressionnait, et même avec eux il faisait son numéro de Marlon Brando dans *Blanches Colombes et Vilains Messieurs*, et s'ils devenaient trop proches, il les éloignait de lui en montrant sa force physique, sans frapper, mais en les serrant dans une étreinte d'ours qui les faisait flipper.

Je fus piqué au vif. En comprenant que Fonseca savait parfaitement ce qu'il faisait quand il m'avait quasiment brisé l'échine devant le Fitzie's, je me sentis trahi.

– Peu de temps après New York, il a décidé que je ne devais plus sortir sans qu'il sache pourquoi, par exemple aller chercher Anthony à l'école. Il s'est mis à faire toutes les courses, il ne me donnait jamais d'argent. La fois où la facture du téléphone avait augmenté de cinq dollars, il a piqué une crise. Qui j'appelais comme ça ? Je devais noter tous mes coups de téléphone et leur durée pour qu'il puisse vérifier avec la prochaine facture. J'acceptais tout, je n'exprimais aucun désaccord. Il m'imposait une nouvelle loi, puis il se mettait à pleurer, à me supplier de comprendre. Un jour, il a explosé parce qu'il avait découvert un billet de cinquante dollars que j'avais caché dans le tiroir de mes sous-vêtements – un cadeau d'anniversaire de mes parents. Tout de suite après, il m'implorait à genoux de ne pas le quitter. En fait, il n'avait même pas à faire ça. Il pouvait me dire n'importe quoi, m'interdire tout ce qu'il voulait. Je n'arrivais plus à garder les yeux sur l'horizon, à jouer mon rôle de gardienne de la foi. Je ne sais pas quand exactement tout s'est effondré pour moi, mais cette année-là, privée de toute motivation extérieure ou intérieure, je perdais pied. Il se sentait encore obligé de me raconter des salades, de justifier sa conduite, mais il avait de plus en plus devant lui une femme à la dérive, sans aucune autre raison de vivre qu'entendre le son de sa voix et sentir sa présence physique. J'avais mis Anthony dans un pensionnat pour lui épargner tout ça, comme quelqu'un en train de couler qui maintient son enfant hors de l'eau pour qu'un sauveteur puisse l'attraper. Et je me sentais sombrer. Parfois, je me débattais. J'écrivais en cachette. Je ne sais même plus quoi. J'aurais dû garder ces textes, je suis sûre qu'un psy s'en serait donné à cœur joie. J'ai tout brûlé après avoir quitté Tony. Mais le plus souvent, je ne lui désobéissais pas, et nos rapports se réduisaient à ça : obéir, désobéir. Quand il criait, je me recroquevillais ; quand il me grattait derrière l'oreille, je me roulais sur le dos. Oui, tu as raison, j'étais comme un chien.

– Pardon.

– Et puis un jour il est rentré sans que je l'entende et j'étais en train d'écrire quelque chose, peut-être simplement une lettre à Anthony. Il m'a retournée brutalement, il m'a giflée, une fois, deux fois, coup droit et revers. Je crois que c'est à ce moment-là, à ce moment-là… Personne ne m'avait jamais frappée, pas même mon père, personne… et je crois que c'est là que… Boum. J'ai totalement perdu pied. Je n'ai pas pleuré, je n'ai même pas vacillé. Et j'ai vu qu'il avait perdu pied, lui aussi. Il me regardait comme s'il n'arrivait pas à croire à ce qu'il venait de faire, et il s'est *affalé*, c'était fini. Curieusement, c'était la récompense après toutes les merdes des cinq premières années, nous venions d'en sortir pour nous lancer dans un étrange ballet, une sorte de danse sous acide. Nous venions d'entamer ce cycle gifle-caresse, et je m'y soumettais. Je m'y abandonnais. Lui aussi. Après ça, il n'a plus jamais vraiment essayé d'écrire. Il donnait ses cours, il sortait de temps en temps, rentrait à n'importe quelle heure, parfois saoul. Enfin, il n'était jamais vraiment ivre, mais son haleine sentait l'alcool. Comme tu l'as dit, il est rarement vraiment saoul, il boit juste afin d'avoir une excuse pour ce qu'il fait.

– Sauf à la colonie d'artistes, remarquai-je sans réfléchir.

Kim écarquilla les yeux.

– Qui t'a parlé de ça ? rétorqua-t-elle, limite furax.

– Jack. Tony nous avait raconté cette histoire, et Jack m'a donné la version non édulcorée.

– Qu'est-ce qu'il t'a dit d'autre ?

– Rien. Je te le jure. Rien du tout.

Elle prit une longue inspiration, rejeta lentement l'air par ses narines.

– Il ne m'a rien dit d'autre, Kim, je te le jure.

Elle laissa tomber et reprit :

– Tony rentrait, il trouvait une raison de me punir, il me giflait, me frappait, me mettait un œil au beurre noir, puis il me portait jusqu'au lit, m'embrassait, me caressait, me lisait un livre, quelquefois même me donnait la becquée, et deux jours après il recommençait. Il me rendait malade, il me faisait aller mieux. Il m'arrivait de le provoquer. Je pouvais toujours dire, dès qu'il rentrait, rien qu'à son expression, quand il allait exploser, parfois c'était tout de suite, parfois il ne perdait son contrôle qu'au bout de deux heures, parfois je l'incitais délibérément à cogner. J'écrivais devant lui, tel un gosse qui taquine un adulte. Je le faisais parfois pour en finir, parfois pour que nous puissions passer à la partie où il me câlinait. Je le faisais parfois pour avoir l'impression de détenir encore quelque pouvoir, même si ce n'était que le pouvoir de m'attirer une raclée. Je ne saurais trop te dire combien je souffrais. Je ne connaissais personne d'autre, pas d'autre réalité, pas d'autre monde… Pour moi, le monde entier se réduisait à Tony. Je m'étais livrée à lui. Je m'étais rendue. *Lui aussi* s'était rendu… et nous dérivions ensemble. C'était comme dans un rêve sous l'effet de la drogue. Un truc de malade, hein ?

Kim hocha la tête pour m'inciter à réagir. Je haussai les épaules.

– Que veux-tu que je te dise ?

Je devais rester concentré et taire ce que je pensais parce que, soudain, ce que j'éprouvais était moins de l'horreur, de la colère, de l'indignation, que de la jalousie, une folle jalousie sexuelle. Et sans pouvoir le jurer, j'avais l'intuition que c'était ce que j'étais censé ressentir. Kim m'avait vu flipper quand elle m'avait interdit de dire du mal de Tony un peu plus tôt. Je croyais à chaque mot qu'elle avait prononcé tout en étant convaincu que c'était un chant de sirène, et que ça fonctionnait, en plus. À chaque détail je sentais quelque chose se craqueler et suinter en moi. Je voulais que cette saloperie s'arrête.

– Comment tu as rompu, finalement ? demandai-je.

Dans mes efforts pour me maîtriser, je donnais sans doute l'impression de m'emmerder royalement.

– Tu sais qu'en fait je ne voulais pas le quitter ? Il m'a fallu trois tentatives pour le *vouloir* vraiment. Je ne parle pas de le convaincre de me *laisser* partir. La première fois que j'ai essayé, ça a été quand Jack est passé chez nous en milieu de journée pour apporter quelque chose à Tony. Cela faisait un an que je n'avais pas vu Jack. J'étais seule, je suis allée ouvrir la porte avec mes deux coquards, un vrai raton laveur... Jack a explosé, il jurait qu'il allait tuer Tony, mais je l'ai supplié de se calmer. Cela faisait si longtemps que je n'avais pas eu de visite que j'étais terrifiée. Je crois qu'il a compris que j'avais basculé dans la folie. Il a promis de ne pas intervenir si je me rendais au tribunal des affaires familiales avec lui pour porter plainte contre Tony. Il m'a proposé de venir m'installer chez lui si j'avais trop peur... Je ne me souviens pas de tous les détails. Juste le greffier et les questions. Et la main de Jack sur mon bras. Je me rappelle m'être ensuite retrouvée à la maison avec le document du tribunal. Lorsque Tony est rentré, je me tenais debout dans le séjour, tremblante comme une feuille et tenant ce document devant moi. Il s'est approché pour le lire, puis il s'est esclaffé. « Comme le vampire juif dit à la dame qui brandit un crucifix... », a-t-il chantonné, et il a débité quelques mots en yiddish signifiant : « C'est pas ça qui va t'aider. » J'étais si soulagée qu'il ne soit pas en colère que je me suis effondrée, mêlant des rires à mes sanglots ; Tony m'a passé un bras autour des épaules, « Viens, on va aller acheter de la crème glacée », et on est sortis de la maison. J'ai vu Jack assis dans sa voiture de l'autre côté de la rue, je lui ai adressé un clin d'œil. Le lendemain, Tony me tapait dessus en invoquant un autre prétexte, je ne me rappelle plus quoi. Même si ça donnait l'impression que j'avais tout foiré, il s'était produit ce jour-là quelque chose qui avait changé la situation et qui allait finir par me décider à partir. Ce n'était pas l'injonction du tribunal, ni le fait que Tony ne m'avait pas frappée et qu'il avait été tout gentil ce soir-là, c'était Jack... Jack qui m'avait écoutée, sa main sur mon bras pendant deux heures, Jack assis dans sa voiture devant la maison. Ce n'était pas Jack le héros romantique volant à ma rescousse, c'était une tierce personne, un être humain qui avait brisé la transe pour quelques heures, qui avait tenté de me sortir de mon overdose quotidienne de somnifères...

– Ouais. Et la fois suivante ?

– La fois suivante, j'ai *vraiment* essayé de le quitter, je suis allée au poste de police avec deux autres coquards, c'était six mois plus tard. Direct chez les flics. Ils s'en foutaient. Le sergent de service m'a conseillé de remplir un formulaire pour une ordonnance temporaire de protection. J'ai répondu que j'en avais déjà obtenu une, il m'a demandé si je l'avais sur moi et si je voulais faire arrêter Tony. J'ai dit que j'avais porté plainte six mois plus tôt, il m'a demandé si je m'étais présentée au tribunal pour obtenir une injonction permanente, ou si je n'avais pas donné suite, comme les trois quarts des femmes portant plainte contre leurs maris dans ce comté. Je me suis enfuie en larmes. J'ai téléphoné à mes parents, ils n'ont rien voulu savoir, ils avaient le chic pour ignorer tout ce qui pouvait les perturber, surtout mon père. Ils ne m'avaient jamais pardonné d'être tombée enceinte, pour commencer, ni d'avoir mis Anthony dans un pensionnat – dont ils payaient les frais, soit dit en passant –, ils ne voulaient pas entendre que Tony me battait. Mon père participe à une émission télévisée évangélique et pour lui, je n'avais jamais été qu'une source d'ennuis et de gêne – sortir avec des Noirs ! –, alors, aucune aide à attendre de ce côté-là. Et j'avais trop peur pour appeler Jack, probablement parce qu'il aurait vraiment fait quelque chose d'efficace pour me tirer de là, et je ne voulais peut-être que me plaindre. Je ne pouvais peut-être pas encore concevoir une vie sans Tony. Mais je me rapprochais du but, j'étais presque prête. C'est quasi impossible de faire ça sans aide. Tu sais pourquoi j'ai fini par le quitter ? L'année dernière, en septembre, il a amené à la maison sa classe de première année en atelier d'écriture. Il était furieux de quelque chose que j'avais commis la veille et il m'a fait asseoir par terre dans le living avec ses étudiants. Quinze jeunes qui m'entouraient et à qui il m'a présentée comme Briget, sa nouvelle épouse. Il leur a ensuite expliqué que sa première femme, Kimberly, s'était suicidée un an plus tôt, et qu'il avait bien cru ne pas réussir à s'en remettre, jusqu'au jour où il avait rencontré Briget… Il leur a parlé du couple tourmenté qu'il avait formé avec cette Kim, ajoutant qu'il était presque inéluctable que l'un d'eux meure pour que l'autre puisse vivre…

« Ces pauvres mômes étaient épouvantés, eux non plus ne voulaient pas entendre ça. Pendant tout le cours qu'il a donné chez nous, il ne cessait de m'appeler Briget – qu'est-ce que tu penses de ce texte, *Briget* ? *Briget,* tu peux nous apporter des sodas ? Et les deux jours suivants, il a continué à m'appeler Briget jusqu'à ce que je sois à moitié convaincue que c'était mon vrai prénom et que cette Kimberly était morte. Jamais il n'avait été aussi près de me tuer. Terrifiée, j'ai écrit une lettre décrivant les cinq dernières années de notre mariage et je l'ai laissée sur la table de la cuisine, avec une note précisant que j'en avais fait quatre copies, que je les avais glissées dans des enveloppes adressées à Jack, au canard local, au journal des étudiants, ainsi qu'au père de Tony, que j'avais confié ces enveloppes à un ami, avec pour consigne de les poster si Tony s'approchait encore de moi et d'Anthony, ou s'il m'arrivait quoi que ce soit. Je mentais, je n'avais pas fait de copies, Jack était déjà au courant, de toute façon. En fait,

Tony ne voulait pas me tuer, il me faisait comprendre que je devais partir, parce qu'il mourait lui aussi, avec moi... Bref, j'ai vécu avec Jack et sa femme pendant quelques semaines. Il m'a obtenu ce boulot de secrétariat au département géologie. Seigneur, je ne savais même pas taper à la machine. Tu n'imagines pas comme c'est affreux de cafouiller sur une IBM à quinze cents dollars. Enfin, j'ai appris assez vite, j'ai pu prendre un appartement, j'ai fait revenir Anthony de pension, et voilà...

« Mais je vais te dire une chose, et je devrais peut-être en avoir honte : Tony me manque. Il se levait souvent en pleine nuit dans son sommeil et se précipitait dans le séjour comme s'il avait quelque chose à faire, puis il se réveillait, dérouté, ne sachant pas où il se trouvait ni ce qu'il cherchait. Je devais le ramener au lit et le calmer. Au seuil du sommeil, il me déclarait qu'il m'aimait. Quand il a arrêté d'écrire, il a aussi cessé d'avoir ses crises de somnambulisme et de sauter hors du lit, et cela m'attristait plus encore que tout le reste, parce que, en même temps que l'impulsion qui le faisait se précipiter chaque nuit dans le séjour, s'était aussi perdu l'espoir de percer enfin. À partir de ce jour, il a dormi comme une souche. C'était vraiment triste, tu ne trouves pas ? J'ai quitté la maison autant pour lui que pour moi – je sais que ça peut paraître malsain après tout ce que j'ai dit de Tony, mais je me fais encore du souci pour lui, voilà la vérité.

Kim fondit en larmes, s'essuya les joues de la paume de la main comme un enfant.

– Je ne *peux* pas retourner auprès de lui.

Je me rendis compte que tout m'échappait. Kim venait de me faire ces révélations parce qu'elle craignait de me perdre, et j'avais maintenant peur moi aussi de la perdre.

– Combien de fois tu l'as revu, depuis ? demandai-je d'une voix éteinte.

Je me sentais battu. Abattu.

– Deux fois. Je te l'ai déjà dit, riposta-t-elle sur un ton dur qu'elle abandonna aussitôt. Mais c'était avant de te rencontrer.

Elle se rapprocha de moi sur le lit.
– Il t'a frappée ? m'enquis-je froidement.
– Une fois.
– *Pourquoi ?!* m'écriai-je, refoulant ma propre envie de lui fracasser la face.
– J'étais seule ! Tu sais ce que ça veut dire ? Le soir où je t'ai rencontré, je m'apprêtais à le revoir. Maintenant je t'ai. Tu m'as sauvée, OK ?
– Une seconde ! Une seconde ! Comment ça, le *revoir* ? Qu'est-ce que tu faisais au Chee Lok ? Tu m'as raconté que tu attendais une amie…
– J'ai menti.
– Sur *quoi* ? demandai-je, totalement retourné.
– Sur l'amie que j'attendais.
– Je ne comprends toujours pas. Tony devait te rejoindre au Chee Lok ?
– Non. J'essayais de trouver quelque chose qui m'empêcherait d'aller le voir.
– Quelque *chose* ?
– Quelqu'un. Pardon…
– Mais pourquoi tu m'as menti, Kim ? dis-je en me touchant la poitrine.
– Qu'est-ce que je pouvais te raconter ? Je cherche à lever un type pour ne pas aller chez mon mari me faire dérouiller ?
– Franchement, choisir le Chee Lok pour draguer… C'est un endroit pourri, putain.
Je tentais de me représenter Kim ramenant chez elle un des gars qui dansaient le cha-cha le soir où nous nous étions rencontrés. Une vision tellement absurde que je n'arrivais même pas à éveiller en moi une once de jalousie.
– Le Chee Lok… Si tu avais vraiment voulu emballer un mec, tu aurais eu plus de chances au McDo.
– Ça c'est sûr, convint-elle sans s'excuser.
– Désolé d'avoir tout fait foirer, je n'avais aucune intention de m'imposer dans tes raclées…
Elle me regarda comme si je venais de lui décocher un

uppercut dans l'estomac. Comment pouvais-je, après avoir entendu toutes ces horreurs, me montrer aussi con ? Je me conduisais comme si j'avais perdu toute maîtrise de moi.

– Tu sais quoi, Kim ? Maintenant que tu m'as parlé du Chee Lok, j'ai l'impression d'être un simple instrument pour toi – une chose.

– Nom de Dieu, Peter ! Tu étais censé n'être qu'un coup d'un soir et nous sommes toujours ensemble ! Tu es mon mec ! Ça veut dire quelque chose, non ?

Ce « mon mec » me fit fondre, c'était tellement doux à entendre, mais je demeurais en proie à une colère dingue et larmoyante. Kim se rapprocha encore de moi, sans toutefois me toucher, comme si elle lisait dans mes pensées. Je restais adossé à la tête de lit, le corps raide. Détends-toi.

– Pourquoi Anthony est-il toujours aussi agressif avec toi ? Il t'en veut pour le pensionnat, pour tout ce remue-ménage ?

Cette fois, je m'étais efforcé de prendre un ton anodin, invitant à faire la paix.

– Peut-être. Il voit un psychanalyste, le Dr Lane, qui m'a expliqué que les enfants prennent quelquefois le parti du père parce qu'ils croient en la justice.

– Quelle justice ? demandai-je en m'abstenant de révéler que j'étais au courant, pour le psy.

– Si on est gentil, on sera récompensé ; si on est méchant, on se fait taper dessus. Maman se fait taper dessus, donc elle est vilaine. Si papa frappe maman et que maman n'est *pas* vilaine, qu'est-ce qui empêchera papa de frapper Anthony ? Donc, maman est vilaine. Parce que, sinon, Anthony est dans la merde et le monde est un chaos.

Kim haussa les épaules, esquissa un rire.

– Vilaine maman : c'est moi. Mes parents payaient pour le psy.

Elle s'approcha de moi à quatre pattes, mais je n'étais pas prêt pour ça. Elle tenta de me prendre dans ses bras, je n'étais pas prêt.

Sentant que je me refusais à sauter le pas, elle se laissa

tomber sur le lit, exaspérée. Étendue à plat ventre, elle maintenait juste la tête un peu levée, faisant un angle bizarre avec le bois du lit, comme si elle s'était cassé le cou. Elle paraissait misérable dans cette position inconfortable. Je n'étais toujours pas disposé aux embrassades.

– Pourquoi moi, Kimberly ? Qu'est-ce que tu as vu en moi ? Parce que je ne suis pas comme lui. Je ne finirai pas comme lui.

– Je le sais ! geignit-elle, levant puis abaissant une main. Je ne veux plus de lui. C'est *toi* que je veux !

– Ah, ouais ?

Je me mis debout pour partir, entièrement nu, incapable de proférer autre chose que des conneries.

– Alors, viens avec moi à New York.

– Je vais le retrouver, dit-elle. Je vais faire le saut.

Elle avait l'air morte de peur, toujours dans sa position inconfortable de cadavre.

– À toi de choisir, Kim.

Je me tenais devant la lithographie accrochée au-dessus de la commode.

– Je sais.

Elle haussa les épaules, puis se remit à pleurer en tendant les bras pour que je vienne vers elle, et je me sentis écrasé de tristesse, sachant que c'était exactement ce qu'elle ferait.

La semaine suivante, je perdis complètement la tête, ma rage faisant la navette entre Fonseca et Kim. J'éprouvais du dégoût de moi-même et de la peur ; je ressentais une sorte d'amour panique, de pulsion sexuelle démultipliée. Je mourais d'envie de me battre physiquement – avec Fonseca surtout, mais aussi avec Kim. L'idée terrifiante, nauséeuse, s'insinuait en moi que Kim *voulait* que je la frappe, que si je me mettais à la cogner elle tomberait *vraiment* amoureuse de moi, que si je commençais à me conduire de cette façon elle raconterait dans dix ans à quelque autre jeune connard que j'avais été horrible avec elle, mais qu'elle m'aimait encore, elle ne pouvait le nier, et que je lui manquais – triste, n'est-ce pas ? Et les larmes couleraient, elle lui dirait que, s'il ne restait pas avec elle, elle retournerait auprès de moi. *Moi !* Je ne savais absolument pas quoi faire de cette histoire, je n'avais pas les outils pour la gérer. Ni l'expérience, et par-dessus toute cette horreur flottait ma jalousie envers Fonseca pour l'emprise qu'il exerçait sur elle. Et sur moi. J'éprouvais les mêmes sentiments à l'égard de Fonseca : de la peur, mais aussi de la reconnaissance pour sa gentillesse, pour ses moments de bonne humeur. Je pensais souvent à ma mère, qui me manquait plus que jamais depuis mon enfance. Une nuit, je pleurai même en songeant à elle. Je sombrais dans une folie furieuse dont il fallait absolument que je m'extirpe. Il fallait que j'appelle Fonseca, et il m'inspirait de nouveau une peur panique.

— Salut, Pete, c'était comment, New York ?

— Super… vraiment très bien.

Je n'avais pas envie d'entrer dans les détails.

— Jack, tu pourrais me parler de Fonseca ?

J'étais assis sur son bureau et lui, renversé dans son fauteuil, les yeux plissés, me considérait avec circonspection.

— Qu'est-ce qui s'est passé à New York ?

— Rien. À mon retour, Kim m'a tout raconté sur leurs années de mariage et j'en deviens dingue. Je voudrais bien connaître la morale de cette histoire.

— Quelle histoire ? Pete, tu as une sale tête. Tu dors, au moins ?

— Bon, dis-je, les mains tendues pour signifier que je me rendais. Raconte-moi comment il était avant de l'épouser – le Fonseca première époque. C'est toi qui l'as embauché, n'est-ce pas ?

— Je ne l'ai pas embauché, rectifia Jack, comme pour se disculper. C'est Becker.

— Qui est-ce ?

— Il est mort. Il était le président du département d'anglais. Il m'a aussi embauché.

— Alors, tu étais ici avant lui ? Avant Fonseca ?

Je m'efforçais de parler moins vite, de reprendre mon souffle.

— Oui, cinq ans avant Fonseca. Becker a engagé Tony alors que celui-ci n'avait que vingt-sept, vingt-huit ans – il a quel âge, maintenant ?

— Presque trente-neuf.

— Alors, il était peut-être un poil plus jeune.

— Bon, bref…

— Comment ça, « bon, bref » ? Qu'est-ce que tu as ?

— J'essaie seulement de comprendre quelque chose, Jack.

— D'accord. Que veux-tu savoir ?

— Comment était-il quand il a commencé à enseigner ?

Jack fit tourner son fauteuil pour se retrouver face à ses étagères de bouquins.

— Il était cinglé. Comme maintenant, mais en moins grave. Dingue. Ses premières nouvelles avaient attiré l'attention sur lui, il en était survolté. Tony était un prof remarquable, mais imbu de lui-même. Il a dû se taper la moitié des nanas de la fac pendant ces cinq années : des profs, des étudiantes de second cycle – pas celles de premier cycle, cependant, à part Kim.

Il tressaillit avant de poursuivre :

— Il avait le sang chaud, beaucoup de talent, pour enseigner comme pour écrire, et un charme fou. Il réussissait parfaitement ici. Au début, il a vraiment fait sensation, même si le côté baisouille à droite à gauche ne plaisait pas trop – personnellement, je m'en foutais –, mais quand il a commencé à avoir des problèmes pour écrire, il s'est acheté une conduite, il a arrêté de vouloir se les faire toutes. Avant d'avoir une relation avec Kim, il menait quasiment une vie de moine.

Jack fit de nouveau pivoter son fauteuil pour me faire face, haussa les épaules comme s'il n'y avait rien d'autre à ajouter.

— Je peux te poser une question ? S'il était aussi fêlé que

ça, s'il ne pouvait plus écrire, pourquoi, dans l'intérêt de la fac, dans le propre intérêt de Tony, tu ne l'as pas viré ? C'était du sadisme de ta part ?

– Naan, Pete. D'abord, c'était, et c'est encore, un excellent prof. Deuxièmement, cette histoire d'incapacité à écrire, c'est de la connerie. S'il voulait vraiment écrire, il écrirait. Et s'il quittait Buchanon, il irait où ? Comment il gagnerait sa vie ? Tu sais ce qu'il ferait ? Il trouverait un autre poste d'enseignant. Qu'est-ce que tu t'imagines ? Qu'il travaillerait de ses mains ? Qu'il deviendrait métallo ? Il a près de quarante ans, hein ? En plus, il finirait dans une petite fac d'une ville paumée : il n'a pas de doctorat, il n'a rien publié depuis dix ans, il n'a pas d'amis profs ailleurs qui pourraient le pistonner. Mais je vais te dire la raison principale pour laquelle je me suis toujours battu pour le maintenir ici…

Jack se pencha en avant et réduisit le volume de sa voix à un murmure :

– Tony… est… fou. Il ne survivrait nulle part ailleurs. Il est en détention ici dans son propre intérêt. C'est un malade mental dans un asile, il n'est pas prêt à affronter le monde extérieur. Il y a dans cette fac des gens, et je ne donnerai pas de noms – des ivrognes, des ermites, des excentriques – qui *mourraient* hors d'un campus, et Tony en fait partie. Je parle sérieusement, Pete, ce n'est pas du cynisme.

– Et toi, là-dedans ? Tu es aussi un malade mental ?

Il étouffa un rot de son poing fermé.

– Moi ? Je suis un gardien. Si on me sacque, je mets les voiles à bord du *Thin Man*, je descends jusqu'aux Keys et j'ouvre un restaurant. Je suis un gardien.

Il partit d'un de ses rires de ventre.

– Fonseca a une nana en ce moment ?

– Je n'en sais rien, il est très discret sur ce terrain. Je crois qu'il est sorti un moment avec une Noire de la ville il y a quelques années, mais au fond, c'est un solitaire. Il ne se confie jamais à personne. S'il sort avec une autre femme en ce moment, ce n'est pas quelqu'un de la fac. Je n'en sais rien.

— Kim m'a raconté que tu l'as emmenée chez les flics quand il la battait.

L'expression de Jack se durcit soudain ; jamais je ne l'avais vu comme ça, les mâchoires crispées, les yeux luisant de colère.

— Je te le jure, Pete, quand cette pauvre gosse m'a ouvert la porte et que j'ai vu son visage, j'étais prêt à le *tuer*, ce salaud.

Sa voix s'était transformée en un grognement de fureur et d'indignation qui n'avait rien à voir avec mes atermoiements pathétiques à la Hamlet.

— C'est Kim qui t'en a empêché ?

— Ouais.

Il se passa les deux mains dans les cheveux, se gratta la nuque.

— Moi aussi, elle m'en a empêché, mentis-je.

Je me dégoûtais, je me sentais totalement perdu et j'avais honte de ma colère contre Kim. Jack ne semblait pas m'avoir entendu, ce qui n'était pas plus mal.

— Apparemment, ça a fini par s'arranger, conclut-il d'un ton plus calme, plus léger, avec un haussement d'épaules qui enterrait toute cette histoire. C'est terminé.

Ma queue mourut dans la main de Kim. Elle leva les yeux vers moi et passa le dos de sa main libre sur ses lèvres. L'air préoccupé, elle scruta mon visage puis entreprit de me lécher le gland une fois de plus. *Nada*.

— Qu'est-ce qu'il y a ? demanda-t-elle d'une voix calme.

Je fermai les yeux.

— Je sais pas. C'est pas grave.

Je ne me pouvais me résoudre à avouer que je ne parvenais pas à bander parce que je pensais à Fonseca.

Kim rampa sur mon corps et posa la tête sur mon bras. Je ressentis une impression de froid sur ma bite mouillée par sa bouche.

— C'est pas grave, murmura-t-elle.

— Je le sais, que c'est pas grave. Je viens de le dire.

Jack, lui, était un homme, un *vrai.*

— Si on allait danser ? proposa-t-elle d'une petite voix taquine.

Je songeai à Fonseca dansant dans la cage du gorille.

— Quoi ? Le latin hustle au centre commercial ?

— Noon, répondit-elle en me frappant la poitrine. Une vraie danse.

— Ah, ouais ? Qu'est-ce qui se pratique par ici ? Des bals populaires ?

J'imaginais Kim et Fonseca baisant au S et L le soir même de leur rencontre, dix ans plus tôt.

— Fais pas le malin.

Elle prit délicatement la tête de mon nœud et la fit monter et descendre comme une marionnette.

— Arrête, lui enjoignis-je.

Je sentis ma queue commencer à durcir.

— Hé, qui voilà ?! Comment tu t'appelles, toi ?

Avant que je puisse l'en empêcher, elle se pencha et se remit à me sucer. Elle avait le cul dressé vers moi et en la soulevant par les hanches – les développés m'avaient rendu plutôt costaud – je l'amenai doucement contre ma bouche en lui ceinturant les reins de mes mains jointes. Malgré une légère odeur amère de pipi, je fourrai ma langue en elle et l'agitai jusqu'à avoir les muscles du gosier douloureux.

Jack était un homme, un vrai. Kim eut un claquement de langue frustré lorsque mon zob expira une seconde fois.

— Bon, si tu ne me baises pas, danse pour moi, décida-t-elle.

La tête de nouveau sur mon bras, elle m'arrachait les poils du torse un par un en faisant la moue.

— Allez, danse pour moi, insista-t-elle.

— Si tu ne te tais pas, tu vas l'avoir, ta danse.

— D'accord, fit-elle avec un haussement d'épaules.

— Ne dis pas ça.

L'imaginant avec deux yeux pochés, je me levai, allai

m'accroupir complètement nu devant sa collection anémique de disques. J'en exhumai une vieille anthologie de la maison de disques Stax Volt intitulée *Memphis Gold*, puis je me mis à sautiller tandis qu'un groupe chantait un slow avec des miaulements de chats. Je m'agitais à contretemps, comme si j'étais sourd, en enchaînant des mouvements sans suite. Ce n'était pas vraiment de la danse, je traversai la pièce tourné de profil tel un personnage de l'Égypte ancienne, le dos raide, les bras pliés en forme de svastika, projetant le cou et la tête en avant à la manière d'un cobra. Puis je passai à des mouvements de Grèce antique à la Isadora Duncan, le dos de la main sur le front en une posture angoissée, je me jetai à terre tel le Galate mourant, un soupirant éperdu d'amour, tout cela sur le crincrin de Memphis et en prenant des expressions d'histrion pour cacher ma peur. Kim gloussait et quand je m'arrêtai elle battit des mains en réclamant :

– Continue !

Ce que je fis en gardant à chaque instant un air théâtral et moqueur pour dissimuler ma gêne. Le morceau suivant de l'album était un instrumental du genre « Green Onions[1] » et je me retrouvai à remuer les fesses façon frug, puis je passai au twist, au jerk et enfin au monkey. Un moment, au milieu de ce pot-pourri de danses du début des années soixante, je pensai de nouveau à Fonseca et sans m'en rendre compte sur le moment je me mis à danser sérieusement et en rythme, le visage impassible. Kim riait et applaudissait sur le lit. « Encore, encore ! » brailla-t-elle tandis que je mimais un combat à mort de kung-fu contre Fonseca. Ses cris me tirèrent de ma transe et, mort de honte, je revins à d'amples mouvements à la Duncan, pour figurer Cléopâtre ou Popeye avec une expression d'autodérision, mais c'était trop tard. Kim pourrait raconter, en toute sincérité, que j'avais dansé nu pour elle. J'allais devoir tuer Fonseca.

---

1. Composition du groupe soul Booker T. and the M.G.'s (1962).

Assis au fond de l'auditorium, je l'observais qui, tout en bas, montrait de quoi il était capable en disséquant à coups de sarcasmes une demi-douzaine d'écrivains américains contemporains dont aucun n'avait droit à une glorieuse rétrospective.

C'était la première fois que je posais les yeux sur lui depuis le soir de la bagarre au Baby Blue. Je l'avais délibérément évité et je supposais qu'il faisait de même, or, ce matin-là, j'avais trouvé dans mon bureau la valise que j'avais laissée dans notre chambre d'hôtel à New York, première pièce à conviction, votre honneur. Mû par une réaction aveugle, je m'étais précipité hors de la pièce pour aller le défier d'une manière ou d'une autre, sans trop savoir à quoi m'attendre. Je me sentais maintenant comme un con, d'être là à l'écouter faire son cours. Un moment, je me surpris même à prendre des notes. Étouffant un grognement, je m'affalai sur mon siège et me couvris les yeux.

Je ne me redressai que lorsque j'entendis :

– C'était le professeur Anthony T. Fonseca, nos émissions sont terminées.

Il fut aussitôt submergé par une douzaine d'étudiants qui lui sautaient dessus avec des « Comment pouvez-vous dire que… » et des « Quelle importance faut-il accorder à… ». Les dominant tous d'une tête, il tournait le cou à droite, à gauche comme s'il était attaqué par une armée de fourmis. Il se dégagea en les écartant par de courtoises poussées sur leurs poitrines et se dirigea en chancelant vers la porte de l'amphithéâtre. Soudain, il fit volte-face et, marchant à reculons, il leva un bras.

– Écoutez, vous n'êtes pas d'accord avec moi ? Parfait. Vous aurez bientôt un devoir de fin de trimestre à me remettre, profitez-en pour m'affronter en duel, OK ? Ici, c'est le libre échange des idées.

Et il se tourna à nouveau vers la sortie en levant les yeux au ciel.

À l'instant où sa main touchait la porte battante, il me

découvrit assis en solitaire dans une mer de sièges vides et se figea. Je m'efforçai de lui lancer un regard de dur, alors que j'étais paralysé de peur.

Son regard posé sur moi, il leva le menton et passa le bout de ses doigts recourbés sous sa mâchoire. Je n'aurais su dire si c'était un geste machinal, un va-te-faire-foutre à l'italienne, un défi, une invitation à lui décocher un coup.

Le tout ne dura qu'une seconde ou deux, avant qu'il soit poussé dehors par une vague d'étudiants.

— Pie ? dit Kim, un bras sur ma poitrine palpitante. Tu m'accompagnes chez mes parents ce week-end ou tu vas à New York ?

Je me sentis vaincu. Le simple fait qu'elle me laisse le choix réglait la question plus définitivement que si elle m'avait braqué un flingue sur la tête.

— Ouais, j'irai avec toi.

Je passai l'ongle de mon pouce sur mon front, l'examinai : il était couvert d'une sueur grasse. Kim m'embrassa la tempe.

— Oh, j'ai oublié de te dire, j'ai vendu une autre nouvelle.

— Super.

Je me retins d'ajouter « Surtout pour moi ».

— Pie ?

— Ouais ?

— On n'a qu'à faire comme tu as dit.

— À savoir ?

— On prend les choses jour après jour, semaine après semaine.

— Je te préviens, Kim, le week-end d'après, j'irai à New York.

— Je sais.

Quand elle passa sa tête sous mon aisselle et la posa sur ma poitrine, mes narines s'emplirent d'une odeur de noix de coco. Elle ne provenait pas de ses cheveux, c'était sa tête même qui avait ce parfum.

— Pie ?

– Quoi ?
– Je t'aime.

Pour compenser le report d'une semaine de mon week-end à New York, je décidai de mettre un fer au feu par téléphone.

– Bonjour, est-ce que Stanley Hartnett est là ? m'enquis-je en tenant le combiné à deux mains.

– C'est lui-même.

Il avait une voix jeune et ferme. Pour une raison ou une autre, j'avais imaginé une sorte de vieil homme d'État à la Lee Strasberg.

– Je m'appelle Peter Keller. Je suis un ami de Bill Crown, un de vos élèves.

Cela me faisait drôle de qualifier d'élève mon ancien prof.

– Oui ?

– Bill m'a dit que vous feriez passer des auditions dans quelques mois pour vos cours, vos cours d'art dramatique, et je me demandais comment faire pour me porter candidat…

– Quels sont vos antécédents ?

– Juif de la classe moyenne inférieure.

Il s'esclaffa et il me fallut un moment pour trouver ma réponse désopilante moi aussi. Au demeurant, c'était bon signe.

– En matière de théâtre, vous vouliez dire ? Actuellement, j'enseigne l'anglais à l'université Simon Straight, mais j'ai suivi les cours de Jim Doobie.

Par pitié, ne dis pas que Doobie est un gros naze.

– J'ai aussi travaillé un peu au Tushkin Playhouse. J'ai joué un bourreau dans *La Bonne Âme du Setchouan.*

Je m'interrompis en pensant que j'avais peut-être gaffé. Dans quasiment toutes les pièces d'auteurs européens se déroulant en Orient, il y avait un bourreau, croyais-je savoir. En tout cas, il y en avait un dans *Le Mikado*[1]. Si *La Bonne*

1. Opérette anglaise de la fin du dix-neuvième siècle.

Âme en était dépourvue, Hartnett ne le releva pas. Pour plus de sécurité, j'ajoutai un autre rôle manifestement loufoque :

– Et j'ai joué un bandage herniaire dans *She Stoops to Conquer*[1].

– Très impressionnant, dit-il en gloussant. En fait, Bill Crown m'a parlé de vous.

– Vraiment ?

Quel type merveilleux, ce Bill.

– Le problème, c'est que je n'ai déjà plus de place dans ma classe et je ne crois pas qu'il y aura de défections. J'en ouvre une autre au printemps, mais ce sera pour les débutants.

– Et alors ? C'est parfait.

– Apparemment, vous êtes déjà au niveau au-dessus.

– Le bandage herniaire n'était qu'un second rôle.

Il éclata de rire. Je ne trouvais pas ma blague si drôle que ça, et là encore il me fallut un moment pour en apprécier tout le sel.

– D'accord. Écoutez, le cours ne commence pas avant avril. Quand serez-vous à New York ?

– En janvier !

– Bon, vous m'appelez à ce moment-là et on en discutera.

– Soyez béni.

À peine avais-je raccroché que je me lançai dans une joyeuse séance d'aérobic mariant pompes et course sur place, mais je me rappelai ensuite que Kim renâclait à partir, ce qui m'amena à penser à Fonseca l'Homme Montagne et j'eus toutes les peines du monde à ne pas interrompre mon piétinement pour me jeter la tête la première contre un mur de mon bureau. Viens avec moi. Laisse-moi partir.

À dix heures et demie du matin, samedi, journée sans New York, Kim et moi attendions assis dans le séjour qu'on

1. Comédie d'Oliver Goldsmith, auteur anglo-irlandais du dix-huitième siècle.

vienne nous prendre. La fête était donnée à l'occasion du seizième anniversaire de mariage de ses grands-parents. Tous deux vêtus avec soin pour la circonstance, nous étions aussi silencieux et tendus que si nous poireautions dans un cabinet médical et non dans la pièce où nous regardions la télé, grignotions et baisions parfois tard le soir. Le soleil de novembre passant à travers les lames des stores vénitiens faisait briller le téléviseur portable et on eût dit que ses atomes allaient se désassembler pour se réassembler en un vaisseau spatial.

Kim portait des collants et une jupe couleur écorce d'arbre. Ses escarpins à bride battaient la mesure sous ses chevilles croisées. Elle avait l'air d'un mannequin dans un catalogue de patrons de couturière. Elle m'adressa un sourire, feuilleta distraitement un album à colorier. Je touchai mon nœud de cravate. Je ne me sentais pas aussi raide et nerveux que je m'efforçais de le paraître. C'était plutôt un geste de solidarité. L'angoisse de Kim flottait dans l'air comme un gaz. Anthony fit une entrée en trombe, la cravate de côté, un pan de sa chemise hors de son pantalon bleu. Il faisait penser à un élève d'école catholique pendant la récréation.

– Anthony ! s'écria Kim.

Elle remit doucement de l'ordre dans la tenue de son fils en respirant bruyamment par le nez.

– On va quand chez papy ?

– Dès que tante Emma Sweet viendra nous chercher.

Anthony tourna la partie supérieure de son corps vers moi.

– Tu connais papy ?

– Anthony, tiens-toi tranquille.

– Tu connais papy ?

– Papille ?

– *Papy !*

– Je connais Popeye.

La sonnette retentit et Kim sursauta comme si le bouton était directement relié à ses entrailles.

– Anthony, mets ta veste, s'il te plaît.

Je me levai et fis face à la porte.

Kim ouvrit à une petite femme d'allure masculine coiffée à la Jeanne d'Arc, au regard agressif derrière de grandes lunettes.

— Bonjour, ma chérie, vous êtes prêts ?

Elles s'inclinèrent toutes deux au-dessus de la taille pour se faire du joue à joue comme dans une danse tyrolienne.

— Tante, je te présente un bon ami à moi, Peter Keller.

Kim me souriait comme si nous venions de nous rencontrer cinq minutes plus tôt.

— Il enseigne à l'université.

Tante Emma Sweet tendit le bras vers moi comme s'il y avait une flaque entre nous et me serra la main.

— Anthony, tu as ta veste ?

Le gosse déboula dans la pièce sans prêter attention à sa tante.

— Voyons, dis bonjour…

— Bonjour, récita-t-il d'une voix morne, toujours sans la regarder.

Kim m'adressa un autre sourire artificiel.

— Tu veux boire un jus de pomme ou autre chose ? proposa-t-elle à la tante.

— Non, il vaut mieux y aller.

Lorsque Kim décrocha un blouson d'hiver du portemanteau, tante Emma Sweet pointa un doigt vers elle tel Moïse mettant en garde le pharaon.

— Il fait chaud dehors.

Kim s'écarta du portemanteau comme s'il venait de s'embraser.

On avait en effet l'impression d'être en avril plutôt qu'en novembre. Alors que nous suivions la tante en direction de sa voiture, Kim avait posé une main maternelle sur l'épaule de son fils, qui la précédait d'un pas. À mi-chemin du coin de la rue, elle marcha sur le contrefort de la chaussure d'Anthony, dont le pied se libéra.

— Oups, excuse-moi, dit-elle avec un petit rire.

Il remit sa chaussure tandis que sa mère, penchée vers

lui, lui souriait gentiment. Elle tourna la tête de côté pour m'adresser un clin d'œil bidon tout à fait horripilant.

Nous montâmes à l'arrière d'une grosse Pontiac. À l'avant étaient assis deux gamins de sept ou huit ans, l'un blanc, l'autre asiatique.

– Peter, je vous présente Harlan et Cam Dong, dit tante Emma Sweet tout en observant la circulation avec une grimace.

Le jeune Asiatique se retourna et me regarda attentivement. Moi, je regardai Kim.

– Tante Emma Sweet et son mari Ralph ont *adopté* Cam Dong, expliqua-t-elle avec des modulations d'institutrice de maternelle.

– Notre famille – notre famille élargie, pas seulement Ralph et moi – a adopté sept orphelins cambodgiens et vietnamiens, précisa la tante en me lorgnant dans le rétroviseur.

– C'est formidable, assurai-je avec un sourire.

Kim approuva d'un hochement de tête.

– Hier, j'ai acheté à papa un cadeau pour son anniversaire de la part de nous trois, annonça tante Emma Sweet à ses deux gamins une demi-heure après notre départ.

– Qu'esse c'est ? voulut savoir Harlan.

– Je crois qu'il ne faut pas que je vous le dise, parce que vous ne savez pas tenir votre langue, et papa saura ce que c'est trois jours avant son anniversaire...

– Dis-le, m'man ! geignit Harlan.

– Dis-le, répéta Cam Dong d'un ton machinal en tournant à nouveau la tête pour examiner les passagers de l'arrière.

– Non, non, cette année je veux que ce soit une surprise.

– M'man, dis-le ! brailla Harlan en se tortillant.

– Si je vous le dis...

Pause.

– ... et que j'apprends d'une façon ou d'une autre que l'un de vous dans cette voiture a révélé le secret avant, cette personne ira au lit à dix-neuf heures pendant six jours d'affilée. Est-ce que c'est bien clair ?

– Ouuui ! répondirent Harlan, Cam Dong, Anthony et Kim en un chœur solennel.

Je me tournai vers Kim et elle rougit, recroquevillée dans son coin de la voiture, la tête contre la vitre, dissimulant son visage crispé derrière sa main. Écœuré, je décidai de boycotter tous les passagers de cette bagnole, à commencer par Kim. J'aurais pu être à New York, *elle* aurait pu être à New York.

La Pontiac roulait en ronronnant. Les yeux rivés aux chaussettes à losanges d'Anthony, je me demandais au final pour qui je me prenais. Je posai une main dans le giron de Kim et la main qui prit la mienne était moite et tremblante. Elle serra si fort que je crus que mes jointures allaient éclater.

Il y avait deux heures de route pour arriver à la banlieue d'Albany. Pendant tout le trajet, Anthony se cura le nez en balançant ses pieds croisés. Kim était plongée dans la terreur que lui inspirait sa famille, moi j'avais tout le temps de m'abandonner à des tourbillons d'angoisse en songeant à elle, à moi, à New York, à Stanley Hartnett, à Fonseca, à ma propre famille. Un voyage très agréable.

Lorsque nous nous garâmes enfin dans une rue typique des banlieues de Classes-sup-Ville, tante Emma Sweet et ses mioches disparurent dans une maison, sans un regard en arrière. Kim, Anthony et moi marchions derrière en nous tenant la main, aussi raides que des silhouettes représentant une famille sur une carte démographique de l'Unesco.

Fait étonnant, il n'y avait apparemment personne dans ce pavillon. Le vestibule donnait à gauche sur un bureau en contrebas désert et à droite sur une cuisine située en haut d'une volée de marches raides. Toutefois je finis par entendre des voix résonner dehors au-delà de la cuisine, et par une porte de derrière grande ouverte j'aperçus des visages rieurs ainsi que le coin d'une tente à rayures blanches et vertes. Tante Emma Sweet et ses enfants avaient déjà quitté le vestibule, monté les marches, traversé la cuisine en passant devant des filles en âge d'être étudiantes qui allaient et venaient à pas pressés, chargées de grands plats, et disparaissaient dans le jardin. Les réactions suscitées par l'arrivée du trio nous parvinrent en vagues d'exclamations, de « Aaah ! » et de « Les voilà enfin ! ».

– Bonjour, m'man, dit Kim en touchant l'épaule de sa mère.

Nous nous tenions à la limite de l'ombre de la vaste tente de réception. La mère de Kim était une sorte de petite chauve-souris sèche et nerveuse, un peu bossue, quasiment pas de lèvres, une haute choucroute laquée et une peau caramel craquelée par le soleil. Malgré sa bosse, elle avait des mouvements alertes de vieille sportive : équitation, tennis, rodéo peut-être. Elle paraissait mal à l'aise et absurde avec sa robe et son collier de fausses perles assez lourd pour lui briser le cou. J'étais sûr qu'elle portait des dessous en toile de jean. Elle plissa les yeux pour m'observer et pinça son ébauche de lèvres. Je fis saillir mes pecs en prenant un air sévère.

– M'man, je te présente Peter Keller.

– Peter ? fit-elle dans un aboiement rauque à la George C. Scott.

Nous échangeâmes une poignée de main.

Elle ne fit pas mine d'embrasser Kim, ni Kim d'embrasser sa mère. Je trouvais surprenant que cette gardienne de prison étique eût engendré une fille aussi pulpeuse que Kim. Je la voyais bien, avec sa sœur Emma Sweet, marteler Kim de coups de poing dans l'estomac.

Un survol de la foule des invités me fit constater qu'un bon nombre des femmes présentes avaient un peu cette même allure de dure à cuire. Pas étonnant que Kim ait la trouille. C'était probablement la froussarde du clan.

La mère de Kim se tourna vers la tente de jardin.

– Papa a entendu à la radio qu'il ferait plus de trente-cinq, aujourd'hui, alors nous avons décidé de faire ça dehors. Il a appelé Petersen hier soir. Je les ai regardés la monter ce matin, ils ont dû s'y mettre à sept... Oh, tu devrais voir le gâteau !

Elle frôla le bras de sa fille, les sourcils arqués de plaisir.

– Il est énorme, il a fallu deux hommes pour le porter, et je doute que même à trente on en arrive à bout... Kimberly...

Elle baissa la tête et claqua des doigts.

– Tu te rappelles Mme Cavett ? Une amie de mère Carmichael.

Elle donna en offrande à sa fille une dame d'une vieillesse stupéfiante qui avait dû se mettre lentement en marche vers nous trois depuis que nous avions commencé à parler. Un peu comme si la mère de Kim l'avait repérée à trois mètres de nous, avait estimé son pas et conclu qu'elle avait le temps d'avoir une conversation avec nous avant que la vieille pie soit à portée de voix. Mme Cavett avait des cheveux bleus qui dépassaient d'une casquette de base-ball. Elle portait un tailleur bleu, de vraies perles et des tennis. Ses jambes gonflées avaient le diamètre d'un tuyau de poêle. Tout son visage ravagé se hissa péniblement vers ses yeux souriants. La mère de Kim me lorgna tandis que la vieille dame braquait un mince doigt tordu couleur ambre sur la poitrine de Kim.

– Je m'souviens de toi la fois où j't'ai vue toute nue.

Elle fit tressauter sa tête dans un rire silencieux, puis se tourna lentement vers la mère de Kim. Le doigt obliqua vers moi.

– Surveille-les bien... C'est un gars de Cornell[1].

– Ça, c'est sûr, dit la mère en me souriant. Kim, tu devrais te mettre à la recherche de papa et lui dire que vous êtes arrivés. Je crois que tes grands-parents doivent être au bar.

– Attends, explique-moi un peu avant : qui est qui, ici ?

Kim et moi faisions le tour du périmètre de la tente.

---

1. Prestigieuse université qui connut une forte agitation estudiantine en 1968.

– Moi, ma famille, c'est les Carmichael. À peu près tout le monde ici est un Carmichael ou un Sweet, la famille de ma mère.

– Qui est mère Carmichael ? Une religieuse ?

– Non, c'est ma grand-mère. Ma mère a toujours appelé ses parents mère et père Carmichael.

– Comment se fait-il que tu appelles « tante Emma Sweet » la conne qui nous a conduits ici ?

– Parce que j'ai aussi une tante Emma Carmichael.

– D'accord... Qu'est-ce que fait ton père, déjà ? Il chante des cantiques ?

– Non, il est parolier, c'est un parolier évangélique. Il écrit des chants exaltants pour le révérend Howie.

– Howie... Il est ici aujourd'hui ?

– Howie est au Gabon.

– Ton vieux a pondu des tubes ?

– En fait, ouais, il a écrit il y a deux ans un truc appelé « My Christian Way[1] ». Il a pompé les paroles de Paul Anka[2] sur un type qui fait le bilan de sa vie – qu'il ait gagné, qu'il ait perdu, il a fait ça « à sa façon » –, et il les a accommodées : là, le type a une vie misérable et vide parce qu'il la mène à sa façon, mais il rencontre le Christ, qui lui montre le salut, si tu vois ce que je veux dire.

– C'est le salopard qui a refusé de t'aider quand Tony faisait son numéro, hein ?

– Oui. *Je t'en prie*, ne commence pas, ne fais pas le malin avec lui, il est déjà assez pénible comme ça, on salue tout le monde, on mange et on rentre, OK ?

Elle me guida sous la tente vers quatre générations de Sweet et de Carmichael, le tout légèrement saupoudré d'orphelins asiatiques.

Kim me présenta au couple honoré ce jour-là, mère et père Carmichael. Mère était petite et timidement vive. Elle

1. « À ma façon de chrétien ».
2. L'auteur de « My Way », la version américaine de « Comme d'habitude ».

veillait sur père, morose dans son fauteuil roulant en bois, au dossier et à l'assise en rotin. Il avait un cou de vautour, une peau bleutée, des oreilles XXL, des taches de vieillesse sur les tempes et une épaisse moustache d'un blanc jaunâtre.

– Mon ami Peter, susurra Kim du ton chantant universellement adopté pour parler aux vieillards et aux bébés.

– Enchanté, dis-je. Comment allez-vous ?

Je serrai la main de mère Carmichael, qui avait une peau lisse et fraîche.

– Comment je vais ? J'ai quatre-vingt-cinq ans et, grâce à Dieu, je me porte comme une adolescente.

Père Carmichael leva des yeux dégoûtés vers Kim et moi. Sa moustache s'inclina d'un côté comme s'il se suçotait les dents.

Je fus ensuite présenté à une kyrielle de parents tandis que nous zigzaguions de la partie bouffe à la partie gnôle. Tout le monde paraissait à l'aise, simple et inoffensif, même si l'alcool coulait à flots.

Quand Kim se retrouva coincée par un cousin, je m'éloignai seul d'un pas nonchalant.

Anthony passa près de moi à toute allure, un pan de sa chemise claquant hors de son pantalon. Deux petites Asiatiques le poursuivaient en gloussant. Il se cacha derrière un gros type en costume de soie beige tenant à la main un gobelet en plastique de bourbon sec.

– Peter ! Au secours !

Les gamines percutèrent les cuisses de l'obèse autour duquel les trois gosses se mirent à tourner.

– Peter ! Aide-moi ! Elles veulent m'embrasser ! piaillait Anthony en exécutant de magnifiques feintes de corps et des crochets tout aussi dévastateurs.

L'une des fillettes posa par hasard sa main sur le bas-ventre du type, qui sauta en arrière et aspergea d'alcool sa veste et sa cravate.

Anthony reprit sa course, les filles dans son sillage.

Kim me saisit le bras en disant :

— On y va.

Elle se dirigea vers un homme corpulent, la cinquantaine, une coupe en brosse, des yeux tout petits mais souriants, chaleureux, un masque facial suggérant que toute autre expression qu'un sourire exigeait de lui un effort. Il avait une tête en forme de huit, renflée au niveau de la mâchoire et au-dessus de ses tempes enfoncées. Il était en compagnie d'un jeune couple se tenant par la main. Il accorda un regard à Kim, lui adressa un bref sourire des yeux, puis se tourna à nouveau vers les deux jeunes avec une expression d'écoute attentive. Tout en hochant gravement la tête, il tendit un bras à l'aveuglette pour accueillir sa fille aînée, et Kim s'avança comme si elle montait sur un podium.

— Excusez-moi, Greg… Bonjour, ma chérie.

Tandis que Kim et lui se faisaient la bise, il me détailla par-dessus l'épaule de sa fille.

— Papy !

Anthony courait vers lui et le père de Kim s'accroupit comme un attrapeur au base-ball, les bras tendus pour le saisir.

— Tony Baratin ! Ha-haa ! s'exclama-t-il en le soulevant. Le voilà, mon garçon !

Kim souriait, les mains jointes devant son entrejambe.

— Greg ? Linda ? Vous connaissez Tony Baratin ? dit le père.

Il tenait Anthony contre sa poitrine, perché sur son avant-bras. Kim et Fonseca étaient tous deux grands, en parfaite santé et je ne m'étais jamais rendu compte qu'Anthony avait l'air d'un avorton. Il regardait par-dessous ses paupières ridées tel un singe fort âgé ou un vieux Martien.

— Ma fille… Kimberly.

Elle sourit, la tête inclinée sur le côté.

— Et vous êtes…

Il m'encouragea d'un sourire, comme s'il présumait que j'avais peur de lui.

— Peter Keller.

— Evan Carmichael, dit-il, la main tendue.

— Révérend…

— Non, pas révérend, *Evan,* rectifia-t-il en riant.

— Désolé, j'ai pris un bain ce matin, j'ai encore de l'eau dans les oreilles.

Kim me mitrailla des yeux.

Je fis quelques pas sous la tente tandis qu'elle bavardait avec son père. Deux longues tables pliantes disparaissaient sous d'ahurissantes sculptures comestibles. La plus étonnante création était un paon, dont la tête, le corps et la base de la queue étaient en paraffine jaune pâle moulée. La queue elle-même était rayée d'éblouissantes rangées de pointes d'asperges et ponctuée de tranches d'œufs durs.

Mère Carmichael, penchée au-dessus de la table, tenait dans ses mains parcheminées une assiette en plastique bleu foncé. Elle semblait agitée et saisit le bras d'une serveuse.

— Excusez-moi, est-ce que vous auriez du poulet en gelée ou à la crème ? J'essaie de lui faire un déjeuner, il ne peut manger rien de tout ça.

Nos regards se croisèrent et je hochai la tête.

— Comment allez-vous ?

Sa figure retrouva son allant.

— Comment je vais ? J'ai quatre-vingt-cinq ans et, grâce à Dieu, je me porte encore comme une adolescente.

— Non, y en a pas, répondit la jeune fille d'un ton d'excuse.

— J'ai vu de la salade de thon, là-bas au bout, intervins-je. Je tendis le bras pour prendre l'assiette en désignant du menton une pyramide crémeuse.

— Ah, peut-être ça, dit mère.

Ignorant ma main tendue, elle se dirigea vers la salade de thon.

— Alors, Peter ?

Je me retrouvai à toiser la mère de Kim, qui levait vers moi des yeux dubitatifs, la bouche bordée par une corolle de rides.

– Vous enseignez quoi ?

Ces yeux avaient naguère inspecté Fonseca et procédaient maintenant à des comparaisons.

– Éducation physique, répondis-je. En fait, je suis humoriste, dans une boîte de New York.

Elle eut un « Mmm » difficile à interpréter, regarda le soleil et grimaça. Elle n'avait manifestement recours à aucune crème hydratante pour faire luire sa peau, et ses traits prirent la même expression peinée que Natalie lorsque je lui avais lancé ma vanne au piano-bar. J'aurais voulu savoir ce que cela signifiait, elle me faisait flipper.

– Oui, je suis humoriste, mais j'enseigne aussi la gym… la muscu.

Qu'est-ce qui me prenait ? L'idée me traversa que ma mère de cent cinquante kilos aurait pu flanquer une rouste à la daronne de Kim, à tante Emma Sweet, à tous les autres Sweet et demi-Sweet assis sous la tente.

– Vous avez une belle maison, dis-je en levant mon gobelet vers le toit. Depuis combien de temps vous vivez ici ?

– Oooh, fit-elle, les rides se creusant autour de sa bouche. Vingt ans, mais les Sweet sont dans la région depuis près de deux siècles.

– Waouh.

Une seconde… Pourquoi étais-je si anxieux de soutenir la comparaison avec Fonseca ? Il n'était qu'une raclure, un dépressif qui frappait la fille de cette dame comme un punching-ball.

– Oui, les Sweet ont construit et possédé la moitié du comté. Il y a un Sweet Building dans quatre villes des environs, tous bâtis par mon grand-père – il avait cent cinquante hommes sous ses ordres. Mon grand-oncle a vendu ses terres arables à l'État pour devenir entrepreneur et il a construit la grande route qui passait au-dessus de sa propriété. Lui, il avait, je crois, soixante-douze hommes sous ses ordres, et mon père était le patron d'une fabrique de chaussures avant la crise, avec un personnel de trois cent six ouvriers.

Quand les immigrés italiens débarquaient à New York, des cordonniers, ils ne connaissaient que ces quelques mots : « Swit, c'est où, Swit ? » Mon père disposait de cars pour aller les prendre à Ellis Island et les amener tout de suite ici. Ils l'appelaient Papa Swit. La fabrique a fermé en 34, mais il y a encore une Petite Italie dans la région à cause de mon père. La moitié des grands-pères des gars de l'équipe de football du lycée ont travaillé pour mon père. « Swit, c'est où, Swit ?... »

Elle s'esclaffa, plissa de nouveau les yeux dans le soleil, mais cette fois sans grimacer, ce qui voulait dire qu'elle avait grimacé la première fois en apprenant que j'étais humoriste. Qu'elle aille se faire enfiler. Moi au moins je ne collais pas des trempes à sa fille. Ils étaient où, tous les Sweet de ces deux siècles, lorsque leur descendante se faisait dérouiller ?

– Des gens qui faisaient avancer les choses, commentai-je avec un sourire.

– On peut le dire.

Elle haussa les sourcils et ferma les yeux.

– Ben, moi, ma famille n'avait pas autant de poids, mais vous voyez le quatrième immeuble, là-bas ?

Je tendis le bras vers les tours du centre d'Albany, bien au-delà des collines.

– Le quatrième ? C'est le Memorial Hospital d'Albany.

Je me rendais bien compte qu'elle ne pouvait pas voir ce que je désignais, mais c'était sans importance.

– Les deux derniers étages ? C'est le service des maladies vénériennes. Mon père y avait un poste très élevé.

Elle me regardait, ébahie, sans rien comprendre.

– Il était docteur. À propos de docteur, j'aimerais beaucoup poursuivre cette conversation, mais mon médecin m'a recommandé d'éviter les Sweets[1].

Je m'éloignai en espérant que la tente allait s'effondrer.

1. Les sucreries.

Nous étions assis dans le bureau du père de Kim sur un canapé bas en suède couleur café. Dans un coin se nichaient un bar bordé de cuir et des tabourets assortis. Les boiseries qui l'entouraient étaient couvertes de photos et de documents plastifiés montés sur des plaques de bois sombre. Il y avait sept ou huit portraits d'Anthony, tous en couleur, la tête de Kim en robe de mariée, le regard serein tourné vers le ciel, et une photo de son père entouré de divers dirigeants religieux à l'occasion de la remise d'un diplôme – lequel était lui aussi plastifié et monté sur bois de cerisier à côté de la photo. La Société des musiciens chrétiens d'Amérique avait décerné à Evan Carmichael le titre de Parolier inspiré de l'année.

Assis au bord d'un banc de piano, les coudes sur les genoux, le père de Kim nous souriait. Nous étions séparés de lui par un piano blanc au couvercle fermé sur lequel Anthony, installé à côté de lui, faisait semblant de jouer.

– Je vois que vous regardez mon trophée Cy Young[1], dit-il en m'adressant un clin d'œil d'autodérision.

J'avais horreur des types ordinaires et sympas.

On entendait le gargouillis métallique et oxygéné du système de filtrage d'un grand aquarium. Comme la tête de Carmichael en cachait la moitié, j'avais l'impression en plissant les yeux que les tétras éclairés au néon entraient par une de ses oreilles et sortaient par l'autre.

– Vous savez, Kimberly pourra vous le confirmer, Mme Carmichael et moi ne sommes pas vraiment des fans de la religion.

– Ah bon ?

Anthony se leva, s'approcha du bar et se mit à tirer sur une cordelette pour allumer puis éteindre une lampe fantaisie, un globe dépoli perché en haut d'un réverbère. Un pochard en plâtre coiffé d'un haut-de-forme cabossé s'appuyait au

1. Un trophée accordé en réalité au meilleur lanceur au base-ball.

poteau. L'effet stroboscopique du geste d'Anthony se perdait dans la lumière du soleil de l'après-midi.

– Anthony, ne joue pas avec les affaires de papy, intervint Kim.

– C'est pour donner la gueule de bois au type !

Cela fit rire Carmichael.

Kim et moi étions lovés dans l'angle profond du canapé. Entendant quelque chose bruire dans ma veste sport, je pressai une main sur ma poitrine et sentis le mince papier pelure froissé de mon CV. Il devait y être depuis la dernière fois que j'avais porté cette veste pour faire le tour des agences de recrutement.

– Bien sûr, nous avons un rôle actif dans l'Église et nous ne sommes pas des hypocrites, nous croyons en Dieu, mais... Ce que je vais vous confier ne doit pas sortir de cette pièce : je me préoccupe davantage du bien que nous pouvons faire ici-bas, *maintenant,* que de ce qui nous attend dans l'autre monde. Kimberly peut en témoigner.

Elle hocha la tête, les paumes à plat sur le canapé.

– Vous savez, monsieur Carmichael, Kim m'a beaucoup parlé de vous, de l'objectif que vous poursuivez avec vos chansons et, euh, j'espère que ce n'est pas trop vous demander, vous faire travailler un jour de repos... J'aimerais *tellement* écouter « My Christian Way ». Vous en avez un enregistrement ?

Kim m'enfonça un ongle dans la cuisse, assez fort pour entailler la peau.

– Je peux faire mieux que ça, dit-il en soulevant le couvercle du piano.

Il avait vraiment une jolie voix. Il ne regardait jamais ses doigts et chantait pour nous en oscillant doucement des épaules, comme s'il le faisait pour deux amoureux buvant des Campari-soda dans un piano-bar.

Mon visage rayonnait de ferveur.

– « Maintenant, le rideau va tomber et Il est avec moi, oh oui, avec moi, de cela je suis sûr... »

J'adressai un clin d'œil à Kim.

– « … je l'ai fait… à… Sa… façon… »

Il termina par une courte fioriture sans rapport avec ce qui précédait.

– Fffiou ! fis-je, admiratif. Vous bossez sur quoi en ce moment ?

Il se remit à jouer et à chanter de manière détachée, comme s'il allait d'un moment à l'autre s'interrompre et reprendre notre conversation.

– « T'es qu'un chien de chasse, qu'arrête pas de pécher… mais si tu te détournes de Jésus, t'es pas mon copain[1]… »

Il fit un clin d'œil à sa fille et nous expliqua :

– Je travaille en ce moment sur un nouvel album, je prends des chansons de rock and roll et, disons que je… « christianise » les paroles. En tant que parolier chrétien, ma principale préoccupation est de toucher les jeunes. Un bon nombre de vieux schnocks de l'Église ont plus ou moins renoncé à le faire – sans parler de ce qu'ils pensent de la musique des jeunes. Moi, j'estime que c'est la clé, la *clé* pour les toucher. Nous pouvons nous servir du rock and roll pour leur tendre les bras, par-dessus la drogue, les divorces, les foyers brisés, et les *saisir* à bras-le-corps…

Il se pencha et attira à lui son petit-fils, qui était revenu dans la partie de la pièce où nous nous trouvions.

– Mais ça n'a rien de nouveau, je ne me flatte pas d'être un pionnier en la matière.

– Il y aura quoi d'autre, sur cet album ?

Il tint Anthony d'une main et joua de l'autre.

– « Jésus t'aime, yeah, yeah, yeah[2]… »

– Ça, c'est génial, comme idée ! m'exclamai-je. Je parie que vous pourriez improviser une « christianisation » là tout de suite… Vous pourriez faire « Blue Moon » ?

---

1. À l'origine , Elvis Presley chante dans « Hound Dog » : « … qu'arrête pas de chialer… t'as jamais attrapé un lapin et t'es pas mon copain ».

2. On aura reconnu « She Loves You » des Beatles.

Il égrena quelques notes d'une main hésitante.

– Je reconnais à ma grande honte que j'ai oublié les paroles.

– Moi aussi, dis-je. « Earth Angel », alors. Vous pourriez, « Earth Angel » ?

Il secoua la tête d'un air affligé.

– Là, je jette l'éponge.

– « Dou-dout' dou dou dout'... », fredonnai-je pour l'encourager. Non, moi aussi je cale, je ne me rappelle que l'orchestration... Les Fugs[1], peut-être. Vous avez fait les Fugs ?

Il rit et haussa les épaules, comme pour s'excuser. Kim fut prise d'une quinte de toux si bidon qu'on croyait entendre « Tousse, tousse, tousse ».

– Pas de problème ! Retour au basique... « She Loves You », non, ça vous l'avez déjà... « Fever », vous devez connaître, « Fever »... Vous pourriez essayer ?

Je chantai quelques mesures, il lâcha Anthony et joua la mélodie.

– OK, dis-je, « da da da... Le soleil éclaire la journée, la lune éclaire la nuit »...

Je m'arrêtai de chanter faux pour m'interroger :

– Comment ce serait, après ? « Quand Jésus prononce mon nom » ? Ou « Quand je prononce Son nom » ?... Ce serait trop sacrilège ?

– C'est l'esprit qui compte, répondit-il.

– Sans jeu de mots, lui renvoyai-je, avec un sourire éclatant.

– Sans jeu de mots, concéda-t-il d'un ton perplexe et en me regardant un peu plus attentivement.

– Kimberly, ton père tient vraiment quelque chose, là...

Elle ne tourna pas les yeux vers moi.

– On s'en fait une petite dernière ? proposai-je.

J'entendis Kim expirer lentement par le nez.

---

1. Groupe rock underground formé en 1965.

– Vous connaissez les Stones, bien sûr. On prend la plus facile, « Satisfaction » : « J'arrive paaas ah… la sa-tis-fac-tion »…

J'avais vraiment une voix de merde. Et le fait que Carmichael gardait les mains sur les genoux au lieu de jouer ne m'aidait pas non plus.

– On dirait qu'elle a été faite pour ça… On part d'un gars qui ne pense qu'au sexe, au fric, à la réussite sociale, et qui n'en tire aucun plaisir… Mais un jour… !

Je me lançai, chantant à moitié :

– « Je roule dans ma voiture et le type à la radio… m'en dit plus sur Jésus, et tout à coup j'ai une ré-vé-la-tion… Je *peux* avoir, ouais, ouais, ouais, de la sa-tis-fac-tion… » Qu'est-ce que vous en pensez ? Écoutez, celle-là, je vous l'offre, mais à partir de maintenant on fait fifty-fifty, d'accord ? Ça marche ?

Il m'observa en plissant les yeux, les mains reposant sur ses genoux tels des gants vides. Je me levai.

– Jamais l'idée ne m'était venue d'écrire des chansons. Ça me plaît ! Chérie, je crois que ton père vient de ferrer un autre poisson… Anthony ? Va faire un gros baiser à papy, il faut qu'on retourne en ville.

Je tendis la main à Kim, mais elle se mit debout sans mon aide. Elle gardait les yeux baissés comme si elle avait laissé tomber une de ses boucles d'oreilles sur le tapis scandinave orange.

Carmichael demeurait assis, trop occupé sans doute à se demander si je m'étais moqué de lui.

– Kimmy ? dit-il. Nous fêterons Thanksgiving la semaine prochaine chez l'oncle Ray. Comme toujours, tu es invitée… et j'espère que tu nous amèneras ton ami Peter.

Son ton était pensif, sa poignée de main, hésitante et molle.

Il y avait une gare Amtrak à six cents mètres de chez les Carmichael et nous parcourûmes à pied les rues où gazouillaient les oiseaux et où claquaient les talons de Kim. Je marchais derrière elle en fredonnant :

– « Avec ma chérie de Kansas City et une bouteille de vin de messe[1]... »

Elle finit par se retourner et m'asséna :

– Mais pour qui tu te prends ?

Anthony sautillait, courait et s'arrêtait en imitant un crissement de pneus.

– Pour qui ?

Je lui tendis mon CV et elle y jeta vraiment un coup d'œil avant de le jeter par terre et de se remettre à marcher.

– Et le titre de Parolier inspiré de l'année revient à...

Elle fit de nouveau halte et me lança d'une voix sifflante :

– Écoute !

Je la rejoignis et lui pressai les joues jusqu'à ce que sa bouche prenne la forme d'un trou de serrure.

– Non, c'est *toi* qui m'écoutes !

Je devais appuyer trop fort car elle eut l'air effrayée et elle toucha une de mes mains, ce qui bousilla la réplique que j'avais préparée.

Je la repoussai et m'éloignai d'un pas rapide, me retournai après avoir franchi cinq ou six mètres.

– Tu sais quoi, *Kimmy*, ils te font bouffer de la merde à la pelle.

J'avançai de nouveau. Anthony sautait et tournoyait comme si nous n'étions pas là. J'étais presque arrivé au bout du pâté de maisons lorsque Kim s'écria :

– Il aime Anthony !

Elle n'avait pas bougé d'un pouce depuis que je lui avais comprimé la figure.

– Quoi ? aboyai-je en revenant en arrière.

– Il aime Anthony ! Il aime Anthony ! Ah !

Elle tressaillit de peur et je repartis vers le coin de la rue en maudissant tout le monde.

– C'est ma famille !

---

1. Dans la chanson de Fats Domino (1963) , il s'agit d'« une bouteille de vin de Kansas City ».

Et comme je ne me retournais pas, elle marmonna :

– C'est tout ce que j'ai.

Aussitôt je repensai à Fonseca. À l'intention qu'elle avait eue de le voir le soir où nous nous étions rencontrés parce qu'elle se sentait trop seule. Je m'arrêtai pour la laisser me rejoindre.

– C'est tout ce que tu as ?! beuglai-je, indigné. Et je suis quoi, moi ?

Je me touchai la poitrine et rejetai la tête en arrière.

Kim leva le nez d'un air impérieux.

– Pour moi ? Je n'en sais rien. À toi de me le dire.

J'eus un geste dédaigneux de la main et me remis à marcher.

– D'accord, c'est tout ce que tu as. C'est tout ce que tu as, maugréai-je en crachant tous les cinq pas.

Je fis volte-face une fois de plus pour l'interroger :

– Tu fêteras Thanksgiving chez eux ?

– Peut-être, répondit-elle avec une moue.

– Parce que moi aussi j'organise un repas la semaine prochaine. Et tu peux venir, et il peut venir, dis-je en désignant Anthony. Ou tu peux aller voir pa-*py*, poursuivis-je en faisant claquer mes lèvres sur la dernière syllabe. Anthony ? Tu as un petit copain de foyer brisé que t'aimerais inviter ?

Il se tourna vers Kim.

– Palmer ? suggéra-t-il.

– Palmer ! explosai-je. Ah, non, merde ! N'importe qui, mais pas lui !

– Je l'aime bien ! argua Anthony.

Kim pouffa.

– Et toi ? lui demandai-je. Pourquoi ne pas inviter ta copine de latin hustle, ta coéquipière de bowling divorcée ?

– Theresa ?

– C'est la mère de Palmer, intervint Anthony.

– Et alors ils furent cinq[1], dis-je.

---

1. En anglais « *And then there were five* », calqué sur *And Then There Were None,* le titre original du roman d'Agatha Christie *Les Dix Petits Nègres.*

Je me dirigeai d'un pas rapide vers le train, Kim et Anthony trottant derrière moi.

– Qu'est-ce que tu lui reproches, à Palmer ? voulut savoir Anthony.

Il tira sur le pan de ma veste, mais j'étais ailleurs, à nouveau perdu dans l'image de Fonseca levant le menton vers moi près de la porte de l'auditorium. Son regard, je n'arrivais pas à lire son regard.

– Tu ne devais pas aller à New York, le week-end prochain ? me rappela Kim, circonspecte.

Je m'arrêtai net et me retournai, les genoux fléchissant de désespoir. Pauvre tache. Je me forçai à me redresser.

– Ouais, bon, t'inquiète pas pour ça.

Je m'efforçai de penser à une dinde, à un grand-papa peint par Rockwell récitant les grâces, un sourcil haussé avec malice pour jeter un coup d'œil à un gros matou.

Dans le train aux grandes baies vitrées roulant vers le nord le long de l'Hudson, j'étais assis en face de Kim et Anthony sur une banquette en cuir vert craquelée.

Elle regardait l'eau miroitante d'un air songeur. Les yeux dans le vague, Anthony cognait sa tête distraitement contre son siège en contemplant la même vue. La hauteur des dossiers les faisait paraître chétifs et abandonnés.

– Ça devait arriver ! Je lui avais dit que ça *devait* arriver !

De l'autre côté de l'allée, un homme d'une quarantaine d'années assis en face de jumelles frottait avec colère les gouttes de soda tombées sur la jambe de son pantalon gris perle.

– Je lui avais dit ce qui se passerait si elle *continuait* à jouer avec cette paille !

Il n'y avait pas d'autres passagers dans la voiture.

Les fillettes, brunes et potelées, devaient avoir neuf ou dix ans. Le père, courtaud, rondouillard, avait relevé ses lunettes de soleil sur son crâne. La jumelle fautive était avachie dans le coin et mâchonnait avec indolence sa paille, qui menaçait encore de jaillir hors de la cannette de soda.

– Nancy adore se conduire comme si elle avait encore des couches, dit l'homme à l'autre enfant.

Nancy haussa les épaules.

Lorsqu'il se baissa pour nettoyer le revers de son pantalon, les lunettes de soleil se braquèrent sur les filles comme des yeux. Nancy tendit un doigt et s'esclaffa. Sa sœur lui tapa sur le bras.

– Papa, elle se moque de toi !

– Si dans les trente secondes Nancy ne finit pas son soda en se tenant comme une demoiselle bien élevée, elle aura de gros ennuis…

Nancy continua à mâchouiller sa paille et haussa à nouveau les épaules avec ostentation. Elle avait une expression de défi à laquelle se mêlait un peu de crainte.

– Elle le fait pas ! s'écria sa sœur. Tu dois la punir, papa !

– Il lui reste vingt-cinq secondes, je lui fais confiance.

– Punis-la ! Maman le ferait, elle !

Silencieuse, Nancy balançait ses chevilles croisées et continuait à hausser les épaules.

– Non, non, je crois qu'il ne faut punir qu'en dernier ressort. Nancy a un bon fond.

Il parlait d'une voix forte et chantante, avec une autorité théâtrale. J'avais l'impression d'avoir entendu ce foutu ton toute la journée.

– Non, elle a pas un bon fond ! se récria la jumelle, dont le regard angoissé passait de son père à sa sœur. Elle boit pas, combien il lui reste de secondes ?

– Ça va venir. Ta sœur a un bon fond, mais elle se montre parfois immature, et là, elle est en train de réveiller mon ulcère. Si elle ne finit pas son soda *tout de suite,* elle sera punie quand nous arriverons à la maison.

– Tu le feras pas ! Et ce sera quoi ?

– Ne t'inquiète pas. Ce sera une punition tout à fait appropriée pour elle.

– Vous ne pouvez pas laisser cette gosse tranquille ?

Je m'étais penché dans l'allée, tellement nerveux que j'avais les mains tremblantes. Le trio parut estomaqué.

Les lunettes de soleil glissèrent jusqu'à l'arête du nez et le type se redressa.

– Hé, je m'occupe de ma famille et vous vous occupez de la vôtre ! me lança-t-il en désignant du doigt Anthony et Kim.

J'avais envie de le lui casser, mais le simple fait de l'apostropher m'avait vidé de toute mon énergie.

Kim me regardait, ébahie. Anthony continuait à fixer le fleuve en frappant son dossier de la tête au rythme d'un air intérieur.

Nous gardâmes le silence tous les six jusqu'à ce que le train parvienne deux arrêts plus loin. Soudain, le père se pencha vers moi et dit d'une voix tremblante :

– On ne doit jamais critiquer un parent devant un enfant, parce que cet enfant en paiera les pots cassés plus tard, espèce de crétin.

Il se redressa aussitôt, les mains tendues en signe de soumission.

– Je ne veux pas me battre, mais il fallait que je dise ce que je pense.

Kim posa sur moi un regard impassible.

J'ignorai la remarque du type et le voyage se poursuivit en silence. Vingt minutes plus tard, à trente kilomètres de l'arrêt suivant, il se leva brusquement, descendit ses sacs du filet à bagages et poussa les jumelles, qui ne protestèrent pas, vers la voiture voisine. D'un pied, il maintint ouverte la porte à fermeture pneumatique, un sac sous chaque bras, un à chaque main, me signifiant « J'aime ma famille autant que vous aimez la vôtre » avant de disparaître.

Kim me lança un coup d'œil avant de reporter son regard sur l'Hudson.

– Tu sais, tu n'es pas obligé de donner ce repas la semaine prochaine.

Elle semblait fatiguée, la tête doucement ballottée par les mouvements du train.

Je haussai les épaules en examinant la peau morte autour de mes ongles.

– Ouais, je sais.

De retour à la maison, Kim se montra distante et préoccupée. Quand je lui demandai si elle m'en voulait encore d'avoir déconné avec son père, elle m'assura que non et je la crus. Elle n'était pas fâchée, seulement perturbée, mais ce qui la tracassait la faisait se conduire à l'inverse de son caractère. Je la suivais partout, la prenais dans mes bras et lui murmurais à l'oreille, et si elle ne me repoussait pas elle répondait mollement, sans être vraiment là. Elle m'expliqua que le voyage l'avait épuisée, ce que je n'avalai pas. Lorsque je lui avouai que je perdais les pédales, elle m'embrassa et me tapota le dos. J'ai horreur qu'on me tapote, le dos ou n'importe quelle autre partie du corps.

Ce soir-là, elle s'endormit très vite en laissant la lumière allumée. Allongée sur le ventre, son profil se découpant sur l'oreiller, elle avait les bras à demi tendus devant elle, comme si elle nageait sous l'eau.

Les entrailles retournées, j'étais étendu à côté d'elle, appuyé sur un coude, et je caressais doucement son dos. Je promenais ma main de ses épaules osseuses au creux de son échine, effleurant à peine la peau, laissant dans mon sillage une traînée de chair de poule. C'était un geste de magicien prononçant une incantation, le passage d'une main au-dessus de la flamme d'une bougie.

Ceci m'appartient, j'en suis responsable. Son bien-être est mon bien-être. Protéger, c'est aimer, et autre fariboles... Je devenais hystérique.

Kim leva une épaule, grogna quelque chose dans son sommeil, le visage collant et hébété, puis retomba sur l'oreiller.

Le lendemain matin, même chose : Kim froide et chagrinée, moi en pleine panique.

Dans la journée, il me vint une idée géniale : au lieu d'organiser un repas chez moi comme je l'avais envisagé au départ, je décidai d'utiliser La Campagne, la maison de mes parents dans le comté de Putnam, et de transformer le repas de Thanksgiving en week-end.

Ça m'avait toujours fait drôle que notre famille ait une « propriété », en fait une vieille ferme que mes parents avaient acquise pour cinq cents dollars à la fin des années quarante. Et nous l'appelions toujours « la Campagne », nous nous rendions à la Campagne, vous voulez venir à la Campagne ? – des aristocrates vous invitant sur leurs terres.

Nous n'y allions pas si souvent quand j'étais gosse parce que ma mère souffrait de rhume des foins, une forme d'asthme saisonnier, et qu'elle préférait passer l'été dans notre rez-de-chaussée du Bronx. Après sa mort, mon père n'osait plus trop y retourner, surtout avec Vy. Cela aurait été comme marcher sur le cadavre de ma mère.

La maison se trouvait en retrait de la Route 6, en retrait d'un chemin de bûcherons qui traversait une colonie de bungalows avant de se transformer en un sentier partagé en son long par une ligne herbeuse renflée, qui sinuait à travers bois sur huit cents ou neuf cents mètres avant de se déverser dans une clairière d'un hectare. L'intérieur se composait d'une grande pièce centrale avec des appareils ménagers d'un côté, un canapé de l'autre et une longue table en chêne au milieu. Il y avait trois petites chambres et un grand patio hideux délimité par des murets en parpaings qui faisait penser à un fortin de la légion étrangère, collé au flanc de l'ancienne ferme, faisant face à la clairière d'herbe et à la lisière des bois.

Le soir au dîner Kim fut d'avis que nous devrions peut-être annuler nos plans pour Thanksgiving. Suggestion qui nous fit flipper, Anthony et moi. Mais je m'y attendais à demi et je jouai le rôle de monsieur Attitude positive en avançant comme contre-proposition un merveilleux week-end à la Campagne avec Theresa, Palmer et Mme Butterball[1] la dinde. Je brossai un tel tableau idyllique du lieu et du plaisir que nous y prendrions, devant Anthony, bien sûr, qu'il fut difficile à Kim de dire non et elle finit par céder, et même par rire, ce qui nous incita, Anthony et moi, à pousser des cris de triomphe. Nous la fîmes téléphoner à Theresa, là, tout de suite. Elle était prise. Je persuadai Kim d'appeler Mary Kay Cicero, du secrétariat de géologie. Elle était prise. Et merde. Je passai l'heure suivante à broder sur l'enchantement de ma Campagne, malgré mon estomac qui se tordait et la petite voix qui m'annonçait, dans ma tête : Ce truc est foutu. Je n'arrivais cependant pas à savoir ce que « ce truc » était au juste. Il ne faisait que retarder de sept jours mon week-end à New York. Enfin, Thanksgiving était une fête familiale, pas l'occasion d'une tournée des boîtes. Je me voyais en patriarche au bout de la longue table en chêne. À mourir de rire. Le lendemain, Kim essaya deux fois d'annuler mon projet, et en représailles je tentai à nouveau d'étendre la fête à d'autres invités.

— Fiona, le capitaine est là ?

— Il déjeune, Peter, me répondit la secrétaire.

— Oh, je veux assister au spectacle.

Je passai dans le bureau et découvris Jack Petty enfournant un Dagwood[2]. Il s'essuya la bouche.

— Pete… Ça te dit ? me demanda-t-il en désignant de son sandwich des pommes éparpillées sur sa table.

— Non, merci, j'ai mangé.

— Qu'est-ce que je peux faire pour toi, petit ?

— Je suis sûr que tu es déjà pris, mais je suis venu t'inviter à passer le week-end de Thanksgiving avec Kim et le gosse dans la maison de campagne de ma famille.

---

1. Butterball (« grassouillet ») est une marque spécialisée dans la dinde fraîche et congelée.

2. Sandwich à plusieurs couches de diverses sortes de viandes, fromages et condiments.

— Non, je peux pas. Merci quand même, répondit-il en reprenant sa mastication.

— C'est bien ce que je pensais. Tu fais une grande fête ?

— Je sais pas trop… J'ai encore déménagé.

Il accompagna la nouvelle d'un rire plein d'aisance.

— Tu plaisantes ? Tu es retourné dans ce taudis ?

— Naan… Je suis chez Katherine Mooney.

— Chez qui ?

— Une femme du département anthropo. Je sors avec elle, par périodes, depuis des années. Je crois qu'elle va dans l'Indiana passer le week-end avec ses gamins et son ex, alors je retournerai peut-être à la maison pour Thanksgiving. Ce serait le bon moment. Ça va mieux.

— Qu'est-ce qui va mieux ?

— Euh…

Il haussa les épaules, piqua une tranche de gruyère sur son bureau.

— Elle sait que je vais revenir. Moi aussi, je le sais.

Quelle tristesse.

— Elle est au courant, pour Katherine Mooney ?

— Probablement… Nous n'entrons pas dans les détails.

Ce « nous » faisait penser à une équipe. Les Petty avaient peut-être leurs propres règles du jeu adaptées à leur couple. Il y avait probablement pire.

— Ouais, ça ne change pas grand-chose, ajouta Jack. Elle sait que je lui reviendrai.

— Parce que c'est la mère de tes enfants ?

Il ne réagit pas à mon sarcasme.

— Si tu veux. J'ai besoin d'un socle. Tout le monde en a besoin. Pas toi ? Peut-être pas. Tu n'es encore qu'un jeunot…

— Oh non, moi aussi j'en ai besoin ! m'exclamai-je dans mon désir de ne pas être exclu.

Était-ce vrai ? Oui, besoin de Kim. Mais que devenait New York ?

— Ça va, Kim et toi ?

– Je sais pas, répondis-je, l'espace d'un instant de doute. Non, tout va bien, je veux dire.

Je hochai la tête de manière rassurante en brandissant un poing alors que je venais de recevoir en pleine tronche un autre coup de Gros Ennuis et que mes genoux s'étaient mis à flageoler.

– Comment c'était, New York ? Tu ne m'en as pas parlé. Tout s'est bien passé entre vous deux là-bas ? L'autre jour, quand tu m'as demandé des nouvelles de Tony, je me suis inquiété.

– Non, non, c'était un bon week-end. Ça m'a donné quelques idées.

– Quoi, par exemple ?

Jack finit de manger, s'essuya lentement les mains.

– J'envisage de suivre des cours de comédie. J'ai parlé à quelqu'un du métier. J'aimerais essayer de passer dans quelques boîtes. Côté fric, je pense que je pourrais dégoter un poste d'enseignant, dans un centre universitaire de premier cycle, ou quelque chose comme ça.

Je me sentais confiant.

– Et Kim ?

Je me mis à trembler.

– Je pense qu'elle m'accompagnera.

– Ouais ?

– J'ai vu Crown, là-bas, me hâtai-je d'enchaîner pour changer de sujet.

– Ah, oui ? Comment il va ?

– C'est dur, mais il s'accroche. Il joue dans une pièce.

– Crown a toujours eu beaucoup de problèmes, dit Jack sur un ton dédaigneux.

Non, c'est faux, il s'accroche. Tout à coup, je me sentis très loin de Jack. Et la trompette de jazz, gros con ? Au moins, Crown, lui, il continue à grimper. Jack ne le comprenait pas, ça me déprimait. Il était censé être Superman.

Nous gardâmes un moment le silence : Jack regardait par la fenêtre en engloutissant ses pommes ; moi je fixais son bureau en tentant de me dépêtrer de ma déception.

— Je ne sais pas si je t'en ai déjà parlé, ma mère pesait près de cent cinquante kilos. Pourtant, à part au ciné, je ne l'ai jamais vue faire un vrai repas. Elle grignotait des fruits et buvait du café, elle préparait des sandwichs, elle cuisinait tout le temps, mais elle ne mangeait jamais. Je sais pas… C'était peut-être les glandes, ou un truc de ce genre…

Je m'exprimais d'un ton poli et mesuré, comme si Jack était noir et que j'avais abordé la question de la race.

Il déglutit et répondit d'une voix calme et pleine d'autorité :

— Elle en profitait quand il n'y avait personne. Des tas de gros bâfrent en cachette. Moi, je mange quand il y a du monde autour de moi. Les gens aiment me voir manger.

J'eus le sentiment qu'il m'avait fait un léger reproche, même si je savais qu'il ne parlait pas de moi.

Je pensais au linoléum. À la lumière d'une bougie reflétée par le linoléum, à une peinture blanche brillante grossièrement étalée sur les vieux murs bordés de moulures d'un appartement de cité.

— Maintenant que tu le dis, je me souviens d'une fois, j'avais six ans, où je me suis réveillé au milieu de la nuit et j'ai surpris ma mère dans la cuisine en train de dévorer un poulet… À la lumière d'une bougie, un de ces trucs mémoriels, un verre large et bas rempli de cire. C'était une lumière vacillante et jaune, éclairant ma mère qui mangeait du poulet en chemise de nuit. Elle a cessé de mastiquer, m'a regardé. Elle avait un morceau de chair blanche, là…

Je me tapotai le coin de la bouche d'un doigt tremblant.

— J'ai juste fait demi-tour pour retourner me coucher. Elle ne m'avait même pas demandé ce que je voulais.

Ma première pensée avait été : Pourquoi faire tant d'histoires pour du poulet, c'est juste des protéines, non ? Puis j'avais éprouvé une sorte de désolation : ma mère mangeait en cachette, elle avait une vie secrète, comme une espionne. J'avais pensé à mon père qui dormait ou faisait le tri à la Poste pendant que ma mère se gavait.

Jack jeta les trognons de pomme brunis dans sa poubelle.

– J'ai connu un gars qui pesait deux cents kilos. Non seulement il ne bouffait jamais devant les gens, mais il mangeait seulement dans l'obscurité. Moi, dit-il en se mettant péniblement debout, je ne vois pas le problème.

– Attends, le priai-je en lui prenant la main. Reste une seconde.

J'étais désespéré, en pleine confusion. Il se rassit, se pencha en avant, les coudes sur les genoux. Je fis de même, nos visages n'étaient plus séparés que par une trentaine de centimètres. Comment lui dire ?

– Ce que j'aimerais te demander… c'est comment tu fais.

Il se passa un doigt sur les lèvres.

– Comment je fais quoi ?

Je me redressai pour pouvoir réfléchir. Mais qu'est-ce que je raconte ?

– Tu ne te fous jamais en rogne. Les gens ne te font pas chier ? Ça ne te rend pas dingue ?

– Quoi, parce que je suis gros ? Je *suis* gros ! lança-t-il comme un défi. Qui vient me faire chier ? Tu viens me faire chier, toi ?

– Non ! m'exclamai-je, en songeant à toutes les fois où je l'avais appelé Gros Jack.

– *Toi,* tu ne me fais jamais chier. Tu *m'aimes,* hein ? Tout le monde aime le Gros Jack.

Il avait fredonné la chose d'un ton légèrement menaçant et j'étais anéanti.

Jack partit d'un rire méchant, se leva, m'ébouriffa les cheveux.

– T'en fais pas pour moi, Pete. Je m'occupe de mon cas.

Et il sortit du bureau.

Ce soir-là, je trouvai un restaurant grec avec un petit bar et je me saoulai en solitaire, assis sous de vieilles caricatures encadrées, songeant à ma mère assise à la table de la cuisine.

Les yeux un peu saillants, elle avait l'air d'un animal traqué chaque fois qu'elle imaginait qu'on la lorgnait ou qu'elle était entourée d'ennemis. Elle avait dû se sentir si seule. Comment Jack faisait-il ? Quel était son secret ? Ma colère montait : lui aussi me cachait des choses. Dans ma tête d'ivrogne, je le voyais en char du défilé de Thanksgiving, trop haut pour être escaladé, énorme, avec des bourrelets trop dangereux à saisir.

À une heure du matin, je titubais dans un brouillard alcoolisé devant une maison en pain d'épices prune et moutarde de Classes-sup-Ville, le regard braqué vers les deux grands yeux-fenêtres d'une chambre du premier étage.

– Allez, Jack ! braillai-je. Me fais pas ce coup-là.

La rue était aussi inanimée qu'une peinture à l'huile.

J'avais froid.

– C'est quoi, ton secret ? Je suis de ton côté…

Je frissonnais, les mains dans les poches.

– Allez, quoi. Viens me le dire, insistai-je, presque sur le ton de la conversation. Je suis de ton côté…

Je me grattai le nez, baissai les yeux vers le trottoir.

– Peter, rentre chez toi.

Jack se tenait dans l'encadrement de la porte d'entrée, séparé de moi par une courte pelouse.

Je ne distinguais pas son visage dans l'obscurité. Une lampe s'alluma dans l'un des yeux, projetant une échelle de lumière.

Malgré le froid, Jack était pieds nus et ne portait qu'un pantalon de pyjama. Des paquets de graisse festonnaient sa poitrine. Solidement planté sur ses jambes tel un tronc d'arbre, il se penchait en avant à partir des hanches, une main sur le bouton de porte qu'il agrippait tel un pommeau de canne, comme si sa masse était trop pesante pour sa colonne vertébrale. Ses cheveux en bataille et ses sourcils gris semblaient parsemés de neige soufflée par le vent. Son regard était abattu mais patient, ses lèvres pincées inclinées vers le bas. Quelqu'un bougea à la fenêtre du haut derrière le rideau.

– Rentre chez toi, Pete.

D'ordinaire, je m'enorgueillissais de mon attitude intransigeante sur la gnôle et la dope, mais dans les jours qui suivirent je découvris que le seul moyen d'affronter mon angoisse consistait à me murger tous les soirs. Je picolais dans divers bars infects de petites villes situées à quinze kilomètres au moins du campus, je me bourrais la gueule devant le juke-box. Je bavardais avec le barman, je payais le coup à qui voulait bien m'écouter, mais le reste du temps j'étais un paquet de nerfs avec tous ceux que je connaissais – Kim en particulier. Elle demeurait lointaine depuis le retour en train, ça me minait. Au lieu de me foutre en rogne, j'avais peur d'elle. Il y avait quelque chose d'effrayant dans son attitude distante, qui allait au-delà du rejet.

La veille du jour où nous devions partir pour la Campagne, je lui téléphonai pour la prévenir que j'avais des copies à corriger, qu'il valait mieux que je pieute chez moi et que je passerais la prendre le lendemain matin. Je m'étais attendu à une explosion mais elle dit simplement : « OK, à quelle heure ? » et je me mis à flipper parce que ça ne la dérangeait absolument pas.

Je me levai à l'aube. Les oiseaux se déchaînaient de l'autre côté de ma fenêtre. Je fis une longue série d'abdos : rien de tel qu'être alerte et fonctionnel au lever du jour, on a l'impression que le monde vous appartient. C'était le grand jour. Prochain arrêt, la Campagne.

J'achetai une tonne de provisions dans un supermarché, m'armai de courage et me rendis chez Kim à huit heures – avec deux heures d'avance.

Elle était de nouveau nerveuse et distante, contrariée, même, que je sois venu si tôt, comme si j'étais un emmerdeur.

Nous échangeâmes des « Salut » tendus. À travers sa chemise de nuit, je distinguais ses seins qui se balançaient et j'étais furax de me sentir dans la peau d'un voyeur, je me conduisais comme si je n'avais pas le droit de regarder.

– Anthony ! cria-t-elle. Debout !

— C'est l'enfer nazi, bordel ! geignit-il en réponse.

— Jack a téléphoné il y a une demi-heure, dit-elle, la tête dans le réfrigérateur. Tu dois l'appeler chez une Katherine Machin-chose. Je crois qu'il veut nous accompagner.

— Sérieux ?

— Sérieux.

— Jack ! Tu viens ?

— Ça ne pose pas de problème, Pete ? Nancy emmène les gosses chez son frère pour Thanksgiving. Plutôt crever qu'aller là-bas. T'es sûr que ça ne pose pas de problème ? Je ne veux pas être de trop.

J'étais si excité que je ne savais pas comment le rassurer.

Nous passâmes le prendre chez Katherine Mooney. Il se tenait devant la maison, vêtu seulement d'une veste en tweed malgré le froid. Je me sentis honoré qu'il ait choisi une tenue aussi recherchée. Il avait raison : je l'aimais vraiment. Il portait d'une main une petite valise en tissu écossais, sous les bras une dinde congelée et une bouteille de scotch.

Il monta à l'arrière avec Kim après avoir mis la volaille dans le coffre.

— Saaalut, ma biche, dit-il en l'embrassant sur la joue. Bon Dieu, ça doit faire un an que je ne t'ai pas vue. Tu es magnifique !

Kim le serra dans ses bras tremblants et s'esclaffa, tandis qu'Anthony, assis à l'avant avec moi, chantait le thème de *Batman* en se curant le nez.

— Tu es sûr que je ne serai pas de trop, Pete ?

— Sois sérieux, tu veux ?

Avec un sourire épanoui de crétin, je démarrai.

J'avais dans mon coffre la dinde de Jack, ma propre Butterball précuite de cinq kilos, une demi-douzaine de boîtes en plastique pleines à ras bord de salades de traiteur et de légumes à la vinaigrette, deux pains de seigle, des litres de bière, le porte-jarretelles de Kim, une bouteille de rhum Mount Gay, le scotch de Jack, divers jus de fruits pour les cocktails, du soda, un sac de plage contenant des fruits, un ballon de foot, un frisbee, un carton de deux litres de lait. Il faisait un temps superbe, j'étais le Papa Ours et il faudrait une catastrophe routière pour me faire perdre ma joyeuse humeur.

Le trajet nous prendrait six heures, sept en comptant un arrêt pour déjeuner et des pauses pipi. La présence de Jack détendait Kim et nous échangeâmes tous les trois des souvenirs de vieux épisodes de *La Quatrième Dimension*.

Soulagé du retour de Kim, je fis mon imitation de Rod Serling[1], les traits pincés, les sourcils froncés, en mangeant la moitié de mes mots :

– Anthony Fonseca, petit homme animé d'un grand rêve et d'un ticket pour les étoiles... Il ne se doutait pas que c'était un aller simple et que le terminus se situait dans... la Quatrième Dimension !

Et je ponctuai la fin d'une sonnerie de cuivres retentissante.

– Va te faire voir, grommela Anthony.

– Ah Seigneur, fit Jack en riant. Je n'oublierai jamais l'épisode que j'ai vu avec mes garçons – celui où un mec peut faire disparaître et réapparaître des gens, vous vous souvenez ?

– Non.

– Il est dans un *diner*, avec à côté de son assiette une grande bouteille de ketchup dégoulinante de sauce. Ça l'écœure et il dit quelque chose comme « J'aimerais que cette bouteille disparaisse » et *pouf !*, plus de bouteille. Le type n'en revient pas, il regarde autour de lui pour voir si quelqu'un a remarqué quelque chose et il murmure « J'aimerais que cette bouteille réapparaisse », et *gling !*, revoilà la bouteille. Il rentre chez lui pour retrouver son épouse, une grosse dondon acariâtre, naturellement, avachie dans un fauteuil et elle s'en prend aussitôt à lui, « Tu n'es qu'une larve, un bon à rien », bla-bla-bla... Le type dit « J'aimerais qu'elle disparaisse » et *pouf !*, plus de femme dans le fauteuil. Alors il dit « J'aimerais qu'elle réapparaisse » et *gling*...

1. Scénariste, créateur de la série sus-mentionnée.

– Une grande bouteille de ketchup dans le fauteuil ! intervins-je.

Kim éclata de rire. Anthony pivota sur son siège, tendit tous les doigts d'une main en direction de sa mère.

– Une grande bouteille de... cinglée ! Maman ! *Gling !* Une grande... chienne !

Il se mit à aboyer, l'air furieux, et Jack sursauta. Au bout de quelques minutes, Anthony cessa d'asticoter sa mère, se tourna vers la vitre et continua distraitement à lancer *gling* après *gling* en écartant les doigts.

Quand nous entrâmes dans le bourg, je me mis à faire un numéro de guide déjanté, j'indiquai la bibliothèque en disant « Oh, waouh, c'est la bibliothèque... Oh, et là, c'est le grand arbre... » Plus nous approchions de la maison, plus je me comportais comme un idiot. Et lorsque la voiture bringuebala sur l'étroit chemin de terre cahoteux, Kim lâcha :

– Oh, ce doit être le chemin de terre.

Il faisait presque nuit quand nous arrivâmes. La maison, qui occupait le centre d'une clairière circulaire entourée de grands arbres, me parut soudain être l'endroit le plus extraordinaire au monde. Je me précipitai hors de la voiture et recommençai aussitôt à débiter des explications inutiles, ça c'est ça, et ça c'est ça, tandis que les autres s'aventuraient dans la clairière d'un pas hésitant, s'étiraient et reniflaient, levaient les yeux vers la cime des arbres se découpant noir sur noir.

L'intérieur de la maison était imprégné d'une humidité propre à nous refiler de l'asthme. Nous restions tous plantés dans la grande pièce, bagages à la main, comme si nous attendions le bus. Kim finit par déposer un sac de provisions sur la table en chêne séparant la cuisine du séjour. Anthony s'assit sur le canapé moisi dont la housse marron peau de rat détendue pendait sur les accoudoirs et les coussins tel un peignoir de bain sur un malade trop longtemps confiné.

Je mis de l'eau à bouillir, je rinçai quelques tasses à café en poursuivant mon exposé tordu, ça c'est la cafetière, ça c'est le fauteuil dont je vous ai parlé.

Quand j'étais enfant, j'aimais cette maison uniquement lorsque nous avions invité un autre gosse et que je pouvais lui montrer, avec un sentiment exacerbé de possession, tous les objets fantastiques de notre famille, aussi banals et rasoirs qu'ils puissent être : la collection de vieux *Yank*[1] de mon père ; le ceinturon de mon grand-père ; une paire de mocassins miniatures brodés de perles, souvenir de la lune de miel de mes parents à Lake George ; un bandeau nazi que mon père avait rapporté d'Europe. Je me sentais toujours dans la peau d'un propriétaire quand je regardais un pauvre copain manger nos corn flakes, j'insistais pour qu'il en reprenne, je lui demandais s'il les trouvait bons.

– Je vais mettre le chauffage dans une seconde, tout va bien !

Les autres continuaient à tourner en rond, mal à l'aise, tels des péons dans la résidence du gouverneur.

– Oh, là, c'est la télé. Vous pouvez l'allumer, si vous voulez.

Le téléviseur portable était posé en diagonale entre le canapé et les chiottes. Anthony zappa sur diverses variétés de neige avant d'obtenir une image floue, quasi ectoplasmique, du journaliste William Buckley qui, les mains jointes sous ses narines, se balançait dans son fauteuil et posait une question à un type au visage chevalin avec du poil dans les oreilles.

– Oh, William Buckley ! m'exclamai-je avec un sourire ravi, comme si c'était le roi des humoristes.

– Peter, tu pourrais nous montrer où nous allons dormir ? demanda Kim, qui n'avait toujours pas déboutonné son blouson.

– Tu es déjà fatiguée ?

– Peut-être qu'on pourrait juste installer nos affaires…

– Ah, merde ! Oui, bien sûr !

Je m'essuyai les mains et courus allumer la lumière dans

1. Magazine publié par l'armée américaine pendant la Seconde Guerre mondiale.

les trois petites chambres. J'avais conscience de me conduire comme un crétin névrosé, mais je m'en foutais.

J'emmenai mes invités dans la première chambre.

— C'était celle de mes grands-parents. Ils sont morts, Kim et moi y dormirons.

Je les fis ressortir et tourner à gauche.

— Là, c'était la chambre de mon oncle et de ma tante.

Le mobilier se composait d'une commode en bois d'érable et d'un grand lit. Un store en bambou aux cordons désespérément emmêlés recouvrait un petit placard sans porte.

— Ils vivent maintenant en Floride. Jack, ce sera ta chambre... À moins que tu préfères celle-ci...

Je leur fis traverser la grande pièce centrale pour leur montrer une chambre un peu plus spacieuse, avec un autre grand lit et un papier mural jaune et rouge horrible.

— Ouais, tu pourrais peut-être prendre celle-là.

— Et moi ? s'écria Anthony.

— Tu dormiras dans la baignoire.

Il éclata de rire. Les enfants marchent à tous les coups.

— Tu peux prendre la petite, celle de ma tante, ou dormir dans le séjour. Il est convertible, le canapé.

— Je veux dormir dans un convertible !

— Formidable, Pete. Je vais juste sortir une minute pour fumer ça, dit Jack en tirant un cigare de sa poche.

— T'embête pas, fume où tu veux.

Kim s'approcha de moi par-derrière, me pressa le bras. C'était la première fois qu'elle me touchait volontairement depuis la visite chez ses parents.

— Oh, la vache, je suis crevé ! lâchai-je dans un bâillement.

Le clair de lune passant par la fenêtre de notre chambre argentait le visage de Kim.

— Tu te sens mieux, hein ? murmurai-je, à moitié sur le lit, à moitié sur elle, ma main sur son entrejambe.

Elle sourit vaillamment en battant des paupières, mais elle ne répondit pas. La maison respirait le sommeil.

— C'était marrant, non, la Quatrième Dimension dans la voiture ? Laisse-moi te faire jouir.

— Anthony, objecta-t-elle.

Nous n'avions pas fait l'amour de toute la semaine.

— Ben, mords dans un oreiller. Et appelle-moi Pie. Tu ne m'appelles plus jamais Pie.

Je remuai la main entre ses cuisses.

— Non, s'il te plaît, chuchota-t-elle.

Elle gémit cependant de plaisir et tout à coup, quelque part dans la maison, une voix faussement aiguë et cajoleuse s'éleva :

— Oh, Pie... Oh, Pie.

Je me redressai brusquement, le cœur battant dans mes tempes.

Kim leva la tête, s'appuya sur un coude.

— Quoi ?

Je crus que j'allais vomir de terreur. Anthony ? Non. Gros Jack ? Non. Le croque-mitaine. J'étais paralysé.

— Peter, qu'est-ce qu'il y a ?

— Tu n'as pas entendu ?

— Entendu quoi ? C'est un raton laveur.

Je me forçai à me lever.

— Où tu vas ?

La respiration tronçonnée en hoquets tremblants, je me ruai dans le séjour. Anthony était allongé sur le dos, profondément endormi. Je m'approchai du canapé-lit et murmurai, du ton le plus menaçant que je pus :

— Qui a parlé ?

Pas de réponse.

Je me dirigeai vers la bouche noire de la chambre de Gros Jack. Le visage enfoui dans l'oreiller, il émettait des ronflements humides impossibles à contrefaire. Je demeurai planté là, fixant son dos nu. Une main me toucha le bras. Je me retournai et saisis Kim à la gorge.

— Mais qu'est-ce que tu fous ?! couina-t-elle.

– Nance ? marmonna Jack avant de retomber dans son sommeil.

Pendant une heure, l'oreille aux aguets, j'écoutai la maison.

Le lendemain matin tout le monde se leva tard et prit part à un match de foot dans la clairière entre le patio en parpaings et la lisière des bois. J'avais l'impression de tourner dans une pub pour Pepsi, mais c'était marrant.

Kim jouait comme une fille en tenant le ballon à deux mains et en ramenant les bras derrière les épaules pour lancer. Anthony faisait tout pour tomber chaque fois qu'il en avait l'occasion. Jack, comme la plupart des gros intelligents, savait comment éviter les mouvements sans grâce. Ses passes en vrille étaient toujours parfaites et il ne courait jamais après un mauvais lancer. Il récupérait le ballon à terre avec le pied, comme les footballeurs européens, en le faisant monter vers ses mains.

Kim avait retrouvé son rire et j'avais oublié les cris. Le raton laveur. Ou je ne sais quoi.

Pendant la mi-temps, nous étions tous allongés les bras en croix sur le sol froid. Le ciel était d'un bleu électrique, comme dans un tableau de Maxwell Parrish.

– Ma mère a eu une prise de bec avec un cheval ici même, dis-je en désignant la clairière.

– Quel cheval ? demanda Anthony.

Comme je ne répondais pas aussitôt, il posa ses deux mains sur mon bras.

– Quel cheval ?

– C'était un matin d'hiver neigeux, je devais avoir sept ans et je me suis réveillé en entendant : « Hé, fiche le camp, sale bête ! »

– Fiche le camp ! répéta Anthony d'une petite voix.

– Je me suis levé de mon lit, il était environ sept heures du matin, ma fenêtre donnait sur le patio et ma tante était dehors, en peignoir, penchée au-dessus du muret, elle criait en direction de la clairière : « Mimi ! Laisse-le tranquille ! »

Elle se mordait le poing en gémissant, « *Oy, Gott* », et j'ai de nouveau entendu « Fiche le camp, sale bête ! »...

– Mimi ! dit Anthony pour lui-même.

– J'ai rejoint ma tante morte de peur dans le patio et là-bas, près du rocher...

Tous se tournèrent dans la direction indiquée.

– ... il y avait un énorme cheval blanc. Et, juste devant le cheval, ma mère de cent vingt kilos, en peignoir elle aussi, dans la neige jusqu'aux genoux, agitant la carabine de mon oncle sous les naseaux du canasson en braillant « Fiche le camp, sale bête ! ». Je n'avais jamais rien vu d'aussi sidérant. Ce magnifique cheval blanc immobile considérait de ses grands yeux pleins d'ennui ma vieille qui gueulait. Je ne me rappelle pas comment ça s'est terminé, sauf qu'à un moment elle est tombée les fesses dans la neige. Ce cheval avait dû s'échapper d'un centre d'équitation des environs du bourg, ou quelque chose comme ça. Je me souviens seulement qu'une fois rentrée dans la maison ma mère a dit que la carabine n'était pas chargée, qu'elle avait *bluffé* le cheval...

Jack et Kim étaient hilares, mais Anthony flippait.

– Le cheval a fait du mal à ta mère ?

– Naan, pas du tout.

– Il est où, maintenant ?

– Il est mort.

– Pourquoi il est mort ?

– Anthony, arrête, dit Kim.

– Pourquoi ?

– Il était vieux, c'était il y a longtemps. Je pense qu'il doit être mort maintenant.

Pensant qu'Anthony était effrayé par le cheval, j'avais postulé sa disparition, mais l'enfant semblait avoir plus peur encore de la mort du cheval.

– En même temps je sais pas, il vit peut-être en Floride...

– Non, c'est pas vrai.

Il me frappa, mais je pus voir qu'il était soulagé.

— Viens, Anthony, on rentre, dit Kim en se levant. C'est l'heure de ta correction.

— Ouuais ! L'heure de ma correction ! s'écria-t-il en se mettant debout lui aussi.

Kim lissa le devant de son pantalon et bâilla en étirant les bras.

— Je vais mettre la table. On mange dans une heure ? suggéra-t-elle.

— Ça me paraît bien, chérie.

Anthony partit devant elle en courant.

— Ma correction !

— Elle est géniale, cette fille, me murmura Jack, les yeux sur la silhouette de Kim qui s'éloignait.

Je me mis à gratter la mousse d'une pierre à demi enterrée qui me séparait de lui.

— Tu crois qu'elle est heureuse avec moi ?

Je m'attendais à des compliments et comme il n'explosait pas immédiatement en « Oh, oui, nom de Dieu ! » je devins nerveux.

— T'en penses quoi ?

— Je suis sûr qu'elle est heureuse avec toi, Pete, dit-il, visiblement pas heureux lui-même.

— Qu'est-ce qu'il y a ?

— Non, je me demandais seulement si ça allait entre vous.

— Qu'est-ce qu'il y a ? Pourquoi tu demandes ça ?

— J'en sais rien, je me demandais seulement si tout allait bien. Tu m'as l'air un peu à cran.

— Tu te prends pour ma belle-mère ?

— Pete, je suis désolé… Je devrais apprendre à me taire… Je sais pas de quoi je parle, je suis un type dangereux. J'ai sûrement dit ça parce que je suis en pétard contre Nance.

— Je sais pas ce qui se passe, grommelai-je en entreprenant de déterrer la pierre. Elle est de mauvais poil pour quelque chose…

— Bon sang, oublie ce que j'ai dit, Pete, me supplia-t-il.

Mais pourquoi j'ai ouvert ma gueule ? Je suis sûr que tout va bien entre vous.

Ça me déstabilisait toujours de voir Jack se tortiller et nous nous lançâmes dans un furieux échange de propos rassurants. Pendant tout ce temps, je gardai les yeux fixés sur son tibia luisant d'un blanc bleuâtre entre le revers de son pantalon et la bande élastique de sa chaussette marron.

– Elle était comment, du temps de Fonseca ?

– Oh, comment savoir avec ces deux-là… Ils disparaissaient pendant des mois d'affilée, tu connais l'histoire.

– Ah, ouais ? En tout cas, au moins maintenant elle se trimbale plus avec des coquards.

C'était un coup bas de ma part et de mauvais souvenirs assombrirent le visage de Jack, comme je l'avais espéré.

– J'prends soin de mes pouliches, assurai-je avec l'accent d'un mac noir.

– Je n'en doute pas, petit, je suis sûr qu'elle est folle de toi. Je ne vois pas comment ça pourrait être autrement.

– Moi non plus… Tu la veux, cette pierre ? Sinon je la balance dans les bois.

Le repas de Thanksgiving fut réussi, malgré la dinde un peu trop cuite. J'avais préparé un pichet de rhum au jus de pamplemousse qui nous mit sur le cul, Kim, Jack et moi. Comme Anthony n'aimait pas la dinde, Kim lui fit un sandwich au salami. Nous étions assis tous les quatre à la grande table en chêne, mastiquant et grognant.

– Il vit peut-être au Texas, le cheval, hasarda le gosse.

– Anthony, c'est l'heure de manger, pas de parler.

Kim vida dans son assiette ce qu'il restait de salade grecque. Anthony se pencha en avant et tira la langue pour lui montrer une bouchée de salami et de pain blanc à moitié mâchée.

– La mère de Pete était presque aussi grosse que moi, dit Jack.

Il ravala un rot, le menton pressé contre sa gorge, les paupières battantes.

— Ouais, un vrai tank, confirmai-je.

Je me versai un autre verre dont je n'avais pas besoin.

— Sans vouloir te vexer, Jack, ajoutai-je en rougissant.

— J'ai bien aimé cette histoire de ta mère et du cheval, dit Kim.

Anthony :

— Elle te manque ?

— Quelquefois, répondis-je.

— Tu voudrais qu'elle soit ici avec nous ?

Je regardai son visage aux yeux écarquillés, puis Kim qui, d'un doigt, ramassait les dernières traînées de salade de pommes de terre dans son assiette.

— Tu voudrais, Peter ?

Anthony prononçant mon prénom...

— Non, répondis-je, un peu chancelant. Non.

Après le repas, Anthony entreprit d'éviscérer mon vieux coffre à jouets dans la chambre de Jack, sorti faire une petite balade sur le sentier.

À travers la vitre de la porte d'entrée, je le regardai s'éloigner, vêtu de sa veste en tweed, les mains jointes derrière le dos. Il marchait d'un pas lent, presque sans but, faisant halte quand un aspect de la faune ou de la flore attirait son attention. C'était la promenade postprandiale parfaite, précédant un havane dans un fauteuil devant un match à la télé. Vautré sur le canapé moisi, j'observais Kim lavant la vaisselle.

— J'espère que Jack se plaît ici, dis-je à son dos. C'est le meilleur, ce gars-là.

Elle eut un grognement évasif : elle se renfermait de nouveau. On en était au point où je pouvais le savoir rien qu'en regardant son dos. Je m'arrachai péniblement au convertible, battis des cils pour tenter de dissiper les effets de la gnôle et m'approchai de l'évier.

— Tu es contente qu'il soit venu ? Il est dingue de toi.

— Oh, oui. Il est super, Jack.

Et puis plus rien.

— Toi, ça va ? m'enquis-je, tandis que mon estomac recommençait à tanguer.

— Ça va, dit-elle sans quitter la vaisselle des yeux.

Assez. Je lui saisis le poignet, le verre qu'elle tenait se brisa dans l'évier.

— Qu'est-ce que tu fais ?!

— Viens te promener. J'ai quelque chose à te montrer.

— Laisse-moi finir !

— Viens avec moi.

Dehors l'air froid et piquant m'éclaircit quelque peu les idées.

— Kim, je t'aime. Cela fait longtemps que je ne te l'ai pas dit parce que *toi,* tu ne m'aimes pas, pauvre tarée. Mais je n'y peux rien, je t'aime.

Je fis cette déclaration en marchant un pas devant elle et en la traînant quasiment vers les bois. Je n'avais pas lâché son poignet, je craignais trop qu'elle ne retourne en courant à sa vaisselle. Quel que pût être le problème, nous l'emmenions dans les bois et nous l'y laisserions.

— On va où ? demanda-t-elle d'une voix geignarde.

— Qu'est-ce que ça change ? On est à la campagne. Quand tu es à la campagne, tu marches. Ben, on marche.

Je trouvai une trouée entre les arbres, un étroit sentier qui coupait à travers bois. Je souris en songeant que la dernière fois que je l'avais emprunté, c'était pour dégommer des Indiens… ou des Japs ?

Je fis passer Kim devant moi et la guidai de mes mains sur sa taille. Nos pieds faisaient craquer les brindilles et les feuilles mortes. Le jour qui passait entre les branches des arbres faisait comme un éclairage artificiel – une lumière d'aquarium.

Plus nous nous enfoncions, plus nous avancions lentement. J'ignorais les repères me rappelant les étés de mon enfance, je ne savais que dire, ni comment le dire.

— C'est quoi, ça ?

Kim braquait un doigt vers d'autres histoires, un arbre

énorme que la foudre avait abattu et que soutenaient encore des branches épaisses fichées dans le sol comme des poteaux.

— C'est l'Arche de Noé. Je jouais dessus quand j'étais gosse.

Je grimpai sur le tronc, qui courait sur quelques mètres au-dessus du sol avant de s'abaisser pour devenir un pont. Juché à califourchon, je tendis la main à Kim.

— Viens, on va causer là-haut.

Et nous nous retrouvâmes face à face, assis comme sur une selle, à deux mètres du sol. Après un long soupir, je repris :

— Dis-moi quelque chose de bien, Kim.

Elle me lança un regard mécontent.

— Quelque chose de bien ?

— Ouais, t'es enceinte ? T'es mourante ?

J'agitais une main devant mon sternum en gardant les yeux rivés au sol.

— Quelque chose de bien, marmonna-t-elle en glissant ses doigts dans une poche arrière de son jean.

Elle me tendit une enveloppe déchirée qui avait pris la forme de ses fesses. J'en tirai un chèque bleu pâle établi à son nom par Cro-Magnon Enterprises pour la somme de cinq cents tickets. Sur la souche, cette précision : *Pour « J'ai été pute à Disney World »*.

— Ho ! m'écriai-je, soulagé. Le gros lot !

Kim rougit.

— Oh, petite frimousse…

J'étirai mon torse par-dessus les cinquante centimètres de tronc qui nous séparaient pour poser les mains sur ses épaules en une tentative d'étreinte.

— On est lancés, maintenant. La prochaine fois, dis-leur d'oublier le fric, d'envoyer juste des allers et retours pour qu'on aille recevoir le prix Nobel.

— Arrête, idiot.

Retenant un sourire, elle remisa le chèque dans sa poche.

— C'est quoi, l'autre nouvelle qu'on t'a prise ? Tu m'as bien dit qu'on t'en a accepté une autre ?

J'étais aux anges, j'avais soudain envie de parler de bons moments.

Kim haussa les épaules.

– Ouais, pour vingt-cinq dollars.

– Dans quoi ? Un trimestriel ?

– Oui, un magazine du Colorado, *Rocky Mountain Time.*

– Qu'est-ce que ça raconte ? Comment ça s'appelle ?

Doucement, doucement…

– Je l'ai intitulée « La Marche des soldats de plomb ». C'est l'histoire d'une femme qui devient pédophile après la mort de son fils… C'est un bon texte, un très bon texte.

Elle eut ce hochement de tête aux lèvres pincées qui lui était habituel.

– Re-mar-quable, estimai-je, en faisant tourner ma tête pour lui rendre hommage. On est lancés tous les deux, maintenant.

J'eus soudain une idée de la nature du problème. Plus qu'une idée : je savais exactement ce que c'était.

– On fête ça ce week-end ?

– Encore ?

La tête rentrée entre les épaules, elle porta machinalement la main au chèque retourné dans sa poche revolver.

– Ouais, d'une pierre deux coups : tu m'accompagnes à New York le week-end prochain.

Mon cœur battait à coups sourds comme un poing contre l'intérieur d'une baignoire en fer. Ma suggestion fut accueillie par le Grand Silence que j'avais prévu. Bien sûr.

– Je monte à l'assaut, Kim.

– Je sais, dit-elle avec irritation en se mettant à décoller une sorte de croûte qui s'était formée sur l'écorce morte. Je n'aime pas New York.

– On parle juste d'un week-end, là.

– Non, pas seulement.

– C'est parce que tu associes la ville à ce connard de roi de la crise de rage ?

La colère me faisait du bien, elle me rendait lucide.

— Pas du tout, répondit Kim en articulant avec soin.

Ses sourcils se haussèrent, mais ses yeux ne quittaient pas la partie du tronc à présent blanche comme un os qu'elle continuait à gratter.

— Bon, je n'irai pas, capitulai-je.

Kim fit aller sa tête d'un côté à l'autre et répondit d'une voix basse et grave :

— Non, tu devrais y aller.

Elle semblait vaincue.

— Mais... enfin... tu es folle. Je t'*aime*, je ne veux pas... je ne *peux* pas vivre là-bas sans toi !

— Alors reste.

Pas question. Et son « Alors reste » sonnait si peu enthousiaste, si bidon, qu'elle devait s'en rendre compte elle aussi. Pas question. On était au cœur de l'Effroyable Semaine, là, et je faillis lâcher un grand « Ah-ah ». Malgré le froid de novembre, je me couvris d'un gilet de sueur.

— Kim, tu *dois* venir avec moi. Tu ne peux pas me quitter.

Plus je me rendais compte que j'étais déjà parti, avec ou sans elle, plus je m'obstinais, plus je voulais devenir éloquent, et plus je bredouillais.

— Ne me quitte pas, Kim.

— Que *moi* je ne te quitte pas ?!

Enfin, enfin, elle leva les yeux vers moi. Une jugulaire de traces de larmes partait des coins de ses yeux pour descendre jusqu'à sa mâchoire.

— Hah ! lança-t-elle sèchement.

Je passai mes paumes sur ma poitrine comme si, m'en étant servi pour sécher ses pleurs, je les essuyais à ma chemise.

— Tu *dois* venir avec moi.

— Anthony aussi ? marmonna-t-elle sur le même ton indifférent.

— Bien sûr ! braillai-je en gesticulant.

Elle eut un claquement de langue renfrogné et sécha elle-même ses larmes.

— Bien sûr ! répétai-je avec le même geste théâtral.

– Super, dit-elle avant de se remettre à décoller l'écorce du tronc.

Ma panique et le chaos de la situation firent naître en moi un torrent d'amour pour elle que je n'avais jamais ressenti auparavant. Je me mis à me tortiller.

– Tu ne m'aimes pas ? demandai-je d'une voix douce.

Je glissai en avant sur le tronc pour pouvoir l'envelopper de mes bras, enfouir mon nez dans sa chevelure, dans son odeur.

– Tu ne m'aimes pas ?

Je tremblais comme si j'étais sous amphètes. Je sentais ses larmes mouiller mon épaule.

– Tu ne m'aimes pas ?

Elle acquiesça de la tête et mes tremblements redoublèrent. Ma poitrine contre la sienne, je la berçais.

– Qu'est-ce qu'on va faire ? murmurai-je à son oreille. Qu'est-ce qu'on va faire ?

J'étais bouleversé, j'avais les larmes aux yeux. Soudain Kim fut secouée de sanglots et me frappa les épaules, très doucement, la tête baissée, sa chevelure tendant un rideau entre nous. Elle pleurait, me repoussait et me frappait aussi légèrement qu'un adulte jouant avec un bébé.

– Qu'est-ce que tu fais ? dis-je. Qu'est-ce que tu fais ?

Je me surpris à reculer et quand elle m'eut suffisamment repoussé elle passa une jambe au-dessus du tronc pour se retrouver assise en amazone. Je crus d'abord qu'elle allait sauter, mais elle resta en équilibre et, sa chevelure masquant toujours son visage, elle tira sur la boucle de sa ceinture puis défit ses tennis.

– Oh, Kim, coassai-je.

Levant une fesse puis l'autre, elle s'extirpa de son pantalon. Sa culotte se prit dans un de ses pieds, elle s'en débarrassa d'une ruade. C'était une culotte bouffante en satin taille haute.

Elle fit ensuite sauter les boutons de son chemisier, le jeta par-dessus son épaule, même traitement pour le soutien-gorge. Sa chevelure recouvrait tout son visage et la partie supérieure de son corps. Sans cesser de pleurer, elle s'étendit à plat ventre sur le tronc devant moi, s'arrima à la rondeur de l'arbre avec ses genoux et ses coudes pour s'offrir à moi par-derrière. Je contemplai son trou du cul, sa chatte, la blancheur poudreuse de sa peau.

– Oh, Kim.

Elle tourna la tête vers moi, attendit, désespérée, en larmes.

Je m'approchai d'elle, me penchai et enfonçai mes doigts dans sa fente. En lui embrassant le creux des reins, je glissai lentement un autre doigt en elle. Elle se mit à soupirer entre ses sanglots.

Je ressortis mes doigts, me débarrassai de mon pantalon comme elle l'avait fait et la pénétrai, mes doigts moites dans sa bouche.

– Ça ne peut pas finir, murmurai-je, plus pour moi que pour elle.

Nous étions étendus telles des salamandres accouplées, mon ventre au creux de son dos, mon entrejambe collé à ses fesses. Ses seins, son ventre et un côté de sa figure reposaient sur l'écorce galeuse. Mes bras tendus par-dessus ses épaules s'agrippaient, pour nous maintenir en équilibre, à des branches jumelles semblables à des ailes. Pas un mot, pas un mot.

Tout à coup Kim sursauta violemment et poussa un cri comme si on l'avait poignardée. Elle avait des tremblements de toxico et des rigoles de transpiration se mirent à couler entre nos côtes.

– Sors de moi ! Sors de moi !

Elle tenta de me renverser et je m'accrochai plus fort aux branches, serrai le tronc avec mes chevilles et pressai le dos de Kim pour l'empêcher de me faire tomber.

– Holà ! Calme-toi !

– Je t'en prie ! Sors de moi !

– OK ! OK ! Doucement, tu as fait un mauvais rêve…

– Laisse-moi descendre, s'il te plaît !

Elle avait encore une joue contre l'arbre et son seul œil visible était fou de terreur. Elle avait noué ses bras et ses jambes autour du tronc comme à un mât vacillant dans la tempête.

– Tout va bien, tout va bien. On s'est juste endormis. Tu as fait un cauchemar.

Sa suée se transforma en chair de poule.

– Il n'y a aucun danger, asseyons-nous maintenant.

Avec des gestes calmes, apaisants, je l'aidai à se redresser et, nus l'un et l'autre, nous descendîmes lentement du tronc. Kim avait le visage ridé d'émotion.

Elle ne me regardait pas et dès que ses pieds touchèrent le sol elle se jeta sur ses vêtements, hoquetant de froid et de peur. Une feuille morte adhérait à sa poitrine, mais elle ne prit pas la peine de la décoller. Elle fourra ses dessous dans ses poches.

Nous nous rhabillâmes en silence. Soudain, elle explosa :

– J'ai rêvé que je *tombais* !

Elle ne m'accordait toujours aucun regard, elle pleurait. Je l'entourai de mes bras, elle ne réagit pas à mon contact.

– J'ai rêvé que je tombais, répéta-t-elle en une plainte de soldat commotionné.

Nous rentrâmes. Kim s'enserrait dans ses bras et j'avais entouré ses épaules d'un des miens.

La maison était vide. On pouvait entendre Anthony crier et inventer des sortes d'ordres dehors sous la fenêtre de la cuisine. Kim traversa la grande pièce d'un pas mécanique et rageur, les bretelles de son soutien-gorge pendant hors de sa poche arrière comme les tuyaux d'un stéthoscope. Quand, pour détendre l'atmosphère, je lui demandai de me montrer de nouveau le chèque, elle s'aperçut qu'elle l'avait perdu quelque part dans les bois et elle s'effondra en un tas sanglotant dans un coin du canapé.

Elle refusa de m'accompagner pour aller le chercher et je le récupérai juste en dessous de l'arbre foudroyé.

Prostrée sur le canapé, Kim pressait entre ses doigts le bord de son chèque chiffonné.

Jack entra, rayonnant de plaisir, et détecta immédiatement la tension dans la pièce. Son regard allait de Kim à moi et il ne savait pas où se mettre. J'étais à la fois reconnaissant de sa présence et embarrassé.

Un moment plus tard, quand je le croisai près de la porte de la salle de bains, je murmurai « Aide-moi ». Il écarta les mains en signe d'impuissance et eut une sorte de grognement implorant.

Ce soir-là, nous allâmes au bourg voir un film et Kim s'assit entre Anthony et Jack.

De retour à la maison, abruti de tristesse, je m'endormis aussitôt. Kim me réveilla quelques heures plus tard par ses sanglots.

— Qu'est-ce qu'il y a ? lui demandai-je.

— Je sais pas ! J'ai *peur* ! Je n'ai plus *d'idées,* gémit-elle.

— D'idées de quoi ?

— Pour mes nouvelles. Je ne trouve plus d'histoires. Je n'arrive pas à… Je ne sais pas ce que je fais. Je me sens si *seule* !

— Je suis là.

Je la serrai contre moi, mais c'était comme si nous étions encore dans les bois. Kim gardait les bras croisés sur sa poitrine.

— Je n'y arrive *pas* !

— Tu n'arrives pas à faire quoi ?

— Et je ne t'aime plus.

C'était la première fois qu'elle s'adressait à moi depuis que nous étions descendus de l'arbre, et, bien que sonné par ses mots, je lui sus gré de me parler enfin, de manière personnelle, au lieu de causer avec les murs.

— Qu'est-ce que tu veux dire ? demandai-je.

Tout en politesse et attention. Raisonnable.

— Je ne le *sens* plus.

— C'est le milieu de la nuit, arguai-je.

Je n'avais aucune idée de ce que cela pouvait bien signifier. C'était le milieu de la nuit depuis une semaine.

Soudain, Anthony se mit à geindre dans le salon, de petites plaintes capricieuses enrobées de sommeil. Il appelait sa mère, qui rejeta sur moi sa moitié de la couverture pour voler vers lui.

Je me sentis congédié.

Lorsque je me réveillai, le lendemain matin, Kim faisait déjà les bagages. J'ignorais si elle était revenue dans notre lit ou si elle avait dormi avec Anthony sur le convertible.

Pendant le trajet de retour, l'ambiance était si tendue que je faillis percuter une voiture roulant en sens inverse quand Anthony lâcha un pet sonore.

Kim et moi dormîmes ensemble cette nuit-là, sans pour autant nous toucher. Le lendemain, elle me parla un peu, mais rien que des propos impersonnels, sans me regarder. Elle s'efforçait de me faciliter les choses : je n'avais même pas besoin de faire un discours, je pouvais simplement me tirer.

Il y eut cependant un effet boomerang. Je souffrais de plus en plus, je m'accrochais. Je me refusais à faire ma sortie, bien que sachant pertinemment ce que Kim souhaitait. J'étais outragé par sa détermination. Comme je voulais, moi, une bagarre, je m'incrustais, tout en ne prononçant pas un mot moi non plus. Je dormis le lendemain chez elle, cette fois encore sans la toucher. Au matin, j'étais furieux et, malgré le caractère illogique de ma décision, je résolus de riposter en prétendant que je ne pourrais pas la voir le lendemain soir, convaincu que se faire rare est le meilleur moyen de ranimer l'amour de l'autre. Je voulais retrouver la dinguerie effrayante de notre baise sur le tronc d'arbre. Je partirais pour New York à la fin du trimestre, mais pas sans effusion de sang.

Je ne me rendis pas chez Kim non plus le dimanche soir, indigné qu'elle ne m'ait pas appelé pour s'excuser, s'expliquer, prendre de mes nouvelles, ou même pour se plaindre. Le lundi matin, en classe, je suffoquais de rage et j'éventrai trois textes avec une telle célérité cruelle et pertinente que le cours se termina vingt minutes avant l'heure après avoir atteint son paroxysme lorsque je suggérai poliment à un étudiant obèse, s'il voulait vraiment avoir une chance de devenir écrivain, d'explorer le thème du dégoût de soi.

Mon envie d'avoir cette dispute avec Kim, de rompre, de me réconcilier, de rester et de partir, était si vive que je ne supportais plus le silence que je m'étais moi-même imposé ; du coup, le mardi après-midi, le cœur battant à tout rompre, je m'introduisis dans son appartement avec *joie* et enthousiasme, totalement concentré sur le feu d'artifice à venir.

Assis dans le fauteuil boursouflé du séjour, j'attendis. À quinze heures j'entendis un bruit de clé dans l'entrée, et ma pression sanguine grimpa en flèche. Ce n'était qu'Anthony. Il ne réagit pas à ma présence et s'occupa de ses affaires comme si je n'étais pas là. Je ne savais pas s'il se comportait de cette façon sur l'ordre de sa mère ou de sa propre initiative. Avec lui, il fallait chaque fois prendre une demi-heure pour briser de nouveau la glace. Il se conduisait presque toujours comme si j'étais un nouveau copain de Kim, puis finissait par se laisser fléchir en me reconnaissant comme un familier de la maison et en déconnant avec moi.

Après s'être fait un sandwich, il s'installa devant la télé en me tournant le dos. Je me rappelai le jour où je m'étais occupé de lui pour la première fois et où je lui avais jeté à la tête un sac en papier chiffonné. Cela me paraissait impensable maintenant, et lui adresser la parole en premier aurait été comme briser du cristal. Tout le pouvoir était de son côté. Il zappa sur des dessins animés : explosions interminables, rochers balancés sur la tête de divers animaux, bâton de dynamite dans la bouche, colère sans fin.

Parle-moi, petit con. Dis-moi ce qui est en train d'arriver.

Il passa à un film, *Capitaines courageux*. Au début, Freddie Bartholomew, qui joue un sale gamin gâté, tombe d'un paquebot de luxe après s'être empiffré de sodas à la crème glacée.

– Bien fait ! grogna Anthony.

Mais Freddie est recueilli à bord d'un doris par un pêcheur portugais : Spencer Tracy, dans le rôle de Manuel, avec un accent à la Chico Marx. Tandis que le paquebot se perd dans le brouillard, Tracy surnomme le gosse « Pétite Poichon » et le ramène dans son bateau, un trois-mâts ayant Gloucester pour port d'attache.

Le garçon est contraint d'en rabattre et de devenir un membre de l'équipage. Plus de gâteries, plus de courbettes devant son rang social. Il apprend la vie, l'amour et l'humilité grâce à Manuel, bourru mais bienveillant, mal dégrossi mais plein de sagesse.

Vers la fin du film, Manuel est écrasé par un mât tombé sur lui. Dans l'eau jusqu'à la taille, il a la colonne vertébrale cassée, il ne peut plus remuer les jambes.

Il fait bonne figure devant l'adolescent, mais les marins savent que c'est fini pour Manuel. Petit Poisson ne comprend pas pourquoi ces hommes ne l'aident pas à sortir de l'eau, il crie le nom de Manuel en une longue plainte exprimant son incompréhension et sa douleur, mais Manuel lui recommande simplement d'être bon et lui annonce qu'il va rejoindre son père au fond de la mer. Mourant, il ne pense qu'à réconforter ce fichu gosse. Je ravalai mes sanglots. Anthony, penché en avant, se martelait les genoux de ses poings.

– Pourquoi ils ne le sauvent pas !? s'écria-t-il d'une voix chargée de pleurs.

Quand Manuel adressa un signe d'adieu à Petit Poisson, je fondis moi-même en larmes, un coussin poussiéreux pressé contre mon visage pour étouffer le bruit. Si Anthony s'était tourné vers moi à ce moment-là, je serais mort de honte. En même temps, je voulais tellement qu'il le fasse, je voulais l'avoir sur mes genoux, à me poser des questions pleurnichardes.

Tout à la fin, lorsque les familles des marins de Gloucester perdus en mer jettent des couronnes de fleurs dans l'océan depuis le quai et que le pasteur de Cape Cod récite d'une voix sinistre les noms de ces vaillants pêcheurs, une image apparaît en surimpression pendant la cérémonie : Manuel riant, heureux, sur un fond sonore de chœur angélique exalté. Anthony et moi ne retenions plus nos sanglots.

Il se leva, se retourna et se mit à courir. Croyant qu'il allait se jeter dans mes bras, je fus pris de panique, mais il fila devant moi et claqua la porte de sa chambre. Je me rendis alors compte avec stupeur que j'avais tendu les bras devant moi pour le repousser. Je suis sûr que je voulais le réconforter, mais au bout du compte je n'étais peut-être dans nos rapports qu'un Type du samedi matin. Je n'étais peut-être pas vraiment prêt à me charger de lui comme je l'aurais dû.

Il ne s'agissait pas d'un foutu jeu. Je n'étais pas prêt. Je quittai l'appartement avant qu'Anthony sorte de sa chambre, avant que Kim rentre.

Je me rendis en voiture à Classes-sup-Ville, direction la maison de Jack et Nancy. Lorsque je m'engageai dans leur allée semi-circulaire, je me rappelai que Jack n'y vivait plus et j'en fis le tour pour aller chez Katherine Mooney. Le soir tombait quand je me garai en face de la monstruosité victorienne prune et moutarde. Quelqu'un quelque part brûlait des feuilles mortes et l'odeur me rappela la gravure de Huck Finn dans la chambre d'hôtel de Greenwich Village. Je pris conscience à l'instant même que je me trouvais dans un cadre semblable : les feuilles mortes, les maisons début du siècle… Et je me rendis compte aussi que j'aurais préféré que ce soit plutôt un souvenir chéri que la réalité présente.

— Salut, Pete, entre donc.

Jack ficha de nouveau son cigare entre ses lèvres et s'écarta. Je bredouillai un timide merci et, baissant la tête inutilement, je gagnai le séjour en quelques souples enjambées.

— Je passais dans le coin, je n'avais rien de spécial à faire, et toi ? Enfin, je veux dire, je ne t'empêche pas de…

— Non, non, pas de problème.

Je me mis aussitôt à éternuer. Je me retrouvais dans un

musée dix-neuvième étouffant, un magasin d'antiquités. Les murs étaient recouverts d'un papier tontisse rouge bordel ; des vitrines abritaient des chopes à bière, des assiettes commémorant le couronnement, des oiseaux empaillés. Les pieds de tous les meubles se terminaient par d'énormes pattes de lion en chêne. Deux lampes Tiffany à crémaillère pendaient au-dessus de tables rondes en bois, et derrière chaque fauteuil, chaque sofa, se dressait un lampadaire en cuivre nanti d'un abat-jour oblong vert ou ambre. La cohérence de l'ensemble me donnait des haut-le-cœur.

– Assieds-toi, me proposa Jack en désignant un divan de velours marron à un seul bras.

Jack s'installa dans un fauteuil tendu de brocart. En face de moi, sur le mur le plus éloigné, on avait accroché une photo composite d'un mètre carré d'une brigade de pompiers d'une petite ville du nord de l'État autour de 1880 : des dizaines de portraits individuels ovales couleur sépia de types à l'expression sereine et austère arborant des moustaches en guidon de vélo.

Derrière moi retentit un *bong* sonore. Je me retournai pour découvrir une grosse horloge murale de gare de chemin de fer avec les heures en chiffres romains. Jack, amusé, me regardait examiner la pièce.

– Quoi de neuf, mon gars ?

– Euh, j'ai cassé ma baratte, je me demandais si je pouvais emprunter la vôtre.

Il inclina la tête sur le côté, marqua une pause, puis lâcha un « Hah » un peu sec.

L'image me revint du jour où je me trouvais avec lui dans l'austérité de son appartement en préfab' d'exilé contraint derrière le centre commercial de Plunkett. Have Gun, Will Travel[1].

– C'est tout son fourbi ?

Il répondit en fermant les yeux.

– Elle est là ? murmurai-je.

1. Série télévisée western des années 1950 et 1960.

— Elle est encore dans l'Indiana avec sa famille. Elle rentre demain.

— Super. Bon, je crois que c'est fini, Kim et moi.

Je souris, penché en avant, et me sentis aussitôt gêné. C'était un sourire de honte.

— Ah, merde, Pete.

— Hé, la vie est injuste, dis-je en levant une main comme si je ne voulais plus en entendre parler.

— Tu veux boire un verre ?

Pourquoi pas ? J'étais en train de devenir un véritable ivrogne, de toute façon.

— Un scotch, sec.

Je le suivis dans la cuisine. Encore du chêne. Il y avait une armée de flacons à épices en verre translucide laiteux dont le contenu était imprimé en lettres gothiques, d'autres portraits sépia ovales d'inconnus aux yeux morts, des calendriers de Gibson Girls[1]. Jack sortit le whisky d'une glacière en chêne côtelée de zinc à chargement par le haut. En revanche, la cuisinière était un modèle à six brûleurs avec hotte aspirante en cuivre, et le réfrigérateur était un truc énorme, à la pointe de la technique moderne, avec une porte en émail tomate et un freezer assez large et profond pour conserver la viande de toute une famille pendant un an.

Jack me servit un scotch soda avec beaucoup de glace.

— Je peux faire quelque chose pour toi, petit ?

Il s'appuya contre la glacière, tendit le cou et se gratta la jugulaire.

— J'adore la couleur de ce frigo, assurai-je, une main à plat sur la surface fraîche.

Jack retourna dans le living et je me rassis sur le divan.

— Je ne sais même pas ce que je veux. Je partirai pour New York en janvier, je veux peut-être juste un peu de compagnie en attendant.

---

1. Dessinée par l'illustrateur Charles Dana, la Gibson Girl avait personnifié la femme idéale à la fin du dix-neuvième et au début du vingtième siècle.

Je levai mon verre dans sa direction, me grattai le cou comme il venait de le faire.

– Je sais pas comment je me sens. Mal, je suppose.

– Bien sûr, acquiesça-t-il d'un ton compréhensif.

– Je suis désolé pour toute cette tension entre elle et moi, l'autre jour.

D'un geste de la main, il me fit comprendre que mes excuses étaient inutiles.

– Je te dérange pas, au moins ?

– Non, non, j'attends juste mes gamins, ils doivent venir. Tu les connais, non ? Erland et Donald ? Mes intermédiaires.

Ça ne me plaisait pas trop de savoir qu'ils allaient débarquer.

– Bon, je m'en vais.

Je me levai à demi en espérant qu'il insisterait pour que je ne parte pas.

– Ne sois pas idiot. Reste.

– Tu veux que je te serve un verre ? proposai-je.

– Je ne peux pas boire en ce moment. Je deviens asthmatique ici, je tiens le coup avec des cachets. Si je bois, je m'écroule. Je suis très sensible à la poussière.

Je baissai les yeux sur mon verre, auquel je n'avais pas encore touché. J'en avalai la moitié et me mis à tousser. Renversé dans son fauteuil, Jack m'observait. Il devait penser que j'étais un petit con immature.

Je pris une longue inspiration et expectorai le reste de ma toux.

– Tu as encore ton *Physician's Desk Reference* ? On pourrait peut-être le consulter.

Ses épaules s'agitèrent en un rire silencieux.

– Tu lis quoi, en ce moment ? Maintenant que tu es président du département ? Pour ton plaisir ?

– Pete, tu pars vraiment pour New York ?

– Ouais, ouais. C'est là-bas que ça se passe.

Je hochai la tête, les lèvres pincées et le regard détourné, exactement comme Kim. L'instant d'après, je me mis à chialer, la bouche ouverte, une main devant mes yeux. J'avais l'impression que mon front était en feu. Jack se leva et vint s'asseoir à côté de moi, me pressa la nuque. Je ne savais que répéter « Pauvre idiot ».

Il soupira.

— C'est trop pour moi en ce moment, dis-je. Pour elle aussi.

Mon menton vibrait dans un effort pour se décrisper.

Jack eut sans doute l'impression que je plaidais ma cause car il se redressa et haussa les épaules : déclaration de neutralité. Mais il n'ôta pas sa main de ma nuque, ce dont je lui fus reconnaissant.

En me rendant à mon bureau le lendemain matin, je découvris un mot de Fonseca punaisé à mon tableau de liège. Cela ne provoqua pas en moi une frousse genre *Le train sifflera trois fois.* C'était fini… une fois de plus.

Je le trouvai assis derrière un bureau nu, les extrémités de ses doigts jointes au-dessus de son nez comme pour la prière.

— Comment tu vas ? me demanda-t-il d'un ton monocorde.

Je m'assis, haussai les épaules et répondis :

— Bien.

L'air gêné et penaud, il détournait les yeux et m'adressait un sourire maladroit scindé par ses mains.

— Quoi de neuf ? grommela-t-il.

— Pas grand-chose. Et toi ? m'enquis-je en inspectant sa bibliothèque.

Il voulait peut-être simplement s'excuser, renouer notre amitié.

— Ça va… Tu as récupéré ta valise ?

— Ouaip.

— Je l'ai rapportée pour toi.

— Merci.

— Tu es allé où, cette nuit-là ? me demanda-t-il, la voix empreinte d'une molle sollicitude.

– Dehors.

– Ah, ouais ? Et Thanksgiving, ça s'est bien passé ?

– Très bien, et toi ?

Je commençais à m'impatienter, je voulais qu'il en vienne à la chute de son histoire.

– Merdique. Je suis allé au S et L, c'était un buffet à volonté, tu vois. Je n'y mettrai plus jamais les pieds.

Il plissa le nez comme s'il sentait une odeur désagréable.

– Et, euh, je travaille, je travaille. J'ai quelques idées. Dont une qui me plaît beaucoup, dans un cadre historique. Je n'ai jamais rien écrit d'historique, mais là je pense que ça vaut le coup.

Il se pencha en arrière et posa une botte de cow-boy pointue sur son bureau. Donc, il voulait parler « écriture ». Ce n'était pas un si mauvais type, au fond. Je ressentis une bouffée de mon bon vieux désir sentimental de savoir qu'il allait bien. Une petite bouffée seulement – suscitée, comme toujours, par la peur.

– C'est quoi, cette idée ? dis-je d'un ton nullement intéressé.

Il reposa sa botte au sol, se pencha par-dessus son bureau, le regard sur ses mains semblables à des crocs de boucherie.

– Ça s'appelle « Trachome ». C'est l'histoire d'un médecin qui travaille à Ellis Island. À leur arrivée, les immigrants doivent subir un examen des yeux pour savoir s'ils ont un trachome. Ils se mettent en rang, ils passent devant ce docteur et s'ils en ont un – *zap*, retour direct là d'où ils viennent. Tu imagines qu'ils sont terrifiés par ce médecin. C'est ça, mon idée… Je veux écrire sur ce médecin. C'est un Blanc d'origine anglo-saxonne, grand, costaud, grosse moustache, grosses bottes, uniforme du service d'immigration, il habite le Bronx, ça se passe en… 1900, disons. Il est plutôt aisé, vieille famille américaine, mais sa femme est clouée au lit par une maladie psychosomatique. Il n'a pas d'enfants, il boit, sa vie n'a aucun sens. Il est comme une énorme coquille vide intimidante. Pour lui, le rêve américain est déjà un échec, et chaque jour il doit examiner des milliers d'yeux… les yeux d'étrangers remplis de l'espoir d'une vie nouvelle… et de terreur. Ils ont peur de lui, mais aussi de ce qu'il y a de l'autre côté d'Ellis Island… de cette nouvelle vie. Mais l'espoir l'emporte sur la peur. Et c'est une torture, pour lui qui ne connaît qu'une vie morne, désespérée, de regarder dans les yeux d'enfant de ces étrangers qui passent de la misère à l'espoir.

– Et… comment ça finit ? demandai-je d'un ton plus doux que je ne l'aurais voulu.

Je le sentais : ce saligaud allait encore m'entraîner dans ses salades.

– Je ne sais pas. Il devient fou, je crois. Ou alors ça ne finit pas, tu vois. Il continue simplement. Ça s'appelle « Trachome », conclut-il en hochant la tête à sa propre intention.

– Ça paraît bien.

J'aurais voulu avoir une tarte au cyanure pour mettre fin à ses souffrances.

Fonseca posa ses coudes sur son bureau et glissa les ongles de ses pouces derrière ses dents de devant, le regard se perdant par-dessus mon épaule.

– Je crois que je vais me remettre avec ma femme…

Comme ses doigts dans sa bouche lui donnaient un léger zézaiement, un défaut de prononciation de dessin animé, je ne réagis pas. Il n'avait pas l'air de parler sérieusement.

– Ouais, dit-il en se grattant la tempe. Je crois que je vais…

Cette fois, les mots furent clairs. J'entendis un diapason vibrer derrière mon front. Je demeurai interdit, les traits figés en une grimace maladive.

Son regard croisa le mien et il eut un sourire timide, stupide.

– Désolé, dit-il.

« Ma femme »… Quelle expression ! Elle me paraissait trop adulte, trop sérieuse. Elle me passait par-dessus la tête, comme les mots « bureau » ou « affaires ».

– Je suis tombé sur Kim hier au centre commercial. Ça

va bien pour elle, maintenant. Elle cherche un agent à New York. Elle… Moi aussi, je vais mieux. Je me suis remis à écrire. Je fais du sport… Alors, j'ai pensé que je devais te le dire… Ça te fout en l'air, je suppose, hein ? C'est même pas moi qui ai eu l'idée.

– Qu'est-ce que tu vas faire ? demandai-je, d'une voix de robot directe et neutre.

Même s'il avait l'air de marcher sur des œufs et d'implorer mon indulgence, il ferait exactement ce qu'il voulait.

– Non, sincèrement, reprit-il, pressant sa poitrine de ses dix doigts. C'est même pas moi qui ai commencé. Elle m'a invité à dîner demain soir… Je pense que je vais y aller.

Quoique assis, je me sentis m'effondrer dans mon siège. Kim. C'était Kim qui avait pris l'initiative.

Fonseca avait l'air malheureux, comme s'il savait déjà ce qui allait se passer.

– Écoute, dit-il dans un soupir tremblé. Je ne peux pas…

– Tu ne peux pas quoi ?

– Je ne suis pas…

– Tu n'es pas quoi ?

La colère lui monta au visage et je me penchai en arrière sur ma chaise. Putain de scène d'excuses : il me haïssait, en fait, et j'avais peur de lui.

– Écoute-moi, reprit-il, les mains écartées. Je ne suis pas fait pour être célibataire, je n'y arrive pas. Je crois que j'ai besoin d'elle. Je sais même plus comment faire pour baiser à droite à gauche… Ça me déchire.

Nous nous tûmes tous les deux. Je regardai mes mains. Je regardai les siennes. Va te chercher un flingue et colle-t'en une dans le citron.

– Pendant quarante-cinq ans de mariage, mon père n'a trompé ma mère qu'une seule fois, et ce jour-là il a fait une crise cardiaque. J'avais vingt ans. Quand je suis allé le voir à l'hôpital, il m'a raconté ce qui s'était passé, parce qu'il avait peur que la même chose m'arrive un jour. Il avait l'habitude de flirter avec une femme qui venait au drugstore et il avait fini par trouver le courage de lui donner rendez-vous. Il avait réservé une chambre d'hôtel mais, décidant qu'ils devaient manger d'abord, il l'avait emmenée au restaurant de cet hôtel. Il assied en face d'elle et il n'arrive pas à parler. Il fixe le sol, des dalles blanches sous une lumière vive. Et les dalles lui paraissent trop blanches, elles lui font mal aux yeux, c'est trop blanc… Quand il reprend connaissance, des visages se penchent au-dessus de lui, il est à l'hôpital. Il m'a demandé de n'en parler à personne. Ma mère n'a jamais su ce qu'il faisait dans cet hôtel, elle était folle d'inquiétude, et lui se sentait tellement dégueulasse qu'il ne lui en a jamais fait l'aveu. Je crois qu'il n'a plus jamais flirté de sa vie… J'ai besoin de Kim…

Ses excuses s'adressaient à moi, à lui-même.

— Je n'arrête pas de penser à mon père et à ce restaurant.

— Ah, ouais, fis-je en me levant péniblement. Tu devrais écrire là-dessus, tu tiendrais peut-être une bonne histoire, pour changer.

Je fis un geste des doigts comme si je jetais un mégot sur son bureau et je sortis.

Au secrétariat de géologie, Kim, assise à califourchon sur son siège, les bras posés en haut du dossier, causait avec Mary Kay Cicero.

— Peter ! s'écria-t-elle en se redressant.

Planté sur le seuil de la porte, je recourbai un doigt vers moi en disant :

— Viens dehors.

— Qu'est-ce qu'il y a ? demanda-t-elle, déroutée.

— Viens dehors, s'il te plaît, répétai-je, les yeux sur ma chaussure qui battait la mesure.

Nous fîmes halte dans le couloir devant une vitrine de minéraux. Il flottait dans l'air une odeur nauséabonde de produits chimiques.

— J'ai envie d'aller au ciné demain soir, ça te dit ?

J'avais les mains sur les hanches, la tête inclinée vers elle.

– Tu veux que je vienne ? dit-elle, hésitante et déconcertée.

– Et toi, tu veux venir ? fis-je, soulagé.

Elle eut un sursaut.

– Oh, mais je peux pas.

– Merde ! m'exclamai-je en me tordant les mains. Ouais, je *sais* que tu peux pas.

– Qu'est-ce que…

Elle avait une toute petite voix et parut comprendre qu'elle avait des ennuis.

Effectivement.

– Je viens de parler à Tony la Salope.

Je m'interrompis, mon visage à quelques centimètres du sien.

– Qu'est-ce qui déconne chez toi, bordel ? Ça va trop bien ? Tu dois appeler la brigade antiémeute ?

– Trop bien ? cracha-t-elle en secouant la mâchoire. Comment ça, *trop bien* ? Qu'est-ce qui va *trop bien* ?

– Tu sais ce que je veux dire, me raconte pas d'histoires.

– Non, je ne sais pas.

Ses yeux commencèrent à luire à la lumière du plafonnier, sa voix se fêla.

– Non, explique-moi ce qui va si bien.

– Tu fais ça pour me rendre fou, Kim, et ça marche. Je me sens complètement dingue, dis-je, un doigt sur la tempe. Tu essaies de me raccrocher à toi en flirtant avec lui et tu me rends cinglé. Tu joues avec le feu. C'est une feinte de péquenaude, ça, une manœuvre de provinciale…

– Il vient juste dîner, argua-t-elle avec une moue.

Il me revint soudain en mémoire une phrase que Fonseca avait prononcée dans son bureau : « C'est même pas moi qui ai commencé », comme un gosse rejetant sur l'autre la responsabilité d'une bagarre. Je dus me retenir pour ne pas lui taper dessus, moi aussi.

– Juste un dîner ? Juste un dîner ? piaillai-je.

Elle eut un mouvement de recul.

— Pauvre conne ! Qu'est-ce qui s'est passé la dernière fois, hein ?

Une étudiante pressant ses bouquins contre sa poitrine s'arrêta au milieu du couloir, puis décida d'y aller, baissa la tête jusqu'à ce que son menton touche ses livres et passa précipitamment devant nous.

Je me forçai à baisser la voix :

— Il s'est passé quoi, la dernière fois ? Tu as oublié ?

— Ça n'arrivera plus, murmura-t-elle d'un ton plus interrogatif qu'affirmatif.

Elle n'y croyait pas elle-même. Ses yeux cherchèrent quelque chose dans les miens, de l'aide, peut-être, et je flippai à mort.

— Merde ! beuglai-je.

J'entamai une danse de la pluie dans le couloir, jurant et frappant le sol des pieds, terrifié au point de vouloir me jeter la tête la première dans le mur de briques vernissées.

— Peter…

— Putain de Kim, oh putain de Kim, scandai-je en me frappant le front. Et Anthony ? T'as pensé à Anthony ?

— Il sera chez Mary Kay…

Sa voix tremblait, son visage ruisselait de larmes.

— Péquenaude ! Péquenaude ! lui lançai-je. *Pourquoi* tu te débarrasses d'Anthony ?!

Je me mis à faire les cent pas en frappant doucement le mur du côté de mon poing, comme si j'étais dans le couloir d'une maternité.

— Peter, implora-t-elle.

Elle implorait quoi ? Mon aide ? Ou elle voulait juste que je me calme ? Non, mon aide. Mon aide.

— Oh, Kim, Kim…

Je fis quelques pas vers la sortie, me retournai, fléchis les jambes et, sur un ton posé d'instructeur, ponctuant mes mots de gestes de mes mains :

— Tu te débarrasses d'Anthony parce que tu sais que tu

vas prendre une trempe. Et moi, je serai là et j'en prendrai une aussi.

– Peter, ne viens pas ! me conjura-t-elle en portant ses jointures à sa bouche. Je croyais qu'on avait rompu.

– Ouais, je vais me payer une putain de toile, grommelai-je.

Je fis demi-tour et descendis cette fois le couloir à toute allure.

– OK, OK, on arrive au dénouement. C'est la confrontation, Kim flirte avec la mort et il faut que je sois là, que j'intervienne…

J'arpentais le bureau de Jack en fredonnant comme un demeuré.

– De quoi tu parles ? dit Jack.

Trois étudiants attendaient dans l'antichambre avec Fiona.

– Fonseca dîne ce soir chez Kim, il faut que je sois là pour empêcher un malheur. Il n'y a rien d'autre à faire.

Il laissa tomber son mégot de cigare dans la corbeille.

– Fonseca ? Bon Dieu ! Ils se sont remis ensemble ?!

– Non, pas du tout ! Ils vont dîner, il lui tapera dessus et je le tuerai.

Jack soupira, regarda par sa fenêtre.

– C'est ce que je *dois* faire, non ?

– Mais non, murmura-t-il d'une voix lasse.

– Oh, bon, très bien ! explosai-je.

– Je vais appeler Fonseca, je vais lui parler…

– Sûrement pas ! Tu es fou ou quoi ? Ça donnerait l'impression que je suis allé cafter à mon père. Tu pourrais peut-être appeler Kim… Non ! Qu'est-ce que je dis ! C'est mon combat. C'est à moi de me battre.

– Non, Pete. C'est le combat de personne. Kim a le droit de faire ce qu'elle veut.

– Mais tu ne *comprends* pas ? répliquai-je, ma voix montant dans les aigus. Elle fait ça uniquement pour me raccrocher. Pour que je ne parte pas. Ça saute aux yeux.

– Bon, d'accord, elle ne veut pas que tu t'en ailles. Elle

t'aime. Bienvenue dans le monde réel. Je parlerai à Fonseca si tu veux. Je parlerai à Kim si tu penses que c'est mieux.

— Non, non, non, tu peux pas faire ça.

— Alors, tu vas devoir prendre le taureau par les cornes.

— C'est plutôt lui que je vais prendre à la gorge.

— Pete, je t'en prie... Tu n'y peux rien. Il n'y a rien à faire. Promets-moi de ne pas y aller. Si tu veux que je m'en mêle, je le ferai ; si tu préfères que je ne m'en mêle pas, OK, mais toi non plus. Elle n'est pas stupide. Promets-moi.

— Non.

— Promets-le-moi, Peter.

— D'accord, je te le promets.

Le Moon's se trouvait à une dizaine de kilomètres de la ville, au bord d'une grande route. L'endroit ressemblait à un tonneau de tôle ondulée géant coupé verticalement et couché sur le côté. À l'intérieur il y avait un bar recouvert de miroirs, une piste de danse et quelques tables en formica semées de paillettes d'or. Les murs étaient d'un bleu nuit profond sur lequel on avait peint une scène de désert du sol au plafond : un coyote sur un tertre aboyait en direction de petites étoiles blanches et d'une large tranche de lune jaune. Adossé au comptoir, j'examinais les perspectives. Six ou sept types et une femme. Tout le monde regardait Bob Hope sur le téléviseur fixé en hauteur. Le barman avait une carrure de grizzli, une barbe et des rides de sourire aux coins des yeux. Je m'étais déjà enfilé cinq bières, mais je me sentais seulement ballonné. Les clients se classaient tous dans une moyenne décevante côté âge et tempérament, sauf le plus petit des mecs, avec qui la femme semblait être. Il avait une peau tannée couleur abricot, une tête de lézard, des yeux marron clair au regard étonné et stupide. Ses cheveux blond-roux étaient relevés en une banane à la Presley. Sa copine maigrichonne, blonde et frisée, portait un pull noir sans manches sur une absence de seins. Elle fumait cigarette sur cigarette. Le gars était le seul à affronter mon regard de défi. Dès qu'il m'apparut qu'il avait compris ce que je cherchais, je me dégonflai et fis mine de regarder la télé. Bob Hope faisait un sketch parodique avec Joe Namath, qui rata une ligne du texte et transforma sa bourde en jeu de mots outrageant. Tout le monde éclata de rire, sauf le petit mec, de fait outragé, et moi.

Il continua à me lancer des regards mauvais, les bouts carrés de ses dents luisant derrière ses lèvres molles, et je compris que mon petit jeu avait parfaitement marché.

Cinq minutes plus tard, il donna un coup de coude à sa copine, inclina la tête vers elle sans me quitter de ses yeux ahuris.

– C'est quoi, ça ? Un garçon ou une fille ?

Non seulement sa vanne était rebattue, mais ce crétin devait être bourré comme un coing parce que mes cheveux avaient dix centimètres de moins que les siens. Et je n'avais même pas de pattes.

– Une fille ou un garçon ? répéta-t-il pour lui-même.

Ses poings étaient à peine plus gros que des muffins.

Je pris une longue inspiration et lâchai :

– Viens me sucer, tu seras fixé.

Nous nous levâmes au même moment. Il ne devait pas faire plus d'un mètre soixante-cinq. Il portait à la ceinture un mètre ruban métallique et aux pieds de fausses Clarks en daim.

Le combat dura moins de dix secondes : je me mis en garde avec élégance et, l'instant d'après, une cloche sonnait dans ma tête et j'avais l'oreille en feu. Lorsque ma vision s'éclaircit – c'est-à-dire lorsque mes yeux quittèrent mon for intérieur pour la réalité physique qui m'entourait –, j'étais dans la même posture de boxeur et le barman barbu, penché par-dessus le comptoir, maintenait le petit mec en place en lui serrant le devant de sa chemise d'une main.

– Ça suffit, Arnold.

Personne n'avait cessé de regarder Bob Hope, pas même la copine d'Arnold.

Je ne m'étais jamais rendu compte que j'en étais venu à détester mon appart'. Il ne m'offrait rien qui puisse me prodiguer force et réconfort. J'aurais aussi bien pu coucher dans une voiture. Ce soir-là, je dus avaler la moitié d'un flacon de sirop contre la toux pour trouver le sommeil.

Le jour J, j'arrivai à la salle de gym à trois heures. Il n'y avait pas grand monde, rien que quelques gars qui s'entraînaient en solitaires et examinaient pensivement leurs muscles dans les miroirs. Ils étaient tous plus costauds que moi. J'aurais voulu me pointer chez Kim avec ma tête sur l'un de ces corps.

Le banc horizontal était sous la barre à disques, je le remplaçai par le banc incliné. J'enfilai mes disques, me glissai sous la barre et me mis à la soulever sans assistant. Défends Kim. Défends-toi. Mais qu'est-ce que je foutais ? À quoi j'avais joué ? Les lunettes de soleil, la tournée des bars, le week-end à New York… Nous l'avions tous les deux cherché, Fonseca et moi… Deux cons en quête d'une raclée. Pas étonnant qu'il ait eu l'air si pitoyable dans son numéro de danse. Rien à foutre de lui. Rien à foutre de sa douleur. On ne frappe pas les gens. On ne leur fait pas mal. J'aurais voulu descendre d'une famille de ploucs pour être maintenant un chien à moitié fou. Qu'est-ce que j'avais à montrer ? Je pensai à mon père, qui m'avait sermonné à Atlantic City comme j'avais sermonné Kim quand elle m'avait raconté ses misères. Comment oses-tu mettre en cause ma faiblesse ? Qu'est-ce que j'avais ? Quels ancêtres pouvais-je faire descendre du Walhalla ? La seule fois où j'avais vu quelqu'un voler au secours d'un autre, j'étais tout môme. Je montais dans un bus quand un gros con m'avait renversé en descendant. Ma mère l'avait attrapé par sa chemise et lui avait tapé sur le crâne de son bras enrobé de graisse, les yeux écarquillés, une plainte aiguë montant du fond de sa gorge. Le gars avait tellement eu la trouille qu'il était resté figé à recevoir les coups jusqu'à ce que le chauffeur écarte ma mère. Non, je n'avais pas grand-chose. Pas grand-chose sur quoi m'appuyer. Après quatre séries de développés, je remis la barre en place et pris une position assise.

Je scrutai mon visage dans le miroir recouvrant tout un mur. À mon grand étonnement, je souriais. Ce n'était pas un sourire engageant, bien sûr, plutôt le sourire tordu qu'un gosse retient après avoir fait une connerie et qu'un adulte lui dit : « Je parie que tu es fier de toi, en plus. » Et le gosse l'est, en fait, un peu.

Toute cette histoire me faisait chier des braises, mais quelque part, quelque part, j'étais prêt. J'allais vraiment entrer dans l'arène. En outre, même si je me sentais piégé, cela prouvait que Kim tenait encore à moi. Enfin, c'est ce qu'il me semblait. Assez pour me faire tuer.

Je me levai pour examiner mon corps. Vraiment pas mal. Toujours mince, mais à part quelques cicatrices inamovibles je vivais dans un autre corps. Je promenai une main sur les nouveaux renflements, les nouvelles veines de surface.

Au-dessus de ma tête, il y avait une photo de ce taré de Roy, déchirant joyeusement un annuaire téléphonique. Quel abruti. Le physique ne compte pas dans une bagarre. Le Moon's... Mon corps était bien, quand même. Dommage qu'au dernier étage il y ait toujours ce tas de merde à la place du cerveau. Je songeai à Red se préparant mentalement pour une série, allant et venant, tapant du pied, le visage rubicond, la poitrine haletante, attaquant finalement la barre avec tout ce qu'il avait à part ses dents. Pas mon style. Je me sentais cool. Raisonnable. C'était très simple. Je devais intervenir et me détacher de moi-même. Je devais aider Kim à se détacher d'elle-même. Bla-bla-bla.

Je pris la pose en deux temps : d'abord le biceps bandé, puis la poitrine gonflée. Je gardai cette dernière pose jusqu'à ce que des veines bleues apparaissent sur mon cou gonflé de sang. Jusqu'à ce que mes yeux se mettent à briller.

Je me rendis au *diner* pour le traditionnel repas reconstituant après l'entraînement, mais j'étais trop tendu pour manger. Je commandai seulement un café – dont j'avais besoin comme d'un trou dans la tête.

J'avais les yeux rivés à l'horloge suspendue au-dessus du gril. Il était dix-sept heures trente. À quelle heure ils dîneraient ? Dix-huit, dix-neuf, vingt heures ? Dix-neuf heures trente.

– Comment ça va ?

J'avais les yeux braqués sur une tache laiteuse de la cloison en plastique transparent du téléphone du *diner*.

– Oh, salut, mon garçon.

Il y avait de la friture sur la ligne à longue distance, un bruit de grains de maïs explosant dans une casserole ou d'escarmouche lointaine. Le « Oh, salut, mon garçon » de mon père se voulait détendu, mais sa voix était si faible qu'il donnait l'impression d'être sur le point de tourner de l'œil.

– Quoi de neuf ? marmonnai-je.

La tache sur le plastique transparent pouvait être de la peinture, de la salive, du sperme séché. Des gens passaient devant moi pour se rendre aux toilettes. Je gardais la tête baissée.

– Pas grand-chose, soupira-t-il. Toujours pareil. La *nièce* de Vy se marie…

Il avait appuyé sur le mot « nièce » comme si cette femme avait quelque chose d'épuisant.

– Et toi ?

– Rien de spécial, répondis-je. J'ai fait un pari avec un ami, tu pourrais peut-être m'aider…

– Bien sûr.

– Ce pari, c'est… euh, en Europe, pendant la guerre… Tu vois, cet ami, il est noir et d'après lui, on n'admettait pas de Noirs dans les unités combattantes… C'est vrai, ça ?

– En tout cas, je sais une chose, dit-il en riant. Je suis resté combien de temps là-bas ? Trois ans ? Je sais même plus. On avait un Noir au service entretien, attends une seconde, je vais te dire son nom…

— Tu me manques, déclarai-je avec une désinvolture feinte.

Je mouillai mon pouce pour effacer la tache, elle était à l'intérieur du plastique.

— Robinson… Ernie Robinson.

— Tu as entendu ce que je viens de dire ?

Un long, long silence, puis :

— Alors, quand est-ce qu'on va te voir, mon garçon ?

— Aaaaaïe, soupirai-je.

La pensée de Fonseca imprima à mon ventre un mouvement ascendant. Il fallait que je raccroche. Je poursuivis :

— Bientôt. Et plus de baratin, d'accord ? On se prend un moment et on se parle.

J'étais oppressé, chaque mot sortait de ma bouche accompagné d'une bouffée d'air. J'étais persuadé que Fonseca me truciderait dans les heures à venir.

— Je suis *sérieux*, papa, le temps est comme une horloge.

J'expirai lentement pour me calmer.

— Pardon de t'avoir traité d'idiot.

Après un autre long silence pesant, mon père répondit :

— On parlera.

Des mots riches et sobres. Une vraie promesse.

— OK, papa, faut que j'y aille. Embrasse Vy de ma part.

Je raccrochai, mais gardai la main sur le téléphone. Malgré moi, j'avais de nouveau ce sourire stupide. Le temps est comme une horloge. Lâche-moi un peu.

J'étais assis dans ma bagnole en face de chez Kim. Il était dix-neuf heures trente. Quand la Mustang de Fonseca déboula dans la rue, je plaquai mon visage contre le volant.

Il descendit de voiture, claqua la portière, s'appuya à la portière et regarda l'immeuble quelques minutes par-dessus la chaussée avant de traverser. Bizarrement, il était vêtu d'une veste sport en tweed sur un pull à col roulé et tenait un article de confiserie Whitman, une boîte de bonbons en métal repoussé qui scintillait comme un miroir dans le désert. Il avait l'air malheureux et résolu.

Moi j'étais en bombers et tee-shirt gris, pantalon de toile et baskets – la tenue dans laquelle je me sentais le plus à l'aise.

Je n'arrivais pas sortir de la voiture. Des filets de sueur coulaient le long de mes cuisses et derrière mes genoux. *Sors* de cette caisse. Non. Et si je lui flanque une telle rouste qu'on annule ma libération conditionnelle ? Plaisanter m'aida. Je descendis, m'adossai à la portière côté passager comme Fonseca venait de le faire, les bras croisés sur mon thorax, une jambe négligemment fléchie à la façon d'un mannequin dans une pub pour voitures. J'avais peur. Je ne parvenais pas à tourner la tête pour regarder l'immeuble.

Je finis quand même par me retrouver dans le hall sombre et graisseux. Le son d'un téléviseur et les braillements d'un gosse semblaient sortir de haut-parleurs. Une odeur de chou frit me prit à la gorge. Je me raidis en entendant une femme crier. Ce n'était pas la voix de Kim. Je m'effondrai sur la tête de serpent de la rampe du rez-de-chaussée.

Je me redressai, pris une dernière pose de culturiste : biceps, pecs, deltos, abdos. La porte de l'immeuble s'ouvrit derrière moi et je sursautai. C'était l'étudiant joggeur. Il me jeta un coup d'œil indifférent, la transpiration qui trempait son survêt gris ajoutant une odeur corporelle aux relents de légumes frits. Il passa devant moi, entama l'ascension de l'escalier et je lui emboîtai le pas. Il s'arrêta au troisième étage, referma prestement derrière lui sa porte placardée de sorties d'imprimante.

Je suivis du regard l'échine du quatrième serpent jusqu'à la porte de Kim, mais je n'arrivais pas à monter une marche de plus. Je m'imaginais parvenu devant cette porte et basculant à la renverse dans le vortex de la cage d'escalier, m'écrasant façon bouse dans le hall, le dos brisé.

La porte du troisième s'ouvrit, l'étudiant me demanda, le front plissé :

– Vous cherchez quelqu'un ?

La partie arrache-clou d'un marteau dépassait derrière son dos.

– Non, je reprends juste mon souffle…

Ma respiration haletante confirmait ma justification, de toute façon. Après qu'il m'eut affronté du regard un bon moment, je me pliai en deux, inspirai une bouffée d'air et recommençai à monter. Arrivé face aux yeux fous du cheval de *Guernica*, je tendis la main vers la clé cachée. J'entendis la voix forte de Fonseca :

– Kim ! Je te le jure sur les yeux de mon enfant !

Chaque mot ponctué par le claquement ferme d'une paume sur du bois.

– Sur… les… yeux d'Anthony… Kimberly.

Je remis la clé à sa place. L'étudiant se tenait toujours sur son palier et, le regard tourné vers le haut, attendait que je fasse quelque chose légitimant ma présence. Il ne cherchait plus à dissimuler le marteau, maintenant. Je frappai à la vitre de la porte.

Le silence se fit dans l'appartement. J'entendais l'étudiant respirer par le nez, les pas étouffés de Kim. Elle ouvrit la porte, me regarda avec des yeux arrondis de stupeur. Elle était pieds nus et la vision de ses orteils fit naître en moi une image horrible de vulnérabilité sexuelle. De soumission.

Derrière elle, Tony était penché en avant au-dessus de la table, les paumes posées à plat, sur le plateau, tel un avocat exposant un argument de sa plaidoirie. Ses grosses mains encadraient une assiette en plastique orange contenant des bâtonnets de poisson pané et des haricots verts.

– Salut, Tony ! lui lançai-je.

Ajoutant même un sourire et un geste de la main. Au troisième, la porte aux sorties d'imprimante se referma.

Comme Kim me bloquait le passage, je m'étais hissé sur la pointe des pieds, comme si elle faisait une tête de plus que moi.

Fonseca ne parut ni ébahi ni furieux. Ni heureux non plus. Il haussa un sourcil et inclina la tête en une démonstration de courtoisie feinte.

– Entre donc.

En passant devant Kim, encore tournée vers le couloir, je lui murmurai à travers mes dents serrées :

– Mets des chaussures.

– Tu vas dîner avec nous, dit Fonseca d'un ton ironique et d'une voix chantante en indiquant un coin de nappe sans couverts.

Même si tous ses gestes et propos dégoulinaient de menaces sarcastiques, ma première réaction fut de penser : Il est sympa, au fond. Puis je fis tourner mon cerveau plus vite et je me rappelai que ce n'était ni son appartement ni sa bouffe. Il n'avait aucun droit de m'inviter, ironie ou pas.

De nouveau la voix chantante :

– Kim ? Donne-lui à manger.

Aussi discrète qu'une bouffée de parfum, elle passa dans la cuisine d'une démarche aérienne sans que quoi que ce soit bouge au-dessus de ses hanches. La boîte de bonbons non ouverte reposait sur un meuble derrière le siège de Kim.

Nous étions tous les trois penchés au-dessus de nos assiettes ; mes bâtonnets de poisson formaient un *W* et personne ne parlait.

Le regard morne, Kim mastiquait mécaniquement. Elle était totalement ailleurs. Moi, j'étais plongé dans une sorte de coma introspectif et Tony mangeait d'un air maussade en tenant chaque bâtonnet comme une cuisse de poulet, l'examinant après chaque bouchée.

Un manuscrit dactylographié aux pages un peu écartées comme une main de cartes à jouer occupait le centre de la table. Tony le désigna du menton.

– Elle a vendu deux nouvelles, elle court partout à la recherche d'un agent.

Il secoua lentement la tête avec une expression chagrine.

– Où c'est que tu cours comme ça ? Où c'est que tu cours ?

Vas-y, me dis-je.

– Écoute, pourquoi tu lui arranges pas la tête à coups de mandale ?

Il se redressa.

– Quoi ?

Kim baissa la tête, les doigts en pattes de mouche dans ses cheveux.

Je me penchai vers lui, mes boutons de chemise dans mes haricots verts, et je tendis l'index vers elle.

– Nous savons...

Pause pour donner de la force à mes mots.

– ... qu'elle est officiellement... enregistrée... comme femme battue à l'hôpital et à la police du comté.

Je ressemblais à un sénateur membre d'une commission d'enquête.

– Quoi ? répéta-t-il, le visage tourné vers la gauche.

– Tu m'as parfaitement entendu.

Je me remis en posture droite, le visage grave, mais je ne pouvais la garder qu'à condition de retenir ma respiration, de chasser de ma tête toute image, toute pensée, et je me dégonflai soudain dans un long soupir.

– Tony, j'ai tellement peur de toi que je vais te tuer, dis-je, les mains recourbées autour de mon assiette.

Mais il m'ignorait. Il regardait fixement Kim, qui regardait fixement sa nourriture, les doigts enfouis dans sa chevelure.

Le visage de Tony s'assombrit. Les yeux toujours fixés sur la tête baissée de Kim, il eut un grognement de stupeur et se leva lentement, retourna son assiette d'un mouvement vif de son majeur, l'air dégoûté. Un bâtonnet de poisson fut projeté contre le mur et quelques haricots verts atterrirent sur le dos d'une de mes mains recourbées. Il secoua la tête, nous envoya au diable d'un geste de la main et sortit à grands pas, heurtant un coin de ma chaise avec une telle force que je me retrouvai dans la seconde face au séjour. Le temps que je me mette en garde, il ne restait de lui qu'un bruit de pas dans l'escalier.

Au bout d'un moment, je me tournai vers Kim, qui fixait toujours son assiette.

– Tu ne comprends pas, fit-elle d'une voix lasse.

J'avais du mal à l'entendre parce qu'elle avait le menton pressé contre la poitrine.

– Je comprends pas quoi ?

Tout son corps fut secoué de sanglots silencieux. Paralysé par l'indécision, j'hésitais à la prendre dans mes bras.

Je sortis à mon tour, parcourus une centaine de mètres jusqu'à un marchand de gnôle, achetai son scotch le plus cher et remontai chez Kim. Au moment où je posais la main sur le bouton de la porte de l'immeuble, quelqu'un dans l'obscurité prononça mon nom. Le cœur battant la chamade, je fis quelques pas sur le trottoir en tenant ma bouteille par le col. Jack s'avança dans la lumière. Lui aussi portait une veste sport, un truc hors saison en seersucker à fines rayures blanches et jaunes. Il ôta son mégot de cigare de ses lèvres, baissa les yeux vers ses chaussures neuves, épousseta un brin de tabac tombé sur le pli de son pantalon. Je ne l'avais jamais vu aussi élégant.

– Je crois pas que tu devrais monter là-haut, petit, dit-il en ramenant en arrière ses longs cheveux luisants de lanoline. Ou alors, tu me laisses t'accompagner.

– C'est fini, Jack, lui annonçai-je avec un sourire radieux.

Il scruta mon visage comme s'il n'était pas convaincu.

– Qu'est-ce qui est fini ?

– Fonseca est venu, moi aussi, on s'est disputés et il est parti. Voilà ce qui est fini.

– Ah ouais ?

Jack semblait lointain et distrait. Il laissa tomber son mégot sur le sol, prit un temps infini pour le réduire en miettes.

– Comment va Kim ?

– Elle a peur, mais ça ira. Tu veux monter ?

J'avais pris un ton désinvolte, comme si Kim et moi invitions quelques personnes à venir boire un verre.

Il glissa les mains dans les poches de son pantalon.

– Euh… non. Vas-y, toi… Il faut que je rentre.

Il s'éloigna sans me dire au revoir.

Kim et moi étions de nouveau assis à la table, la tête baissée comme si nous essayions de faire léviter nos assiettes sales. Elle n'avait pas prononcé un mot depuis « Tu ne comprends pas ».

Malgré la tristesse du tableau, je ne me sentais pas trop mal. Il m'avait fallu des couilles pour faire ce que j'avais fait. J'étais fier de moi.

– Kim, tu peux pas savoir ce que je flippais en venant ici, avouai-je en m'efforçant de rire.

– Mon héros, marmonna-t-elle.

Elle se leva et sortit de la pièce. Une seconde plus tard, la porte de la chambre se referma avec un *wouf* pneumatique.

– *Exactement*, dis-je à sa chaise désertée. Ton foutu héros.

Je quittai l'appartement pour rentrer chez moi.

Parvenu au bout de la rue, je passai devant un break dans lequel quelqu'un était assis derrière le volant. Ce devait être Jack. J'écrasai la pédale de frein et repartis en marche arrière.

Une fois à la hauteur du break, je me penchai vers la portière côté passager, sortis la tête et criai :

– Jack !

Ce n'était pas lui. C'était un ado, renversé contre le dossier de son siège, les yeux clos, la bouche ouverte comme dans un profond sommeil. Je lui fis tellement peur qu'il faillit sauter au plafond.

– Merde, je… suis désolé, bredouillai-je.

Désolé que ce ne soit pas Jack.

Sans même me regarder, il se lança dans une série de gestes frénétiques, les yeux fous, pour démarrer et relever en même temps sa vitre.

– Écoutez…, dis-je pour le calmer.

– Il se passe quoi ?

La voix était celle d'une femme et provenait d'en dessous de la vitre, tout près de l'entrejambe du jeunot.

Je repartis avant qu'elle lève la tête et que nous soyons obligés d'échanger un regard interloqué.

À quatre heures du matin, mon téléphone sonna. Je me redressai d'un bond en criant « Oui ! » avant même de décrocher.

– Tu te prends pour qui, bordel de merde ? Tu t'approches pas *d'elle* ! Tu t'approches pas de *moi* !

Courte liste.

Je mentirais si je prétendais ne pas m'être attendu à ce coup de téléphone ou à quelque chose de ce genre. J'étais sur le point de répondre, ou tout au moins de penser C'est bon, Tony, je pars pour New York de toute façon, quand j'entendis à l'autre bout de la ligne la voix de Kim ordonnant à Fonseca de me laisser tranquille.

Je m'habillai à la vitesse d'un pompier à l'exercice. Combien de temps mettrais-je pour me rendre là-bas ? Il fallait que je parte de chez moi avant de réfléchir parce que germait au fond de ma tête l'idée encore informe que ce serait me précipiter vers une correction, un prix à payer plutôt élevé pour aller à New York. Ce fut sans doute pour cette raison que je n'appelai pas Jack. En sortant, j'attrapai un couteau à steak dans la cuisine, l'examinai, pris peur, le remis en place et le remplaçai par une pince. Je lui arracherais peut-être les dents.

Je descendis de chez moi à toute blinde, grillai quelques feux rouges à toute vitesse, montai quatre à quatre l'escalier en colimaçon de Kim.

Je pénétrai dans l'appartement en trombe : comme je m'y attendais, la porte n'était pas fermée à clé. Tout ce que je vis, ce fut Kim en larmes, le visage rouge mais sans traces de coups. En me découvrant, elle se gifla le front et geignit :

– Oh, non !

– Kim, mets tes chaussures.

Elle les avait déjà aux pieds.

Pas de Fonseca. J'avisai sur la table de la cuisine une bouteille de vodka de supermarché, une autre de jus de pomme-canneberge Tropicana à moitié pleine. Sur l'étiquette, la petite Hawaiienne lascive au ventre dodu m'adressait un clin d'œil suggestif sous son chapeau à la Carmen Miranda.

Je me retournai vivement et poussai un cri. Vautré sur le canapé, immobile, Fonseca posait sur moi un regard mauvais. Je me sentais humilié d'avoir crié en le voyant. Je tirai la pince de ma poche revolver et la braquai sur lui.

— Tony, tire-toi. Je suis sérieux.

Dérouté, il considérait la pince aux branches emmaillotées de chatterton bleu craquelé.

— Fous le camp, Tony !

Il se mit debout lentement, grogna comme s'il avait le corps ankylosé. Hé, ç'a été facile, pensai-je. L'instant d'après, je volais à la renverse vers le coin repas, y atterris sur le cul et ressentis une vive douleur dans le milieu du dos lorsque je me cognai à la table.

Il n'avait eu qu'à me pousser.

— Aïe, gémis-je.

Et tandis qu'il me dominait de sa masse, j'ajoutai :

— Ne me fous pas en rogne, Fonseca.

— Dehors, dit-il en assortissant son injonction d'un léger coup de pied dans une de mes jambes écartées, non pour me faire mal, juste pour me pousser sur le côté comme un tas de feuilles mortes.

— Non, répliquai-je à sa chaussure. C'est *toi* qui sors.

— Dehors, répéta-t-il.

Il se courba et me souleva par les aisselles.

— Non, persistai-je en me mettant debout quand même.

Kim allait et venait derrière lui en pleurant.

— Dehors.

Il plaqua une main sur ma poitrine et me fit calmement reculer vers la porte. C'était un cauchemar d'humiliation et d'impuissance.

— Alors pourquoi tu m'as appelé !? aboyai-je, comme si nous avions une discussion, comme si je pouvais encore gagner aux points.

Connard. Connard.

— Dehors.

Il continuait à me pousser doucement, sans même me regarder.

— Où est ma pince ? m'écriai-je.

Je savais que si je me laissais éjecter de cette façon je ne m'autoriserais jamais à partir pour New York, j'errerais dans cette ville pendant des années en marmonnant à ma propre intention « Ah, *ouais* ? ».

— Dehors.

Tout à coup, sa main sur mon torse se transforma en une violation grave des droits de l'homme, une atteinte à la liberté. Une seconde plus tard, mes jointures palpitaient, ma clavicule était sortie de ses gonds et la pointe de mon menton se trouvait carrément au-dessus de mon épaule droite.

J'avais frappé Fonseca à la mâchoire d'un coup qui l'avait fait pivoter de cent quatre-vingts degrés, de sorte qu'il me tournait maintenant le dos. Les mains sur les hanches, il avait la posture d'un homme perdu dans de tristes pensées. Il ne se tâtait même pas la mâchoire.

— Oh, merde, Tony. Oh, c'est toi qui m'y as poussé…

Je sautillais sur place tel un gosse qui a envie de faire pipi. Derrière lui, le visage de Kim était figé en une grimace d'incrédulité qui découvrait ses gencives. Fonseca était aussi haut qu'un filet de volley-ball entre nous.

— Tony, je me rappelle même pas avoir cogné sur quelqu'un de toute ma vie ! déclarai-je à son dos.

— Si t'es encore là quand je me retourne, je t'étrangle, menaça-t-il d'une voix sourde.

— D'accord… d'accord. Juste une seconde.

Quasiment sur la pointe des pieds, je m'approchai de la table du coin repas, empoignai la bouteille de jus de pomme-canneberge par le goulot et la lui balançai à la tête.

Je ratai ma cible, la bouteille le toucha à la clavicule gauche. Fonseca rugit et tomba à genoux en portant une main à son cou. La bouteille ne s'était pas brisée, mais le bouchon en plastique avait sauté et Tony avait le dos et les épaules couverts d'un manteau violet, les jambes de mon pantalon aussi, d'ailleurs.

– Oh, merde, pardon, pardon.

Je dansais sur place, les mains tremblantes contre ma poitrine. Fonseca me tournait toujours le dos.

– Elle est cassée, constata-t-il d'une voix éteinte.

Agenouillé, il paraissait attendre une décapitation à la japonaise.

– Non, c'est juste le bouchon qui s'est défait... Désolé, vieux.

Je saisis Kim par la main et la tirai littéralement vers la porte tandis qu'elle gardait les yeux fixés sur le dos de Fonseca. Puis nous dégringolâmes l'escalier.

– Elle habite où, Mary Kay ?

Je roulais par les rues désertes de Linoléumville en décrivant des figures de quadrille.

– Pas question que je dorme chez elle, répliqua Kim d'un ton maussade et las.

– Non, on va simplement chercher Anthony et on part pour New York. Là, maintenant. Je n'arrive pas à croire que j'aie fait ça.

C'était notre premier échange depuis que nous avions quitté son appartement.

– Je ne vais pas à New York.

– Mais si.

Elle appela Mary Kay d'en bas de chez elle, d'un téléphone public occupant le centre du cône de lumière d'un réverbère dans une rue par ailleurs noire comme un four. J'attendis dans la voiture dont j'avais laissé tourner le moteur, le pied sur l'accélérateur, les mains sur le volant, les coudes bloqués – l'instantané d'un chauffeur une seconde avant la collision.

Kim redescendit avec Anthony en pyjama qui avançait à petits pas, le visage bouffi, titubant de sommeil.

Il se rendormit aussitôt sur la banquette arrière.

– C'est complètement idiot, grommela Kim tandis que nous dévalions la voie rapide telle une comète traversant l'espace cosmique sans étoiles.

Il n'y avait pas d'autres voitures, rien, silence absolu dedans et dehors.

Au bout d'un quart d'heure, la lumière d'un seul phare s'approcha de nous au loin. Je n'aurais su dire s'il s'agissait d'une moto ou d'une caisse borgne. Et si c'était une caisse borgne, je n'aurais pas su dire de quel côté était le phare. Nous roulions probablement tous les deux à plus de cent dix kilomètres-heure. Lorsque nous fûmes plus proches, l'idée me vint de m'encastrer dans la partie invisible de l'avant de l'autre, dont j'étais convaincu qu'elle se trouvait de mon côté. J'eus l'impression *physique* de le heurter brutalement, de sentir le choc et d'entendre le fracas, jusqu'à ce que nous nous croisions finalement, à deux bons mètres l'un de l'autre.

Glacé, couvert de sueur, je m'arrêtai sur une aire de repos avec panorama.

– J'ai bien cru qu'on allait se planter, dis-je d'un ton léger.

– Fais demi-tour.

– T'es dingue ou quoi ? répondis-je sans conviction.

– Je n'irai pas à New York, je n'irai pas.

Elle secoua la tête, genre : c'est comme ça.

– Ben, moi, je ne retourne pas là-bas. Il nous tuera. Je suis désolé d'avoir raté sa tête, mentis-je. Si on y retourne, il va nous zigouiller.

– Mais non, soupira-t-elle, morte d'ennui.

Anthony fit un bruit de plomberie avec son nez et se tourna sur le ventre. Nous restâmes une dizaine de minutes sur cette aire de repos à écouter sa respiration, le tic-tac de l'horloge du tableau de bord, l'ongle de mon doigt tapotant le plastique froid du volant.

– Kim, j'espère que tu ne vas pas te remettre avec lui, maintenant.

Il y avait quelque chose dans ma voix, un ton calme de trêve qui nous signifiait à tous deux que c'était fini entre nous.

Une expression amère passa une seconde sur le visage de Kim. Elle parut soudain vieille, rouée de coups, et je ressentis l'horrible pincement de la culpabilité, mais, presque aussitôt, ses traits s'éclaircirent, elle plongea un regard ferme dans mes yeux.

– J'improviserai.

Je fis lentement demi-tour, balayant de mes feux de route une obscurité d'un vide sidéral, et je repris le chemin de la ville en roulant deux fois moins vite qu'à l'aller.

– Ça s'est retourné contre toi, fis-je observer.

– Qu'est-ce qui s'est retourné contre moi ?

Elle se pencha vers la banquette arrière pour relever une mèche tombée sur le visage de son fils endormi.

– L'inviter à dîner pour me récupérer. Maintenant, après ce qui s'est passé, je suis *obligé* de partir.

Cette fois il y avait dans ma voix quelque chose d'artificiel, une jovialité forcée. Je me demandai si je débitais des conneries arrogantes ou si je disais la vérité.

– Tu n'es pas obligé, répondit-elle du même ton las.

Et la première partie de ma remarque ?

– Mais c'est ce que j'aimerais croire.

– Je sais, dit-elle.

Elle se gratta distraitement le genou en remontant sa jupe. Voir du coin de l'œil sa cuisse dénudée suscita en moi la sensation d'être chauffé à blanc. Je repensai au soir où elle m'avait ramené chez elle après le Chee Lok. Je me souvenais de tout ce qu'elle portait. Je me rappelai son doigt caressant mon pouce dans la voiture, l'odeur de notre séance de pelotage sur le parking désert. J'eus une autre attaque de culpabilité, suivie de peur panique à l'idée que je ne quitterais jamais cette ville et, pire encore, que ce serait tant mieux parce que ç'aurait été de la folie de partir pour New York la bouche en cœur, un pouce dans le cul. J'aurais balancé « tout ça » pour aller me faire bouffer tout cru.

Elle dut lire dans mes pensées car, en se tournant à nouveau vers moi, elle passa un bras entre ses jambes, faisant remonter sa jupe encore plus haut, et je soupirai de tristesse et de désir.

– Kim. Je pars. Maintenant. Ce soir. Je ne retourne pas en ville. Ni chez toi ni ailleurs. Si tu veux rentrer, on va à l'aéroport. Tu me déposes, je te laisse la voiture. Garde-la, vends-la, viens à New York avec si tu changes d'avis, mais moi je pars. Ce soir.

Elle ne prononça pas un mot jusqu'à la sortie pour l'aéroport.

– Tu vas rater Noël.

Je revis les Noëls au centre commercial. Exterior Street pavoisée d'étoiles en argent et de sapins en plastique vert. Pour une raison quelconque, je pensai à des téléviseurs souffrant d'une mauvaise réception dans des séjours étriqués. Cela me fit mal. Elle avait raison.

– On fête Noël aussi à New York, dis-je comme si je n'avais pas compris le sens de sa remarque. C'est pas la Californie, tu sais.

Une voiture surgit derrière nous, déboîta sur une voie d'en face puis se rabattit adroitement devant nous. Tout le spectacle son et lumière de son existence éphémère allant crescendo, atteignant son sommet et redescendant en quelques secondes.

– Tu as fait de la physique ? demandai-je avec un enjouement feint.

Elle grogna, examina ses jointures, le front plissé.

– Kim ? Tu viens avec moi, s'il te plaît ?

Pendant un long moment je crus qu'elle répondrait oui.

Le terminal de l'aéroport avait les dimensions d'un grand magasin de taille moyenne. Juché sur une colline, il était flanqué de part et d'autre par deux parkings grillagés qui, à cinq heures et quart du matin, n'accueillaient que des voitures de location solitaires sur leurs emplacements assignés.

Je pris la bretelle courbe menant aux Arrivées, grisé par la nouveauté de me trouver dans un endroit aussi désert à une heure aussi creuse.

Kim récita un morne catéchisme de « Je promets » : coucher chez Mary Kay cette nuit – ce qu'il en restait –, appeler Jack pour l'informer des événements, et venir me voir à New York. Elle me promit aussi que Fonseca ne poserait aucun problème. Je n'avais pas pensé à lui une seule fois au cours de la dernière demi-heure. Curieusement, de toutes les promesses, ce fut celle à laquelle je crus le plus.

Je me penchai pour embrasser Anthony, qui dormait toujours. Autant que je pouvais m'en souvenir, c'était la première fois que j'embrassais un enfant. Je descendis de voiture, Kim prit ma place, rapprocha son siège du volant, les sourcils froncés de concentration. Je me sentais rassuré qu'elle ait accepté la voiture. Cela signifiait pour moi que ce n'était pas complètement fini. Je baissai la tête, m'accoudai à la fenêtre côté chauffeur.

Je ne savais pas comment lui dire au revoir, comment l'embrasser : les joues, les lèvres, avec la langue, juste un bécot, rien du tout.

– Ce n'est pas fini, dis-je avec douceur.

– Ah, ouais ? Super.

Les deux mains sur le volant, elle regardait droit devant elle.

Je posai une main sur sa joue et tentai de l'embrasser, mais elle se refusait à tourner la tête. Qu'est-ce que j'espérais ? Un dernier coup rapide sur le capot, tant qu'on y était ?

Je me redressai et Kim démarra.

Bien qu'il n'y eût aucun autre véhicule aux environs, elle mit son clignotant pour chaque tournant hargneux à gauche, pas pour les tournants à droite, toutefois.

Quand elle rejoignit enfin la grand-route, je regardai ma voiture se réduire doucement à un point de lumière véloce, puis sortir de mon champ de vision. Peut-être que le clignotant droit ne marchait plus. Une fois à New York, j'appellerais Kim pour la prévenir.

Le froid pesait de tout son poids sur moi. Mes jambes en particulier étaient glacées et lourdes à cause de mon pantalon encore trempé de jus de pomme-canneberge. Je n'arrivais toujours pas à croire que j'avais fait ça. Pourquoi Fonseca ne s'était pas retourné ? Il m'avait *laissé* faire.

Frissonnant, je me dirigeai vers les portes du terminal.

Elles étaient fermées. Ce putain d'aéroport était fermé.

Les mains dans les poches, je sautillai sur place tel un vieil Indien dansant pour des touristes. Au bout d'une demi-heure, j'aperçus enfin des feux montant lentement la colline puis redescendant vers le parking.

C'était le cuistot. Je m'approchai de lui et l'accueillis par un « L'avenir appartient à ceux qui se lèvent tôt » accompagné d'un haussement d'épaules.

Il me fit passer par l'entrée de service de la cafétéria et m'offrit un café. C'était un type bavard et gai. Je sirotai mon jus, adossé à un profond évier d'inox, je le regardai préparer le petit déjeuner. L'odeur de détergent des cuisines me donnait des haut-le-cœur.

Il me dit que je pouvais m'installer au comptoir si je voulais et, après avoir franchi des portes battantes, je m'assis sur un tabouret contre un comptoir en fer à cheval. À travers la baie vitrée, j'observai le soleil passer peu à peu au-dessus des hauteurs, en pensant à un orchestre lointain en train de s'accorder. Des couleurs commencèrent à se répandre sur le paysage et je me surpris à glousser en murmurant :

– Waouh, super.

À six heures et demie, les plafonniers du terminal s'allumèrent, mais lorsque je m'aventurai dans le couloir l'endroit était toujours désert, exception faite d'un agent de maintenance manipulant une cireuse.

Dans la salle d'attente, je me répandis sur l'un des fauteuils en plastique dur et regardai les lieux s'animer avec réticence :

serveuses, marchands de bonbons, guichetiers insipides. J'étais étourdi, totalement désorienté, stupéfait par tout ce que je voyais. J'étais arrivé le premier et je trouvais que cela relevait de l'exploit sportif. Quand un employé du terminal parut étonné de ma présence, parce qu'il n'avait manifestement pas l'habitude de voir des clients une heure et demie avant le premier vol de la journée, je lui adressai un clin d'œil en lui criant « L'avenir appartient à ceux qui se lèvent *tôt* ! ». Vers sept heures les voyageurs, en majorité des hommes d'affaires, commencèrent à apparaître et trente minutes plus tard le terminal était bondé. Le soleil blessait mes yeux privés de sommeil et la nouveauté de ma situation s'estompa à mesure que l'endroit se mettait à ressembler à un terminal lambda.

Je rêvais que je me trouvais dans la soute d'un appareil entre une loutre en cage et une valise écossaise. J'étais surpris qu'il ne fasse pas froid, mais le fracas des moteurs m'éclatait les tympans et me faisait baver.

Je levai lentement la tête, essuyai de la salive à demi séchée sur un côté de mon menton. Je m'étais assoupi dans mon fauteuil en face d'une série de comptoirs. Un môme de trois ou quatre ans se balançait devant moi en me regardant. Dès que je posai sur lui mes yeux de lézard, il se mit à geindre. Je montrai mes dents en grognant et il décampa. Merde. Je savais que le premier avion décollait à huit heures. La sono crachota et une fille de l'Ouest annonça que les passagers du vol Eastern pour Buffalo pouvaient embarquer, les fauteuils roulants et les bébés d'abord.

L'horloge murale indiquait midi vingt. Je me levai d'un bond, le crâne palpitant d'une gueule de bois qui me fit me rasseoir dans l'instant. Réfléchis, vite. Les vols de l'après-midi. Ne panique pas. Brosse-toi les dents. Je me levai de nouveau, plus doucement cette fois, me dirigeai d'un pas chancelant vers un kiosque à journaux, achetai un tube d'aspirine, du dentifrice et une brosse à dents de voyage.

Dans le long miroir courant au-dessus des lavabos des

toilettes, je vis Mossi sortir d'un cabinet avec son visage violacé. Encore engourdi de sommeil, je me figeai au-dessus de mon lavabo, la bouche pleine de mousse dentifrice. Il était le prof et je séchais le cours. Bon Dieu de merde, ma classe.

— Jack…

La personne qui avait utilisé le téléphone avant moi s'était tellement aspergée de parfum que mes yeux larmoyaient.

— Oh, salut, Pete, dit-il d'un ton qui me sembla froid et distant. Tu es à New York ?

— New York… Comment tu sais ça ? Non, je suis encore à l'aéroport. Kim t'a raconté ?

— Ouais, répondit-il avec une trace d'irritation.

Il était furieux. Merde.

— Jack, j'ai manqué ma classe.

— Oui, je t'ai couvert.

Aïe.

— Toi ?

— Ouais, je t'ai remplacé, dit-il d'un ton trop, trop neutre.

— Écoute, euh, je ne reviendrai pas, Jack. Je ne reprendrai pas ma classe, je veux dire. Je suis désolé. Je sais que je te fous dans la merde, c'est le milieu du trimestre, mais je ne peux pas. Je te fous dans la merde, je le sais.

— On se débrouillera.

— Je m'en veux terriblement.

— Tu fais ce que tu dois faire, Pete… enfin, je suppose.

— Là, tu me culpabilises.

— Non, tu ne dois pas te sentir coupable.

— Dis-le comme si tu le pensais vraiment.

— Tu sais que Fonseca est à l'hôpital ?

— Quoi ? Comment ça se fait ?

Appendicite.

— Il a une fracture de la clavicule.

— De la clavicule !?

Le jus de pomme-canneberge.

— Il n'en mourra pas.

— Où est Kim ?

— Au boulot, je pense.

— La clavicule ? À cause de moi ?

Jack soupira.

— Pourquoi tu ne charges pas un étudiant de second cycle d'assurer mes cours ? C'est pas à toi de le faire.

— On verra.

— En tout cas, demande à celui qui prendra la relève de surveiller de près le jeune à la boule rasée, Ramsey. Tous ses textes sont écrits à la première personne du point de vue d'un appareil ménager, du genre : « Oh-oh, voilà Johnny, j'espère qu'il n'oubliera pas de m'éteindre avant de me débrancher. J'ai failli mettre le feu, la dernière fois ! »

J'avais pris la voix de l'ours Smokey.

— Tu es en colère, hein ?

— Non, je ne suis pas en colère, Pete. Juste déçu, si tu veux la vérité. New York sera toujours là en janvier... Tu nous laisses tomber, en quelque sorte.

Nous. Lui. Kim. Mes étudiants. Merde. Je commençais à m'effondrer. Merde.

— Tu es un vrai marteau de velours, hein ?

— Pete, je te dis simplement...

— Je *sais* que c'était censé être *ta* classe, de toute façon. Je l'ai appris par Fiona.

— Oui, je crois bien.

Aucunement ébranlé. Gros salopard.

— D'accord, je reviens. Je reviens.

— C'est ta vie, Pete.

Pipeau. Soudain envahi par l'espoir insensé, stupide, que Jack pourrait dire quelque chose pour me laisser finalement partir, je gardai le silence. J'attendais, espérant lui forcer la main.

— Pete ?

Je clignai des yeux. Combien de temps s'était écoulé depuis que j'avais décidé de le décontenancer ? Aucune idée.

Pas plus de quelques secondes, sans doute, mais je m'étais endormi avec le téléphone à l'oreille.

— Je suis toujours là, annonçai-je enfin d'une voix maussade. Au moins dis-moi que tu es content que je revienne.

— T'es mon pote, Pete, tu le sais. Je te le répète, petit, New York sera toujours là en janvier.

Titubant dans le soleil de l'après-midi, je quittai le terminal et me dirigeai vers la file de taxis. Pourquoi donnai-je au chauffeur l'adresse du Misericordia Hospital au lieu de celle de mon appartement, je ne peux qu'émettre des suppositions. La meilleure explication que j'aie trouvée, depuis, c'est que j'étais tellement furax contre Jack qu'il m'ait forcé à faire ce que je devais faire que j'avais décidé d'obtempérer en en remettant une couche.

L'odeur astringente de l'alcool à 90° avait toujours suscité en moi une frayeur enfantine. Alors, sentir cette âcreté dans un hôpital patrouillé par des religieuses et hébergeant Fonseca était tout bonnement paralysant.

Je descendis le couloir menant à sa chambre. Des sœurs de la Miséricorde allaient et venaient d'un pas majestueux devant des Vierge Marie en plâtre postées dans des niches tous les vingt mètres. Au-dessus de ma tête, la sono retentissait comme dans un grand magasin pour réciter un interminable appel de docteurs.

Dans chaque chambre devant laquelle je passais, un téléviseur fixé au plafond diffusait des émissions de jeux. Le contraste entre l'immobilité lugubre des patients et les gargouillis délirants des présentateurs suffisait à me donner envie de fuir le pays à jamais.

Çà et là il y avait des salles où des malades, jeunes et vieux, en pyjama ou en peignoir, boitillaient avec précaution, et j'étais submergé par un dégoût craintif pour ce qui les faisait marcher ainsi.

Qu'étais-je censé dire ? Pardon, je recommencerai plus,

je le jure, et espérer ensuite passer le reste de ma vie à Buchanon ?

Le lit de Fonseca, côté fenêtre, était dissimulé par un rideau vert. Il partageait la chambre avec un homme à l'agonie : décharné et vieux, la peau couleur de paraffine. Immobile, les yeux brûlants, une couverture coupant le nœud de sa pomme d'Adam, il avait l'air d'être déjà sur la table d'autopsie.

Sa grosse tête sans dents pointait son menton vers le plafond, ses lèvres minces figées autour d'un vide noir en forme de quartier de pomme. Seuls signes de vie, ses yeux brillants aveuglés de douleur. Il poussait une sorte de meuglement stupide si obstiné dans sa répétition et son niveau sonore que mon cerveau décida presque aussitôt de ne plus l'entendre.

Je traversai la pièce pour voir le gros lot derrière le rideau. Fonseca n'avait d'autre choix que de se tenir assis parfaitement droit. Il était plâtré de la clavicule au poignet, le haut du bras parallèle à l'épaule, le coude à angle droit, les doigts bien au-dessus de la tête. Cette sculpture au supplice était reliée à un palan dont les chaînes évoquaient un châtiment de l'enfer. Je n'arrivais pas à comprendre qu'on n'ait pas trouvé quelque chose pour remplacer ces chaînes. Je n'arrivais pas à comprendre que le milieu médical, sans parler des sœurs de la Miséricorde, soit aussi indifférente à cette image dévastatrice.

Ignorant ma présence, Fonseca regardait par sa fenêtre, qui donnait sur le parking réservé aux médecins. Les stores vénitiens à moitié relevés projetaient des barres d'ombre sur son menton et sa poitrine. Son visage avait la même expression placide glaçante que le soir de la catastrophe Nicky Lisi.

Je ne voulais pas dire que j'étais désolé.

Je ne voulais pas dire que je ne savais pas quoi dire.

– Tu sais ce qui m'est le plus insupportable dans le fait d'enseigner ici ?

Il continuait à regarder par la fenêtre, mais il avait donné à ses yeux le pli de la réflexion. Jamais je ne l'avais entendu parler d'une voix aussi calme et dépourvue d'affectation.

– Non, Tony, qu'est-ce qui t'est le plus insupportable ?

Je devais donner l'impression de chercher à le ménager. J'étais crevé.

– Chaque jour, année après année, je dois entrer dans une salle de classe et me tenir devant des étudiants qui ne soupçonnent *absolument pas* que chacun d'eux mourra un jour.

– Hmm.

Il secoua la tête tristement comme s'il était témoin d'un acte de gaspillage ou de sottise humaine dans le parking.

– Si on ne comprend pas ça, on ne comprend rien. *Vraiment* rien. Et moi, en tant que professeur... qu'est-ce que je peux leur apprendre ?

– Hmm.

Au fait, au fait, Fonseca.

Il tourna la tête vers moi et me fit un grand sourire.

– Tu ne crois pas que tu vas mourir, n'est-ce pas, Pete ?

– Non, marmonnai-je.

Fasciné par la lente flexion de ses bouts de doigt rougis par-dessus la bouche blafarde de son plâtre. On aurait dit des oisillons attendant la becquée.

– Kim le sait, elle. C'est pour ça que je l'ai épousée. Elle était très en avance pour son âge.

Je ne me faisais plus avoir par ce genre de conneries.

– Je préfère avoir un demi-cerveau que le cul plat, dis-je d'une voix traînante.

Fonseca ne releva pas.

– Mais que tu le saches ou pas, t'es coincé, reprit-il, parce que, une fois que tu as compris, vraiment compris que tu mourras... Il y a des jours... parfois... Tu peux pas attendre, mec... Tu... Rien que d'y *penser* te rend dur...

Sa voix s'abaissa à un murmure sifflant :

– ... te rend dur.

Je ne parvenais pas à détacher mes yeux du nid de petits oiseaux frétillants au bout de son plâtre.

— Ça te rend dur, répéta-t-il avec un sourire de triomphe, la tête penchée pour croiser mon regard. C'est ce que j'ai dit.

— Tony, c'est un don, non ?

Ma voix devenait plate et lointaine. Je coulais.

— Tu es un garçon plein de courage, Peter. Tu es revenu faire face à la clique, tu as mis de côté ton histoire et tout le reste. Tu es même venu ici affronter le grand méchant Tony... Tu ne trouves pas ça courageux ? Une étape de plus dans le passage à l'âge adulte de Peter Keller.

— Tu ne me connais pas, chuchotai-je.

— Ah ouais ?

— Ouais.

— Nan, tu as fait ce qu'il fallait, tu es revenu. Bravo. New York sera toujours là, tu as tout le temps. Tu peux rentrer à la maison maintenant, chéri. Mission accomplie.

J'étais incapable de bouger. Il fallait que je le lui renvoie dans la figure : je ne mourrais jamais.

Désespéré, je fléchis soudain les jambes dans une posture de singe au pied du lit et je commençai à chanter, d'une voix de basse, comme un crétin :

— « Quand j'avais dix-sept ans, c'était ma plus belle année, c'était ma plus belle année[1]... »

Les seules paroles que je connaissais.

De l'autre côté du rideau le cadavre se mit à pousser des hurlements de chien.

Fonseca eut un grognement amusé puis ferma les yeux. Je sortis de la chambre à grands pas.

— Je te croyais parti pour New York.

Kim s'approchait de moi par-derrière alors que j'étais perdu dans mes pensées sur un canapé du hall d'entrée de l'hôpital. Le soleil embrasait la salle.

— Je reste jusqu'à la fin du trimestre. New York sera toujours là en janvier.

---

1. Chanson interprétée entre autres par Frank Sinatra.

Elle grogna, déçue. Elle portait sous un bras une pile de livres de poche aux pages cornées destinés sans doute à Fonseca. Qu'ils le soient ou non, cela me laissait indifférent.

– Qu'est-ce que tu fais ici ? demandai-je en m'efforçant de prendre un ton sévère.

Kim haussa les épaules, regarda ses pieds.

– Je rends visite.

– Alors, vous êtes de nouveau ensemble ?

– Non, je viens juste le voir.

– Donc c'est fini, nous deux ? fis-je, machinalement.

– À toi de me le dire, répondit-elle avec un rire sec.

– Je crois que le clignotant arrière droit de ma voiture est naze. Il faut que tu le fasses réparer, c'est dangereux… Et je veux pas que ce fils de pute conduise ma bagnole. Je suis sérieux.

Je ne savais même pas de quoi je parlais.

– Tu ne veux pas la récupérer ?

Sa voix, montée dans les aigus, était entrecoupée de petits sanglots tremblants et une grosse larme meurtrière coulait le long de sa joue.

– Comment tu vas *faire* pendant deux mois ? s'exclama-t-elle d'une voix aiguë de souris de dessin animé.

Elle paraissait avoir le cœur brisé.

– Deux longs mois ! renchérit-elle.

Une religieuse passa entre nous, tout en lunettes sans monture et robe noire, laissant derrière elle, je le jure devant Dieu, un soupçon de patchouli. J'eus l'impression d'être en sursis.

Avec un sourire stupéfait, je demandai à Kim :

– T'as senti ?

– Quoi ?

Ses yeux s'étaient transformés en prismes de larmes et je la serrai contre moi à lui faire craquer les os.

– Bon Dieu, Peter, deux mois sans voiture !

Elle respirait dans mon oreille, son menton gouttait sur ma clavicule intacte.

– OK, je logerai chez toi et je te l'emprunterai. Tu as deux caisses, maintenant.

Lorsque nous nous écartâmes l'un de l'autre, je la tins à bout de bras et dans l'euphorie du moment je déclarai :

– Kim, je peux rester ici jusqu'en juin.

À peine ces mots étaient-ils sortis de ma bouche qu'un étau glacé me pressa les poumons. C'était jusqu'à janvier, en fait. La fin, c'est janvier, elle le sait.

– Super, dit-elle. Et après ?

– Va, l'incitai-je en désignant d'un geste la chambre de Fonseca, située au premier étage. Rends ta visite. On se retrouve à l'appartement.

– Et puis après… qu'est-ce qui se passera, en juin ?

Elle me transperçait.

– Janvier, j'ai voulu dire.

– Janvier.

Je venais de raccourcir mon offre de six mois et Kim n'avait pas bronché.

– Qu'est-ce qui se passera, en janvier ?

– Tout le monde entre en fac de droit.

– Pipeau, repartit-elle, riant presque.

– Bien sûr.

Au moins nous étions d'accord sur ce point.

– Va le voir. Je t'attends à l'appartement.

En sortant de l'hôpital, je ne me dirigeai pas vers la file de taxis, dont les chauffeurs attendaient, appuyés sur leurs capots. Ce n'était qu'une marche de cinq kilomètres pour aller chez Kim. Garde la forme.

REMERCIEMENTS

Je tiens à exprimer toute ma gratitude pour leur soutien aux colonies d'artistes Yaddo et MacDowell, au National Endowment for the Arts et au New York State Creative Artists in Public Service.

MIXTE
Papier
FSC FSC® C003309

Composition et mise en pages
Nord Compo à Villeneuve-d'Ascq

Achevé d'imprimer en septembre 2019
par Normandie Roto Impression s.a.s.
61250 Lonrai (Orne)
N° d'imprimeur : 1904418
Imprimé en France